新潮日本古典集成

御伽草子集

松本隆信　校注

新潮社版

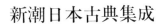

目次

凡例……三
浄瑠璃十二段草紙……九
天稚彦草子……七五
俵藤太物語……八七
岩屋……一四三
明石物語……一九九
諏訪の本地　甲賀三郎物語……二四九
小男の草子……二八九

小敦盛絵巻……三〇三
弥兵衛鼠絵巻……三二九
解　説　御伽草子の登場とその歩み……三六七
付　録
御伽草子目録……三九四

凡例

〔作　品〕

一、御伽草子の名称は、はじめ江戸時代に刊行された「御伽文庫」二十三篇に対して用いられ、明治以後、それと同類の、室町時代を中心に成立した物語作品全体に広げられてきた（解説参照）。そこで御伽草子といえば、御伽文庫本が代表的テキストとして扱われ、古典文学の叢書類においても、「御伽草子集」は二十三篇を中心に、若干の作品を加える形で編集されるのが通例であった。しかし、御伽草子を室町時代物語の汎称《はんしょう》として用いるのであれば、その二十三篇は、テキストとしても、内容の面からも、御伽草子を代表させるに必ずしも適切とは言えない。また、従来の「御伽草子集」との重複を避ける意味もあって、本書においては、新たな見地から九篇の作品を選択した。

一、御伽草子の創作は、およそ南北朝時代から江戸時代初頭までの長い時代にわたり、その内容は多種多様である。作品の選択に当っては、時代と内容の両面から勘案したが、とくに、御伽草子の享受者層に迎えられ広く流布したことが、伝本の上から推測できる種類の作品を取り上げた。

〔本　文〕

一、各作品の底本は、各篇扉裏の作品解説の中に記した。

一、本文は、底本を表記まで忠実に再現することはせず、次の方針によって読みやすい形に改めた。

A　底本の本文は、すべて漢字を交えた平仮名文であるが、平仮名に適宜漢字を宛て、また必要に応じて漢字を平仮名に改めた。

（例）去程に御さうしは→さるほどに御曹司は

B　仮名づかいは、本文、振り仮名ともに、歴史的仮名づかいに統一した。濁点は、校注者の解釈によって付した。

C　本文は適宜に改行して段落を設け、また、句読点を施した。会話文、引用句、および必要によっては心中思惟の部分を「　」でくくった。

D　漢字の字体は、底本の漢字も、平仮名を漢字に改めたものも、通行の字体に統一した。

E　送り仮名については、誤読を避けるために、活用語尾をすべて補った。

（例）帰入せ給ひて→帰り入らせ給ひて　申ものにて候なり→申す者にて候ふなり　大なるいは→大きなる岩

F　振り仮名については、現代の当用漢字の音訓にないよみは、見開き二頁の範囲内で初出の語に付けることを原則とし、その他、誤読の恐れがある場合には、できるだけ多く付けるようにした。

G　踊り字は、漢字に続く「々」だけに限り、「〻」「ゝ」「〳〵」などは使用しなかった。

H　その他、表記の上で統一をはかった主なものは次の通りである。

うけ給はる→承る　の給ふ→のたまふ　仰せ→おほせ　也→なり　奉る（補助動詞）→たてまつる　心ざし→志　廿・卅→二十・三十　む（撥音）→ん

一、底本に誤写や脱字があって文意の通じない個所については、他本によって校訂を加え、可能なかぎり本文を整えた。その場合は頭注に底本の本文を示したが、スペースの関係で、ごく軽微な修正に関しては頭注を省略した個所がある。

一、御伽草子にあっては、係結びなどの語法で、標準的な文語文法から言えば破格の例が多く見られるが、それらは底本の通りとした。

〔挿　絵〕

一、御伽草子においては、絵巻・奈良絵本・絵入版本等によって、絵を見ながら物語を享受することが多かった。そこで、本書に収めた九篇のうち、絵巻一篇、奈良絵本一篇、版本三篇については、底本の挿絵を模写によって掲出した。ただし、スペースの都合で、底本の挿絵の一部を省略したところがある。

〔注　釈〕

一、注釈は、頭注と傍注（色刷り）とよりなる。原則として、頭注には語句に関する説明を載せ、傍注には現代語訳を宛てたが、スペースの関係で、現代語訳を頭注にまわした個所も少なくない。

一、現代語訳は逐語訳ではなく、現代語として自然な文になるように努めた。

一、傍注における〔　〕は、本文に省略されている主語・客語などを補足したものであり、（　）は、会話の話者を示したものである。

一、頭注欄の適当な個所に*印を付して、作品の鑑賞に参考になる事柄を随時記載した。巻末の解説と合わせて読んで頂きたい。

一、頭注欄には、本文の主要な段落に小見出し（色刷り）を入れ、物語の展開をわかりやすくした。

〔解　説〕

一、解説は、御伽草子の文学史上の位置を明らかにすることに視点をおいて、主要な作品群の流れと相互の関係、および享受の実態を主にして述べた。したがって、御伽草子の全作品にわたって満遍なく触れた概説とはなっていない。

一、本書に収載した九篇については、各篇の冒頭にある扉裏に、物語のあらすじと簡単な解説を記した。

〔付　録〕

一、付録として「御伽草子目録」を付した。この目録は、室町時代を中心に成立した現存の御伽草子全作品について、作品名を五十音順に配列し、内容による分類と、明治期以後の翻刻書、影印複製書のあるものはその書名を記載して、さらに広く御伽草子を読もうとする人々の便に供したものである。ただし、御伽草子は時代の上での上限と下限の限定が難しく、内容的にもその範囲を明確にすることが困難な文芸である。また、現在もなお新出《しんしゅつ》の作品が次々と発見されており、翻刻や影印書の刊行も年を追って増加している段階である。したがって、この目録も過渡的なものであることをお断りしておきたい。

本書の公刊に当って、翻刻の底本に使用することを御許可くださった原本所蔵者各位に厚く御礼を申し上げる。

また、本文の作製、校正等の作業は、編集部の労に負うところが少なくない。あわせ記して感謝の辞を申し上げたい。

御《お》伽《とぎ》草《さう》子《し》集《しふ》

浄《じやう》瑠《る》璃《り》十《じふ》二《に》段《だん》草《ざう》紙《し》

三河《みかわ》の国矢矧《やはぎ》の宿《しゅく》に、国司の伏見《ふしみ》の源《げん》中納言兼高《かねたか》が峰の薬師《やくし》に祈願して、海道一の遊君《ゆうくん》と名の高い宿の長者との間に儲《もう》けた、浄瑠璃《じょうるり》御前《ごぜん》という才色兼備の姫君がいた。時に、金売吉次《かねうりきちじ》の下人《げにん》となって奥州へ下る御曹司《おんぞうし》義経は、その豪華な邸宅の前を通りかかり、内の様子を窺《うかが》う所に、折から管絃《かんげん》の音《ね》が聞えてくる。御曹司が外で笛を合わせると、その音色に感じた浄瑠璃御前は御曹司を内へ請じ入れ、管絃や酒宴に時を過す。いったん宿へ帰った御曹司は姫の面影《おもかげ》が忘れ難く、再び姫の寝所へ忍び入る。言葉を尽して言い寄る御曹司の求愛を姫もついに受け入れ、二人は一夜の契りを結んだ。その後、御曹司は吉次とともに奥州へ旅立つが、駿《する》河《が》の吹上《ふきあげ》の浦で重病に倒れ、一人浜辺にとり残される。八幡大菩薩《はちまんだいぼさつ》のお告げでそれを知った浄瑠璃御前が侍女とともに吹上にたどり着いた時、御曹司はすでに空《むな》しくなっていたが、神々に祈る姫の誠が通じて蘇生《そせい》する。御曹司は姫に素姓《すじょう》を明かし、名残《なごり》を惜しむ姫に再会を約して、奥州平泉へと下っていった。

本作には、絵巻・奈良絵本・写本・版本等、伝本が多く伝わっている。ここで底本に使用したのは、慶長頃に刊行された絵入りの古活字版本である（東大図書館蔵、稀書複製会の復刻本がある）。この本は、室町時代の語り物の『浄瑠璃物語』が操《あやつ》り芝居にかけられた時に、十二段に編成し直されたものであろうと言われ、以後この本が典型となって流布した。より古い形態を残すと思われる本には、慶長頃の古絵巻（十六段構成、横山重氏蔵）や古奈良絵本（十二段構成、大東急記念文庫・天理図書館蔵）がある。頭注には主としてこの二種の古本を、本文の校訂には寛文頃の江戸版を参照した。

一段[一]

浄瑠璃御前の誕生

[二]さるほどに御曹司《おんざうし》[三]は〔この御殿は〕「いかなる人の住処《すみか》やらん」と、心をとめて見給へば、主《あるじ》は浄瑠璃御前《じやうるりごぜん》[四]とて、芸能[五]、情け《なさけ》[六]、みめかたち《かおだちや姿》、当国他国に並びなし《比類がない》。並びなきこそ道理なれ《比類がないのも当然である》。父は伏見《ふしみ》[七]の源中納言兼高《げんちゅうなごんかねたか》とて、三河《みかは》の国の国司なり。母は矢矧《やはぎ》[八]の長者[九]とて、海道一の遊君なり《東海道で一番の遊女である》。中にかの長者、よろづにつけて《欲しいものがなんでも》湧く《わ》宝七つまでこそ持たれけり《湧いて出てくる宝を七つもお持ちになっていた》。されども、白銀《しろがね》、黄金《こがね》をば、水の泡《あわ》とぞ思はれけり《水の泡くらいに思われていた》。されども長者、いまだ子を一人も持たせ給はねば、所々《ところどころ》へ宿願[一〇]申されけり。されども、[一一]示現《じげん》、験《しるし》はさらになし。その頃、三河の国に流行《はや》らせ給ふ峰[一二]の薬師《やくし》へ参りつつ、様々《さまざま》の宿願をこそ申されたれ。

南無《なむ》薬師[一三]十二神《じん》、願はくは、みづからに男子《なんし》にても女子《によし》にても、

一 底本には第一段のみ見出しがないので補った。

二 さて。物語を語り起すに当って形式的に用いる慣用句。古写本や古絵巻では「さるほどに浄瑠璃御前の本地《ほんぢ》をくはしく尋ぬるに」というふうに、神仏の由来を語る本地物式の語り出しになっている。

三 「曹司《そうし》」は部屋のこと。部屋住《へやずみ》の意で、上流階級のまだ独立していない子息に対する敬称。源氏の嫡流《ちゃくりゅう》の子息や平家の公達《きんだち》に多く用いられ、特に源義経をさすようになった。

四 仏教では東方の薬師《やくし》如来《にょらい》の浄土を「浄瑠璃」という。峰の薬師に祈願して授かった女子なので、「浄瑠璃御前」と名づけたのである。

五 詩歌、書画、音楽など、上流階級の人間が教養として身につけていなければならない各種の技芸。

六 情趣や風流を理解する洗練された心。

七 京都の南部。都の公家《くげ》が三河（愛知県東部）の国司となって下り、矢矧の遊君と契ったのである。

八 愛知県岡崎市に属す。「矢作《やはぎ》」とも書く。

九 宿駅の長。昔は宿駅の女主人が宿泊などの世話をし、貴人のためには歌舞管絃《かんげん》を催して旅の徒然《つれづれ》を慰めなどしたので、女主人を長者といった。

一〇 前々からの願い。ただしここは単に「祈願」の意に使っている。誤用であろう。

一一 人間の願いに対して神仏が霊験《れいげん》を示し現すこと。

一二 愛知県南設楽《しだら》郡の鳳来寺《ほうらいじ》の薬師如来。

一三 薬師を信仰する人を守護する十二の神。

子種《こだね》を一人授け給へ。その願成就《ぐわんじやうじゆ》するならば、矢矧の家に七つ候ふ宝物《たからもの》を、一つづつ次第次第に参らすべし《順々に差し上げましょう》。まづ一番に、紺地《こんぢ》の錦《にしき》の[一]まぼりを、[二]六十六尺の[三]掛帯《かけおび》、五尺の[四]鬘《かづら》、[五]八花形《やつはながた》の[六]唐《から》の鏡六十六面《おもて》、十二の[七]手箱添へて参らすべし。黄金作《こがねづく》りの刀《かたな》三十六腰揃《そろ》へて、[八]欄干《らんかん》渡して参らすべし。これをも不足におぼしめさば、[九]真羽《まは》の[一〇]征矢《そや》を百矢揃へて、[一一]斎垣《いがき》に組みて参らすべし。白銀作《しろがねづく》りの太刀《たち》百振《ふり》揃へて参らすべし。紺地の錦の[一二]御戸帳《みとちやう》、月に三十三《毎月三十三枚ずつ》、八年かけて参らすべし《八年の間掛け替えて差し上げます》。朱糸《あけいと》にて髪巻きたてて《馬のたてがみを飾り立て》、黒の駒《こま》を年《とし》に三十三匹《びき》づつ、五年引かせて参らすべし《五年の間引いて来て献上いたします》。かの御堂《みだう》の前に[一三]蓬萊山《ほうらいさん》を飾り立てて、黄金にて日を作り、白銀にて月を作りて、参らすべし。[一四]雀《すずめ》小鳥《せうてう》、鴨《かも》の曲羽《まがりは》、鶴の本白《もとじろ》、鸛《こふ》の霜降《しもふり》をもつて、御社壇を建て替へ建て替へ、年に一度づつ、三年が間参らすべし《みやしろの建物を三年間にわたって毎年一度ずつ次々に建て替えてさしあげます》。男子にても女子にても、長者をあはれとおぼしめさば、子種一人授け給へ。これを御用ひ候はずは《この願いをかなえて下さらないなら》、かの御堂の[一五]内陣《ないぢん》にて腹十文字にかき切り、

一 「紺地の錦の」とあるので守り袋のことか。
二 一尺は約三〇センチ。約二〇メートル。
三 女子が社寺参詣《さんけい》の時、肩から胸に掛け背後で結んだ帯。赤色の絹を用いた。普通は八尺ぐらいの長さ。
四 髪の薄い人や短い人が添え加える髪。かもじ。
五 円形の周囲に花弁のような角《つの》を八つつけた形。
六 中国から渡来した鏡。
七 女性の化粧用の道具や化粧品を入れておく箱で、中に二列に六つの小箱があるもの。
八 御堂の回廊の手すりを、その刀をつなげて造って差し上げる、の意であろう。
九 「真鳥羽《まとりば》」の略で、矢羽に使う鷲《わし》の羽のこと。
一〇 戦闘用の矢。
一一 神社など神聖な場所の周囲にめぐらした垣。
一二 神仏の厨子《ずし》の前にたらす小さな帳《とばり》。
一三 中国で説かれた不老不死の仙境。その蓬萊山をかたどった台の上に、松竹梅・鶴亀などを飾って祝儀《しゆうぎ》の席の飾り物にした。
一四 以下、鳥の羽の得がたいものを並べたのであるが「雀小鳥、鴨の曲羽」は未詳。「鶴の本白」は本が白く他は黒い鶴の羽。「鸛の霜降」は白い斑点《はんてん》のあるコウノトリの羽。羽をもって建て替えるというのは屋根を葺《ふ》くということであろうか。
一五 社殿や本堂の、神体や本尊を安置しておく奥の部分。人の参拝する所を外陣《げじん》という。

腸《はらわた》つかんで薬師に投げかけ、荒人神《あらひとがみ》[一六]となりて、参る人に障礙《しやうげ》[一七]をなし候はん時、長者を恨み給ふな。

と、深く祈請《きせい》[一八]申しつつ、二七日《にしちにち》[一九]籠《こも》れども示現《じげん》さらになし。三七日《さんしちにち》籠られたり。

かくて、百日満ずる暁がた《ちょうど百日目になる明け方に》に、仏《ほとけ》は八十ばかりなる老僧に現じ給ひつつ《老僧の姿で現れなさって》、皆水晶《みなずいしやう》[二〇]の数珠《じゆず》[二一]つまぐり、長者御前の枕上《まくらがみ》に立ち寄り、「いかに《これこれ》汝《なんぢ》承れ。汝が嘆くところあまりに不便《ふびん》さに、八尺の金《かね》[二二]の棒が八寸になり、八寸の金足駄《かねあしだ》[二三]が四寸になるまで尋ねまはれども、さらに《どうしても》汝に授くべき子種一人もなし。子種のなきいはれを語りて聞かせ候ふべし。たか[二四]の沼と申す所に池あり。かの池の深さ八万由旬《ゆじゆん》[二五]なり。汝が丈《たけ》[二六]を申せば十六丈《ぢやう》なり。この大蛇多く人を取り、生物《いきもの》、鳥類を亡《ほろ》ぼしたるにより、汝に子種はなきぞよ。〔汝が〕矢矧の長者に生《むま》るること《生れ変った》は《わけは》、かの池のほとりに観音堂《くわんおん》あり。この御堂に貴き御僧一人まします。かの池の主《ぬし》成仏《じやうぶつ》せよとて、夜昼法華妙典《ほつけめうてん》[二七]を行ひ《読誦して》、汝に回向《ゑかう》[二八]し給

一六 中世には、非業《ひごう》に死んだ人の怨霊《おんりよう》を恐れて神に祀《まつ》ることがしばしば行われた。そういう神を「荒人神」という。人にたたりをする荒々しい神。
一七 仏語。悪魔、怨霊などがさまたげをすること。
一八 神仏に誓いを立てて加護を祈ること。
一九 十四日間。神仏に参籠《さんろう》する場合、その期間として七日を単位とした。「三七日」は二十一日間。
二〇 すべて水晶でできている数珠。
二一 指先で数珠の玉を一つずつ繰ること。念仏の回数を数える時などに行う。
二二 僧侶《そうりよ》の使う錫杖《しやくじよう》のこと。錫杖がすり減ってしまうほど歩いたという意。一寸は約三センチ。
二三 金属製の高下駄《たかげた》。
二四 未詳。「多賀」という地名は諸所にある。諸本この部分は「安積《あさか》の沼」「浅間嶽《あさまがたけ》のみぞろ野池」などまちまちである。
二五 仏語。古代インドで用いた距離の単位。一由旬は帝王の軍隊が一日に進む距離といわれる。「八万由旬」は要するにはかりしれない長さということである。
二六 ここは文が足りない。前世ではお前はその池の大蛇であって、その長さをいえば十六丈もあった、の意。一丈は約三メートル。
二七 法華経《ほけきよう》のこと。「妙典」は微妙なすぐれた法を説いた経典。とくに法華経をさしていうことが多い。
二八 自分の積んだ功徳《くどく》を他にさしむけて救うこと。

ふ。かの御経《きやう》を聴聞《ちやうもん》[一]したりし功力《くりき》[二]により、ほどなく矢矧の長者に生《むま》れたり。汝が夫《つま》[三]の源中納言は、人もなき高き峰にすむ鷲《わし》[四]といふ鷹《たか》なり。大空の鳥の数を亡ぼすといへども《鳥を数多く取って殺したけれども》、鞍馬《くらま》[五]を立ちまはり、朝夕霊《れい》[六]仏霊山《ぶつれいさん》の鐘の声、御経を聴聞したるにより、公家大名《くげだいみやう》と生るるといへども、その因果により《多くの鳥を殺したむくいで》子種はなし。さりながら、〔子のないことを〕あまりに嘆くも不便《ふびん》さに、子種を一人授くるぞ」とて、玉の手箱を開き、玉章《たまづさ》[七]を取り出《い》だし、長者御前の左の袂《たもと》へ移させ給ひけるぞとおぼしめし《思われたとたんに》、夢うちさめて《夢がさめて》、歓喜《くわんぎ》[八]の心かぎりなし。礼拝《らいはい》まゐらせ下向《げかう》[九]申し、車五百輛《りやう》揃《そろ》へつ

長者夫婦、峰の薬師へ祈願

一 仏語。御経や説法を心して聞くこと。
二 仏語。功徳の力。効験《こうけん》。
三 夫婦や恋人が互いに相手を呼ぶ語。
四 「鷲と呼ばれる大きな鷹」の意か。方言には大鷲のことを鷲鷹《わしたか》という地方がある。
五 京都市左京区にある鞍馬山。鞍馬寺があり、古くから民間の信仰が篤《あつ》かった。
六 霊験あらたかな仏を祀《まつ》った山。
七 手紙のことであるが、ここは単に「玉」という意であろうか。「瑠璃の玉」とする本もある。
＊ 前世に殺生《せっしょう》をしたむくいで子が無いのに、切に祈願して子を授かったという話は、御伽草子の中に類例が多い。古い例では『神道集《しんとうしゅう》』の「三島大明神ノ事」に、伊予の国の長者、橘《たちばなの》清政なる者が長谷《はせ》の観音に申し子をすると、お前は昔長谷寺の宝前に植えてあったインド渡来の大事な菊の花を食ってしまった罪によって子が無いのだが、あまりに嘆くゆえに、他の女に与えるはずの子種を、お前の財宝と引き替えに授けようという示現をこうむった話が出ている。
八 非常に喜ぶこと。本来仏教から来た語で、近世までは「カンギ」と濁音によむ。
九 「還向《げこう》」とも書き、社寺に参拝して帰ること。

つ、長者の持ちたる七つの宝を、峰の薬師へ一つづつ次第次第に参らせたり。その後《のち》、長者ほどなく懐妊して、日数《ひかず》をつもれば[一〇]御産の紐《ひも》をぞ解き給ふ。かれ《赤子を》を取り上げ見給へば、まことに玉をのべたる《玉を敷きつめたよう》ごとくなればとて《に美しいというので》、[一一]浄瑠璃《じやうるり》とは名づけたり。父のためには《父にとっては》四十三の御子なり。母のためには三十七の御子とも承る。

二 段

御曹司、浄瑠璃御前の御殿に忍び入る

[一二]弥生《やよひ》なかばの頃《ころ》なるに、[一三]楊梅桃李《やうばいたうり》の春の花、木々の梢《こずゑ》に咲き乱れ、[一四]大庾嶺《たゆふれい》の梅の花《梅の花が》、茂みが枝の花盛りも《茂った枝にいっぱい咲いているのも》、かくやと思ひ知られたり。御曹司《おんざうし》は木《こ》の本《もと》に立ち忍び《こっそりと立って》、散りゆく花を左右《さう》の袂《たもと》に受けとめて、水辺《すいへん》にをる。古き詩歌《しいか》を[一五]ながめて立ち給ふ。[一六]「鶯《うぐひす》の声に誘引《いういん》せられて、[一七]野草《やさう》芳菲《はうひ》たり紅錦《こうきん》の地。遊糸《いうし》繚乱《れうらん》たり碧羅《へきら》の天」ともながめて、立たれたり。

一〇「産の紐を解く」は出産すること。妊婦の腹帯のことを「産の紐」といった。
一一 仏語。清浄な瑠璃。ここでは玉のように美しいので浄瑠璃と名づけたとあるが、古い絵巻や奈良絵本では、薬師の申し子であることがその理由とされている。その方が本来であろう。一一頁注四参照。
一二 陰暦の三月。
一三 楊《やなぎ》と梅と桃と李《すもも》。春のはなやかな景色を形容する時の慣用語の一つ。
一四「タイユレイ」が正しい。中国の江西省南康県にある山の名で、梅の名所として知られる。
一五「ながむ」は声を長く引く意。吟詠すること。
一六 白居易《はくきよい》（白楽天《はくらくてん》）の「鶯の声に誘引せられて花の下《もと》に来《きた》る。草の色に拘留《こうりう》せられて水辺に坐《を》り」（『和漢朗詠集』上）の詩句を略して引く。
一七 同じく『和漢朗詠集』上の劉禹錫《りゆううしやく》の詩句をそのまま引く。野の草は香《こう》ばしい匂《にお》いを放って地に紅《くれない》の錦《にしき》を敷いたように咲き乱れ、春の空は碧《みどり》の羅《うすぎぬ》を張ったようで遊糸《かげろう》がゆらゆらと立ち昇っている。

[一]萌《も》え出《い》づる草の煙に末乱れ
　おぼろに霞《かす》む春の夜の月

となめて立たれたり。折節《をりふし》長者の住処《すみか》より南の[二]妻戸《つまど》に当りつつ《妻戸の方角から》、[三]爪音《つまおと》やさしき琴《こと》の音《ね》の、松吹く風に響きつつ《松を吹く風の音と響き合いながら》、りんりんとこそ音づれけれ《澄み通った音で聞えてきた》。御曹司は聞こしめし、「いかなる人弾《ひ》くやらん」と心をとめて、[四]怪《あや》しめおぼしめし《不思議に思われて》、琴の音に心をひかれ、尋ね寄りて見給へば、ここに一つの不思議あり《目の前に思いもかけない光景が現れた》。

御殿の壮麗さ

主《あるじ》は誰《たれ》とも知らねども、[五]七間《しちけん》四面の屋形《やかた》、[六]八棟造《やつむねづく》りに[七]結構《けつこう》し、東西両門飾らせて、壺《つぼ》の内には《中庭の内には》、樹木、[八]前栽《せんざい》、数知らず。軒端《のきば》の紅梅、[九]心も言葉も及ばれず。一重《ひとへ》桜に八重《やへ》桜、垂《しだ》り柳に吹く春風《しだれ柳が春風に乱れ》、いとど《それを見る》心もうち乱れ《と心も乱れるばかりで》、花も紅葉《もみぢ》もひと盛り、南面《みなみおもて》の花園には、[一〇]籬《まがき》、[一一]透垣《すきがき》、まばらにて、月見んための[一二]板庇《いたひさし》、花見んための八重[一三]檜垣《ひがき》、[一四]洲浜《すはま》に池を掘らせつつ《洲浜の形に池を掘らせて》、池の中には、[一五]立石《たていし》、伏石《ふせいし》、流石《ながれいし》、[一六]仏《ほとけ》をまねぶ羅漢石《らんかんいし》、[一七]青黄赤白黒《しやうわうしやくびやつこく》といふ石の数をぞ畳ませける《五色の石を数多く積み重ねてある》。鴛鴦《をしどり》、鷗《かもめ》、[一八]かいつぶり、

一　芽を出した草の葉末がかげろうにゆらゆらと乱れ動き、空には春の夜の月がおぼろに霞んでいる。
二　寝殿造《しんでんづく》りで、建物の出入口に設けた、両開きの板製の扉。「当りつつ」の「つつ」は接続助詞。「当って」と同じ。
三　琴爪で琴をかきならす音。
四　下二段活用「怪しむ」の連用形。
五　「間」は建物の外面の、柱と柱との間をいう。室町時代には一間の長さは六尺五寸（二メートル弱）ぐらいであった。
六　屋根の形が複雑で、棟がいくつもあるもの。かならずしも八つに限らない。
七　建物などを善美を尽して造ること。
八　庭に植えこんだ草木。
九　名状しがたいさまをいう慣用句。想像もつかないし、言葉で言い尽すこともできない。
一〇　竹や柴などで目をあらく編んだ垣。
一一　柱の間に通した貫《ぬき》（横木）の表裏に、板や割竹を交互に打ち並べた垣。「すいがい」ともいう。
一二　板ぶき屋根のひさし。
一三　檜《ひのき》の薄板を網代《あじろ》のように編んだ垣。
一四　洲のある浜辺が出入りしている海岸。
一五　以下さまざまな石の形をいう。
一六　仏の姿をかたどった石の意か。「羅漢《らかん》」は仏弟子で悟りに達した聖者のこと。音調をととのえるために「らんかん石」といった。

雁《がん》、鴨水鳥《かもすいてう》[一九]、数々の水鳥《みづとり》どもは、清き砂《いさご》に住み慣れて、おぼろ月夜の影よりも《おぼろ月の光を通して見るその光景は》、身にしむばかりおもしろく《身にしみるほど趣が深くて》、池の中には、蓬莱《ほうらい》[二〇]、方丈《はうぢやう》、瀛洲《えいじう》とて、

浄瑠璃御前の御殿に忍び入った御曹司

三つの島をぞあらはしける《三つの島をかたどった島をつくってある》。島内《しまうち》の結構《装飾には》には百種の花をぞ植ゑられける。紅梅、白梅、八重桜、白玉椿《しらたまつばき》[二一]、岩躑躅《いはつつじ》[二二]、牡丹《ぼたん》、芍薬《しやくやく》、杜若《かきつばた》、桔梗《ききやう》、刈萱《かるかや》、女郎花《をみなへし》、紫苑《しをん》、りんだう、われもかう[二三]、白菊《しらぎく》、黄菊《くわうぎく》、さまざまに、幾年《いくとし》積る万年草《まんねんさう》[二四]、何を便りに浮草[二五]の、月の影をば宿すらん。東面《ひがしおもて》の泉水[二六]には、唐松《からまつ》、富士松《ふじまつ》[二七]、五葉《ごえふ》の松、引く手[二八]になびく子《ね》の日《び》の松、六十六本植ゑられたり。松の木《こ》の間《ま》には、鶲《ひは》、小雀《こがら》、

一七 読みはそれぞれの字の呉音。
一八 水鳥の一種。
一九 鴨などの水鳥というくらいの意か。
＊ 第二段は、浄瑠璃御前の住居をこの世のものとは思われない仙境として描いているが、このような理想境の描写も室町時代の文芸では好んで取り入れられたものである。七五調の律文による詞章は、語ることによって聴く者を恍惚《こうこつ》とさせる効果をもったと思われる。
二〇 中国の神仙思想で説かれた三つの仙境。ともに海中にある島で、不老不死の神仙のすむ場所とされた。
二一 白い花の咲くツバキ。「玉」は美称。
二二 「れんげつつじ」の異名。また岩や石のほとりに生えるツツジをいうこともある。
二三 バラ科の多年草。
二四 ベンケイソウ科の草。「幾年積る」は「万年草」の名からつけた単なる修飾句。
二五 水の上にただよって頼りにするものもなさそうな浮草に月の影が宿っていることだ。「浮草」は水の上に浮んで生育する草。底本「うちくさ」。寛文頃の江戸版によって改めた。
二六 築山を設け、池をうがった日本式庭園のこと。
二七 カラマツの別名といわれる。
二八 引き抜く人の方に心を寄せるという子《ね》の日《び》の松。「子の日の松」は、正月の最初の子の日に野に出て小松を引き遊宴するならわしのこと。

四十雀《しじふから》、花に慣れたる《梅の花になじんだ》鶯《うぐひす》の、さへづる風情《ふぜい》を黄金《こがね》にて、さまざまに作らせて、動くばかりに《生きているように》据《す》ゑさせたり。北の方《かた》の泉水には《北側の池には》、[一]炭焼く翁《おきな》が年を経て、頭《かしら》の雪を払ひかね、己《おの》が袂《たもと》は薄けれども、冬を待ちたるやさしさよ。[二]長生殿《ちやうせいでん》にはあらねども、[三]四節の四季をぞまねばれ《長生殿の四季の景色をまねて作っ》たる《てある》。百種の花の事なれば、つぼみて匂《にほ》ふところもあり。散りゆく花の梢《こずゑ》もあり。嵐に花の誘はれて《はげしい風に花が散って》、汀《みぎは》の波に浮みしを、物によくよく譬《たと》ふれば、[四]八功徳水《はつくどくすい》の池の面《おも》の、百千万種の[五]宝蓮華《ほうれんげ》も、いかでかこれに勝るべき《とてもこれほどではないだろう》。[六]島より陸地《ろくぢ》の通ひには、[七]反橋《そりはし》を懸けさせ、池には色々の蓮《はちす》を放し、たゆたふ波も《ゆれ動く波も》[八]悠々《いういう》として、汀の前に吹く風もしん[九]しんと月澄みて、孔雀《くじやく》、[一〇]鳳凰《ほうわう》、桐竹《きりたけ》に舞ひ遊びければ、さながら極《ごく》楽世界も、かくやらんとおぼえけり。

三　段

一　白居易《はくきよい》の『新楽府《しんがふ》』に「売炭翁《ばいたんおう》」をよんだ詩があり、物語や戯曲の文章の中にしばしば引用された。この文もそれを踏まえている。年とって髪が白くなった炭焼の翁が冬の寒さに耐えているつつましやかな姿の作り物が泉水のかたわらに置かれている。

二　中国の唐代に、驪山《りざん》の華清宮《かせいきゆう》にあった宮殿。玄宗《げんそう》皇帝が楊貴妃《ようきひ》を伴って遊んだことで有名になった。

三「四節」も「四季」と同意で、春夏秋冬のこと。

四　仏語。極楽浄土にあって、心身を養う八つの功徳《くどく》があるといわれる水。

五　仏の世界に咲く蓮華の美称。

六　池の中の島から、こちらの岸への通路としては。

七　中央を高く、弓なりにそらせた橋。

八　ゆったりと落ち着いていて。

九　奥深く静寂なさまをいう語。風も静まりかえって、ひっそりとした中に月が澄みわたって。

一〇　古代中国でめでたい鳥とされた想像上の鳥。桐の木にすみ、竹の実を食したと伝える。ここも孔雀や鳳凰が桐や竹の中で舞い遊ぶさまをかたどった作り物があるということであろう。

一一　時代や文献によってさす範囲が異なるが、広くは逢坂《おうさか》の関より東、東海道・東山道以東、陸奥《むつ》の国までをいう。

一二　第一段の冒頭にも同じ文があって重複している。古い絵巻や奈良絵本では、第一段の冒頭は「さるほどに浄瑠璃御前の本地をくはしく尋ぬるに、父は伏見の

御曹司、浄瑠璃御前の姿をかいまみる

御曹司は御覧じて、「こはいかに《これはどうしたことか》、義経こそ都にて多くの泉水を見しかども、かほどの泉水いまだ見ず。かかる東《あづま》[一一]の遠国《ゑんごく》にも、かやうの所ありけるよ」と、いかにも心をとどめつつ《すっかり心をひきつけられて》、御覧じける折節、ここに一つの不思議あり。主《あるじ》[一二]は浄瑠璃《じやうるり》御前《ごぜん》とて、芸能、情け、みめかたち、当国他国に並びなし。並びなきこそ道理なれ。皆人《人は皆》は三十[一三]二相のかたちとは申せども《美人のことを三十二相を備えた容姿というが》、かの浄瑠璃と申すは四十二相[一四]のかたちなり。上《かみ》八十人、中下《なかしも》八十人とて、二百四十人の女房《にようばう》[一五]たち召し使はれたり。父は[一六]伏見の源中納言兼高とて、三河の国の国司なり。母は[一七]矢矧《やはぎ》の長者とて、海道一の遊君《いうくん》なり。二人の間より生ずるその子なれば、一事おろかの事ぞなき《なに一つとして欠けたところはない》。琵琶《びは》、琴《こと》上手、よろづの事にいたるまでも、おろかなる事ぞなき。あそばす草子は何々ぞ《お読みになる草子はというと》。古今《こきん》[一八]、万葉、伊勢物語、源氏、狭衣《さごろも》、恋尽し[一九]、和歌の心をはじめとして、情けの[二〇]道を知ることは、当国うちに聞えけり。心ありげの《風流心のありそうな》女房たち花園に立ちめぐり、木々の梢《こずゑ》や、竹のうら[二一]、かたぶく月のおもかげを、歌

源中納言兼高とて三河の国の国司なり。母は矢矧の長者とて海道一の遊君なり」とある。これが本来の形で、底本のように、浄瑠璃御前の素姓を述べないうちに、「さるほどに御曹司は、いかなる人の住処やらんと、云々」とあるのは不合理な書き出しである。不用意に改作した結果であろう。

一三 仏がそなえているという三十二のすぐれた外見的特徴のこと。女性の容貌や姿形の美しさを形容するのに使う慣用句。

一四 四十二相という語はない。三十二相では足りないほどの美人というところからの造語であろう。

一五 朝廷や貴族の家に仕える侍女《じじよ》。女官の部屋の意から、部屋を賜って住む上級の侍女をいうようになった。

一六 一一頁注七参照。

一七 一一頁注八・九参照。

一八 『古今和歌集』『万葉集』『伊勢物語』『源氏物語』『狭衣物語』等は、上流女性に必須《ひつす》の教養書であった。

一九 未詳。江戸時代の往来物の類に『恋の歌尽し』『恋の文尽し』といった書がある。その類か。

二〇 恋の道。男女の交際において恋愛の情趣を理解する洗練された心をもつこと。

二一 竹の枝先。「うら」は「うれ」ともいい、樹木や竹などの枝の先端のこと。

によみ詩に作り、連歌《れんが》一をして立たれたり。

御曹司は籬《まがき》の蔭《かげ》に立ち忍び、花園山をながめ給へば、浄瑠璃御前のその夜の装束《しやうぞく》、いつに《ふだんよりも》すぐれて《いっそう》花やかなり《はなやかである》。浮織物《うけおりもの》二、唐《から》織物三、桜、四山吹、濃き躑躅《つつじ》、梅地、紅梅、柳色、薄紅梅、菖蒲襲《しやうぶがさね》に、菊襲《がさね》、十二単《ひとへ》を引き重ね、濃き紅《くれなゐ》の千入《ちしほ》五の袴《はかま》六踏みくくみ、丈《たけ》に余れる翡翠《ひすい》七のかんざしを、紅梅の《紅梅色の》檀紙《だんし》八を山形様《やまがたやう》九に畳ませて、中ほどを寄せて《髪の中程をたばね》、舞ふ《蝶の舞》やうに結ばせて《うような形に結ばせて》、浦吹く風にそよとなびかせて、立たれたりけるその風《ふ》情《ぜい》、心言葉も及ばれず。優《いう》にやさし《上品でおく》くおぼえたり《ゆかしく思われた》。ものによくよく譬《たと》ふ

浄瑠璃御前をかいま見る御曹司

一 和歌の上《かみ》の句と下《しも》の句とを分け、二人が応答の形でよむ詩歌の一種。中世以後は、多人数で上の句と下の句を交互につらねてゆく長連歌《ちようれんが》が発達した。
二 文様《もんよう》を浮織りにした織物。
三 中国渡来の織物。また、それをまねた織物。しかし、前項の「浮織物」の別称としても使われた。
四 以下、衣裳《いしよう》の色合をいう。桜（淡紅色）、山吹（こがね色）、躑躅（表は白、裏は蘇芳《すおう》色）、梅地（表は濃紅、裏は紅梅）、柳色（白みがかった青色）、菖蒲襲（表は青、裏は紅梅）、菊襲（表は白、裏は蘇芳）。
五 染め液に何回もひたして色濃く染めること。
六 袴の裾《すそ》を長くして、足で踏むほどに後ろへ折り曲げてはくこと。
七 カワセミの羽のように、つややかで長く美しい髪。「翡翠」はカワセミ科の鳥。「かんざし」は髪の形状をいう語であるが、転じて単に髪のこと。
八 和紙の一種。檀《まゆみ》の樹皮で作った上質の紙。
九 山のように、中央が高くとがり、左右が斜めに下がっている形。
一〇 中国唐の玄宗皇帝の妃《きさき》。白居易の『長恨歌《ちようごんか》』をはじめ、詩や小説に多く取り上げられた。
一一 中国漢の武帝の寵妃《ちようひ》。絶世の美人と伝える。
一二 『古事記』『日本書紀』に出てくる伝説上の人物。容姿が美しく艶色《えんしよく》が衣を通して光り輝いたと伝える。
一三 『源氏物語』に登場する女性。朱雀院《すざくいん》の皇女で光源氏に降嫁したが、柏木《かしわぎ》と密通して薫大将《かおるたいしよう》を生む。

れば、一〇楊貴妃《やうきひ》、一一李夫人《りふじん》、一二衣通姫《そとほりひめ》に、一三女三《によ》の宮の立ち姿、一四朧月夜《おぼろづくよ》の尚侍《ないしのかみ》、一五弘徽殿《こうきでん》の細殿《ほそどの》もこれにはいかでまさるべき。義経都にありし時、幾ら《幾人もの》の内裏《だいり》の女房たち、やんごとなき《高貴な家柄の》一六上﨟《じやうらふ》たちを、一七五節《ごせち》の遊びありし時見たてまつれども、かほどの美人はいまだ見ず。同じ人間と生《むま》れなば、かやうの人にあひ馴《な》れ、近づきたてまつり、一八偕老同穴《かいらうどうけつ》の語らひ、一九比翼連理《ひよくれんり》の契りをこめてこそと思ふ《固い約束を結んでこそそのかいもあると思って》心を、二〇猿猴《ゑんこう》の林に遊び、胡蝶《こてふ》の花に慣れたる風情にてこそ立たれけれ。

四段

浄瑠璃御前、女房たちと管絃の遊びを始める

浄瑠璃御前《じやうるりごぜん》は、なほも月の光や花の名残《なごり》惜しくや思はれけん。心ありげの女房たち十二人召し具せられて《お集めになって》、管絃《くわんげん》の始めて遊ばれけり《音楽の遊びをはじめられた》。浄瑠璃御前は琴《こと》の役、〔侍女の〕月さえ殿は琵琶《びは》の役、冷泉殿《れんぜいどの》は二一篳篥《ひちりき》の役、十五夜殿は二二笙《しやう》の役、有明殿《ありあけどの》は二三和琴《わごん》の役、二四方磬合《はうきやうあ》はする者もあり。時の

一四 同じく『源氏物語』の女性。二条右大臣の娘で、東宮の妃になる予定であったが、光源氏と結ばれ、源氏の須磨流謫《すまるたく》の原因となった。

一五 後宮《こうきゆう》の御殿の一つである弘徽殿《こきでん》に住む女御《にようご》の名。ここは後朱雀天皇の中宮となった藤原源子のことか。

一六 もとは修行の年数を多く積んだ上座の僧侶《そうりよ》のことであるが、俗人に対しても用いるようになり、とくに身分の高い女官、さらに転じて一般的に格式の高い家の女性をさしていうようになった。

一七 奈良時代以後、大嘗会《だいじようえ》および陰暦十一月の新嘗会《しんじようえ》に行われた舞姫の舞を中心とする宮中の行事。「遊び」は本来は神事に伴う舞楽を行うことから、次第に広く楽しむ行為をいうようになった。

一八 夫婦が最後まで連れ添いとげること。

一九 比翼の鳥（雌雄おのおの目が一つ翼が一つで常に一体となって飛ぶという空想の鳥）と連理の枝（一つの木の枝が他の木の枝と連なって木目《もくめ》が続いていること）。ともに男女の仲の睦《むつ》まじいさまのたとえ。

二〇 猿《さる》が林の中で遊び、蝶が花に戯れているように、夢心地でお立ちになっていた。

二一 雅楽用の管楽器。音は鋭く哀愁を帯びる。

二二 雅楽用管楽器。五音ないし六音を同時に奏する。

二三 神楽《かぐら》などに用いられた日本古来の六絃琴。

二四 中国から伝わった打楽器。小さい鉄板十六枚を上下二段に並べ、槌《つち》で旋律をつけて打ち鳴らす。

調子は[一]平調《ひやうてう》なり。遊ばす楽はなになにぞ《演奏なさる楽はどんな曲かというと》。[二]皇麞《わうじやう》、[三]泔州《かんしう》、想夫恋《さうふれん》、春楊柳《しゆんやうりう》に、夜半楽《やはんらく》、次第に秘曲を尽されけり《次々と秘伝の曲を残さずに演奏された》。月西山《せいざん》に傾けば、光も影もかすかにて、花は木《こ》の間《ま》に散り敷きて、色も匂ひも満ち満ちて《花の色も匂いもたちこめて》、琵琶《びは》の音《おと》、琴《こと》の音《ね》、澄みわたり、[四]悪業煩悩《あくごふぼんなう》は雲晴れて、極楽浄土もかくやらん。[五]天人《てんにん》も天降《あまくだ》り、菩薩《ぼさつ》もここに[六]影向《やうがう》なるかとおぼしくて、知るも知らぬも《音楽の分る者も分らない者も区別なく》おしなべて、[七]随喜《ずいき》の涙《なんだ》を流しつつ、皆袖《そで》をこそしぼりけれ。

御曹司、管絃に合わせ横笛を吹く

御曹司《おんざうし》聞こしめし、「こはいかに《これはどうしたことか》、[八]田舎《ゐなか》はもの憂《う》き所かや。管絃に[九]横笛《やうでう》一管《くわん》なきことよ。笛がなくして吹かざるや。笛はあれども、吹く人なくて吹かざるや。さあらば《そういうことなら》、これにて義経吹かばや《この義経が吹いてみせよう》」なんどおぼしめし、「もしも咎《とが》むる人あらば、この頃もてあそぶ《手慰みにしている》[一〇]草刈笛《くさかりぶえ》と申すべし。なほも咎むるものならば、源氏重代の《源氏に代々伝わる》黄金作《こがねづく》りの、[一一]古年刀《こねんだう》の続くほどこそ」とおぼしめし、「つつめども《心の思いをかくそうとしても》つつまれず、忍べども忍ばれず《とてもがまんができない》。進退きはまるわが身かな《このままでは引くに引けない気持だ》」とおぼしめし、あまり

一 雅楽の六調子の一つ。平調《ひようじょう》の音（洋楽のホの音に相当する）を主音とする調子。
二 底本には「たいしやう」とあるが、「皇麞」の誤りであろう。雅楽の平調曲の一つ。
三 以下、雅楽の曲名。いずれも平調曲。「泔州」は底本「かんしゆ」とある。「想夫恋」は「相府蓮」が正しいが、のち、男を恋慕する女心の曲と解されて、「想夫恋」と書かれるようになった。
四 この世をおおっている悪業煩悩の雲も、この素晴らしい音楽の音に吹き払われてしまって。「悪業煩悩」は、悪果を招く人間の迷いの所行。
五 極楽浄土の相を描いた絵画を見ると、天女の舞姿や仏菩薩の尊容が必ず描かれている。
六 神仏が現世に姿を現すこと。
七 ありがた涙を流して。「随喜」は仏語。他人のなす善を見て、心からありがたく思って喜ぶこと。
八 せっかくの管絃だのに、やはり田舎はいまひとつすっきりしないことだな。
九 よこぶえ。本来「おうてき」というが、「王敵」に通じるとして「ようじょう」と呼ぶことが多い。
一〇 草刈童《わらべ》などが吹く笛。
一一 「こねんたう」の変化した語。武家で先祖から伝えられている刀をいう。古年刀の刃が続くかぎりは、斬《き》りまくってやろう、の意。底本「こんねんとうのほとそ」とあり、江戸版によって改めた。

にす[一二]みければ、腰より横笛取り出だし、錦《にしき》の[一三]油単《ゆたん》をはづし、[一四]干五上《かんごじやう》勺中六下口《さくちゆうろくげく》とて、八つの歌口《うたぐち》、花の露を吹きしめし《花の露でしめして》、楽《がく》はさまざま多けれど、女は男を恋ふる楽、男は女を偲《しの》ぶ楽、想夫恋《さうふれん》といふ楽をこそ、人目も憚《はばか》らず、矢矧《やはぎ》の土にもならばなれ《たとえここで死んでも悔いはない》、たとひ、[一五]やうちにもならばなれと、あたりも響けと吹かれたり。内には、琵琶、琴ひき給へば、門《もん》にて笛をぞ遊ばしける。内には、琵琶、琴おしとどめ、門の笛をぞ[一六]聴聞《ちやうもん》し給ひけり。

浄瑠璃この由聞こしめし、「矢矧はさるべき名所にて《相当な名所であって》、上《のぼ》り下《くだ》りの大名たち、[一七]少人《せうじん》とどまりて、たびたび管絃せしかども、かやうの横笛いまだ聞かず。音声《おんせい》、息ざし《息づかい》、[一八]ほど、拍子、かかる風情のおもしろさよ《何もかも揃った風情のある笛の吹き方よ》。よそにて聞くだにゆかしきに《音色を聞いているだけでも心がひかれるのに》、主《ぬし》を見[一九]たらんゆかしさよ。いかにや女房たち」とぞおほせける。[二〇]御前《おまへ》の女房たち、門外ざまに《門の外の方へと》立ち出でて、やがて帰りて《すぐに帰ってきて》申すやうは、「心にくくも候はず《心ひかれる者ではございません》。昼の頃[二一]大方殿《おほかたどの》にて遊びつる[二二]金売商人《かねうりあきびと》に、朝夕伺候《しこう》の下人《げにん》、都の[二三]冠者《くわじや》にて

一二「澄みければ」で、御殿の中から聞える管絃の音が澄み通って響いてくるので、の意か。
一三 湿気を防ぐために、布や紙に油をしみこませて、調度や槍・笛などのおおいにしたもの。
一四 笛を吹く時に、くちびるをあてる穴を歌口といい、その八つの歌口の名称。
一五 意味未詳。「たとひ闇《やみ》にもならばなれ」とする写本もある。
一六 本来は仏語で、説法を心をとめて聞くこと。
一七 少年の意であるが、公家や武家の男子で、学問のために大きな寺院に上がった、いわゆる稚児《ちご》をいうことが多かった。
一八 時間・空間の程度を表す語で、ここは、間《ま》のとり方といった意であろう。
一九 笛の主を見たならば、きっと素晴らしい人だろうと思うと、なおさら心がひきつけられることよ、の意。「見」(マ行上一段動詞連用形)に「たら」(完了助動詞未然形)と「む」(推量助動詞連体形)のついた形。
二〇 姫君の御前に仕えている女房たち。
二一 貴人の母親を尊んでいう語。ここは長者のこと。底本「おほかた人」。江戸版によって改めた。
二二 砂金《しやきん》と物品とを交易する商人。ここは吉次《きちじ》信高《のぶたか》といって、鞍馬《くらま》で牛若丸(義経)に会い、奥州の藤原秀衡《ひでひら》の許《もと》へ送り届けて、源氏再興の援助者になったといわれる伝説上の人物。
二三 元服して冠をつけた少年のこと。

候《さぶら》ふなるぞ」と申しけり。浄瑠璃この由聞こしめし、「それはさは《そのように見くびっ》なきぞとよ《てはいけませんよ》。一 ただしこの頃都には、平家の悪行世に聞えて《悪行は有名で》、関白殿《くわんばくでん》下《か》を押しこめて、大臣、公卿《くぎやう》をも流し失ふことと聞く。二 この方《かた》ざまにてましますとかや。卑《いや》しき賤《しづ》の真似《まね》をして、東《あづま》の方《かた》へ下り給ふらん。この人これへ請《しやう》じ入れ、横笛《やうでう》吹かせ聴聞《ちやうもん》せん。琵琶、琴ひいて、この殿に旅の疲れをも慰めばや。女房たち」とぞおほせける。

内の管絃に笛を合わせる御曹司

三 文殊殿《もんじゆどの》進み出《い》で申されけるは、「ただしこの頃《しかし近頃の諺のように》、四 都人《みやこびと》は目もはづかし。田舎の人は口はづかしや。五 壁に耳、岩の物言ふ世の中に、いかでか

* 中世になると、会話の中で話し方を丁重にするための語として「さぶらふ」と、それの変化した「さうらふ」が用いられている。『平家物語』では男性は「さうらふ」、女性は「さぶらふ」という使い分けがあった。御伽草子の時代になると、どこまでその区別があったか疑問であるが、いちおう女性の言葉の中の「候ふ」は「さぶらふ」としておいた。

一 ひょっとすると。あるいは。先行の事柄について補説する時に用いる接続詞。

二 そういう目に会った方々の一人でいらっしゃるのかもしれません。「方ざま」はその人の側。

三 浄瑠璃姫の侍女の名。「文殊」は智恵をつかさどる菩薩。智恵のすぐれた侍女なので、こう名づけたのであろう。

四 優雅な都の人に見られるのは恥ずかしいし、口さがない田舎の者ならば、あれこれとうわさをされるのが恥ずかしい。

五 秘密の漏れやすいことをいう諺《ことわざ》。「壁に耳、岩に口」ともいう。

黄金商人《こがねあきびと》に朝夕伺候《しこう》の下人《げにん》をば、御前《おまへ》まぢかく召し寄せて、君の御風情、わらはが有様を[六]見えんこともさすがなり《見られることはやはり恥ずかしい》」と叶《かな》[七]はぬ由をぞ申されける。浄瑠璃この由聞こしめし、「[八]それは定めなきぞとよ。た[九]だしこの頃、やすき例《ためし》のあるぞとよ。[一〇]大海塵《たいかいちり》をえらまず。花は所を[一一]定めぬもの。泥《でい》[一二]のうちには蓮《はちす》あり。草[一三]の中には黄金あり。卑しき人《〔その者は〕きっと》にてよもあらじ《卑しい人ではないでしょう》。かかる人の中にこそ、管絃の達者はあるものを。風情いかなる人ぞ《どんな様子の人か》。見て参れ」とありしかば、

五段

玉藻《たまも》の前《まへ》承り、急ぎ立ち出《い》で参りけり。この女房と申すは、年を申せば十六なり。心回りの口ききなり《気転がきいて弁舌が巧みである》。人にすぐれて才幹[一四]なり。七[一五]つ単《ひとへ》をひき装束《しやうぞ》[一六]いて、紅《くれなゐ》の薄衣ひきかづき《頭からかぶって》、丈《たけ》に余れる翡翠《ひすい》[一七]のかんざしを、梅《むめ》[一八]の匂《にほ》ひに寄せさせて、門外へぞ立ち出でぬ。御曹司の

六 「見え」（ヤ行下二段動詞未然形）に「ん」（推量助動詞連体形）のついた形。「見ゆ」は「見る」の自発の形。受身・可能の意にも用いられる。
七 その若者を呼び入れよという姫の望みは、かなえられませんと申し上げた。
八 お前は、その若者を卑しい下人というが、そうときまったものではありませんよ。
九 私の考えをもっと説明すると、身近にわかりやすいたとえがありますよ。
一〇 大人物は心が広くて、どんな人間でも分けへだてをしないで受け入れるという諺。
一一 桜は場所を選ばずに美しい花を咲かせる。
一二 蓮は泥の中にあっても汚れに染まらず清らかな花を咲かせるところから、どんな環境の中にも立派な人物がいることをいう。
一三 前項と同じ意味。普通には「沙《いさご》の中に黄金」という。
一四 物事をうまく処理していく才能があること。
一五 十二単に対して、七枚重ねの衣からなる略装。

侍女、御曹司の様子を報告

一六 「装束きて」の音便。「装束く」は名詞「装束《しようぞく》」を動詞化した語。装束をつけること。
一七 二〇頁注七参照。
一八 紅梅色の檀紙《だんし》で、髪を寄せ結わえたことをいう。二〇頁注八参照。

御姿ただ一目見て参り、急ぎ帰りて申すやら、「いかに君聞《さあお聞き下さい》こしめせ。由ある人の姿をば《由緒ありげな人の姿を》、雲間の月の端ばかり《雲間からのぞいた月のように》、見たてまつりまゐらせて候ふ《ちらと見てまいりました》。これにてあらあら申さば《ざっと様子を申しますから》、君はそれにて心しづかに聞こしめせ。この人はただ世の常の人にてはなし。[一]みなもと源氏《げんじ》の[二]上臈《じやうらふ》かとおぼしくて候ふが、召したる衣裳《いしやう》の[三]結構さは、縫物、[四]心言葉も及ばれず。

[五]肌には[六]紺龍胆《こんりんだう》の折枝《をりえだ》つけたる帷子《かたびら》を、[七]両脇《もろわき》順に解かせつつ、引き《えりを》違へてぞ召されける《ひき合せて着ていらっしゃる》。[八]絡巻染《からまきぞめ》に生絹裏《すずしうら》、[九]唐綾表《からあやおもて》二重《ふたかさね》、[一〇]花橘《はなたちばな》に皆《みな》白《じろ》をもつて、鶸柳色《ひはやなぎいろ》を引き重ね、[一一]精好《せいがう》の大口《おほぐち》に、[一二]顕紋紗《けんもんしや》の直垂《ひたたれ》の下[一三]の袴《はかま》わりなきはおほろけをこふるきくからす、[一四]菊綴《きくとぢ》には、日本名《日本で名》誉《人の》の[一五]花結《はなむす》びが結びたるとおぼしくて、左右《さう》の菊綴には梅と桜を結ば《梅と桜の花の形を》れたり。後ろの縫物には、唐土《たうど》の猿《さる》と日本の猿と縫はせたり。唐土の猿は大国なれば、背《せい》も大きに面《おもて》も白く見えてあり。日本の猿は小国なれば、背も小さく面も赤く見えたりけり。唐土の猿は日本へ越

一 言葉の調子で「源氏」に「みなもと」を添えたので、単に「源氏」というのと同じ。
二 二一頁注一六参照。ここは、男性で身分の高い人をいう。
三 「結構」は善美を尽して物を作ることで、転じて申し分なくよく出来上がっているさまをいう。衣裳の素晴らしさは縫物の模様であって、の意。
四 一六頁注九参照。
五 底本には「肌にはわこんりんたうの」とある。「は」と「わ」は重複と見て改めた。
六 紺地に龍胆《りんどう》の折枝を模様につけた帷子。「帷子」は、単《ひとえ》の下着のこと。

御曹司のよそおい

七 両方の脇の下を縫わないであけてあって。
八 糸をからめ巻いて染めた絞り染。「生絹裏」は、裏地に生絹（練ってない生糸《きいと》の織物）を用いてあること。
九 表地が唐綾の衣。
一〇 「花橘」は表が朽葉または白、裏は青の襲《かさね》の色目、「皆白」は全部白、「鶸柳色」は浅緑。色々の衣を重ねて着ているということであるが、文脈がはっきりしない。
一一 精好織（絹織物の一種）の大口袴（直垂《ひたたれ》の袴の下にはく下袴）。
一二 文様を織り出した紗（うすぎぬ）地の直垂。

さんとす。日本の猿は唐土へ越さんとす。唐土日本との潮境《しほざかひ》なる、[一六]ちくらが沖にて行き合ひて、[一七]越さう越さじの境をば、物の上手が秘《縫物の名人が秘伝の》曲を尽し《わざをふるって》縫ひてあり。[一八]弓手《ゆんで》の袖《そで》を下《くだ》りには、杉の群立《むらだち》を千本揃《そろ》へて縫はせたり。杉の木《こ》の間《ま》より出づる月をぞ縫はせたる。[一九]馬手《めて》の袖を下りには、松を千本あざやかに縫はせ、松の葉越《はご》しに朝日の出づるところを、ほのぼの《ほんのりと》と縫はせたり。弓手の肩より下《しも》には、[二〇]正八幡《しやうはちまん》の御社壇とおぼしくて、鳥居をさもあざやかに縫はせたり。左の[二一]紐《ひぼ》には、[二二]天《あま》の啄木《たくぼく》をもつて、浅間の嶽《たけ》の夕煙と富士の高根の夕煙の、立ち舞ふところをば[二三]京様《きやうやう》に結んで下げられたり。[二四]大口様《おほぐちさま》を見てあれば、源氏の白幡《しらはた》[二五]七流れ、平家の赤幡《あかはた》七流れ、左右に十四流れの幡竿《はたざを》の、あまたに[二六]うち折れ、幡くるくると引き巻きて落つる有様をば、[二七]ありありと縫はせたり。

また袴の結構さは、[二八]裏腰《うらごし》には春の柳を萌《も》え立つほどに縫はせ、百種の花をにほにほと《色美しく》縫はせたり。花の本《もと》には多くの大名集まりて、

一三 以下の文意未詳。古絵巻では「精好の大口に、直垂の結構さは、日本の衣《きぬ》にて候はず。唐衣《からぎぬ》かとおぼしくて、地をば山鳩《やまばと》色に刷《は》かせつつ、物の上手が縫物を曲を尽して縫はれたり」となっている。

一四 直垂の縫い目にとじつけた飾り紐《ひも》。

一五 紐で色々の花の形を結ぶ職人。

一六 朝鮮と対馬《つしま》との間にある巨済島《きよさいとう》の古称である「瀆《とく》羅《ら》」の変化した語といわれる。また「筑羅」とも書き、「筑」は筑紫《つくし》、「羅」は新羅《しらぎ》の意という説もある。

一七 一方は越そうとし、一方は越させまいとして、もみ合っているところの図を。

一八 左の袖には上から下へと。「弓手」は弓を持つ手で左手のこと。「下り」は着物の縦のすじをいう。

一九 馬の手綱を取る手のことで右手のこと。

二〇 八幡宮の祭神に贈られた菩薩《ぼさつ》号である正八幡大菩薩の略。源氏の氏神《うじがみ》である。

二一 直垂の前に下げた飾り紐のことか。

二二 「啄木」は「啄木組」の略で、色々の糸を交えて啄木《きつつき》がつついた木肌のように、まだらに組みあげた組紐。「天の」は美称として添えた語。

二三 都風。洗練されていて優雅なさまを表す。

二四 大口袴《ばかま》の様子を見るというと。

二五 「流れ」は、旗や吹き流しを数える接尾語。

二六 底本「うちをくれ」。

二七 目の前に見るようにはっきりと。

二八 袴の腰板の裏につける布。

一 袴《はかま》の正面上部の結び紐をつけてある所。

二 美しい椿。「玉」は美称。

三 「切生」は鷲《わし》の尾や翼の斑《ふ》のことで、褐色《かっしょく》と白の縞《しま》。切生の縞模様のある薄。

四 露が「なびく」という表現はおかしい。「露が置いている」の意か。あるいは「霧」の誤りか。

五 袴の裾口《すそぐち》。

六 未詳。古絵巻や古奈良絵本には、この絵師のことは出ていない。

七 鎌倉の十一の谷にあった七つの集落。

八 会うことが間遠なのが憂く辛いの意で「遠江」の序詞《じょことば》として使ったのであろう。「遠江」は静岡県西部。

九 海士の焼藻《たくも》の煙のように、思いこがれて胸の煙が立つというところから、「海士小舟」が「こがれて物をや思ふらん」に続くのであろう。

一〇 腰に差す短い刀。鞘巻《さやまき》。

一一 刀の柄《つか》や鞘の割れを防ぐために巻いた金属の鐶《かん》。

一二 刀身が柄から抜けないようにとめた釘《くぎ》。その釘の頭を正八幡と北野天神を彫った飾りで覆ってある。

一三 柄と刀身との境の部分。

一四 鞘の上部に下緒《さげお》をつけるためにある栗形の金具。

一五 月の世界に住んでいるという伝説上の男。

一六 「霞錦《かすみにしき》」のことか。錦織物の一種。

一七 柄の頭と、鞘の末端とを覆った金具。

一八 「みはかし」の変化した語。貴人の太刀をいう。

一九 「切羽」は、刀の鍔《つば》が柄と鞘に接する部分の両面

酒宴なかばと見えてあり。[一]前腰《まへごし》を下《くだ》りには秋の野を縫はせたり。[二]玉《たま》椿《つばき》、桔梗《ききやう》、刈萱《かるかや》、女郎花《をみなへし》、[三]切生薄《きりふすすき》、糸薄《いとすすき》、[四]露うちなびく秋の田の、穂の上照らす稲妻を《稲妻の光が稲穂を照らす風景を》、ほのぼのと《ぼかして》縫はせたり。弓手《ゆんで》の[五]蹴回《けまは》しには、[六]日本一の絵師の上手が、藤代峠《ふぢしろたうげ》に七日まで居て、[七]鎌倉谷七郷《かまくらやつしちがう》をながむれば、さらさら筆にも及ばずして《とても筆では表せない景色だと描くのをやめて》、都人帰るところを、ありありとこそ縫はせたれ。馬手《めて》の蹴回しには、[八]憂《う》きも辛《つら》きも遠江《とほたふみ》、浜名の橋の夕潮に、引かれて上《のぼ》る海士小舟《あまをぶね》、[九]こがれて物をや思ふらんと、さもありさうに《もっともらしく》縫はせたり。またこの殿の召されたりける直垂《ひたたれ》は、日本の絹にはよもあらじ。唐絹《からぎぬ》かと見えて、心言葉も及ばれず。

[一〇]御腰の物の結構《こしらえ》には、[一一]腰胴金《こしどうがね》を鋳《い》させて、表の[一二]目貫《めぬき》は正八幡、裏の目貫は北野の天神、[一三]柄口《つかぐち》には九つの彦星《牽牛星と》、棚機《たなばた》を彫らせつつ《織女星を彫刻し》、[一四]栗《くり》形《かた》には八人の[一五]桂男《かつらをとこ》を黄金《こがね》をもつて鋳させたり。[一六]天《あま》の霞《かすみ》を結んで、下《さげ》緒《を》に下げられたり。[一七]柄頭《つかがしら》、鐺《こじり》には、日光月光《ぐわつくわう》二つの光をあざやかに顕《あらは》したてまつりたるをこそ差されたれ。弓手の脇に忍ばせたる《隠し持っている》[一八]御《み》

につける楕円形《だえんけい》の薄い金具。
二〇 三方の側面を飾った覆輪。「覆輪」は、鍔や鞘の縁を金銀等で覆い飾ったもの。
二一 「鎺金」は、鍔が動いたり、刀身が抜けたりしないように、鍔の上下にはめる鞘口形の金具。
二二 刀の柄口、鞘口の金具。
二三 「結金《むすびがね》」の略。柄頭《つかがしら》につける金物。
二四 鞘にはめてあるたがのような輪。
二五 鞘の末端を包む金具。
二六 鞘尻《さやじり》の刃の方につけた金具。
二七 鞘の、刀身の峰の側を覆う金具。
二八 鞘の、緒を結ぶ部分についている金具。
二九 「目貫」は、前頁注一二参照。柄の鍔寄りにあるのが「真の目貫」、柄頭の方にあるのが「端目貫」、中央にあるのが「表の目貫」と「裏の目貫」。
三〇 倶梨伽羅龍王の形象のこと。岩の上で火焰《かえん》に包まれた黒龍が剣に巻きついて呑《の》もうとしている図。
三一 京都市左京区の鞍馬山にある鞍馬寺。毘沙門天(仏法を守護する四天王の一つ)を祀《まつ》る。
三二 「矢立の硯《すずり》」の略。携帯用の硯箱。戦陣で矢立(矢を入れる道具)に入れて携行した。
三三 六波羅の平家の人々が冠《かぶ》って流行した折烏帽子。
三四 明らかでないが、ここは風流なことを好む意と思われるので、茶道《さどう》で茶室に付属する庭をいう「露地」か。古奈良絵本「華奢《きやしや》を好む」。
三五 折烏帽子の突出部の後ろの穴。

玉藻の前、御曹司の姿を見に出たところ
佩刀《はかせ》の結構には、[一九]大切羽《おほせつば》と小切羽《こせつば》と、[二〇]三面覆輪《さんめんふくりん》、[二一]八重鎺《やへはばき》金《がね》、[二二]縁《ふち》、[二三]結《むすび》、[二四]責《せめ》、[二五]石突《いしづき》、[二六]芝引《しばひき》、[二七]股寄《ももよせ》、[二八]七つ金《かね》、[二九]真《まこと》の目貫《めぬき》、端《はし》目貫、表の目貫の結構には、八月
十五夜の月の光のくまもなきに、[三〇]倶梨伽羅《くりから》を彫らせたり。裏の目貫の結構には、九月十三夜の月の光のくまなきに、[三一]鞍馬《くらま》の毘沙門天《びしやもんてん》を彫らせたり。弓手の小脇にかいこうで《このような立派な太刀を脇の下に抱えて》、笙《しやう》の笛、横笛《やうでう》四管《しくわん》の吹物《ふきもの》を、[三二]紫檀《したん》の矢立《やたて》に取り添へて、馬手《めて》の脇に忍ばせたり。色好みかとおぼしくて《風流な人と思われて》、[三三]六波羅烏帽子《ろくはらえぼし》を左に召されて候ふが《左に折ってかぶっていらっしゃるが》、この殿は、[三四]ろしを好むとうち見えて、色よき桜を一枝折りて、烏帽子の[三五]風口《かざぐち》に差した

り」とぞ申しける。

六段

浄瑠璃この由聞こしめし、「さればこそ《やはり思ったとおり》、この人は由ある人にて《由緒ある人でいらっ》ましますぞや《しゃるよ》。歌をかけよや女房たち《歌をよみかけてみなさい》」とぞおほせける。十五夜殿は聞こしめし、門のほとりに立ち出でて、御曹司《おんざうし》の袂《たもと》をひかへて《おさえて》、「いかにや候ふ旅の殿《もしもし旅のお方》。君よりのおほせには、

一 風口《かざぐち》なれど散らぬ花かな

と申せ、とてこそ候へ《ということでございます》。都の殿」とぞ申しける。御曹司聞こしめし、

二 「ちはやぶる神も桜を惜しむには

と申させ給へ。女房たち」とぞおほせける。十五夜この由承りて、急ぎ帰りて、かくとぞ申しける。浄瑠璃この由聞こしめし、われに《自分に負け》劣らぬ女房たち七人連れて《ない美しい女房たち七人を次々と続けて》、七度の使《つかひ》を立てられたり。まづ一番の

＊第五段は、御曹司の衣裳や帯刀について驚くほどことこまかに記述しているが、その先型は幸若舞《こうわかぶ》曲《きょく》の『烏帽子折《えぼしおり》』の中で、やはり吉次の下人となって東へ下る御曹司の風体を述べる所に見られ、本作の独創ではない。ともに下人に身をやつしているはずの御曹司が、このような美々しい姿をしているのは、いかにも不自然に感じられるが、源氏の御曹司としての義経を中世の理想的貴人に仕立てあげる方向へ進んでいった室町期文芸の到達した極点を示したものである。

御曹司、御殿に上り管絃に加わる

一 和歌の下の句をよみかけ、相手が上の句をつける短連歌《たんれんが》の形式。風口に挿《さ》してあるのに花が散らないことですね。烏帽子の風口に、風の吹きこむ口の意をかけている。

二 「ちはやぶる」は「神」にかかる枕詞。神様も桜を惜しんでいらっしゃるからでしょう。

＊第六段もまた、連歌の付合《つけあい》から始まって、御曹司の教養が超一流であることを強調している。これも御伽草子の『天狗《てんぐ》の内裏《だいり》』に、毘沙門の再誕である御曹司は仏典をはじめ和歌・物語のあらゆる書物に通暁していたとあるのと同じである。義経が少年時代を鞍馬《くらま》で過したのは史実であるが、そ

使に十五夜殿、二度の使に更科殿《さらしなどの》、三度の使に玉藻《たまも》の前《まへ》、四度の使に有明殿《ありあけどの》、五度の使に朧気殿《おぼろけどの》、六度の使に月さえ殿、七度の使に小桜殿をはじめとして、七度の使を立てられける。

御曹司聞こしめし、「こはいかに《これは思いがけなかったな》。義経こそ東路遥《あづまぢはる》かの旅をして、〔三〕蹴上《けあげ》の埃《ほこり》にまじはりて、色も黒みてはづかしけれども、かかる便り《こんなよい機会》はよもあらじ《はまたとあるまい》」とおぼしめし、〔四〕直垂《ひたたれ》の衣紋《えもん》気高くひきつくろひて、〔五〕広縁《ひろえん》までこそおはします。〔六〕いたはしや御曹司、「世は末世に及べども、あたら源氏の弓取《もったいなくも源氏の武士が》、広縁さまにて笛吹くべきか《広縁のような所で笛を吹いてよいものか》」とおぼしめし、するりと通らせ給ひつつ、浄瑠璃御前の中の〔七〕出居《でゐ》に敷かせたる、〔八〕繧《うん》繝縁《げんべり》と〔九〕高麗縁《かうらいべり》、二畳重ねて敷かせつつ、虎の皮を走らかしたる所に《敷きわたした上に》、御曹司むずと直らせ給ひける《はばかるところなく坐られた》。浄瑠璃御前は、一段高き所に紫縁《むらさきべり》の畳を敷きて、金銀瑠璃《こんごんるり》に御座《ござ》を飾らせ、〔一〇〕障子《しやうじ》合はせ、玉簾《たますだれ》ばかりにて、文殊《もんじゆ》〔一一〕御前《まへ》は琵琶《びは》の役、浄瑠璃御前は琴《こと》の役、更科殿は和琴《わごん》の役、数々《かずかず》の管絃《くわんげん》の具足《ぐそく》〔一二〕をととのへ、管絃始めて召されけり《管絃をおはじめになった》。

の時期の義経をめぐって、昼は師について学問を修め、夜は僧正が谷で天狗から兵法を習ったというような話が次々と生れた。文武二道に達した超人的な義経像を形成するのに鞍馬時代は恰好《かっこう》の時期であったのである。

三 人や馬などが足でけった泥。

四 直垂の着くずれをきちんと正して。気高く見えるように、身なりをととのえたさま。

五 座敷の外側に添えた幅の広い縁側。

六 御曹司が旅のやつれを恥じながらも、プライドを傷つけまいと行動することに対して「いたはしや」と言ったのである。

七 「出居」は来客接待用の部屋。客間。「中の」の意味未詳。

八 繧繝錦《にしき》（縦縞《じま》の境をぼかして織った錦）を縁に用いた畳。最高級品である。

九 白地に雲形・菊花などの連続模様を黒く織り出した高麗錦を縁にした畳。寺社や貴族の家で用いた。

一〇 障子を引き合せて、の意であろうが、すると下の玉簾だけをおろして、の句と矛盾する。「障子」は、仕切《しきり》のための建具の総称で、襖《ふすま》障子、唐紙《からかみ》障子、衝立《ついたて》障子、明り障子などがある。「玉簾」は、簾の美称で御簾《みす》のこと。

一一 文殊殿とあるべきところである。二四頁注三参照。

一二 道具のこと。

女房たち、御曹司をためす

すでに管絃も過ぎければ、御前《おまへ》にありける女房たち、一源氏六十帖《でふ》をおつとり散らし《あたりに雑然と置いて》、御曹司の心をひき見んそのために《ためしてみようというので》、さまざまの二古文、聖教《しやうげう》、読み《読み方や》、難字《難しい字や》、不審をぞ問ひかけたる《疑問のところを質問した》。さりとは中せども、御曹司は七歳の年より、鞍馬《くらま》の寺へ上り給ひて、三東光坊《とうくわうばう》にて学問召され、鞍馬一の稚児《ちご》学者、都一の管絃者なれば、読むとも書くとも暗からず。吹くとも弾《ひ》くとも達者なり。人々四しやくして奉れば、(女房たち)「あら怪しやこの殿は、五観音《くわんおん》、勢至《せいし》の化身《けしん》かや。六普賢《ふげん》、文殊《もんじゅ》の再来かや。七釈迦《しやか》の御法《みのり》か、おぼつかな《不審なことですね》。筆をとりてのたやすきは《筆をとってもすらすらと字を書くさまは》、八弘法大師と申すとも、これにはいかでか勝《まさ》るべき」。御前なりける女房たち、紅梅の九檀紙《だんし》を重ね、かれをこれをと所望せられける《あれこれと字を書いて下さいと所望なさった》。御曹司は聞こしめし、五つの指に四管《四本の》の筆を取り持ちて、書いては出だし、写しては奉り、夜も深更《しんかう》にふけゆけば、一〇国土の菓子に種々《しゆじゆ》の一一肴《さかな》をととのへて、御曹司にすすめたてまつる。

酒宴もなかばになりしかば〔御曹司は〕、暇乞《いとまご》ひて御帰りある。御前なりける

一 『源氏物語』のこと。『源氏』は五十四巻であるが、天台宗の三大部（『法華経玄義《ほけきょうげんぎ》』『法華文句《ほっけもんぐ》』『摩訶止観《まかしかん》』）の六十巻になぞらえて、六十帖と称した。
二 中国の古い書物（経書など）や、仏教の経典。
三 『平治物語』巻下に、鞍馬の東光坊の阿闍梨《あじゃり》蓮忍《れんにん》の弟子である禅林《ぜんりん》坊の阿闍梨覚日《かくにち》坊の弟子になったと記されている。「坊」は、僧侶《そうりょ》の住居のこと。御伽草子の『ささやき竹』には西光坊の名が出ている。
四 前後の文の続きから考えれば、女房たちの質問に対して、御曹司は一つ一つ解釈して返答をされたということらしく「しやくして」は「釈して」の意ととれる。しかし、古い奈良絵本では、この前に、姫が御曹司に盃を賜るという記事があるので「酌して」の意かもしれない。
五 観音菩薩《ぼさつ》と勢至菩薩。阿弥陀如来《あみだにょらい》の両脇侍《わきじ》。
六 普賢菩薩と文殊菩薩。釈迦如来の両脇侍。
七 釈迦の教えを尊んでいう語であるが、ここは釈迦が御法を説くために仮に姿を現した者の意か。
八 真言宗を開いた空海。書にすぐれ三筆の一人。
九 二〇頁注八参照。
一〇 その地方の名産の菓子やくだもの。
一一 「酒菜」の意で、酒に添えて食べる物。

三　女性の自称代名詞。

＊すぐれた武将であった義経に、さまざまの武勇談が生れたのは当然であるが、一方では、文事芸道に達した美貌《びぼう》の貴公子としての義経像が室町期の文芸の中で形成されてきた。特に義経を笛の名手とする話は、幸若舞曲《こうわかぶきょく》の『笛の巻』や御伽草子の『御曹司島渡り』をはじめ、数多く見られる。中でも本作と関係の深いのは、三〇頁＊印でも触れた『烏帽子《えぼし》折《おり》』である。吉次の供をして下る御曹司は美濃の国青墓《おうはか》の宿で、腰に差した笛を見た長者に乞われ、草刈《くさかり》笛と謙遜《けんそん》しながら一手吹く。その笛に感じた長者が草刈笛のいわれとして、山路《さんろ》の笛の話を語った。昔、用明天皇は筑紫《つくし》の真野《まの》の長者の娘玉世の姫との見ぬ恋にあこがれ、山路と名のってはるばると筑紫へ下り、長者の草刈童《わらべ》となったが、山路の吹く笛の音が人々を感動させ、それによって遂に恋を成就したというものである。この山路の笛の話は『京太郎物語』という室町期の作品にもなっているほか、都の貴人が愛する女性を求めて地方へ下り、笛が機縁となってめでたく結ばれるという同類の趣向は、御伽草子の中にいくつも見ることができる。『浄瑠璃十二段草紙』における御曹司の笛も、直接には『烏帽子折』と関係があろうが、室町期文芸に多用された求婚談の類型が下敷になっていたといえるであろう。

女房たち、「今夜《こよひ》はこれに御とどまり給ひて、横笛《やうでう》遊ばして、わらは[三]どもに聴聞《ちやうもん》させ、琵《び》琶《は》、琴《こと》ひきて、旅の御つれづれをも慰め給へや。都の

御曹司、浄瑠璃御前の御殿に上るところ

殿」とぞ申させ給ひける。御曹司聞こしめし、「われもさは存じ候《そうしたいとは》へども《思いますが》、黄金商人《こがねあきびと》は用心きびしき人なれば、定めて驚き、冠者《くわじや》を尋ね候はん。命もつれなく候はば《命ながらえておりましたら》、めぐりめぐりて、またこそ御見参《またお目にかかりましょう》」とて、暇乞うてぞ御帰りある。女房たち、門《かど》のほとりへ立ち出でて、別れを悲しみ給ひけり。形見《かたみ》に残る物とては、袖《そで》の移り香《が》ばかりなり。面影《おもかげ》遠くなりゆけば、その移り香も何ならず《移り香だけではなんにもならない》。

かくて御曹司は商人《あきびと》の宿に立ち帰り給へども、御心は空にあくが《うわの空になって》れて、まどろむことぞましまさず。つくづくおぼしめしけるは、「[一]弓箭《きゆうせん》、[二]兵具《ひやうぐ》を揃《そろ》へたる戦《いくさ》の場《には》にかけ入りて、討死《うちじに》するも習ひなり《武士の常である》。いはんや、これほどやんごとなき《高貴な》女房たちに、あひ馴《な》れて、死なん命は惜しからず。忍びてみばや《忍び入ってみよう》」とおぼしめし、長者の住処《すみか》を立ち出でて、〔浄瑠璃御前の〕御前のあたりへ忍び入らせ給ひける。女房たちの静まるを《寝静まるのを》、今や今やと待ち給ふ御心、[三]住吉《すみよし》にはあらねども《かの住吉の松ではないが》、[四]ねざめそめけん姫小松、[五]千代《ちよ》を待つらん久しさも、かくやと思ひ知られたり。

七段

[六]峰の嵐《あらし》ものどかにて、谷の小川も波立たず。知るも知らぬも《知っている者も知らない者も》おしなべて《区別なく》、人を咎《とが》むる里の犬、声澄むほどに[七]もなりしかば、〔御曹司〕「今は時分もよかりなん」とおぼしめし、〔御殿の〕扉を密《ひそか》に[八]さらさらと押して見給へ《すっと押してごらんになると》

一 弓と矢と。
二 甲冑《かっちゅう》・刀・槍《やり》の類。兵器。
三 摂津の国の地名。松の名所で和歌に多くよまれている。ここも、下の「姫小松」にかかる。
四 「ねざめ」は「ねざし」(根差し)の誤りか。「姫小松」は小さい松。根がつきはじめたばかりの姫小松。
五 姫小松が千年も経た松の木に生長するのを待つもどかしさも。
六 峰から吹きおろす風。
七 夜がふけ、あたりが静まって、犬の遠吠《とおぼ》えの声が澄みとおって聞える時分になったので。
八 物事がつかえないで、すらすらと行われるさまをいう。

御曹司、浄瑠璃御前に求愛

ば、いまだ門《もん》をば鎖《さ》さざりけり《鍵がかけてなかった》。庭に入りて見給へば、出居《でゐ》[九]の妻戸《つまど》[一〇]も心して、片戸は細目に開《あ》けられたり。御曹司は御覧じて、「されば《期待して》こそ《いた通りだ》、今にはじめぬことなれども、源氏の氏神正八幡《うぢがみしやうはちまん》の御利生《ごりしやう》[一一]にこそ」と喜び給ひて、内へぞ入らせ給ひける。その夜の妻戸の番衆《ばんしゆ》[一二]には、周防《すはう》[一三]の室積《むろづみ》、須磨《すま》、明石《あかし》、冷泉《れんぜい》、更科《さらしな》、十五夜とて、われに劣らぬ女房たち、七人揃《そろ》へて置かれたり。十五夜この由聞こしめし《その気配をお感じになって》、「誰《た》[一四]そや。この鳴門《なると》の沖に音するは」とありければ、御曹司聞こしめし、「月に住む桂男《かつらをとこ》[一五]に誘はれて、月の入る山の端《は》の、そなたの空《むこうの空がなつかしくて》のなつかしさに、冠者がこれまで参りたり。〔姫の居所を〕教へて賜《た》べや《教えて下さい》。女房たち」とぞおほせけり。十五夜この由聞こしめし、「月の入るさ[一六]の山の端は、こなたの空《こちらの方です》」とぞ申しける。

御曹司なのめならずに《喜びはひととおりでなく》おぼしめし、七重《ななへ》の屏風《びやうぶ》、八重《やへ》の几帳《きちやう》[一七]、九重《ここのへ》の御簾《みす》、十二重の錦華《きんくわ》[一八]、かき分けかき分け通りつつ、誰請ずると《誰も呼び入れた》はなけれども《わけではないが》、浄瑠璃御前の宿り給ふ《寝ていらっしゃる》、床《ゆか》の錦《にしき》の上近く入らせ給ふ。

九　三一頁注七参照。
一〇 建物の出入口に設けた両開きの板戸。妻戸にも御曹司の気持が通じていたとみえて。
一一「利益衆生《りやくしゆじやう》」の意で、神仏が恵みをたれること。御《ご》利益《りやく》があったことだと。
一二 番人のこと。
一三 以下、周防・室積・須磨・明石は、地名をとった女房の名。室積は周防の国の地名であるが、「周防」と「室積」を分けないと、下の「七人」とあるのに数が合わない。
一四 戸の向うで音がするのは誰ですか。「鳴門」は、狭い海峡で、潮流がはげしく音を立てる所。阿波《あわ》の鳴門が有名。それに「鳴戸」を掛けた。
一五 二八頁注一五参照。
一六「入るさ」の「さ」は、方角や時を示す接尾語。月の入る方角。
一七 台の上に二本の柱を立て、柱の上に横木を渡し、その横木に、縦はぎにした布ぎれをかけたもの。移動用の障屏具《しようへいぐ》の一種。
一八 錦華帳の略。錦《にしき》でつくった美しい帳《とばり》。

燈火《ともしび》いまだ消えざれば、浄瑠璃御前は宵《よひ》の装束のままにて、紫縁《むらさきべり》の畳敷かせ、錦の御座《ござ》[一]を走らせて《敷き渡して》、丈《たけ》に余れる翡翠《ひすい》[二]のかんざしをば、[三]梅の匂《にほ》ひにて寄せさせて、七重の屏風《びやうぶ》のその内に、[四]沈《ぢん》の枕を傾けて、東西前後《正体もなく》もわきまへず、まどろみ給ふ御姿を《寝入っていらっしゃるお姿を》、物によくよく譬《たと》ふれば、[五]楊柳《やうりう》の風になびくに異ならず。御曹司心の内、やる方なくぞおぼえける《どうしようもなく姫がいとおしくなった》。あたりを静かにながむれば、数々の聖教《しやうげう》ども散らしてぞ置かれける《仏教の書物などをあちこちに置いてある》。

まづ一番に[六]天台は六十巻、[七]倶舎《くしや》は三十巻、[八]噴水経《ふんすい》は四十巻、[九]浄土の三部経、[一〇]華厳《けごん》、阿含《あごん》、方等《はうどう》、般若《はんにや》、法華《ほつけ》とうち見えて、数を尽して置かれたり《ある限りのお経を》。草紙にとりては、古今《こきん》、万葉、伊勢物語、源氏、狭衣《さごろも》、[一一]恋尽し、和歌の心をはじめとして、鬼の読める[一二]千島文《ちしまぶみ》まで、おつとり散らして置かれたり。朝夕読めるとおぼしくて、白銀《しろがね》の机に、[一三]金泥《こんでい》の法華経は一部八巻二十八品《ほん》[一四]、中にも五の巻[一五]には女人成仏《によにんじやうぶつ》と説かれたり。ことに提婆品《だいばぼん》とて要文《えうもん》[一六]あり。六の巻には寿量品《じゆりやうぼん》[一七]、七の巻

一 藺草《いぐさ》の茎で織った敷物。
二 二〇頁注七参照。
三 二五頁注一八参照。
四 沈（沈香の略。香木）で作った枕。「枕を傾く」は、眠るために枕をきちんとする意。
五 「楊」はカワヤナギ、「柳」はシダレヤナギの意で、やなぎのこと。柳が風のままになびくように、しなやかな姿である。
六 天台宗の三大部のこと。天台宗の開祖、中国隋《ずい》代の智顗《ちぎ》の著した『法華経玄義《ほけきようげんぎ》』『法華文句《ほつけもんぐ》』『摩訶止観《まかしかん》』をいう。
七 『倶舎論』のこと。仏教の基礎的綱要書として古くから重んじられた。
八 『涅槃経《ねはんぎよう》』のこと。この経典は火に投じても焼けなかったという伝えがあるところから『噴水経』という異名が生じたのであろう。
九 『無量寿経《むりようじゆきよう》』『観無量寿経』『阿弥陀経《あみだきよう》』の三部。
一〇 以下、仏教の主要経典。
一一 一九頁注一九参照。
一二 未詳。御伽草子の『御曹司島渡り』に、千島に鬼の大王の住む喜見城《きけんじよう》があり、そこに「大日の法」という兵法の巻物のあることが述べられている。「千島文」はそのような話と関係のあるものかもしれない。
一三 金粉を膠水《こうすい》でといて顔料としたもの。紺紙《こんし》に金泥で写経をすることが多かった。

には[一八]薬王品《やくわうぼん》、八の巻には[一九]陀羅尼品《だらにぼん》、遊ばしかけてぞ置かれたる《読みかけたままで置いてある》。御曹司はつくづくと御覧じて、「義経こそ都にて[二〇]三諦修学者《さんたいしゆがくしや》なりしが、かかる東《あづま》の遠国《ゑんごく》にも、かやうにやさしき女もあるやらん《たしなみの深い女もあるものか》」と、胸騒ぐばかりなり。

さるほどに〔女性に忍び逢うのは〕御曹司は、今宵《こよひ》をはじめのことなれば、谷の戸出でし《谷の入口を出てきた》鶯《うぐひす》の、軒端の梅に住みながら《軒端の梅に宿ったが》、まだ花慣れぬ風情かや《まだ花になじまないように落ち着かない様子で》。とや言はまし《こう言おうか》、かくや言はんと《ああ言おうかと》おぼしけり。ややありて案じつつ《考え出して》、腰より扇を取り出だし、[二一]三間《さんげん》ばかり押し開き、[二二]弥生《やよひ》なかばの頃なるに、涼しきほどに使はせ給ひ《静かな風が出る程度にあおぎなさって》、三十所《ところ》にとぼしたる油火《あぶらび》を、十二所《ところ》までうちしめし《火を消して》、[二三]松明《しようめい》ほのかにかき立てて、扇をきりきりと押し畳み、浄瑠璃御前の[二四]寝《ね》乱《みだ》れ髪《がみ》かた敷きたる床《ゆか》の上を、二三度四五度鳴らして、御曹司のおほせられける言の葉のほどこそやさしけれ《調子は何とも優美なことであった》。

「[二五]君故《ゆゑ》に心は雲居《くもゐ》にあこがれて、花の都に春来れば、霞《かすみ》と共に立ち出でて、君の住処《すみか》を尋ねつつ、東路《あづまぢ》はるかに下りたり。[二六]源氏の大将《だいしやう》

一四 経典の中の章節をいう。『法華経』は二十八章から成る。
一五 『法華経』の巻第五に「提婆品《だいばぼん》」があり、龍王の娘が八歳で成仏《じようぶつ》することが述べられている。
一六 経論の中の大切な文句。
一七 釈迦如来は遠い昔に成仏して、その寿命は無量であることを説いた章。正しくは如来寿量品。
一八 薬王菩薩が仏を供養するために身を焼いたという故事因縁を説いた章。正しくは薬王菩薩本事品。
一九 薬王菩薩や四天王・十羅刹女《じゆうらせつによ》等が法華経の信者を守護する呪文《じゆもん》について説いた章。
二〇 天台宗で説く三諦（空仮中《くうけちゆう》の三つの真理）の理を修行する人。
二一 ここは扇の骨と骨の間を一間としたのである。
二二 陰暦三月。
二三 松の油の多い部分を燃やして照明にしたもの。
二四 乱れた髪を頭の下に敷いて寝ている。「かた敷く」は、本来は自分ひとりの着物を下に敷く、独り寝をする意であるが、単に「かた」を接頭語的に使う例もある。
二五 あなたのいらっしゃる遠くの空に心がひきつけられて。「雲居」は、雲のある所。遠く離れた場所。
二六 『源氏物語』の主人公、光源氏のことか。以下次頁四行目の「心の闇に迷ひにき」までは、光源氏が朧月夜尚侍《おぼろづくよのないしのかみ》との恋のために須磨、明石へ下った話を、御曹司がわが身によそえていったのであろう。

いかなれば《どうしたことか》、及ばぬ恋に身をやつし《及ばぬ恋のためみすぼらしい姿になり》、問はぬに色をあらはして《尋ねられもしないのに心の中を見せて》『[一]はづかしや伊勢をの海士《あま》の濡《ぬ》れ衣《ごろも》、萎《しを》れぬるを人や見るらん』とうちながめ、[二]須磨《すま》より明石《あかし》の浦伝ひ、岸うつ波に袖《そで》濡らし、浦吹く風に身をまかせ、君を見そめし始めより、[三]心の闇《やみ》に迷ひにき。[四]心つくしの果《は》てしなる、藍染河《あゐぞめがは》の恋の瀬に、いかなる契《ちぎ》りを結ぶらん。思ひの床に入りながら《あなたを思ってここまで来ましたが》、高根の花は由なくも《高嶺の花のあなたはどうしようもなく》、手折らぬ袖に匂ひそめ《まだ手折ってもいない私の袖に匂いを移し》、雲居の月はいかなれや《雲居の月のあなたがなぜ》、苔の袂に宿るらん《私の粗末な袂に影を宿すのでしょう》。数ならぬ身のほど知らねども、あの山越えてあなたなる、[五]あしひきの露踏み分くる《山路の露を》[六]さを鹿の、つま恋ひかねたる風情して《妻を求めてさまよっている様子をして》、[七]宿世《しゅくせ》を結ぶ出雲路《いづもぢ》の、道のしるべも便りなき《道案内をしてくれる人もない》、都の冠者が今宵しも《今夜こそやっと》、推参申して候ふなり《おしかけてまいりました》。いかにや君」とぞおほせける。

浄瑠璃この由聞こしめし、さながら夢のここちして、うちそば向いたる風情して《横を向いてすねた様子をして》、寝乱れ髪の絶間《たえま》より、[八]迦陵頻伽《かりょうびんが》の声をあげ、「誰《た》そや、聞きも慣れざる声として《聞きなれない声を出して》、都の言葉をのたまふは、都の習ひ《都ではそういう》

一 『後撰集』恋三の「鈴鹿山伊勢をのあまの捨て衣潮なれたりと人や見るらん」による。「恥ずかしいことです。伊勢の海士の潮に濡れた着物のように、くたくたになっている姿を人が見るであろうか」という古歌を口ずさんで。「伊勢をの海士」の「を」は間投助詞。

二 須磨・明石ともに兵庫県にあり、古くから歌枕として有名。

三 煩悩《ぼんのう》（ここでは恋）に迷う心を闇にたとえた語。

四 筑紫《つくし》の果てにある藍染河ではないが、心を尽して逢《あ》い初《そ》めた恋の末は、どんな契りを結ぶことであろう。「つくし」に「筑紫」を、「藍染河」に「逢い初め」をかける。「藍染河」は、福岡県太宰府《だざいふ》天満宮の中を流れる御笠川《みかさがわ》の上流。

五 山の枕詞であるが、「あしひきの」だけで「山」の意を含む場合もある。

六 「さ」は、接頭語。牡鹿《おじか》のこと。

七 前の世からの因縁。「宿世の縁を結ぶという出雲路の神」といって、「出雲路」の縁で「道のしるべ」と続けた。「出雲路の神」については次頁注一三参照。

八 梵語《ぼんご》。極楽浄土にいるといわれる鳥で、顔は美女のごとく、声が非常に美しいところから、仏の声を形容するのに用いられる。

九 私には、そのような色めいた気持はありませんよ。
一〇 家柄のよい家。権勢のある家。
一一 玉梓《たまあずさ》の変化した語。便りを運ぶ使者の持つ梓の杖から転じて使者をいい、さらに手紙の意になった。
一二 諺《ことわざ》。その場に応じた方法で事を行う意。
一三 相手の程度に応じて、それに対応する意。
一四 美しいものに対して心ない行いをする意。
一五 とてもかなえられないことを望むたとえ。特に恋についていうことが多い。
一六 思いがかなって男女が逢うことのできた恋。
一七 姿を見そめて、その人を慕う恋。
一八 うわさを聞いて、その人を慕う恋。
一九 相手のおとずれを待つ恋。
二〇 人に知られないように心の中に隠している恋。
二一 本来は「産霊《むすひの》神」で天地万物を生み出す神のことであるが、後世「結びの神」と解して、男女の縁をとり結ぶ神となった。これを天竺（インド）の神とするのも俗説であろう。
二二 愛染明王《あいぜんみようおう》の略。真言密教の神で、恋愛の道の守護神として信仰された。
二三 京都から出雲へ行く入口にある、賀茂河原の西、一条北にある出雲路の道祖神《さえのかみ》。縁結びの神である出雲の神の代りに信仰された。「さいはら」は語調を整えるために添えた語。

にて候ふかや《習慣があるのですか》。いかなるに、[九]かかる風情はなきぞとよ《あきれたことですね》。その上御身にまさる大名高家《かうけ》[一〇]の方《かた》よりも、玉章《たまづさ》[一一]あまた書き送り、朝夕心を尽せども、いまだ靡《なび》かず返事せず。所[一二]にしたがふ絵をぞかく。葉[一三]にしたがひて露ぞ置く。花[一四]を見てこそ枝をば折れ。雲[一五]にかけはし、及ばぬ恋をばせぬものを。わらはと申すは、父は伏見《ふしみ》の源《げん》中納言兼高《かねたか》とて、三河《みかは》の国の国司なり。母は矢矧《やはぎ》の長者とて、海道一の遊君《いうくん》にて、二人の中より生ずるその子にて、一事おろかの事ぞなき《何ひとつ未熟なことはありません》。たとひいかなる人なりとも《〔あなたが〕どんな身分の人であっても》、いかで御身及ぶべき《どうして私にかないましょうか》。ことさら御身は、金売吉次《かねうりきちじ》が下人《げにん》と聞く。及ばぬ恋をするものかな。恋もあまたに分けられたり《恋にも分類すると幾つもの種類があります》。逢《あ》ふ[一六]恋、見る[一七]恋、聞く[一八]恋、待つ[一九]恋、忍ぶ[二〇]恋とて、恋は五つに分けられたり。及ばぬ恋をする者は、それ天竺《てんぢく》には結ぶ[二一]の神、唐土《たうど》には愛染王《あいぜんわう》[二二]、わが朝《てう》にては出雲路《いづもぢ》[二三]の、さいはら道祖神《さいのかみ》の深く憎ませ給ふもの、早く帰らせ給へ」とぞおほせける。

御曹司は聞こしめし、「いかに君聞こしめせ。及ばぬ恋もあるも《及ばぬ恋をした例もありま》

《すよ》のを。いかなれば《どうしたことか》憲清《のりきよ》[一]は、その身は東《あづま》の夷《えびす》[二]なれども、十九の年より御息所《みやすどころ》[三]を恋ひたてまつり、玉章《たまづさ》を参らせたてまつりければ、后《きさき》[四]この由御覧じて、『まことやらん、佐藤兵衛《ひやうゑ》憲清は日本一の歌人と聞き候《さぶら》ふ。さらば歌の題を出《い》ださん』とて、百首の題[五]をぞ送られける。憲清これを賜はりて、龍《りよう》の水を得たるがごとく、やがて連ねて奉る《これこそ得意と元気になって即座に百首を並べて献上した》。后この由御覧ありて、『心言葉も及ばれず《なんと素晴らしい歌ですこと》。さりながら、汝《なんぢ》にめぐり逢はんことは、今宵《こよひ》過ぎ、また明日《あす》をもうち過ぎて、その先の世にならん時、これより西の方《はう》、阿弥陀《あみだ》[六]の浄土にて待つべし』とおほせければ、憲清いよいよ思ひに沈みければ《絶望してふさぎこんでいると》[七]、后の御局《みつぼね》[八]この由聞こしめし、『いかに憲清承れ。これよりも西の方、弥陀の浄土と候ふは《弥陀の浄土とお言葉にあったのは》、これより西に当りたる阿弥陀堂[九]の御事なり。后はこのほど[一〇]百日詣《まうで》を召されけるが、そも今宵とは夕さり過ぎ《今日の夕方を過ぎ》、また今宵とは明日《あす》の夜を過ぎ、その後の夜《明後日の夜》、これより西の阿弥陀堂にて会はせ給はんとの《〔あなたに〕お会いになろうとの》おほせなり。憲清』とこそおほせける。憲清この由承り、なのめなら《飛び上がるほど》

一 平安末・鎌倉初期の有名な歌人、西行のこと。西行は俗名《ぞくみやう》を佐藤憲清（義清《のりきよ》）といい、出家した時の官位は左兵衛尉《さひやうえのじよう》であった。
二 西行の生家は代々朝廷に仕えた武家で、「東の夷」ではないが、言葉のあやであろう。
三 天皇の御寝所に侍する宮女。皇子・皇女を生んだ女御《にようご》や更衣《かうい》をいう場合が多い。
四 前の「御息所」のこと。
五 平安末期から鎌倉時代へかけては、一人が百題ずつ数人が集まってよむ百首歌が盛んに行われた。
＊ 西行の伝記を語る物語に『西行物語』がある。原型は鎌倉時代にできたらしいが、その後、種々の話が増補されてきた。そういう『西行物語』とは別に、仮託の説話を中心にした御伽草子ふうの『西行物語』があり、それには、ここに述べているような西行と御息所との恋の話が載っている。
六 梵語《ぼんご》の音訳。意訳して無量寿仏《むりようじゆぶつ》・無量光仏《むりようこうぶつ》ともいう。西方浄土《さいほうじようど》の主《あるじ》である仏陀。
七 「先の世に阿弥陀の浄土で待ちましょう」との后の返事であったので、この世では望みがかなわないと思ったのである。
八 「局」は、大きな建物の中で、仕切りをつけてこしらえた部屋のこと。そういう局を与えられている女官をいう。
九 阿弥陀仏を本尊として安置した御堂。
一〇 底本「ほど」の二字脱。江戸版によって補う。

ず《に》に喜びて、やがて宿所に立ち帰り、その夜を今やと待ちゐたり。
すでにその夜になりぬれば、急ぎかの御堂《みだう》に参りつつ、后の一一御幸《ごかう》を今や今やと待つほどに、さ夜ふけ方《がた》になりしかば、太刀を枕にして一二うちまどろまんとしければ、后御幸ならせ給ひけるが、この由御覧じて、〔后は〕立ち帰らんとし給ひけるが、『げにや《そうだった》一三人の思ひを切るものは蛇道《じやだう》に落つる』とおぼしめし、枕もとに立ち寄らせ給ひて、一首の歌をぞあそばしける。

一四十五夜の月の入《い》るさを待ちかねて
まどろみけるぞつたなかりける

とあそばしければ、憲清承り、夢のうちに申しける。

一五十五夜の月の入るさを待ちかねて
夢にや見んとまどろむぞ君

と申しつつ、つひにその恋遂《と》げにけるが、重《かさ》ねて憲清御袖《そで》にすがりて、『さてまた何時《いつ》』《この次の逢瀬はいつですか》と申しければ、〔后は〕一六『あこぎ』とばかりのたまひて《とだけおっしゃって》、

「百日詣」は、神仏に願をかけて、百日の間、同じ神社・仏閣に参詣《さんけい》すること。

一一 上皇・法皇・女院のおでまし。

一二 「うちまどろみければ」でないと、以下の文に合わない。

一三 人の恋の思いをつれなくたち切ってしまうものは、死んでから蛇に生れかわって苦しみを受けるといわれている。「蛇道」は死後蛇身に生れかわった世界。

一四 十五夜の月が山の端《は》に入《い》る時を待ちきれないで（私の姿を見るまで待ちきれないで）、こうしてうたた寝をするとは、あなたはつまらない人ですね。

一五 私は十五夜の月の入り方《がた》を待ちかねて（あなたのおいでになるのを待ちかねて）、せめて夢の中ででもあなたの姿が見られるかと思って、うとうととしていたのですよ。

一六 伊勢の国の地名「阿漕」の意。四二頁注二参照。

帰らせ給ひけり。さても憲清は、一寸の燈心《とうしみ》[一]を五分《ごぶ》に切りて、かき立てて、油火のいまだ消えざるうちに、百首歌を連ねて出《い》だすほどの歌人なれども、『伊勢の海阿漕《あこぎ》が浦に引く網も、度《たび》重なればあらはれにけり』[二]といふ心を知らずして、十九の年、元結《もとゆひ》[三]切り西へ投げ、その名を西行法師と呼ばれしも、さながら恋ゆゑと《まったく恋が原因であったと》こそ承る。いか《どうし》なれば《たことか》柿本《かきのもと》[四]の僧正《そうじやう》は、御年つもりて六十八と申すに、染殿《そめどの》[五]の后《きさき》の宮を恋ひたてまつりて、つひにその恋遂げずして、関[六]の清水《しみづ》に影見れば、僧正は青き鬼と現じ給ふ。その妄念《まうねん》[七]の掛かる故《ゆゑ》に、御息所は赤き鬼と現《赤鬼の姿となっ》

浄瑠璃御前の寝所に入る御曹司

一 燈油にひたして火をともすのに用いる細い紐《ひも》状のもの。一寸は約三センチ。五分はその半分。

二 阿漕が浦は伊勢の国阿濃《あのう》郡（三重県津市）の東方一帯の海岸。伊勢神宮に供える魚をとるための禁漁地であったが、ある漁夫がたびたび密漁を行って捕えられたという伝えがある。『古今和歌六帖』に「逢ふことをあこぎの島に曳く鯛《たひ》のたびかさならば人も知りなん」の歌があり、これが変化して、本書の「伊勢の海……」のような歌ができたのであろう。類歌は『源平盛衰記』や謡曲『阿漕』にも見える。隠し事もたび重なると人に知られる、という意で、后はこの歌を踏まえて返事をしたのであるが、憲清はその意味がわからなかったことを恥じて出家したというのである。

三 髪の根もとを結び束ねる紐のこと。「元結を切る」とは、剃髪《ていはつ》して僧体になる意。

四 『拾遺《しゆうい》往生伝』に、染殿后《そめどののきさき》を悩ます、紀僧正《きのそうじよう》の後身の柿下天狗《かきのもとてんぐ》を、相応和尚《そうおうかしよう》が調伏《ちようぶく》した話が載っている。

五 藤原良房の娘で文徳《もんとく》天皇の后。天長六年（八二九）生、昌泰三年（九〇〇）没。この后は、常に物の怪《け》や天狗に悩まされていたといわれ、その加持祈禱《かじきとう》を行った僧の話が幾種類も伝わっている。中で『今昔物語』巻二十にある、金剛山の聖人が后に愛欲の心を抱き、死後鬼となって望みを遂げたという説話は、この柿本僧正の話に類似する。

六 滋賀県大津市、逢坂《おうさか》の関《せき》付近にわき出ていた清水で歌枕になっている。

じつつ、[八]八万歳を経《へ》給ひしも、ひとへ《まったく》に及ばぬ恋ゆゑなり。それ天《てん》竺《ぢく》の[九]術婆伽《しゆはぎやう》は、いかなれば星の宮を夢に見て、それを恋にめされつつ《その姿に思いをかけて》、つひにその恋遂げずして、[一〇]恒河《ごうが》河《がは》へ身を投げ給ふも、さながら及ばぬ恋ゆゑなり。及ばぬ恋と候ふは、[一一]凡夫《ぼんぶ》の身として神や仏を恋ひたてまつりてこそ、げにも及ばぬ恋にて候はめ。凡夫が凡夫を恋ひたらんは、なにかは苦しう候ふべき《どうして不都合なことがありましょうか》。いかにや君」とぞおほせける。

八　段

御曹司、浄瑠璃御前と問答を重ねる

〔御曹司は続けて〕「げにや九重の塔高しと申せども、燕が飛べば下にあり。剣《つるぎ》の刃《やいば》ははやきとて《鋭いからといって》、岩の角《かど》をば削《けづ》らぬもの。竹の林が高きとて、[一二]忉利天《たうりてん》へは昇らぬもの。[一三]三河に掛けし八橋《やつはし》の、蜘蛛手《くもで》にものや思ふらん。[一四]一樹の蔭《かげ》、一河の流れを汲《く》むことも、皆これ多生《たしやう》の縁ぞかし。笛に《〔猟師の〕笛に》寄

七　仏語。迷いの心。誤った心の思い。

八　長い長い苦しみを受けたのも。「八万」は仏教で多数の意を表す常用語。

九　『大智度論』巻十四に、術婆伽《じゆつばか》という漁師が王女に懸想《けそう》し、思いが遂げられずに焦がれ死にをした話が見え、『宝物集《ほうぶつしゆう》』巻四にも載っている。ただし「星の宮」の名はない。

一〇　梵語《ぼんご》の音訳。ガンジス河のこと。

一一　仏語。仏教の道理を理解していないもの。

一二　仏語。帝釈天《たいしやくてん》の住む天界で、須弥山《しゆみせん》の頂上にあるという。

一三　三河の八橋が八方に分れているように、恋のためには、あれやこれやと思い乱れることです。「三河の八橋」は、愛知県知立《ちりゆう》市の地名。古く川が八方に分れていて、八つの橋がかけられていたところから呼ばれたと伝えられ、歌枕として有名。

一四　知らぬ者同士が同じ木蔭に雨を避けて身を寄せ合うのも、あるいは同じ川の水を汲んで飲み合うのも、前世からの深い因縁によるものだ。「多生の縁」とは多くの生を経る間に結ばれた因縁。

る秋の鹿の命を捨つるも《おびき寄せられた秋の鹿が命を失うのも》恋ゆゑなり。夏の虫の火に入《い》るも、[一]玉虫とかやにすかされて、身をいたづらになすとかや《わが身をほろぼしてしまうということです》。かかる心のなき物までも、恋の道には迷ふと聞く。[二]君はいかなる人なれども、冠者《くわじや》は都の者として、[三]九重《ここのへ》の雲居《くもゐ》を出《い》で、[四]八重《やへ》の潮路を隔て候ふとも、君と冠者との、[五]中川の逢瀬《あふせ》をたがひに待ちてこそ、今まで一人おはすらん。いかにや君」とぞおほせける。

浄瑠璃この由聞こしめし、「帰らせ給へや、都の殿、明日明夜《みやうにちみやうや》になるならば、母の長者の耳に入り、金売吉次《かねうりきちじ》が下人《げにん》こそ、姫の方《かた》へ近づきたりとて、武士《もののふ》におほせつけ、小路《こうぢ》へ出だし、商人《あきびと》の手に渡り、死罪流罪《るざい》に行はれん時、[六]はかなき君を、恨み給ふな。帰らせ給へや、都の殿」とぞおほせける。御曹司聞こしめし、「明日はいかにもならばなれ。たとへ流罪に行はるとも、冠者がためには面目《めんぼく》なり《名誉です》」。[七]とかく返事をのたまへば、浄瑠璃御前この由聞こしめし、「この殿は諸事に[八]賢《さか》しき人にておはします。すかしてみん《うまくだましてみよう》」とおぼしめ

一 玉虫とかいう愛らしい虫にだまされて。玉虫は古く媚薬《びやく》となるという俗信があって、婦人が白粉箱の中に玉虫を入れておく習慣があった。

二 語法からいえば「君はいかなる人なりとも」とあるべきところ。たとえあなたがどんなに高貴な人であったとしても。あるいは、あなたは高貴な人であるけれども、の意かもしれない。

三 「九重」も「雲居」も皇居のある所の意で、都をさす。

四 はるかに海路をはさんで遠く離れているが。

五 『源氏物語』の帚木《ははきぎ》の巻で、光源氏が京都の京極にあった中川のほとりの紀伊守《きのかみ》の家で空蟬《うつせみ》に逢ったところから、恋人に逢うことを「中川の逢瀬《おうせ》」といった。

六 あなたの望みも束《つか》の間《ま》で、あっけなく空《むな》しくなってしまう身の上を恨みなさいますな。

七 ああ言えばこう、こう言えばああと、たくみに受け答えをなさるので。

八 才知、分別があって、しっかりしていること。

九 父を亡《な》くして。「後る」は後に生き残るの意。

し、「つひに《あくまで》否《いな》とも申さばこそ《いやだとは言いません》。わらはと申すは、去年《こぞ》の春の頃よりも、[九]父に後《おく》れたてまつり、そのために第三年[一〇]にならぬうちに、千部の経を読みたてまつる身にて候《さぶら》ふ。昼は一部の御経を読み、夜は一万返《べん》の念仏、弥陀経《みだきやう》[一一]怠らず、回向《ゑかう》[一二]したてまつるなり。三年過ぎてのその後は、ともかくも《なにはともあれ》矢矧《やはぎ》[一三]とみづから候はば、妻とおぼしめせ。生死《しやうじ》[一四]は車の輪のごとし。などかは廻《めぐ》り逢《あ》はざらん。かつうは《また一方では》御身のためなるべし。御経に恐れをなして帰らせ給へ。都の殿」とぞおほせける。

御曹司、昔の人の恋のためしを語る

御曹司聞こしめし、「いかにや君、聞こしめせ。せきとめられし[一五]小河《をがは》の水も、つひには漏《も》りて流るるもの。竹の節々《ふしぶし》[一六]よをこめて、末まで思へと候ふかや。それ天竺《てんぢく》の三蔵法師《さんざうほふし》[一七]は、いかなれば波斯《はし》[一八]国王の姫宮にあひ馴《な》れそめて、御子には臣下大臣を儲《まう》け給ふ。これも恋路の故ぞかし。いかなれば志賀寺《しがでら》[一九]の上人《しやうにん》は、御年八十三と申すに、京極《きやうごく》[二〇]の御息所《みやすどころ》を恋ひたてまつり給ふ。御息所は、あまりに《上人の姿かたちがあまりに》その面影

一〇 三回忌《き》のこと。満二年めの命日。
一一『阿弥陀経』の略。阿弥陀の極楽浄土のすがたをたたえ、念仏して、その浄土に往生することを勧めた経典。浄土三部経の一。
一二 念仏や読経《どきよう》の功徳《くどく》を死者にたむけて供養すること。
一三 矢矧の家と自分とが無事でいたならば、の意か。「さぶらはば」は底本には「さふらふはは」とあるのを改めた。
一四 生れ変り死に変りして迷界を輪廻《りんね》することは、車の輪が限りなく回転するのと同じである。
一五 恋慕の思いをおさえているには限度があるの意。
一六「よ」は、竹などの「節《よ》」（節と節との間の中空の部分）と「世」を掛ける。「よをこめて」は「将来を期待して」の意。
一七 経・律・論の三種の仏教の書物に精通した高僧。唐の僧玄奘《げんじよう》の俗称として流布しているが、ここに記されている説話は原拠が明らかでない。
一八 中国の六朝《りくちよう》・隋《ずい》・唐時代におけるペルシアの呼称。底本「あし国王」とあるのを改めた。
一九 近江《おうみ》の国志賀（大津市滋賀里町）にあった崇福寺《すうふくじ》の別称。この志賀寺の老法師と京極御息所の話は、諸書に引かれて有名である。
二〇 藤原時平の娘で、宇多天皇の尚侍《ないしのかみ》。才色兼備の女性で、多くの人を魅了《みりよう》したといわれる。

のいぶせさに《むさくるしいので》、御年十七と申すに、御簾《みす》の外《ほか》まで御出でありて、〔上人に〕御手ばかりを《お手だけを握らせた》奉る。上人は御手ばかりを賜はりて、一首の歌をぞあそばしける。

[一]初春の初音《はつね》の今日の玉はばき
手に取るからにゆらぐ玉の緒《を》

とありければ、御息所聞こしめして、

[二]いざさらば真《まこと》の道にしるべして
われを誘《いざな》へゆらぐ玉の緒

[三]上人は御手ばかりを賜はりて、三度御胸に押し当てて、つひにその恋遂げたりしかば、御息所はただならず《普通でない体となって》、御懐妊《くわいにん》ありて、ほどなく[四]越前の国、敦賀《つるが》の津と[五]海津《かいづ》の境なる、[六]愛発山《あらちやま》にて御産の紐《ひも》をぞ解《と》き給ふ。かれを《生れた子を》取り上げ見給へば、面《おもて》は六つ、御手は十二あり。もとはあらし山と申せども、それよりはじめて、[七]あらち山とぞ申しける。かの者《その鬼子は》やがて[八]兜率天《とそつてん》に上がり給ひて、[九]八十億劫《おくこふ》を経て、その後《のち》[一〇]梵天《ぼんてん》

一 これは『万葉集』巻二十の大伴家持《おおとものやかもち》の歌である。正月三日初子《はつね》の日《び》の宮中の宴に際してよんだ歌で、「初春の初子の日の今日の玉箒《たまははき》（玉を飾った箒《ほうき》、蚕《かいこ》の床《ゆか》を掃く道具）よ。それを手に取っただけで玉の緒が鳴ってすがすがしい」の意。ここでは生命を意味する「魂《たま》の緒」にかけて「御息所様のお手を頂いただけで、私は命も消えるほどに嬉《うれ》しい」と申し上げたのである。

二 さあそれならば、あなたは僧侶なのですから、真理の道（仏道）の案内者となって、私を連れていって下さい、「玉の緒がゆらぐ」とおっしゃる方よ。

三 以下の、愛発山の地名説明にかけた類似の説話は『義経記』巻七「愛発山の事」の条に見える。

四 福井県。敦賀はその中央部にあり、古来海上交通の要港であった。

五 琵琶《びわ》湖の北岸、滋賀県高島郡マキノ町の地名。古くは北陸街道の宿駅として栄えた。

六 福井県敦賀市にある。日本の民間伝承には、山中で山の神がお産をしたという話が多い。これも、そういう山の神伝承の一つであろう。

七 お産の時の出血を荒血《あらち》というところから、御息所の出産にちなんで「あらち山」と改めたとの意。

八 仏語。須弥山《しゅみせん》の頂上二十四万由旬《ゆじゅん》の高所にある天界。弥勒菩薩《みろくぼさつ》の浄土で、歓楽に満たされている。

九 「劫」は仏教でいうきわめて長い時間の単位。

より天下《あまくだ》り、敦賀の津に、[一一]気比大菩薩《けひだいぼさつ》と顕《あらは》れて、北陸道《ほくろくだう》を守護し給ふも、さながら恋路と承れ《全く恋路のためと聞いております》。さてまた小野の小町は、人の怨念《をんねん》かかれる《恋の恨みをうけた》咎《とが》により、つひに狂人となり、野辺《のべ》を住処《すみか》と定めつつ、[一二]蓬《よもぎ》が本《もと》の塵《ちり》となる。[一三]源氏女《によ》三の宮は、柏木《かしはぎ》の衛門督《ゑもんのかみ》にあひ馴《な》れて、薫《かをる》大将を生み給ふ。[一四]狭衣《さごろも》の大将聞こしめして、かくなん、

[一五]誰《た》が世にか種をまきしと人問はば
　岩根《いはね》の松はいかが答へん

とあそばしけるも、由来は恋のいはれなり。かやうに申す冠者[一六]ばらも、三歳の年より、父に後《おく》れたてまつり、万部の御経怠らず《一万部の読経を怠りません》。昼は三部の御経を読み、夜は六万返の念仏、阿弥陀経《あみだきやう》を読み、さらに怠ることもなく、[一七]精進《しやうじん》の所へ、不精進《ふしやうじん》の者が参りてあらばこそ《参上したのなら不都合でしょうが》、精進と精進が寄り合ひて、この世の物語申さんは《うき世のことを語り合うのならば》、なにかは苦しかるべき《なんのさしつかえがありましょう》」。浄瑠璃この由聞こしめし、「わらはと申すはこれ、なにとなき卑《いや》しき[一八]賤《しづ》が伏屋《ふせや》、[一九]柴《しば》の庵《いほり》にて候《さぶら》へども、[二〇]三世《さんぜ》の諸仏の常に[二一]影向《やうがう》なら

一〇 欲界《よくかい》の上の色《しき》界にある天界の一つ。この天の主をも「梵天」という。
一一 敦賀市にある気比神宮の神。
一二 伝説では、小野小町は晩年おちぶれて、流浪の末路傍で死んだと伝えられていた。
一三 二〇頁注一三参照。
一四『狭衣物語』(平安末期の王朝風恋物語)の主人公の名であるが、ここは『源氏物語』の主人公「光源氏」でなくてはならない。
一五 いったい誰がいつのまに種をまいて生れ出たのかと人が問うたならば、この子(薫のこと)は何と答えるであろうか。『源氏物語』柏木の巻にある光源氏の歌。女三の宮に対して彼女の密通を責めた歌である。
一六 私めも。「ばら」は人を表す名詞について複数を意味する接尾語であるが、ここは謙称《けんしよう》として用いたのであろう。
一七 精進していらっしゃる浄瑠璃御前の所へ。「精進」はひたすら仏道修行にはげむこと。転じて宗教的目的のために一定期間身をつつしむこと。
一八 身分の低いものの住むそまつな家。
一九 柴(山野に生える小さい雑木《ぞうき》)で作った仮小屋。
二〇 過去・現在・未来をいう。「三世の諸仏」は三世にわたって顕れる仏の総称。
二一 神仏がこの世に姿を顕すこと。

せ給ふ。わらはに[一]かたそり給ふならば、仏に恐れをなし給ひて、御帰りあれ」とぞおほせけり。

御曹司聞こしめし、「いかにや君。仏も恋をめさるればこそ《仏も恋をなさることがあるからでしょう》、[二]有《う》漏《ろ》より無漏路《むろぢ》へ通ふ釈迦《しゃか》だにも、[三]やしゃ大臣の御娘に、耶輸陀羅女《やしゅだらにょ》にあひ馴れそめて、御子には羅睺羅《らごら》尊者を儲《まう》け給ふ。神だにも[四]結ぶの神とておはします。[五]百王百代まで守らんと誓ひ給ふ神だにも、[六]伊勢両大神宮と御立《鎮座して》ちある《いらっしゃる》。そのほか[七]熱田《あつた》の宮、[八]諏訪《すは》の明神《みやうじん》、[九]伊豆箱根、日光山の社《やしろ》まで、[一〇]男体女体《なんたいにょたい》はおはします。まして や諸《もろ》諸《もろ》の諸仏[一一]三宝《さんぽう》、過

浄瑠璃御前と問答する御曹司

一 私のためを思って下さるならば。「かたそる」は、自分の利益を人のために捨てる、または、他人が利益を得るように自分から譲ること。
二 仏語。「漏」は煩悩《ぼんのう》を意味する。「有漏」は煩悩のあること。「無漏」は煩悩を離れたこと。迷いの世界から出て、悟りの世界へ入った釈迦さえも。
三 釈迦の夫人、耶輸陀羅女の父については諸説があるが、室町時代に流布していた伝記物語『釈迦の本地』などには「やしゅ大臣」または「やす大臣」とある。
四 三九頁注二一参照。
五 「百王」は代々の王の意。
六 皇大神宮《こうたいじんぐう》（内宮《ないくう》）と豊受《とようけ》大神宮（外宮《げくう》）。内宮の祭神は天照大御神《あまてらすおおみかみ》で女神、外宮は豊受大神《とゆけのおおかみ》で男神。
七 名古屋市熱田区の熱田神宮。
八 長野県諏訪市の上社と、諏訪郡下諏訪町の下社とからなる諏訪大社。
九 静岡県熱海市の伊豆山神社と、神奈川県箱根町の箱根神社。鎌倉時代からこの二社をあわせて二所権現《ごんげん》と称した。
一〇 男姿と女姿。日本の神社は、男神と女神を合わせて祀《まつ》ってある所が多い。
一一 仏・法・僧をいうが、仏の異称として使われることも多い。ここも単に「諸仏」に添えたのである。
一二 男女が契りあう恋の道に、どうしてあなたが背く

去前世《ぜんぜ》の昔より、今日今宵《けふこよひ》に至るまで、結び給へる契りなり。一二男女《なんにょ》和合の情けをば、いかでか背《そむ》き給ふべき。一三煩悩《ぼんなう》すなはち菩提《ぼだい》となる。生死《しやうじ》すなはち涅槃《ねはん》なり。一四一仏皆善根浄土《かいぜんごんじやうど》と説く時は（説く教えからいえば）、谷の朽木《くちき》も仏となる。一五万法一如《まんぼふいちによ》と聞く時は、一六峰の嵐《あらし》も法《のり》の声、一七諸法実相《しよほふじつさう》と観ずれば、仏も衆生《しゆじやう》も一つなり」。仏法になぞらへて、多くの言葉を尽されける。

九　段

御曹司、大和言葉を連ねて恋を語る

浄瑠璃この由聞こしめし、「こはいかに、この殿は諸事に賢《さか》しき人にてましますぞや。今より後は物言はじ」とおぼしめし、「一八木幡《こはた》山にはあらねども（木幡山のくちなしではありませんが）、ただ口なし」（物を言いません）とて音もせず。御曹司聞こしめし、一九大和言葉《やまとことば》になぞらへて、おほせけるこそおもしろけれ。「いかにや君聞こしめせ。二〇陸奥《みちのく》の人目しのぶにあらねども（信夫の里ではないが人目に立つのを避けて）、物は言はじと候ふ（物を言わないとおっしゃ

ことができましょうか。
一三 迷いの心はそのまま悟りの縁であり、生死をくり返す悩みの中に不生不滅《ふしやうふめつ》の悟りの境地がある。
一四 未詳。「一仏成道観見法界《じやうだうくわんけんほつかい》、草木国土悉皆成仏《しつかいじやうぶつ》」（一仏が悟りを開くと、生きとし生けるもの、山川草木に至るまで、その徳によって成仏するの意）という文がある。ここもそのような意味であろう。
一五 あらゆる事物は本来無差別平等であるという理。
一六 高い山から吹きおろす烈《はげ》しい風の音も、仏法を説く教えの声にほかならない。
一七 この世に存在するあらゆる事物は、そのまま真実の相を表しているということ。諸法実相の理をよくよく考えれば。
一八 京都市伏見区の桃山御陵付近の山。木幡の辺には梔子《くちなし》（アカネ科の常緑低木）が多く生えていたといい、『徒然草《つれづれぐさ》』八十七段に「くちなし原」の名が見える。「梔子」に「口無し」を掛けたもので、『新撰六帖』に「木幡山あるはさかなし口なしの宿かるとても答《こたへ》やはせん」の歌がある。
一九 和歌で使う優雅なことば。転じて和歌のことをもいう。ここは大和言葉を次々と引いて語りかけられたのは興味深かった、の意。
二〇 「人目をしのぶ」に、地名の「信夫《しのぶ》」（現在の福島市の地）を掛ける。

かや《るか》。[一]津の国の難波《なには》入江にあらねども《難波江の葦ではないが》、よしともあしとも言はじとや《善いとも悪いとも言わないとおっしゃるのか》。わが恋は、物によくよく譬《たと》ふれば、[二]信濃《しなの》なる浅間《あさま》の嶽《たけ》の風情《ふぜい》かや。[三]筒井《つつゐ》の水にもさも似たり。野中の清水《しみづ》の風情かや。つながぬ駒にも譬へたり。弦《つる》なき弓にも譬へたり。[四]根笹《ねざさ》の上の霰《あられ》かや。下這《は》ふ[五]葛《くず》にも譬へたり。[六]笛竹の風情かや。[七]一群薄《ひとむらすすき》の有様かや。[八]細谷河《ほそたにがは》の風情かや。うつ[九]墨縄《すみなは》の譬へかや。二俣《ふたまた》川の風情かや。[一〇]清水坂《きよみづざか》にさも似たり。[一一]化粧《けしやう》の帯の風情かや。沖漕《こ》ぐ舟にも譬へたり。[一二]那智《なち》のお山の風情かや。埋《うづ》み火の風情かや。濃き紅《くれなゐ》の風情かや」とおほせける。

浄瑠璃この由聞こしめし、「いかに物を言はじと思へども、人の方《かた》より歌を掛けられて《歌をよみかけられて》返歌をせぬ者は、これより[一三]忉利《たうり》天《てん》のこなたなる山の麓《ふもと》に、[一四]無量劫《むりやうごふ》を経《へ》て、[一五]舌《した》なき蛇身《じやしん》と生《むま》るるもの。人の方より文《ふみ》を得て、文の返事をせぬ者は、盲目《まうもく》に生るるもの。返事ばかりはせばや」とおぼしめし、「いかにや候《さぶら》ふ、都の殿。浅間の嶽と候ふは、[一六]燃え立つばかりの心かや。筒井の水の風情とは、[一七]やる方なきと

一 大阪市上町台地の西側の海域。葦《あし》の名所であるところから「よしあし」（善悪）に掛けて使われた。
二 以下に列挙した譬えについては、次頁の浄瑠璃姫の返事の中で、一つ一つその意味が解かれている。
三 筒の形の枠《わく》でかこんだ井戸。
四 笹の一種。山野に多く自生する。
五 マメ科の多年生の蔓草《つるくさ》。根から葛粉を製する。
六 竹で作った笛。
七 ひとところに群がって生えている薄。
八 流れのせまい谷川。
九 木材などに直線を引くのに用いる墨糸。
一〇 京都市東山区の清水寺に上る坂。
一一 美しい模様を施した帯。
一二 和歌山県勝浦の那智大社。熊野三山の一つ。
一三 四三頁注一二参照。
一四 限りのない長い時間。
一五 古絵巻に「人の方より文《ふみ》を得て、文の返事を返さぬ人は、手なき蛇身と生るるなり。人の方より歌を得て、歌の返歌をせぬ人は、舌なき大蛇と生れ」とある。男から文や歌を送られた時に、気のきいた返事をすることは、王朝以来上流女性のたしなみとされていた。
一六 浅間山の噴煙のように、私の心は燃え立つほどだという意味ですか。
一七 筒形の枠にかこまれた水のように、心の憂さのやりばがないという気持ですか。
一八 草をかき分けて清水を汲むように、障害をのりこ

の風情かや。野中の清水と候ふは、[一八]かき分け参るとおほせかや。つながぬ駒と候ふは、[一九]主《ぬし》なき物と候ふかや。弦なき弓と候ふは、引く《引こう》に引かれぬ譬へかや《にも引けないという譬えですか》。根笹の上の霰とは、[二〇]引かば落ちよの譬へかや。下這ふ葛の風情とは、[二一]本《もと》は一つにて千々《ちぢ》に心をくだくとかや。笛竹の風情とは、[二二]一《ひと》よこめよと候ふかや。一群薄と候ふは、ただ一引《ひとひき》に靡《なび》けとかや。細谷川の風情とは、[二三]一度は落ちて一つになれとのおほせかや。うつ墨縄の風情とは、ただ[二四]一筋に思ひ切れとの心かや。二俣川の風情とは、[二五]めぐりあへとの心かや。清水坂の風情とは、人目《人目が》しげきの譬へかや《多く容易に逢えない譬えですか》。化粧の帯の風情とは、結び合へとの心かや。沖漕ぐ舟と候ふは、[二六]焦がれて《物思いに身を焦がす》物を思ふとかや。那智のお山の風情とは、[二七]申さば叶《かな》へと候ふかや。埋《うづ》み火の風情とは、底に焦がれて、上に煙の立つとかや。濃き紅と候ふは、色に出づる《恋心がおもてに現れる》と候ふかや」。浄瑠璃御前は十四なり。御曹司は十五なり。十四と十五とのことなれば、[二八]馴れら馴れじの相撲草《すまふぐさ》、[二九]狂言綺語《きやうげんきぎよ》になぞらへて、言葉に花をぞ咲か《言葉を巧みに飾って言い合》

えてここまで来ましたの意か。古奈良絵本に「ひとり心を澄ますと候ふか」とあるように、「野中の清水」の譬えは、この時代の用例では、人に訪《と》われることなく一人心を澄ます、の意に用いられるのが普通である。

一九 私には定まった妻がない、ということですか。

二〇 根笹を引くと葉の上の霰《あられ》が落ちるように、心を引いたならば承知しなさい、の意。「落つ」には相手の説得に承知する、靡《なび》くの意がある。

二一 一つの根から蔓がいくつも分れ出ているように、あれやこれやと、さまざまに心をくだく。

二二 笛竹の節の間が籠《こも》っている（密閉されている）ように、一夜《ひとよ》の契りをこめなさい、の意。

二三 細谷川が落ちたぎって流れるように、一度は承知して、男と一体になりなさい、の意。

二四 糸の「一筋」と「一筋に」（いちずに）を掛ける。

二五 二つの流れが一つに合うように、めぐり会って固く結ばれなさい。

二六「漕ぐ」から「焦がる」に転じた。

二七 那智山の神に祈願すると願いが叶うように、私の求愛を叶えて下さい、の意。

二八 親しくなろう、いやなるまいといって、たがいに争い張り合っている。「馴れら」の「ら」は推量の助動詞。口語的語法で室町時代から現れる。「相撲草」は「すみれ」の異名と言われるが、他にも諸説がある。

二九 道理に合わぬ言葉と、巧みに飾った言葉。仏教や儒教側から、偽りの多い物語小説の類を賤《いやし》めていった。

浄瑠璃御前、御曹司の求愛をうける

一 静岡市西端の山。『伊勢物語』に「宇津の山にいたりて、わが入らむとする道はいと暗う細きに、蔦楓《つたかへで》は茂り」とある。
二 福島県郡山市安積山麓《さんろく》にあったと言われる。「花かつみ」は、水辺の草の名。同音から「かつ見る」にかかる。底本「人のあさかのぬまの」。江戸版によって「人の」の二字を削った。
三 栃木県国府町にあった大神《おおみわ》神社。そこの池から常に水気が煙のように立ちのぼることから、歌枕となった。
四 「呉《くれ》」は中国伝来の意を表す。淡竹《はちく》の異名。
五 根本に一節は残るのが普通だ、の意であるが、「一よ」に「一夜」を掛けて、「せめて一夜は共寝をするのが情けというものです」という意を含む。
六 鳥類のこと。

＊第七・八・九の三段は、御曹司と浄瑠璃御前とが言葉に花を咲かせて渡り合う、本篇のクライマックスというべき場面である。和漢の故事を引いたり、いわゆる大和《やまと》言葉をつらねて求愛するのは、室町期物語にその例を多く見ることができるが、ここにはそれが集成されている観がある。このような手法は、一つにはこの時代の物語文芸のもつ啓蒙書《けいもう》としての役割に由来するのであろう。限られた公家社会の物語と違って、当代の物語の享受

せける《った》。

御曹司聞こしめし、「いかにや君。宇津《うつ》[一]の山辺のつたの道《宇津の山の道ばたの蔦が絶えない》、絶えこそなけれ細道の《ようにどこまでも続く細道の》、安積《あさか》[二]の沼の花かつみ、かつ見る人に《ほんの一目見た人に》恋まさり、下野《しもつけ》の室《むろ》[三]の八島《やしま》に立つ煙も、風には靡《なび》くと聞くものを。水に埋《むも》るる河柳《かはやなぎ》も、枝に光を放さんとて、螢《ほたる》に宿を貸すものを。よしやあしと《仕方ない悪い竹だと》て《いって》、切り捨てられし呉竹《くれたけ》[四]も、もとに一よ[五]はとまるもの。風にもまるる草木だに、翼《つばさ》[六]《鳥》に宿をば《に巣を作らせる》貸すと聞く」。浄瑠璃この由聞こしめし、「こはいかにこの殿は、諸事に賢《さか》しき人にてありけるや。女人《にょにん》と生れな

浄瑠璃御前、御曹司と対面

者層は裾野《すその》がいちじるしく広がっていた。娯楽的読み物を通して、教養に乏しい読者あるいは聴衆に古典的知識を提供しようとする意識が働いていたのである。近世初期には『薄雪物語』のように、男女主人公の間の恋文のやりとりだけで構成された小説も現れた。

七 多くの領地を有する武士、在地の豪族を「大名」といい、そのうち比較的勢力の小さいものを「小名」といった。

八 鬼のような荒々しいものでも恋の情けは知っているという諺《ことわざ》。

九 非情な石や木で作った体ではないので。人情を解するということ。

一〇 したおび。

一一 茨城県の鹿島神宮には、古く「常陸帯《ひたちおび》」といって帯に男女の名を記し、禰宜《ねぎ》や巫女《みこ》がその先を結び合せて、結婚の相手を占《うらな》う習俗があった。

一二 羅《うすぎぬ》と綾織《あやおり》のことで、上等の美しい衣服をいう。

一三 三九頁注二一参照。

ば、かやうの人にあひ馴れて、草の枕《草を枕に共寝をして》のうたた寝に、露の情け《露ばかりの情けを》をこめばや《めたいものだ》」とおぼしめし、「人の思ひを切る者は、蛇身と生るるもの。明けなば母の長者の耳に入り、いかなる目にも会はば会へ《どんな罪をうけてもかまわない》。靡かばや《冠者の求愛を受けよう》」と思へども、「いくら《多くの》の大名小名《だいみやうせうみやう》[七]の方《かた》よりも、言葉を尽させ給ひしを《言葉を尽して求婚してこられたが》、つひに靡《なび》かず返事せず《それなのに》、金売吉次に朝夕伺候《しこう》の都の冠者に、今宵しも靡かんことか《いよいよ今夜はなびくことになるのか》」と思へども、「昔も、鬼[八]の立てたりし石の戸も、情けに開《あ》くと聞くものを」とおぼしめし、宵《よひ》は酒盛り、夜中は問答、さ夜ふけ方《がた》のことなるに、たがひに見参《げんざん》めされけり《対面をなさった》。

十段

御曹司、浄瑠璃御前に別れを惜しむ

浄瑠璃御前は岩木《いはき》[九]を結ばぬ御身なれば、肌《はだ》[一〇]の帯の一結び、解けぬほどこそ淋しけれ《肌を許さない間はそうは言っても淋しい思いであったが》。鹿島の神[一一]の誓ひにて《鹿島の神の御心にまかせて》、結びそめさせ給ひける《とうとう冠者と契りを結ばれた》。汀《みぎは》の氷うちとけて《氷のような心もとけて》、羅綾《らりよう》[一二]の袂《たもと》を引き重ね、神ならば結ぶの神[一三]、仏ならば[一]愛染明王《あいぜんみやうわう》、木とならば[二]連理《れんり》の枝、鳥とならば[三]比翼《ひよく》の鳥よりも、なほも深くぞ契らせ給ひける。御曹司も、「今宵、千夜《ちよ》を一夜《ひとよ》、百《もも》夜《よ》を一夜に譬へても、長かれかし《今宵一夜は千夜百夜に匹敵するほど長くあってくれ》」とぞおぼしける。「[四]天《あま》の岩戸《いはと》を引き立てて《ぴたりと閉じて》、[五]この世は闇《やみ》にもならばなれ《闇になってもかまわない》。このままあれ《このまま夜が続いてくれ》」とぞおぼしめす。とかくふけゆく今宵なれば《そうこうするうちに夜はふけてゆくので》、程なく庭鳥声々に《鶏が声々に鳴いて》、別れを惜しむ《が別れを惜しむ時になった》ぞあはれなる《悲しいことだ》。[六]祇園精舎《ぎをんしやうじや》にあらねども、[七]諸行無常《しよぎやうむじやう》の鐘の響《ひびき》、今《逢瀬》をかぎりと身にぞしむ《もこれまでと身にしみて聞える》。誰とも知らぬ人なれど、[八]草の枕に馴れそめて、今さら別れの悲しさは、千代万世《ちよよろづよ》を馴れたりとも《共に過した夫婦でさえ》、いかでかこれには勝《まさ》るべき。

[九]五更《ごかう》の天も過ぎゆけば、人目や夢を覚ますらん《人目を気にして夢もさめるだろう》。[一〇]やもめ鳥《からす》も鳴きわたり、夜はほのぼのと明けにけり。御曹司名残の袖をしぼりつつ《なごりを惜しむ涙で袖をぬらして》、暇《いとま》乞うてぞお帰りある。浄瑠璃この由聞こしめし、「今日はこれに留《とど》まり給ひて、横笛《やうでう》吹いて、わらはどもに聴聞《ちやうもん》させ、女房たちにも、琵琶《びは》、琴《こと》ひかせ、旅の御つれづれをも慰め給へ」とぞおほせける。

一 三九頁注二二参照。
二 一つの木の枝が他の木の枝と連なって、木目《もくめ》が続いていること。
三 雌雄がおのおの一つの目一つの翼で、常に一体となって飛ぶという空想の鳥。「連理の枝」とともに、男女の契りの深いことをたとえていう。白居易《はくきよい》の『長恨歌《ちようごんか》』に使われて有名な言葉となった。
四 高天原《たかまがはら》の入口にあったとされる堅固な戸。
五 天照大御神《あまてらすおおみかみ》が天の岩戸を引いて閉じ籠《こも》った時、天下はみな闇となったと神話にある。
六 釈迦のために須達《すだつ》長者が寄進した寺院。そこにある無常堂の鐘は「諸行無常、是生滅法《ぜしようめつぽう》、生滅滅已《しようめつめつい》、寂滅為楽《じやくめついらく》」の声を出したという。
七 世の中の造られたものは常に変化して、永久不変ではないということ。仏教の根本主張の一つ。
八 旅寝のこと。御曹司が浄瑠璃御前と旅先で一夜を共にしたので「草の枕」といった。
九 一夜を五分して、初更・二更・三更・四更・五更とする。「五更」は午前四時～五時前後。
一〇 連れ添う相手のいない烏のことであるが、夜明け方に鳴く烏をののしっていった語。

御曹司聞こしめし、「さこそは存じ候へども《私もそうしたいのですが》、商人《あきびと》の急ぐ道にて候ふほどに、さこそは尋ね候はん《〔主人の吉次が〕さぞ私を探しているでしょう》。露の命も永らへ候はば、[一一]うき世は[一二]車の輪のごとく、廻りて来ぬることあらば《めぐりめぐって再びここへ来られたら》、[一三]よそになしても問ひ給へ」とおほせありてぞ泣き給ふ。浄瑠璃御前は、御曹司の[一四]羅綾《らりよう》の袂《たもと》をひかへつつ《引きとどめて》、広縁《ひろえん》まで出で給ふ。かかる折節《をりふし》鶯《うぐひす》の、霞《かす》める空の花園にさへづりければ、御曹司とりあへずあそばしける《歌をおよみになった》。

[一五]別れゆく思ひを訪《と》ふかこの宿の
　花を惜しみて鳴くからうぐひす

浄瑠璃聞こしめし、やがて返歌にかくばかり《すぐに返歌をこのようになさった》、

[一六]いとどしく花散る里は物憂《ものう》きに
　世をうぐひすのさのみ鳴くらん

とあそばして、行きもやらでぞ立たれたる《〔御曹司は〕後ろ髪ひかれる思いでお立ちになった》。

長者御前は、「過ぎし夜、姫のもとにやさしき《優雅な》笛の音《おと》の聞えつるは、いかなる人やらん。行きて見ばや」とおぼしめして、十二単《ひとへ》を

一一 平安時代から中世までは、仏教の厭世《えんせい》思想による「憂世《うきよ》」（つらい世の中）の意であったが、江戸時代になると、享楽的に生きようという「浮世」の意に用いられるようになった。ここは前者。
一二 四五頁注一四参照。
一三 文意をとりにくい。そ知らぬ顔をして私を尋ねてきて下さい、の意か。
一四 五三頁注一二参照。
一五 姫に別れてゆく私のせつない思いをあわれんでくれたのか。それとも、この宿の花を惜しんで鳴いたのか。うぐいすよ。
一六 そうでなくても花の散る宿は人の心をますます憂《ゆう》鬱《うつ》にするのに、その上どうして、世の中は憂いものだというように、うぐいすがあれほど鳴くのだろうか。「世を憂《う》」から鶯の「う」に転じた技法。「いとどしく」はますます激しく、の意の副詞。下の「物憂きに」にかかる。

御曹司、吉次の供をして旅を続ける

一 思いがけなかった驚きの顔。
二 恥ずかしさや怒りのために顔を赤らめることをいう。思いがけず、恥ずかしさに顔を赤くして。
三 方形の台の四隅に柱をたて、四方に帳《とばり》を垂らした貴人の寝所。
四 「印を結ぶ」は、手指を組んでいろいろの形を作り呪文《じゆもん》を唱えること。真言密教の行者が、仏菩薩の悟りの内容を表すために行った。印を結んで小山を現し、わが身が見えないようにしたのである。
五 礼服・朝服を着用の時に、右手に持つ細長い板。「笏を取り直す」は威儀を正す意。ここは扇を笏に見立てて「扇の笏」といったのである。
六 塀《へい》の羽目板のこと。
＊ 第十段の末尾は道行《みちゆき》で結んでいる。七五調を基調とし、縁語・序詞《じよことば》・掛詞《かけことば》などの技巧を駆使して、叙景と抒情《じよじよう》を織りまぜながら進めてゆく道行文は中世の軍記物に始まって謡曲や御伽草子で多用され、近世の浄瑠璃に至って極点に達した。御伽草子における道行はやはり類型的で、同じような文章が多くの作品の中で繰り返されている。それは作者の創作力が貧困であったことによろうが、御伽草子の享受者層にとっては、類型的でなじみのある表現の方が受け入れ易かったということも考えられる。
七 二二頁注一一参照。

ひき装束《しやうぞ》いて、長者の住処《すみか》を立ち出でて、姫君の御方《かた》へ参らせ給ひける。いたはしや《かわいそうなことに》浄瑠璃御前は、母の長者を見たてまつりて、時[一]ならぬ顔に紅葉《もみぢ》[二]を散らしつつ、帳台《ちやうだい》[三]深く忍ばれける。御曹司御覧じて、長者御前とわが身との間に、小山の印《いん》[四]を結びてかけ、わが身には、小鷹の印を結んで《印を結んで姿を小鷹に変えて》、縁より下へ飛んで下り、扇の笏《しやく》[五]取り直《なほ》し、「思ひもよらぬ姑《しうとめ》に見参《げんざん》申すぞ。はづかしさよ」とて、鰭板《はたいた》[六]飛び越え、三重《みへ》の堀をも飛び越え、心は矢《や》矧《はぎ》にとまれども、その身は金売吉次《かねうりきちじ》とうちつれて、東《あづま》の奥へぞ御下りある。あらいたはしや《お気の毒なことに御》御曹司《曹司は》、世に従《世間のな》

御曹司、吉次の供をして東へ下る

ふる習《らわしに従って》ひとて、吉次が太刀をば右に持ち、源氏重代《ぢゅうだい》の、七古年刀《こんねんだう》の御《み》佩刀《はかせ》をば、左の脇《わき》に忍ばせて、いまだ慣はぬ《今まで扱ったこともない》竹の笞《むち》を抜き持ち給ひつつ、四十二匹《ひき》の八雑駄《ざふだ》にうち交《まじ》はりて、御下りあるこそあはれなれ。

名所名所はどれどれぞ。九憂きも辛きも遠江《とほたふみ》、一〇浜名の橋の夕潮に、さしても上る《竿さして上る》蜑小舟《あまをぶね》、一一焦《こ》がれて物や思ふらん。一二さらでも旅は物憂き《そうでなくても旅はつら》に《いのに》、松の梢《こずゑ》に風通ふ、入江に響くは波の音、心を尽す夕まぐれ《心が痛む夕ぐれ方に》、一三池田の宿《しゅく》にも着き給ふ。池田の宿を立ち出でて、そことも知らぬ行末《そこがどことも分らない遠くの》を《方を》、遥《はる》かにながめましませば、遠き梢の花どもは《梢に咲いた桜の花は》、残る雪かと疑はる。慣はぬ恋を《経験の浅い恋を》一四駿河《するが》なる、宇津の山辺のうつつにも《宇津の山はその名の通り現実にも》、夢にも人に逢ふこともなき、一五つたの細道分け過ぎて、一六小夜《さよ》の中山通るにも、また越ゆべしと思へども、命なりけりとながむれば、心細さぞまさりける。日《ひ》数《かず》つもればほどもなく、名を得て音に聞えける《有名になって評判の高い》、駿河の一七蒲原《かんばら》、一八田子《たご》の浦、一九吹上《ふきあげ》にこそ御着きある。

八 荷物をはこぶための馬。
九 憂いことも辛いことも遠く隔たった遠江の国。
一〇 浜名湖の出口にかかっていた橋。
一一 「蜑小舟を漕《こ》ぐ」の意から同音の「焦《こ》がる」に続く。どうして胸が燃えるほどにせつないのであろうか。
一二 『平家物語』巻十重衡海道下《しげひらかいどうくだ》りに「浜名の橋をわたり給へば、松の梢に風さえて、入江にさわぐ浪の音、さらでも旅は物うきに、心をつくす夕まぐれ、池田の宿にもつき給ひぬ」とある。
一三 東海道の宿駅。もとは天龍川の西岸にあったが、川筋が変ったため東岸になる。
一四 『伊勢物語』の「駿河なる宇津の山べのうつつにも夢にも人にあはぬなりけり」による。「恋を駿河」は「恋をする」と「駿河」とを掛ける。また「宇津の山」から同音の関係で「うつつ」（現実）に続く。
一五 五二頁注一参照。
一六 静岡県掛川市東部の山。東海道の難所の一つとして知られた。『新古今集』西行の「年たけて又こゆべしと思ひきや命なりけり小夜の中山」による。小夜の中山を通るにつけて、帰りにまたこの所を越えることだろうとは思うけれども、西行が「年をとって後にもう一度越えることができたのは、命があったればこそだ」とよんだ歌を口ずさむと、心細さがつのってくる。
一七 静岡県中部にあり、東海道の宿駅として栄えた。
一八 富士川河口付近の海岸。歌枕。
一九 いま、富士川河口西岸に「吹上の浜」がある。

十一段

御曹司、吹上にて病に臥す

かくて御曹司は吹上《ふきあげ》に着き給ひて、その後《のち》、一日は旅の疲れ、二日は[一]神病《かみや》み、三日は病気と、うち臥し給ひける《床についてしまわれた》。吉次この由見たてまつりて申しけるは、「いかに冠者殿《くわじやどの》、聞こしめせ。御身の体《てい》は、ただの[二]風気《ふうき》でさらになし。これは[三]大事の鬼病《きびやう》なり。移りて人の助かること難《かた》し。いかにせん」とぞ悲しみける。一日二日とせしほどに、はや四五日にもなりければ、吉次殿は宿の亭主を近づけて、「いかに候ふ、主《あるじ》の殿、われをば誰とかおぼしめす。[四]奥州《あうしう》に隠れなき《知れわたっている》、[五]秀《ひで》衡《ひら》殿の[六]御代官に、金売吉次《かねうりきちじ》信高《のぶたか》とて、年《とし》に一度づつ[七]御《ご》年貢《ねんぐ》備へて、都へ上《のぼ》る者にて候ふ。[八]一条戻橋《もどりばし》に米屋《こめや》が宿にて候ひしが《私の泊る宿ですが》、かの米屋より、東《あづま》へ下る冠者を一人ことづかりて候ふ《あずかってきました》。このほど旅の疲れにや、風の心地と候ふぞ。[九]世は情けにて候へば、看病して賜《た》び給へ。

一　神霊が乗り移ったような正気でない状態の意か。
二　風邪《かぜ》のこと。
三　命にかかわるような不思議な病気。「鬼病」は、鬼神にとりつかれたような不思議な病気をいう。
四　陸奥《むつ》の国の異称。現在の福島・宮城・岩手・青森の四県に当る。
五　藤原秀衡。平安末鎌倉初期の陸奥の豪族。平泉に館《やかた》を構え、白河以北を支配して、平氏滅亡後も頼朝に従わなかった。
六　主君の代理として事に当るもの。
七　ここは、朝廷に納める年貢を準備して、の意であろう。
八　京都市一条、堀川にかかる橋。渡辺綱《わたなべのつな》が鬼女の腕を切り落した場所と伝えられる。『義経記《ぎけいき》』や幸若舞《こうわかぶ》曲《きよく》の『鞍馬《くらま》出《いで》』には「三条の金商人」とある。
九　この世を渡るには、おたがいの思いやりが大切だという意味の諺《ことわざ》。

よきにいたはり給ふならば《十分に手当をしてくださったならば》、明年の下りには、御恩を報じ候はん《お礼をさしあげます》」とて、一〇爪《つめ》よき馬《むま》に黄金《こがね》一一十両取り添へて、主の殿に奉る。「暇《いとま》申して冠者殿《ではお別れします冠者殿》」とて、吉次も袖《そで》をしぼりつつ《涙で濡らして》、いたはしや御曹司を、そことも知らぬ《よるべもなく不案内の》吹上に、ただ一人うち捨てたてまつり、東をさしてぞ下りける。

さるほどに御曹司、吹上にただ一人、うち捨てられておはします。その後、この所の一二癖《くせ》として、一三邪慳《じやけん》かぎりもなかりける。「かかる鬼病を病む人を、一つ家には《同じ家の中には》叶《かな》ふまじ《置いておけないと》」とて、情けなくも《無情なことに》十両の黄金と馬をば受け取り、遥《はる》かの後ろの浜に、松六本ある中に、細き竹を柱として、松の葉をとり覆ひ、いづくに雨風たまるべしともおぼえねども《とても雨風を防ぐ場所があろうとも思われないけれども》、沼の一四真菰《まこも》を引きはへて《敷きひろげて》、桶《をけ》と杓《ひしやく》を取り添へて、御曹司を出だしけるぞ《気の毒にもそこへ追い出してしまった》あはれなれ。さるほどに吹上の浦人ども、「都より東へ下る冠者が鬼病をいたはり《わずらって》、後ろの浜に出《い》だされて候ふが、一五笙《しやう》と一六高《こ》麗笛《まぶえ》、一七篳篥《ひちりき》、横笛《やうでう》、一八四管《しくわん》の吹物《ふきもの》、黄金作りの太刀と刀と持ちたるが、

一〇 馬は蹄《ひづめ》の強いのをよい馬としたので、「爪よき馬」といったのであろう。

一一 「両」は、金・薬・香《こう》など貴重品の重さの単位で、時代や地方によって、またはかる物によって差があるが、およそ四匁《もんめ》ないし五匁（一五～一九グラムぐらい）を一両とした。

一二 この地方の人の悪いならわしで。

一三 無慈悲で、人をむごく扱うこと。

一四 水辺に生えるイネ科の丈《たけ》の高い多年草。ここは真菰の葉で編んだむしろのこと。

一五 二一頁注二二参照。

一六 雅楽に用いる横笛の一種。百済《くだら》から伝わった。

一七 二一頁注二一参照。

一八 上の、笙・高麗笛・篳篥・横笛の四種の管楽器をさすのであろう。

冠者が分《若者の分際で》として、身の回りに六万貫[一]は持ちたるらん。後《のち》は何ともあらばあれ。いざいざ行きて、かの太刀、刀を取りて、しばしも楽し[二]まん」とて、後ろの浜へ行き見れば、太刀は二十尋《はたひろ》[三]の大蛇《だいじや》と現じ《の姿となり》、刀は小蛇《せうじや》となつて、近づく者を呑《の》まんと追つかくる。これを見る者肝《きも》を消し、をめき叫んで《大声でわめきながら》逃げければ、その後言問《ことと》ふ人もなかりけり《言葉をかける人もなかった》。たまたま問ふものとては《時たまおとずれるものといえば》、渚《なぎさ》の千鳥《ちどり》、沖の鷗《かもめ》、吹上の浜の真砂《まさご》の、おとづれ渡る風よりほかは《〔砂の上を〕音をたてて吹き渡る風のほかは》、音もせず。

いたはしや御曹司、今をかぎりと見えしかば《これで命も終りの様子に見えたので》、かたじけなくも正《しやう》[四]八幡《はちまん》の、世にもあはれとおぼしめし、濃き墨染《すみぞめ》の御衣《ころも》を召し、老僧と現じ給ひ《の姿になって》、御曹司の枕上《まくらがみ》[五]に立ち寄らせ給ひて、さも高声《かうじやう》《大そう》におほせける。「いかに冠者殿。何をかいたはり給ふぞよ《何の病気で苦しんでおられるのか》。いづくよりいづくへ通らせ給ふ人ぞ。かやうに申すは、東《あづま》より都一見《いつけん》[六]のためにまか[七]り上《のぼ》る客僧《きやくそう》[八]なり。もしも都に知る人ましまさば、言伝《ことづて》し給へ。ねんごろに《誠意をもって》届けて参らせん《伝えてあげましょう》」とぞおほせける。いたはしや御曹司、さも

一「貫」は、金銭の単位。一千文《もん》を一貫とした。

二 わずかの間でも、金持の気分を味わおう。「楽しむ」は、経済的に裕福になること。

三「尋《ひろ》」は慣習的に用いられた長さの単位。大人が両手を左右に広げた時の、指先から指先までの長さをいう。

四 八幡宮の祭神に贈られた「正八幡大菩薩」という称号の略。源氏の氏神である。

正八幡、御曹司の病を矢矧へ知らす

五 寝ている枕の辺。枕もと。

六 一度見ること。ちらっと見ること。謡曲に「これは諸国一見の僧にて候ふ」というような、登場人物の名のりが多く見られる。

七「上る」の謙譲語。

八 一つの寺に止住せず、国々を行脚《あんぎや》して歩く僧。旅僧。山伏《やまぶし》をいうことが多い。

九 私は都から東へ下る冠者ですが、その冠者が。文脈からいうと「冠者なるが」とあるべきところ。

一〇 普通の状態とは違った様子。ここは、病気で苦しんでいるさまをいう。

かすかなる息の下よりも、「[九]これは都より東へ下る冠者が鬼病をいたはり、駿河《するが》の蒲原《かんばら》、田子《たご》の浦、吹上といふ所に、[一〇]あらぬ様《さま》にて候ふが、今をかぎりと見えたりと、三河の国矢矧《やはぎ》の宿《しゅく》の浄瑠璃御前の方《かた》へ、くはしく届けて賜び給へ《様子を伝えて下さいませ》」とおほせける。源氏の氏神《うぢがみ》正八幡は、この由聞こしめし、「たしかに届け候はん。よきに養生し給へ。暇《いとま》申してさらば」とて、墨染の御袖《そで》をしぼりつつ《涙で濡らして》、吹上を立ち出で給ひ、[一一]片時《へんし》が間に、三河の国矢矧の宿に着き給ふ。

〔正八幡は〕長者の屋形《やかた》に立ち寄り給ひて、広縁に腰を掛け、「これは東の方より都一見のために、[一二]まかり上る僧に御茶所望《しよまう》」とおほせありて、[一三]壁に向へて独言《ひとりごと》をぞおほせける。「[一四]あぢきなしとよ《やるせないことだ》。[一五]南無三宝《なむさんぼう》。昔が今に至るまで、恋ほど辛きものはなし。故《ゆゑ》をいかにと尋ぬるに《というのはなぜかというと》、逢うて別れの恋やらん《逢った後の別れを悲しむ恋だろうか》。逢はで恨むる恋やらん《逢えないで恨んでいる恋だろうか》。都より東へ下る冠者ありけるが、いかなる人を見そめてか、恋の[一六]病《やまふ》に臥《ふ》し沈み、駿河の蒲原、田子の浦、吹上といふ所に、松の木蔭を囲ひつつ《松の木蔭にかこいを作って》、一日二

＊御曹司を奥州へ連れて下ったと伝えられる金売吉次は不思議な人物である。『義経記《ぎけいき》』では秀衡《ひでひら》の命を受けて鞍馬《くらま》の遮那王《しやなおう》（義経）に奥州下向をすすめ、東下りに当っては御曹司を大切に扱っているが、この『十二段草紙』の吉次は御曹司を全く下部《しもべ》扱いにし、病にかかると捨てて行くという不可解なことをする。そこには室町期の物語や説経に出てくる人買商人のおもかげを認めることさえできる。これもすでに幸若《こうわか》の『烏帽子折《えぼしおり》』に見られるのであるが、こういう変化がなぜ生じたのか、中世文芸の背景にある伝承説話の世界は模糊《もこ》としていて、その解明は容易でない。

一一　すこしの間。ちょっとの間。古くは「へんし」と清音。
一二　「まかり上る僧にて候ふが、御茶所望」とあるべきところ。「御茶所望」は、お茶を入れて下さい、の意。
一三　ハ行下二段活用の他動詞。体を壁に向わせて。
一四　どうしようもない状態に対して、あきらめを含んだ不満な気持を表す語。「とよ」は格助詞「と」に間投助詞「よ」が付いた語。感動を表す。
一五　仏・法・僧の三宝に対して救いを求める語。後には、突然の出来事に驚いたり、失敗したりした時に多く使われた。略して「南無三《なむさん》」ともいう。
一六　「やまひ」を「やまふ」という例はこの時代にしばしば見られる。

日とせしほどに《過ぎるうちに》、今日三七日になると《今日でもう二十一日になると》、息の下より申せしが、はや《もう》空《むな》しくぞなりつらん《死んでしまったことだろう》。南無三宝」とぞおほせける。〔侍女の〕冷泉《れんぜい》この由うち聞いて、「いかにや御僧、聞こしめせ《お聞き下さい》。その殿の年は幾つばかり、風情《ふぜい》は何と見えて候ふやらん《様子はどのような方でしょうか》」。御僧聞こしめし、「背《せい》小さく、鬢《びん》の髪少し縮みて、一あくまで色白く候ひつる《とても色白の上品な方でした》」。（冷泉）「さて衣裳は何と候ふぞ《どんなふうでしたか》。黄金《こがね》作《づく》りの太刀と刀を持たせ給ひて候ふか」と問ひ給へば、（僧）「尋ね給ふ有様少しも違《たが》はず。およそ百万騎の大将といふとも苦しからず《百万騎の大軍を指揮する大将といってもよいほどの立派な方です》」と言ひもあへず《と言うやいなや》、かき消すやうに失《う》せ給ふ。

冷泉この由見たてまつり、急ぎ浄瑠璃の住処《すみか》に帰り、浄瑠璃御前にかくと申せば、胸うち騒ぎ、いつぞや吉次が下人《げにん》にあひ馴れたりしとて、母の二不孝《ふけう》をかうむりて、二百四十人の女房たちをも添へられず、乳母《めのと》一人ばかりを添へられ、長者の住処より遥《はる》かの奥に、柴《しば》の庵《いほり》を結びつつ、あらぬ様にておはしますが《思いもよらない有様で暮していらっしゃったが》、この由を聞こしめし、いとど思ひぞまさりける《ますます御曹司を思う心がつのってきた》。冷泉この由を見たてまつりて申されける

一　もう飽き飽きしたと思うほど十分に、の意。

＊　第十一・十二の二段で語られている吹上での御曹司の一日の死と復活の話は、それまでの矢矧《やはぎ》を舞台とする求愛物語からの展開としては必然性がない。この吹上の条は、源氏の氏神正八幡が御曹司の受難を救うことに主題があるが、このように神仏の利生《りしょう》によって非運な主人公が死から救われるという例は室町期物語の中に幾つも見出すことができる。本作は、冒頭の申し子から始まって、室町期文芸の類型的手法を随時取り入れているので、ここも冒頭の申し子に呼応して、類例の多い利生談をもって一篇を結ぼうとしたのかもしれない。あるいは和辻哲郎《わつじてつろう》氏が『日本芸術史研究』の中でいわれたように、吹上での御曹司蘇生《そせい》の利生談こそが浄瑠璃物語の原型であって、矢矧での求愛談は後に拡張されたものと見ることもできなくはない。この物語の成立過程を実証するには文献資料があまりにも少ないのであるが、いずれにしても現存の『浄瑠璃十二段草紙』を見る限り、吹上の条が一篇の作品構成の上で違和感を与えることはいなめない。

二　父母の勘当《かんどう》を受けること。

浄瑠璃御前と冷泉、吹上に着き御曹司を捜す

は、「いかにや君聞こしめせ。これにて嘆き給はんよりも、音に聞ゆる駿河《するが》の国蒲原《かんばら》、田子《たご》の浦とかやに、尋ねて下らせ給へかし。も《思い》だえ給ふを見まゐらするも同じ苦しさ《悩まれているのをここで見ている私の苦しさは同じですから》、いづくへも御供申すべし」と申されければ、浄瑠璃御前は、なのめならずに喜び給ひて、いま《まだ経》だ慣はせ給はぬ旅の姿に御身をやつし《験したことのない旅の簡素な身なりをなさって》、下り給ふぞあはれなる。今をはじめの旅なれば、御足よりもあゆる[三]血に、道の草葉も千入《ちしほ》[四]に染み、涙を道のしるべにて、辿《たど》らせ給ひけるほどに、月日[五]の道に関守据《す》ゑざれば、矢矧《やはぎ》の宿《やど》と吹上《ふきあげ》の間、男のために《男の足ならば》は五日路《いつかぢ》と申す道を、九日《ここのか》にこそ着き給ふ。

さるほどに田子の浦に御着《おつ》きありて、浦の者を近づけておほせけるは、「いかに候《さぶら》ふ、浦の殿。都より東へ下る冠者が、病《やまひ》を煩《わづら》ひ候《さぶら》うて、この浦にあると候ふは《この浦にいるということですが》、いづく《「その者は」》が宿にて候ふやらん。教へて賜《た》べ」とおほせける。「いさ知らぬ《さあ知りません》」とばかり申しける。その後浄瑠璃御前は、十二単《ひとへ》[六]を召されたる、御小袖一重《こそでひとかさね》[七]、道行人《みちゆきびと》に取らせ給ひ

三 木の実や花が熟して自然に落ちることや、血、汗、乳などがしたたり落ちることをいう。

四 染物で、染め液に何回もひたして色濃く染めること。千入の染物のように真赤《まつか》に染まって。

五 月日のたつのを止めることはできないという諺《ことわざ》。

六 十二単の下に着ていらっしゃる小袖一重を、の意か。前に「旅の姿に御身をやつし」とあるのに、浄瑠璃御前がここで十二単を着ていたというのは矛盾《むじゅん》するが、次頁の挿絵ではやはり十二単姿に描いてある。

七 袖口をせまく、袖下を丸く縫った長着。本来は肌着であるが、次第に華麗になって、小袖を重ねて着るようになった。

て、かの行末を《御曹司のゆくえを》問ひ給へば、姫君の御姿をつくづくと見まゐらせ、「あら恐ろしや。この浜へ一化生《けしやう》の物が来たれるぞ」と、足を早めて行きければ《逃げていったが》、吹上の浦人申しけるは《その話を聞いた吹上の浦人がいうには》、「この浦の習ひにて、二富士の嶽《たけ》より年《とし》に一度づつ人を取るが、男が女を取らんとては、みめよき男が下り、女人《によにん》が男を取らんとては、みめよき女人下りけるが、今年も男子《なんし》を取らんとて、ただ今女が来たれるぞ」とて、浦の者ども皆々東西へ逃げ隠れて、一人もなかりけり。さてしもあらぬことならねば《いつまでもそうしてもいられないので》、三高き峰に、深き谷の、さりぬべき所はなかりけり《高い峰や深い谷を探したが御曹司が捨てられていそうな所はなかった》。後ろの浜に御下り

吹上の浦の浄瑠璃御前と冷泉

一　ばけもの。妖怪《ようかい》。

二　富士山にすむ妖怪変化《へんげ》の類が年に一度人身《ひとみ》御供《ごくう》を取るということである。

＊　横山重氏所蔵の室町末期頃の古写本『浄瑠璃御前物語』は十六段から成り、第十三段以後に後日談を続ける。御曹司と別れて矢矧へ帰った浄瑠璃御前は、その後笹谷という所に籠《こも》って源氏の世になるのを待っていたが、御曹司が奥州で秀衡《ひでひら》の娘を妻にしたと聞いて自害して果て、母の長者も悲しみのあまり入水《じゅすい》した。やがて平家追討のために都へ上った御曹司は、これを聞いて姫の菩提《ぼだい》を厚く弔った、という話である。近松門左衛門の『源氏冷泉節』や『十二段』の他、『浄瑠璃十二段草紙』の影響を受けた江戸時代の浄瑠璃や歌舞伎作品には、浄瑠璃御前の死を語るものが多いが、そのような改作、書き継ぎがすでに早くから行われていたことが知られる。一つの作品に次々と増補や改作の手が加えられ種々の異本が生れてくるのは、室町時代の物語にしばしば見られる現象で、そこには作品の伝承過程に享受者の直接参加の傾向がいちじるしかったことが窺《うかが》われる。

三　以下の文は意味が明確でないが、仮に傍注のように解しておいた。

ありければ、その日もほどなく暮れにけり。ここやかしこに立ち寄り給へども、御宿《やど》参らする人もなし。その夜は浦の浜辺に清き真砂《まさご》を[四]片敷きて、千鳥、鷗《かもめ》と諸共《もろとも》に、[五]音《ね》をのみ争ひ給ひける。この浦の習ひにて、吹き来る嵐《あらし》はげしくて、波と真砂を吹き立てて、[六]高き所は高くなり、さてこそ吹上の浦とは申すなり。いたはしや姫君は、冷泉殿《れんぜいどの》ただ二人、十二単の[七]褄《つま》を、寄せ来る波に濡《ぬ》らしつつ、涙と共に泣き明かさせ給ひける。

十二段

御曹司、浄瑠璃御前と再会

夜も[八]深更《しんかう》にふけゆけば、源氏の氏神正八幡は、世にもあはれとおぼしめし、十四五ばかりの童子と現じ給ひつつ、後ろの浜へ御出であり。浄瑠璃御前の有様を御覧じて、涙を押へて、のたまひけるは、「いかにや。汝《なんぢ》が尋ぬる冠者は、この浜辺の後ろなる、松六本生《お》ひ

四　三七頁注二四参照。
五　鳥の鳴く声と争うように、姫も声をたてて泣くばかりであった。
六　古絵巻は「高き所は低《ひき》くなし、低《ひく》き所は高くなり、さてこそ吹上の浦とは申しけれ」とある。
七　着物の衽《おくみ》の腰から下の部分のへり。「つま」は、ものの端の部分やへりをいう。
八　真夜中のこと。「更」は夜警の者が更代《こうたい》するところから、一夜を五つに分けたその一くぎりをいう語。

たるもとに出だされてゐたりしが、はや空しくやなりつらん《もう死んでしまったであろうか》。群烏《むらがらす》[一]の騒ぎしが、昨日今日はいさ知らず《昨日今日の様子はまったく知らない》。入らせ給へ《こちらへおいでなさい》姫君」とて、浄瑠璃御前の御袂《たもと》をひかへて、教へ給ひしが、かき消すやうに失せ給ふ。浄瑠璃御前は夢さめて、いかなる神の御告《つ》げぞと、嬉《うれ》しさかぎりもましまさず。夜もほのぼのと明けければ、二人の人は立ち出でて、後ろの浜の松原を、ここやかしこと尋ね給へば、いたはしや御曹司、荒き浜辺の潮風に、塚《つか》のごとくに吹き上げたる、真砂の下にぞ埋《うづ》もれて、姿かたちも見え給はず。

ここに真砂の中よりも、黄金作《こがねづく》りの御佩刀《みはかせ》[二]の石突《いしづき》[三]、少し見えたりけり。浄瑠璃これを頼《たの》みにおぼしめし、冷泉殿とただ二人、楓《かいで》[四]のやうなる御手にて、泣く泣く真砂を掘り給へば、藁《わら》や真菰《まこも》の中よりも、桶《をけ》と杓《ひしやく》を掘り出だす。いよいよこれに力を得て、なほなほ掘りて見給へば、さもあさましき姿《なんともなさけない姿の》なる御曹司を引き出だし給ひける。いつくしかりける御姿、しぼめる花のごとくにて、見るに涙もとどまら

一 烏は死骸《しがい》のある所に群がり集まるところからこういった。

二 二八頁注一八参照。

三 二九頁注二五参照。

四 女子や小児の小さくかわいらしい手を楓《かえで》の葉にたとえていう。

ず。埋もれたる砂を衣《きぬ》の褄《つま》にてうち払ひ、御膝《ひざ》にかきのせたてまつり、[五]天に仰ぎ地に伏して、悲しみ給ふ御有様、[六]あはれといふも愚《おろ》かなり。「いかに候ふ、都の殿。一夜の契《ちぎ》りに馴れそめし、浄瑠璃これまで参りたり。[七]いかなる定業《ぢやうごふ》にてましますとも、みづからこれまで参りたる志のほどを受け給ひて、今一度《いちど》よみがへらせ給へ」と、胸に当て顔に当て、[八]流涕焦《りうていこ》がれ給へども、その甲斐《かひ》さらになかりけり。姫君あまりの悲しさに、潮水にて[九]手水《てうづ》うがひをして、天に仰ぎ、「願はくは日本国[一〇]六十六か国の大小の御神、そのほか諸神、諸仏、[一一]哀愍納受《あいみんなふじゆ》を垂れ給ひて、この冠者定業なりとも、今一度《ひとたび》、片時《へんし》のほどなりともこの世へ返し給へ」と、[一二]肝胆をくだき祈り給へば、不思議や、諸神諸仏の御はからひにや、浄瑠璃御前の泣かせ給ふ御涙、御曹司の口の中へ流れ入り、[一三]不死《ふし》の薬となり、少し息出でさせ給ひける。

浄瑠璃御前の祈願により御曹司は蘇生する

浄瑠璃御前はこれに頼みをかけ給ひて、所々《ところどころ》へ[一四]宿願《しゆくぐわん》を立て申され

五 悲嘆にくれて身もだえするさまをいう慣用句。
六 「あはれ」という言葉では、形容するに不十分である。
七 前世でどんな重い罪を作って、そのためにこれまでのお命であるとしても。「定業」は、前世の業《ごう》によって定まっている命。
八 涙を流し泣きこがれること。これも御伽草子の類に最もよく使われる慣用句の一つである。
九 手や顔を水で洗い清めること。
一〇 畿内《きない》・七道の国の合計で、日本全国の意に用いる。
一一 神仏が人間をあわれんで、その祈りを聞き届けること。「哀愍納受を垂れ給へ」の語は、祈禱《きとう》の言葉の中で常に使われる。
一二 肝臓《かんぞう》と胆嚢《たんのう》。転じて、心の中。また誠の心。「肝胆をくだく」は、真心《まごころ》を尽して物事をする意。
一三 飲むと死ぬことがないとされる仙薬。
一四 以前から神仏にかけておいた願い事。しかし、以下に述べてある願は、ここではじめて立てた願であるから、「宿願」というのは当らない。誤用であろう。

けり。「伊豆の国は走湯権現《そうたうごんげん》[一]、三島《みしま》の三島大明神《さんたうだいみやうじん》[二]、御あはれみを垂れ給ひて、この殿を今一度《いちど》よみがへらせ給ふならば、矢矧《やはぎ》[三]に持ちたる七つの宝を、一つづつ次第次第に参らすべし。さてまた紺地《こんぢ》の錦《にしき》の御戸帳《みとちやう》[四]、六十六織らせて、八尺の掛帯《かけおび》[五]三百三十三筋、五尺の鬘《かづら》[六]三百三十三掛《かけ》、八花形《やつはながた》[七]の唐《から》の鏡三百三十三面《おもて》、十二の手箱[八]を添へて参らすべし。真羽《まは》[九]の征矢《そや》百矢揃《そろ》へて、斎垣《いがき》[一〇]を結《い》はせて参らすべし。黄《こ》金作《がねづく》りの刀にて、欄干《らんかん》[一一]渡して参らすべし。白銀《しろがね》の太刀百振揃へて、鳥井を立てて参らすべし。卯《う》[一二]の花縅《はなをどし》の鎧《よろひ》三十三両[一三]、四《し》[一四]方白《はうじろ》の兜《かぶと》三十三刎《はね》[一五]、朱《あけ》

御曹司を介抱する浄瑠璃御前

一 静岡県熱海市の伊豆山神社。もと伊豆権現・走り湯権現と称した。
二 静岡県三島市の三島大社。走湯権現とともに、鎌倉幕府の崇敬を受けて、以後関東の大社となった。
三 以下、第一段で、矢矧の長者が峰の薬師に申し子の祈願をする際の言葉と同じである。一二頁参照。
四 一二頁注一二参照。
五 一二頁注三参照。
六 一二頁注四参照。
七 一二頁注五・六参照。
八 一二頁注七参照。
九 一二頁注九・一〇参照。
一〇 一二頁注一一参照。
一一 一二頁注八参照。
一二 全体を白一色でつづった鎧。卯の花の咲き乱れたありさまからの連想で名づけられた。
一三 鎧や装束《しやうぞく》を数えるのに用いる接尾語。「領」が正しく「両」は宛て字。
一四 兜《かぶと》の鉢《はち》の前後左右に、銀や白鑞《しろめ》（錫《すず》と鉛《なまり》の合金）を張ったもの。
一五 兜を数えるのに用いる接尾語。

の糸にて髪巻きたて（たてがみを飾りたて）、馬の毛揃へて三十三匹、引かせて参らすべし」と、深く祈請《きせい》を申されければ、諸神もあはれとおぼしめし、いづくよりとも知らず、十六人の山伏の通りあひ給ひて、「いざいざ、われらが行力《ぎやうりき》[一六]の奇特《きどく》あらはさん」とて、様々《さまざま》の加持《かぢ》[一七]し給へば、浄瑠璃御前[一八]なのめならずに（飛び立つばかりに）喜び給ひて、冷泉殿《れんぜいどの》二人の中に〔御曹司を〕取りこめて、泣いつ笑ひつ（泣いたり笑ったりして）、このほどの心尽しの有様（この数日どんなに気をもんだかその様子）を語り給へば、御曹司は夢のここちして、さもやつれたる御袖を、しぼらせ給ふぞあはれなる（なんともみすぼらしくなった着物の袖を哀れにも涙でぐっしょりになさっていた）。

さるほどに姫君は、御曹司を引き具して、遥かの奥に柴の庵の、それとなく煙の立つをしるべにて（山のずっと奥の方にうっすらと立ちのぼる煙をめじるしに粗末な小屋を尋ねて）、立ち寄らせ給ひて、一夜の宿を借り給ふ。内より八十ばかりの尼公《にこう》[一九]一人立ち出でて、「こはいかに姫御前《ごぜん》、いづちよりいづくへ通らせ給ふぞ。かく申すみづからも、二十《はたち》に余る子を一人、このほど世間にはやり候ふ風邪《かぜ》の病《やまふ》を煩《わづら》ひ、空《むな》しくなり、無常《むじやう》[二〇]の風に誘はれて、今日三七日《さんしちにち》[二一]になり候ふ。旅[二二]は何かは苦しかるべき。卑《いや》しき賤《しづ》[二三]が伏屋《ふせや》にて見苦しく候へども、こなた

一六 長年の修行の力によって、奇蹟《きせき》をあらわしてみせよう。「行力」は、仏道を修行して得た力。「奇特」は、神仏の不思議な力。霊験《れいげん》。

一七 仏・菩薩《ぼさつ》が不可思議な力をもって人々を護ることが本来の意味であるが、一般には、密教で行う祈禱《きとう》、またはその作法をいう。祈禱は仏力を信者に加付し、信者にその仏力を受持させるからである。

一八 古絵巻には、ここに「その後御曹司は程なく息出で給ひけり」という一文がある。山伏の加持によって御曹司が蘇生《そせい》したということがないと、以下の文との続きが悪い。

一九 尼《あま》となった女性を敬っていう語。

二〇 風が花を散らすことから、人の命を奪う無常を風にたとえて「無常の風」という。「無常の風に誘はれて、空しくなり」と順序を変えると続きがよい。

二一 人が死んで二十一日目をいう。仏教では、死後四十九日まで七日目ごとに供養を営む。

二二 旅の途中で宿に困っている時は、どんな所でも気にならないものです。

二三 いやしい者の住む粗末な家。

御曹司、浄瑠璃御前を矢矧へ帰し、奥州へ下る

へ入《い》らせ給へ」とて、一夜の御宿《おやど》を奉る。浄瑠璃御前は手を合はせ、これは正《まさ》しく母御前のみづからを申させ給ひたる《母が申し子の祈願をした時自分を授けてくださった》、薬師如来《やくしにょらい》の化身《けしん》かと、先立つものは涙なりけりと。[一] 姫君あまりの嬉《うれ》しさに、肌《はだ》の御《お》守《まもり》より黄金を一両取り出だし、宿の尼公《にこう》に賜《た》びければ、尼公なのめならずに喜びて、いよいよかしづき給ひければ《一行をいよいよ大切に扱ったので》、御曹司をば、この宿に二十日ばかり看病したてまつりて、[二] よきに労《いたは》り給ひければ、ほどなくもとの御姿にならせ給ふぞ不思議なる。

柴の庵で別れを惜しむところ

　さるほどに御曹司おほせありけるは、「さてもこのたびの御情け、譬《たと》へん方《かた》もさらにな

一　この「と」は、下に上の句を受ける文がないので、誤って入った字であろう。「先立つものは涙なりけり」で文が切れると見た方がよい。

二　上の「看病したてまつりて」と同じ意味のことを、繰り返していったもの。

し。山ならば須弥《しゆみ》[三]の頂《いただき》なほ低《ひき》く、海ならば蒼海《さうかい》[四]よりも深し[五]。君に《あなたに》離れまゐらせば《離れては》、片時《へんし》[六]が間も叶ふまじ《一日も生きていられそうもないけれども》と思へども、君はこれより矢矧《やはぎ》へ御帰りあれ。冠者は東《あつま》の奥へ下るべし」。さるほどに御曹司は、浄瑠璃御前の御志《姫のひたむきな気持を思うと》、あまりに切なう《胸がしめつけられるようで》おぼしめし、「ここにて名のらばや」と思へども、とやあらん《またどうしようか》、かくやあらんと《こうしようかと》、千度百度《ちたびももたび》[七]心に心を伺《うかが》ひ給ふが、中《ちゆう》[八]に心をひきかへて《途中で考えを変えて》、「これはひとへに未練至極《しごく》[九]のわが身かな」と、[一〇]「もし世に漏れ聞え《自分の身分が世間に知れて》、明日は何ともならばなれ《明日どのようなことになってもかまわない》。名のらばや」とおぼしめし、「さてもわれをば、いかなる者とおぼしめす。御志の有難さにただ今名のり申すなり。義朝《よしとも》[一一]には八男、常《とき》盤腹《はばら》には三男、牛若丸と申せし者にて候ふが、七歳の年より鞍馬《くらま》の寺へ上り、東光坊《とうくわうばう》[一二]にて学問し、このほど元服《げんぶく》[一三]仕り、仮名《けみやう》[一四]は源《みなもと》の源九《げんく》郎《らう》、実名《じつみやう》は義経《よしつね》とて、生年《しやうねん》十五にまかりなる。黄金売《こがねうり》吉次を頼み、奥へ《奥州へ》下り候ふなり。もし命永らへ候はば、明年《みやうねん》の今日《けふ》の頃、かならずまかり上り、御目にかかり候ふべし」とて、御涙せきあへず。

三 須弥山《しゆみせん》の略。仏教の世界観で、世界の中心にそびえるという高山。高さは八万由旬《ゆじゆん》(一由旬は四十里)あるという。

四 青々とした大海。

五 底本「あさし」。江戸版によって改めた。

六 底本「へんしか間もかなふましとも思はねとも」。江戸版によって改めた。

七 あれこれと思い悩むこと。

八 時間的経過の途中をいう。

九 いたって思い切りの悪いこと。こんなことで悩むとは自分はなんと思い切りの悪いことだ。

一〇 この「と」は、次の「もし世に漏れ聞え、明日は何ともならばなれ。名のらばや」の句とともに、下の「おぼしめし」にかかる。

一一 源義朝。義朝には九人の男子があったが、末の三人は、美貌で名高い常盤御前との間に儲《もう》けた。義経は義朝の九男になるが、『義経記《ぎけいき》』をはじめ室町期の文芸では八男とするものが多い。そして『義経記』では八郎と名のるべきであるが、武勇の名の高い叔父の鎮西八郎為朝《ためとも》にはばかって九郎としたと、その理由を説明している。

一二 三二頁注三参照。

一三 男子の成人式。十二歳から十五、六歳の間に行うことが多かった。

一四 通称。俗称。武士が実名のほかにつけた呼び名。

(御曹司)「せめてもの形見《かたみ》にこれを御覧ぜよ」とて、金泥《こんでい》[一]の観音経《くわんおんぎやう》[二]に、一首の歌をあそばし添へて《よみ添えて》、浄瑠璃御前に奉る。

[三]移《うつ》り香《が》をめぐり逢瀬《あふせ》の形見にて
君も忘るなわれも忘れじ

浄瑠璃この由聞こしめし、涙の隙《ひま》よりかくばかり、

[四]逢ふことも別るることも夢の世に
かさねて辛《つら》き袖《そで》の移り香

と、かやうにあそばして、黄金《こがね》の笄《かうがい》[五]取り出だし、御曹司に数々これを奉る。〔姫は〕あまりの悲しさに、あとへの道もさらにおぼえず《別れて帰ることなどはまったく考えられない》。みづからも、いかなる野の末、山の奥までも、御供とこそ《是非お供しますと》慕《した》はれけれ。

御曹司聞こしめし、「われらもさこそは存じ候へども《同じ思いですが》、それ日本は六十六か国にて候ふが、六十か国がせめて六か国なりとも、源氏《源氏の》の世にてもあらばこそ《支配する国であればともかくも》、六十六か国は草木までも平家にこそ靡《なび》きて候へ。われらが住処《すみか》は古き宮、岩の洞《ほら》、人影遠き森の下こそ[六]露の宿

一　三六頁注一三参照。
二　『法華経《ほけきよう》』第八巻第二十五品《ほん》の観世音菩薩普門品《かんぜおんぼさつふもんぼん》の別称。
三　この金泥の観音経に移り残っている香を、あなたと私がめぐり会った逢瀬《おうせ》の形見として、あなたは私のことを忘れないで下さい。私もあなたのことを決して忘れはしません。
四　逢うことも、また別れることも、思えば夢のようなはかない世の中ですのに、あなたと袖をかさねて一夜を過した、その移り香がいっそう辛く思われます。
五　髪をかきあげるのに用いる細長い道具。箸《はし》に似て根もとが平たく、先端が細くなっている。
＊『浄瑠璃十二段草紙』は御伽草子の類の中では、最も早くから注目されていたが、それは主として江戸時代に盛行した浄瑠璃節の起源をなす作品という見地からである。江戸時代の初頭には、この物語が操り人形を伴う音曲として行われていたことは、事実として認めてよいであろう。しかし、物語の成立は『梅花無尽蔵《ばいかむじんぞう》』の中の文明十七年（一四八五）の詩や、『宗長手記《そうちょうしゅき》』の大永七年（一五二七）の記事によって、室町時代中期にまでさかのぼる可能性が強い。もしそうであれば、室町時代において、この物語が語り物としてどのような享受のされ方をしていたかが、非常に興味のある問題となるが、その点に関しては、今日までの

研究はまだ想像の域を出ていないのである。

六　露の置く宿。露に濡《ぬ》れた野中の宿りをいう。

七　「りょう」は龍の漢音。「りゅう」は慣用音。

八　虎が住んでいる原野や、鯨の泳ぎ寄る島の意から人跡まれな辺境の地をいう。

九　武士の家来。中世の武家社会では、主人と血縁関係のある者を「家の子」といい、血縁関係のない従者を「郎等」といった。ここは、御曹司が気概《きがい》を示すために、奥州の主《あるじ》である秀衡を郎等と呼んだのである。

一〇　長く集め連ねること。雲霞《うんか》のように軍勢をひきつれて。

一一　「貫」は金銭の単位のほかに、中世以降、土地面積の表示にも使われた。租税として収納する米を銭に換算して示したもので、田地の広さは一定でない。

一二　名残惜しい気持は、あなたも私も同じことですけれども。

一三　京都市の北西端にある愛宕山。山頂に愛宕神社があり、古来鎮火の神として崇敬された。

一四　滋賀県琵琶湖西岸の比良山。

一五　深山に住むとされた妖怪。中国から伝わってきたものであるが、日本では修験道《しゅげんどう》と結びついて具象化されてきた。山伏姿で神通力をもち、飛行《ひぎょう》自在であるとされ、中世の絵巻物にその姿がしばしば描かれている。義経は鞍馬《くらま》の僧正が谷で天狗から兵法を習ったということが『平治物語』『太平記』や謡曲『鞍馬天狗』その他に見える。

奥州へ下る御曹司

りにて候へ」。浄瑠璃この由聞こしめし、「君の住処でましまさば、[七]龍《りよう》、[八]虎《とら》臥す野辺、鯨《くぢら》の寄る島なりとも、花の都にまさるべし」とあこがれ給《いちずに思いつ》

ふぞあはれなる《めておられるのが哀れだ》。御曹司は聞こしめし、「かくては叶ふまじ《こうしていてはきりがない》」とおぼしめし、「われはこれより奥《奥州へ》へ下り、義経が[九]郎等秀衡《らうどうひでひら》を頼み、八十万騎の勢《せい》を[一〇]たなびき、都へまかり上り、驕《おご》れる平家を追討し、日本をわがままとし、矢矧《やはぎ》の宿《しゆく》六万貫《ぐわん》[一一]の所を君に参らすべし。[一二]御名残《なごり》は同じ御事なれども」とて、[一三]愛宕《あたご》、[一四]比良野《ひらの》の[一五]大天狗、小天狗《こ》を近づけて、おほせけるは、「いかに面々聞き給へ。この二人の人々を、矢矧の宿へ送り届けて賜《た》び給へ」とおほせありければ、大天狗承りて、「やすきほどの御事」とて、九日に下りつる道を片時《へんし》が間に矢矧の宿に着き給ふ。

かくて御曹司は吹上《ふきあげ》を御立ちありて、一足柄山《あしがら》にさしかかり、伊豆は二走湯権現《そうたうごんげん》、三三島三島大明神《みしまさんたうだいみやうじん》、心静かに伏し拝み、四大磯小磯、五鞠子《まりこ》河、六若松、老松《おい》、下《さが》り松、七片瀬川をうち渡り、八角田河《すみだ》をば九ゐんしよとて、一〇あをきの松原にさしかかり、花は咲かねど一一桜川、身には着ねども一二衣河《ころも》、多くの名所をうち過ぎて、奥州に聞えたる、一三磐井《いはゐ》の郡平《こほりひら》泉《いづみ》、秀衡《ひでひら》が館《たち》に着き給ふ。

一 神奈川・静岡両県の県境にある、金時山北方の連山。箱根外輪山の一部。
二 六八頁注一参照。
三 六八頁注二参照。
四 神奈川県の平塚、小田原間の宿駅。古くは大磯と小磯に分れていた。
五 神奈川県小田原市の北東で相模湾に注ぐ酒匂《さかわ》川の古名。
六 神奈川県辻堂付近の海浜にあった八松原《やつまつばら》のことであろう。
七 境《さかい》川の下流。神奈川県藤沢市片瀬で相模湾に注ぐ。
八 東京都東部を流れる川。隅田川。
九 未詳。「遠所」か。古絵巻「すみだ川をば左手《ゆんで》に見て」。
一〇 未詳。古絵巻「あふきかは、まつはらに」。
一一 茨城県筑波山の西を南流して霞ガ浦に注ぐ。
一二 岩手県南西部の川で、平泉付近で北上川に注ぐ。
一三 陸中の国（岩手県）の旧郡名。

天《あめ》稚《わか》彦《ひこ》草《さう》子《し》

長者《ちょうじゃ》の娘に大蛇《だいじゃ》が求婚する。上の娘二人は死んでもいやと断るが、末の娘は承諾する。末娘が大蛇の頼みでその頭を斬《き》ると立派な若者となる。若者は我は天稚《あめわか》御子《みこ》と名のり、二人は幸福に暮す。ある時男は天に昇るが、その留守に姉娘たちのさかしらで禁戒を破ったために男は帰ってこられなくなる。女は一夜《ひとよ》ひさごを伝わって天に昇り、首尾よく男に尋ねあう。しかし男の父親は鬼で、種々の試練を受けることになったが、男から与えられた咒宝《じゅほう》によって切り抜ける。二人は父の鬼に許され、七夕《たなばた》・彦星として年に一度逢《あ》うことになった。

この『天稚彦草子』は、詞書《ことばがき》を後花園天皇、絵を土佐《とさ》広周《ひろちか》筆と伝える十五世紀の古い絵巻である。ただし下巻は原本がベルリンの国立博物館に存するが、上巻は本文だけの模本が伝わり、原本は所在未詳である。そのようにこの絵巻は、当時貴所において作られた作品であるが、内容は素朴な説話で、文章もそれにふさわしく簡素である。

御伽草子の中には、別に「たなばた」「七夕の本地」とか「あめわかみこ」と題した絵巻や奈良絵本が多くあるが、大別すると二種類に分けられる。一つは、この『天稚彦草子』と大筋は同じであるものの、全体に潤色を加えてあって、四倍ぐらいの長さがある。いま一種は、公家《くげ》の物語になっていて、内大臣の姫君に天稚御子が契ることのほかは、構想が全く異なる。

大蛇、長者の娘に求婚

上

昔、長者《ちやうじや》[一]の家の前に、女、物洗ひてありける。大きなる蛇《くちなは》[二]出《い》できて言ふやう、「わが言はんこと聞きてんや《私が言うことを必ず聞き入れてくれるか》。聞かぬものならば、押し巻きてん《巻いてしまうぞ》」と言へば、女、「何事にか侍《はべ》らん。身に耐へんほど《私にできることならば》のことは、いかでか聞き侍らでは《きっと聞き届けてあげますよ》[三]」と言へば、蛇《くちなは》口より文《ふみ》を吐き出だして、「この内の長者に、この文を取らせよ」と言ふ。〔女は手紙を〕持ちて往《い》ぬ[四]。〔長者が〕やがて開けて見るに《すぐに開いて読むと》、「三人の娘賜《た》べ[五]。取らせずは《くれなければ》、父《てて》[六]をも母《はは》をも取り殺してん[七]。その設けの屋には《その準備のための家として》、そこそこの《どこそこの》池の前に釣殿《つりどの》[八]をして、十七間《けん》[九]の家を作りたるに、わが身はそれにはばかるぞ」と言ひたり。これを父母《てては》見て、泣くことかぎりなし。〔絵〕

大娘《おほむすめ》[一〇]を呼びて言へば、「あな思ひかけず《あれとんでもありません》。死ぬる色[一一]なりとも、さ《蛇の》

一 金持、富豪のこと。民間の昔話には長者の出てくる話が多い。

二 へびの異名。語源については諸説がある。

三 「いかでか聞き侍らではあらん」の略。反語。どうして聞かないということがありましょうか、の意。

四 ある場所から立ち去って他の場所へ行くこと。

五 「賜《た》ぶ」は「与える」「くれる」の尊敬語。

六 「てて」は「ちち」の訛《なま》りともいわれるが明らかではない。平安時代にも用例のある古い語である。

七 完了の助動詞「つ」の未然形「て」に、推量の助動詞「ん」の付いた形で、「取り殺さん」の強調的表現。きっと取り殺してしまうぞ。

八 釣殿を作って待っておれ。「釣殿」は寝殿造《しんでんづく》りで、東西の対《たい》の屋《や》から突き出て、池に臨む建物。ここは釣殿のような池に面した建物の意。

九 間口が十七間の家を作っても、自分がそこに入るといっぱいになってしまうぞ。「間」は建物の外面の柱と柱との間をいう。「はばかる」は幅があって狭い所にはいりかねる、満ちふさがる意。

一〇 一番上の娘、長女。

一一 蛇が、言うことをきかなければ殺すというほどの様子であったとしても。「色」は様子、気配の意。

ることはし候はじ」（嫁になるなどまっぴらです）と言ふ。中娘《なかむすめ》に言へば、それも同じことに言ふ（大娘と同じ返事である）。

三の娘は、[一]一の愛《かな》し子《ご》にてありければ、泣く泣く呼びて言へば、（末娘）「父母取らせんよりは（父母を取り殺されるくらいなら）、われこそいかにもならめ（私の方がどうにでもなりましょう）」と言ふ。あはれさかぎりなくて、泣く泣く[二]出だし立つ。〔絵〕

蛇《くちなは》の言ひたりし池の前に家を造りて、[三]出で往《い》ぬ。ただ一人据ゑ〔末娘を〕て、人々帰りぬ。[四]亥《ゐ》の時ばかりなるらんと思ふほどに、風さと吹きて、雨はらはらと降り、雷《かみなり》、稲妻《いなづま》[五]ひらひらとして、沖中《おきなか》（池の中ほどに）より波いと高く立つやうに見ゆれば、姫君、生きたるか死にたるかと思ひて（生きた心地もしないで）、恐ろしさせん方《かた》なく、あるかなきかにて居たるに（なかば死んだような様子でいると）、十七間にはばかるほどの（十七間の家がいっぱいになる程大きい）蛇来て言ふやう、「われを恐ろしと思ふことなかれ。もし刀や持ちたる（刀を持っているか）。わが頭《かしら》斬《き》れ」と言へば、[六]恐ろしさ、悲しけれども、[七]爪切刀《つめきりがたな》にて易《やす》く斬れぬ（簡単に斬れた）。[八]直衣《なほし》着たる男の、まことに美しきが[九]走り出でて、皮をばかいまとひて（蛇の皮を上に引きまとって）、[一〇]小唐櫃《こからびつ》に入りて、二人臥《ふ》しぬ。恐ろしさも忘れて、[一一]語らひ臥しぬ。〔絵〕

一 一番かわいがっている子。「かなし」は悲哀にも愛憐《あいれん》にもいう。

二 用意を整えて末娘を出してやる。

三 末娘が長者の家を出て、そこへ行った。

四 午後十時頃。

五 薄いものが空中に翻ることをいうほかに、光がきらめいたり、炎がゆれ動いたりするさまをいうこともある。ここは後者。ぴかぴかと光って。

六 恐ろしさの中にも蛇を斬《き》るのは悲しかったが。

大蛇、末娘の婿となる

七 大蛇の頭を爪切鋏《ばさみ》で斬ったというのは、いかにもお伽話的で、おもしろかったのであろう。後世の奈良絵本の『たなばた』では守り刀と改めている。

八 公家《くげ》の平常服。

九 蛇の頭を斬ったその斬り口から走り出たということであろうか。

一〇 「唐櫃」は四方に足のついた大形の箱。衣類や調度品を入れるのに用いた。

一一 男女が一緒に寝ること。

一二 いろいろの物。食物や着物など。小唐櫃が魔法の箱で、望むものが何でも出てきたというのであろう。

一三 「楽し」は、精神的に満ち足りた状態もいうが、中世の用例では、物質的に満たされた裕福なさまをいうことが多い。

一四 「ずんざ」は「ずさ」（ズは従《じゅう》の、サは者《しゃ》の直音《ちょくおん》表記）の変化した語。召使。家来。

大蛇の男、天稚御子と名のり天へ昇る

かくあひ思ひて住むほどに《こうしてたがいに愛し合って暮すうちに》、[一二]よろづの物多くてありける所なりければ、取り出だして、無き物なく、[一三]楽しきことかぎりなし《この上なく豊かであった》。[一四]従者《ずんざ》、[一五]眷属《けんぞく》、多くあるほどに、この男言ふやう、「われは、まことには[一六]海《かい》龍王《りゅうわう》にてありしが、また、空にも通ふことのあり。このほどに行くべきことあれば《近いうちに行かねばならない用事があるので》、明日《あす》明後日《あさて》ばかり、空へ昇りなんずるぞ。[一七]七日過ぎて帰らんずるぞ。その心ならず《思い通りにならないで》帰らぬことあらば、二七日を待て《十四日間まで》。それにもなほ遅くは《それでも帰りが遅かったら》、三七日を待て《二十一日間まで》。それに来ずは《それでも帰らなければ》、[一八]ながく来《く》まじきと思へ」と〔絵〕

言へば、(末娘)「さらば《その時は》、いかがせんずる《どうしましょうか》」と言へば、男言ふやう、「[一九]西の京に女あり。[二〇]一夜《ひとよ》ひさごといふ物持ちたり。[二一]それに物を取らせて昇れ。それも大事にて《それも大事業で》、昇り得んこと難からん《うまく昇りおおせることは難しいだろう》。もし、昇りたらば、道に逢《あ》はん物に、[二二]天稚御《あめわかみ》子《こ》のおはする所は、いづくぞと問ひて来《こ》よ」と言ふ。(男)「この物入りたる唐櫃《からびつ》をば、[二三]あなかしこ、いかなりと《どんなことがあって》も開《あ》くな《開けるな》、これだに開けたらば《これを開けたならばそれだけで》、え帰り来まじきぞ《帰ってくることができないぞ》」とて空へ昇り

一五 血のつながっているもの。親族。
一六 海中にあるという龍宮の王。
一七 「んず」は、推量の助動詞「む」に格助詞「と」およびサ変動詞「す」の付いた「むとす」が変化した語。「む」とほとんど同じ意味であるが、やや強調的な気持がこめられている。空へ昇るつもりだ。
一八 永久に帰って来ないものと思え。「まじ」は「べし」の否定で、推量・意志の強い打消しを表す。
一九 平城京（奈良）や平安京（京都）で中央の朱《す》雀大《ざくおお》路《じ》より西方の地。右京。ここは平安京であろう。平安京の西の京は都市として発展しないで終った。
二〇 一夜のうちに成長するひさご（夕顔や瓢簞《ひょうたん》など）。
二一 その女から一夜ひさごを買い取って、それを植えて、一夜のうちに伸びるつるを伝わって天に昇れ、の意。
二二 日本神話で、天孫降臨に先立って葦原《あしはら》の中つ国を平定するため、高天原《たかまがはら》からつかわされた天稚彦《あめわかひこ》という神がある。その名を取ったのであろう。
二三 恐れ慎む気持を表す語。下の「開くな」という禁止表現と呼応して、ゆめゆめ、決しての意となる。
＊ ひさごは中が空洞なところから、神霊が籠《こも》り宿ると考えられたらしく、ひさごに関するいろいろの民間伝承がある。「一夜ひさご」の霊力も、そういう民俗信仰に由来するのであろう。

ぬ。〔絵〕

さて姉娘どもこの家に来て、めでたきことを見んとて来あひたる《妹がとても幸福でいる様子を見ようと来合せた》。かく楽しうておはしましけるに《このように裕福に暮しているので》、「われら果報[一]の悪《わろ》[二]くて、〔あの時は〕恐ろしとも思ひけるぞ」など言ひつつ、よろづの物ども開《あ》けつつ見るに、この〔男が〕「な開けそ《あけてはいけない》」と言ひし唐櫃を「開けよ、見ん見ん」と言ひあひたるに、〔末娘〕「その鍵《かぎ》知らず」と言へば、「かまへて鍵取り出でよ《なんとしても鍵を取り出しなさい》。など隠すぞ」と、姉どもこそぐり[三]けるに、鍵を袴《はかま》の腰に、結《ゆ》ひつけたりけるが、几帳《きちやう》[四]に当りて、音のしければ、〔姉〕「など、[五]くは有りけるは」と言ひて、その唐櫃を、左右《さう》[六]なく開けてけり。物はなくて、煙《けむり》空へ昇りぬ。かくて[七]姉ども帰りぬ。〔絵〕

三七日待てども、見えざりければ、言ひしままに《男が言った通りに》西の京へ行きて、女に会ひて、物ども取らせて、一夜《ひとよ》ひさごに乗りて、空へ昇らんと思ふに、行方《ゆくへ》[八]なく聞きなし給ひて、親たちの嘆き給はんことを思ふに、いと悲しく、「今《もはや》は故郷《ふるさと》見るまじきぞかし《見ることができないだろう》」と、返り見のみせ《後をふり返りふり返》

女、禁戒を破る

一 前世での行いが原因になって、この世でその結果として受ける報い。ここは、運が悪くて、ぐらいの意。

二 「わろし」は「わるし」の古形。本来は「よろし」の反対語で、他に比して劣っている意を表す。「悪《あ》し」より程度が軽い。

三 「こそぐる」は「くすぐる」と同じ。妹の身体をくすぐると。

四 移動用障屛具《しようへいぐ》の一種。台の上に二本の柱を立て、上に横木を渡し、縦はぎにした布をかけたもの。寝殿《しんでん》造《づく》りの建物で調度として用いた。

五 なんだ、ほら、あるじゃないの。「くは」は相手の注意を促す時に発する言葉。

六 あれこれとためらわないこと。無造作《むぞうさ》に。

七 なんだ、つまらないと言って、姉たちは帰った。

女、夫を尋ね天に昇る

八 自分が行方不明になったとお聞きになって。

られて《りして》、
逢《あ》[九]ふこともいさしら雲の中空《なかぞら》に
ただよひぬべき身をいかにせん〔絵〕

下

空に昇りて行くほどに、白き狩衣《かりぎぬ》[一〇]着て、みめよき男逢ひたるに《顔かたちの美しい男に会ったので》、(女)「天稚彦のおはします所はいづくぞ」と問へば、(男)「われは知らず。これより後《のち》に逢《あ》ひたらん人に問へ」と言ひて行くに、(女)[一一]「われは誰《た》そ」と言へば、(男)[一二]「ゆふつづ」と言ふ。また、箒《ははき》[一三]もちたる人出で来たれば、前《さき》のやうに問ふに、「われは知らず。この後逢はん人に問へ。われは箒星《ははきぼし》[一四]となん申す」と言ひて過ぎぬ。また、あまた人逢ひたり《大勢の人に会った》。また前のやうに問へば、これも前のやうに言ひて、「われはすばる星[一五]」とて過ぎぬ。かくのみあらば《会う人が皆こんなふうでは》、尋《たづ》[一六]ねあひきこえんこともいかがと思

九 夫にあえるかどうかもわからないで、白雲の浮く中空に、あてどもなく漂うことになるにきまっている私は、一体どうしたらよいのだろうか。「いさ知らず」と「白雲《しらくも》」とを掛ける。

＊ 全国に分布する昔話の中に「蛇婿入水乞型《へびむこいりみずこいがた》」と呼ばれるものがある。長者が田が枯れて困っていると、大蛇が娘の一人をくれれば水を引いてやるという。姉娘は断るが末娘は承知する。娘は蛇のいる池に瓢簞《ひょうたん》を投げ入れ、それを沈めたら嫁になるという。蛇が沈めようと泳ぎまわる所に、今度は針を千本投げると、蛇は針の毒にふれて死んでしまうという類の話である。『天稚彦草子』の発端は、こういう民間説話によったのであろう。

一〇 公家《くげ》が常用した略服。もと、狩などの時に着用したところから付いた名。

一一 お前は誰ですか。「われ」は中世以前、目下や身分の低い者に呼びかける時にも用いられた。

一二 夕方、西の空に見える金星。宵《よい》の明星《みょうじょう》。

一三 ほうきのこと。

一四 箒のような尾をひいて運行する星。彗星《すいせい》。

一五 牡牛座《おうしざ》にある散開星団プレアデスの和名。統《す》べる星の意といわれる。肉眼で見えるのは六個。前に「あまた人逢ひたり」とあるのは、そのためである。

一六 夫に尋ね会うことも難かしいのではないかと思うと。この「きこゆ」は、他の動詞に付いて、その動詞の動作の対象を敬う謙譲の補助動詞。

ふに、[一]中空《なかぞら》なる心地、いみじく心ぼそし《とても心細かった》。さてしもあるべきならね《しかしそうしてもいられないので》ば、なほ行くほどに、めでたき玉の輿《りっぱな美しい輿》《こし》に乗りたる人に逢ひたり。またこれも同じことに問へば、「これより奥へ行かんほどに、[二]瑠璃《るり》の地に玉の屋《をく》あり。それに行きて、天稚御子《あめわかみこ》に[三]物申さん」と教へ給へば、そのままに行きて尋《たづ》ぬ。〔絵〕

女、天稚御子に尋ね会う

[四]天稚彦《あめわかひこ》に尋ねあひたてまつりぬ。うはの空に迷ひ出でつる心の中など《〔女が〕無我夢中であてどもなく家を出てきた心細さなどを》、語り給ふに、いとあはれにて、《(天稚御子)》「日頃の[五]いぶせさ、わりなかりつるにも、契りきこえしままに尋ね給ふらん《約束した通りに尋ねていらっしゃるだろう》と、待ちきこえて《お待ち申しあげて》、慰み侍《はべ》りつるに、同じ心におぼしけるこそ《あなたも私と同じ気持であったと聞いて》、あはれなれ《心を打たれました》」とて、さまざまに[六]契り語らひ給ふも、げに浅からざりける御契りなんめり《まことに前世からの深い縁で結ばれた仲なのであろう》。《(御子)》「さても心苦しきことのあるべきをば《あなたのために心配なことがあるのですが》、いかがし侍るべき《どうしたらよいでしょうか》。父にて侍る人は鬼にて侍る。かくておはすると聞きては《このようにあなたがいらっしゃると聞いたら》、いかがしきこえんと《どんな仕打をするだろうかと》、わびしき《当惑しています》」とのたまふに、いとあさましけれど《たいへん意外で驚いたけれども》、《(女)》「よしや《まあいい》、さまざま心つくしなりける身の契りなれば《いろいろと気をもむことの多いわが身の宿命なのだから》、それもさるべきにこそ《これもそうなる運命なのだろう》。

一 どっちつかずで中途半端なさまをいう。頼りない気持になって。

二 瑠璃を敷いた地面の上に建っている玉で飾った御殿がある。

三 「物申さん」は、人に呼びかけたり、他人の家に行って案内を請う時の言葉。ここは「天稚御子に会わせて下さい」と申し入れなさいという意味。

* 本頁六行目から次頁二行目までの一節だけは、敬語表現が用いられている。天稚御子が天界の高貴な主であることを示そうとしたのであろう。

四 天稚御子と同じ。八四頁一四行にも「天稚彦」とある。

五 心がはればれとしないさま。「わりなし」は、どうしようもない状態をいう。帰ることができなくなってから、毎日あなたのことが気がかりで、どうしようもなかったが、という意。

六 「契り語らふ」は、男女が夫婦として将来も気持の変らぬことを約束し、愛の言葉を交わすこと。

* 天界を遍歴する話としては『毘沙門《びしやもん》の本地《ほんじ》』『梵《ぼん》天国《てんごく》』『おもかげ物語』などがある。たとえば『毘沙門の本地』は、維縵国《ゆいまんこく》の金色太子が、契りを交わした瞿婁国《くるこく》の姫が死んで天上の大梵天王宮《だいぼんてんおうぐう》に生れ変ったと聞き、こんでい駒《ごま》に乗って尋ねて行くというもので、途中で逢《あ》ういろいろの星に道を問うことまでよく似ている。『天稚彦草子』は、現

存する文献の上からいえば、この類の作品の中で最も古い。

七 父親が来たので、御子が魔法を使って女を脇息に変えると、父親はその脇息に寄りかかったの意。「脇息」は坐った時に肘《ひじ》を掛け、寄りかかるための道具。

父の鬼、女をさいなむ

八 梵語《ぼんご》の音訳で、苦しみに耐えて生きている世界の意。人間界。

九 方言で、寝小便臭いことを「しわらくさい」というのと関係があるか。年寄りじみていることを「しはらくさい」（この場合の「くさい」は接尾語）というが、ここには当てはまらないようである。

一〇 女の姿を隠すひまがなくて見られてしまった。「見ゆ」は、自然に目にはいる、他から見られるの意。

＊ 難題を出して人を試す説話も多いが、本作のそれは『古事記』にある大国主神《おおくにぬしのかみ》の根《ね》の国《くに》行神話に近い。八十神《やそがみ》の迫害をのがれて根の堅州国《かたすくに》の須佐能男命《すさのおのみこと》の許《もと》に至った大国主神が、命の女《むすめ》須勢理毘売《すせりびめ》と契った時、父の命は大国主神にさまざまの試練を課すが、妻の須勢理毘売から授かった領巾《ひれ》（上古の女子が頸《くび》に掛けた細長い布）の呪力《じゅりょく》によってきりぬける。その試練というのも、蛇の室《むろ》、呉公《むかで》や蜂の室に入れられるといったもので、『天稚彦草子』のそれと共通している。試練を受ける者が男女逆であるが、この古代神話を念頭においたものと考えてよいであろう。

ここを《ここが》憂《う》しとても《つらいといっても》、また立ち帰るべきならねば《もう帰ることもできないのだから》、あるにまかせて《なりゆきにまかせよう》」とおぼしけり。

かくても日数《ひかず》ふるほどに、この親来たり[七]、女をば脇息《けふそく》になして、うちかかりぬ。まことに目も当てられぬ《〔女はどんな気持かと〕とても見ていられない》気色《けしき》なり。（親）「娑婆《しゃば》[八]の人の香《か》こそすれ。しはら臭《くさ》[九]や」とて立ちぬ。その後も、たびたび来たりけれども、扇枕などにしなしつつ《そのたびに扇や枕などに女の姿を変え》、まぎらはしてありふるに《親の目をごまかして過してきたが》、さや心得たりけん《親もそれに気がついたのであろう》、足音もせず、みそかにふと来たり《ひそかにすっと入って来た》。〔御子が〕昼寝をしたりければ《していたので》、[一〇]え隠さで見えぬ。（親）「これは誰《た》そ」と言ふに、今は隠すべきやうならねば《隠しおおせる状態ではないので》、ありのままに言ふ。（親）「さてはわが嫁にこそ《それではおれの嫁ではないか》。使ふ者も侍らぬに《召し使う者もいないから》、賜はりて使はん《おれが貰って用をさせよう》」と言ふに、（御子）「さればこそ《思った通りだ》」と、いと悲し。惜しむべきならねば《女を渡さないわけにいかないので》、やりぬ《親のもとへやった》。〔絵〕

〔女を〕具《ぐ》して行きて《連れて行って》言ふやう、（親）「野に飼ふ牛数千あり。それを朝夕に飼へ。昼は野へ出だし、夜は牛屋《うしや》へ入れよ」と言ふ。天稚御子に、（女）「これをばいかがすべき」と言ひあはすれば《相談すると》、わが袖《そで》を解きて取らせて、「天稚御子の袖々、と言ひて振れ」と教へければ、そのままに振りければ、つとめて《〔牛が〕早朝には》は野へ出で、ゆふさり《夕方には》は牛屋へ入る。千頭の牛なびきたり《思い通りになった》。「[一]かくこそ神通《じんづう》なれ」と鬼言ひけり。〔絵〕

「わが倉にある米[二]千穀《こく》、ただいまのほどに[三]異倉《ことくら》へ運びわたせ。一粒《ひとつぶ》も落すな」と言ふほどに、また袖を振りて、(女)「袖々」と言へば、蟻《あり》いくらもいくらも出で来て、一時《いつとき》に運びぬ。鬼これを見て、[四]算《さん》をおきて、一粒足らずとて、悪《あ》しげなる気色《機嫌が悪そうな様子で》にて、「たしかに求め出だせ《必ず探し出してこい》」と言ふ。顔を見るに、[五]今はかくと見えて、恐ろしさ言ふばかりなし。(女)「尋ねてこそ見侍らめ」とて求むるほどに、腰の折れたる蟻の、え運ばであるを《米粒を運べないでいるのを》見つけて、うれしくて持ちて行きぬ。〔絵〕

また、(鬼)「百足《むかで》の倉にこめよ《〔女を〕とじこめよ》」と言ひて、[六]鰭板《はたいた》に鉄《くろがね》押してあり。百足といへば常にもあらず《むかでといっても普通のむかでではない》。[七]一尺《いつしやくよ》余ばかりなるが、四五千ばかり集《つど》ひて、口を開《あ》きて、食はんとするに、目もくるる心地しながら《〔女は〕恐ろしさに気を失いそうであったが》、また、この袖を振りて、「天稚彦の袖々」と言へば、隅《すみ》へ集《つど》ひて、そ

一 これは不思議だな、というくらいの意か。「神通」は、自由自在にどんなことをもなし得る不思議な力。

二 「千穀」は千石の意か。石《こく》は容積の単位で、一石は約一八〇リットル。

三 別の倉。

四 中国で使われた計算用具。竹や木の小さな棒を使って、その排列を変えることによっていろいろの計算をした。

五 もう終りだと観念しなければならないような恐ろしい顔つきで。「今はかく」は、もはやこれまでだの意。

＊ この所の絵を見ると、十二単《じゅうにひとえ》姿の姫君を前にして、鬼が地面に算木を置いて計算している場面が描かれてある。恐ろしい鬼の姿と算木が対照的で、いかにもユーモラスである。

六 壁の羽目《はめ》板。倉のまわりの羽目板の上に鉄の板を押しつけて破れないようにしてあったということ。その倉にとじこめられたという意味の文が略されている。

七 「一尺」は約三〇センチ。

ばへも寄らず。七日過ぎて開けて見れば、事なくてあり《（女は）何事もなくていた》。〔絵〕
また、蛇《くちなは》の城にこめぬ。それも、前《さき》のままにしたれば《むかでの時のようにすると》、蛇一つも寄り来ず。また七日過ぎて見れば、ただ同じやうにて生きたり。八 し扱ひかねけん《もてあましたのであろう》。〔絵〕
九（鬼）「しかるべきにこそあるらめ、《（許してやるが）》もとのやうに住み逢はんことは《もとのように夫とあうのは》月に一度《ひとたび》ぞ」と言ひけるを、一〇 女房《にようばう》悪しく聞きて《聞きそこなって》、「年《とし》に一度とおほせらるるか」と言へば、（鬼）「さらば年に一度ぞ」《お前がそういうなら年に一度だ》とて、一一 苽をもちて、投げ《投げつ》打ちに打ちたりけるが《けるように打ちつけるとそれが》、天の川となりて、一二 七夕《たなばた》、彦星《ひこぼし》とて、年に一度、七月七日に逢ふなり。〔絵〕

八 この句は、絵の次の「『しかるべきにこそあるらめ……』と言ひける」の文にかかる。
九 この女を息子が嫁にしたのも、そうなる因縁があったのであろう、という意。
一〇 天稚御子と契った女のこと。「女房」は、宮中や公家・武家に仕える侍女をいうのが本義であるが、中世以後は、人妻や、一般に婦人をもいうようになった。

七夕の由来

一一 「苽」は字としては「菰」と同じで、マコモ（水辺に生えるイネ科の多年草）またはその実のこと。しかし、あるいは「瓜《うり》」の誤字かもしれない。
一二 「七夕」は織女《しよくじよ》星、「彦星」は牽牛《けんぎゆう》星のこと。
＊旧暦七月七日の夜、牽牛・織女の二星が天の川の両岸に現れ、織女がカササギの翼を延べた橋を渡って、年に一度の逢瀬《おうせ》を喜ぶという中国の説話は日本でも民間信仰と結びついて広く行われ、文学の上でも和歌の題材などに早くから取り上げられていた。この『天稚彦草子』は、その由来として、長者の末娘が種々の苦難を経た後に、天稚御子とともに牽牛・織女の二星として現れたとするもので、後掲の『諏訪の本地』などに似た本地物式の結びとなっている。本作の後世の絵巻や奈良絵本に『七夕の本地』と題する本があるのもそのためである。

俵《たはら》藤《とう》太《だ》物《もの》語《がたり》

平安時代中期の武人、田原藤太《たわらとうだ》秀郷《ひでさと》の武勇を語る物語。上下二部から成り、上巻は、瀬田《せた》の橋で大蛇《だいじゃ》の姿で往来の人の器量を試していた龍女に見込まれ、琵琶《びわ》湖に住む龍王の一族を悩ます三上《みかみ》山の百足《むかで》退治を頼まれる。強弓《ごうきゅう》をもって百足を仕留めた秀郷は龍宮へ招かれ、重宝の釣鐘《つりがね》をはじめ数々の宝物を贈られたという内容で、付随して、三井寺へ寄進した鐘の供養や、三井寺の由来を述べる。下巻は、当時関東に威を振った平将門《まさかど》を智略をもって射殺する話で、先行の諸説話を巧みにないまぜて、秀郷中心の武功談を構成している。

底本としたのは、寛永頃の刊行と思われる絵入の版本（慶応義塾図書館蔵）である。この系統の伝本には、やや後の覆刻本や、寛文九年の版本のほか、江戸時代の絵巻や奈良絵本がある。また、これらの流布本とは別に、室町時代の古絵巻（金戒光明寺《こんかいこうみょうじ》蔵）が存し、さらに古い絵巻の存在も報告されている（『国華』二八六号）。光明寺本は、百足退治と将門追討の二部から成ることは同じであるが、流布本に比べると叙述が非常に簡素で、特に将門追討の部分は筋の運びも大きく異なる。ここに掲載した刊本は、このような古い絵巻を参考に、大幅な増補をともなう改作を加えたものではないかと思われる。

本作に類した武人伝説物の御伽草子は、著名な『酒呑童子《しゅてんどうじ》』をはじめ『土蜘蛛《つちぐも》草子』『羅生門《らしょうもん》』『田村の草子』（別名『鈴鹿《すずか》の草子』）ほか数多く、いずれも怪物退治を主題としている。

上

[一]朱雀院《しゆじやくゐん》の御時に、田原藤太秀郷《たはらとうだひでさと》と申して、名高き勇士侍《はべ》り。この人は昔、[二]大織冠《たいしよくわん》鎌足《かまたり》の大臣《だいじん》の御末、[三]河辺《かはべ》の左大臣魚名《うをな》公より五代の孫《そん》、従五位《じゆごゐ》の上村雄朝臣《むらをあそん》の嫡男《ちやくなん》なり。村雄朝臣、[四]田原の里に住しけり。しかるに秀郷、十四歳になりしかば、[五]初冠《うひかうぶり》せさせて、その名を[六]田原藤太とぞ呼ばれけり。若輩《じやくはい》の頃より[七]朝家《てうか》に召され、宮仕《みやづか》へし侍ること年久し。

ある時秀郷、父のもとに行きければ、村雄朝臣、いつよりも心よげにて、秀郷に対面し、御酒《みき》をさまざまに勧《すす》めて、申されけるは、「人の親の身として、わが子を[八]いみじく申すことは《ほめそやすことは》、をこがましく《物笑いになりそうだ》や侍らん。さりながら、[九]おことは世の人の子にすぐれて、[一〇]行儀帯佩《ぎやうぎたいはい》

田原藤太秀郷の素姓

一　第六一代朱雀天皇。延長八年（九三〇）より天慶《てんぎやう》九年（九四六）まで在位。この間に、平将門、藤原純友《すみとも》が東西で乱を起した。

二　孝徳天皇の大化三年（六四七）に定められた冠位の最高位。後の正一位に当る。これを授けられたのは藤原鎌足《かまたり》だけなので、鎌足の尊称ともなった。底本は「たいしよつくわん」の促音無表記。

三　鎌足より四代の孫で奈良時代末期の人。

四　近江の国（滋賀県）栗太《くりた》郡の西南部。一〇〇頁注二参照。

五　元服して初めて冠を着けること。

六　「藤太」は藤原氏の太郎（長男）の意。

七　朝廷と同じ。

八　「いみじ」は程度の甚《はなは》だしいことを表す形容詞で、善悪両方に用いられるが、中世以降は主として、「すばらしい」の意の方に傾いた。

秀郷、父より重代の霊剣を授かる

九　対称の代名詞。男に対しても、女に対しても用いた。一般に相手に対して親愛の気持をこめていう語。

一〇　立居《たちい》振舞《ふるまい》や風采《ふうさい》。「帯佩」は太刀などを身に帯びた姿のこと。

一「ゆゆし」は恐れ慎むべきさまをいうのが本義で、そこから、そら恐ろしいほどすぐれている、立派であるなどの意味になった。
二 先祖から子孫へ代々受け伝えること。
三 おいぼれること。「老」は七十歳、「耄」は八、九十歳をいう。
四 武士が同輩またはやや目上の者に対して用いる対称の代名詞。我が子に敬意をもって言ったのである。
五 最高の手柄をおたてなさい。「高名」は高く名のあらわれること。特に戦場で武功を立てることに多く用いる。
＊冒頭の、秀郷の素姓や、父から相伝の霊剣を授かるという記事は、金戒光明寺蔵の古絵巻にはなくその他の諸書にも見えない。古絵巻は、次の瀬田の橋の大蛇のことから始まっている。霊剣の話が何によったのか未詳である。
六 刀剣、薙刀《なぎなた》、槍など。打ちきたえて作ったものの意とも、打ち斬るものの意ともいう。
七「やから」は本来は血縁関係にある一家親族をいうが、転じて仲間の意に用いた。
八 今の栃木県。秀郷の家は数代前から下野の国に土着していた。
九 功労に対して所領を賜ったということ。

秀郷、瀬田の橋で大蛇に出会う

一〇 滋賀県大津市の瀬田川にかかる橋。
一一 街道を上り下りする旅人は身分の高い人も低い者
[一]ゆゆしく見え給ふものかな。いかさまに《たしかに》、おことは先祖の誉《ほま》れを継ぎ給ふべき人とこそ見れ。それにつき、わが家に鎌足の大臣より相《さう》[二]伝《でん》し来たりし霊剣《れいけん》あり。われ老耄《らうもう》[三]の身として、したがへ持つべきに侍らじ《〔この刀を〕所有しているのは適当ではない》。ただ今御辺《ごへん》[四]に譲り侍《はべ》るべし。この剣《つるぎ》をもつて高名《かうみやう》[五]をきはめ給へ」とて、三尺余りに見えたる黄金作《こがねづく》りの太刀《たち》を取り出《い》だして、秀郷の前にさし置かれければ、秀郷この由承り、あまりのことの嬉《うれ》しさに、三度戴《いただ》き、謹んで退出す。

されば、この剣《つるぎ》を相伝して後《のち》は、いよいよ心も勇み、何事も思ふままなり。[六]打ち物取つても、弓を引くにも、肩を並ぶべきやから[七]もなし。君の御ため忠孝を励ますことはなはだしければ《天皇のために忠勤をはげむことひととおりでなかったので》、下野《しもつけ》[八]の国に[九]恩賞を賜はつて、まかり下るべきにぞ定まりけるこそ有難けれ《都から下ることになったのはめったにないめでたいことであった》。

しかるにその頃、近江《あふみ》[一〇]の国瀬田《せた》の橋には大蛇《だいじや》の横たはり臥《ふ》せりて、[一一]上下の貴賤《きせん》行き悩む《通れないで困っていた》ことあり。秀郷あやしく思ひて、行きて見れば、まことにその丈《たけ》二十丈《ぢやう》[一二]もやあるらんとおぼしき大蛇の、橋の上に横

秀郷、大蛇の横たわる瀬田の橋を渡るところ

たはり臥せり。二つの眼《まなこ》のかかやけ[一三]るさまは、天に日の並び給ふがごとし。十二の角《つの》のするど《鋭く》なることは《とがっているさまは》、冬枯れの森の梢《こずゑ》に異《こと》ならず。鉄《くろがね》の牙《きば》上下に生ひ違《ちが》ひたる中より、紅《くれなゐ》の舌を振り出だしけるは、炎《ほのほ》を吐くかと怪しまる。もし世の常の人《普通の人が》見るならば、肝魂《きもたましひ》も失ひ、そのまま倒れ死ぬべけれども、もとより秀郷は大剛《たいかう》[一四]の男《をのこ》なれば、少しも憚《はばか》らず、かの大蛇の背中をむずむずと踏んで、あなたへ通りけり。されども大蛇は、あへて驚く《いっこうに驚いた》気色《けしき》《様子もない》もなし。秀郷も後ろをかへり見ず、はるかに行き隔たりぬ《遠ざかっていった》。

も。

一二 一丈は約三メートル。

一三 きらきらと光っているようすは。近世初期ごろまでは「カカヤク」と第二拍が清音であった。

＊『太平記』巻十五「三井寺合戦事」の中に、次のように、この頁の本文と非常に近い一文がある。「或《アル》時此《コノ》秀郷只一人勢多《セタ》ノ橋ヲ渡《ワタリ》ケルニ、長《タケ》二十丈許《バカリ》ナル大蛇《ダイジヤ》、橋ノ上ニ横《ヨコタハツ》テ伏《フシ》タリ。両ノ眼《マナコ》ハ耀《カカヤイ》テ、天ニ二《フタツ》ノ日ヲ掛《カケ》タルガ如《ゴトシ》、双《ナラ》ベル角尖《ツノスルド》ニシテ、冬枯《フユカレ》ノ森ノ梢ニ不《ズ》レ異《コトナラ》。鉄《クロガネ》ノ牙《キバ》上下ニ生《オヒ》チガフテ、紅《クレナヰ》ノ舌炎《ホノホ》ヲ吐《ハク》カト怪《アヤシ》マル。若《モシ》尋常《ヨノツネ》ノ人是《コレ》ヲ見バ、目モクレ魂《タマシヒ》消《キエ》テ則《スナハチ》地ニモ倒《タフレ》ツベシ。サレドモ秀郷天下第一ノ大剛《ダイカウ》ノ者也ケレバ更ニ一念モ不《ズ》レ動《ドウゼ》シテ、彼大蛇《カノダイジヤ》ノ背《セナカ》ノ上ヲ荒《アララ》カニ蹈《フン》デ閑《シヅカ》ニ上ヲゾ越《コエ》タリケル。然《シカ》レ共《ドモ》大蛇モ敢《アヘ》テ不《ズ》レ驚《オドロカ》、秀郷モ後《ウシ》ロヲ不《ズ》レ顧《カヘリミ》シテ遥《ハルカ》ニ行隔《ユキヘダ》タリケル処ニ」。古絵巻のこの部分には、右のような大蛇の恐ろしい姿を叙述した文はなく、「(秀郷は) 此有様を見て少しも憚《はばか》らず、大蛇の背の上を荒らかに踏みて、静かにぞ通りける。其時見る人ごとに肝《きも》を消し、あきれはててぞゐたりける。大蛇少しも働かずして、そのまま失《う》せにければ、諸人安堵《あんど》の思ひをなし、その後たやすく橋を渡りける」と述べるだけである。

一四 「大剛」は「だいこう」「たいこう」「たいごう」「だいごう」と、清濁いろいろのよみがある。

一 底本「より」の二字脱。覆刻本によって補う。

二 客間や応接間として使われた座敷のこと。

三 旅先での眠りにつこうと用意しているところに。「仮寝」は旅先で泊ること。旅寝。「枕を傾く」は、眠るために枕を整える意。

四 古くは朝廷や貴族に仕える女性をいったが、中世から近世にかけては一般に婦人を女房と称するようになった。

五 「にょ」「しょう」は女・性の呉音。女のこと。「じょせい」とよむようになったのは明治以後。

六 「恐れながら」を重々しく言った語。

＊『太平記』は九一頁に引用した文に続いて、秀郷の前に小男《こおとこ》が現れ、年来の敵を討ってくれと頼む。秀郷はすぐに承知し、男について湖水に入り、龍宮城に着く。酒宴の終る夜半過ぎに比良《ひら》峰の方から百足《むかで》が押し寄せてきたのを射殺する、というふうに述べる。百足退治が龍宮へ行ってからのことになっているのが大きな違いである。古絵巻では、白髪の老翁が現れ、深山を越えて蒼海《そうかい》の渚《なぎさ》に秀郷を導き、そこで百足を退治するが、その場所はどことも記していない。その後、龍宮へ招かれることは本書と同じである。『太平記』も古絵巻も、秀郷に百足退治を頼む条や、龍宮城で歓待される条の叙述が、本書よりも遥《はる》かに簡略であ

大蛇、女房と変じて秀郷に面会を求める

それより[一]東海道に赴《おもむ》き、日も西山《せいざん》に入りぬれば、ある宿の出居《でゐ》[二]に宿られける。すでにその夜も更《ふ》けゆくままに、夢も結ばぬ《熟睡できない》仮寝《かりね》[三]の枕傾《かたむ》けんとし給ふところに、宿の主《あるじ》の申すやう、「誰人にやらん《誰だか分りませんが》。旅人に対面申さんと申して、あやしげなる女房《にようばう》[四]一人《不思議な女が一人》、門《もん》のほとりに佇《たたず》みておはします」と申す。秀郷聞きて、「あら思ひ寄らずや。そもいづくの人にてましませば、われに見参《げんざん》せんとはのたまふぞ。さらにこそ心得ね《まったく心当りがない》。さりながら、おぼしめす子細のましませばこそ《〔その人には〕何かお考えがおありだからこそ》、これまで御出であれ。尋ね給ふべきことあらば《私に聞きたいことがあるならば》、こなたへ入らせ給へ」とありければ、主かの女性《にょしゃう》[五]にかくと申す。時に女性言ふやうは、「いやいや、これは苦しからず《私は怪しい者ではありません》。都の方《かた》の者なるが、ここにていささか申し入るべきことあり《少しばかりお願いしたいことがあります》。[六]おほそれながら《恐れ多いことですが》、これまで御出であれかし《門までおいでいただきましょう》」と申す。

さるほどに秀郷、辞退するに及ばねば《断るまでもないので》、ゐたる所をつい立ちて《さっと立って》、門外に出でて見てあれば、二十《はたち》あまりの女性ただ一人佇《たたず》みゐたり。

そのかたちを見るに、容顔美麗《ようがんびれい》にして、あたりもかかやくほどなり。七髪のかかり麗《うるは》しう、さながら《まるで》この世の人とは思はれず。あやしさはかぎりなし。〔秀郷は〕おもはゆげにて《まぶしげな顔をして》、「日頃物申したりともおぼえ《お話をしたおぼえもない方が》ぬ人の夜更《ふ》けて、ことさら尋ね給ふこそ《わざわざ私を訪ねていらっしゃったのが》、おぼつかなく候へ《不審でございますが》ども」と申されければ、かの女房、藤太がそばにさし寄り、小声に申すやう、「まことに、わらはを見知り給はぬこそことわりなれ。われはこれ世の常の人にあらず。今日《けふ》八しも、瀬田の唐橋《からはし》にてまみえ申せし《お目にかかった》大蛇の変化《へんげ》したる女なり」とぞ申しける。

女房、秀郷に百足退治を頼む

藤太この由聞きて、さればこそ《やはり怪しい女だったと》と思ひ、「さて、いかなること《どんなわけがあって》の子細にか、変化《へんげ》して来たり給ふ」と申されければ、女房申すやう、「日頃は定めて聞こしめし及び給ふべし《以前からきっとお聞きになっておいででしょう》。九わらはは近江の湖《みづうみ》に住むなり。昔、一〇ひさかたの天《あめ》の道開け、一一あらかねの土かたまりて、この一二秋津洲《あきつす》の国定まりし時より、かの湖水に居を占《し》め、一三七度まで桑原《くはばら》となりしにも、かたちを人に見せず。しかるところに、一四人皇《にんわう》四十四代

る。

七 髪の垂れ下がっている様子。「うるはし」は、きちんと整った美しさをいう語。

＊『太平記』や古絵巻では、龍宮の使者は小男とか白髪の老翁とかであったものが、本書では美しい女房になったのには、浦島型説話の影響があったのかもしれない。民間説話にも、心がけのよい男が女に迎えられて龍宮へ行く「龍宮女房」の昔話が広く流布している。

八 副助詞「し」に係助詞「も」が重なった語。受ける語を特に強調する。今日という今日。

九 女性の使う自称の代名詞。

一〇「天（あま・あめ）」にかかる枕詞。以下の文は、伊弉諾尊《いざなぎのみこと》、伊弉冉尊《いざなみのみこと》二神による国生みの神話を踏まえている。

一一 土にかかる枕詞。

一二 秋津洲《あきつしま》の洲《しま》を誤読したもの。日本の国の古称。

一三「桑原」は桑の木の広い畑。『太平記』巻三十八に、「此湖七度マデ桑原ニ変ゼシヲ我見タリト、白髭《シラヒゲ》明神、大宮権現《ゴンゲン》ニ向テ仰セラレケルトイフ古《イニシヘ》ノ物語アレバ」という文が見え、その他『曾我物語』、謡曲『白髭』にも同じ意味のことが出ている。

一四 神代に対して、神武天皇以降、人代になってからの歴代の天皇。

に当つて、元正《げんしやう》[一]天皇と申す帝《みかど》の御時に、日本第二のゐんこ[二]の神、かの湖水のほとり三上《みかみ》[三]の嶽《だけ》に天降《あまくだ》らせ給ふ。それよりをちつかた《その時から以後》、かの山に百足《むかで》といふもの出《い》で来て、野山の獣《けだもの》、恒河《ごうが》[四]の鱗《うろくづ》を貪《むさぼ》ること年久し。これにわらはが類《たぐひ》[五]、たびたびかれに服《ぶく》[六]せられ、三熱《さんねつ》[七]の苦しみの上に愁嘆《しうたん》の涙乾くひまなし。いかにもしてこの敵《かたき》を滅ぼし、安全の古《いにしへ》になさばやと、謀《はかりごと》をめぐらすといへども、わらはが類《たぐひ》として、たやすく平《たひ》らげんこと叶《かな》ひがたし。もし人間にしかるべき器量の人ましまさば《それができる力量をもった人がおいでになったら》、ちなみ寄りて《親しみ近づいて》頼み侍らばやと思ひ、瀬田の橋に横たはつて、往《ゆき》

秀郷、大蛇の変化した女房と会うところ

一 第四四代天皇。奈良時代の女帝。霊亀元年（七一五）より九年間在位。
二 未詳。
三 滋賀県東部の野洲《やす》町にある山。円錐《えんすい》形をしているので近江富士といわれる。
四 インドのガンジス河のことであるが、大きな河の意で用いる。あるいは「江河」か。「鱗《うろくず》」は魚のこと。
五 大蛇の仲間の蛇のこと。
六 「服す」は、物を食うこと、また茶や薬を飲むこと。『日葡《にっぽ》辞書』に「ブクスル」とある。
七 仏語。龍や蛇が畜生道で受ける三つの苦しみ。熱風熱砂に身を焼かれる、暴風のために居所や衣服を奪われる、金翅鳥《こんじちょう》に子を食われる、の三種をいう。
＊ 蛇と百足の戦いで知られているのは、日光山と赤城山の神戦《かみいくさ》の話である。日光の神は蛇、赤城の神は百足の姿で争っていたが、日光側が敗色濃かったため、猿丸太夫《さるまるだゆう》という弓の名人に助勢を頼み、赤城の百足を討ったというもので、田原藤太の話と非常によく似ている。秀郷の家は、父の村雄が下野大掾《しもつけのだいじょう》、母は下野掾鹿島の女《むすめ》であり、秀郷自身も後に下野守となり、この地方で子孫が栄えた。下野国の名社である日光山とは古くから縁が深かったと思われる。秀郷の百足退治の話は、この日光山との関係が背後にあって生れたのではなかったかと考えられる。なお、このことは柳田国男の『神を助けた話』にくわしい。

来《き》の人をうかがふに、つひにあたりへ近づく者もなし。かかるところに、今日《けふ》の御辺《ごへん》の御振舞、まことに[八]たへがたき御心根《こころね》かな。この上は、かの敵《かたき》を滅ぼさん人は、御身にかぎりてあるべからずと《あなた様だけでほかにはあるはずがないと》、頼《信頼》み申して参りたり《申し上げてやって来ました》。わが国の安危は御言葉によるべし《私の国が助かるか滅びるかはあなたのお言葉次第です》」とて、[九]まことに余儀《よぎ》なき有様なり。

藤太この由をつくづくと聞き侍りて、「さても難儀のことかな《これは容易でないことよ》。世の常ならぬ物の頼みて来たりしを、違変《こばむのも》するも悪《わろ》[一〇]びれり。また大事をし損じたらんは、先祖の名折《なを》り、末代の恥辱《ちじよく》なるべし。さりながら、わが頼む神の恵みのましませばこそ《私の信仰している神がてがらを立てさせようとして》、[一一]日本六十余州に抜きんでて《日本全国の中からよりぬいて》、われを目当てて来たるらめ。なかんづく龍宮《りゆうぐう》と和国《わこく》とは[一二]金胎《こんたい》両部《りやうぶ》の国なれば、[一三]天照大神《あまてらすおほかみ》も本地《ほんぢ》を大日《だいにち》の尊像に隠し、垂迹《すいじやく》を蒼海《さうかい》の龍神に顕《あらは》し給へりと承り及ぶ時は、異議に及ぶまじ」と思ひ定めければ、「時剋《じこく》をめぐらさず《時を移さず》、今夜の中《うち》にまかりて、かの敵を滅ぼし侍るべし」と申しければ、女房なの[一四]めに悦《よろこ》びて、かき消すやうに

八 感にたえない立派な根性《こんじよう》でいらっしゃいます。

九 全く相手のいう通りで、異議を唱える余地のないような、せっぱつまった様子であった。

＊ 三上山には、もと百足山本明寺という寺があったといい（『簑笠雨《きりゆうう》談《だん》』初篇巻二）、また中腹には蜈《むか》蚣《で》穴と呼ぶ洞窟《どうくつ》があったという（『近江《おうみ》輿《よ》地《ち》誌略《しりやく》』巻六十六）。しかし『太平記』や古絵巻には百足の栖拠《すみか》のことは記していない。

一〇 気おくれしたと思われて恥ずかしいことだ。「わろびれる」は、気おくれがして見苦しい行動をすること。

一一 畿内《きない》・七道の六十六カ国に壱岐《いき》・対馬《つしま》を合わせた日本全国をいう。

一二 金剛界《こんごうかい》と胎蔵界《たいぞうかい》のことで、密教で本尊と仰ぐ大日《だいにち》如来《によらい》の智恵と理法との二面を表す部門。ここは、日本の国と龍宮とは、それぞれ金剛界と胎蔵界とを象徴する国土であって、両者があいまって完全な仏国土となるという意。

一三 中世には、神は仏菩薩《ぶつぼさつ》が衆生済度のために仮に跡《あと》を垂れた姿とする本地垂迹説が盛んであったが、真言系統の両部神道では天照大神を大日如来の垂迹としていた。ここは、天照大神と龍宮の主《あるじ》である龍神とは金剛界の大日と胎蔵界の大日の垂迹であって、本地は同じであるということを言ったのである。

一四「なのめ（ななめ）ならず」に同じ。たいへんに、非常にの意。

失《う》せにけり。

さるほどに藤太は、約束の時を違《たが》へじと、[一]重代《ぢゆうだい》の太刀《たち》を佩《は》き、一生身を放たず持ちたりし、[二]重籐《しげどう》の弓の[三]五人張《ばり》ありけるに、[四]関弦《せきづる》かけて脇《わき》ばさみ、[五]十五束三伏《そくみつぶせ》ある[六]三年竹の大矢の、[七]矢尻《やじり》なかば過ぎたるを、ただ三筋たばさんで、瀬田をさして急ぎけり。湖水の汀《みぎは》にうち望みて、三上《みかみ》の山をながむれば、稲光《いなびかり》することしきりなり。されば《さあいよ》こそ《いよ》、くだんの《先に聞いた》化物《ばけもの》来たるにこそと、まもりゐけるところに《じっと見つめていると》、しばらくあつて、雨風おびたたしくするほどに《風雨がはげしくなってくるとそのうちに》、[八]比良《ひら》の高根《たかね》の方《かた》よりも松明《たいまつ》二三千余り焚《た》きあげて、三上の動くごとくに動揺して来たること《三上山が動くようにゆらゆらと身をゆるがして来るもの》とあり《がある》。山を動かし谷を響かす音は、百千万の雷《いかづち》もかくやらん。恐《恐ろ》ろしなんどははかりなし《しいともなんとも言いようがない》。

されども藤太は、世に聞ふる[九]剛《かう》の者なれば、少しも騒がず、「龍宮の敵《かたき》といふはこれならん」と思ひ定めて、くだんの《前に述べた》弓矢をさし加へ、化物の近づくを待つほどに、[一〇]矢頃《やごろ》にもなりしかば、あくまで《十分に》引

一 先祖から代々伝わる太刀。前に秀郷が父から授かった太刀のこと。
二 下地を黒漆《くろうるし》で塗り、上に繁《しげ》く籐《とう》を巻いた弓。
三 五人がかりで弦を張る強い弓。
四 弦麻《つるお》（弓弦《ゆづる》の材料にする麻）に黒漆を塗った上に縒糸《よりいと》を一面に巻きつけ、さらにその上に薄く漆を塗って丈夫にこしらえた弦。
五 矢の長さをいう。両手で交互に十五つかんだ長さに、指を三本伏せた長さを加えたもの。
六 生《は》えてから三年たった竹。竹は三年目に切るのがよいとされた。
七 矢竹の先端に插《さ》し込んである鉄製の矢先。「なかば過ぎたる」は、矢尻が矢竹の半分以上深く插し込んであることをいう。『太平記』には「鏃《ヤジリ》ノ中子《ナカゴ》ヲ筈本《ハズモト》迄《マデ》打《ウチ》ドホシニシタル矢只《タダ》三筋ヲ手挟《タバサミ》テ」とある。古絵巻も『太平記』に同じ。
八 琵琶湖西岸の比良山《ひらさん》。
九 強くて勇敢《ゆうかん》な者。古くは「こう」と清音。
一〇 矢を射るのにちょうどよい距離。

秀郷、百足に三筋目の矢を射るところ

きしぼり、眉間《みけん》の真中《まんなか》とおぼしき所を射たりしに、その手応《てごた》へ、鉄《くろがね》の板などを射るやうに聞えて、筈《はず》[一一]を返して立たざりければ、やすからず《心が穏やかでなく》思ひて、また二の矢を取つてつがひ、同じ矢壺《やつぼ》[一二]を心がけ、忘るるばかり《非常に長い間十分に》引きしぼりて射たりけるが、この矢もまた躍《をど》り返つて、身には少しも立たざりけり。ただ三筋持つたる矢を、二筋は射損じたり。頼むところはただ一筋、これを射損じてはいかがせんと、とりどりに思ひめぐらし《あれこれと思案をして》つつ、このたびの矢尻には唾《つばき》[一三]を吐きかけ、うちつがひ、南無《なむ》[一四]八幡大菩薩《はちまんだいぼさつ》と、心中に祈念して、また同じ矢壺と心がけ、よつぴい《十分に引きし》

＊ 秀郷が弓で百足《むかで》を射るところの描写は『太平記』とほぼ同じである。古絵巻も、この部分は似通っているが、本書の文章は『太平記』の方に近い。

一一 「筈を返す」は、射た矢が当って、逆になってはねかえること。「筈」は矢の上端で、弦をかける部分。

一二 弓を射る時に狙《ねら》い定める所。

一三 百足は唾に弱いとされていた。

一四 「南無」は、梵語《ぼんご》の音訳で「帰命」の意。神仏に向ってその名を呼びかけ、唱える言葉。「八幡大菩薩」は、仏教の立場から八幡神の本地を菩薩として奉った称号。八幡神は古来弓矢の神として武人の尊崇を受けた。

て《ぼって》、ひやうと放ちければ、今度は手応へして、はたと当るとおぼえ《見事に命中したと思ったとた》しより《んに》、二三千見えつる松明《たいまつ》、一度にばつと消え、百千万の雷《いかづち》[一]の音も、ひしひしと鳴り止みけり。

さては、化物《ばけもの》は滅《めつ》したること疑ひなしと思ひ、下部《しもべ》[二]どもに松明《たいまつ》ともさせ、くだんの化物をよくよく見れば、まがふべくもなき《まちがえようもない本物の》百足《むかで》なり。百千の雷《いかづち》と聞えしは、大地を響かす音なるべし。二三千の松明と見えしは、足にてやあるらん。頭《かしら》は牛鬼《うしおに》[三]のごとくにて、そのかたち大なること譬《たと》へん方《かた》もなし。くだんの矢は眉間の直中《ただなか》を通つて、喉《のんど》の下までくつと抜け通りけり。急所なれば、〔百足が死んだのは〕ことわりといひなが《当然といえば》ら《当然だが》、かほどの大きなる化物、一筋通る矢に痛み滅びける、〔藤太の〕弓勢《ゆんぜい》のほ《弓を》どこそゆゆしけれ《射る力の強さは恐ろしいほどであった》。

さるほどに、はじめ二筋の矢は、鉄《くろがね》を射るごとくにて立たず、後《のち》の矢の通りしことは、唾《つばき》を矢尻に塗りたる故《ゆゑ》なり。唾はそうじて《一般に》百足の毒なればなり。日頃、勢《いきほひ》を振舞ひし物なれば《威勢のよかったものなので》、なほも仇《あた》[四]をなす

一 雷の音がぴたりと鳴りやんだ。「ひしひしと」は、一つの行為に集中するさまをいう。

二 雑事に使われる召使。

三 地獄の獄卒である牛頭《ごず》のように牛の頭を持った妖《よう》怪《かい》のこと。

* 本書では、龍女が秀郷の宿所に来て、とりあえず礼を述べ、その後改めて龍宮へ招待するという運びであるが、『太平記』は百足退治の場所が龍宮となっており、古絵巻は、百足を討った後、そのまま龍宮へと導かれる。本書のここから後の叙述は物語としての潤色が非常に豊かである。

四 「仇」は古くは清音。「仇をなす」は、恨みに思って仕返しをすること。

五　九二頁注二参照。

六　感心なこと。奇特なこと。「びょう」は妙の漢音。「しんみょう」ともいう。

七　自分がひそかに持っているところの物。「私」は「公《おおやけ》」に対する語。

八　軸に巻きつけた絹の反物。

九　口を結んである俵。

一〇『太平記』にも古絵巻にも、龍宮の引出物の中にこの「赤銅の鍋」だけは見えないが、この後、龍宮へ行ってから贈られる釣鐘を、『太平記』・古絵巻ともに「赤銅の撞鐘《つきがね》」としている。

一一　語法的には「候ひける」が正しい。

一二　神仏のはからいによって。「冥」は人の目には見えないところで人間世界を見守っている神仏のこと。

一三「方便」は衆生《しゅじょう》を真実の教えに導くための手段の意。

ことどもやとて、くだんの百足をばづだづだに斬《き》り捨て、湖水にこそは流されたり。それよりも（百足退治も終って）藤太は宿所に帰り給ひけり。

先の女房、礼に来たる

明けの夜、また夕べの女性《によしやう》来たりけり。このたびはすぐに出居《でゐ》[五]まで入りて、「藤太殿に見参《げんざん》せん」と言ふ。藤太やがて出であひ、対面しければ、女房《にようばう》うららやかなる声にて（はればれとした声で）、「さてさて貴方《きはう》の勇力《ゆうりき》にて、日頃の敵《かたき》を平《たひ》らげ、安全の代《よ》となし給ふこそ、返す返すも神妙《しんべう》[六]なり。喜び身に余りて侍れば、恩を報ずるに物なし（御恩返しに何がよいか分りません）。せめては私《わたくし》[七]に持つところの物にても、まづまづ参らせんと思ひて、これ持ちて来たりたり」とて、藤太が前に据《す》ゑ並べたる物を見れば、巻絹《まきぎぬ》[八]二つ、首《くび》結[九]うたる俵《たはら》、赤銅《しやくどう》[一〇]の鍋《なべ》一つぞ候へ[一一]ける。

田原藤太はこの由を見るよりも、「まことに有難き御志かな。しかれば《ところで》今度の御事は、冥《みやう》[一二]の方便《はうべん》によつて高名をきはめ候へば（最高のてがらを立てたのですから）、御身の喜びは申すに及ばず、われらの家の（私の家にとって）面目《めんぼく》何事かこれにしかんや（これ以上の名誉はありません）。その上、かやうに御宝物《たからもの》賜はり候ふこと、悦《よろこ》びの中の悦びにて侍《はべ》る」と、色代《しきだい》[一]して申されければ、さて女房も心よげにて、「さらばまづ今宵《こよひ》は帰り侍るべし。返す返すも今度《こんど》の悦び、わが身一人に《私だけにとってのもの》たぐへがたし《ではありません》。千万人のためによろしければ、重ねてその徳を報じ申さん《この上にあなたに御恩返しをいたします》」とて、女房はいづちともなく《どこへとも分らず》帰りけり。

秀郷、くだんの女房に得たりし《女房からもらった》巻絹を取り出だし、衣裳《いしやう》に仕立つるところに、裁《た》てども裁てども《いくら裁断しても》尽きず。また米《よね》の俵を開きつつ、米を取り出だすに、これもつひに尽きせず。さてこそ《それからのち》藤太をば俵藤太[二]とは申しけり。さてまた鍋の内には、思ふままの食物湧《わ》き出でけるこそ不思

女房、三つの品を持って礼に来たところ

一 深く頭を下げて挨拶《あいさつ》すること。

＊ 前の『天稚彦草子』でも、天稚御子の唐櫃《からびつ》から何でも望む物が出たとあったが、そのように咒宝《じゆほう》が彼岸《ひがん》の世界からもたらされるという話は、異類との婚姻を語る民間説話に非常に多く、定型の一つとなっている。

二 『大日本史』巻二百七十四によると、秀郷ははじめ近江国田原荘《たわらのしよう》に別荘をもっていたので田原藤太と号したとある。この物語の冒頭（八九頁）でも、父が田原の里に住んでいたので、秀郷は元服して田原藤太と呼ばれたと述べている。ところが、ここでは龍宮から無尽の俵を授かったので、それによって「田原」を「俵」と改めたというのである。しかし、事実はこれと逆で、「田原」の宛て字に「俵」を用いるようになったところからその説明として無尽の俵の話が生れたのであろう。

議なれ。

藤太はなほも奇特を見ることもこそと思ひて《不思議な霊験があるかもしれないと思って》、待つところに、案のごとく、月あかき夜の更《ふ》け方《がた》に、くだんの女性《にょしゃう》おとづれ給ふ。藤太急ぎ立ち出でて中門《ちゅうもん》[三]へ請《しゃう》じつつ、その有様を見てあれば、美麗なること、前の姿には様《やう》変れり。伝へ承る天竺《てんぢく》の耶輸陀羅女《やしゅだらにょ》[四]、唐の西《せい》施《し》[五]、李夫人《りふじん》[六]と申すとも、これにはいかでか及び給ふべければ《この女性にはとてもかなわないと思われるほどの美人なので》、ただ喜見城《きけんじやう》[七]の天女《てんにょ》の天降《あまくだ》り給ふかと、はじめて《あらためて》驚くばかりなり。

さても龍女、のたまふやうは、「最前《このあいだ》に申し候ふごとく、年頃《ながねんの》大敵をたやすく滅ぼし給へること、われらが一門眷属《いちもんけんぞく》共に喜び侍るといへども、数多《あまた》の物の悉《ことごと》くこれまで現れ参りて、御恩を報じ申さんこと、いとやすき[八]やうにて障《さは》りあり。されば、おほそれ多きことなりといへども、君をわが故郷《ふるさと》に具し参らせばやとの願ひにて《お連れ申し上げたいとのお願いをもって》、これまでわらはは御迎ひのために参りたり。とてもの芳志をかうぶりし上は《これだけ私に親切にして下さった以上は》、御心をおかせ給ふまじ《いまさら用心なさることはございますまい》。とくとく《大急ぎで》御出であれかし」と申し

三　表門の内側にある門。
四　釈尊が出家する前、悉達多太子《しったるた》といった時の妃《きさき》。次の西施、李夫人とともに美人の例として挙げられることが多い。
五　中国の春秋時代（紀元前五世紀頃）の越《えつ》の国の美人。越王勾践《こうせん》が呉《ご》王夫差《ふさ》と戦って敗れた時、西施を呉に献上した。夫差は西施の容色に溺《おぼ》れ、ために越に滅ぼされるに至ったと伝えられる。
六　中国前漢の武帝の寵姫《ちょうき》。李延年・李広利の妹。
七　帝釈天《たいしゃくてん》の居城で須弥山《しゅみせん》（仏教の世界観で世界の中心にそびえる高山）の頂上にある忉利天《とうりてん》の中央に位置する。天人が遊楽するとされた。
八　たやすいようですが、かえって御迷惑になりましょう。「障り」はさしさわること。さしつかえ。

ければ、藤太この由承り、これほどに大切に侍るなれば《これほど自分を大事にしてくれるのだから》、よもわが身のためは悪《あ》しからじと思ひて、かの龍女とうち連れ、龍宮へと急ぎけり。

さるほどに、龍女は田原藤太をともなひ、漫々として《ひろびろとしてはてしもない》ほとりもなき湖水の中に入りにけり。一ちよかと見れども《ま下を見ても》、底もなく、ほとりも《際限もない》見えぬ海底の二煙の波を凌《しの》げば、雲の波静かならず。雲の波を分けゆけば、三水輪際《すいりんざい》もきはまりぬ《水輪も終りになった》。水輪際をうち過ぎて、金《こん》輪際《りんざい》に及べば、風《ふう》輪際《りんざい》に近くなり、風輪際をも過ぎしかば、憂《う》き四世の中とおぼしき国に出

秀郷、龍女に誘われ海辺に出たところ

一 「ちよか」は「直下《ちよつか》」の意か。『源平盛衰記』巻二十八「経正竹生嶋詣《つねまさちくぶしまもうで》」に「海漫々として直下と見下せば底もなし」とある。

二 煙のような波を押し分けてゆくと、その先は雲のような波が大きくうねっている。

三 仏教の須弥山説では、大地の下に、上から金輪・水輪・風輪という三つの層があって、この世を支えているとする。「水輪際」は水輪の上層で金輪に接するところ。ここで順序が水輪・金輪・風輪となっているのは誤りである。

四 「憂き世」は仏教思想からいうこの世のこと。ここは、この人間界かと思われるような国に出たということであろう。

五 仏教でいう七種の宝玉。『無量寿経』では、金《こん》・

でにけり。
(龍女)「これなんわが住む所」と言ふにつけて見れば、五丈そばだち《五丈も高くそびえたって》、七《しっ》[五]宝の宮殿《くうでん》、黄金《こがね》の楼門かかやきわたれり。龍王の眷属《けんぞく》、異類《いるい》[六]の異形《いぎやう》の鱗《うろくづ》は、役々に従つて《それぞれの役目通りに》、楼門楼閣に徘徊《はいくわい》[七]す。わが日域《じちゐき》[八]の帝城禁門[九]警固の衛士《ゑじ》[一〇]に異ならず。藤太をともなひし龍女の、門に入らせ給へば、もろもろの龍神は頭《かうべ》を傾け礼《らい》をなす《おじぎした》。門より内には、いろいろの樹《じゅ》木《ぼく》花咲き開けて、一々[一一]の花の中よりも、七宝の木《こ》の実《み》満ちたる極楽世界もかくやらん。

さて楼門をうち過ぎて、歩《あゆ》む足も香ばしき玉のきだはしよぢ登れば《足まで香ばしくなるような玉をちりばめた階段をよじ登ると》、紫宸殿《ししいでん》[一二]とおぼしくて、数千間《すせんげん》に作りみがける宮殿《くうでん》あり。庭には瑠璃《るり》の砂《いさご》、真珠の砂、ほとりもなく《はてしもなく》撒《ま》き満てり。黄金《こがね》の柱、玉の鐺《こじり》[一三]、七宝の欄干《らんかん》、玉の石畳《いしだたみ》[一四]あたたかなり。御殿の綺麗《きれい》[一五]さは、荘厳《しやうごん》[一六]は目に見ることは《飾りつけの美しさは目で見るのはもちろん》申すに及ばず、かつて耳にも聞き及ばず《まだ聞いたこともないほどである》。

龍女、藤太の袖《そで》をひかへ、寝殿の真中《まんなか》に玉の曲彔《きよくろく》[一七]を構へて、「こ

龍王、秀郷を歓待する

銀《ごん》・瑠璃《るり》・玻璃《はり》・硨磲《しやこ》・珊瑚《さんご》・瑪瑙《めのう》をいうが、経典によって種類に違いがある。「宮殿」を「クウデン」とよむのは仏教式のよみ方。

六 人間以外の動物、鳥・獣・魚・虫などをいう。

七 行ったり来たり、歩き回ること。

八 日の出る国の意で、日本のこと。

九 皇居の門。

一〇 諸国から召されて、宮門の警固や行幸の供奉《ぐぶ》などに当った兵士。

一一 一つ一つの花の中から、七宝で作られた木の実がいっぱいについているのが見える極楽世界の光景もこのようであろう。「一々の花の中より……」は、経典にある極楽浄土のさまを述べた文句による。

一二 「ししんでん」を、読み癖《くせ》で「ししいでん」といった。内裏の正殿。日本の宮殿でいえば紫宸殿に当る御殿と思われて。

一三 ここは、屋根の棟《むね》から軒にかけて渡す垂木《たるき》の端につける装飾用の金具。

一四 石畳もほんのりと暖かで気持がよいの意か。

一五 はなやかな美しさをいう。御殿のきらびやかなさまは。

一六 仏堂を美しく厳《おごそ》かに飾りつけることをいう。

一七 僧が法会《ほうえ》などで用いる椅子《いす》。背のよりかかりを丸く曲げ、四本の脚は折り畳み椅子のようにX型に作ってあって、朱や黒の漆《うるし》で塗り金具の装飾を付ける。

れへ」と言うて据《す》ゑ置かる。しばらくあつて音楽を奏することあり。その後、八大龍王の第一娑羯羅《しやかつら》[一]龍王、八万四千の眷属《けんぞく》を引き連れ、玉座[二]に直《なほ》り給ふ。龍女も同じく玉座に直り給ふ。玉座に定まつて《玉座に着席してから》、たがひの一礼ことこまやかなり《たがいにていねいなあいさつを交わした》。時に双鬟《さうくわん》[三]の龍女、百味[四]の珍膳を捧《ささ》げ出づる。龍王の御前《おまへ》に据ゑ、その次には藤太、その次には龍女に据ゑたり。その飲食《おんじき》[五]世の常ならず。服《ぶく》[六]するに心よく、香ばしきこと《香りのよいことは》類《たぐひ》なし。しばしありて、また黄金の盤に沆瀣《かうがい》[七]の杯《はい》を据ゑ、白銀《しろがね》の銚《てう》子《し》に天の濃漿《こんずい》[八]盛りて出でたり。これもまづ龍王の飲みそめ給ふこと三度、その後、藤太の前に持ちて参る。藤太も同じく三度受けたり。その味はひ天の甘露《かんろ》[九]なれば申すにや及ばず《いうまでもない》。ふらんうつつら[一〇]が八万歳を経たりしも、この御酒《みき》の徳にこそありつらめと、いと有難くぞ思はれける。酒宴の儀式日本には様《やう》変りて、杯《さかづき》[一一]もめぐらさず、思ひ[一二]差しもなければ、ただ心のゆくほど《十分に満足するまで》さし受けさし受け飲みけるなり。山海の珍菓《珍しい菓子を》を蓬萊《ほうらい》[一三]のごとくに積み上げて、もてなしかしづき《ていちょうに接待した上に》ける上

一「娑羯羅」は梵語の音訳。「沙伽羅《しやがら》」とも。仏法守護の龍神。
二 天子や貴人のすわる座。「玉」は美称。
三 髪を中央から左右に分けて巻き上げ、二つの輪をこしらえた形の結髪。「あげまき」ともいう。
四 さまざまの珍味をそろえた膳部。
五 飲み物と食べ物。「オンジキ」は仏教でのよみ方。
六 それを飲食すると気持がさわやかになり。
七「沆瀣」は海辺の空気とも、露の気ともいわれ、仙人の食べるものという。「沆瀣の杯」は仙人の飲み物である露を盛ったさかずき。
八 濃い水の意で酒の異称。「こんづ」が正しい。謡曲『邯鄲《かんたん》』に「天の濃漿とはこれ仙家の酒の名なり。沆瀣の杯と申すことは同じく仙家の杯なり」とある。
九 天から与えられる甘い不老不死の霊薬。
一〇「うつつら」は鬱頭藍弗《うつずらんほつ》のこと。釈迦が出家して道を問うたという仙人。寿命は八万歳という。「ふらん」は未詳。
一一 宴席で酒杯を順次に回すこと。
一二 思う心があって、特定の人に酒をつぐこと。
一三 中国の神仙思想で説かれる仙境の蓬萊山をかたどった飾りの置物をいう。祝儀や酒宴の飾り物とした。

に、様々《さまざま》の引出物をせられけるこそゆゆしけれ《いろいろの贈り物を下さったのはすばらしいことである》。

藤太、心に思ひけるは、さても、かほどの楽しみは[一四]大梵高台《だいぼんかうだい》の栄《えい》花《ぐわ》と申すとも、これにや及ぶべき。「かほど有難き国土にも苦《く》は侍《はべ》るか」と問ひ給へば、その時龍王の御諚《ごぢやう》には《仰せには》、「なかなかのこと《もちろんのこと》、申すにや及ぶ《言うまでもありません》。[一五]天上の五衰《ごすい》、[一六]人間の八苦《はつく》、龍宮の[一七]三熱とて、いづれも苦のなき国はなし。なかんづく、この国に年頃重き苦患《くげん》の侍りしを、御辺《ごへん》、このたび[一八]神変《じんぺん》を振ひ、たやすく滅亡し給ひけること、仏《ぶつ》神《じん》の御助けに等しく、有難くおぼえ侍るなり。[一九]一死万生の喜びとは、しかしながら《とりもなおさず》これをぞ申すべき。この御恩は報じても報じ尽し難ければ、[二〇]未来永々《やうやう》にかぎるまじ、御身の子孫のために、かならず恩を謝すべし」と、のたまひて、[二一]黄金札《こがねざね》の鎧《よろひ》、同じく太刀《たち》一振《ひとふり》とり添へ、藤太に与へ給ふ。

「この鎧を召し、この剣《けん》をもつて、朝敵を滅ぼし、将軍に任じ給ふべし」。また赤銅《しやくどう》の釣鐘《つりがね》一つ取り出ださせ、「この撞鐘《つきがね》と申すは、昔

一四 大梵天《だいぼんてん》の住む宮殿。大梵天は、もとインド教の神で、のち仏教に取り入れられ、帝釈天《たいしゃくてん》や四天王などとともに仏教護持の神となった。
一五 天人が寿命が尽きて死ぬ時に示す五種の徴候。経典によって違いがあるが、『涅槃経《ねはんぎょう》』では、衣服垢穢《くえ》（衣服が垢《あか》で汚れる）、頭上華萎《けい》（頭上の華鬘《けまん》がしぼむ）、身体臭穢《しゅうえ》（体が臭気を発する）、腋下汗流《えきかかんる》（腋《わき》の下に汗が流れる）、不楽本座《ふぎょうほんざ》（自分の座席を楽しまない）とする。
一六 人間の免れない八種の苦。生苦・老苦・病苦・死苦・愛別離苦（愛する者と別れる苦）・怨憎会苦《おんぞうえく》（怨《うら》み憎む者に会う苦）・求不得苦《ぐふとくく》（求めるものが得られない苦）・五陰盛苦《ごおんじょうく》（人間を形成している五つの要素から生ずる身心の苦しみ）。
一七 九四頁注七参照。
一八 人間のはかり知ることのできない不思議な力。
一九 「一殺多生」と同じ意で、一人を殺して万人を助けること。
二〇 これから先永久に、いつまでと限るようなことはしません。
二一 金箔《きんぱく》を置いた札《さね》。「札」は鎧の材料の小板のこと。

大聖釈迦如来中天竺《だいしやうしやかによらいちゆうてんぢく》一に出世し給ふ時、須達《しゆだつ》長者と申す人、祇園精舎《ぎをんしやうじや》二を造りて仏に供養《くやう》したてまつりし時、無常院三の鐘《かね》の音《ね》を鋳《い》移したる鐘なれば、諸行無常と響くなり。この鐘の声を聞く時は、無明煩悩《むみやうぼんなう》四たちまちに消滅し、菩提《ぼだい》の岸に到るなり（悟りの世界に達するのです）。かかる不思議の重宝《ちようほう》なれば、この国に星霜《せいざう》五年久しく保つといへども（長い間大切にしてきましたが）、このたびの捧げ物に、これも同じく奉るに、本国の宝になし給へ」と、のたまひければ、藤太この由承り、「鎧剣《よろひつるぎ》は、まことに家の宝なり。釣鐘のことは、われ武士の身なれば、さのみ望み申すにはあらねども、由来をくはしく承れば、末代わが朝の宝（遠い将来まで日本の宝として）、何かこれにまさらん（これ以上のものはありません）。これなほもつて有難し。さりながら、かほどの重き釣鐘を、いかでか賜はり帰るべしや。これぞ難儀なり」と申されければ、その時龍王ほほ笑みて、「いしくも申されたるものかな（もっともなお言葉です）。弓矢を取つて強きものを滅ぼす手だてこそ、方々《かたがた》には及ばずとも、かやうの物をもて扱ふことは、わが眷属《けんぞく》の習《しふ》なり（こういう物の扱い方は私どもの仲間は手なれております）。心にかけ給ふことなかれ」とて、すなはち異類《いるい》異

一 仏が衆生を救うためにこの世に現れること。

二 須達長者が舎衛《しやえ》国の祇陀《ぎだ》太子の庭園を買って、釈迦に施入《せにゆう》（施し物を贈ること）した寺院。

三 祇園精舎の無常院（病者を置いて無常を観じさせたという）にある無常堂の鐘は「諸行無常《しよぎようむじよう》、是生滅《ぜしようめつ》法《ぽう》、生滅滅已《しようめつめつい》、寂滅為楽《じやくめつゐらく》」の声を出したと伝える。

四 「無明」は真理に対する無知で、人間は無明のために、もろもろの煩悩が生ずるとする。

五 年月、歳月のこと。古くは「せいぞう」と濁音にもよんだ。

＊ 龍宮から贈られた鐘は、その後三井寺へ寄進されるが、『太平記』にはこの鐘について、文保二年（一三一八）に延暦寺の僧徒が三井寺を焼討にした時、この鐘を比叡山へ持っていって撞《つ》いたが、少しも鳴らなかった。そこで特別に大きな撞木《しゆもく》を作って撞いたところ、鯨のほえるような声で「三井寺へ行こう」と鳴いたので、叡山の僧徒が怒って無動寺《むどうじ》の上から谷底へ落し、鐘は微塵《みじん》に砕けてしまった。その破片を集めて三井寺へ返したが、ある時小蛇が来てそれを叩《たた》くと、一夜のうちにもとの鐘になって、疵《きず》ついた所は一つもなかった、という後日談が記されている。説話が次々に成長してゆく様子を窺《うかが》うことができる。

六 以下は有名な浦島太郎の龍宮行の話。浦島説話は古代から諸書に載せられているが、中世には、丹後の国（京都府北部）与謝《よさ》郡伊根町の宇良《うら》神社の縁起とし

て絵巻物にも作られ、広く流布していた。
七 京都府竹野郡網野町にあった入江。
八 古代人が海のかなたにあると考えていた国。本来の意義については諸説があるが、次第に、不老不死の理想郷と考えられてきた。
九 仏語で、「け」は「快」の呉音。

秀郷、浦島の故事を思う

＊三井寺の鐘の由来に関しては、もう一つ別の似たような話が伝わっている。昔、近江《おうみ》の粟津冠者《あわづのかんじゃ》という武勇の士が一堂を建立して鐘を鋳させようと思い、鉄を求めに出雲《いずも》へ下った。渡海の途中大風に会って船が難破しそうになったところ、小童が現れて粟津冠者を救い龍宮へ案内する。冠者は龍王から日頃の敵《かたき》を討ってくれと頼まれ、矢をもって敵の大蛇を射止めた。龍王は冠者が鐘を望みと聞き、龍宮寺の釣鐘を贈る。冠者が粟津に建てたのは広江寺という寺で、その後この寺は衰頽《すいたい》していたが、奥州の藤原清衡《きよひら》が千両の砂金をもって千僧供養を行った時、ある人がそのうちの五十両で広江寺の鐘を買い取り、園城寺《おんじょうじ》（三井寺）へ移した、というものである。この話は『古事談』巻五に載っている。『古事談』は一二一五年以前に成った書であるから、この伝えの方が古そうであるが、俵藤太の龍宮行説話が『古事談』の話の借用とするのは早計であろう。

形《ぎやう》の鱗《うろくづ》ばらにおほせて、水中に引かされけり。

すでに時剋《じこく》も移りければ、藤太心に思はれけるは、

龍王、龍女三人、秀郷の前に引出物を並べたところ

昔、[六]丹後《たんご》の国与謝《よざ》の郡《こほり》、[七]水の江の浦島が子とやらんも、乙女《をとめ》に遇《あ》ひて、たまさかに《思いがけず》この常世《とこよ》[八]の国に到《いた》りしに、かかる《同じように》快楽《けらく》[九]にふけりつつ、いにしへ行末を忘れて《過去のことも未来のことも忘れて》、年を経《ふ》ること三年《みとせ》なり。ある時、故郷《ふるさと》の恋しさに、乙女に暇《いとま》を乞ひ、水の江に帰りて見てあれば、住みし故郷《ふるさと》も変りはて、見知れる人もなきほどに、かくあるべしやはと《こんなことがあるだろうかと》、いぶかしく《不思議に思い》、よくよく問へば、「それ昔三百余年の事なり」と言ふ人あるに驚きて、つひにむなしくなる《死んでしまったとい》

と聞く《うことだ》。かかる例《ためし》もあるぞかし。われはことさら《とりわけ》朝家《てうか》[一]奉公の身なり。ことさら故郷に年老いたる父母《ちちはは》のましませば、時の間《ま》も見まほしくて、はやはや御暇《おいとま》を申されければ、龍神はなほも名残《なごり》惜しげにて、さまざまの興を尽して《いろいろ楽しいことをあるだけ並べて》慰め給ふ。

秀郷、龍宮の釣鐘を三井寺へ寄進する

さるほどに、龍女は田原藤太秀郷をさまざまにもてなし、慰め給ひけるほどに、やうやう時剋《じこく》も移りければ、藤太は大王に暇《いとま》を乞ひ、龍宮を出でられける。海中を歩《あよ》むこと刹那《せつな》のほどとおぼゆれば《ほんの一時と思ううちに》、瀬田の橋にぞ着かれける。それより父のもとに行き、村雄《むらを》朝臣《あそん》に対面して、このほどの有様、はじめよりくはしく語り給へば、父母不思議の思ひをなし、なのめならず《たいへんに》喜び給ふ。

(秀郷)「それにつき、龍王の引出物に、黄金《こがね》作《づく》りの剣《つるぎ》、黄金札《こがねざね》の鎧《よろひ》、赤銅《しやくどう》の釣鐘《つりがね》を賜はりたり。剣鎧は武士の重宝《ちようほう》なれば、末代子孫に相伝す《永久に子孫に伝えましょう》べし。鐘は梵刹《ぼんせつ》[二]の物なれば、俗の身にしたがへ《俗人が持っていても益が》詮《せん》もなし《ありません》。三宝[三]へ供養すべし。されば南都[四]へや奉らん。比叡山へや奉らん」と申されけ

一 朝廷のこと。

＊ 浦島説話は『日本書紀』雄略天皇二十二年の条をはじめ、しばしば史書や地誌に引かれたほか、『浦島子伝《うらしましでん》』『続浦島子伝記《しよくうらしましでんき》』など、平安前期以前から文人の手にかかって物語化されている。古い資料では浦島子の行った異郷は蓬萊山《とこよのくに》であったが、御伽草子の『浦島太郎』になると龍宮城となった。文献の上で成長変化の跡をたどることのできる説話である。

二 寺院のこと。底本「ぼんぜん」とあるのを改めた。

三 仏・法・僧の三つの宝。また仏の異称として用いる。ここは後者の意。

四 京都に対して奈良をいい、また比叡山の延暦寺《えんりやくじ》を北嶺というのに対して奈良の興福寺をいう。

五 世にまれな貴重な宝物。

六 僧侶が仏道を修行する所。寺院。

七 来世で弥勒菩薩《みろくぼさつ》の出世に会うこと。「当来」は仏語で、当然に来るはずの時の意。弥勒菩薩は釈迦の入

滅後五十六億七千万年後にこの世界に現れて衆生を救うという。

八「内証」は心の中に悟った仏教の真理。

九 諸仏菩薩の悟りの内容は衆生を済度《さいど》する手だてをめぐらすことにおいて一つであるの意。

一〇 滋賀県大津市にある天台宗寺門《じもん》派の総本山園城寺《おんじようじ》の別称。天智・天武・持統の三代の天皇の御産湯《うぶゆ》の水を汲んだ井戸があったので三井寺ともいった。

一一「ほんぞん」を「ほぞん」ということも多い。『日《にっ》葡《ぽ》辞書』にも「ホゾン」とある。

一二 三井寺北院北谷にある新羅善神堂《しらぎぜんしんどう》。智証大師が渡唐の時、海上に新羅大明神が現れ、大師を守護したので、帰朝後、貞観《じようがん》十七年(八七五)に三井寺の地に守護神として勧請《かんじよう》したという。一一四頁の本文に述べてある。

一三「薩埵」は「菩提《ぼだい》薩埵」(悟りを求め修行する者の意)の略で「菩薩」と同じ。

一四 弥勒菩薩は釈迦の入滅後五十六億七千万年目に兜《と》率天《そつてん》から人間界に下って、衆生のために三度法を説くという、その法座のこと。

一五「慈尊」は弥勒菩薩の別称「慈氏《じし》菩薩」を敬っていう語。

一六 仏道に縁を結ぶこと。釣鐘を三井寺に寄進することによって、弥勒菩薩がこの世に現れて説法をなさる時、仏を拝み、教えを聞く機縁が作られるであろうという意である。

千常、長吏大僧正に謁するところ

れば、父の朝臣この由を聞きて、「げにも誠に一々《本当にどれも一つ一つが》の[五]希代《きたい》重宝なり。中にも、かの撞鐘《つきがね》を[六]精舎《しやうじや》に寄進したてまつり、[七]当来の値遇《ちぐう》を祈らんこそ有難けれ。諸仏菩薩の[八]御内証、いづれも[九]一体方便《はうべん》と言ひながら、ことさら[一〇]三井寺《みゐでら》の[一一]本尊《ほぞん》へ奉り給へ。それをいかにと言ふに一つは当国《この国》なり《の寺です》。また、かの寺の[一二]鎮守新羅《ちんじゆしんら》大明神と申すは、弓矢神にておはしませば、子孫の武芸を祈るべし。さてまた、かの寺の御本尊《ほぞん》は弥勒《みろく》[一三]薩埵《さつた》にておはします。このたびの功徳《くどく》によりて、[一四]五十六億七千万歳三会《さんゑ》の暁、[一五]慈尊《じそん》の出世の御時、見仏聞法《けんぶつもんぼふ》の[一六]結縁《けちえん》ともなるべし。その上、南都も北嶺《ほくれい》[一]も撞鐘《つきがね》すでに成就《じやうじゅ》せり。かの三井寺と申すに、今に鳧鐘《ふしよう》[二]の響きもなし。すみやかに思ひ立ち給へ」とありしかば、藤太、委細に承り、「さらば三井寺へ参らすべし」とて、園城寺《をんじやうじ》へつかは《使者をたて》さる。千常《ちつね》[三]、三井寺へ参り、時の長吏《ちやうり》[四]大僧正に謁《えつ》して、くだんの趣申しける。

僧正、おほきに喜び給ひて、寺中の衆徒《しゆと》[五]たちを会合し、僉議《せんぎ》[六]まちまちなり。僧正おほせけるやうは、「当寺は伽藍《がらん》[七]草創《さうさう》の後《のち》、大檀那《おほだんな》[八]繁昌《はんじやう》して、仏法最中の道場なれば《仏法修行の中心をなす道場だから》、鳧鐘の響きは心にまかせて《釣鐘の音は聞く人の心次第であるが〔ともかく〕》、龍宮より取りて帰りし鐘なれば、天下無双《ぶさう》の重宝《ちようほう》、末代の名誉なり。とかう《あれこれと》の沙汰《さた》に及ばず《是非を論ぜず》、報謝を受け給ふべし」とありしかば、満座の大衆《だいしゆ》[九]一同に皆もつともと領承《りやうじよう》[一〇]し、「吉日《きちにち》を選んで、かの釣鐘を寄進し給へ。すなはち供養をなすべし《すぐに釣鐘の供養をします》」とて、千常をば返されける。

藤太この由承り、唐崎《からさき》[一一]の浜へ行き見れば、夜の間《ま》に龍宮より上げ給ふとおぼしくて、くだんの釣鐘おはします。これより三井寺へ

一 一〇八頁注四参照。
二 釣鐘のこと。中国の古伝説で釣鐘は鳧氏《ふし》が作ったといわれる。
三 秀郷の五男。この子孫が関東で栄えた。
四 園城寺《おんじようじ》・勧修寺《かんじゅじ》・延暦寺の横川楞厳院《よかわりようごんいん》などで、寺の事務を統理する地位にある僧。
五 平安朝以後、諸大寺に止宿していた僧侶。
六 僉議したところ、いろいろの意見が出た。「僉議」は、多人数が集まって評議すること。
七 僧が集まって修行する所の意で、寺の建物の総称。「草創」は神社や寺院などを初めて建立すること。
八 「檀那」は梵語の音訳で、寺に施しをする人。檀家。「大檀那」は寺院の有力な保護者。
九 大勢集まっている僧をいう語であるが、注五の「衆徒」と同義に用いることが多い。
一〇 事情をくんで承知すること。
一一 滋賀県大津市の琵琶湖西岸の地名。

引きつけんには、数多《あまた》の人夫《にんぶ》を持ち給はずは、たやすく引きつくまじと案じけるところに、明日《みやうにち》供養とあひ定めし今宵（前の晩）、海より小さき蛇来たりて、かの釣鐘の[一二]龍頭《りゆうづ》をくはへ、[一三]大講堂の大庭まで、いとやすく引きつけて（やすやすと引いてきて）、かき消すやうに失《う》せにけり。僧正、大衆たちも、奇異の思ひをなし給へり（あやしく不思議なことだと思った）。

園城寺の鐘供養

さるほどに園城寺には、龍宮より釣鐘上がりつつ、今日《こんにち》供養し給ふ由、かねて諸国に聞えしかば（前もって諸国にうわさが広まったので）、近国は申すに及ばず、遠国《をんごく》の[一四]道俗男女《なんによ》、われ劣らじと参詣す。都よりはことにほど近ければ、貴賤老《らう》若《にやく》[一五]群集《くんじゆ》してけり。時の関白、大臣、公卿《くぎやう》、[一六]女院《にようゐん》、[一七]御息所《みやすどころ》、[一八]女御《にようご》、更衣《かうい》にいたるまで、[一九]三会《さんゑ》の暁慈尊出世の結縁のため（未来で弥勒菩薩の説法に会う機縁を作るため）とおぼしければ、道場に車を軋《きし》らかし、仏前に踵《くびす》を継ぎて、[二〇]五障《ごしやう》の雲を晴らし給ふ（迷いの心を晴らしなさった）。すでに時剋《じこく》にもなりしかば、すなはち供養の儀式厳重なり（供養の儀式が重々しく行われた）。当寺[二一]導師は当寺の長吏大僧正、[二二]呪願《じゆぐわん》は[二三]天台座主《ざす》とぞ聞えし。そのほか諸寺の[二四]名徳碩学《めいとくせきがく》数千人、会座《ゑざ》に連《つら》なり給ふ。

一二 釣鐘を鐘楼《しようろう》の梁《はり》にかけて吊《つる》すための龍の頭の形をしたつり手。
一三 寺院の七堂の一つで、経典を講じたり、法を説いたりするのに使う建物。
一四 僧侶と俗人。
一五 古くは「くんじゅ」または「ぐんじゅ」。
一六 朝廷から「院」または「門院」の称号を与えられた女性。天皇の生母などで待遇は上皇に準じた。
一七 天皇の御寝所に侍する女御《にようご》、更衣《こうい》などの敬称。多く皇子・皇女の生母に対して用いられた。
一八 「女御」「更衣」ともに後宮女官の地位を示す名。
一九 一〇九頁注一四・一五・一六参照。
二〇 女性が持っている五種の障害（梵天王《ぼんてんおう》・帝釈天《たいしやくてん》・魔王・転輪聖王《てんりんじようおう》・仏身となることができない）を、月の光をおおう雲にたとえた語。
二一 法会《ほうえ》の時、衆僧の首座となって儀式を行う僧。
二二 「呪願師」の略。法会の趣意を述べ、施主の幸福などを祈願する呪願文《じゆがんもん》を読む僧。
二三 天台宗の比叡山延暦寺の住持で、一門を総監する僧職。
二四 徳が高く、学問の深い僧。

導師高座《かうざ》に上がり、発願《ほつぐわん》[一]の鐘うち鳴らし、「秀郷の朝臣《あそん》、この善根《ぜんごん》[二]に応《こた》へて、今生《こんじやう》にては無比の楽しみを極《きは》め、来世にては上品蓮台《じやうぼんれんだい》[三]に生《むま》れ、乃至《ないし》七世《七代前の先祖まで》の父母、すみやかに三界[四]の苦輪《くりん》を出でて、天上の快楽《けらく》を極め、法界衆生平等利益《ほふかいしゆじやうびやうどうりやく》[五]、出離生死頓証菩提《しゆつりしやうじとんしようぼだい》」と、回向《ゑかう》[六]の聴聞《ちやうもん》有難く、皆感涙をぞ流しける。聴聞の道俗おしなべて、随喜《ずいき》[七]の涙《なんだ》を流しけり。有難や、この鐘と申すは、祇園精舎《ぎをんしやうじや》の無常院に響くな《響くとい》る諸行無常《しよぎやうむじやう》[八]、是生《ぜしやう》滅法《めつぽふ》、生滅滅已《しやうめつめつい》、寂滅為楽《じやくめつゐらく》の四句の音を移されたれば、これを聞く人おしなべて、無明長夜《むみやうぢやうや》[九]の夢を覚まし、発《ほつ》[一〇]心菩提《しんぼだい》の岸に到《いた》る。

釣鐘供養のところ

一 仏前に祈願の言葉を述べる時、はじめに打ち鳴らす鐘。

二 善い果報を招く種。秀郷が龍宮の鐘を寄進した善根の果報として。

三 浄土における最上位の蓮《はす》のうてなに往生する意。

四 生死の苦を繰り返す三種の迷いの世界。

五 全世界のあらゆる生き物が平等に利益を受けて生死の迷いを離れ、すみやかに悟りを開くことを願うという意味の願文。

六 法会の功徳《くどく》を自他の悟りにさし向けようという願いをこめた回向文《ゑかうもん》を聴聞するにつけても。

七 心からありがたく思って流す涙。

八 すべての作られたものは無常である。それは生じては滅びる性質のものである。その生じては滅びる、それらの静まることが真の安楽であるという意。『涅槃経《ねはんぎやう》』に説く四句の偈《げ》（経文の中の詩形式の言葉）。

九 煩悩《ぼんのう》のためにいつまでも迷いの世界をさまよってゆくことを長い夜にたとえた語。

一〇 仏道修行の心を起し、悟りの境地に到る。

一一 仏法の衰えた末法の世の中では不思議な出来事であった。

一二 以下の三井寺の由来を語る話は『今昔物語』『古《こ》

三井寺の縁起由来

まことに[一一]末代不思議の奇特《きどく》なり。

[一二]そもそも当寺草創の[一三]濫觴《らんしやう》をとぶらへば《たずねてみると》、昔人皇《にんわう》三十九代天智天皇の御時、この湖に近き大津に都を移し給ふ。ここに帝《みかど》御夢の告《つげ》ましますにより、皇子《わうじ》大友《おほども》の太子に詔《みことのり》して、[一四]さざなみや志賀の花園に霊地を占め一《いつ》の伽藍《がらん》を建立《こんりふ》し、[一五]丈六の弥勒薩埵《みろくさつた》を安置せらる。その名を寿福寺《じゆふくじ》と号《がう》す。その後、皇子大友[一六]事に遇《あ》うて隠れ給ひしかば、その御子与多王《よたのおほきみ》帝へ奏し申しつつ、かの寺を移して、父の家跡《あと》に造りつつ、園城寺《をんじやうじ》と改め給ふ。この寺の傍《かたはら》に清潔なる岩井の水あり。この水をもつて、天智、天武、持統、三代の帝の御産湯《うぶゆ》に用ゆる故《ゆゑ》に、[一七]御井《みゐ》寺とも申すなり。

かくて星霜《せいざう》を経《ふ》ること、やうやく二百年になんなんたり《なろうとした》。時に[一八]智《ち》証《しよう》大師と申して有徳碩学《いうとくせきがく》の名僧まします。[一九]この人は弘法大師の御《おん》甥《をひ》、[二〇]讃州那賀《さんしうなか》の郡《こほり》の住人宅成《いへなり》の嫡男《ちやくなん》なり。[二一]竹馬の頃よりもその相世《その人相が普》人にすぐれ《通の人とちがって》、[二二]両の御眼《まなこ》に各々《おのおの》瞳《ひとみ》二つぞおはします。御年十四にて

今著聞集《こんちよもんじゆう》』等の諸書に見える。

一三 物事の始まり。起源。『孔子家語《こうしけご》』から出た語で、揚子江も源に遡《さかのぼ》れば觴《さかずき》を濫《うか》べるほどの細い流れであったということから、流れの源を意味した。

一四 琵琶湖の西南沿岸地方の古名で、「志賀」の枕詞となった。「志賀の花園」は、天智天皇の皇居、大津宮のこと。

一五 一丈六尺（約四・八メートル）の略。仏像の標準的な高さとされる。

一六 事件にあって亡くなられたので。弘文二年（六七二）、壬申《じんしん》の乱で大海人《おおあま》皇子（後の天武天皇）と争って敗れ、自害したことをいう。

一七 天皇の御産湯に用いた井であることから「三井」を「御井」の意と解釈したのであるが、一般には、三代の帝の産湯ということで「三井」と呼んだとされている。

一八 延暦寺第五代の座主《ざす》円珍《えんちん》のこと。智証大師は諡《おくりな》。寛平三年（八九一）寂《じやく》。園城寺の開基。

一九『今昔物語』巻十一の説話では、智証の母が弘法大師の姪《めい》であったとする。

二〇 讃岐《さぬき》の国（香川県）。

二一 竹馬に乗って遊ぶような時期。幼年時代。

二二 一二七頁にも、平将門は左の眼に瞳が二つあったと述べている。瞳が二つあるのは並々の人でない顔相を意味するのであろう。

都に入り給ふ。十五歳にて叡山《えいざん》に登り、天台座主《ざす》義《ぎ》真和尚《しんくわしやう》[一]の門弟として髪を剃《そ》り、三密瑜伽《さんみつゆが》[二]の道場の中に、一乗円頓《いちじようゑんどん》[三]の教法を極《きは》め給ふ。

その後仁寿《にんじゆ》三年の秋の頃、求法《ぐほふ》のために入唐《につたう》し給ふところに、悪風俄《には》かに吹き来たつて、海上の御船たちまちに覆《くつがへ》らんとせし時、大師、舷《ふなばた》に立ち出でて、十方を一礼《らい》し、誓請《せいしやう》[四]をなし給へば、仏法護持[五]の不動明王、金色《こんじき》の身相《しんさう》を現じ、船の舳《へさき》に立ち給ふ。また新羅《しんら》大明神まのあたり船の艫《とも》に化現《けげん》して、みづから舵《かぢ》を取り給ふ。これによつて御船恙《つつが》なく明州《みやうじう》[六]の津に着きにけり。御在唐六か年のその間、国清《こくせい》[七]寺《じ》の物外《もつぐわい》、開元寺《かいげんじ》[八]の良諝《りやうしよ》、青龍寺《しやうりゆうじ》[九]大徳、興善寺《こうぜんじ》[一〇]の智慧輪《ちけいりん》、かかる名徳高僧に顕密《けんみつ》[一一]の奥義《あうぎ》を学び、玄旨を極め給ひつつ《奥深い所まで身におつけになり》、天安二年に至つて御帰朝ましましけり。

かくて御法流盛んにして《その教えは世にひろまって》、一朝[一二]の綱領《かうれい》四海の倚頼《いらい》として、宝祚《ほうそ》の護持をなし給ふほどに《天皇の位の安全をお祈りになったので》、帝《みかど》より詔《みことのり》して、園城寺を賜はりけり。大師園城寺に入らせ給ふ時、一人の老僧立ち出でて、名のりて言はく、

一 比叡山を開いた伝教大師の高弟で第一代の座主。
二 行者の三密（身《しん》・口《く》・意の三業《ごう》）を仏の三密と相応融和せしめる真言の行法のこと。
三 『法華経』によって天台宗が説く一乗真実の教え。
四 神仏に誓いを立てて加護を祈る言葉。
五 『今昔物語』の説話には、智証大師が比叡山で修行していた頃、金色の不動明王が現じて、その形を写させたという話が載っている。
六 唐代に置かれた中国東南部の州名。『今昔物語』説話では、福州（福建省）連江県の辺に着いたとある。
七 浙江省《せつこうしょう》の天台山にある寺。大師はここで物外の『摩訶止観《まかしかん》』の講義を聞いたという。
八 唐の玄宗皇帝の勅により各州に建てられた寺。ここは越州の開元寺。ここで良諝に天台を学んだ。
九 唐代の首都長安にあった寺。ここで法全大徳より瑜伽《ゆが》の密旨を受けた。
一〇 同じく長安の大興善寺。ここで智慧輪より密教を学んだ。
一一 顕教と密教。言語文字の上に明らかに説き示された教えと、その境地に達した者以外には窺い知ることのできない深遠な教え。
一二 朝廷全体のかなめ、国中のよりどころとして。
一三 近江の国の人という。『今昔物語』説話では弥勒菩薩の化身とある。「和尚」は宗旨によって「おしょう」（禅宗・浄土宗）「くわしょう」（天台宗・華厳《けごん》宗）「わじょう」（真言宗・律宗）とよむ。

「われはこれ教待和尚《けうだいくわしやう》[一三]と言ふ者なり。この寺に住して、大師を待つこと二百余歳」と言ひ終つて、四至《しじ》[一四]の券契《けんけい》を授けて、虚空《こくう》をさして飛び去りぬ。大師は奇異の思ひをなし、この寺に住持《ぢゆうぢ》して、真言秘密の教法を行ひ給ふ。

大講堂は八間四面、三重一基《いつき》の宝塔、七間四面の阿弥陀《あみだ》堂、四足《しそく》[一五]一宇《いちう》の宝殿には山王権現勧請《ごんげんくわんじやう》[一六]す。唐本《たうほん》[一七]の一切《いつさい》経七千余巻をば唐院にこめ給ふ。そのほか今熊野御社《みやしろ》[一八]、護法善神《ごほふぜんじん》[一九]の御拝殿、普賢《ふげん》堂、青《しやう》龍院《りゆうゐん》[二〇]、尊星王塔《そんじやうわうたふ》[二一]、大法院[二二]、四面の回廊、十二間の五輪院[二三]、すべて堂舎の数は六百三十余、仏の数は二千体、清浄堅固《しやうじやうけんご》の霊地なれば、大師この寺の井花《せいくわ》[二四]の水を汲《く》んで、三部灌頂《さんぶくわんぢやう》[二五]の閼伽《あか》として、慈尊三会《さんゑ》の暁を待ち給ふ故《ゆゑ》に、三井寺とは申すとかや。

かほどめでたき道場《これほど見事な仏法修行の寺が》、いかなる《どのようなわけで》ことの子細によつて回禄《くわいろく》[二六]に及ぶぞと言へば、かの大師御入滅ましまして後《智証大師がお亡くなりになってから後に》、御門徒《三井寺一門の》の大衆《だいしゆ》、戒壇興隆[二七]のことを申し行ひしによつて、山門《比叡山の》の大衆嗷訴《がうそ》[二八]をなし、柔和忍辱《にうわにんにく》[二九]の

一四「四至」は所有地の四方の境界。「券契」は土地の権利を証する文書。寺域の権利書の意である。
一五 四足形式の一棟《むね》の宝殿。「四足」は四足門のように、二本の主柱の前後に二本ずつの副柱のある建築様式をいうか。
一六 比叡山の守護神である日吉《ひえ》神社の祭神。「勧請」は神仏の分霊を他の地に移し祀《まつ》ること。
一七 唐から渡来した大蔵経《だいぞうきょう》。
一八 熊野神社の分霊を祀った社。
一九 四天王、十二神将など仏法守護の善神。
二〇 長安の青龍寺に擬《ぎ》して造られた御堂。
二一 北斗七星の本地である妙見菩薩を祀る塔。
二二「大宝院」が正しい。
二三『源平盛衰記』巻十六「三井寺焼失事」に「四面回廊五輪院、十二間大坊」とある。
二四 後夜《ごや》の時刻（午前二時から四時頃）に汲んだ井戸の水。最も清冷な水として清浄視された。
二五 天台密教で行う儀式の一つ。「閼伽」は仏に供える清水や香水《こうずい》。
二六 火災にあうこと。「回禄」は火の神の名。
二七 僧侶に戒を授ける儀式を行うための壇。園城寺が比叡山と別に独自の戒壇を建てようとしたことから叡山と園城寺との間に争いが絶えなかった。
二八 寺社の僧徒や神人《じにん》が集団で示威行為をし、朝廷に訴えること。
二九 温順で怒らず耐え忍ぶ心を仏の衣にたとえた語。

衣《ころも》を着し、志賀、唐崎に駈《か》け合うて、あるいは討たれ、組んで落ち、道場に血をあへし《修行の聖域に血を流し》、[一]修羅《しゆら》の巷《ちまた》となすことは、[二]法滅の基《もとゐ》と、あさましかりし《嘆かわしいことである》事どもなり。

下

さても田原藤太秀郷《たはらとうだひでさと》は[三]下野《しもつけ》の国に居住して、国中《こくちゆう》を治めしかば、その勢ひ近国に振ひけり。かかりけるところに《ちょうどそのような時期に》、[四]下総《しもおさ》の国相馬《さうま》の郡《こほり》に将門《まさかど》といふ人あり。この人は桓武天皇《くわんむてんわう》の御末、[五]葛原《かつらはら》の親王には四代の孫《そん》、[六]鎮守府《ちんじゆふ》の将軍良将《よしまさ》が子なり。承平五年二月、伯父《はくふ》[七]常陸大《ひたちのだい》掾国香《じようこつか》を討つて、勢ひやうやく八州を呑み《その勢力は次第に関東八カ国を制圧し》、相馬の郡[八]磯橋をかぎりて《境として》王城を構へ、わが身みづから平親王《へいしんわう》と号し、百臣を召し使ふ。[九]舎弟御厨《みくり》の三郎将頼《まさより》をば下野守《しもつけのかみ》、同次郎大葦原《おほあしはら》の将平《まさひら》をば上野介《かうづけのすけ》、同五郎将為《まさため》をば下総守《しもふさのかみ》、同六郎将武《まさたけ》をば伊豆守《いづのかみ》、[一〇]多治見《たぢみ》の経明《つねあきら》をば

一 戦争や争乱の場所。「修羅」は闘争の絶えない「修羅道」の略。

二 仏法の滅びる原因。

三 秀郷は延喜十六年（九一六）に罪を得て配流されたが、のち許されて下野押領使《おうりようし》（国内の反乱鎮圧のために置かれた官）となった。

四 茨城県中南部から千葉県北部へかけての地域。『節用集』類に「シモヲサ」とある。

五 桓武《かんむ》天皇の第三皇子。天長二年（八二五）平朝臣の姓を許され臣籍に降下。桓武平氏の祖となった。

平将門、関東にて反乱を起す

六 奈良・平安時代に陸奥《むつ》の国で蝦夷《えぞ》地の経営に当った鎮守府の総指揮官。

七 「掾」は国府の官制で守《かみ》、介《すけ》に次ぐ第三等官。「国香」は普通「くにか」とよむ。

八 「磯橋」の地名未詳。『将門記《しようもんき》』には「撨橋《ウキハシ》ヲ以テ号シテ京ノ山崎トナシ、相馬ノ郡大井ノ津ヲ以テ号シテ京ノ大津トナサム」と将門が布告したとあり、『今昔物語』は「撨橋」を「磯津ノ橋」とする。将門が王城を構えた地については諸所にその址《あと》と称する場所があり、確定していない。

九 将門の弟には、将頼、将平、将文、将武、将為の

常陸介《ひたちのすけ》、藤原の玄道《はるみち》をば上総守《かづさのかみ》、藤原の興世《おきよ》をば安房守《あはのかみ》、文屋《ふんや》の好《よし》[一一]かぬをば相模守《さがみのかみ》に補任《ぶにん》せしむ。

秀郷、将門と対面

かくて大軍を催して、帝都へ打ちて上《のぼ》り、日本国の主《ぬし》となるべしとて、その催し《その準備をしているという噂を》ありけるを、藤太秀郷つくづく《注意深くじっと》と聞きて、「げにもまことに大剛《たいかう》[一二]の勇士なる上、猛勢《まうぜい》[一三]を靡《なび》け従へり。この人に同心し《この人と心を合わせて》、日本国を半分づつ管領《くわんれい》[一四]せばや」と思ひて、相馬の郡に下りけり。かしこにも着きしかば、〔将門の〕屋形《やかた》へ人をさしつかはし、「下野の国の住人田原藤太秀郷、御寮《ごれう》[一五]の御目にかかり申したきこと侍《はべ》りて、これまで参りて候ふ」と申しければ、禁門警固の侍《さぶらひ》某《なにがし》、この由を将門に申し上げけり。

折節《をりふし》、将門は髪を乱し梳《けづ》りてゐ給ひしが、いかがおぼしけん、とりあへず大童《おほわらは》[一六]にて、しかも白衣《はくえ》[一七]のままにて中門《ちゅうもん》に出で合ひ、秀郷に対面し給ふ。もとより藤太は目賢《めかしこ》き人《めざとい人だったので》なれば、この有様を見留《みと》めて、はかばかしからず《しっかりした人ではないと》と思ふところに、将門、秀郷をもてなさんために

五人がいる。『将門記』では、将頼、将文、将武、将為を、それぞれ下野、相模、伊豆、下総の守に任じたとし、将平の名は出てこない。『今昔物語』も同じ。
一〇 以下は将門の腹心の家来。
一一 『将門記』『今昔物語』ともに「好立《ヨシタツ》」とする。
一二 九一頁注一四参照。
一三 勇猛な軍勢を自分の支配下に置いているの意。
一四 支配しよう。「管領」はわがものにすること。
一五 貴人や、その子息・子女を敬っていう語。
一六 髪の結びが解けて乱髪になっていること。
一七 「白衣」は下着。
＊ 将門の乱については事件後まもなく成立した『将門記』があって、その全貌を伝える。その後の主要な資料としては平安末期の『扶桑略記《ふそうりゃっき》』『今昔物語』があり、さらに中世に入ると、さまざまな伝説が生じて、説話集や軍記物の諸書に載せられている。一方、関東を中心に民間に伝わる口碑も非常に多い。そのような文献・口承の両方にわたる諸伝説を集成し、整理した研究に、梶原正昭・矢代和夫共著の『将門伝説』がある。

秀郷、都へ上り将門の謀叛を注進

[一]椀飯《わうばん》をかき据《す》ゑて、これをすすむ。将門の食ひ給ふ[二]御料《ごれう》、袴《はかま》の上に落ち散りけるを、みづから払ひ拭《のご》はれたり。藤太心中に思ふやう、これはひとへに《まったく》卑《いや》しき民《たみ》の振舞ひなり。さてあまり[三]軽忽《きやうこつ》至極《しごく》なれば、日本の主《あるじ》とならんこと、思ひもよらぬことなるべしと、初対面に心変りし、申し語らふべき言葉も出ださず《親しく相談しようと思っていたのもやめて》、うとみはてて《すっかりあいそを尽かして》ぞ帰りける。

[四]それよりも秀郷は、夜を日に継いで都に上《のぼ》り、参内《さんだい》申して、奏聞《そうもん》申しけるやうは、「相馬の小次郎将門が[五]叛逆《ほんぎやく》を企て、東《とう》八か国を横《わう》領《りやう》し、あまつさへ軍勢を催し、王城へ打つて上るべしと、結構仕り《計画しており》侍《ます》るなり。すみやかに追討使を下さるべし。もし事[六]緩怠《くわんたい》に及ばば、ゆゆしき朝家の御大事とまかりなり候ふべし《朝廷にとって容易ならざる大事件となるにきまっております》。それにつき候ひては秀郷が身[七]不肖《ふせう》に候へども、一方の大将をも宣下《せんげ》せられ候はば、ともかくも謀《はかりごと》をめぐらし、誅伐《ちゆうばつ》仕るべき」由申しければ、帝《みかど》大きに驚かせ給ひて、[八]公卿《くぎやう》、殿上人《てんじやうびと》を召され、このことはいかがあるべしと《将門誅伐をどのようにしたらよいかと》の僉議《せんぎ》まちまちなり。

一 飯器に盛った飯。「わんはん」の変化した語。
二 貴人の衣服や飲食物などをいう語。
三 「軽忽」は軽々しくて落ち着きのないこと。
四 そういうことがあったので。「も」は強意の副助詞。将門との対面によって秀郷の心が決ったことを強調的にいったのである。
五 反逆。「ほん」は「叛」の慣用音。
六 なまけ怠ること。なおざりにすること。
七 似合わしくない者。未熟な者。
八 「公卿」は大臣、大中納言、参議および三位以上の朝官。「殿上人」は清涼殿《せいりようでん》の殿上の間に昇殿を許された人で、四位・五位以上の人と六位の蔵人《くろうど》。「公卿、殿上人」で朝政にたずさわる高級官人全員の意となる。

* 秀郷と将門の対面、将門の応対ぶりを述べる話は古いところでは『吾妻鏡』治承四年九月十九日条と『源平盛衰記』巻二十二に見える。『吾妻鏡』と古絵巻は将門が乱髪に烏帽子《えぼし》をかぶって対面したと記すだけであるが、『盛衰記』になると本書と同じ内容で、文章も類似している。『盛衰記』では、東国で挙兵した源頼朝のもとに参じた上総《かずさの》介弘経《すけひろつね》が、頼朝の慎重な態度と比較して将門のことを述べているのであるが、『平家物語』には、やはり頼朝と比べて木曾義仲の無骨《ぶこつ》ぶりを描いた「猫間《ねこま》」の話がある。食事の様子を描写している

点も共通しているので、本話はこの「猫間」の影響も受けているのかもしれない。

秀郷、将門追討を命じられる

その上、将門叛《ほん》逆《ぎやく》の事、東国より重ねて奏聞申しければ、「この上は猶予《いうよ》すべからず。秀郷は東国の案内《事情を》を存じたる者なれ《知っているものであるから》ば、まづ彼を討手

秀郷、将門追討の宣旨を承るところ

にさし下され、その後大勢の討手をつかはさるべきか《遣わすのが適当ではないか》」とありしかば、「この儀もつともしかるべし《そうするのがいちばんよい方法だろう》」とて、すなはち《すぐに》藤太を禁庭《きんてい》[九]に召され、「今度梟賊《けうぞく》[一〇]追伐の事、しかしながら《まったくお前の計略を》汝が謀《はかりごと》を頼みおぼしめ《帝は頼みに思ってい》すなり《らっしゃる》。急ぎまかり下りて、よくよく手段《てだて》をめぐらし、逆臣《げきしん》を誅伐《将門を滅》し《ぼし》、君豊かに民安からしめよ。勲功は功によるべし《恩賞はてがらのたて次第である》。いかさま《かならず》諸軍勢をばば重ねて後《あと》より下さるべし。汝《なんぢ》は夜を日に継ぎて、急ぎ下るべ

九 宮中、御所のこと。

一〇 「凶賊」ともとれるが、底本の仮名づかいに従って「梟賊」とした。獄門の刑に当るほどの賊。「梟」には強く勇ましいの意もあるが、首を獄門に掛けることを「梟首《きようしゆ》」というところから「梟賊」といったのであろう。

* 史実では将門追討の将軍として都から進発したのは藤原忠文《ただふみ》で、秀郷と貞盛はその頃関東で将門と戦っていたのであるが、『平家物語』巻五「五節の沙汰」では、貞盛・秀郷が追討のためにまず発向し、重ねて忠文が下ったとしている。古絵巻はそれに近く、秀郷・貞盛の両名が大将軍の宣旨を蒙《こうむ》り、さらに忠文が副将軍に任じられて下向したと述べている。本作のように、秀郷が都へ上って将門の反逆を注進し、みずから討手を願い出たというのは、秀郷を主役に引き立てるための新たな虚構なのであろう。

秀郷、三井寺に武運を祈願し関東へ下る

し」とのたまへば、藤太宣旨《せんじ》を承り、一弓矢の面目《めんぼく》何事かこれにしか《これ以上のものはないと》んと、勇みをなして《勇気百倍して》退出す。

さらば《それでは》時剋《じこく》をめぐらさず《時を移さず》、急ぎ下るべしとて、都をばまだ二夜をこめて、三白川《しらかは》や四粟田口《あはたぐち》をもうち過ぎて、五日岡峠《ひのをかたうげ》にさしかかれば、夜はほのぼのと明けにけり。六四の宮河原をよそに見て《横目で見て》、七関の山路《やまぢ》にさしかかり、三井寺に参りつつ、講堂の御前《おまへ》に頭《かうべ》を傾《かたぶ》け、「南無《なむ》や弥勒《みろく》

秀郷、新羅大明神の社頭で祈願するところ

大菩薩《だいぼさつ》、このたびもし秀郷が敵《かたき》のために討たるるとも、頼みをかけし一念《深くお願いして仏を念じた》の功力《くりき》によりて《その功徳により》、八三悪道《さんあくだう》に返し給ふな」と祈念し、それより九新羅《しんら》大明神

一 武士としての名誉。
二 夜中のうちに出発して。「夜をこめて」の下に「出で立ちて」といった語が略されている。
三 京都市左京区の白川（鴨川《かもがは》の支流）の流域一帯。
四 京都市東山区。白川の東。東海道山科《やましな》から京への入口。
五 粟田口から山科へ通ずる坂道。
六 京都市東山区四ノ宮川原町。逢坂山《おうさかやま》の西麓《せいろく》。
七 逢坂の関のある逢坂山のこと。
八 悪業の報いで来世におちる三つの悪世界。地獄道・餓鬼道・畜生道の三つ。
九 一〇九頁注一二参照。
＊ 朝廷が将門調伏の祈禱《きとう》を諸所で行わせたことは史書に記録されていて史実であるが、後に将門の死を調伏と結びつける種々の伝えが生れた。たとえば、尊意僧正《そんいそうじょう》が修法《ずほう》の時に灯明の炎の中に弓矢を帯びた将門の姿が現れたとか（『真言伝』『保元物語』）、浄蔵《じょうぞう》もまた、灯明の上に武装した将門の姿が見えると同時に、鏑矢《かぶらや》の響きが東をさして過ぎるのが聞えた（『真言伝』『今昔物語』『古事談』等）とかいう類である。
一〇 神仏に帰依し、頭を地につけて礼拝すること。神仏に対する願いの言葉のはじめに用いる文句。
一一 「丹心」はまごころのこと。「赤心《せきしん》」ともいう。
一二 神のみ心。神も秀郷の祈願を受け入れられて。

の御前に参り、「[一〇]帰命頂礼《きみやうちやうらい》大明神、願はくは藤太が謀《はかりごと》に御力を添へられ、なんなく敵《かたき》をうち平らげ、君も豊かに民栄え、国土安全長久の御世となし給へ《国中が安らかでいつまでも栄える御世として下さい》。しからばわれらが一門永く当社の氏子《うぢこ》となつて、社頭に頭《かうべ》を傾けたてまつるべし《この社を深く信仰いたします》」と、[一一]丹心《たんしん》の誠をぬきんでて《まごころを人一倍表して》、しばらく祈り給へば、誠に[一二]神慮《しんりよ》も御納受《なふじう》ましまし、御風なうして《風もないのに》、御前の[一三]戸帳《とちやう》もゆらめき、左右《さう》に向へる[一四]獅子《しし》、狛犬《こまいぬ》も動く気色《けしき》に見えければ、藤太有難く尊くおぼえて、信心再拝す《信心の心を起し再拝した》。それよりも藤太は駒に鞭《むち》を打つて、東国さして下りける。

朝廷にて将門調伏の法を行う

さるほどに、内裏には公卿僉議《せんぎ》ましまして、今度《こんど》将門が乱逆《らんぎやく》について、仏神《ぶつじん》の擁護《おうご》を頼まずは、すみやかに[一五]静謐《せいひつ》すべからずとて、諸寺諸山の[一六]碩徳《せきとく》におほせて、[一七]調伏《てうぶく》の法行はせられ給ふべしとて、まづ天台座主《ざす》[一八]法性房《ほつしやうばう》の阿闍梨《あざり》尊意僧正《そんいそうじやう》は比叡山に壇を構へ、[一九]大威徳《だいいとく》の法を行はる。[二〇]雲居寺《うんごじ》の浄蔵貴所《じやうざうきしよ》は[二一]横川《よかは》に壇構へて、[二二]降三世《がうざんぜ》の法を行はる。根本《こんぽん》中堂には碩徳[二三]こんさを焚《た》き、[二四]美作《みまさか》の明達《めいたつ》は神宮寺に壇を構

一三 神仏の厨子《ずし》の前に垂らしてある帳《とばり》。
一四 獅子・狛犬は社殿の前に左右対《つい》にして置かれている獣の像。魔除けとされた。
一五 世の中がおだやかに治まること。
一六 学徳ともに高い僧。
一七 祈禱によって敵を屈伏させること。「調伏の法」は調伏のための修法。
一八 第一三代天台座主。「法性房」は尊意僧正の号。「阿闍梨」は朝廷から僧侶に与えられる称号。
一九 五大明王の一つである大威徳明王を本尊として修する行法。
二〇 浄蔵は三善清行《みよしきよゆき》の第八子。比叡山で受戒。有験《うげん》の僧として重んじられ、諸書にその事蹟を載せる。「貴所」は尊称。浄蔵は康保《こうほ》元年（九六四）雲居寺（京都市東山区下河原町にあった）で寂《じやく》した。
二一 比叡山の根本中堂の北方にある横川谷の峰にある堂塔をいう。東塔《とうどう》・西塔とともに三塔の一。
二二 降三世明王（五大明王の一つ）を本尊とする修法。
二三 「こんさ」は「護摩《ごま》」の誤りか。「護摩を焚く」は不動明王や愛染明王の前で護摩木を焚いて行う密教の修法。
二四 明達は延暦寺の学僧で尊意の弟子。『扶桑略記《ふそうりやつき》』によると明達は美濃中山南神宮寺で四天王法を修したとある。美作は美濃の誤りであろう。「神宮寺」は神仏習合思想に伴って神社に付属して設置された寺院。

へて、[一]四天王の法を行はる。これ皆朝家[二]有《う》験《げん》の碩徳なれば、行法《ぎやうぼふ》いづれも成就《じやうじゆ》して、朝敵滅亡疑ひあらじと、頼もしくぞおぼえける。

かくて東国の討手には、源平両家の氏《し》族《ぞく》の中に、[三]文武二道の器量を選んで、[四]大将軍の宣旨を下され、[五]節刀《せつたう》を賜はるべしとて、まづ[六]宇治《ぢ》の民部卿《みんぶきやう》藤原の忠文《ただふん》を召さる。また鎮守府の将軍国香《くにか》が嫡男《ちやくなん》、[七]上《じやう》平太《へいた》貞盛、父が武勇《ぶよう》を継いで、ことさら[八]多勢《たせい》の者なれば、副将軍にぞ召されつる。それ《いったい》将軍に節刀を賜はり、外土《都の外へ出征する時には》へ赴くには、定まれる儀式の侍れば、[九]主上《しゆしやう》[一〇]南殿に出御《しゆつぎよ》なる。[一一]関白殿はおのの殿《でん》に出でさせ給ふ。大臣は九条殿、そのほか大納言、中納言、[一二]八座七弁、諸司[一三]八省、階《かい》《階段に場所をしめ》に陣を張り、[一四]中儀《ちゆうぎ》の節会《せちゑ》を行はれ、節刀を出ださる。時に大将軍、副将軍、威儀を正しくして参内し、礼儀をなして、これを賜はり、[一五]弓場殿《ゆばどの》の南の小門より、ゆらめいて《ゆっくりと》出でらるる。いかめし《大規模でおご》かり《そかな》し有様なり。

時は[一六]朱雀院《すざくゐん》の御宇《ぎよう》、天慶《てんぎやう》三年正月十八日[一七]巳午《みむま》の剋《こく》の事なるに、今

将門征討軍発向

一 四天王を本尊として、同一の壇で行う修法《ずほう》。四天王については一二九頁注六参照。
二 祈禱《きとう》などで験力《げんりき》のある僧。
三 文武の両面にわたって力量のあるすぐれた人物。
四 朝廷に反抗する賊軍を征伐する官軍の総指揮官。
五 天皇から出征の将軍に任命のしるしとして賜る刀。底本には「せつとを給はるへし」とある。
六 藤原忠文《ただふみ》は宇治に別荘があったので宇治民部卿と呼ばれた。「民部卿」は民部省の長官。
七 普通「常平太」と書く。貞盛の通称。常陸《ひたち》の国の平氏の太郎（長男）の意。
八 領地が広く多くの郎等《ろうどう》をかかえている武士。
九 天皇の尊称。古くは「しゅしょう」と清音。
一〇 紫宸《ししん》殿（内裏の正殿）の別称。
一一 誤写があるらしく文意が通じない。「おのの殿」は小野の宮殿（藤原実頼《さねより》）のことか。
一二 「八座」は参議のこと。定員が八名のところからいう。「七弁」は七人の弁官の総称。
一三 令制《りようせい》で太政官《だいじようかん》に属する八つの中央行政官庁。
一四 朝廷の儀式に大中小の別があり、「中儀」は六位以上のものが列席する。
一五 紫宸殿西廂《ひさし》の西に弓場が設けられていた。
一六 八九頁一行参照。「しゅじゃく」「すじゃく」ともよむ。
一七 午前十時から十二時の間。

日諸[一八]大将、朝敵追伐のために東国へ発向せらるる由聞えしかば、近《都の》きあたりは申すにや及ぶ《近辺はいうまでもなく》、遠国他国の道俗男女《なんにょ》、上下聞き及ぶに従つて、[一九]袖《そで》をつらね踵《くびす》をついで、われもわれもと巷《ちまた》に群集《くんじゅ》す。都をこの平安城へ移されてより以来《このかた》、いまだ[二〇]四海の逆浪《げきらう》もなければ、武士は弓矢を知らざるがごとし。今はじめて[二一]干戈《かんくわ》を動かす珍しさに、馬、[二二]物の具、太刀《たち》、刀《かたな》、あたりも[二三]かかやくばかりに出で立ちければ、い《どれ》づれもゆゆしき《をとってもすばらしい》見物《けんぶつ》なり《みものだった》。

[二四]路次《ろし》に少しも障《さは》りなければ、多くの難所《なんじょ》を馳《は》せ越えて、やうやう二月《きさらぎ》のはじめには駿河《するが》の国[二五]清見が関に着きにけり。ここにして大将忠文はしばらく休《やす》らひ、富士の絶景、[二六]三保《みほ》の入海、[二七]田子《たご》の浦の眺望《てうばう》を見物し給ふ。折節、[二八]清原の滋藤《しげふぢ》といへるし[二九]つくり大将軍にて侍りしが、この浦の有様を感じて、「[三〇]漁舟《ぎょしう》の火の影はすさまじうして波を焼く、駅路《えきろ》の鈴の声夜《よる》山を過ぐる」と作られければ《漢詩を詠んだので》、大将も士卒も感涙をなして、喜びの袖を濡《ぬ》らし給ふ。

一八 前出の大将軍藤原忠文と副将軍平貞盛。
一九 後から後からと人が続くこと。
二〇 国の中に大きな兵乱もなかったので。
二一 干《たて》と戈《ほこ》のことで、武器、武力の意。「干戈を動かす」は戦争を始めるということ。
二二 鎧《よろい》、兜《かぶと》などの武具。
二三 九一頁注一三参照。
二四 道の途中。
二五 静岡県清水市興津《おきつ》にあった古関。
二六 同じく清水市の三保半島に囲まれた入海。
二七 静岡県東部、駿河湾に注ぐ富士川河口付近の海岸。
二八 伝未詳。
二九 「し」は「者」の誤りとすることができるが、「つくり大将軍」は意味が分らない。『平家物語』巻五「五節の沙汰」には「清原滋藤、軍監《ぐんけん》（副将軍の次の官）といふ官を給はつて」とある。
三〇 『和漢朗詠集』下の杜荀鶴《とじゅんかく》の詩を借りたもの。「すさまじうして」は「寒《さむ》うして」が正しい。

貞盛、大軍に先がけて東国へ向う

ここに副将軍平の貞盛は家の子[一]郎従《らうじゆう》を近づけ、「汝《なんぢ》らは何とか思ふ。かくて大軍と同じく路次《ろし》《道中に》に日数を経《ふ》るならば、大事の詮《せん》[二]にはあ《間に》ふべからず《あわなくなろう》。ことさらこの将門は朝敵たる上に、わが身のためには親の敵《かたき》なれば、自余《じよ》にぬきんでて《他人に先がけて》、勝負を決せずしては叶はぬ儀な《決戦をいどまなくては自分の望みが達せられな》り《いのだ》。かの藤太は謀《はかりごと》賢き者なるが、先陣に向うたり。もし彼《かれ》一人の高名《かうみやう》となしなば、われら弓矢《われわれ武士の》の瑕瑾《かきん》《恥であろう》なるべし。しかる時は、悔《く》ゆとも益あらじ。いざやここを馳《は》せ過ぎて、夜を日に継ぎて、藤太が勢《せい》に加はらん」とのたまへば、兵《つはもの》ども「げにもこの儀もつともなり」と申して、

貞盛、箱根を越えるところ

一 本来は「家の子」は惣領《そうりよう》の一族、「郎従」は血縁関係のない従者であるが、あわせて家来たちという意味で使われることも多かったようである。

二 肝要なところの意。

＊ 忠文・貞盛が節刀（一二二頁注五参照）を賜ること、東国発向、清見が関での詠詩のことの一連の記事は『源平盛衰記』巻二十三「朝敵追討例」の叙述とほぼ同じである。しかし、貞盛・将門の対戦から後の運びは、部分的には種々の将門説話を材料にしているが、本作独自の脚色と思われる所が多い。『将門記《しようもんき》』『今昔物語』『源平盛衰記』等に記されている将門と貞盛・秀郷連合軍との決戦の模様は、はじめ将門側が追い風を受けて優勢であったが、多勢《たぜい》に無勢《ぶぜい》、その上風向きも変って形勢が逆転した。また、将門には天罰が当って人も馬も行動の自由を失ったと述べている。かくして、将門は乱戦の中で矢に当って最期《さいご》を遂げたというのである。『太平記』巻十六「日本朝敵ノ事」には、将門は体が鉄身であったので、弓矢も剣も役に立たなかったが、公卿が僉議《せんぎ》して、鉄《くろがね》の四天王を作り調伏《ちようぶく》の修法《ずほう》を行ったところ、天から白羽の矢一筋が降って、将門の眉間《みけん》に立ち、ついに秀郷に首を取られたとあって、本作にやや近い話になっている。古絵巻は『将門記』『今昔』『盛衰記』等に近く、ただ将門を射たのを秀郷の子千常

駒を早め打ちけるほどに《馬にむちうって急ぐうちに》、足柄箱根のさがしき《けわしい》山路《やまぢ》を、朧《おぼろ》月夜にた《よろ》じたじと《よろしながら》、駒にまかせて急ぎけり。

秀郷・貞盛の連合軍、将門と対陣

さるほどに平の貞盛は、官兵二千余騎を従へ、足柄箱根を夜の中《うち》にうち越え、天慶《てんぎやう》九年二月十三日と申すには、武蔵野《むさしの》[三]に着きにけり。ここにして秀郷の勢と合はせて三千余騎、利根川をうち渡して、明くれば二月十四日、下総《しもつさ》[四]の国磯橋[五]に陣を取る。将門この由聞くよりも、〔敵を〕わが城へ入らせては叶ふまじ《たまらないといって》とて、舎弟下野守将頼、同じく大葦原の四郎将平に、上総《かづさ》常陸《ひたち》の勢四千余騎をあひ添へ、同じ日の午《むま》の剋《こく》[六]にかう島の郡《こほり》北山といふ所に〔軍勢を〕出だして陣を取らる《さし向けて陣取った》。

貞盛、敵《かたき》の陣に馳せ寄せ、大音あげて申すやう、「ただ今ここに進み出でたる兵《つはもの》を、いかなる者とか思ふらん。近くは目にも見よ。遠からん者は音にも聞け。人皇《にんわう》[七]五十代の帝の後胤《こういん》、鎮守府の将軍平の国香が一男、上平太《じやうへいた》貞盛なり。梟賊《けうぞく》[八]の乱逆《らんぎやく》を鎮《しづ》めんために、一天《天子様》の《の》君の宣旨をかうぶり、ただ今ここに向うたり《出向いてきた》。土[九]も木もわが大君

としているのが特徴である。秀郷が将門の館に住みこんで小宰相《こさいしやう》と恋仲となり、将門の秘密を知って討ち取るという筋にはなっていない。

三 一般には、入間《いるま》川《がわ》・荒川・多摩川に囲まれた、東京都と埼玉県にまたがる地域をいう。ここもそうであろう。

四 「しもうさ」の古称。この本では「しもふさ」「しもおさ」となっている個所もある。

五 一一六頁注八参照。

六 『将門記』には「辛島」、『今昔物語』には「幸島」とあるが、ともに未詳。

＊ 『将門記』や『今昔物語』では、将門は諸国の兵を帰休させた隙《すき》を、貞盛・秀郷に奇襲されたとあり、それが事実であったようである。『今昔』はこの時の将門の兵力を四百余人と記すが、これも『源平盛衰記』になると四千余騎と十倍にも増えている。

七 桓武《かんむ》天皇のこと。「人皇」は九三頁注一四参照。

八 一一九頁注一〇参照。

九 土や草木に至るまで、この日本は天皇の支配されている国であるから。「草も木もわが大君の国なればいづくか鬼のすみかなるべき」（紀朝雄《きのともお》が鬼に向って詠《よ》んだという歌で、『太平記』巻十六「日本朝敵ノ事」に見える）による。謡曲『羅生門《らしようもん》』ほかには、第一句を「土も木も」として引かれている。

の国なれば、[一]いづくか梟徒《けうと》の住処《すみか》ならん。すみやかに弓を伏せ、兜《かぶと》を脱いで、君の御方に参る《天皇に降参しなさい》べし」と呼ばはりけり。

将頼聞きて、からからとうち笑ひ、「正《まさ》しき兄弟を捨てて君に参《ほんとうの兄弟を見捨てて天皇方に》らば、忠臣とや申すべき《参るような者を忠臣といえるだろうか》。[二]聖代《せいだい》の昔は王位も重くましますらん《天子の位も重みがあったであろう》。当時将門の威勢に、[三]十善《じふぜん》の君と申すとも、いかでか[四]対揚《たいやう》し給ふべき。[五]かつうは軍神《いくさがみ》の御手向《たむけ》に、ただ一矢《ひとや》受けてみ給へ」と言ふままに《言うやいなや》、[六]五人張に十五束《〔やじりを〕》、剣《つるぎ》のやうに磨《みが》いたるを取つて《〔矢を〕》、からりとうち番《つが》ひ《音を立てて弦にあて》[七]かなぐり放《ばな》ちに放ちけり。[八]胸板《むないた》に弦《つる》や塞《せ》かれけん、思ふ矢壺には当らず《ねらった所には矢が当らないで》、貞盛が乗つたる馬の[九]三頭《さんづ》に当つて、づど抜けにけり《すっと向こうへ矢が抜けた》。馬は屛《びやう》風《ぶ》を返すごとくに倒《たふ》れければ、貞盛は[一〇]乗替《のりがへ》に乗つたりけり。将頼、一《いち》の矢を射損じ、安からず《心が穏やかでないので》思へば、[一一]三尺八寸の打ち物抜いて、貞盛を目にかけて《貞盛一人を目標にして》打つてかかる。官軍には[一二]貞盛の兄弟、村岡の二郎忠頼、同じく三郎頼高、余五《よご》の維盛《これもり》、維茂《これもち》なんどとて、[一三]一人当千《いちにんたうぜん》の兵《つはもの》三百余人打つてかかる。敵《てき》の方《かた》よりも、将頼討たすなとて、常陸守《ひたちのかみ》[一四]玄《つる》

一 梟徒の住処はどこにもないはずだ。「梟徒」は獄門の刑に当るほどの悪者。梟賊と同じ。
二 すぐれた天子が治めていたためでたい昔の世。
三 「十善」は仏教でいう十種の悪(殺生《せっしょう》・偸盗《ちゅうとう》・邪《じゃ》淫《いん》・妄語《もうご》・両舌《りょうぜつ》・悪口《あっく》・綺語《きご》・貪欲《とんよく》・瞋恚《しんい》・邪見《じゃけん》)を犯さないこと。前世で十善を行った果報として、この世で天子の位につくことができたというところから「十善の君」という。
四 対抗することができようか。「対揚」は匹敵すること。
五 「かつは」の変化した語。一つには将門の勢いを見せるとともに、一方では軍神に手向けるためにという意。「軍神」は武運を祈る神。
六 九六頁注三・五参照。
七 矢を手荒く急に射放すこと。
八 鎧《よろい》の胸板に弓の弦がひっかかったのであろうか。
九 馬の背の後ろの方で骨が盛り上がって高くなった所。
一〇 乗りかえるために用意してある馬。
一一 約一メートル一五センチ。
一二 以下の忠頼・頼高・維盛・維茂は貞盛の兄弟にはその名が見えない。維茂は貞盛の甥《おい》で、世に余五将軍と称した。
一三 一人で千人にも相当するほどの力をもった武士。
一四 『今昔物語』では「ハルモチ」。「つる」は誤りであろう。

茂《もち》、[一五]武蔵守《むさしのかみ》興世《おきよ》、坂上《さかのうへ》の遂高《ちかたか》以下《いげ》の兵一千余騎、われもわれもと攻め戦ふほどに、山河《さんが》草《さう》木《もく》動揺して、ゆゆ《恐ろし》しかりし有様《いような光景であった》なり。

平親王将門はこの由を聞こしめし、「さほどの奴《やつ》[一六]ばらをわが領内に引き入れて、駒の蹄《ひづめ》をかけさするこそ奇怪《きつくわい》[一七]なれ。かやうの奴ばらを一々《いちいち》に首斬《き》つて捨てん」とて、御着背長《きせなが》[一八]を召されつつ、葦毛《あしげ》[一九]の馬にうち乗つて、鞭《むち》をあげて出で給ふ。その有様まことに世の常ならず《普通の人と違っていた》。丈《たけ》は七尺に余[二〇]りて、五体は悉く《ことごと》金《かね》なり。左[二一]の御眼《まなこ》に瞳《ひとみ》二つあり。将門にあひも《将門と全く同じ姿の》変らぬ人《人間が》体《じんたい》同じく六人あり。されば、いづれを将門と見分けたる者

将門が影武者六人と並んで立ったところ

一五 興世《おきよ》王《おう》と呼ばれ王族であるが系譜未詳。将門の客人となって将門に反乱をすすめた人物。

将門、貞盛軍を破る

一六 やつら。「ばら」は複数を表す接尾語。
一七 けしからぬことだ。
一八 大将の着用する鎧のこと。大形であって、草摺《くさずり》(鎧の胴の下に垂れて腰から下をおおう部分)の長いところからいう。
一九 白毛に黒毛または他の色の差毛《さしげ》のある馬をいう。
二〇 約二メートル一〇センチ。
二一 一一三頁にも、智証大師は両の眼に瞳が二つずつあったと述べている。将門の眼が双瞳《そうどう》であったということは幸若舞曲《こうわかぶきょく》の『信太《しだ》』に見えるが、他には見当らない。

はなかりけり。

　将門打つて出で給へば、将武《まさたけ》、将為《まさため》以下《いげ》の軍兵《ぐんびやう》一千余人、前後左《さ》右《う》に従ひ、寄手《よせて》の真中へ会釈《ゑしやく》[一]もなく打つて入る。その気色《けしき》、魯陽《ろやう》[二]が日を返し、項王《かうわう》[三]が三将を靡《なび》けし勢《いきほひ》にも超えたれば、面《おもて》を合はする敵《てき》もなし。されば、未《ひつじ》[四]の時より申《さる》の刻《こく》に及ぶまで、討たるる官軍八十余人、疵《きず》をかうぶる者数百人、そのほか半《なか》ば落ち失《う》せて、今は戦ふに術《じゆつ》なかりしかば《方法もなかったので》、貞盛は後陣《ごぢん》の勢《せい》を待ちて戦はんと思ひ、その夜武蔵の国へ引き退《しりぞ》きぬ。将門はもとより《本性として》驕《おご》[五]れる人なれば、官軍をあざむき《見くびって》、何ほどの事かあるべしとて、そのまま逃ぐるをも追はず、勝鬨《かちどき》を作りて、城《じやう》の内へぞ入り給ふ。

秀郷、将門に近づく

　さるほどに、藤太秀郷は将門の有様を見て、「これは人間の振舞にはあらず。日本国《にほんごく》を合はせて戦ふとも、この人に勝負をせんことは叶《かな》ふまじ。もとより将門は謀《はかりごと》短うして《欠けていて》、智恵浅き人と聞けば、いかにも方便《はうべん》をめぐらし《てだてを考えて》、たばかり討たんにはしかじ《だまし討ちにするにこしたことはない》」と思ひ、貞

一 「会釈」は本来仏語で、相互に趣旨が異なるようにみえる教えを照らし合せて、実はその間に矛盾がないことを説明する意であるが、転じて、いろいろの方面に気を配ること、言い訳すること、挨拶《あいさつ》することなど、多義に使われるようになった。ここは遠慮もなく攻めこんだの意。

二 中国戦国時代の楚《そ》の人。韓《かん》との戦いの最中に日が暮れたので、戈《ほこ》をもって差し招いたところ、日が戻ったという故事。

三 中国秦《しん》末、楚の人で項羽《こうう》の名で知られる。漢の高祖と天下を争い、漢軍の重囲に陥った最後の戦いで、奮戦して敵の三人の将の首を取った故事をいう。『太平記』巻二十八の「漢楚合戦ノ事」にくわしい。「靡けし」は、思いどおりにした、服従させたの意。

四 午後二時から四時頃まで。

五 いい気になる。増長する。

盛によくよく言ひ合せ《てはずを十分に相談しておいて》、みづからはただ一人、相馬の館《たち》へ行かれけり。将門は藤太に対面して、さまざまにもてなさるる。藤太へつらひて申すやう《〔将門の〕機嫌をとって申すには》、「君の御有様を見るに、まことに四天王[六]の御勢《いきほひ》にも超え給ふ。その上正《まさ》しく葛原《かつらはら》の親王の御子孫にてましませば、十善《じふぜん》[七]の位を践《ふ》み給ふに憚《はばか》りなし。一天四海を治め給はんこと《天下のあるじにおなりになることは》ほど近く候ふべし。物の数には候はねども、この藤太が身をも、一方の御役に召し使はれ候はば、弓矢の本意にて候ふべし《武士として本懐でございます》」と、まことしやかに申しければ、将門、心浅《あさはか》く《にも》喜びて申さるる。「ことに《この上は》各々《おのおの》の力を頼んで、一

秀郷、再び将門と対面するところ

＊『平治物語』流布本の巻下、義朝の首を獄門にかけることを述べる条に、将門の城が容易に落ちないので、秀郷は身をやつして将門をねらったが、いつも容貌の似た兵六人が付いていて、どれが本物か区別できなかった。しかし「ある時秀郷、新米を出だしたりける時、将門を見知りて、つひに是を討つといへり」（文意については一三六頁頭注欄＊印参照）とある。この記事は流布本系統にだけ見えるので、その増補時期に問題があるが、影武者の話としては古いものであろう。

六 須弥山《しゅみせん》の中腹にある四王天の主。帝釈天《たいしゃくてん》に仕え、仏法を守護する神で、東方の持国天《じこく》、西方の広目天《こうもく》、南方の増長天《ぞうじょう》、北方の多聞天《たもん》（毘沙門天《びしゃもん》）をいう。

七 天子の位におつきになることには何の遠慮もいりません。「十善の位」は王位のこと。一二六頁注三参照。

天を治め侍り、先祖のぶきう[一]をかかやかさん[二]と思ふなり。御辺[三]とても先祖を問へば、正しく淡海公《たんかい》[四]の流れぞかし。国土太平の後《のち》は、君臣[五]和合の政《まつりごと》をなすべし」とて、数献《すこん》[六]の興《きよう》に及びけり。ことわりなるかな《それも道理であることだ》。将門はわが身悉《ことごと》く金体《こんたい》[七]なり。敵《かたき》に会うて恐るる所なければ、今藤太が参るをも憚《はばか》り給はぬは、とかう申すに及ばず《用心しないのも当然のことで何も言うことはない》[八]。運命の末とあさましかりし有様なり。

秀郷、将門の寵妃小宰相を恋う

藤太は屋形《やかた》の南なる寝殿を預かりつつ、朝夕ばかり出仕したり。ある時、藤太内侍《うちさぶらひ》[九]へ出《い》でたりしに、年の齢《よはひ》は二十《はたち》ばかりとおぼえし上臈《じやうらふ》[一〇]の、優《いう》[一一]にやさしきが《上品で優美な人が》、西の対《たい》[一二]の簾中《れんちゆう》より見出だし給ふことあり。藤太この有様を一目見まゐらせ、夢現《ゆめうつつ》[一三]やる方《かた》なく、そぞろにおぼえければ、宿所に帰りて、前後も知らず臥したりけり《正体もないありさまで寝こんでしまった》。これや誠に夏の虫の焰《ほのほ》[一四]に身を焦《こ》がす思ひなれば、由なかりける恋路なりと思ひ返せど《どうしようもない恋だとは思い返すけれども》、さすがになほ《そうはいってもやはり》、そよと見そめし《かすかに見そめた》顔ばせの忘れもやらず苦しければ、せめてはかくと知らせなば《せめてこの思いだけでも分ってもらえたら》、死ぬる命も惜しからじと、

一「武勇」または「武功」の誤りか。
二 九一頁注一三参照。
三 あなた。武士が用いる対称の代名詞。同輩またはやや目上の者に対して使う。
四 藤原不比等《ふひと》の諡号《しごう》(おくりな)。奈良時代初期の公卿で藤原氏繁栄の基礎をつくった。大織冠鎌足《かまたり》の子。
五 君主と臣下とが心を一つにして政治を行うこと。
六 酒をくみかわして快く語りあった。「数献」は酒数杯の意。
七 黄金《こがね》でできている体。
八 これで将門の運命も終りだと思うと、彼の浅はかさが情けなく感じられることである。作者の批評の言葉。
九 警固の武士の詰所。
一〇 身分のある女性をいう。貴婦人。二一頁注一六参照。
一一「優」は非常にすぐれていること。「やさし」は姿や振舞いなどにたしなみの深さが感じられるさまをいう語。
一二 寝殿造《しんでんづく》りで主殿の西側にある対《たい》の屋《や》。
一三 頭がぼうっとして、どうしようもなく心がそわそわしてきたので。「そぞろ」はその人の意志を離れてある行為をしたり、ある状態になったりする意。
一四 愚かな者がみずから災いを招くことをいう。

思ひ沈みてゐたりけり。

ここにまた、時雨《しぐれ》と申して、屋形より通《かよ》ひ物する《行き来をする》女房あり。秀郷のもとに来たりて言ふやうは、「御有様を見まゐらするに、ただごとともおぼえず。おぼしめすことあらば、妾《わらは》におほせられ候へかし。力に叶《かな》ふことならば叶へたてまつるべし。御心を置かせ給ふなよ《ご遠慮なくおっしゃって下さい》」と、ねんごろに《細かく心遣いして》申すなり。

秀郷のもとに時雨が訪れたところ

藤太この由聞きて、「嬉《うれ》しくも問ひ寄るものかな《尋ねてくれたものだ》。〔だが〕一五人の心はいさしら雲の余所《よそ》にして、わりなきことを《分別もないことを》語り出だし、とても叶はぬもの《所詮望みがかなわないのに》故《ゆゑ》に、身をなき物となしはてなば《恋のためにわが身を滅ぼしてしまったならば》、後代の嘲《あざけり》なるべし」と思ひめ

＊武人が上臈女房を見初《そ》める話には、源三位頼政《げんざんみよりまさ》とあやめの前、斎藤滝口時頼《ときより》と横笛《よこぶえ》など、軍記物語に色どりを添える有名な物語があるが、秀郷が小宰相《こざいしょう》に恋慕したという話は本書以前の文献に見当らない。しかし、関東の各所に伝わる将門伝説の世界では、桔梗《ききょう》という将門の愛妾をめぐる悲話がある。この女性は将門の寵愛《ちょうあい》を受けていたが、秀郷に内通して将門の秘密を漏らしたことが身の仇《あだ》となって、みずからも非業《ひごう》の死を遂げたという。そして、その屍《しかばね》を埋めた土地の桔梗には花が咲かないという「咲かず桔梗」の伝説を残している。この桔梗という女性は、一説では秀郷の妹で、密命を果した後に、その口を封ずるために兄秀郷によって殺されたともある。これになると浄瑠璃や歌舞伎の筋立風になってくるが、ともかく本書の小宰相の話も、将門をめぐる民間伝承の中に種があったことが考えられる。本作における秀郷の小宰相への思慕は純粋そのもので、源頼政と同様に恋の情けにも通じた中世の理想的な武人像が描かれている。

一五 相手の心がどうなのか分らないのに、それをかえりみないで。「いさ知らず」と「白雲」とを掛け、白雲が余所《よそ》（離れた所）のものである意から「余所にして」に続く。「よそにす」は、おろそかにする、ほうっておく意。

ぐらしける。「かまへて[一]しばしわが心、誰《たれ》か百年の齢《よはひ》を超えし人やある。露[二]とならば閻浮《えんぶ》の塵《ちり》、[三]秋の鹿の笛に寄るも《鹿が猟師の笛に惑わされるのも》、妻恋ふ故ぞかし《妻を慕うからである》。われもこの人故と思はば、捨つる命も惜しからじ」と思ひ定めつつ、起き直りて、ささやきけるは、「はづかしや、思ひ内にあれば、色外《ほか》に現はるるとは、かやうの例《ためし》や申すらん。みづからが思ひの種をばいかなることとかおぼすらん。いつぞや御前へ参りし御局《みつぼね》[四]の簾中《れんちゆう》より見出だされたる上臈の御立姿を一目見しより、恋の病《やまふ》となり、死生定めぬ《生死も分らぬありさまとなった私を》わが身の風情、誰かあはれと問ふべきや《誰があわれんで慰めてくれましょうか》」と、さめざめと泣きければ、時雨《しぐれ》この由聞きて、偽《いつはり》ならぬ思ひの色あはれに思ひ、「さればこそ《やはりそうでしたか》、みづからが賢くも見知りまゐらせたるものかな《私があなた様の様子が普通でないと気がついてようございました》。その《その》御事は《お方は》わが主《しゆう》の[五]御乳母子《めのとご》にておはします、小宰相《こざいしやう》の御方《かた》にてましますなり。色[六]には人の染《そ》むこともあり。おぼしめす言《こと》の葉《は》あらば、〔手紙を〕一筆あそばし給はれかし《一筆お書き下さい》。参らせてみん《お届けしてみましょう》」と言へば、藤太いと嬉《うれ》しくて、[七]取る手もくゆるばかりなる紫の薄様《うすやう》に、なかなか言葉はなく《なまじっかの言葉は書かずに》

一　しかし待てよ。もう一度よくよく考えてみよう。「かまへて」は工夫、手段をつくそうとする気持を表す語。

二　露のように命のはかないのは人間世界の習いだ。「閻浮」は「閻浮提《えんぶだい》」の略で人間世界のこと。「閻浮の塵」は俗世の塵の意から人間のはかないことをいう。

三　秋になると牝鹿《めじか》は猟師の吹く鹿笛の音《ね》を牡鹿《おじか》の鳴き声と思って寄ってくることをいう。はかない恋に命を失うたとえに用いられる。

四　「局」は宮中や貴人の邸宅などで、女性の私室として仕切りへだてた部屋。

五　将門の乳母の子。

六　どんな人でも恋には心の染まることがあります。「色に染む」は恋におぼれる意。

七　取る手にまで匂いが移ってきそうな、香をたきしめた紫色の薄様に。「くゆる」は煙や匂いなどが立ちのぼること。「薄様」は雁皮《がんぴ》で薄くすいた鳥の子紙。

八　いっそ思い死にをしてしまえば気が楽でよさそうなはかない我が身ですが、あなたに逢えるまではと思って、生きながらえています。

て、

[八]恋ひ死なばやすかりぬべき露の身の
逢ふを限りにながらへぞする

と書きて、[九]引き結びて《結び文にして》渡しけり。

時雨、この玉章《たまづさ》を取りて《手紙を受け取り》、小宰相の御方《かた》へ持ちて参り、「これこれの物を拾ひて候ふ。読みて給はれ」と申しければ、小宰相、何心もなく開きて見給ひつつ、「これは[一〇]忍ぶ恋の心をよめる歌なり」とおほせられければ、時雨さし寄りて、「何をか包み申すべき《何を隠しましょう実は》。しか《これこ》じかの方《れの方から》より御前《まへ》へ捧げたてまつり、一筆の御返事をも伺ひて得させよと頼むに、いなみ難くて《断ることができずに》、[一一]おほそれながら《恐れ多いことですが》捧げたてまつるなり。何かは苦しう候ふべき《何のさしつかえがありましょうか》。[一二]笹《ささ》の小笹《をざさ》の露の間《ま》の御情けはあれかし」と[一三]侘《わ》ぶれば、女房《にようばう》顔うち赤めて、[一四]なかなか物ものたまはず。時雨重ねて申すやう、「[一五]夷《えびす》心の分く方なくて《一筋に思いこんで》恋ひ死なば、長き世の御物思ひ《いつまでもあなた様の物思いの》となるべし《種となりましょう》。天竺《てんぢく》の[一六]術婆伽《じゆつばか》、后《きさき》を恋ひ、思ひの焔《ほのほ》に身を焦がしける

秀郷、小宰相に文を送りついに思いを遂げる

九 紙を細く巻きたたんで、山形などに折り結んだ手紙を「結び文」といった。古くは艶書にだけ使われたが、後には表向きの書状にも用いるようになった。
一〇 人に知られないように、じっと心の中に隠している恋。
一一「恐れながら」を重々しくいった語。
一二 ほんの一時《いっとき》でも、あの方にお情けをかけてあげて下さい。「笹の小笹」は語調を整えるために同じ語を重ねたもの。笹の葉に置く露の意から「露の間」(ほんのちょっとの間)に続く。
一三「侘ぶ」は、困惑の気持を表して懇願したり許しを求めたりすること。
一四 どう答えてよいか分らないで、思いあぐねているさまをいう。
一五 物のあわれを知らない心。ここは荒々しい武士の素朴な心ということ。
一六『経律異相《きょうりついそう》』第三十四に『大智度論』から引くとして載せてある天竺の故事。術婆伽という漁師が国王の女《むすめ》に恋慕して飲食もできなくなった。漁師の母からそれを聞いた王女は月の十五日に天祠《てんし》中で会うことを約束する。しかし天神が王女のために、天祠に来た術婆伽を睡《ねむ》らせたので、思いを遂げられず、術婆伽は懊《おう》悩《のう》のあまり焦がれ死んだ。『宝物集《ほうぶつしゅう》』にも引いてあり、『浄瑠璃十二段草紙』の中にも引用してある。四三頁注九参照。

例《ためし》、おぼし知らずや」と、やうやう《いろいろと》に言ひ慰むるほどに、女房もさすが岩木にあらねば、人の思ひの積りなば《人の思いがわが身に積ったならば》、末いかならん《将来どんな報いを受けるかと》と悲しくて、かの玉章《たまづさ》の端《はし》に一筆書きて、引き結びて出だされたり。時雨嬉しく思ひて、やがて藤太のもとに来たりて渡しけり。藤太、取る手《おぼつか》もたどたどしく《ない手つきで手紙を取って》開き見れば、

人[一]はいさ変るも知らでいかばかり
心の末を遂げて契らん

とあそばしけるを見て《とお書きになってあるのを見て》、喜ぶことはかぎりなし。それより忍び忍びに参りつつ、わりなき仲《どうしようもないほど深い仲となった》とぞなりにけり。この事深く包み隠しければ、御所中に知る人さらになし。

秀郷、将門の秘密を知る

さるほどに、平親王将門、常にこの女房のよそほひ《小宰相という女房の姿を》御覧じて、御《すっ》心に染みておぼしければ《かり気に入られたので》、時々はこの御局《みつぼね》へ通はせ給ふが、折節《をりふし》親王この局におはしける時、秀郷参り合うたり。怪《あや》しく思うて、物の隙間《すきま》より窺《うかが》ひ見れば、同じ男体《なんたい》[二]の上臈束帯《じやうらふそくたい》にて、七人ひとしく座し

一 人の心はさあどうでしょうか。心変りがするかもしれないのも知らないで、私の心はひたすらあなたと末かけて契ろうと思っています。

二 男姿の貴人が束帯をつけて、七人が全く同じ形で坐っていた。この「上臈」は身分の高い男性をいった例。「束帯」は内裏に参内する時をはじめ、公事《くじ》に着用する正服。

＊ これまでの民俗学的研究によると、七人将門のような話が生れた基盤に北斗七星の信仰のあったことが説かれている。『平家物語』の一異本『源平《げんぺい》闘諍録《とうじょうろく》』に、将門の養子となった村岡五郎良文の流れを汲む千葉氏に伝わる話として、上野《こうずけ》の国花園の妙見大菩薩《みょうけんだいぼさつ》が将門に加護を垂れたことが載っている。妙見菩薩は北斗七星を神格化したもので、密教の信仰対象となって、平安時代から広く尊崇されていた。妙見信仰には、七仏・七所神社・七つ塚・七面池・七つ井戸・七人組など、七の数に因《ちな》んだものが多い。将門に関する伝承には妙見信仰を奉ずる宗教者が関与していて、七人将門のような話も生れてきたのであろうというのである。

三 室町時代末期ごろまでは「むつまし」と清音であった。

四 「帯佩」とも書く。太刀などを身に帯びた姿のことから転じて、衣服などの着こなし、風姿をいう。

五 「まみゆ」は「会う」の謙譲語で、お目にかかる意であるが、ここは「見えおはしつる」と同じであろう。

給ふ。こは不思議のことかなと思うて、その夜は帰りけり。明けの夜《翌日の夜》また御局へ参りて、様々《さまざま》に睦《むつ》[三]ましきことども《愛の言葉を》言ひ交はして《親しく言いかわしてから》後、藤太「さて

秀郷、小宰相と逢うところ

も過ぎし夜、この御局に人音のしけるを、誰人《たれびと》やらんとさし寄りて物の隙《ひま》より見てあれば、さしも《いかにも》気《け》高《だか》き上﨟のおはしまして候ふは誰人やらん」と問はれければ、小宰相「それこそ将門の君にておはしませ。見まがひ給ふにや《見ちがえなさったのでしょうか》」とのたまへば、藤太重ねて申すやう、「殿ならば、ただ御一人こそおはすべけれ。同じ体配《たいはい》[四]の上﨟七人まみえ[五]おはしつるこそ不思議なれ《いらっしゃるのが見えたのは何とも不思議です》」と申す時に、小宰相「さてはいま

だ知ろしめさずや。殿は世の常に超え《普通の人と違った超人で》、御かたちは一人なれども、御影の六体まします故《ゆゑ》に、人目には七人に見え給ふなり」。藤太奇異の思ひをなし《不思議に思って》、「さて御本体には御見知りの候ふや《お見分けのつく所がありますか》」と問はれて、女房「夢現《ゆめうつつ》[一]人に語らぬことなれども、御身なれば申すなり。うはの空におぼしめし《たいしたことではないなどと思って》、他人に漏《も》らし給ふなよ。かの将門は御かたち七人にて、御振舞変ることなしといへども、本体には、日に向ふ《日に向ったり》、灯火《ともしび》に向ふ時、御影うつり給ふ。六体には影なし。さてまた御身体《しんたい》悉《ことごと》く黄金《こがね》なりといへども、御耳のそばに蟀谷《こめかみ》といふ所こそ肉身なり」と語らせ給へば、藤太よくよく聞きて、「あつぱれ《ああしめた》、大事をも聞きつるものかな《秘密の大事をすっかり聞いてしまったぞ》。これこそ誠にわが生国《しやうこく》[二]の大明神御《ご》[三]託宣《たくせん》にてあるべし」と、いと有難くて、そなたの方《かた》に向つて祈念[四]の気色《きしよく》をしたりけり。

さてはこのたび、将門をただ一矢に射伏せんことは、案の内《思いのままだと》と思ひとり、その後は夜な夜な、かの御局《みつぼね》へ参るには、ひそかに弓と矢を脇ばさみ、忍び窺《うかが》ひけり。案のごとく、また将門かの御局へ入ら

一　けっして人に話さなかったことですが。この「夢現」は「夢にも」と同じ意に用いたのであろう。

＊　一二九頁に引いた『平治物語』の文は、秀郷の出した年貢の新米を将門が食べた時、こめかみが動く特徴を見知られたという意味であろう。こういう話が、一二四頁頭注＊印に記した将門の鉄身の話と混合して、こめかみだけが肉身であったという話へと発展していったものと思われる。

二　近江《おうみ》の国の新羅《しんら》大明神のこと。

三　神のお告げ。

四　祈念する様子を見せた。

せ給うて、うちとけて御物語などし給へり。藤太、物の隙《ひま》よりよくよく見れば、げにも六人には、灯火《ともしび》にうつる影もなし。本体には影のありと言ふについて《いうのに従って》〔影のある者を〕、目を澄まし見れば、時々かの蟀谷《こめかみ》といふ所動きけり。藤太、あつぱれ《ああしめた》幸ひかなと、弓と矢をうち番《つが》ひ、五ひやうど射たりけり。もとより秀郷は六精兵《せいびやう》の手だれ、七養由《やういう》が百歩の芸にも超えたる上、八矢頃は間近し。何かはもつて射損ずべき。九小耳《こみみ》の根と思ふ所を彼方《あなた》へづんど射通しければ、さしもに猛《たけ》き将門も、のつけに《あおむけに》倒れて空《むな》しくなれば、残る六人のかたちも一〇電光石火《あっというまに》のごとくにて、光と共に失《う》

秀郷、将門を射るところ

五 矢が勢いよく飛ぶ音を表した語。
六 「精兵」は弓を射る力の強い者。「手だれ」は「手《て》足《だり》」の変化した語で、腕まえがすぐれていること。
七 中国春秋時代の楚《そ》の国の弓の名人。養由は、百歩離れて柳の葉を射たところ、一度も射損じがなかったという。
八 矢を射るのにちょうどよい距離をいうが、ここは単に的《まと》との間の距離というくらいの意。
九 「小耳」の「小」は接頭語で「耳」と同じ。耳の付根のところ。
一〇 きわめて短い時間をたとえていう語。

せにけり。

さるほどに将門滅びぬれば、貞盛、秀郷は[一]喜びの眉を開き、討ち取るところの首、ならびに生捕《いけどり》どもを召し連れ、[二]ざざめかいて上《のぼ》らるる威勢のほどこそゆゆしけれ《すばらしかった》。道遠ければ、王城へは誠の[三]左右《さう》はいまだ聞えず。官軍は戦《いくさ》にはうち負け、将門はすでに帝都へ攻め入るなどと聞えければ、[四]主上《しゆしやう》大きに驚かせ給ひつつ、諸寺諸山に勅使立て、調伏《てうぶく》の法をしきりに行ふべき由《ひっきりなしに行いなさいと》、宣下《せんげ》せらるる。中にも[五]八坂の浄蔵貴所《じやうざうきしよ》は「今度将門が攻め上るといふことは、全くもつて虚言《そらごと》なるべし。[六]もしさもなくは法験《ほふげん》いたづらごとなるべし。ただしかの《あるいは将門の》首の《首が》上り候ふにや」と勅答申されけるが、果して四月二十五日、貞盛、秀郷の両人、将門の首を持ちて上洛せられけり。これによつて、君も御物思ひを休められ《ご心配がなくなって安心され》、臣も喜び勇みつつ、一天四海の人民安堵《にんみんあんど》の思ひをなしたりけり。

将門の首を獄門に懸ける

すなはち[七]検非違使《けびゐし》を遣《つか》はされ、将門以下《いげ》の首を受け取らせて、大《都大》

一 不安や悩み事が解決してほっとすること。同義の語に「愁眉《しゆうび》を開く」または単に「眉を開く」がある。「喜びの眉を開く」は論理的にはおかしいが、「眉を開く」の意味を説明する気持で「喜びの」を添えたのであろうか。

二 「ざざめかして」の音便。ざざと音を立てることで、大勢がにぎやかに話をしながら都へ上って行く様子を形容した語。

三 事実を伝える知らせ。「左右」は、あれかこれかのなりゆきの意。

四 一二二頁注九参照。

五 一二一頁注二〇参照。「八坂」は京都市東山区八坂上町の八坂寺《やさかでら》（法観寺《ほうかんじ》）のこと。八坂寺にいた時の浄蔵についてもいくつかの説話が伝わっている。しかし、将門の首の入京を予言した時の浄蔵は横川《よかわ》にいたとするのが通説である。

六 もし将門が攻め上ってくるというのが本当ならば、調伏の法を行ったのが何の役にも立たなかったということになる。そんなことは考えられない。

七 京都の警察・司法をつかさどった官人。

路を渡し《路をひき回し》、[八]左の獄門の木に懸《か》けさせけるに、将門一人の首は、いまだ眼《まなこ》も枯れず、色も変ぜず、時々は歯噛《はが》みをして怒《いか》る気色《けしき》なり。恐ろしといふばかりなり。これをある[九]数奇《すき》の者が見て、

秀郷・貞盛の両人、恩賞を賜るところ

[一〇]将門はこめかみよりも射られけり

たはら藤太がはかりごとにて

と、よみければ、この首からからと笑ひて、その後《のち》色も変じ、眼《まなこ》もふさがりけるとかや。

秀郷・貞盛、恩賞を賜る

さるほどに内裏《だいり》には、公卿、殿上人参内し給ひて、今度[一一]梟徒《けうと》退治

八 京都には左京、右京の両方に牢獄があった。「左の獄門」は、左京の近衛の南、西洞院《にしのとういん》の西にあった牢獄の門のこと。

九 和歌など風流の心得がある人。

一〇 「こめかみ」（耳の上、髪の生え際の部分）に「米」を掛け、「俵藤太」の「俵」の縁語としてよみこんだ、洒落《しゃれ》の歌である。『平治物語』では第三句が「斬《き》られける」となっている。

＊ 獄門に懸けられた将門の首が笑ったという逸話は『平治物語』『太平記』にあり、『平治物語』では狂歌の作者を「藤六左近といふ数奇の者」としている。この話は、呉王夫差《ふさ》を諫《いさ》めたために両眼をえぐられて城門に懸けられた伍子胥《ごしょ》の眼が三年の間枯れずに、呉王の滅亡を見て笑ったという話、あるいは眉間尺《みけんじゃく》（古代中国の勇士のあだ名）の首が釜で煮られながらも死なずに、楚《そ》王と格闘してこれを殺したという話など、日本によく知られていた中国の故事にそのもとがあったといわれている（岩竹亭「将門の変貌」）。この話も古絵巻には記されていない。

一一 一二六頁注一参照。

につき、恩賞を行はる。[一]僧衆《そうしゅ》には尊意僧正《そんいそうじやう》、僧都浄蔵貴所《そうづじやうざうきしよ》なり。これ皆《僧侶に対する賞は》、武士の賞にぬきんでらるる《武士への賞よりもまさっていた》には[二]、平の貞盛、無位より正五位上に任じて、将軍に任ずべき由の宣旨《せんじ》を下され、藤原の秀郷は従四位下に任じて、武蔵《むさし》、下野《しもつけ》両国を賜はり、貞盛、秀郷の両人を召されて、宣旨を賜はる。儀式誠にゆゆしさ《その儀式は実に立派で》、子々孫々弓矢の面目とぞ見えし。

秀郷の一門関東にて繁昌する

秀郷、子や孫に囲まれ繁昌のところ

さても田原藤太秀郷は宣旨を頂戴《ちやうだい》し、一門を引き具して下野に下りつつ、本領に安堵《あんど》し[三]給ふ。その繁昌《はんじやう》は月日にまさりて《年月とともに増して》、[四]門外に駒の立所《たてど》も

一 大勢の僧侶《そうりよ》。衆僧。将門の調伏《ちようぶく》を行った僧侶たちの中では、尊意僧正と浄蔵貴所が格別の恩賞にあずかったという意。

二 「ぬきんでらるる。武士には」とあるべき所で、「武士」が板行《はんこう》の際抜けたのであろう。

三 「本領安堵」は、中世において幕府や有力大名が、支配下にある者に対して、特定の土地の領有権を公式に認めることをいった。ここは、もとからの領地に安んじて住んだという意。

四 秀郷のもとにはひっきりなしに人が詰めかけていたことをいう。

五 底本「たんみん」とあるのを改めた。

六 「将軍」は「鎮守府将軍」のこと。長男の千晴《ちはる》はなく、堂上に酒宴の隙《ひま》もなし。国中《こくぢゅう》の万民《まんみん》、忠ある者をば《忠義な者には》、望まざるに過分の恩賞を《だまっていても働き以上のほうびを》宛《あ》て行はる。罪ある者をば、すみやかにこれを懲《こ》らさしめ、賞罰正しければ、人のなつき従ふこと際限もなかりけり。その上子孫もゆゆしくて《非凡であって》、後《のち》将軍に任ず。次に小山《をやま》の二郎、宇都宮の三郎、足利《あしかが》の四郎、結城《ゆふき》の五郎なんどとて、男子数《す》十人に及べり。いかめしかりし栄花なり《威勢盛んな一門の栄えようであった》。

そもそも、田原藤太秀郷の将門をうち滅ぼし、東国に威勢を施し給ふこと、ひとへに龍神の擁護《おうご》し給ふなるべし。それをいかにと申すに、龍神は女人《にょにん》に変化《へんげ》し給ふなれば、かの小宰相の御局、また時雨《しぐれ》と申す女房、いさしら雲の余所《よそ》にして、秀郷大切にいとほしみ、大事を語り聞かせて、高名《かうみやう》を極《きは》めさせしこと、よくよく思へば、かの女の心に龍神入り代り給ふか、おぼつかなし《不思議なことである》。その上、三井寺の御本尊《ごほぞん》弥勒薩埵《みろくさつた》の御恵み深き故《ゆゑ》、子孫の繁昌相続す《子孫がいつまでも栄えた》。日本六十余州に、弓矢を取つて藤原と名のる家、おそらくは秀郷の後胤《こういん》たらぬは

鎮守府将軍となる。また、その子孫に、奥州で栄えた清衡《きよひら》・基衡・秀衡がいる。

七 小山・足利・結城の諸氏は、秀郷の五男千常の子孫で関東で栄えた。宇都宮氏も関東の豪族なので、ここに加えたのであろう。

八 底本「あしがらの四郎」とあるのを改めた。

＊ 以上、随所に触れたように、『俵藤太物語』の古絵巻と、底本とした刊本とを比較してみると、古絵巻は『源平盛衰記』以前の将門説話の範囲にとどまっているのに対し、刊本には『太平記』『平治物語』（流布本）に見られる話が加わっていることが認められる。古絵巻のような内容の『俵藤太物語』の成立は相当に古く、南北朝時代以前にさかのぼるのではないか。前半部においては、古絵巻と『太平記』の間に共通する所が多いが、これは『太平記』の方が、すでに存在した『俵藤太物語』によったものと考えることが可能である。

九 上巻で秀郷に百足《むかで》を退治してもらった琵琶湖の龍神をさす。

一〇 神仏が人間を守り助けること。

一一 有名な「浦島太郎」のように龍神が女の姿で人界に現れるという話は多い。

一二「いさしら雲の余所にして」は前出（一三一頁注一五参照）。ここは、小宰相の局や、時雨という女房が、よそながら秀郷をふびんに思っての意で、「いさしら雲の」は序詞。

なかるべし。[一]いかめしかりし例《ためし》なり。

一　後世の人にとって非常に立派な手本となる事蹟である。

岩《いは》屋《や》

清和《せいわ》天皇の御代のこと、堀川の中納言の宮腹の姫君は十二歳で母を失い、継母を迎える。姫は西の対《たい》に住んで対の屋《や》姫と呼ばれ、四位の少将と婚約したが、間もなく父が大宰帥《だざいのそつ》となって一家ともに筑紫《つくし》へ下る。かねて中納言が自分の連れ子より対の屋姫を寵愛《ちょうあい》するのに心よくなかった継母は、明石の浦で腹心の武士に命じて対の屋姫を海に沈めようと計る。しかし武士は姫を殺すに忍びず、淡路の絵島が磯に捨てた。姫が海に落ちたと聞いて四位の少将は出家遁世《とんせい》する。一方、対の屋姫は明石の海士《あま》夫婦に助けられ、その岩屋で過すうち、伊予からの帰途暴風にあって漂着した関白の御子二位の中将に発見される。姫の容色に心を奪われた中将は都へ伴って妻とした。関白家では海士の娘と軽蔑《けいべつ》したが、中将の姉妹との嫁比べで学問芸能にも秀でた素晴らしい女性と分るに及んで、中将の正妻として大切に扱う。その後、対の屋姫は若君・姫君を生み、その袴着《はかまぎ》の折に父との対面を遂げて末永く栄えた。

御伽草子に多い継子《ままこ》物《もの》型の恋愛物語。別名『対の屋姫物語』。異本が多いが、底本には比較的古態《こたい》をとどめると思われる大東急記念文庫所蔵の江戸初期の絵巻三巻を使用した。同系の伝本に、寛永頃の古活字版（現存するのは上巻のみの零本〈欠巻部分の多い本〉、慶応義塾図書館蔵）や岩瀬文庫蔵奈良絵本などがある。この系統の本文は、寛永頃の無刊記整版本をはじめとする流布本系に比べると、叙述が大分くわしい。底本の誤脱の個所は古活字版や岩瀬文庫本によって校訂して本文を作り、頭注には、流布の整版本をも参照し、必要に応じて他の諸本にも触れた。

対の屋姫の出生

上

[一]清和《せいわ》天皇の御時、[二]三条堀川に住む人おはしけり。堀川の中納言惟《これ》仲《なか》の[三]卿《きやう》と申す。家富み栄えて、何事も心にまかせ給ひけり（何でも思い通りのことがおできになった）。されば（ところで）堀川の中納言、この秋の頃より[四]白川の姫宮に言ひ寄り給ふ。男女《をとこをんな》の習ひ、[五]空吹く風の心ちして、つひになびかせ給ふ（〔姫宮も〕結婚を承知なさった）。たび重なれば（逢瀬がたび重なったので二人の仲は有名になった）人も知られにけり。[六]されば包まず、雲の上、もてなしかしづきたてまつる。かかるほどに、はやほどなく懐妊ならせ給ひけり。月重なりて日さだまり（十カ月がたち出産の時がきて）、御産やすらかにならせ給ひぬ。かかやくほどの美しき姫宮出《い》で来給ひけり。中納言、有難きことにおぼしめして（この世で一番のしあわせ者のように思われて）、かしづき育て給ふ（大切にして養育なさった）。かくて過ぎゆけば（こうして月日が過ぎてゆくうちに）、姫君の御みめかたち（姫君のご容貌は）、なのめならず（人並みすぐれて美しくなった）。智恵、[七]才覚《さいかく》、世にすぐれ、[八]大聖文殊《だいしやうもんじゆ》とも[九]言ひつべし。琴《こと》、

一 第五六代天皇。天安二年（八五八）から貞観《じようがん》十八年（八七六）まで在位。
二 京都市中京区の地名。
三 三位、参議以上の公家《くげ》に対する尊称。
四 京都市左京区にある地名。平安時代には鴨川から東側、東山までの一帯を白川と称した。
五 版本をはじめ「浦《うら》吹く風」となっている。海辺の強い風に草木がなびくように、姫宮も中納言になびいたという意であろう。
六 それからは人目を気がねせず、公《おおやけ》に結婚して、宮中の人々も二人を祝福してさしあげた。「もてなしかしづく」は、大切に扱って世話をすること。
七 学問・学識のこと。中世以降は、知恵のすばやい働きや、工夫などにすぐれていることをもいうようになった。
八 「大聖」は仏や菩薩《ぼさつ》の異称。文殊菩薩のこと。文殊は知恵をつかさどる菩薩。
九 「言ひつべし」の「つ」は完了の助動詞で、「言ふべし」の強調的表現。文殊菩薩と言っても過言ではない、の意。

琵琶《びは》、歌の道、人にすぐれさせ給ひけり。管絃《くわんげん》[一]の方《かた》おろかならずして（なみ一通りではなくて）、歌もよみ、絵かき[二]、花結び、要文法文《えうもんほふもん》[三]心にかけ、人にすぐれて（普通の人以上に）[四]無常を観じ給ひけり。

さるほどに、この姫君の御年十二[五]になり給ふ二月中《きさらぎなか》[六]の五日《いつか》の暁、母宮仮《かり》[七]の衾《ふすま》にとぢこもり、御風邪《かぜ》の心ちとて、あくる日は平等大慧《だいゑ》[八]の水、澄《す》まで濁れる心ちして、世の常の風邪の心ちかと（普通の風邪をひいたのであろうと）、ためらひ[九]給ひてやみぬべきに、十七日の夕べより、なのめならず大事にならせ給ひて（容態が変って危篤の状態におなりになって）、十八日の暁、つひにはかなくなり給ふ（息をひきとられた）。御年二十七、いまだ三十にもならせ給はず。惜しかるべき御よはひかな。生死無常《しやうじむじやう》の習ひとぞ、世の常に思へども（世間によくあることとは思うが）、昨日《きのふ》のことなれば（わずか一晩のことなので）、あへなさかぎりなくおぼしける（あっけなさは言いようのないほどであった）。中納言殿、同じ道にと（自分も一緒に死にたいと）悲しみ給ふ。されども別れの道（冥途への道は）、嘆くとも行くこともなければ（いくら嘆いても行けるものではないので）、月日のたつにも（やがて月日がたつにつれて）、その形見に（母宮の形見と思って）、姫君に朝夕離れもやらせ給はず、愛しもてなし給ひけり（かわいがって大切に育てなさった）。第二[一〇]年も過ぎぬれば、かくてあるべきにもあらねばとて（〔中納言は〕こうしてずっと一人でいるわけにもゆかないので）、さる御方を迎（適当な方を北の方に）

一 音楽の方面。
二 絵をかくことと、紐《ひも》で装飾用の花形を結ぶこと。女性のすぐれていることをいうのに、この二つの技能を並べる例は中世の物語に多く見られる。
三 仏教の教えを心にとめて。「要文」は、その中の大切な文句。「法文」は、仏法を説き記した文章。

実母の死去と継母の入家

四 世の中は無常ではかないものだという理《ことわり》を、いつも心に深くとめて、落ち着いた生活をなさっていた。
五 整版本には「十の御年」とある。この後、母の三回忌をすましてから新しい北の方を迎え、十三歳の時に筑紫へ下ったとあるので、ここは十歳でないと年が合わない。
六 二月十五日。
七 底本「かりのますま」とあるのを改めた。「衾《ふすま》」は掛布団のこと。仮《かり》の衾を上に掛けてうたた寝をしたという意味であろう。
八 平等の理を悟っている諸仏の知恵は水のように澄んでいるが、その反対に濁った水のように気分が晴れないで。「平等大慧の水」は「澄まで濁れる」というための序詞のような語で、たいして意味はない。
九 やすんでいらっしゃって、普通ならそれでなおってしまうはずであるのに。「ためらふ」は、病気を静める、体を休めること。
一〇 三回忌の仏事。満二年目の命日に行う。

へ、据ゑたてまゐらせ《お迎えしようと思ったところ》、[一二]御子《みこ》の姫君に年一つ姉なる姫君を一人、持ち給へる人を聞き出だしてありければ、[一三]わが子を思ひ給はんにつけても、姫君のためにも悪《あ》しからじと心得て、迎へ給ふ。「われ《(中納言)》も一人の姫を持ちたり。人も《その人も》一人の姫君おはします。わが子を思はんにつけても、人の[一三]御たやすきさまにもてなし給はん」と、中納言殿まめやかに嬉しく《本当に心からうれしく》おぼしける。さて、北の方入らせ給へば《新しい北の方がおいでになったので》、[一四]西の対《たい》をしつらひて《修繕して》、玉のごとく飾りて、[一五]宮腹《みやばら》の姫君入れ参らせ給ひけり。

それよりして姫君をば対《たい》の屋《や》の姫君とぞ申しける。

四位の少将、対の屋姫の婿となる

さて、間近くおはしける《近所に住んでいらっしゃる》左大臣のひとり子に、[一六]四位の少将といふ人、対の屋の方を心にかけて《姫君に思いをかけて》、[一七]御乳母《めのと》を語らひて、中納言殿に[一八]この由申しければ、[一九]中納言殿、ことうけして《承諾なさった》おはしける。少将、あたり《家もすぐ》間近きうへ《近所である上に》、御婿と名づけ給ひぬれば《姫君の婿として許されたので》、朝夕通ひて、遊び給ひける。

〔絵〕

対の屋姫、父中納言とともに筑紫へ下る

さるほどに、対の屋十三の御年、中納言殿、[二〇]筑紫帥《つくしのそつ》になり給ひ、

一一 言葉が足りない。「据ゑたてまゐらせんとおぼしけるが」とあるべきところ。
一二 そういう同じ年頃の娘を持っている人ならば、自分の子をかわゆく思うにつけても、中納言の姫君に対する父親の愛情をわかってくれるであろうから、姫君のためにも悪いことはないであろうと考えて。
一三 誤写があるらしく意味が通じない。「人の御ため、めやすきさまに」か。姫君に対しても、よそ目に見苦しいような扱いはなさらないだろう。
一四 寝殿造《しんでんづく》りで主殿の西側にある建物。「対」は「対の屋」の略。
一五 亡くなった白川の姫宮との間に生れた姫君。白川の姫宮は宮家《みやけ》の娘であったので「宮腹」といった。
一六 近衛《このえ》の少将の官職（普通は五位相当官）で、特に四位に進んだ人をいう。平安時代には家柄の高い有力者の子弟に多かった。
一七 対の屋の姫君の乳母に頼んで、仲介をさせて。
一八 姫君と結婚したいということ。
一九 底本「中納言殿、ことうけしておはしける」の一文脱。岩瀬文庫本ほかで補う。
二〇 大宰府《だざいふ》の長官。九州諸国、壱岐《いき》、対馬《つしま》の行政を統轄するとともに、外交および辺境の防衛を担当した。

[一]大宰大弐《だざいのだいに》かけ給ふうへは、やがて《すぐに》大宰府へ下り給ふ。北の御方《おかた》[二]、姫君、対《たい》の屋《や》の姫君、みな引き具して《ひき連れて》下り給ふ。少将は御婿なれば、[三]淀《よど》まで御送りし給ふ。さて少将、姫君の御乳母《めのと》にのたまふは、「舟のうち、波の上、筑紫まではるばるとおはしまさんこと、おぼつかなく《気がかりでございます》思ひたてまつる。対の屋をば都にとどめおき給へと申せ」とのたまひければ、中納言殿聞き給ひて、「対の屋大宰府へ連れて下る《連れて下るのは》べきにあらねども《適当ではないのだけれども》、母宮におくれて《死別して》、いつとなく露《いつも涙にくれていて》おもげにて、かひあらぬ《嘆いてもかいがないのに》袖の上の干しあへぬをも《袖のかわくひまもないような様子でいるのを》、慰めたてまつらんと思ふにこそ《慰めてあげようと思ったからこそ》、引き具して、浦々、島々、泊々《とまりとまり》[四]、旅の住居[五]をも見せたてまつらんために、思ひたちて候ふなり。北の方親子をも、姫君のために引き具して侍《はべ》るなり」とのたまひて、「叶《かな》[六]ふまじき」とのたまひければ、少将、力および給はず、名残《なごり》惜しみ給ふ。すでに艫綱《ともづな》[七]とき、御舟出だしければ、少将は泣く泣く京へ帰り給ふ。

さて帥殿《そつどの》御下りに、江口《えぐち》[八]、神崎《かんざき》[九]の遊君《いうくん》ども、[一〇]先例なれば、大弐殿

一 大宰府の次官。長官に親王が任じられた場合は、大弐が代って実務を執った。ここは、長官だけならば自身は筑紫へ下らなくてもよいのだが、次官をも兼ねたのでという意味であろう。
二 新しい北の方の連れ子の姫君。
三 京都市伏見区の鴨川・桂川・宇治川の合流点にあった河港。ここから淀川を舟で大坂へ下った。
四 船の停泊地。
五 旅行中の宿舎。
六 対の屋姫を都へ残してゆくことはできません。
七 船尾にあり、船をつなぎとめておく綱。
八 大阪市東淀川区の淀川から神崎川が分流する所にあった河港で、京と西海の間を往来する旅人で繁昌《はんじょう》し、遊女の多いことで知られた。
九 兵庫県尼崎市、神崎川の河口にあった要港。江口とともに遊女が多かった。
一〇 高級官吏などが西海へ下る時には、江口・神崎で遊女が接待するのが通例だったのである。
一一 目下の者が目上の人に対面し挨拶《あいさつ》すること。
一二 今様歌《いまようた》の略。神楽《かぐら》・催馬楽《さいばら》・風俗歌などの古い歌謡に対して、平安中期から流行した新様式の歌謡。七五調の四句から成る。
一三 心をこめて謡った。「てんげり」は完了の助動詞

中納言一行、明石に逗留

に[一一]見参《げんざん》に参りける。帥殿おほせられけるは、「われをわれと思はん人は（この自分を大切にしようと思う人は）、対の屋御舟もてなしまゐらせよ（対の屋姫の御舟を歓待しなさい）」とおほせければ、遊君ども参りて、[一二]今様《いまやう》[一三]謡ひすましてんげり。対の屋御舟より、[一四]綾羅錦繡《りようらきんしう》いろいろに、その数を知らず賜びにけり（数えきれないほど〔遊君に〕）。〔絵〕

それより、[一五]西の宮、[一六]南宮《なんぐう》の沖を漕《こ》ぎ過ぎて、筑紫へ通り給ふ。帥殿は、もとより（前々から）[一七]播磨《はりま》の国の国司にておはしけり。七日の御逗留《とうりう》とぞ披露《ひろう》ありけり（発表された）。三月《やよひ》の中の二日に（十二日に）、明石《あかし》の浦に着き給ふ。聞ゆる（有名な）明石の月なれば、色ある袖にぞ宿りける（美しい着物の袖が月の光に照らされる）。[一八]光源氏の大将の、須磨《すま》より明石へ、浦伝ひて、寄せ来る波をながむれば、くだけて月ぞ袖に宿る（波に映る月が砕けて袖に移ってくる）。松吹く風の波の音（松を渡る風にさわぐ波の音）、[一九]いとふあかまの、苫屋《とまや》形《かた》、汀《みぎは》の鶴《たづ》の友呼ぶ声、海士舟《あまぶね》、釣舟、泊り舟、上下の舟のえいや声（上り下りの舟の水夫のかけ声）、物ごとにおもしろく（その一つ一つが趣きがあって）、[二〇]行平《ゆきひら》の中納言、「[二一]藻塩《もしほ》たれつつ」とながめしも（という歌をよんだが）、海士の焚く藻の夕煙（その海士が海藻に潮水をかけて焼く煙が）、はかなや霞にまがひて（ぼんやりと霞のようにたなびいているのが）、うすく見えぞわたりける（うっすらと見渡される）。当国の[二二]書写、[二三]広沢より、声よかりける[二四]少人《せうじん》、おのおの参りたりければ、

「つ」の連用形に過去の助動詞「けり」の付いた「てけり」の変化した語。中世に強調的表現として用いられた。

一四 あやぎぬと、うすぎぬと、錦《にしき》と、刺繡《ししゆう》のある布。美しい衣服をいう。

一五 兵庫県南東部。えびす神の信仰によって栄えた西宮神社の所在地。

一六 岡山市高松にある吉備津《きびつ》神社を南宮といった。しかし明石よりは先になる。

一七 兵庫県の瀬戸内海側の西半部。

一八 『源氏物語』で、光源氏が須磨へ下った時のことをいう。

一九 「あかま」は「淦間」(和船で中央の胴の間の一つ前の間のこと)の意か。「苫屋形」は屋根を苫で葺《ふ》いた屋形舟。淦間のある屋形舟が、海を渡る風を避けるように浮んでいる様子をいったのであろう。

二〇 平安初期の歌人で在原業平《ありわらのなりひら》の兄。罪を得て須磨へ流されたことが謡曲『松風』などに作られた。

二一 「わくらばに問ふ人あらば須磨の浦に藻塩垂れつつわぶと答へよ」(『古今集』雑下)。

二二 兵庫県姫路市の書写山。天台宗の円教寺《えんぎようじ》があり、西の比叡山と呼ばれる。

二三 未詳。

二四 学問のために大きな寺院に上がっている稚児《ちご》。しばしば僧の男色の対象になった。

帥殿御覧じて、「われをわれと思はん人は対の屋の御舟もてなせ」とのたまへば、かの御舟にわれもわれもと参りてぞ、歌遊《かいう》[一]の袖《そで》をひるがへし、半時《はんし》[二]秘曲を催しける《秘伝の珍しい曲を演じた》。さて七日も過ぎぬれば、御出《ぎよしゆつ》[三]とぞ申しける。

その時、〔帥殿の〕北の方《北の方は》の、御傅人《めのと》[四]の佐藤左衛門忠家《さゑもんただいへ》を召して、のたまひけるは、「わが心に恨むることあり《わたくしは恨みに思っていることがあります》。叶へんと言はば知らせん《聞いてくれるならば言いましょう》」とのたまひける。忠家、衣《きぬ》[五]の袖かき合せて、「千万騎[六]の陣の口、磐石《ばんじやく》を砕くといふとも、いかでか背《そむ》きたてまつるべき」と申せば、その時、北の方喜びて、「このことゆめゆめ人に知らすな。恨みといふことは、人も一人の姫君《中納言にとっても一人の娘》、われも一人の姫君を《私にとっても一人娘であるのに》、わが親子のことは言はずして、対の屋殿もてなすこと、世にも本意《ほい》なく《いかにも残念でなりません》おぼゆれば、まして末の世こそ思ひやられて候ふ《将来のことが思いやられます》。これこそよき隙《ひま》なれば、夕さり《夕方に》対の屋を盗み出だして、海へ沈めよ。そのよろこびには汝が心にまかすべし《そのほうびはお前の望む通りにしてあげます》」とおほせられければ、狩衣《かりぎぬ》[七]の袖をかき合せて、「ともかく

一 歌を詠じ、袖をひるがえして舞を舞い。
二 一時《いつとき》（現在の二時間）の半分。
三 御出発ということになった。「御出」は、貴人が出てゆかれること。
四 男性で貴人の養育に当る人。後見。もり役。
五 相手を敬い、畏《かしこ》まる気持を表す。

継母、対の屋姫の殺害を企てる

六 千万騎の軍勢が大きな岩石で入口を固めている陣地を破れというような御命令であっても。
＊ 継子《ままこ》物語は、平安時代にすでに『落窪物語』があり、鎌倉時代以降になると多くの作品が作られたらしい。『住吉物語』のように、おびただしい数の伝本が残っていて、古い物語が御伽草子化されてきた過程を見せている作品があるとともに、御伽草子の『伏屋《ふせや》』『一本菊《ひともとぎく》』のように、鎌倉時代の『風葉和歌集』に名だけを伝える散逸物語が原拠になったと思われるものがある。この『岩屋』も『風葉和歌集』に同名の物語が見え、やはりその改作ではなかったかと想像できる。継子という薄幸な境遇の女性を主人公にした物語は古くから人気があったのである。
七 公家《くげ》が常用した略服で、後には武家の礼服となった。もとは狩の時着たことによる名である。

も、おほせにこそ従ひ侍《はべ》らん」と申しける。(北の方)「さらば、夕さり盗み出だし参らせよ」と、こまごまと契りにけり《実行の方法を細かく打ち合せた》。北の方は世に嬉《うれ》しげにうち笑《ゑ》みて、帰り給ひぬ。〔絵〕

さて、播磨守《はりまのかみ》[八]、結構[九]に御湯殿《ゆどの》をこしらへて、対の屋を入れたてまつりけり。その時、継母《ままはは》はよきことと思ひて、「われも湯殿に入らん」とのたまへば、対の屋、喜びて、「入らせ給へ」と申させ給へば、北の方入らせ給ひて、瑠璃《るり》[一〇]のゑひらに[一一]、下若村《かじやくそん》[一二]の酒入れて、東[一三]門五色《しよく》のきなる[一四]よりせうちく[一五]のしはんのあかなすび、糸にて結びたりけるを、御肴《さかな》に添へて、御湯殿に入りて、姫君の御乳母《めのと》や女房《にようばう》[一六]たちに、北の方強《し》ひ給ひければ、父の大事にし給ふほどに、継母御前も、かくもてなし給ふよと心得て《このように気を遣って下さるのだと思って》、興に入らんと《おもしろく遊ぼうと》、ともに飲み遊び、酔《ゑ》ひにけり。さて、上がらんとし給へば、母御前、「しばし《もう少し》」とひ《ひき》かへて《とどめて》、死ぬるばかりにくたびらかしたてまつりて《対の屋姫が気が遠くなるほどに湯づかれをさせて》、暁御出でなれば《明方には船出をするので》、みなみな舟に召しぬ《お乗りになった》。

八 前に「帥殿は、もとより播磨の国の国司にておはしけり」とあるので、この「播磨守」は、対の屋姫の父中納言のことになるが、おそらく国司の代官として播磨の国の国務を行っている者を指すのであろう。国会図書館本には「播磨の目代《もくだい》」とある。

九 底本「けんかう御ゆとのを」とある。版本によって改めた。「結構に」は、立派に、申し分なくの意。

一〇 インドや中国で珍重された宝玉。

一一 未詳。酒を入れたというのであるから、瓶子《へいじ》のような酒器のことであろう。

一二 中国浙江《せっこう》省の地名。美酒を産するところから酒の異称となった。

一三「東門」は瓜《うり》の異名。秦《しん》の東陵侯が長安城の東に瓜を植えたところ五色の瓜がなったという(文明本『節用集』)。

一四 文意が明らかでないが「き」は「黄」で、五色の瓜の黄色のものからはじめての意か。

一五 以下の文もわかりにくい。斑竹《まだらだけ》のことを湘竹《しょうちく》というので、湘竹のように紫の斑文《はんもん》のある赤茄子《あかなすび》ということであろうか。

一六 九二頁注四参照。底本「女はうたちを」。

さるほどに夜うちふけて、佐藤左衛門小舟に乗りて、人静まりて後《のち》、対《たい》の屋《や》の御舟に漕《こ》ぎ寄せて、おのれが舟をば[一]船枻《せがい》に引きつなぎて、御舟に乗り移りて、屋形《やかた》の内を見れば、三月《やよひ》なかば十八日の夜なり。母宮の[二]忌日《きにち》にておはしましければ、[三]来迎《らいがう》の阿弥陀《あみだ》の御絵像一幅掛けたてまつり、[四]焼香抹香《せうかうまつかう》たき薫じて、対の屋は本尊《ほんぞん》の御前《おまへ》におはしましける。[五]裏山吹の十二、萌黄《もえぎ》の[六]袿《うちき》、[七]綾《あや》の単《ひとへ》、紅《くれなゐ》の御袴《はかま》召して、御手には、[八]金泥《こんでい》の観音経《くわんおんぎやう》、[九]皆水晶《みなずいしやう》の数珠《じゆず》、取りぐして御手に持ちてましします。湯にくたびれ、机に寄りかかり、寝入りてぞましましける。佐藤左衛門、壁に背ける《壁の方に向いた》灯火《ともしび》かき消ちて、やをら寄りて《そっと近付いて》、金泥の御経と、皆水晶の数珠をば懐《ふところ》に入れて、さし寄りて抱きたてまつれば、姫君おどろき給ふ《目をさまされた》。やをら《そっと》さし退《の》きてありければ《うしろへさがっていると》、乳母《めのと》や起しけんとおぼしめして、御手をのべて、人音《ひとおと》しける方《かた》を探り給ひける。また、もとのごとく寝入り給ふ。その時、[一〇]懐かしげに当りて、かき抱きて、おのれが舟に入れにける。〔絵〕

一 和船の舟べりのこと。ここは対の屋姫の船の船枻をいう。
二 命日のこと。前に、姫の母は二月十八日に亡くなったとある。
三 阿弥陀仏が、臨終の念仏者を浄土へ迎えるために諸菩薩《ぼさつ》を従えて、この世に下ってくるさまを描いた画像。浄土信仰による仏画で、鎌倉時代に多く描かれた。
四 「焼香」は香をたくことであるが、ここでは焼香に使う香の意であろう。「抹香」は細かく粉末にした香で焼香のために使う。「焼香」と「抹香」と香の種類に区別をしているのか、単に言葉を並べたのかわからない。
五 襲《かさね》の色目の名。表は黄、裏は紅。「十二」は十二単《ひとえ》の意であろう。
六 表衣《うえのきぬ》の内に着る衣。肌着の単に対して袷《あわせ》とする。
七 斜めの線が交錯している綾織り模様の絹。「単」は袿の下に着る肌着。
八 金粉を使って書いた観音経。
九 すべて水晶でできている数珠。
一〇 姫君をかわいがっている乳母が扱うように、そっと手を触れて。

はるかの沖へ漕ぎ出でて、佐藤左衛門思ひけるは、「かくて海へ《このまま海へ沈》や入れなん《めてしまおうか》。また起したてまつりて、臨終の念仏をやすすめまし《最期の念仏を唱えるようにすすめようか》」。なほも、とりどり思ふほどに、三月十八日の月影くまなきに《こうこうと照る月の光に》、御気《みけ》[一一]色《しき》を見たてまつるに、よそにて聞きたてまつるにはなほまさり《うわさでお聞きしていたよりもずっとすぐれていて》、目[一二]も心も及ばず、美しくおはしますを見参らするに、いとどあはれに《いよいよお気の毒に思》思ひたてまつる《われてきて》ほどに、急ぎ波の底へも入れたてまつらずして、わ[一三]れ男子《なんし》の身と生れずは、なにしに、かかる憂きめをば見じと、今海へ沈めんことは忘れ、袖《そで》を顔に当てて、[一四]しぼりもあへず泣きゐたり。「いかさまにも《ここはやはり》、おどろかし《お起し申し上げて》たてまつりて、臨終の念仏をも、すすめ参らせん」とて、「やや」とおどろかす《もしもしと呼んで目をさまさせた》。姫君うちおどろき給ひて、あたりを見給へば、わが召したる《自分の乗っていた》御舟にはあらず、いやしげなる小舟にて、御乳母たちは、などや《どういうわけか》一人も見えずして、男一人、御そばに泣きゐたり。

(対の屋)「これはいかなることぞや、夢かや夢かや」とおぼすに、かの男申

一一 顔などにあらわれた様子。

一二 いくら見ても見つくせないほどすばらしく、想像もできないほどに美しくていらっしゃる姿を目にしていると。

一三 男に生れてこなかったら、このようなつらい目には会わないですんだのに、どうして男と生れたのだろうかと。

一四 しぼりきれないほどに涙を流して泣いていた。

＊ 継子《ままこ》話は周知のように民間説話としても世界的に分布している。日本においても、昔話として継子話が非常に多く伝わっている。御伽草子の『鉢かづき』は、そういう昔話の中の「姥皮型《うばかわがた》」と呼ばれる説話とそっくりの筋であって、民間説話を素材にしたことが明らかである。それに対して、この『岩屋』や、前記の『伏屋』『一本菊』などは王朝風の恋愛物語の系譜を受けていると言うべきであろうが、これらの作品においても、継子の姫君に対する貴公子の求愛のくだりが簡略になり、継母の迫害や、継子に対する神仏の加護が強調されるなど、筋の起伏に興味の中心が移ってきたことがみとめられる。物語の通俗化という、御伽草子の一般的性格が顕著に現れているのである。

すやう、「これは《私は》、母御前《ごぜん》の御方に佐藤左衛門忠家と申す者にて候ふなり。御咎《とが》をば知り参らせず《どんな罪かは知りませんが》。おほせにて《母御前のご命令で》御使ひに参りて候ふ。されば臨終の念仏候へ」と、すすめ参らせければ、その時姫君、これをうち聞き給ひて、「夢かや夢かや、さらに現《うつつ》[一]ともおぼえず」と、舟の底にうち伏し、天に仰ぎ地に伏して[二]、もだえこがれ給ふ《身もだえして悲しまれる》。「わがすごせる罪何事ぞや《自分は一体どんな罪を犯したのだろうか》。犯せる罪もおぼえず《何も罪を犯したおぼえがない》」と、嘆き悲しび給へども力なし《どうしようもない》。姫君、涙を押へつつおほせけるは、「われをさう[三]なく失はで《すぐに殺してしまわないで》、臨終すすめたるこそは嬉しけれ《臨終の念仏をすすめてくれてとても嬉しい》。同じくは情けと思ひて、しばらく暇《いとま》を得させよ《待って下さい》。事のゆゑは、故母宮の月忌《ぐわつき》[四]の御とぶらひに御経読むが、今日は湯にくたびれて、いまだ読まず。この御経読み終りて後、われを海へ沈めよ」とのたまひければ、佐藤左衛門、御懐《ふところ》よりも御経と水晶の数珠、取り出《い》だして参らする。

姫君これを取りて、千年万年の命生きぬるやうに嬉しくおぼしめして、御経うちあげうちあげ[五]《三巻の御経を高らかに読み終って》、三巻読み終りて、回向《ゑかう》[六]の御言葉こそ

＊ 佐藤左衛門が対の屋姫を連れ去って海に沈めようとするものの、最期《さいご》に臨んだ姫の美しさと、けなげな態度に打たれて思い悩む場面は、前半の山場として克明に描かれている。これと同じく、継母が腹心の家来に命じて継子を殺そうとすることは御伽草子の『伏屋』や『秋月物語』にも見られるが、その二篇では神仏の加護による超自然の力が働いて、継子が助かるという筋になっている。御伽草子では、主人公の危難に際して、そのように神仏の利生《りしよう》によって安直に解決するという語り方が多いのであるが、この『岩屋』には、そういう不自然な所がなく、小舟の中での姫の言葉や行動を通して、左衛門の気持が変ってゆくあたりが具体的に写されている。御伽草子としては上の部に属する描写力の出ている部分である。

一 現実の出来事。

二 身もだえして悲しむさまをいう慣用句。御伽草子で頻繁《ひんぱん》に使われる語句の一つである。

三 「左右なく」で、あれこれとためらわないで無造作《むぞうさ》にの意。

四 毎月の命日。

五 声を張り上げること。

六 ここは回向文《ゑかうもん》の意で、読経の功徳《くどく》を自分や他のものの救いのためにさし向けようという願いを表した言葉。

たつとけれ。「一巻の御経をば、この世にまします父、七現世《げんぜ》安穏《あんをん》にて後生善処《ごしやうぜんしよ》のため、今一巻の御経は、来世の母御前《あの世の母御前が》の泥梨《ないり》八の底に沈ませ給ふとも、この御経の功力《くりき》九により、父も母もわが身も、一〇一つ蓮《はちす》の身とならせ給へ。今一巻の御経は、一一十悪五逆の罪人の迷ひも、観音《くわんおん》の御力によりて、一二生死《しやうじ》の重きも一三蓮台《れんだい》の上に宿して、一四御うてなの上に迎へ給へ。身は一五千尋《ちひろ》の底へ沈むとも、蓮台の上に救ひ上げ給へ。親子ともに一つ蓮《はちす》の身となし給へ」と、伏し拝み給ひて、佐藤左衛門にうち向はせ給ふ。「わが心に思ふこととては、今一度父を見まゐらせばやと思ふ。また生れ落ちしより、すでにわれ十三になるまで、一六一めいに立ち去らずして育てし乳母《めのと》をも、今一ど見せよと言ふとも、一七よも見せじ。つらつら物を案ずるに《よくよく考えてみれば》、これも前世の契りなり《こうなるのも前世からの約束事です》。生きて思ふも苦しきに、はやはや海へ沈めよ。沈めん時は、われにその気色《けしき》を見するなよ。今はかくと思はば《いよいよ最期だと思えば》、さすがに《そうはいっても》女の身なれば、一八臨終の障《さは》りにもなりぬべし」。かやうにおほせられつつ、つい立ち《さっとお立ち》

七 この世では安らかな生活を送り、来世は極楽浄土へ生れ変ること。『法華経《ほけきよう》』にある言葉。

八 梵語《ぼんご》の音訳。地獄のこと。

九 功徳の力。

一〇 死後はともに極楽に往生して、同じ蓮華《れんげ》の上に坐ること。

一一 仏教でいう十種の罪悪（一二六頁注三参照）や、五種の最も重い罪（母を殺す・父を殺す・聖者を殺す・仏の体を傷つける・教団の和合を破る）。十悪罪や五逆罪を犯したような迷いの深い罪人も。

一二 「生死」は、生れ変り死に変りして迷いの世界を輪廻《りんね》するという意の仏語。生死を離れることのできない罪の重いもの。前の「十悪五逆の罪人」と同じ意味である。

一三 極楽浄土の蓮華の座。

一四 蓮のうてなの意で、蓮台と同じ。

一五 非常に深い海の底。「尋《ひろ》」は、成人の男子が両手を広げた時の、指先から指先までの長さをいう。

一六 「一命に」で、命をかけての意か。または「一目《ひとめ》だに」の誤りで、寸時の間もということか。

一七 よもや会わせてはくれないでしょう。「よも」は、多く否定推量の助動詞「じ」を伴って、確定的ではないが、そのようなことはまさかあるまいという予測を表す副詞。万が一にも。

一八 いまわの時に心が乱れて、それが極楽往生のさまたげになるということ。

佐藤左衛門、対の屋姫を憐れみ絵島が磯に棄てる

給《になって》ひて、袴《はかま》の腰強く結び、壺装束《つぼしやうぞく》[一]にし給うて、衣《きぬ》の袖をちがへて《互い違いにして》首に掛け給ふ。舟の舳板《へいた》[二]に臨みて、十念《じふねん》[三]唱へ、今や今やと待ち給ふ。

〔絵〕

佐藤左衛門これを見て、「いたはしやな。卑しき者ならば、叶《かな》はぬまでも助けよとこそ言ふべきに、おぼしめしきりたる《きっぱりとあきらめていらっしゃるのが》、いとほし《かわい》や《そうだ》。わが身も方々[四]に子ども六人持ちたり。めぐりあふ度《たび》ごとに、子どもの顔を見るに、目かれせられず思ふに《いくら見ても見あきない気持がするのに》、まして、父《父の中納言は》の姫君を一人持ち給ひて、玉のごとくにおぼして、少しも離さじとて、これまで具し参らせおはしますに、かき消すやうに失ひて、父の御嘆きさ《さぞ》こそと《深かろうと》、かねて思ふもあはれなり《今から想像するだけでもお気の毒だ》。いとほしきかなや《かわいそうなことだ》、悲しきかなや。させる親の敵にもあらず《姫君が特に親の敵というのでもない》[五]」。情けなく海へ入れたてまつらんことを悲しく思ひて、すぞろに[六]涙せきあへず《自然に涙がこみあげてくる》。艪櫂《ろかい》を舟に入れて、沈めたてまつらんことも忘れて、もだえこがれゐたりけり《どうしてよいか分らず思い悩んでいた》。

姫君は今や今やと待ち給ふ。遅くて《夜も遅くなって》、くまなき月の光に、御経を

一 平安時代から鎌倉時代へかけて、中流以上の女性が徒歩で外出する時の服装。袿《うちき》を頭にかぶり、紐で腰を結び、表着《うわぎ》の褄《つま》を折りつぼねて前にはさみ、市女笠《いちめがさ》をかぶった。ここは壺装束《つぼしょうぞく》のような姿になっての意。

二 和船の舳《へさき》の台の上に渡した板。

三 「南無阿弥陀仏」を十返唱えること。

四 幾人もの妻妾に生ませた子が六人あるということであろう。「はらはら（腹々）に」とあったのを「はうはうに」と誤り、「方々に」と字をあてたのではないか。

五 ここまで佐藤左衛門の心中を述べた文。「……させる親の敵《かたき》にもあらず」の次に助詞「と」を入れると、下の「情けなく……」に無理なくつながる。

六 「すずろ」とも「そぞろ」ともいう。意識しないままに物事や心が進むさま。

うちあげうちあげ読み給ふ。名を得たる《名所として有名な》明石の月なれば、七かかやき
くまなきに、越路《こしぢ》へ帰るかりがねの、翼《つばさ》に文《ふみ》も付けたし。八藻塩《もしほ》焼く海士人《あまびと》は、塩屋へ月ぞ運びける。九松にしぐるる風の音、汀《みぎは》の波に琴《きん》を調ぶるに異ならず《琴の調べが合わさるのと変らない》。艪櫂もなければ、舟をば月とともに《舟は月と一緒に》ぞ、さし《あてどもなくゆられて》歩くなり《ゆくのであった》。一〇和田の岬《みさき》をくるくるとめぐりて、一一淡路《あはぢ》の絵島《ゑしま》が磯《いそ》にゆられけり。その時、佐藤左衛門、海の中を見れば、大きなる岩あり。嬉しく思ひて、この岩の上に捨てたてまつりて、「みづから、ともかくもなり給へ《自分で入水するなりしてどのようにもなって下さい》」と申せば、「われはいかに女の身なり《何をいうのです私は女の身です》。何として波の中へ入るべき。ただ汝《なんぢ》が手にかけて沈めよ」とぞのたまひける。佐藤左衛門、悲しく、御名残《なごり》は多けれども、心強くもてなして《人情にひかれようとする心を抑えて》、かき抱きて、岩の上に下ろしたてまつりて、「ともかくもならせ給へ」と申して、舟をばさし出だしぬ。姫君は岩の上に捨てられて、をめき叫び給へば《大声を上げて呼び叫ばれると》、〔その声が〕波を隔ててはるかに聞えけり。御心のうち思ひやられて、あはれなり。佐藤左衛門、姫君をば岩の上に捨てたてまつり

七 月が一点の曇りもなく輝いている中を、北へ向って帰ってゆく雁《かり》の姿を見ると、その翼に手紙をことづけたくなる。中国の前漢時代、匈奴《きょうど》にとらわれた蘇武《そぶ》が雁の足に手紙を結びつけて都に届けたという故事にもとづく。「かかやき」は九一頁注一三参照。

八 塩を採るために海藻《かいそう》に潮水を注ぎ、それを焼くことをいう。「塩屋」は製塩の小屋。海士が塩屋へ運ぶ海水に月影が映っているということである。

九 時雨《しぐれ》が降ったり止んだりするように時々松を吹き渡る風の音。

一〇 神戸港の入口にある岬。

一一 淡路島の北東部、岩屋港南東の岩。景勝地で古くから歌枕として有名。

* 絵島が磯に捨てられた姫は、やがて明石の海士《あま》に救われる。前記の『伏屋』や『秋月物語』では、熊野詣《くまのもうで》から下向する途中の尼に助けられ、信濃《しなの》の伏屋とか、筑紫《つくし》の秋月とかへ伴われて、尼の家に保護される。継子の保護者として熊野下向の尼が登場することには、中世に盛んであった熊野信仰の影を見ることができ、物語の伝承に熊野関係の宗教家の参加があったのではないかと推測させる。『岩屋』の対の屋姫は仏心の篤《あつ》い女性として描かれているが、そういうある種の信仰宣布の目的を思わせるような記事は見られない。

おきて、むなしくただ一人さし戻る《舟をこいで戻る》。櫂《かい》の雫《しづく》も袖《そで》の涙も、いづれも《どちらと見分》わきまへがたくて《けられないようなありさまで》、泣く泣くさし戻しけり。〔絵〕

さるほどに明石には、「いつくしき上臈《〔人々が〕美しい姫君が》《じやうらふ》[一]の波に入りぬ」と騒げば、急ぎ乗り移りて、屋形《やかた》の内をさぐり給へば、衾《ふすま》[二]のうちも暖かに、今までもおはしけるとおぼえて、御乳母《めのと》の女房なんど、手ごとに火をとぼして、「姫君よ」とをめき叫ぶ声、有様、譬《たと》へん方《かた》なかりけり。されどもつひに見え給はねば、播磨守《はりまのかみ》、すなはち百丈《ぢやう》[三]の網をおろして、そのあたりを引きけれど、この方《かた》に玉衣《ぎよくい》[四]も得給はず。帥殿《そつどの》、お《もど》ぼつかなさのあまりに《かしくて不安のあまりに》、四位の少将、淀《よど》にて留むべき由言ひしかど《姫君を都に残してゆくようにと言っ》も具して下るを《たのを連れて下ったので》、盗みてやあるらんと《ひそかに連れ戻したのかもしれないと》、急ぎ都へ早馬[五]を立てられけり。少将聞き[六]もあへず、御簾《みす》を上げて、かくと聞きつるより《これこれですという知らせを聞くと》、物ものたまはず、気も心もまどひ《放心したようになって》、涙せきあへず《涙を抑えることができない》。[七]その夜は、姫君の落ち給ひぬといふ波の上をまぼり給ひて《じっと見つめたまま》、汀《みぎは》の松の下にて夜を明かす。夜もほのぼのとなりしかば《夜の空もうす明るくなってきたので》、耐へぬ思ひの悲しさに《あまりの悲しみに心が耐えられなくて》、緑の髻《たぶさ》[八]お

四位の少将をはじめ対の屋姫のゆかりの人々の出家

一 本来は修行の年数を積んだ僧のことであるが、上臈女房の意から高貴の女性をいうようになった。
二 寝る時に上に掛ける夜具。
三 一丈は十尺。「百丈」は約三〇〇メートル。
四 天子や貴人の衣。「玉体《ぎよくたい》」（美しいからだ）となっている本もある。
五 馬を飛ばしてゆく急ぎの使いのこと。
六 中納言の許《もと》より使いが来たと聞くと、便りを待ちかねていたことなので、すぐに使いを呼んで、御簾をあげて対面したという意味である。
七 ここに、少将が急いで播磨へ下ったという文がなければならない。前行の「御簾を上げて」が「鞭《むち》を上げておはして」となっている本もある。
八 黒々とつやのある美しい髪を「緑の髪」という。「髻」は、髪の毛を頭上に集めて束ねたところ。髪を切って出家遁世《とんせい》したということ。

し切りて、御年二十五、いまだ三十にも足らせ給はねば、惜しかる《〔出家するには〕まだ惜しい》べき齢《よはひ》かな《年齢でした》。
[九]かかりければ侍《さぶらひ》ども、皆元結《もとゆひ》切りけり。[一〇]随身《ずいじん》、[一一]雑色《ざふしき》、[一二]牛飼ひなんども、皆[一三]墨染《すみぞめ》になりにけり。その時、御乳母も女房達も、われもわれもと皆髪をおろし《髪を短く切って》、[一四]様《さま》をやつし、[一五]高野《かうや》、[一六]粉川《こかは》に籠《こも》るべしとて、行く人もあり。[一七]先達《せんだつ》修行にとて、[一八]林にまじはる人もあり。帥殿も、御《髪を》ぐしおろしたくおほせけれども《剃り落して出家したいとおっしゃるけれども》、君に[一九]暇《いとま》を申さず。その上、[二〇]宇佐の宮の勅使に立ち給へば、力なく墨染の袈裟《けさ》を[二一]幡《はた》にかけて行はれける《仏事を営まれた》。されども髪はおろされず。さてあるべきことならねば《いつまでそうしてもいられないので》、泣く泣く筑紫《つくし》へ下り給ひぬ。四位の少将は、やがて《そのまま》京へも帰らず、当国[二二]書写山へ登り、行ひすましておはしけり《仏道修行に専念していらっしゃった》。

対の屋姫、明石の海士に助けられる

さても姫君は、巌《いはほ》の上に五日までぞおはしける。潮の干る時はもとの巌なり。また満つる時は、御ぐしの上まで波ぞ越して洗ひける。恐ろしさ、悲しさ、[二三]なかなか海へ沈めたらば、かかる憂きめは見じ《こんな辛い目には会わなかった》

九　少将が出家したので、少将の家来たちも皆その跡を追った。「元結」は、髪の髻を結び束ねる糸のこと。
一〇　本来は貴人の護衛のために勅宣によってつけられた近衛府《このえふ》の官人であるが、広く随従の家来をいうようになった。
一一　公家や武家の家の雑役をつとめる従者。
一二　牛車《ぎっしゃ》の牛を飼い使う者。
一三　墨染衣の略。出家の姿になったの意。
一四　「やつす」は、みすぼらしい姿に変えることで、やはり出家（ここでは尼）の姿になることをいう。
一五　和歌山県の高野山。弘法大師入定《にゅうじょう》の所で、世捨人で隠栖《いんせい》する者が多かった。
一六　和歌山県北部の粉河寺。西国三十三カ所の第三番の札所。
一七　「先達」は、修験《しゅげん》道で修行者を導く熟練した山伏のこと。先達について修行する山伏になったの意。
一八　俗世を遁《のが》れて山中に隠れ修行すること。
一九　帝に出家の許しを得ていないという意。
二〇　大分県宇佐市の宇佐神宮。中納言は勅使として宇佐の宮へ参拝する役を命じられていたのである。
二一　仏を供養する時の荘厳具《しょうごんぐ》としての幡のこと。
二二　一四九頁注二二参照。
二三　中途半端で、すっきりしない気持を表す語。仮定の表現を伴う場合は、いっそのこと、むしろ、の意となる。

や《だろう》。[一]この世一つの事ならじ。前《さき》の世にいかなる罪をか作りて《どんな罪を犯したというので》、かか《このよう》る身とはなるらん《な報いを受けるのであろうか》。満ちくる潮に引かれて、このたびは海へ入りなんと、思ひまうけて《心がまえをして待っていると》おはするところに、母[二]御前《ごぜん》の御声とおぼえて、「[三]命絶たなんと《自分から命を絶とうと》、なおぼしそ《思いなさるな》。今一時《いっとき》待ち給へ。夜昼われ立ち添ひて、守りたてまつるなり」と聞えければ、「さては母御前にてましますか。母御前にてわたらせ給はば《ほんとうに母御前でいらっしゃるのならば》、なにとて命を生け[四]させ給ふらん。はやはや命を取らせ給へ」と、祈念しきりにし給ひけり。

さて、海士小舟《あまをぶね》、釣舟、通れども、寄りて言問《こと》ふ人もなし。五日と申す夕暮に、明石《あかし》の海士、潮の干るまをうかがひて、[五]漁《あさ》りにとてぞ出でたりけり。螺《にし》や、栄螺《さざい》、蛤《はまくり》取りに沖へ出でたり。巌《いはほ》の上を見てあれば、女房のやうなる人こそ見えけれ。天人の天降《あまくだ》り給ふかや。かかることこそいまだ見ね。[六]凡夫《ぼんぶ》とも[七]おぼえねども、あやしきに、舟さしとどめ、つくづくとぞまぼりける《見守っていた》。かの姫君、[八]かかる者は人にてはなきやらん《人間ではないのではないか》。ただいまわれを失はんとや《自分を取って殺すのではないかと》、恐ろしく思

一　この世で作った罪のむくいだけではないだろう。
二　対の屋姫の亡くなった実母。
三　「絶たなん」だと、絶って欲しいの意となるが、ここは「絶たん」または「絶ちなん」とあるべきところ。
四　生かしておくの意の下二段活用の他動詞。今日では、「花をいける」や、保存のために物を埋める意の「いける」などに残っている。
＊　継子説話では、亡き実母が娘の危難を救うという例は多い。『伏屋』『秋月』の二篇では、武士が継子姫を害しようとしたところ、神仏の加護で刀も弓も役に立たなくなったので、湖に沈めると、冥途《めいど》の実母が亀となって現れ、姫を陸へ救い上げたとある。『岩屋』では、そうした直接的手段によらず、母の声だけが聞えたとしているが、ここにも超自然の奇蹟を語ることを避けようとする作者の意識が現れているのであろう。
五　魚貝類をとること。
六　仏教の道理を弁《わきま》えていない者というのが本意で、普通一般の人、愚かな者の意に使われるようになった。
七　このままでも文意が通じないこともないが、「おぼえねとて」とあった方が下の文に無理なく続く。ただの人間とは思えないと、不思議さに。
八　このような者。海士をさす。

ひけれども、よくよくこれを見給ふに、さすがに人の形なり《やはり人間の姿である》。姫君、さめざめと泣き給ふ。海士、舟漕《こ》ぎ寄せて申すやう、「いかなる人にておはすれば、かかる島にただ一人おはするぞ」と申せば、姫君のたまふやう、「われは京の者なり。通る舟に捨てられてあるなり」とおほせければ、(海士)「まことに捨てられてましまさば、われらが住む所へ入らせ給へ」と申せば、(姫君)「嬉しくこそあらめ《とても嬉しいことです》」とのたまへば、さらばとて、海士が舟に乗せ参らせて、汀《みぎは》に漕ぎ寄せて、抱き、負ひたてまつりて、[九]己《おの》が岩屋へ入れたてまつりぬ。次の日、[一〇]上の岩屋しつらひて《準備をして》、別《べち》に据ゑたてまつりて《自分たちとは別に住まわせて》、主《しゆう》のごとく、かしづきたてま《この上なく大切にして》つること《お仕えした》かぎりなし。

さて帥殿《そつどの》の北の方、大宰府《だざいふ》にて[一一]御風気《かざけ》とありけり。終りには[一二]物狂《ものぐる》はしくて、[一三]邪気《じやけ》にてぞおはしける。[一四]弥石《いやいし》、[一五]観音寺《くわんおんじ》、[一六]彦根《ひこね》の山の[一七]行者《ぎやうじや》を請《しやう》じてぞ祈らせたてまつる。[一八]上々と申す[一九]憑座《よりまし》には憑《つ》かずして、北の方、御みづから口ばしりてのたまふやう[二〇]、[二一]几帳《きちやう》のうちより飛び出

対の屋姫の実母の霊が現れ継母を責める

九 海士が住居にしている明石の岩屋。
一〇 海士の住んでいる岩屋よりも、さらに高い場所にある岩屋。
一一 風邪の気味。
一二 ものに取りつかれて気違いじみた状態になること。
一三 物《もの》の怪《け》のつく病気。
一四 未詳。
一五 福岡県太宰府町にある観世音寺。天台宗の古刹《こさつ》。
一六 福岡県と大分県の県境にある英彦山《ひこさん》のこと。英彦《えひこ》山《やま》神社があり、平安時代から修験《しゆげん》の道場として栄えた。
一七 仏道を修行する人。とくに修験道の行者である山伏をいうことが多い。
一八 未詳。憑座《よりまし》の名らしいが、他の本にはこの語がない。
一九 修験者や巫女《みこ》が神降ろしをする時、神霊や物の怪を乗り移らせる人間。多く巫女や小童を使った。
二〇 ここに北の方の言った言葉があるべきで、このままでは文意が続かない。
二一 建物の中で用いた移動用の障屏具《しようへいぐ》。

でて、行者の前にてはやしたり《盛んにものを言った》。行者、「[一]しゆをははくに、出づるほどの邪気《じやけ》は、行者に物語りしにぞ来たるらん。何者ぞ。名のれ名のれ」と責められける。その時北の方、[二]衣《きぬ》引きかづき、はづかしげなる気色《けしき》にて、さめざめとぞ泣かれける。ややしばらくありて、か《この》くぞありける《ように語った》。「われは都の者なり。[三]鎮西《ちんぜい》の行者に[四]見ゆべき者ならず。されども、あまりに思ふが苦しさに《自分の娘のことを思うとあまりに苦しいので》、ただ今参りたるなり。われこそ[五]太田の帝《みかど》の二の宮と申すはわがことなり。対《たい》の屋《や》には母なり。[六]恩愛の道こそ悲しけれ。対の屋[七]十といひし年、[八]生死無常《しやうじむじやう》の習ひの悲しさは、われはかなくなりしかば、いとけなき《まだ幼い対の屋姫を》を見捨てて、[九]冥《めい》途《ど》へ赴く悲しさよと、思ひし心に迷はれて《思う心のため悟りが得られずに》、[一〇]菩提《ぼだい》の道に入りしこともなく、今は[一一]孝養《けうやう》すれども仏道もせず。または作れる罪もなければ《といってこの世でつくった罪もないので》、地獄に落つることもなし。いまだ[一二]中有《ちゆうう》に迷へり。昼は屋根の棟《むね》に居《ゐ》、夜は天降《あまくだ》りて軒にまはり、枕に立ち添ひて《姫の枕もとに寄り添い》、明暮守る《一日中守っていた》甲斐もなく、なにとて何の咎《とが》のありければ、明石の浦にて対の屋をば、海の底へ

一 未詳。誤写があるか。
二 表衣《うえのきぬ》を頭からひきかぶって。
三 九州の別称。大宰府を一時「鎮守府」と称したことから生じた呼称。
四 「見ゆ」は「見る」の自発の形で、受身・可能の意にも用いられる。他から見られるの意から、人に顔を合わせること。九州の行者に顔を見られるような身分の者ではないという意味。
五 未詳。
六 親子や夫婦の間の情愛。親が子を思う心というものは何とも悲しいことだの意。
七 前には、対の屋が十二歳の時母が亡くなったとあったが、ここのように十歳とする方が正しい。一四六頁注五参照。
八 人の生死は無常であるという悲しいさだめによって、自分もはかなく命を終えることになったが。
九 底本「めいとへおもひしこゝろに」。岩瀬文庫本ほかによって補う。
一〇 煩悩《ぼんのう》を断《た》って悟りの境地に到る道。
一一 自分のために供養をしてくれても、成仏《じようぶつ》できない。「孝養」は亡き親の後世《ごせ》を弔うこと。「仏道」は、仏の悟りである無上菩提のこと。
一二 人が死んでから、次の生を得るまでの間。死後四十九日の間は、次の生をうけないで現世と冥途《めいど》との間の暗い世界をさまようとされた。

沈めけるぞや。あまりの[一三]本意《ほい》なさに、[一四]邪気に現はるることこそはづかしけれ（物の怪になって姿を現すのはとても恥ずかしいことです）」なんど、名のり給へども、[一五]申したる人もなし。また[一六]誰よりも常は嘆き給へば、かやうのこと、北の方させ給ひたるとは、思ひ寄る人もなかりける。[一七]推《すい》することもなし。邪気現はれぬれば（物の怪が現れてしまうと）、御心ち（〔北の方の〕御気分も）もよくならせ給ひぬ。〔絵〕

中

明石の海士、姫君を養う

さても明石の海士《あま》は、姫君を朝夕かしづき参らせて（大切にお守りして）、[一八]山吹の十三、[一九]上襲《うはがさね》の七つをば、御袴《はかま》うち具して（一緒に添えて）、[二〇]紫竹《しちく》の竿《さを》に掛け、男の海士釣《つり》に出づる時は、女《め》の海士[二一]御伽《おとぎ》をし、女の海士、青海苔《のり》、布海苔《ふのり》採りに出づる時は、男の海士御伽をし、たがひに（交代で）[二二]遊び出でて、はごくみたてまつる（〔姫君を〕いたわってさしあげた）。明けぬ暮れぬと過ぎゆけば（こうして一日一日と過ぎてゆくうちに）、四年にぞなりにける。

中納言、京へ帰還

さるほどに帥殿《そつどの》、三年《みとせ》も過ぎければ、京へのぼり給ひけり。[二三]第三

一三 もとからの気持に反した結果が出て残念なこと。
一四 底本「しやけにあらはるゝ、はつかしけんなんと」。他本によって改めた。
一五 北の方の傍にいた女房たちも、この物《もの》の怪《け》のことを誰にも話さなかったという意味であろう。
一六 継母の北の方は対の屋姫が行方《ゆくえ》不明になったことを誰よりも常に嘆いていたので。
一七 継母のしわざではないかと推測する人もない。
一八「山吹襲《がさね》」の略。表は薄朽葉《くちば》、裏は黄。一五二頁注五参照。
一九 女房の装束で、重袿《かさねうちき》の一番上に着る袿であるが、ここでは袿を七つ重ねて着る七襲《ななつがさね》をさしているのであろう。
二〇 黒竹の色のやや薄いもの。『日葡《にっぽ》辞書』には「高価な竹」とある。
二一 話し相手などをしてつれづれを慰めること。
二二 海へすなどりをしに出て。「遊ぶ」は漁猟《ぎょりょう》をする意。
二三 一四六頁注一〇参照。

年をば明石にてぞ弔《とぶら》ひ給ひける。[一]尾上《をのへ》、高砂《たかさご》の沖を漕《こ》ぎゆくとて見給へば、大きなる[二]幡《はた》ぞ見えける。四位の少将の、[三]戒の法印《ほふいん》を請じて、[四]荘厳《しやうごん》の道場をこしらへて、[五]八軸の妙経《めうきやう》を書かれける。その幡とぞ申しける。対の屋落ち入り給ひたりし海の中へぞ、奉納せさせ給ひける。波にも濡るる袖の上《ただでさえ波に濡れる袖なのに》、[六]さらぬだに、よその袂まで絞りぞかねける《〔この有様を見て〕関係のない人まで涙を催した》。帥殿御[七]孝養《けうやう》もただならず《ひとかたならずていねいに営まれた》おはしけり。いまだ逢ひみぬ君の方の《まだ結婚してもいない姫君のために》故《ゆゑ》に、かくし給ひける《これほどまでなさった》四位の少将の、心のうちこそあはれなれ。

さて少将入道殿は、帥殿に暇《いとま》申して漕ぎ戻る。筑紫への時は《先に筑紫へ下る時は》、[八]のぼりにとも契らねば、[九]恋しき人の形見と、〔帥殿も少将も〕たがひに思ふことこそことわりなれ《互いに別れがたく思うのも道理である》。落つる涙と櫂《かい》の雫《しづく》もわきかねて、今をかぎりと思へば、[一〇]輪廻《りんゑ》生死《しやうじ》の深き、このたび永く隔てぬと、漕ぎ別れ給ひけり。少将はなほ書写の山へぞのぼられける。帥殿も淀《よど》にぞ着かせ給ひぬ。[一一]都へ着きはてば君に御暇《いとま》申して、出家せんと思はれけるに、〔帝は〕出家せさせじとおぼしめして、宇佐の宮の勅使、ことゆゑなく遂げられた《何事もなくなし遂げたほうびという》

一 「尾上」「高砂」ともに、兵庫県南部加古川河口付近の地名。尾上の松、高砂の松等で知られる歌枕。
二 一五九頁注二一参照。
三 出家する時に、その人に戒を授ける僧を「戒の師」というが、それと同じ意味か。版本では「近き里の上人たち」とある。「法印」は本来は僧侶《そうりよ》の最高の位であるが、中世では山伏の異称として用いられた。
四 いろいろの仏具で美しく厳かに飾った御堂。
五 『法華経』のこと。八巻あるところからいう。『法華経』の経文《きようもん》を幡に書いたという意。
六 この「さらぬだに」は、上の「波にも濡るる」にかかるのであろう。
七 亡き対の屋姫を弔う仏事。
八 このままでは意味が通じない。筑紫へ下る時にはいずれまた都へ上る時に会いましょうと約束したけれども、今度別れては再び会えるかどうか分らないのでということで、脱文があるのであろう。
九 一方は対の屋姫の父親、一方は婚約者であることから「恋しき人の形見」と言った。
一〇 輪廻《りんね》生死をまぬかれない罪深い身であるから、来世でもめぐり会うことは難しいという意。
一一 都へ着いて、任務をすっかり終えたならば。
一二 任官や叙位に際して、宮中に参上してお礼を申し上げる時の儀式を「よろこび申し」という。「陣」は宮中の儀式に公卿が参列する場所。お礼言上《ごんじよう》の儀式の席においてもの意。

二位の中将、暴風にあい明石に漂着

る《ことで》よろこびにとて、大納言にぞなされし。[一二]よろこび申す陣の口、な[一三]かなか直衣《なほし》[一四]の袖をぞ絞られける。〔絵〕

かかりける《ちょうどその頃》折節《をりふし》、一《いち》[一五]の人の御子、二位の中将殿と申す人おはしけり。八月十五夜の月くまなきに《中秋の名月が一点の曇りもない夜に》、随身《ずいじん》[一六]、侍《さぶらひ》[一七]引き具して、賀茂の河原に立ち出でて、駒競《こまくら》[一八]べして遊ばせ給ひしに《競馬をしてお遊びになったときに》、中将殿馬より落ちて、左の腕《かひな》を突き損じ、伊予《いよ》[一九]の国は殿下《てんが》[二〇]の分国《ぶんこく》[二一]なりければ、療治のために伊予へ下り給ひぬ。八月九月療治して、もとのごとく直りて、都へのぼり給ふ。備後《びんご》[二二]の歌の島、室《むろ》の泊りに着き給ふ。月の出しほの[二三]朝なぎに、群鳥《むらとり》渡るなり。十月五日に、たんか[二四]、やくしかけ[二五]、印南《いなみ》[二六]島《しま》、播磨《はりま》の灘《なだ》をぞ走りける。書写の嵐《あらし》吹き越してはげしくぞ聞えける。日は波の中へ入るとおぼえて、暮れゆくままに風はげしく吹けば、しどろもどろ[二七]に波ぞ立つ。されば五艘《さう》の舟も乱れけり。心細さはかぎりなし。艪《ろ》櫂《かい》も梶《かぢ》も叶《かな》はず、風にまかせて吹かれ行く。和布《わかめ》[二八]刈り干すといふ、いづくなるらん、鞆《とも》の浦へ吹き着くる。その時舟

一三 中途半端ですっきりしない気持を表す語。一筋に任官を喜ぶ気持にはなれないで、かえっての意。
一四 公卿の平常服。
一五 最高の権力者の意でおもに摂政関白をいう。
一六 一五九頁注一〇参照。
一七 公家社会にあっては、親王・摂政関白・公卿の家に仕えて実務をつかさどる家人《けにん》をいった。
一八 馬を走らせて勝負をきそうこと。競馬《けいば》。
一九 愛媛県。
二〇 皇后・皇太子など皇族に対する敬称であるが、摂政・関白・将軍にも用いられた。
二一 朝廷や幕府から知行権をゆだねられた国。
二二 広島県尾道の南にある海島。今は向島および岩子《いわし》島という。「室」は兵庫県にある瀬戸内海の要港。歌の島を経て室の泊りに着いた、の意か。
二三 月の出とともに満ちてくる海の潮。
二四 未詳。
二五 未詳。
二六 兵庫県南部の印南野《いなみの》あたりの島のことか。
二七 秩序がなく乱れているさまをいう語。風波が激しい状態をいったのである。
二八 「和布刈り干すといふ」の句は「鞆の浦」へかかるのであろう。「鞆の浦」の名で有名なのは、広島県福山市鞆町の海岸であるが、それでは後の記述と合わなくなる。この一文は何か引歌がありそうに見えるが未詳。

の綱取り、汀《みぎは》へ飛んで下り給ふ。さてさて、おのおの舟より下りにけり。五艘《さう》の舟は乱れけれども、人は一人も損ぜざりけり。

さて、中将殿おほせられけるは、「この浦をばいづくといふ」と尋ねさせ給へば、その島の人申しけるは、「これをば明石の浦」と申しければ、「さては、音に聞きつる名所ごさんなれ[一]。月の光もおもしろく、かしこき命まうけて《尊い命を思いがけなく助かって》、生きたることこそ嬉《うれ》しけれ。これぞ[二]西海道《さいかいだう》の思ひ出に、いざや歩《あり》きて遊ばん」とおほせられて、[三]御傅《めの》と人の[四]六位の臣、[五]左近尉《さこんのじよう》、[六]右京の大夫《だいぶ》維治《これはる》、御従兄弟《いとこ》の唐橋殿《からはしどの》、中山中将、引き具して、「汀の松の群立《むらだ》ちは、絵かきたるに似たるばか《絵にかいてあるのとそっくりだ》り、青葉もとび散りて、[七]葦辺《あしべ》をかきたるにさも似たり。ものごとに《一つ一つの風景》おもしろし《におもむきがある》。これぞ西海道の思ひ出よ」と、おのおののたまひけり。

〔絵〕

かかるところに、海士《あま》の岩屋に火の上がりて見えければ、〔供の人〕「いざや、[八]田舎《ゐなか》の有様を行きてのぞかん。[九]明けなば用意して、よも見えじ」。

一 「にこそあるなれ」の変化した語。であるようだな。であるよな。
二 五畿《き》七道の一つとして九州地方をいうが、ここは都から西の方へ行く道という意味であろう。
三 一五〇頁注四参照。
四 摂関家などの侍は、多く五位六位に叙せられた。
五 左近衛府《さこんえふ》（宮中の警固に当る役所）の第三等官。
六 右京職《うきようしき》（京都右京の司法、行政、警察のことをつかさどる役所）の長官。
七 葦《あし》の生い茂っている水辺。松の群立ちや葦辺の模様は蒔絵《まきえ》などによく使われる図柄である。
八 海士の住む家の有様。
九 夜が明けたら我々の姿を見て、自分たちのみすぼらしい住居を見せまいと心づかいをするだろう。
一〇 推量の助動詞「べし」は原則として活用語の終止形に付くが、室町時代以後、一段・二段活用の動詞には連用形に付く例が多くなった。
一一 刈り取った海藻。
一二 「海士の着る物」あるいは「麻の着る物」の誤写か。

二位の中将、対の屋姫を発見

「まことにさあるべし《(二位の中将)ほんとにそうだ》。人をあまた具しては叶ふまじ《だが大勢一緒に行ったのでは望みが達せられない》。二三人連れ[一〇]べし」とて、左近尉《さこんのじょう》、六位の臣ばかり引き具して、二位の中将殿、海士の岩屋へ行きつつ、忍びやかにのぞけば、[一一]刈藻《かるも》焚きて、袖《そで》も裾《すそ》もなき、[一二]あまきる物の、[一三]うたてげなるを腰のほどに脱ぎ下げて、男の海士は背中あぶりて寝たり。女《め》の海士は網の糸をぞよりける。三人ながら、これ見給ひて、「いざや今は帰らん。いかにや《どうだ見なさい》、[一四]下臈《げらふ》の住処《すみか》は小路《こうぢ》の犬の[一五]臥所《ふしど》にぞ似たりける。などや板敷もせぬ《なぜ床に板も敷かないのか》。[一六]薦《こも》掛《か》けにしたりける藁屋《わらや》のうちの、むくつけなさよ《うす気味悪いことよ》。[一七]土を壁に塗りたるは、[一八]埴生《はにふ》の小屋のいぶせきに、竹垣に囲へば、夕顔《ゆふがほ》のみぞ宿りける。いざや帰りなん」とて帰る所に、上の岩屋にまた火あがりければ、[一九]六位の臣は帰りぬ《六位の臣は帰ったけれども》。左近尉と中将殿は、ただ二人、上の岩屋へ行きてのぞけば、[二〇]人もなかりけり。十四五ばかりなる姫君の《姫君が》、[二一]髪のかかり、口つき、[二二]いづくも愛敬《あいぎやう》がましき体《てい》の、かかやくほどの気色《けしき》なり。[二三]刈藻をひとりあかさるる。こはいかにと思ひて、胸のうちさざめきて《胸さわぎがしてきて》、

一三 見苦しい海士の着る物を腰のあたりまで下ろして肌ぬぎの姿になって。「うたてげ」は、普通とは違って好ましくない気持を表す。
一四 修行の年功の浅い僧の意から、一般に下賤《げせん》の者をいうようになった。「上臈」は一五八頁注一参照。
一五 寝る所。寝床。
一六 薦(まこもを織って作ったむしろ)を屋根代りに掛けてあること。
一七 以下の一文は文脈がよく通らないが、土を壁に塗った埴生の小屋は何ともむさ苦しいが、回りを竹垣で囲ってあるので、そこに夕顔の花が咲いているのだけが風情《ふぜい》だという意味であろう。この絵巻の絵を見ると、岩で囲まれた場所に、薦を上に掛けた四本柱の小屋を描いてある。岩屋といっても洞穴ではない。
一八 土で塗っただけの小さい家。みすぼらしい家。
一九 次の「六位の臣は帰りぬ」は挿入句で、「左近尉と中将殿は……」の文に続く。
二〇 海士の姿はなくての意。
二一 髪の垂れ下がっている様子。
二二 どこを見てもかわいらしく魅力的な様子をしていて、まぶしいほど美しい容姿である、その姫君が。「気色なり」は「気色なるが」とあるべきところ。「愛敬」は古くは「あいぎょう」、室町時代ごろから清濁両様に使われた。
二三 一人ぽっちで刈藻を焚《た》いてともし火代りにしていらっしゃる。「あかす」は明るくする意。

忍びやかにのぞきて、くはしく見給へば、この姫君は、人の見ると
は夢にも知り給はで、いと匂《にほ》[一]やかなる御声をさし上げ給ひて、かく
ぞ詠《えい》じ給ひけり《歌をおよみになった》。

[二]思ひきや身を海士人《あまびと》になしはてて
　刈藻《かるも》をひとりあかすべしとは

[三]とうちながめて、らうたげなる《かわいらしい感じの》声色《こわいろ》[四]。涙はらはらとうち流して、美しくおはする。

そのあたりを見れば、北と西とは岩屋なり。南の山際《やまぎは》に、紫竹《しちく》[五]の竿をつり、裏山吹《うらやまぶき》[六]の十三、上襲《うはがさね》七つ、萌黄《もよぎ》の袿《うちき》、紅《くれなゐ》の御袴《はかま》具《そろえ》して掛けられたり。岩屋の方《かた》には、要文《えうもん》[七]、法文《ほふもん》を掛けられたり。内裏《だいり》[八]の登花殿《とうくわでん》の細殿《ほそどの》と、清涼殿《せいりやうでん》の屏風《びやうぶ》の心より《風情よりも》、なほ美しく書かれたり。西の方には、来迎《らいがう》[九]の阿弥陀《あみだ》の三尊《さんぞん》を掛けたてまつりて、御前《おまへ》には竹の花立《はなたて》に、梅、桜、山吹、常夏《とこなつ》[一〇]、杜若《かきつばた》、桔梗《ききやう》、女郎花《をみなへし》、籬《ませ》[一一]の内の白菊、いろいろの花ども、麻の糸にて結びたるを[一二]、竹の花立に立てら

一 「匂《にほ》ふ」は色が美しく映えることをいうが、ここでは、生き生きとした美しさが感じられるようなうるわしい声、ということであろう。

二 この私がすっかり海士人になってしまって、ただ一人刈藻をくべて明《あか》りをとるような境遇になろうとは思ってもみなかったことよ。

三 「ながむ」は「長む」の意で、声を長くのばして詩歌などをよむこと。「うち」は接頭語。

四 「声色なり」の意で、ここで切れるのであろう。「声色」は声のひびき。声の様子。

五 以下一六三頁にほぼ同文の記述がある。

六 表は黄、裏は紅。前には「山吹」とあった。

七 一四六頁注三参照。

八 「登花殿」は皇后・中宮・女御などが居住した殿舎。「清涼殿」は天皇の日常の御殿。要文、法文の字は宮中の屏風などよりも美しかったということ。

九 一五二頁注三参照。「三尊」は、阿弥陀仏を中心に左右に観世音《かんぜおん》と勢至《せいし》の二菩薩を脇士《わきじ》とした三体。

一〇 古くは「なでしこ」をいう。

一一 竹や木で作った目の粗い垣根。

一二 糸で花の形を結んだということ。一四六頁注二参照。

れける。本尊《ほんぞん》の御前の机には一三金泥《こんでい》の御経を置かれたり。皆水晶《みなずいしやう》の数《じゆ》珠《ず》あり。これを見給ふに、中将殿、不思議にぞおぼしめす。左近尉、「一四御覧ずるよ」と申せば、(中将)「うち見つるより、などやらんゆかしくて《どういうわけか心が引かれて》、一五一つ蓮《はちす》の身とぞ思ふなり」と、おほせられける。〔絵〕

二位の中将、対の屋姫を伴って明石を発つ

さて姫君は、刈藻も皆になりければ《全部なくなったので》、さしくべで火も消えにけり《もう焚くこともできないで火も消えた》。その時(姫君)「一六人はひとごとに名残《なごり》なや」とおほせられて、一七寄り臥し給へば、その時中将殿は、「いざや、うちへ入りなん」とのたまへば、左近尉申しけるは、「御覧じてうち捨てんとおぼさば《お会いになって一度だけで捨てようとお思いならば》、入らせ給へ。一八始終の人とおぼしめされば、夜は帰らせ給へ《今夜はひとまずお帰りなさい》」と申せば、「誠にさ《なるほどそ》あるべし《れがよいだろう》」とて帰り給ひぬ。

道すがら〔中将は〕左近尉、手に手を取り組みて《左近尉と互いに手をにぎり合って》、「不思議なることかな」とおほせられて、帰り入らせ給ひて、その夜の明くるも久しくて《待ち遠しくて》、夜もほのぼのと明けしかば、海士《あま》を召して、「一九潜《かづ》きせよ」とおほせられけり。海士申すやう、「昨日《きのふ》の風に、沖の波静まらず。はかば《とても思》

一三 一五二頁には「金泥の観音経」とある。

一四「御覧ずるや」とあるべきところ。御覧になりましたか。

一五 死んでから極楽浄土で、ある人と同じ蓮華《れんげ》の上に生れ変る身ということで、この世で深い縁を結ぶことをいう。ここでは、この姫君と、夫婦の契りを交わしたいという意。

一六 意味がよく通じないが、刈藻の火が跡かたもなく消えてしまったように、今の自分は以前の人たちをしのぶよすがとなるものもなくなってしまって、ひとりぼっちになってしまったという意か。

一七 脇息《きようそく》などに寄りかかって横になること。

一八 生涯《しようがい》夫婦として連れ添いたいと思われる人ならば。底本「しうの人」とあるのを改めた。

一九 水中にもぐって魚貝などを採ること。

かしくも候ふまじければ《うような収穫は期待できませんから》、叶ひ候ふまじ《おやめになって下さい》」と申せば、「おほせをそむく不思議の者かな《けしからぬ者だな》」とて、海士夫婦ながら《一緒に》、汀《みぎは》の松にいましめつけさせて《しばりつけさせて》、左近尉ばかり御供にて、昨夜《ゆうべ》の岩屋へ入り給ひけり。さし入りて見れば、昨夜寄り臥し給ひたるかたちの《寄りかかっておやすみになった時の姿が》、今にたがはずして寝給へる御かたち《今もそのままで寝ていらっしゃるお姿を見ると》、昨夜見給ひしよりも、雪の肌《はだへ》[一]のくまなきを、花にも今朝《けさ》はまさりてぞ見え給ふ。岩屋のうちに歌多くあるなかに、いつの月にか書かれけん《いつの月を見てお書きになったのだろうか》。

　[二]月はさす波は寄せ来てたたく戸を

　　あるじ顔にもあくるしののめ

とも書かれたり。また、

　[三]われゐたる岩屋のうちに泊りして

　　住みつきぬべき心ちこそせね

とも書かれたり。中将殿さし寄りて、「やや《もしもし》」と起させ給へば、姫君うち驚きて《はっと目を覚まして》見給へば、織物の狩衣《かりぎぬ》[四]に紫の指貫《さしぬき》[五]に、鉄漿黒《かねぐろ》[六]に薄化粧《うすげしやう》

＊『岩屋』を同類の継子物語と比べると筋の上での一番大きな違いは、前半と後半で継子の姫の愛人である男主人公が代ってしまう点である。他の物語では、当初の求婚者である貴公子（『岩屋』でいえば四位の少将）が、失踪《しっそう》した姫を尋ねて諸国を廻った末、首尾よく再会を遂げることになっている。『岩屋』の対の屋姫は、二位の中将と結ばれるに至った時、自分のために遁世《とんせい》した婚約者のことを思い出してもいないのは不可解である。これは物語構成上の大きな欠陥と言わなければならないが、あるいは前述の、この作品の原拠となった古物語『岩屋』の筋立が複雑であって、その改作に当っての単純化がうまくゆかなかった結果であったのかもしれないと想像される。『岩屋』の伝本の中で東北大学所蔵の写本は四位の少将の出家を述べずに、後半の男主人公も四位の少将で通している。不自然さを感じて改作したのであろう。

一 夜の明けた明るい光の中では、雪のような肌が一点の曇りもなく輝いているので。

二 月の光がさし入り、波が寄せてきてたたく戸を、その家の主《あるじ》のような顔をして、明け方の空があけてやることとよ。夜は月の光の下で波の音を聞いて過す寂しさと、東の空が白《しら》んできた時のほっとする気持をよんだ歌。底本は「あかし顔にも」とあるのを他の諸本によって改めた。

三 第一句の「われゐたる」は意味が分らない。岩屋

の中に旅寝をしていると、とてもこのような所に落ち着いて住むことができようとは思われない。
四 公家《くげ》の常用した略服。もと狩などの時に着たところからいう。
五 裾口《すそぐち》を糸で指貫《さしぬ》き、ふくらませてくくるようにした袴《はかま》。
六 お歯黒《はぐろ》を付けて歯を黒く染めること。
七 眉墨《まゆずみ》で眉を太くかくこと。
八 着る人を敬って、その衣服をいう語。お召し物。
九 「みはかし」の変化した語。貴人が身に帯《お》びていらっしゃるものの意で、刀をいう。
一〇 底本「ても」の二字を脱す。古活字版によって補った。
一一 古活字版には「嘆きける。さて、いましめを許されて」とある。そのように、海士夫婦が縄《なわ》を解かれたことがないと文意が続かない。
一二 深海の底にあるという龍王の宮殿で、乙姫《おとひめ》が住むとされた。姫君が龍宮城の乙姫だったのかもしれないと思ったのである。
一三 舟の屋形。
一四 あやぎぬとうすぎぬ。「衾」は上に掛ける夜具。

二位の中将、京に帰着

に[七]太眉《ふとまゆ》つくりて、あてやかなる人ぞ《高貴な様子をした人が》見えける。都のこと思ひ出でて、夢かやとおぼえて、また引きかづき給ひける《衣を引きかぶりなさった》。その時、紫竹の竿なる[八]御衣《おんぞ》を取りて、よろづ着せ参らせて《すべてお着せ申して》、黄金作《こがねづく》りの[九]御佩刀《みはかせ》をば、中将殿手づから持たせ給ひて、舟に乗り給へば、風も静かになりけり。

御舟も出でてのち、海士夫婦は、いましめられても[一〇]、わがことをば何とも思はずして、岩屋へ遅く参ることを嘆きて[一一]、まづ上の岩屋へ走り参りて、「不思議のことにて今まで参り候はぬこと《思いがけぬことがあってこんなに遅くなりました》。御つれづれに《さぞお寂しいことでした》」と申して、さし入りて見れば、姫君見えさせ給はず。「いつの習ひにか立ち出でさせ給ふべき《いつもお一人で外へ出てゆかれることはなかったのに》。悲しきかなや」とて、走りまはれども、見え給はざりけり。あまりの思ひに汀《みぎは》へ走り、海の方《かた》へ向きて申すやうは、「[一二]龍宮城《りゆうぐう》へ御帰りなりとも、波の上に浮びて、今一度見えさせ給へ。この四年が間の御名残こそ、悲しく思ひ参らせ候へ」と、もだえこがれ悲しめども、つひに見え給はず。〔絵〕

さるほどに姫君、[一三]屋形《やかた》の〔中将殿が〕中にて[一四]綾羅《りようら》の御衾《ふすま》引きかづけ参らせて《掛けてさしあげて》、とかく《あれこれと》慰め給へども、答《いら》へもし給はず。泣き給ふよりほかのことぞなき。中将殿、思ひのあまりにのたまひけるは、「御返事だにもせ《お返事さえもなさらないの》させ給はねば《は私がお嫌いなのでしょうが》、人に憎まれて《あなたに嫌われては》、世に経《ふ》る甲斐もなければ《生きているかいもないので》、波のなかへも入り、底の水屑《みくづ》ともなりなん」とおほせられければ、姫君、涙の隙《ひま》よりもおほせられけるは、「かやうに《このように》、具してわたらせ給ふべきならば《私を連れていらっしゃるならば》、など[一]か親の海士も召し具せさせ給へかし。まかり出で[二]、いかばかり嘆くらん」とて、さめざめと泣き給へば、中将殿、「な[三]にとて、海士の子とは思はぬに」とのたまへば、姫君、御涙をおしとどめて、おほせありけるは、「海士の子ならでは、何とてか岩屋にはあるべき。かくて《こうしてあなたのお舟に乗って》御舟に参りて、波路《なみぢ》はるかに隔つれば、さす[四]が恩愛の道なれば、いかでか嘆かざるべき」とて、泣き給へども、すでに淀[五]《よど》へ着きにければ、御車[六]参りたり。田舎女房《対の屋姫は》は車[七]には習はじとて《乗りなれていないだろうと》、馬にぞ乗せたてまつりけり。少し[八]もたまり給はず。左京[九]の権大夫《ごんのだいぶ》、六位の臣、左近尉《さこんのじょう》、飛騨[一〇]《ひだ》の前司《ぜんじ》な

＊『風葉和歌集』に、岩屋の内大臣の北の方が海士の岩屋に住んでいた時によんだ歌として、「波間わけ浮き沈みくる海士舟を待ちこそ渡れ袖《そで》は濡《ぬ》れつつ」という一首が載っている。これによって古物語『岩屋』は、後に世に出て内大臣の北の方となった女性が、一時期を海士の岩屋で過すという筋を持っていたことがわかる。『風葉集』所載の『岩屋』が御伽草子『岩屋』の粉本《ふんぽん》であったことを想像させる有力な資料である。

一 どうして親の海士も一緒に連れていって下さらないのですか。どうか連れていって下さい。「などか」に対しては、結びが「召し具せさせ給はざらん」となるべきところであるが、途中で表現が飛躍したのである。

二 自分がだまって岩屋を出てしまって。

三 どうして海士の子と思いましょうか。思うはずはありませんよ。ここも「なにとて」に対しては「海士の子と思ふべきや」でないと、語法的に照応しない。

四 なんといってもやはり親子のことですから。「恩愛の道」は、親子、夫婦の間の情愛は断ちがたいことをいう。

五 一四八頁注三参照。

六 そうこうしているうちに舟は淀へ着いてしまったので、どうしようもなかった。さて、迎えの車が来たということで、ここも言葉が足りない。

七 牛車《ぎっしゃ》のこと。

んど、御馬添ひに参りけり。されどもたまり給はねば、[一一]久我《こが》といふ
所にて御車を立てて《仕立てて》、姫君を乗せたてまつる。御牛驚きて、御車飛《お車が飛》
ばするやうになどありけれども《ぶように走ったりしたけれども》、[一二]さるべきしきの人なれば《れっきとした身分の方であるから》、少しも
驚く気色《けしき》もなし。[一三]作り道をのぼりに、[一四]羅城門《らいせいもん》へぞ入りける。[一五]稲荷《いなり》の
方《かた》伏し拝み、橋のもとにて姫君、車の[一六]物見をかき上げて、稲荷の方
に向ひて、[一七]念誦《ねんじゅ》して通り給ふも、あやしくぞおぼゆる《〔田舎の女にしては〕不思議に思われた》。[一八]広路《ひろみち》をのぼ
りに、殿下の御所へ入れたてまつるべかりけるが《中将の父の関白殿の御所へ車を入れるのが当然であるが》、それに大将殿の《そこには大将殿の姫君》
姫君を《を》、この三年迎へ参らせ給ひけり《中将の北の方として三年前に迎えていらっしゃった》。右衛門尉《ゑもんのじょう》と申す侍《さぶらひ》の家をし《準備》
つらひて《して》、入れたてまつりぬ《〔姫君を〕》。

次の日は中将殿、殿下《てんが》御所へ参り給ひけり。母北の[一九]政所《まんどころ》御見参あ《中将とお会》
りて《いになり》、伊予《いよ》の物語どもありけり。〔絵〕

中将、対の屋姫に思いつき北の方を去る

中将殿の《中将殿は》御心に嬉しきことのあるままに、「今は、めでたきこと《けがもじきに直り思い通りにな》
にて侍る《ってたいへん嬉しいことです》。ほどなく直りて」と申されければ、おのおの上下《上の者も下の者も皆》喜びあ
へり。暇《いとま》申して出でさせ給へば、[二〇]北の対《たい》には、「中将殿の入らせ給

八 少しの間も馬に乗っておられずに落ちてしまった。「たまる」は、堪《た》え支える、こらえるの意。
九 左京職《さきょうしき》の長官が「左京《さきょう》の大夫《だいぶ》」で「権大夫《ごんのだいぶ》」はその定員外の大夫。
一〇 飛騨の国の前の国司。
一一 京都府南部、桂川の西岸の地。
一二 「しき」の意未詳。「至貴」か。あるいは「吾等《われら》しき」「これしき」などと同じ接尾語か。
一三 鳥羽の作り道で、鳥羽離宮から羅城門の間に作られた道路。
一四 「羅生門《らしょうもん》」のこと。平安京の正門。古くは「羅城門」と書き「らせいもん」（セイは城の漢音）とよんだのが変化して「らいせいもん」となった。
一五 伏見の稲荷神社。
一六 牛車の左右の立板にある窓。
一七 経文や仏の名号《みょうごう》などを口に唱えること。
一八 朱雀大路《すざくおおじ》（平安京の中央を南北に通る道）のこと。
一九 摂政・関白の正妻を敬っていう語。
二〇 寝殿造《しんでんづく》りで、正殿の北にある建物。ふつう正妻の住む所となっていた。ここも七～八行目に出てきた中将の北の方、大将殿の姫君が住んでいたのである。

ひぬ」とて、御簾《みす》、格子《かうし》上げて待ち給ふ。北の御方をはじめて、女房たち、われもわれもと例式よりもひきつくろひて《身なりをととのえて》、居並びて待ち参らせけれども、中将殿は御車門へ寄せさせて、御車に召して、北の対へも入らせ給はず。やがて《そのまま》飛騨の前司が家へ御車を飛ばせられけり。

またあくる日は内裏《だいり》へ参り給ひて、帝《みかど》の御見参に入らせ給ひぬ。さて御帰りの後《のち》は、花見の御幸《ごかう》にも、月見の行幸《ぎやうがう》にも、御宴《ぎよえん》の遊びにも、さし出で給ふこともなく、籠《こも》りゐさせ給ひて、天に住まば比《ひ》翼《よく》の鳥とならん。地に住まば連理《れんり》の枝となりなん。水に住まば魮(魚+目)《ひぼく》の魚《うを》と生れ、生々世々《しやうじやうせぜ》に二人は離れじと契りて、たがひの心浅からねば、寸《すん》の間《ま》も離れ給はず。並々《なみなみ》の上達部《かんだちめ》のことならば、海士の娘になどとて、さげしみ《大騒ぎをして非難するところだが》、ののしりたつべけれども、一《いち》の人の御事なれば、申すこともなかりけり。中将殿、北の方へ御文《ふみ》あり。文には、「伊予へ下り候ひて、潮風に黒みて見苦しきがはづかしくおぼえて

一 寝殿造りの建物で、外の縁に面した所の建具。蔀《しとみ》のこと。外側へ釣り上げて開く。
二 いつものやり方。
三 上皇・法皇・女院のお出ましをいうが、この時代の物語では「行幸」と同じく天皇の場合にも用いる。
四 天皇のお出まし。中世から近世へかけては「ぎょうごう」と濁音でよむことが多かった。
五 天皇や皇族が開く宴会。
六 白居易《はくきよい》の『長恨歌《ちようごんか》』で有名な句。「比翼の鳥」は、雌雄おのおの一目一翼で、常に一体となって飛ぶという空想の鳥。「連理の枝」は、一つの木の枝が他の木の枝と連なって、木目《もくめ》が相通じたもの。共に夫婦の契りの深いことをいう。
七 ひらめ、かれいなど、目が一つしかなく、二匹並んで泳ぐ魚のことで、これも夫婦仲のむつまじいたとえに用いられる。
八 生れ変り死に変りして経る多くの世のことで、永遠にという意。
九 大臣、大・中納言と三位以上の殿上人。参議は四位であるがこれに入る。公卿。
一〇「さげすむ」に同じ。軽蔑《けいべつ》する。
一一 一六五頁注一五参照。

参らず」と書きやらせ給ひければ、北の御方御覧じて、思ひまうけ《予期していたこ》たる事なれば《となので》、力なしとおぼして《どうしようもないとあきらめて》、やがて出でさせ給ひけり《すぐに関白殿の家を出てしまわれた》。御心のうち、[一二]さこそとあはれなり。なにともなげに書きすさみ給ひけり《目立たぬように歌を書き残して心を紛らわしなさった》。

[一三]世の中にうつろふ花もあるものを
思ひながらも濡《ぬ》るる袖《そで》かな

[一四]かくばかり契らざりしを何時《いつ》のまに
露おきかへて袖濡らすらん

[一五]古里《ふるさと》へ帰らせ給ふとて、今はかぎりの御心のうちも《夫婦の間もこれで終りだと思う御心中も》、いたはしく見え給ふ。なにとなげにおぼしめす《さりげなくしていらっしゃるが》、御心ばかりのみこそあはれなれ《お心の中だけはどんなかとお気の毒なことである》。殿下《てんが》も[一六]やうやうに止《とど》め参らせけれども、つひに御出でありけり《出て行かれた》。殿下、中将殿をやうやうに教訓申されけれども、つひに叶《かな》はずして、北の方御出であれば、その時、中将殿をば[一七]不孝《ふけう》の由をぞおほせられける。北の政所申させ給ひけるは、「御不孝のことは思ひ寄らぬことなり。ただ御目に見せずとも《お目通りを許さないとしても》、御不孝は思ひ止《とど》まり給へ」とぞ、

一二 さぞ辛いことであったろうと想像されて、まことにお気の毒である。

一三 世の中には色があせてゆく花もあるものだ。そう思ってあきらめようとするのだが、やはり袖が涙に濡れてくることよ。「うつろふ」は「移る」に反復・継続を表す助動詞「ふ」の付いた語で、衰える、人の心が変るなどの意。

一四 これほどのことになろうとは、かねて契りを交わした時には思ってもみなかったのに、いつの間に露が居場所を変えて私の袖を濡らすのであろうか。「露おきそへて」とある本もある。

一五 宮仕えの女性などが自分の家を「古里《ふるさと》」といった。里ともいう。

一六 「様々に」で、いろいろと言葉を尽しての意。

一七 父母が子を義絶すること。不孝を言い渡されると、子は遺産相続の権利を失った。

中将の母、対の屋姫を招き、嫁比べを催す

おほせありける。

さて北の政所、四人の公達《きんだち》[一]に向ひて、このことを嘆き申させ給ふ。四人の公達と申すは、一つは時の女御《にようご》[二]、麗景殿《れいけいでん》[三]と申すなり。二は東宮《とうぐう》[四]の妃《きさき》、三は長岡の関白殿《くわんばくどの》の北の政所、四は内大臣殿の北の御方、この四人の公達に向ひて、中将殿の海士《あま》が娘を置き給ふことを、嘆き申させ給ひければ、公達おほせらるるやう、「中将殿は、さしも物恥《ものは》[五]ぢをし給ふ人なれば、思ふ中を離しなば、やがて《たちまち》山林《やまはやし》[六]《出家遁世》にもまじはることもありなん《してしまうかもしれません》。されば[七]思ふとも、ともに[八]闇《やみ》に迷ふ習ひなれば、ただ思ふ由[九]にてもてなして、われらが中へ呼び寄せて、かたはらい[一〇]たきことを見出だして、〔同座の人々に〕声々に笑はせて、われらも共に笑はば、〔中将殿は〕恥ぢてなどか去らざらん[一一]」。誠にこれはさあるべしと《そうするのがよいと》て、「いざや、さらば呼ばん」とて、「ただはいかで呼ぶべき《呼ぶからには何か用意をしなければ》。珍しからん作り物[一二]を作りて」とて、蓬萊山《ほうらいさん》[一三]を作りけり。物の上手を百人集めて、九月《九カ月も》まで磨きたてにけり《かけてりっぱに作り上げた》。〔絵〕

一 上流貴族の子をいう。男子をいうことが多いが、女子をいう場合もある。ここでは関白殿の娘をさす。
二 天皇の寝所に侍する女性の地位の一つ。皇后・中宮の下で更衣《こうい》の上。
三 内裏の後宮《こうきゅう》（皇后や妃の住む所）の御殿の一つ。女御などは住居にあてられた御殿の名で呼ばれた。「れいけん殿」とあるのは「れいけい殿」の訛《なまり》。
四 皇太子の住む宮殿が皇居の東にあったところから東宮といい、転じて皇太子の称となった。
五 物事を恥じること。ひどく恥ずかしがり屋ですから。この句は二行後の「かたはらいたきことを見出だして……」にかかる。
六 一五九頁注一八参照。
七 意味がはっきりしないが、そうなったらいくら中将殿のことを思っても、の意か。
八 世間でよくあるように、皆ともに暗闇《くらやみ》の中で途方に暮れることになりますから。
九 中将殿の連れてきた女を大切に思っているように見せかけて。
一〇 傍《かたわら》に居づらいようなことの意で、とても見ていられないような欠点ということ。
一一 「去る」は夫が妻を離縁すること。
一二 飾り物にするために、種々の物の形を模して作ったもの。
一三 蓬萊山（中国の神仙思想で説かれる仙境の一つ）

かくしたためて《このように用意をして》、北の政所の御方《かた》の女房に、[一四]大学助《だいがくのすけ》の御局《みつぼね》といふは老《おい》女房、[一五]人にすぐれて物笑ひのきよくせられける人なり。これを出だしたてて、御使ひにぞやり給ふ。中将殿へ参りて、大学助申すやう、「四人の公達の御使ひに参り候ふ。〔公達方のおおせには〕御台所の有様《奥様の御様子を窺うと》、つれづれ《さぞお退屈》さこそわたらせ給ふらんと《なさっていることであろうと》、思ひ参らせて候ふ。こなたへ立ち出でさせ給ひて、遊ばせ給へ。御見参に入り参らせ候はん《お目にかかりとうございます》」との御使ひの由、申しければ、中将殿、御簾《みす》の方《かた》へ向きて、「御返事申させ給へ」とのたまへば、ややしばらく物をものたまはでありければ《何もおっしゃらないでいらっしゃるので》、(中将殿)「いかにいかに《さあさあ》」と言はれければ、[一六]息の下におほせらるるやう、「遠《ゑん》国《ごく》の者にて、都へとてはのぼり入れらるれども《都へといってのぼせられましたけれども》、[一七]八《や》重《へ》立つ雲のほかも見ず。田舎《ゐなか》の者は見苦しき有様にて、あさましきなり《興ざめなさるような者です》。一日も候へば《ここに一日もいれば》、中将殿の御ため恥ぢがましき由を《恥さらしになる者ですと》申させ給ひ候へ」とありしかば、大学助参りて、この由を申せば、「言葉つきはおもしろし《ものの言い方は風情がある》。さりとも《そうは言っても》海士が声のをかしかるらん。はや来よかし《早く来てほしいものだ》。見て笑はん」

をかたどった台の上に、松竹梅、鶴亀、尉姥《じょううば》などを配し、宴席の飾り物としたもの。

一四 大学寮(令制《りょうせい》による官吏養成のための教育機関)の次官。女房は父や夫の官職などの名で呼ばれることがあった。一八八頁注一〇参照。「局《つぼね》」は宮仕えの女性の私室として仕切った部屋で、そういう局を与えられている女房をも称した。

一五 人並み以上に笑い上戸《じょうご》で、冗談好きの人であった。「きよく」は、面白いことの意の「曲」か(『日葡《にっぽ》辞書』キヨクヲユウ「笑いをひきおこすようなことや冗談をいう」)。

一六 小声でものを言うさまの形容。

一七 幾重にも重なるように立ちのぼる雲、八重立つ雲のほかには見るものもないような田舎住まいをしておりましたという意。「八重立つ雲」は和歌でよく使われる言葉で、こういう言葉を口にするところに対の屋姫の教養の高さが示されているのである。

＊ 以下の嫁比べの場面は後半の山場をなしている。一人一人の衣裳の克明な描写や、教養が豊かで管絃の道に長じた対の屋姫の理想的女性像の描出は、御伽草子の読者層である、公家・武家・上層町人階級の婦女子たちの関心を強くひいたであろうと思われる。これとよく似た嫁比べの趣向は、同じ継子物の『鉢かづき』にも見られるが、『岩屋』の方が『鉢かづき』より古い作品であろう。

とて、かさねて御使ひ立てさせ給ふ。
その時、北の政所おほせられけるは、「思ふ由[一]にて、白き装束《しやうぞく》をやらん」とて、唐綾《からあや》[二]の白き衣《きぬ》を、袴《はかま》添へて参らせられけり。大学助また参りて申しけるは、「公達のおほせ候ふ。つれづれ思ひやり参らせて《さぞお寂しいことと推察して》申し候ふ《お招きいたしました》。中将殿制し給ふにや。なにとて御辞退あるぞ」とて、「北の政所のおほせには、なにかは苦しく候ふべき《なにも気になさることはありません》。これにも《こちらにも》若き人たち、あまた候へば、入らせ給ひて遊ばせ給へ。また御台所《みだいどころ》[三]の御気色《みけしき》、思ひやり参らせて候ふ《さぞ心細いことと推察しております》と申して、これ召し候ひて《これをお召しになって》入らせ給へ」とて、御衣《きぬ》と袴とを参らせたり。中将、膝《ひざ》[四]を立て畏《かしこ》まり、「いかでか制し候ふべき《どうして止めたりしましょうか》。それそれ御返事申させ給へ」とありければ、姫君申させ給ひけるは、「わが浦の波の音《私の住んでいた入江の波の音》[五]、はやの翼よりほかには、目にも耳にも触《ふ》るることなし。[六]はばかりにて候へども、千引《ちびき》[七]の石《いし》を動かしてと申させ給へ」とぞおほせける。〔絵〕

＊嫁比べと関係があるのではないかと思われるものが、民間説話の中に見出だされる。昔話の中で「皿皿山《さらさらやま》」系と呼ばれる継子話では、殿様が継子と実子の姉妹に、盆の上の皿に塩と松の作り物を置いて、それを題に歌をよませると、実子はよめなかったが、継子の方は見事によんだので、継子が殿様の奥方に迎えられるというのが通型になっている。『岩屋』や『鉢かづき』の嫁比べが、このような民間説話からの着想とは速断できないが、『岩屋』の蓬莱《ほうらい》の作り物の話と、右の昔話の松の作り物のことなども、何か関係がありそうである。

一 自分が中将の連れてきた妻を大切に思っているというしるしに。

二 中国から伝来した綾。綾を浮織りにしたもの。

三 中将の御台所の意で、対の屋姫のこと。「御台所」は大臣・大将・将軍などの妻を敬っていう語。

四 古くは片方の膝《ひざ》を立てて坐る立て膝が礼儀正しい坐り方であった。

五 「岩屋《いはや》の翼」とある本と、「浜《はま》の翼」とある本とが見られる。どちらかが「はやの翼」と誤ったのであろう。「翼」は鳥のこと。

六 私はそのような辺鄙《へんぴ》な田舎に住んでいた者ですから、晴れがましい場所へ出るのは遠慮すべきですが。

七 千人で引かなければ動かせないような重い石。「千引の石を動かして」の意味は、すぐ後の北の政所の言葉の中で説明してある。

関白の姫君たち、よそおいをこらして対の屋姫を待つ

八 北の政所のお言葉が恐れ多いので、お招きの席へ出ますというわけです。
九 襲《かさね》の色目で、表が黄で裏は青。「十五」は十五枚重ねて着たということ。
一〇 平安時代以降、皇后のほかに並立した天皇の妃《きさき》を称した。ここは前に名の出た東宮の妃をさす。
一一 表は紅、裏は青の襲《かさね》。
一二 櫨色（赤みのさした黄色）。「匂《にほ》ひ」はそれをだんだん薄くぼかしたもの。
一三 未詳。誤写があるのかもしれない。
一四 表は白、裏は蘇芳《すおう》の襲。
一五 三枚重ねた袴。
一六 一四六頁注二参照。

下

大学助帰りて、かくと申せば、四人の公達、「千引の石を動かしてといふ心《意味は》は、来じといふことやらん《来ないということでしょうか》」とのたまへば、北の政所のたまひけるは、「千引の石を動かしてといふ心は、千人して動かすとも、動くまじけれども《動くまいと思うけれども》、八おほせの重ければ出《い》づるといふことわりなり。いざやわれらも設けせん《支度をしましょう》」とて、今日を晴れとぞ出で立たれける《今日こそ晴れがましい日だと身じたくをなさった》。麗景殿《れいけいでん》は、九女郎花《をみなへし》の十五、萌黄《もよぎ》の袿《うちき》に、薄紅《くれなゐ》の単《ひとへ》に、紅《くれなゐ》の御袴《はかま》、召しておはしけり。一〇中宮《ちゅうぐう》は、一一紅葉襲《もみぢがさね》の十五、一二櫨《はじ》の匂《にほ》ひの袿に、薄紅の単に、赤き御袴、召しておはしける。長岡の北の御方、一三いもりの御衣《おんぞ》十五に、薄紅の袿に、濃き紅の御袴、召されたり。内大臣殿北の御方は、一四菊の匂ひ十五、薄紫の袿に、濃き紫の単に、紅の一五三《み》重《へ》の御袴、召したり。一人の公達に女房三人づつ付き給ふ。一六絵かき、花結び、[一]美しく慰みて並び給ふ。これを母上《北の政所》御覧じて、「[二]棚機《たなばた》、彦星《ひこぼし》の、天の川原に立ち出で、遊ばせ給ふ。鵲《かささぎ》の橋を渡し、[三]烏鵲《うじゃく》の林に遊び給ふらんも、わが子の公達には、よもまさじ《とても及ばないだろう》。岩屋の海士《あま》の子の、はや来《こ》よかし。いかにをかしかるらん」とのたまふ。

対の屋姫、嫁比べの座に出る

さて御車近くなり《対の屋姫のお車が近くなると》、わざと車を[四]中門《ちゅうもん》に寄せて、[五]母屋《もや》の御簾《みす》の前を、[六]正殿《しゃうでん》はるかに、女房なんど集まりて、海士が娘見んとて、まぼることかぎりなし《じっと注視していた》。中将殿の御ため恥ぢがましく《外聞の悪いことであった》ぞおぼえける。中将殿、おぼつかなさのあまりに《あまりに姫のことが気がかりなので》、[七]様《さま》をやつして、板敷の下に《板張りの縁の下に》くぐり入りて、遊びの様《やう》をぞ聞き給ふ。さるほどに、御車も近づき、御供には左近尉ばかり《お供は左近尉一人だけであったが》、御車寄せて《お車を門につけると》、はるかに遠のき《ずっと遠くに離れて》、畏まりてありける《つつしんで平伏していた》。[八]車寄せの[九]妻戸《つまど》には屏風《びゃうぶ》も立てられず。妻戸の前には[一〇]高灯台《たかとうだい》二つかき立てて、女房三人ながら《並んで》、[一一]布《ぬの》の紙燭《しそく》高らかにして持ちたれば《高くかかげ持っていたので》、[一二]九夏《きうか》三伏《さんぷく》の夏の日の、[一三]草もゆるがず照らすより、なほ明らかに《もっと明るくて》隈《くま》もなし《暗い所がない》。車寄せたれば、三人の女房さし寄りて、[一四]下簾《したすだれ》突きのけて、「はやはや

一 絵かきや花結びを楽しみながら、美しい姿で並んでいらっしゃるという意か。
二 陰暦七月七日の夜、牽牛《けんぎゅう》・織女《しょくじょ》の二星が会う時に、鵲が翼を並べて天の川に橋を渡すという中国の伝説を引いた言葉。
三 「烏鵲」は鵲の別称。「烏鵲の林に遊ぶ」は未詳。
四 寝殿造りで正殿南庭の入口となる門。
五 建物の中心となる部分で外側の庇《ひさし》の間《ま》に対する。
六 正殿の前に女房たちがずっと居並んだということであろう。「正殿」は寝殿造りで中心となる御殿。
七 目立たないように姿を変えて。
八 寝殿造りでは、東西の中門廊の妻戸に車を寄せた。
九 寝殿造りで、殿舎の出入口に設けた両開きの扉。
一〇 丈《たけ》の高い灯明台。
一一 布を巻いて縒《よ》った上に蠟《ろう》を塗った照明具。
一二 「九夏」は夏の九十日間、「三伏」は夏のうちで最も暑い土用の頃の三十日間。
一三 まったく風がなく夏の日の照っていることで、酷

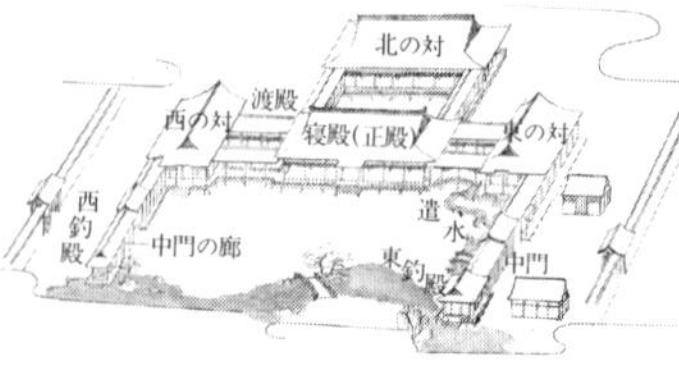

降りさせ給へ」と申しければ、車の内より下簾引き合せて、しとと《しっかり》ひかへて《とおさえて》、しばしは出で給はず。〔絵〕

女房たち行きちがひ、「はやはや降りさせ給へ」と申せども、御返事もし給はず。やや久しくありければ、「かくてよも降りじ《こうして多分降りないのでしょう》。い《どう》かでか降るべき《して降りられましょうか》。一五玉の御簾《みす》のうち、夢にだにもまだ見じ。されば降りぬこそ道理なれ」と、〔女房たちは〕ささやき笑ひける。やや一時《いっとき》ばかりありて降りさせ給ふ。妻戸の前に降り立ちて、一六御介錯《かいしゃく》もなければ、みづから一七衣《きぬ》の褄《つま》ひき整へて、御髪《みぐし》かきなでて《なでそろえて》、御袖の上にゆり流し《お袖の上にすらりとたらして》、御袴の裾《すそ》引き直し、一八扇はかざし給はで、押し畳みて持ち給ふ。母屋の御簾の前を、正殿はるかに《正殿まではるかに》歩《あゆ》み給ひける御姿、一九五月雨《さみだれ》すれば水まさり《水かさがふえ》、菖蒲《あやめ》、二〇真菰《まこも》を動かすよりも、なほたをやかに《もっとしとやかなさまで》歩み入り給ふ。二一翡翠《ひすい》のかんざし美しくて、衣《きぬ》の裾にはるかに余りて、二二はんしやく豊かに、板敷の上に引かれて、二三東岸西岸《とうがんせいがん》の糸柳《いとやなぎ》の、風に乱れたるよりも、たをやかに見え給ふ御姿かな。あはれ《あぁぜひとも》、絵にかきうつして人に見せば

暑のさまをいう。ここは明るさをいうのであるから、たとえとして適当ではない。

一四 牛車の箱の前後の簾の内側に掛けてある絹布。

対の屋姫の容姿

一五 美しい簾で飾った御殿の中。

一六 付き添って世話をする人。

一七 着物の裾《すそ》の左右両端の部分。

一八 扇で顔をおおって隠すことはなさらないで。

一九 陰暦五月頃に降り続く雨。梅雨のこと。

二〇 水辺に生えるイネ科の多年草。別名カツミ。

二一 カワセミ（水辺にすむ鳥）の羽のように、つややかで長く美しい髪。

二二 半尺（一尺の半分。約一五センチ）か。しかし、それでは「豊かに」という形容にやや照応しない。

二三『和漢朗詠集』上の「東岸西岸の柳遅速同じからず、南枝北枝の梅開落已《かいらくすで》に異なり」という詩の最初の句を引く。有名な詩に出てくる東岸西岸の糸柳（しだれ柳のこと）が風に吹かれて乱れているありさまよりも、もっとしなやかに見えるお姿であることよ。

やと、見れども見れども目がれせず《いくら見ていても見あきることがない》。いかなる絵師が写すとも、いかでか筆にも及ぶべき。日[一]の御座《ござ》の上に居給ひて、うちそばみ給ひ《はにかんで顔をそむけ》けることもなく《るようなこともなさらず》、はれらかにして《晴れ晴れとした様子で》居給ひたり《坐っていらっしゃった》。錦《にしき》[二]のしとね、綾《あや》[三]のらう、珊瑚《さんご》の床《ゆか》、玉の簾《すだれ》、一《いち》[四]の人の御所なれば、心憎く思ひしに《どんなかと心ひかれていたが》、わが父の西の対《たい》をしつらひて、われを置き給ひたりし有様には、はるかに劣りたり。〔対の屋姫は〕これらを見るにつけても、昔恋しき涙のみ漏れ出でて、つつみたへ給はで《こらえることができないで》、額《ひたひ》の髪より伝ひ流れ、袖に余るを《袖からこぼれ落ちそうになるのを》、なにとなげなるやうにもてなして《何事もないように平静をよそおって》、見まはされたる目のうち、あくまで《どこまでも》[五]らうたきのみならず《かわいらしいだけでなく》、気高さかぎりなし《この上なく気品がある》。この人はもの思ふ人かやと《何か悩みごとのある人かと》、[六]よその袂《たもと》もしぼりけり。北の政所《まんどころ》これを御覧じて、白き装束《しやうぞく》はなかなか《かえって》気高かりけり《気品のあるものだ》。四人の公達は島の海士の子かとよ《自分の四人の姫たちの方が島の海士の子かと思われる》。[七]中将殿の人に見合せたれば《見くらべると》、〔自分の娘たちは〕げすしさかぎりなし《なんとも下品に見える》。〔絵〕

対の屋姫の教養

さるほどに、蓬萊《ほうらい》の作り物を取り出《い》だし、見せたてまつれば、ただ一目《ひとめ》二目《ふため》うち見、またも見給はず。[八]日頃月々、かつ見る《すでに見ている》われらだ

一 天皇や皇后、皇女の日中の御座所をいうが、ここは立派な御座というくらいの意味であろう。

二 錦の布で三尺四方の薄縁《うすべり》の周囲を縁取った敷物。

三 「綾」は綾織模様の絹布。「らう」は未詳。版本には「綾の几帳《きちやう》」とある。

四 一六五頁注一五参照。ここは中将の父関白のこと。

五 「らうたし」は「労《らう》いたし」の変化した語で、こちらが何かと世話をしていたわってやりたい気持を起させるようなさまをいう。

六 「よそ」は直接関係のないこと。人目にさらされている姫を見ていると、いじらしさに他人までも涙をおさえることができない。

七 中将殿が思いをかけた人。対の屋姫をさす。

八 「日ごろ月ごろ」とよむのであろう。常々の意。

にも、見れどもあかぬに《見飽きることがないのに》、[九]目もかけ給はねば、物言ひ、声も《言葉づかいや声は》、いかにあるらん《どんなだろうか》。物言はせて聞かんとおぼして、麗景殿《れいけいでん》おほせられけるは、「[一〇]かやうの物は、珍しからぬ物にて候へども、見せ参らせんために[一一]申して候ふなり」とのたまへば、その時、姫君よくよく御覧じて、さしのきて《後ろへさがって》、おほせられけるは、「[一二]忉利天《たうりてん》と申すは雲の上の都なり。蓬莱山と申すは海の中の都なり。これら皆[一三]不死の薬多し。また〔蓬莱山には〕五つの峰あり。二つの峰はくづれて、残り三つはあり。また、かの山に一つの家あり。[一四]長生殿《ちやうせいでん》といふ。それに門あり。[一五]不老門《ふらうもん》と名づく。長生殿のかたはらに市《いち》あり。[一六]長安城《ちやうあんじやう》の市と名づく。その市に車を立て、薬を売る者あり。[一七]費長房《ひちやうばう》といふ者、この車の内を何となく見れば、一つの小さき壺《つぼ》あり。かの薬を売る人、この壺の内へ入ると見て、不思議のことと思ひて、立ち寄りて見れば、またも、もとのごとく壺より出でてありければ、費長房、かの薬を売る人に申しけるは、『いかなる術のおはすれば《どんなわざがおありになって》、この壺内《つぼうち》へ入り給ふぞ。教へ

九 蓬莱の作り物に目もくれないので不思議に思っての意。

一〇 蓬莱の作り物をさす。

一一 「作り申して候ふなり」の意。

一二 仏教で、世界の中心にそびえ立つとする須弥山《しゆみせん》の頂上にある天界。帝釈天《たいしやくてん》の住む宮殿がある。

一三 不老長寿の仙薬。

一四 中国の唐代、驪山《りざん》の華清宮《かせいきゆう》にあった有名な宮殿。「長生」という名から蓬莱山の御殿としたのである。

一五 中国の洛陽の城門の一つ。これも「不老」の名から蓬莱山に結びつけたのである。

一六 中国陝西《せんせい》省西安市の古名。唐代の都。これもその名を借りたのであろう。

一七 以下の話は『後漢書《ごかんじよ》』方術伝・神仙伝五にあり、『蒙求《もうぎゆう》』巻中の「壺公謫天《ここうたくてん》」に引かれている。『曾我物語』にも挿入されており、有名な話であった。

給へ』と申しければ、『さらば、われと同じくこの壺《つぼ》へ入るべし』と申しければ、共に入りてみれば、[一]あらぬ月日出でたり。されば、[二]漢書《かんじょ》と申す文《ふみ》に、[三]虚空《こくう》が壺と申すはこのことなり。蓬萊に虚空が壺《蓬萊には虚空が壺という》とてあるなるに《のがあると聞いているのに》、これには虚空が壺のなきやらん」と、おほせられけれども、知りたる人もなければ《虚空が壺のことを知った人がいないので》、御返事にも及ばず《お返事もできない》。あきれてぞ《あっけにとられ》まぼり給ひけり《て姫を見つめていた》。後に、「[四]大和《やまと》の国に葛上《かつじやう》の郡《こほり》、[五]多武《たふ》の峰と申す寺に、[六]りうにん僧都《そうづ》こそ知り給ひける」と申しければ《〔人が〕》、召して問はれければ、「さること候ふ《そういう話があります》」と申したる時こそ《その時初めて》、虚空が壺をば知りたりけれ。その余は《そのほかには》知りたる人もなし。不思議にこそ申しける《人々は不思議なことだと話しあった》。この姫君の物おほせられたる[七]声付《こわつき》は、[八]笙《しやう》、[九]笛《ちやく》、[一〇]琴《きん》、[一一]箜篌《くご》、琵琶《びは》、[一二]鐃《ねう》、[一三]銅《どう》鈸《ばつ》の調べ、[一四]きん、[一五]迦陵頻《かりようびん》の声に異ならず。[一六]要文法文《えうもんほふもん》説き給ふこと、水を流すに異ならず《少しもよどみがない》。そうじてこの姫君の御風情《ふぜい》、譬《たと》へをとるに物なし。

その時麗景殿《れいけいでん》、御琴《こと》を取り出だし、「これ遊ばせ《これをおひき下さい》」とありしかば、

一　思いもかけない別の月日。別本には「空《そら》に月日出でたり」とある。
二　『漢書』といえば『前漢書』のことであるが、ここは正しくは『後漢書』。『漢書』『後漢書』ともに中国の歴史書、正史の一つ。
三　壺の中に広々とした空間がひろがり、日月が出ているところから「虚空が壺」といったのである。
四　今奈良県南葛城《かつらぎ》郡となる。ただし、多武《とう》の峰は葛上郡ではなく、十市《とおち》郡（今は磯城《しき》郡）にある。
五　奈良県桜井市の南端にある山。藤原鎌足を祀《まつ》る談山《たんざん》神社がある。
六　未詳。
七　声の様子。
八　雅楽に用いる管楽器。
九　『観智院本名義抄』に「笛　チヤク」とある。
一〇　中国の絃楽器。日本には奈良時代に渡来した。
一一　東洋の絃楽器。曲形の枠《わく》に多数の絃を張り弾奏するハープ型の楽器。
一二　中国の打楽器。銅製でばちで打って鳴らす。
一三　東洋の打楽器。二枚の銅の円盤を左右の手に持って打ち鳴らす。
一四　読経《どきよう》の時打ち鳴らす磬《きん》のことか。
一五　極楽浄土にいるという声の美しい鳥。迦陵頻伽《かりようびんが》。
一六　一四六頁注三参照。

姫君、「[一七]いふにしぐるる松の風、[一八]つまも定めぬ、ひびきの音《おと》こそ、常に耳にも触れしかど、かやうの御琴は夢にだにも見ず。思ひも寄《琴をひくなど》らぬこと《思いもよりません》」とのたまへば、二位の中将殿、板敷の下にて聞き給ひて、「かやうのことどだに知りたらば《こんなことになると知ってさえいたならば》、琵琶、琴も、などか教へざるべき。よし、琵琶、琴もひかぬ者は世にも住まぬかや《琵琶や琴をひけない者は世の中にいないわけでもあるまい》。よし、ひかず《ひけない》は《ならば》、なひきそ《ひくな》。ただ[一九]蓮台《れんだい》の上にのぼらんまで、離れまじきものを《決して姫を離すことはないぞ》」とおぼしける。〔中将殿が〕さて聞きゐたるほどに、麗景殿、「はや遊ばせ《早くおひき下さい》。い《さ》かにいかに《あさあ》」とのたまへば、美しき御手を衣《きぬ》の袖《そで》よりさし出だして、「[二〇]爪《つめ》もかく」とありしかば、「[二一]ただ遊ばせ」とて、〔姫の〕御手を[二二]龍角《りゅうかく》のもとに取り添へらるれば、「背《そむ》きがたきおほせかな」とて引き寄せて、[二三]琴柱《ことぢ》立て直し、[二四]盤渉調《ばんしきてう》に[二五]三七緒《を》かきあはせ、琴《きん》の緒かすかに[二六]緒合せし給ふ。よく人のひくより《人がたくみにひくのよりも》、なほおもしろくぞ聞えし。

その時、「さらばこれを遊ばせ」とて、御琵琶を参らせ給へば、「思ひも寄らぬこと」と、しきりに辞退ありしかば、「御琴のやうに

一七「いふ」は「夕」か。夕方の松を吹き渡る風の音。「しぐる」は時雨《しぐれ》の降ることであるが、ここは時雨模様の空を風が吹き渡る意であろう。

一八 定まった妻もないの意であるが、「ひびき」は何をいうのかわからない。版本では「沖の鷗《かもめ》の友呼ぶ声」とある。

一九 極楽浄土の蓮《はす》のうてな。

二〇 琴をひく時に指先にはめる琴爪《ことづめ》のこと。「かく」は意味が分らない。版本では「爪もなく候ふものを」とある。

二一 ともかくおひきなさいの意とも、琴爪なしにじかに指でおひきなさいの意ともとれる。

二二 和琴《わごん》や箏《そう》の表の小木を架して絃をのせる所の名。

二三 琴の胴の上に立てて絃を支え、これを移動して音調の高低を調節するのに用いる具。

二四 雅楽、唐楽の六調子の一つ。盤渉（洋楽のロ）の音を主音にした調べ。

二五「緒」は琴の絃のことであるが、「三七」は意味未詳。版本では「二七の緒」とある。

二六 琴・琵琶などを作法に従って調絃すること。

一 なんとかしておひき下さいの意か。あるいは表現をやわらげるのに用いる副助詞の「なんど」か。
二 意味未詳。これも「盤渉調《ばんしきてう》にねぢ直し」の誤写か。「ねぢ直し」は、琵琶の転手《てんじゅ》（頭部にある絃を巻きつけておく棒）を回して音の調子を整えることをいうのであろう。
三 葉広柏《はびろがしわ》かと思われるが、終りの「し」は何か誤写があるのであろう。
四 浜辺に生えている荻。一説に葦《あし》のことともいう。
五 「霰玉《たま》散《ち》りたる」の誤りか。霰が玉のように散る音よりも。
六 長い髪をゆすって先を整えたということ。
七 以下、琵琶の曲名。
八 この世に姿を現すこと。
九 「琴」とも「事」の意ともとれる。

対の屋姫、嫁比べに勝ち、帰還

一〇 中国から渡来した打楽器。小さい鉄板十六枚を上下二段に並べ、槌《つち》で旋律をつけて打つ。
一一 方磬は鉄板の並べ方で調子を変える。

一なんとにても候へ」。御前に琵琶《びは》をさし寄せて、撥《ばち》を御手に取り添へて、「はやはや」とありしかば、「背きがたきおほせかな」とて、二はしきのよにねぢ直し、緒合せして、かき鳴らさせ給ひたる音《おと》は、三はひろかしいし、四浜荻《はまをぎ》の宿《やど》に、五霰《あられ》たまりたる音よりも、なほおもしろくおぼえたり。姫君、なにとかおぼしけん。日の御座《ござ》の上に居直りて、御髪《みぐし》御座に六ゆり直して、七流泉《りうせん》、啄木《たくぼく》、楊真《やうしん》、三曲の秘曲を、二返までぞひき給ふ。〔その音は〕雲の上まで澄みのぼり、天人も八影向《やうがう》し、神もめでて《感動して》笑《ゑ》み給ふべし。聞き知らぬ人までも、そぞろに《知らず知らずに》袖をぞしぼりけり。「あはれ、いかにして、今一度かかる九琴《こと》を聞きて、この世の思ひ出にせばや」と申しあひ、笑はんことも忘れて、おのおの《誰も彼も》、つ《姫君》くづくとぞまぼりけり《の顔をつくづくと見守っていた》。〔絵〕

さて暁がたにもなりければ、迎ひの車参りたり。おのおの御名残《なごり》惜しみて、一〇方磬《はうきやう》を取り出だし、「これ遊ばせ」とありしかば、一度も辞し給はず。盤渉調《ばんしきてう》に一一懸け直して、うち響かして置かれたり。その時おもしろさのあまりに、御琵琶は麗景殿《れいけいでん》、琴は中宮、方磬は内大臣の北の御方、この姫君には和琴《わごん》[一二]を参らせられけり。和琴をば辞し給はず。「いと久しくなりて《(姫君)長い間ひかなかったので》、何事も皆忘れてこそ候はめ。調べ[一三]給ふ御なかへ、果てて後」とて、なにとかおぼしけん、[一四]調べ給はず。その後、おもしろくかかられたり《いかにも趣きのある演奏にとりかかった》。和琴の秘曲、催馬楽《さいばら》[一五]のもと[一六]のならひ拍子、[一七]すはやきこゆる曲、今宵《こよひ》ぞはじめて聞きにける。

夜もやうやう明けしかば、御車にぞ召されける。御名残惜しみ、四人の公達《きんだち》、皆車寄《くるまよ》せまで出でさせ給ひて、「[一八]これまでこそ、御名残の尽きぬに《おなごりが尽きないので》、皆々参りて候へ《ここまでお見送りに参りました》」とのたまへば、「恐れあることにこそ《恐れ多いことです》」と、のたまひ候はんずると思へば《おっしゃるだろうと思ったら意外にも》、下簾《したすだれ》かきのけて、扇さし出だし、「善悪に、その道にて何事も皆報ふことにて候へば《何事も善悪につけて同じ方面でそのむくいがあるものですから》、参らぬと申しつるを《私が参上しないと申しましたのに》、あながちに召しつる報ひに《むりやりにお呼び出しになったむくいに》御出で[一九]」などおほせられて、轅《ながえ》[二〇]をまはされけるに、「御気色いつか忘るべき《この姫君の御様子はいつまでも忘れられないと》」とぞ、皆々おほせありける。

一二 日本古来の六絃琴。あずま琴《ごと》、やまと琴とも。
一三 言葉が足りないが、皆さんが合奏なさる中へはとても加われませんので、おすみになった後で一人だけでひきますという意味であろう。
一四 遠慮したように見せながら、実は一人だけでひくことによって和琴の腕を披露《ひろう》したのである。
一五 平安時代初期から行われた歌謡。主に上代の民謡の歌詞をとって雅楽の曲調にあてはめたもので、和琴や笛を伴奏に用いた。
一六 未詳。
一七 未詳。
一八 「これまでこそ」は、次行の「皆々参りて候へ」にかかる。
一九 ここまで出ておいでになるようなことになりましたね。
二〇 牛車の箱の台から前に長く突き出した二本の棒。その前端に軛《くびき》を渡し、牛にひかせる。「轅をまはす」は車の向きを変えること。

対の屋姫、中将の北の方として認められる

その後、北の政所、四人の公達に向ひて、おほせられけるは、「不思議にめでたき人かな[一]。中頃[二]都にささめくことありしが《ひそかにうわさされていましたが》、堀川の帥《そつ》の大納言の宮腹の姫君こそ、手も書き《字が上手で》、歌もよみ、琵琶、琴も、五つ六つよりその道をきはめ《残るところなく習い尽し》、凡夫《ぼんぶ》[三]ともおぼえずと、おのおの心をかけし。中将もよばんとせしに《〔その姫君を〕嫁に迎えようとしたが》、四位の少将に越されて《先を越されて》、力及ばずありしに《あきらめていたところ》、大宰府《だざいふ》に下るとて、明石の浦にて、人間に相応せぬ者とて《人間界にふさわしくない者だと》[四]、龍宮城へ取られてこそ《取られてしまったので》、四位の少将は書写の山にて行ふ[五]と聞えしか。その姫君も、今宵《こよひ》の海士の娘にはよもまさじ《海士の娘ほどではありますまい》。敵《かたき》[六]とまぼるわれらだにも、見れども[七]見れども目がれせず。何といふとも、中将これをばよも捨てじ。さて去らざらんものゆゑに《中将が離縁しようとしないのに》、いかが憎むべき《我々が憎んでもしかたない》。右大臣の姫君も、中将憎めば嫁ならず。海士《あま》の娘なりとも、わが子の見る[八]こそ嫁なれ。人も無からんならば[九]、人をやりて召し使はせん」とて、右衛門佐《ゑもんのすけ》[一〇]、兵衛督《ひやうゑのかみ》の局《つぼね》といふ、上臈《じやうらふ》[一一]女房三人、上童《うへわらは》[一二]三人、端《はした》[一三]の者なんど、上下二十人の女房たちを、車あまたに乗せて、付け

一　見る人が心をひかれ、愛する気持を起させるような魅力的な人。
二　あまり遠くない昔。
三　仏教の教えを理解していない者の意で、普通一般の愚かな人をいうが、ここでは、普通の人間ではなく、仏菩薩《ぶつぼさつ》の化身《けしん》ではないかと思われるの意。
四　人の住む世界。仏教では、地獄・餓鬼・畜生・修《しゅ》羅《ら》・人間・天上の六種の世界を迷いの世界として六道といった。
五　仏道修行をしているということ。
六　敵意をもって見守っていた自分たちさえも。
七　いくら長い間見ていても、見あきるということがない。「目がれ」は、対象から目が離れることで、見ないでいるの意。
八　この「見る」は、夫婦生活を営む、妻として世話をする意。
九　側《そば》に仕えて世話をする人、女房たちをいう。
一〇「右衛門佐」「兵衛督」ともに官職名であるが、貴族の家に仕える女房は、官名、国名等で呼ばれることが多い。父や夫の官職を取って呼び名とする例があるが、必ずしもそうばかりではなかったのであろう。
一一　高い家柄の出の上席の女房。
一二　貴族の子弟で、宮中の作法見習いのため昇殿を許されて、側近に奉仕する男女の子供。
一三　召使のうち、中程度の身分の者。

られける。また参らせられける文《ふみ》の様《やう》、《姫君に差し上げた手紙》
さても夕べの座敷、忘れがたき御事にてこそおはしまし候へ。今よりは常におぼしめしたち《いつでも思い立たれたら》候ひて、御遊び候へ《お遊びにおでかけ下さい》。[一四]御旅《おたび》の住居こそいたはしく思ひ参らせて候へ《どんなにお寂しいかとお気の毒に存じます》。さてもさても見苦しげに候へども《さてこの者たちは見苦しい様子をしておりますが》、[一五]年頃なれば恥ぢおぼしめすべからず《恥ずかしくお思いになることはありません》。御旅所《どころ》に住ませ給へば、召し使はせ給へ。夕べいらせ給ひて候ふ御引出物に《昨夜おいで頂いたお礼の引出物としてお送りします》。
とてぞ送らせ給ひける。[一六]有難くぞおぼえける。
さて中将殿のたまひけるは、「今は何をか隠させ給ふべき。田舎の人にてはおはすまじ。海士《あま》の娘ともおぼえず。ありのままに語り給へ」とおほせけれども、姫君、さめざめと泣き給ひて、「海士の《海士のことが》そぞろに恋しきは《むやみに恋しいのは》、親なればこそ恋しけれど《親だからこそ恋しいのですが》、[一七]御身は親とおほせねば、便りかなはず《便りもできません》。われは親の恋しきに、袂《たもと》の乾くひまもなし」とて、涙もせきあへず《涙もおさえられないで》泣き給へば、その上は中将殿もまたも尋ね給はず。
さるほどに明石の海士は、男は髪を剃《そ》り、女《め》は尼になりて、御孝《けう》[一八]

一四 五行目の「御旅所」と同じ。旅行に限らず、自分の家を離れて住んでいる所をいう。

一五 長年召し使って気心の知れた者たちですから。

一六 こういうことはめったにないことで、北の政所の心づかいが尊く思われるという作者の言葉。

一七 あなたは海士を私の親とおっしゃって下さらないので。

一八 本来は親に対する供養をいうが、転じて、一般に亡き人の後世《ごせ》を弔う場合にも用いた。

明石の海士、姫君の孝養を営む

養《やう》を営む。今は、鯛《たひ》、鱸《すずき》、鯨《くぢら》、鯱《しやちほこ》[一]、これらは皆生物《いきもの》なれば、取ることもなくして、和布《わかめ》、甘海苔《あまのり》、小布海苔《こぶのり》[二]、海松布《みるめ》、あをめ[三]、採りつつ、これにて世をば過ぎにけり《暮しを立てていた》。女《め》の海士も同じく、螺《にし》、栄螺《さざい》、蛤《はまぐり》、武者貝《むしや》[四]、鎧貝《よろひ》[五]、はづかしや[六]簾貝《すだれ》、時雨《しぐれ》[七]に音する板屋貝《いたや》、[八]ものぐねりする海士貝《あま》、片思ひ[九]する鮑貝《あはび》、飾磨《しかま》[一〇]に染むる烏貝《からす》、追風待つは帆立貝《ほたて》、あはれなりとよ壺貝《つぼ》[一一]の、かかる生物《いきもの》ども、今は採らずして、青海苔、かい海苔[一二]、磯のはし[一三]の青草と、藻《も》[一四]に住む虫のいつとなく、われから音《ね》をやなきぬらん。ただ山に上りて迷ひ、この姫君の御ためにとて、花を摘み、香をたき、かかるいやしき下臈《げらふ》の身なれども、これを善智識《ぜんちしき》[一五]として、行ひけるこそあはれなれ。

さるほどに中将殿、賀茂《かも》[一六]、八幡《やはた》、神明《しんめい》へぞ参らせ給ひける。何事[一七]も御祈りと聞えし。北の御方懐妊、はや五月《いつつき》にならせ給ふ。着帯《ちやくたい》[一八]の御祈りとぞ申しける。その時、父の殿下《てんが》おほせらるるは、「中将は海士の娘を具してあるほどに《娘に連れ添っているのだから》、われらが子にてはなし。〔赤児が〕出で来たら

一 頭は虎《とら》に似て形は魚の想像上の海獣。しかし、松《まつ》毬魚《かさうお》の異名としても使われるので、それであろうか。
二 海藻。袋布海苔《ふくろふのり》の俗称。あるいは昆布海苔《こぶのり》か。
三 緑藻類をいうのであろう。
四 未詳。
五 未詳。
六 恥ずかしいので簾を掛けている簾貝の意。「簾貝」は表面にすだれ状の太い輪脈のある貝。
七 時雨に音を立てる板葺《いたぶき》屋根の意から板屋貝の修飾語とした。
八 「ものぐねり」は、ひがむこと、すねることをいうが、「海士貝」へのかかり方はよく分らない。
九 鮑は殻が二枚貝の片側だけのように見えるので、「鮑の片思い」の諺《ことわざ》を生じた。
一〇 兵庫県南西部の地名で、濃い紺《こん》色や褐色《かつしょく》の染料を産した。
一一 未詳。
一二 未詳。
一三 磯辺の隅の青草を採ってという意であろう。「青草と」の「と」は誤脱があるか。

対の屋姫、若君姫君を出産

一四 藻にすむ虫が泣くように、何時《いつ》ということなく(始終)我と我が身で泣いていることだ。「われから」に「割殻《われから》」という虫の名を掛ける。「虫のわれからと泣く」という表現は和歌などでよく使われる。

んに、もし男子《をのこご》ならば、それをわが子とすべし《跡継ぎにしよう》。生れたらん時、母が所に置かずして、抱き取りて、これへ入れ参らせべきなり《こちらへ連れてきなさい》」。さるほどに月満ちて、御産やすやすと、御心のままに《御希望通りに》若君出で来おはしましけり。[一九]大納言の佐御局《すけみつぼね》、衣《きぬ》の袖《そで》に受け取りたてまつりて、殿《てん》下《が》の御所へかくと《これこれですと》申させ給へば、大きに喜び給ひて、二条の西の洞《とう》院《ゐん》の藤《とう》の中納言を傅人《めのと》に召され、御迎への車《〔若君を〕お迎えの車は》、例よりも清げにぞありける《いつもより清らかで美しかった》。[二〇]まぼりの御博士《はかせ》たち、[二一]右の役人、大納言の御局、抱き参らせて、御車に乗り給ふ。[二二]声々《こゑごゑ》もとのままに、[二三]先を追ふ声気高《けだか》くぞおぼえける。入らせ給ひぬれば、御産湯召させ給ひぬ。明けぬれば殿下の御所にぞ渡させ給ひける。御乳《ち》の人には、[二四]筑前前司《ちくぜんぜんじ》が妻《め》なり。先の年、女子《をんなご》生みたりけるが、[二五]いまだあはざりける。それにぞ定まりし。その筑前守が妻《め》と申すは、対の屋の継母の娘にて侍り。一《いち》の人の御乳母《めのと》になりたることのめでたさよとて、[二六]大納言殿も喜び給ひけり。かくて、もてなしかしづき給ふこと《〔若君を〕大切に扱うことは一通りでなかった》なのめならず。さて、い

一五 正法を説いて人を仏道に入らせる人の意から、人を仏道に導く機縁となるものをいう。姫君の失踪《しっそう》を機縁として仏道修行に努めることになったのは感心なことである。

一六 京都市の賀茂神社と、京都府八幡市の石清水《いわしみず》八幡宮。「神明」は神ということであるから、賀茂や八幡の神に参詣をなさったの意であろう。版本には「賀茂八幡へ神馬《じんめ》を参らせらる」とあり、わかりよい。

一七 ここも版本の「何事の御祈りぞと聞くに」の方が文意がよく通る。

一八 懐妊して五カ月目に腹帯をしめること。

一九 対の屋姫の女房の名。

二〇 若君に添えられた陰陽道《おんみょうどう》の博士《はかせ》。卜占《ぼくせん》によって赤児の養育の相談にあずかった。

二一 未詳。令制《りょうせい》の官職は左右対称になっているので、その右であろうが、どのような役人か分らない。

二二 この一句、意味が明らかでない。

二三 行列の前駆《ぜんく》をする者の先払いの声。

二四 筑前の国の前の国司。

二五 岩瀬文庫本には「いまだ筑前にあはざりける」とある。子を生んで後は、夫の筑前前司とまだ夫婦生活をしていなかったという意であろうか。

二六 対の屋姫の父親のこと。

くほどもなくして、また光るほどの姫君《まばゆいほど美しい姫君が》、出で来させ給ひけり。それは中将二人して《中将と対の屋姫の二人で》、いつきかしづき《大切にして養育なさった》給ひけり。

過ぐる月日ほどなくて、若君七つ、姫君五つと申す八月十五日に、御袴着《はかまぎ》[一]ありける。御袴着の親[二]には、ちさうやうゐん[三]の刑部卿《ぎやうぶきやう》[四]の宮にておはしけり。一の人[五]の袴着なれば、大臣、公卿《くぎやう》[六]、殿上人《てんじやうびと》[七]、皆々漏れず参り給ひけり。堀川の大納言も参り給ふ。その時姫君[八]、公達《きんだち》[九]を膝《ひざ》の上に奉りて《乗せ申して》、涙を流して、おほせられけるは、「刑部卿の宮の御袴の腰結《ゆ》はせ給ひて後、御座《ござ》より降りて、公卿の座にて八番目におはします帥《そつ》の大納言を、三度づつ拝ませ給ひて、褥《しとね》[一〇]に居給へ」と教へたてまつり給へば、さて公達出で給へば、刑部卿の宮、御袴の腰結び参らせ給ひぬれば、御兄妹《おとどい》[一一]うち連れて、公卿の前に降《お》り給へば、皆々膝[一二]を立てて、直衣《なほし》[一三]の袖《そで》をかき合せて畏《かしこ》まり給ふ。その時二人の公達、帥の大納言殿を三度づつ拝みて、もとの御座へ居直り給ふ。〔絵〕

若君姫君の袴着

一 幼児から少年少女に成長することを祝って、初めて袴をつける儀式。
二 袴着の祝いの時に、袴の腰を結ぶ人。
三 未詳。版本では「ぢさうゐん」とある。
四 刑部省（裁判をつかさどる役所）の長官。
五 一六五頁注一五参照。
六 上達部《かんだちめ》と同じ。一七四頁注九参照。
七 清涼殿の殿上の間に昇ることを許された人。公卿を除き、四位・五位の中で許された人と六位の蔵人《くろうど》。
八 中将の北の方、対の屋姫のこと。
九 七歳の若君と、五歳の姫君の二人。
一〇 坐ったり寝たりする時　下に敷く敷物。
一一 「おととい」は兄弟姉妹に共通して使う。
一二 一七八頁注四参照。
一三 一六五頁注一四参照。

大納言殿は畏まり給ひて、礼《らい》せられ、冠《かふり》[一四]の巾子《こじ》を地につけて、深く恐れ給ひけり《恐縮なさっていた》。

その時、祖父《おほぢ》殿下、公達に問はせ給ふ。「何の故《ゆゑ》公達は、帥の大納言をば礼《らい》し給ふぞ」とのたまへば、「母御前の、『拝み参らせよ』とおほせなり」とのたまへば、殿下、左近尉《さこんのじょう》を召して、「御簾《みす》[一五]の前に参りて、『公達は何とて帥の大納言殿をば礼し給ふぞ』と尋ね申せ」とおほせられしかば、やがて《すぐに》参りて、この由を申せば、御簾のうちに泣く声、公卿の座まで聞えけり。さても姫君《対の屋姫》、涙の隙《ひま》よりおほせありけること、左近尉は袖をかき合せて、うつ伏しに承る《平伏したまま承った》。御簾のうちには涙もせきあへず《こらえきれない》。五月雨《さみだれ》のしげき梢《こずゑ》よりも、なほ潮垂《しほた》[一六]れたる袖の上涙[一七]、よそまでも《はたの人までも》、あはれを催さぬ人もなし。

さて左近尉、よく承つて、殿下の御前《おまへ》に参りて申しけるは、「姫君《対の屋姫》の御諚《ごぢやう》[一八]には、

『われ人間に生《しやう》を受けて、五人の親を持ちたり。五人と申すは、

一四 髻《もとどり》を納めるために、かんむりの頂上後部に高く突き出た部分。

一五 対の屋姫の座の御簾の前。人の集まる席では、高貴な女性は御簾を垂れて姿をあらわに見せないのが通例である。

対の屋姫、父と再会

＊ 御伽草子の中には、継子物と対《つい》をなす嫁いじめ型とでもいうべき物語が幾つもある。『時雨《しぐれ》』『若草物語』『小伏見《こふしみ》物語』『桜の中将』などがそれで、素姓はよいが父母に早く死別した姫君が、時の権門勢家の貴公子と結ばれる。しかし、有力者の娘との政略的な結婚を望む男の父親のために二人の仲はさかれ、女は家を追われて流離の身となる。男は心ならずも別の女との結婚を強いられたが、やがて失ったもとの女の行方《ゆくえ》を求めて旅に出るというのが共通した筋になっている。この方は尋ね当てた時は、女はすでに死んでいたりして、男も出家するというように、悲劇的な結末になっている場合が多い。この嫁いじめ型の御伽草子も、多く鎌倉時代の古物語を改作した作品であることが立証されている。

一六 潮水に濡《ぬ》れてしずくがたれるの意で、涙で袖が濡れることをいう。

一七 「袖の上の涙」の「の」脱か。袖の上の涙を見ること。

一八 貴人の仰せ。お言葉。

誠の父、誠の母、養ひ父、養ひ母、また後の親とて、五人持ちたり。誠の母と申すは一太田の帝《みかど》の二の宮白川の姫君、誠の父と申すは当座にまします《この席にいらっしゃる》堀川の大納言殿にておはします。養ひ親と申すは明石の海士《あま》夫婦、また後の親と申すは継母《けいぼ》、五人これなり。われ十三の年、筑紫《つくし》へ御下りありし時、何の咎《とが》ありけん、継母《ままはは》、明石の海へ沈められしを、使ひの者情けある者にて、沖の岩に捨てしを、五日と申すに、海士の漁《あさ》りして戻りしが見つけて、海士の岩屋に四年まで住みしを、中将殿の伊予《いよ》よりの御帰りのついでに、見出だされ参らせて、二錦《にしき》の袴さながら、故郷《ふるさと》都へ帰りぬ。父大納言殿へ、かくと申し《これこれでしたと》たく候ひしかども、わがいとほしさのままに《父が私をふびんと思うあまりに》、北の御方を恨みさせ給へば、継母の御気を背くことなるべし《お気持に逆らうことになりましょう》。しかれば三不孝《ふけう》の道に入りぬべし。多くの罪の中にも、不孝にまさる罪はなし。四されば作る罪はなけれども、恐ろしきは母御前なり。されども今日まで申さず。二人公達、いかに見れども目がれせず《二人の子供たちはいくら見ていても見あきません》。《比べる》

一 未詳。
＊ 本地物《ほんじもの》の『箱根権現《ごんげん》縁起絵巻』も物語の内容は継子物である。これは民間説話の「お銀小銀」型昔話と非常に近い筋であるが、この物語では、継母が継娘を手を替え品を替えて虐待する。それと比べると、『岩屋』系統の御伽草子には、継子いじめそのものについては、あまり具体的で陰惨な叙述がなされていない。貴公子の求愛を受けた姫君が、いったんは苦難の境遇に沈むが、終りには幸福をかちとるという、波瀾《はらん》に富んだ恋愛物語がその本質をなしているということができる。その点では、前記の嫁いじめ型の物語と全く変る所がなく、両者を合わせると、御伽草子のある部分は、鎌倉時代の公家階級の中で行われていた王朝風恋愛物語を、新しい階層の享受者に向くように改作しながらも、それを受けついできたことがわかる。
二 「錦の袴」という諺《ことわざ》の通りにという意か。「錦の袴」は「錦を着て故郷へ帰る」と同じ諺であろう。
三 古くは「ふきょう」とよむことが多い。「きょう」は孝の呉音。親に孝行でないこと。
四 継母の仕打ちをだまっていたので、不孝の罪は犯しませんでしたが、本当に恐ろしい母御前です。

たぐひなく思ふに《ものがないほどかわいく思うにつけ》、わが父のわれ一人もち給ひて、かき消すやうに失ひて、いかに嘆き給ふらん。されば、公達二人、わが身共に、父の御見参《げんざん》に入らんがために、ただいま申し侍る』とおほせらるる」と申せば、殿下をはじめたてまつり、公卿、殿上人、子のあるも子のなきも、同音に皆々泣き給ひけり。[五]左大臣殿も「この人ゆゑに、わが子も法師になりて、書写《しよしや》山に籠《こも》りてあるぞかし」とて、泣き悲しみ給ひけり。大納言殿も[六]大床《おほゆか》に臥《ふ》しころび給ひて、「夢かや夢かや、さらに《まったく》現《うつつ》とはおぼえず」とて、直衣《なほし》の袖をぞしぼり給ひける。〔絵〕

父大納言、継母を追い出す

さて、祝ひめでたくし給ひて《袴着の御祝いもめでたく終って》、日も暮れぬ。母屋《もや》の御簾《みす》の前に御[七]座敷のありけるに、〔対の屋は〕大納言殿を請《しやう》じ参らせて、[八]対の屋御見参ありて違《たが》はぬ姫君なりけり。さてあるべきにあらねば《いつまでそうしてもいられないので》、大納言殿帰らせ給ふ。北の方おほせらるるやう、「皆人は帰らせ給ひ候ふなるに、いか《どう》にや遅く入らせ給ふぞ《して遅くおなりになったのですか》」と問はせ給へば、あまりに恐ろしくおぼ

五　はじめに対の屋姫と婚約した四位の少将の父。

六　建物の縁のこと。神社建築で用いられた語。

七　坐る場所のこと。古くは室内が板敷で、坐る所だけにしとねや畳を敷いたところからいう。

八　対の屋姫が御対面になったが、大納言殿が御覧になると、間違いなく我が子の姫君であった。

して、ややしばらくありて、「[一]人にすぐれたる喜びありて《ほかの人より特別に嬉しいことがあったのだ》」とのたまへば、「まことに喜びすることそ道理なれ。わが姫君御[二]乳《おち》に参りたれば、その故ぞかし」とおほせられけることそをかしけれ《滑稽であった》。大納言殿しばらくありて、「何の咎の報いにて《どんな罪に対する罰として》、対の屋の姫君を明石の海に沈められけるぞ、[三]悪き者の親なれば、いかに憎しとおぼしけん。[四]凡《ぼん》夫《ぶ》こそ口惜《くちを》しけれ」とおほせられて、御車寄せられて、[五]古里《ふるさと》へ送り給ひけり。継母、わが里へ帰らずして、[六]稲荷《いなり》に籠《こも》りて、「南無《なむ》や大《だい》明神《みやうじん》、対の屋に[七]三病《さんびやう》つけて賜《た》び給へ」と、三七日《二十一日の間》まで籠りて呪《のろ》ひけり。されども[八]神は非礼を受け給はず。[九]正直《しやうぢき》の頭《かうべ》に宿らせ給へば、姫君にはつかずして《とりつかないで》、継母物に狂ひて《継母の方が気が狂って》、わが身衣裳を破り棄てて、四十二と申すに、ここかしこの[一〇]辻々《つじつじ》にたたずみ、狂ひ死にこそせられけれ《気が狂ったままで死んでしまった》。〔絵〕

明石の海士に恩賞

さるほどに明石の海士を召され、殿下の御所へは無官無位にては参らぬことなれば《官位のない者は参上できないしきたりなので》、[一一]衛府《ゑふ》の侍召して、[一二]衛府の装束《しやうぞく》せさせて、[一三]衛府の

一 底本は「人にすぐれたる喜びありて」が脱文となっている。岩瀬文庫本によって補った。
二 中将殿の若君の御乳母として参上したので。
三 あなたにとっては、この私は対の屋姫のような悪い娘の親なのだから、私がどんなにか憎らしかったでしょう。継母に対する皮肉の言葉である。
四 私が愚かな凡夫であって、そんな悪い女だと見抜けなかったことが残念だ。
五 継母の実家をいう。
六 伏見の稲荷神社のことであろう。
七 治り難《にく》い三つの病気。『日葡《につぽ》辞書』には、癩病《らいびやう》・癲癇《くつち》・癲狂《てんごう》の三つを挙げてある。底本には「さくひやう」とあるのを改めた。
八 神は道理にはずれたことを祈っても、それをお受けにならないという諺《ことわざ》。
九 神は正直な人を加護されるということ。
一〇 道が十文字に交差している所。あちらこちらの道角《かど》をうろうろして。
一一 宮中の護衛に当る役所の総称。左右近衛府、左右衛門府、左右兵衛府の六衛府があった。底本では、以下「衛府」を「よう」と表記してある。「ゑふ」を「よう」と発音したのである。
一二 衛府の官人の着る装束。
一三 衛府の武官が帯びる儀仗《ぎじよう》用の太刀。

太刀佩《は》かせて、[一四]左衛門《さゑもん》になして、女《め》の海士をば大床《おほゆか》に召し上げさせ給ひて、[一五]北の御方御見参あり。めでたきことかぎりなし。紫の衣《きぬ》十二襲《かさね》、紅《くれなゐ》の御袴《はかま》添へて賜はり、「われに添ひたると思ひて見よ《(北の方)この衣を私の代りと思って見なさい》」とてぞ取らせ給ひける。そのほかに[一六]本朝《ほんてう》の宝物《たからもの》数知らず賜はり、車に乗りて帰りける。[一七]子々《しし》孫々《そんそん》に至るまで賜はりけり。さて明石の海士は大名になりて、家富み栄えけることかぎりなし。人によく当れば、人またわれをあはれむ。皆かくすべきなり《人は皆このようにすべきである》。

さて[一八]佐藤左衛門は、世に残らんとも思はずとて《俗世に残って暮そうとも思わないといって》、髪をおろし、[一九]高《かう》野《や》の御山にぞ籠りける。[二〇]姫君の母宮の御時候《さぶら》ひける人々、われもわれもと参りける。また[二一]明石にて出家したる人々、われもわれもと三百四十人までの者どもが、百人ぞ参りける。

さるほどに[二二]姫君、十四にて[二三]女御《にようご》に参らせ給ひぬ。若君は後に関白《くわんばく》になり給ひ、かくて対の屋、北の政所《まんどころ》とて、めでたく栄えさせ給ひける。

一四 左衛門府の官人の意。
一五 中将の北の方、すなわち対の屋姫のこと。
一六 わが国の朝廷の意から、転じてわが国、日本の意となった。
一七 賜った宝物を子々孫々まで大切に伝えたということ。
一八 継母に命じられて、対の屋姫を海中の岩に置き去りにした武士。
一九 一五九頁注一五参照。
二〇 対の屋姫がまだ母宮の許《もと》にいた時仕えていた人々は、我も我もと対の屋姫の許へ参った。
二一 対の屋姫が海へ落ちて死んだというので、その時出家した人々。
二二 対の屋姫と中将との間に生れた姫君のこと。
二三 時の帝《みかど》の女御に召し出されて宮中へ参った。

明石物語《あかしものがたり》

播磨《はりま》の国の豪族明石の三郎は熊野《くまの》権現《ごんげん》の申し子で、武勇抜群の人であった。隣国摂津《せっつ》の多田《ただ》刑部《ぎょうぶ》の娘を妻に迎え、平穏に暮していたが、時の関白の御子高松の中将が明石の北の方に横恋慕したことから、思わぬ災難がふりかかってきた。関白は明石を討とうとして舅《しゅうと》の多田刑部を語らう。欲に目のくらんだ刑部の策略は失敗したが、次には明石をすかして都へ上《のぼ》らせ、ついに捕えて奥州外《そと》の浜《はま》へ流した。一方、明石の北の方は国元を逃《のが》れ、夫を尋ねて奥州への旅に出る。途中佐夜《さよ》の中山で男子を出産し、命を落すところを山神に助けられ、さらに熊野権現の霊夢をこうむった奥州の住人信夫《しのぶ》の庄司《しょうじ》に本国へ伴われて、手厚い保護を受けた。五年の後に明石は牢《ろう》を破って脱走し、偶然に信夫の庄司の許《もと》に身を寄せたことから、北の方と涙の再会を遂げる。その後、都へ上って無実の罪をはらし、一族は末永く栄えた。
『俵藤太《たわらとうだ》物語』と同じく武家物《ぶけもの》の一種として分類されるが、本作と同類型の作品は他にも多く見られるほか、愛する男女が外部の迫害によって苦難を受けるという主題は、公家物《くげもの》や本地物《ほんじもの》にも共通していて、御伽草子に最も普遍的な型の物語である。

底本は、寛永ないし正保頃の刊行と推定される絵入整版本（校注者架蔵、横山重氏旧蔵本）であるが、より古い伝本に、天文二十三年の写本（天理図書館蔵）がある。校注に当っては、この古写本を参照した。その他、文章の全く異なる異本もあり、古浄瑠璃《こじょうるり》の正本《しょうほん》もある。

上

播磨《はりま》[一]の国、明石[二]の左衛門尉《さゑもんのじよう》重高《しげたか》と申す人おはしけるが、智恵才《さい》[三]覚《かく》、芸能[四]、人にすぐれ給ひて、弓矢を取りてもまさる人なし（武芸の道でも抜群の人であった）。陸奥《むつ》[五]の国の主《ぬし》にて多勢《たせい》[六]の人にて、近国にて人におぢ恐れられてぞおはしける。何事につけても乏《とぼ》しきことましまさず（財物に事欠くことはなかった）。[七]されども御年たけ給へば（盛りの年も過ぎたので）、熊野[八]へ参り、申し子をこそし給ひける（子をお授け下さいと祈願した）。本宮《ほんぐう》証誠殿《しようじやうでん》[九]の御前《まへ》に通夜申されけるに（夜通し祈願なさると〔夢の中で〕）、鬼瓦《おにがはら》[一〇]を賜はりて、懐《ふところ》に納むる示現《じげん》をかうぶりて（神のお告げを受けて）、御下向《げかう》ありて（お帰りになると）、ほどなく北の御方御懐妊ありて、十月《とつき》と申すに、いつくしき若君を儲《まう》けさせ給ひぬ（美しい若君を）。父母《ちちはは》喜び給ふことなのめならず（ひととおりでない）。御名をば大法師御前《おほほふしごぜん》とぞ申しける。

かくて月日ほどなく過ぎゆくままに、大法師御前四歳と申す春の

主人公明石の三郎の出生

一　今の兵庫県。

二　明石氏はこの地方の古い氏族で、中世の諸書にも明石を名のる武将の名が幾人か見える。ここはもちろん架空の人物である。「左衛門尉」は左衛門府（右衛門府とともに皇居諸門の守護や行幸の先駆などをつかさどる役所）の第三等官。長官を督《かみ》、次官を佐《すけ》という。

三　「才学」とも書き、才智と学問のこと。

四　詩歌・音楽・武芸など、一流の人物が身につけていなければならない才芸。

五　今の東北地方をばくぜんとさしていうことが多い。陸奥《むつ》の国にも所領があったので「主」といったのであろう。

六　古くは「タセイ」（『文明』『易林』『日葡《につぽ》』）。「多勢の人」とは、郎等《ろうどう》を多数擁《よう》し、事ある時には多くの人数を動員できる大名ということであろう。

七　古写本には「さて御年たけ給ひけるまで、御子一人もおはしまさぬ事を嘆き給ひて、熊野参詣し給ひ」とある。底本の文章もその意味である。

八　和歌山県の熊野神社。本宮《ほんぐう》・新宮《しんぐう》・那智《なち》の三社から成り、中世には熊野三所権現《さんじよごんげん》の名で全国にわたって広く信仰を集めていた。

九　本宮・新宮・那智ともに、証誠殿・結宮《むすぶのみや》・速玉《はやたまの》宮《みや》の三殿に、三柱の神を主祭神として祀《まつ》る。

一〇　申し子の願いが叶《かな》えられたことを示す。玉を授かる例は多いが、鬼瓦としたのはどういう意味をもつのか未詳。

男女主人公の婚約

頃、[一]津の国の源氏に多田《ただ》の刑部家高《ぎやうぶいへたか》と申す人、明石殿へうち越えて《国を越えて行き》、[二]双六《すぐろく》を打ち遊び給ひけるに、明石殿のたまひけるは《おっしゃるには》、「いかに《どうですか》多田殿。娘を持ち給はば、四歳になる大法師婿に取り給へ」とおほせければ、多田刑部、「子細あるべからず《とやこう言うわけがありません》。二歳になる娘を持ちて候へば、大法師殿に参らせん」とぞのたまひける。多田殿は津の国へ帰りて、女房《にようばう》におほせけるは、「家高こそ婿を儲けたれ《この家高は願ってもない婿取りをしたぞ》」と語られければ、「いかに婿欲しくとも、いか《どんな》なる娘のありて《娘があって》、いづくより出だすべき《どこから差し出せるというのですか》」とありしかば《言うので》、「さて去年《こぞ》の夏[三]生《むま》れたりし姫はなきか。明石殿の《明石殿が》

明石夫婦、熊野にて祈願するところ

一 摂津の国。大阪府と兵庫県にまたがる。播磨《はりま》の国の東隣。摂津の国多田は、多田満仲《ただのまんじゆう》を始祖とする清和源氏の発祥地。源氏の正統は満仲の三男頼信《よりのぶ》の子孫に移り、長男頼光の流れが多田を号した。

二 古く奈良時代に中国から伝わった遊戯。盤の上の駒を采《さい》の目に随って動かし勝負を争う。古来賭博《とばく》として行われることが多かったのでしばしば禁令が出された。「スゴロク」ともいう。

＊ この『明石物語』と筋立の類似する作品は、『堀《ほり》江《え》物語』『村松《むらまつ》物語』『羽持《はもち》中将』『師門《もろかど》物語』『塩《しお》竈大明神《がまだいみようじん》の本地《ほんじ》』等数多い。その中で『明石物語』は古い作品と思われるが、さらに遡《さかのぼ》ると、南北朝時代に成立した『神道集《しんとうしゆう》』巻六の「上野国《こうずけのくに》児持山《もちやま》ノ事」に、よく似た話が載っている。伊勢の国の阿野権守《あののごんのかみ》は児守《こもり》明神に祈って女子を儲《もう》け、子持御前と名づける。成長の後、隣国伊賀の地頭加《か》若《わか》次郎を婿としたが、伊勢の国司が神宮に参拝の折、子持御前を垣間《かいま》見て恋となる。国司は加若次郎に国司の官と引きかえに子持御前を妻に乞うが拒絶されたので、父の関白に加若を讒言《ざんげん》する。加若は下野《しもつけ》の国室《むろ》の八島《やしま》に流された。子持御前は国司の手を逃《のが》れ、夫を尋ねて東《あずま》へ下る。途中、熱田で男子を生み難渋したが、熱田明神と諏訪明神が侍姿と現じて加護を加え、加若を牢《ろう》から救い出して、再会を遂げさせた、というものである。物語

四歳になる男子《なんし》を寵愛《ちようあい》して、婿に取れとのたまひしほどに、領承《りやうじよう》したり《承知したぞ》」とのたまひければ、北の方[四]「あら早《はや》の婿取りや《せっかちな婿取りですね》」とて笑はれける。

月日に関を据《す》ゑざれば[五]、大法師殿九つにて元服《げんぶく》[六]して、明石の三郎重時《しげとき》とぞ申しける。十三にて力を試《ため》しけるに、八十五人が力をぞ試しける《八十五人力もあることがわかった》。弓矢を取りても《武芸の道においても》、馬《むま》[七]の上、徒立《かちだち》、いづれの芸能[八]も人にすぐれ給ふ。その身の丈《たけ》[九]は七尺五寸、容顔美麗《ようがんびれい》[一〇]にて、近国にては聞えをなし給ふ《評判が高かった》。十七の御年、多田殿娘十五になり給へば、明石へ迎へ給ふ。たがひにおぼしめし合ひ給へば《思い合って仲むつまじかったので》、明石殿も多田殿も喜び給ふ。〔多田殿は〕津の国より明石へ越え、〔明石殿は〕明石より多田へ越え、たがひに遊び給ふ。

かくて五年と申す[一一]六月に、父明石殿にはかに病《やまひ》つき給ひ、六十三にて失《う》せ給ひて、〔三郎は〕嘆き給ふに《悲しんでいたところ》、あくる年の冬十一月に、母上五十九にて隠れさせ給へば、一方《ひとかた》ならぬ御嘆きにて《かさねがさねの御愁嘆で》、跡《あと》[一二]の御孝養《けうやう》心を尽して営み給ひける。

構成上の主要なプロットが、『明石物語』と全く一致しているので、両者の間には密接な関係が考えられる。

三 「生る」「馬」「梅」等は、平安時代以後「むまる」「むま」「むめ」と表記した例が多い。

四 多田刑部の北の方。前頁の「女房」と同一人物。

三郎と多田の姫の結婚

五 月日の経過が早いことをいう慣用句。

六 男子の成人式。公家《くげ》の場合には髪型を改め、はじめて冠《かんむり》をかぶるが、武家の場合には烏帽子《えぼし》を用いた。十二歳頃から十五、六歳頃の間に行うことが多い。

七 馬に乗った時と、徒歩の時の戦《いくさ》の仕方。

八 ここでは武術に関しての技能をいうのであろう。

九 今でいえば約二メートル二五センチになるが、もちろん誇張である。

一〇 顔だちがすばらしく美しいこと。中世から近世初期の物語・小説で、主人公の形容にしばしば使われる慣用句である。

三郎の父母死去

一一 「申す」は「言う」の謙譲語であるが、ここは「五年目という六月に」の意を、やや改まった固い言い方で言ったのである。

一二 父母の後生《ごしよう》を弔うための追善供養。

かくて三年《みとせ》も過ぎぬ。またの年の春《翌年の春》、明石の三郎殿女房、熊野へ参られけるに、新宮《しんぐう》[一]より那智《なち》へ参りけるに、七条の殿下《てんが》[二]の御子に高[三]松の中将頼氏《よりうぢ》と申す人も参詣《さんけい》あり。那智の御山にて明石の御前《ごぜん》を見給ひて、「世《(中将)》の中にかかる美人もありけるかや。年頃都にて多くの人を見しかども、かやうの美人いまだ見ず」とゆかしくおぼしめし《心がひきつけられて》、人に問はせ給へば、「これは播磨の国明石の三郎殿の北の方にて候《さうら》ふ」とぞ申しける。中将殿御下向《げかう》の後、ありし面影身に添ひて《その時の面影が頭にこびりついて》、まことに恋の病《やまふ》[四]とぞなり給ふ。ただうち臥して《すっかり床についてしまわれたので》のみおはすれば、殿下は心苦しく《心配なさって》おぼしめし、山々寺々にて、御祈り[五]数を尽しけれども、その験《しるし》もなかりけり。医師《くすし》を召し、療治し給へども、療治も叶《かな》はず、次第に重《おも》り給へば、殿下の後見《こうけん》[六]高松の太夫《たいふ》[七]、殿下に申しけるは、「中将殿の御いたはり《御病気は》、ただの病にて候はず。今度熊野へ御参詣の時、明石の三郎の北の方を御覧じて、恋の病とこそ承り候へ《それ以来の恋患いと伺っております》」と申しければ、(殿下)「思ひのほかのことにこそあれ《それは思いがけないことだ》」とて、殿下も御物思ひ《御心配の種と》

一 熊野三山のうち、和歌山県の新宮市にある熊野速玉神社と、東牟婁《むろ》郡那智勝浦町にある熊野那智神社。

二 京都七条通りに邸宅のある殿下の意。「殿下」は摂政、関白や将軍の尊称。「テンガ」(『易林』)。ここは関白をさす。

三 藤原北家の閑院流に高松を号する家があった。ここも架空の人物であるが、明石といい多田といい、実在の氏族の名を借りたのであろう。

四 「ヤマヒ」と同じ。「ヤマウノユカニフス」(『日《にっ》葡《ぽ》』)。

五 病気回復のための祈禱《きとう》。

六 公家や武家で、一家の主《あるじ》が年少の時、その代理や補佐をする者をいうのであるが、ここでは家の中をとりしきる家臣の長というぐらいの意味であろう。次頁に「国高」の名で出てくる。

七 五位以上の者の呼称であるが、とくに五位の場合に多用され、五位の別称ともなった。門地のない地方の武士にとっては、五位に叙せられ太夫を称することは栄誉であった。発音は「タユウ」。

関白、明石を討つために多田刑部を利用

にぞなり給ひける《おなりになった》。

ある時、《〔殿下は〕》高松の太夫国高《くにたか》を召して、おほせけるは、《〔中将の思いを叶えるには〕》「いかがあるべきぞ《どうしたらよいか》。勢を揃《軍勢をそろ》へて《集めて》明石の三郎を討ちて、女房を取りて参らせよ」とおほせければ、国高申しけるは、「このおほせ思ひも寄らず。明石の三郎と申すは、世の常の武士にては候はず。陸奥《むつ》の国の主《ぬし》にて多《た》[八]勢《せい》の者にて候ふ。その身も武芸達者にて、用心きびしき人《常に警戒を怠らない人》にて候ふ。されば舅《しうと》多田刑部、大欲心《たいへんな欲ばりですので》の者なれば、かれを召し、『明石の三郎を討ちて参らせよ。国を賜《た》[九]ばん《くれてやろう》』とおほせ候はば、《〔刑部が〕》討ちて参らせん《明石を討ってくれるでしょう》」と申しければ、《〔殿下〕》「この儀しかるべし《その方法がよろしかろう》」とて、やがて《すぐに》刑部を召して、《〔関白が〕》おほせけるは、「去[一〇]んぬる三月に中将、明石の三郎の女房を見て、すでにかぎりと見ゆる《恋患いとなって今は命も危ない有様だ》。よきやうに計らひ、明石を討ちて参らせよ。陸奥の国を賜ばん」とおほせければ、刑部承り、「いかでか《どうして》、《〔関白様の〕》おほせを背き申すべき《お言葉にそむきましょうか》。明石を討ちて、姫をばこの御所へ《殿下の御所へ》入れたてまつらん」と申しければ、殿下はおほきに喜び給ひて、刑部に酒を

八　二〇一頁注六参照。

九　「賜《た》ぶ」は「賜《たま》ふ」と同じく、上位から下位へ物などを与える動作を表すが、「賜《た》ぶ」の方が「くれてやる」の意識が強い。ここも多田刑部に対する関白の尊大な語気を示している。

一〇　「去りぬる」（過ぎ去った）の音便。去る三月。

すすめて、さまざまの御引出物[一]をぞ下されける。刑部殿心の内に思はれけるは、「あはれ[二]《ああ》、よき娘は持つべきものかな。家高《この俺は》老《おい》の果報《老後の》引き出だしたり《しあわせにありついた》」と喜びて、津の国多田へぞ帰られける。

さるほどに家高、先腹当腹[三]《せんぷくたうぷく》の子どもを一間所[四]《ひとまどころ》へ近づけて言ひけるは、「今度殿下の御所へ召されて、家高こそ老《おい》の果報を引き出《い》だし、我殿[五]《わどの》ばらをも国の主《ぬし》となさんずる[六]《主にしてつかわすぞ》」とありしかば、嫡子[七]《ちゃくし》多田の太郎

関白、刑部に引出物をするところ

この由を聞きて、「何事にて候ふやらん」と申しければ、「別《べち》のことにて《ほかでもない》はなし。去んぬる三月に、高松の中将熊野へ御参詣の時、明石御前参《明石御前も参詣》

一 贈り物。古くは、馬を庭に引き出して贈ったところから「引出物」といった。「引物」ともいう。
二 感動詞。ここでは喜びの声を表す。

刑部、四人の子と明石謀殺を相談

三 先妻の子と現在の妻の子。「当腹」は古くは「タウブク」(『易林』『天草本平家』)。
四 柱と柱の間一つを仕切った部屋。転じて一室。
五 「わどの」は対等以下の相手を親愛感をもって呼ぶ時に用いる代名詞。「ばら」は複数を表す接尾語。
六 古写本のように「なさんずる」とあった方が語調がととのう。「なさんず」は「なさんずるぞ」「なさんとす」の変化した語。意味は「なさん」と同じであるが、話し手の強調する気持がこめられている。
七 家をつぐ子。従って普通は長男。

＊ 『神道集《しんとうしゅう》』の「上野国児持山ノ事」は、群馬県北群馬郡の児持山明神の縁起である。物語の主人公子持御前と加若次郎は子持山に神と顕れたと述べている。児持山明神は古くから産育の神として信仰されていた。子持御前が児守明神(物語では伊勢神宮の示現によって、この神に願いをかけたとあるので、神宮関係の社《やしろ》かと思われる)の申し子

りたりしを《したのを》御覧じて、恋の病《やまふ》となり、次第に重らせ給ふあひだ《病が重くおなりになったので》、殿下これを御嘆きありて、家高を召して、《(殿下)》『明石の三郎を討ちて、御《明石》前をば中将殿へ参らせよ《御前を中将殿の妻に奉れ》。陸奥の国をば汝《なんぢ》に賜《た》ばん』とありしかば、子細あるまじき由を申してあれば《異議のあるはずはございませんと申し上げたところ》、御感ありて《御満足なさって》、近く召されて、さまざまの御引出物賜はりて候ふ」と語りければ、太郎殿、しばし案じて申されけるは、「まことに殿下のおほせ背《そむ》きがたく候へども、同じ婿と言ひながら、[八]四つ二つより申しなづけて《婚約をして》[九]、たがひに別《わ》けがたく候ふに《仲をさくのは難しいのに》、いかで明石をば討ち候ふべきぞ《討つことができますか》」と申しける。「さて我殿ばらはいかに」と、弟《おとと》どもに問ひければ、二郎殿申しけるは、「いかでか明石をば討ち候ふべき。たとひ討たせ給ふとも《討とうとなさっても》、[一〇]よき御大事にてこそ候はんずらめ《とんでもない大事件になりましょう》。この明石と申すは、わが身も武芸達者にて多勢《たせい》の者なり。一所に死なんと思ひ候はん者数を知らず《死なば一所と誓った家来たちがいくらもおりましょう》。[一一]おぼろけのことにては叶ひ候はじ《なみたいていのことでは成就しますまい》。これは却《かへ》って御身の大事にや候はん《父上にとって危険ではないでしょうか》」と申せば、刑部殿おほきに腹を立て、「[一二]あはれ、[一三]冥加《みやうが》なき者ど

としたのは、この女性を産育の神の前身とするための設定なのであろう。『神道集』には、このような神の前生を語る物語が数多く載っているが、その作者は熊野派の修験《しゅげん》系統の宗教家であったらしい。『明石物語』では、明石の三郎を熊野権現の申し子とするのをはじめ、終始、明石夫婦の上に熊野の加護があったことを語っている。この物語に熊野信仰を説く人々が関与していたことは明らかで、「児持山ノ事」との類似も、単なる模倣《もばう》ではなく、この種の物語の成立基盤から考えてゆかなければならないであろう。

八 明石三郎四歳、多田刑部の姫二歳の時に婚約したことをさす。

九 「言い名付く」の謙譲語で、婚約すること。

一〇 この「よき」は、よくないことを反対にいう例。「この女よき盗人なり」(『宇津保物語』藤原の君)などの用例がある。

一一 「オボロゲ」と濁るようになったのは近世末ごろらしい。

一二 ここは嘆息の気持を表す。前頁注二一参照。

一三 「冥加」は知らないうちに神仏から加護を受けること。転じて偶然の幸いや利益をいう。ここは、せっかく幸運がころがりこんでこようというのに、それを受けないとは、神仏からも見放された者だ、という意である。

もかな。わが身のことをば思はず、おのれらを世にもあらせんと思ふ故《ゆゑ》にこそ《お前たちを世に出してやりたいと思うからこそ》、かかる喜びも嬉しけれ《こういうめでたい話もうれしいのだ》。冥加なき奴ばら、今日よりして顔を見まじき《顔も見たくない》」由[一]言ひて追ひ出だす。多田の太郎、同じき二郎は追ひ出だされて、しかるべき善智識《ぜんちしき》[二]とて元結切り《もとゆひ》[三]、二人つれて高野《かうや》[四]へぞ上《のぼ》りける。

さて当腹《たうぶく》の子ども、多田の三郎、同じき四郎、二人呼びて、「明石を討つべきぞ《討とうと思うぞ》。計らへ《方法を考えよ》」と申しければ、二人の者ども同じごとくに、「明石を討ち候はんには、戦《いくさ》にては叶《かな》ひ候ふまじ。酒飲む者なれば、これへ呼びて酒をすすめて、よくよく酔ひたらん時《すっかり酔いがまわった時》討たせ給へ」と申しければ、刑部殿これを聞きて、なのめならず喜び《喜び方はひととおりでなく》、「その《その》儀しかるべし《方法が一番良いだろう》」とて、「我殿ばらは冥加ある者かな《幸運な者だよ》。我殿ばらを儲けんとて《お前たちが生れる時》、母の脇《わき》の下より五葉《ごえふ》[五]の松生ひ出でたりしが《〔その松が〕》、筑紫彦根[六]の日差《ひさし》[七]の嶽《たけ》へ枝さすと見たりしかば《夢に見たので》、末繁昌せんずる夢にてありけるぞ《末繁盛の印と思っていたがその通りの夢であったぞ》」と、かへすがへすも喜び、あまりの嬉《うれ》しさに、少しも見ざり《全く見たこともない》

一 文脈からいえば「と言ひて」とあるべきだが、会話文であることを忘れて、地の文の書き方になったもので、このような例は御伽草子などにはしばしば見られる。

二 人を導いて仏道に入らせる高僧のことであるが、転じて人を仏道に入らせる機縁となるものをいう。こうして家を追い出されるのも、仏道に入れとの誘いなのであろうというので、の意。

三 髪を頭上に束《たば》ねて結ぶ紐《ひも》。「元結切り」は剃髪《ていはつ》して出家すること。

四 真言宗の総本山。金剛峰寺《こんごうぶじ》を中心に、あまたの寺院、僧坊、あるいは世捨人の庵室《あんじつ》などがあった。

五 五葉の松が生えるのはめでたいしるし。『親鸞正統伝』《しんらんせいとうでん》に、聖人が入胎《じゅたい》の時、母君の霊夢に菩薩より五葉の松を授かったという話が見える。

六 筑前《ちくぜん》・豊前《ぶぜん》・豊後《ぶんご》の境にある彦山《ひこさん》（英彦山《えひこさん》ともいう）のこと。中世修験道《しゅげんどう》の霊場として繁盛した。

七 古写本「ひらの嶽」、別本「ひらねの嶽」とある。

ける夢物語《作り話の》をぞしたりける。その儀ならば、これへ呼びて、討たんとて用意する。明石殿の他界の後は《明石の重高が亡くなってからは》、いまだ三郎殿をこれへ呼び申さぬことなればとて、[八]家ども修理《しゅり》[九]し、[一〇]雑掌《ざつしゃう》の用意、掃除どもせられけり。

刑部、明石の三郎を招く

　さるほどに明石殿へ文《ふみ》をつかはす。「久しく見参《げんざん》に入り候はず候《お目にかかりません》ふ。何事《お変り》か[一一]御わたり候ふ《ございませんか》。さしたること候はねども《これということはありませんが》、うち越えて《〔当方へ〕おいでになって》、しばらく御遊び候へ」と申しければ、明石殿文を見給ひて、津の国へ行くべきとて、出立《いでたち》ちをぞし給ひける《旅立ちの用意をなさったので》あひだ、[一二]家《いへ》の子《こ》、郎等《らうどう》ども、われもわれもと出で立ちければ《身支度を始めたところ》、明石殿おほせけるは、「[一三]殿ばらの《お前たちは》重時を頼み《主人として仕えて》、何時となく侘しき思ひをし給ふに《四六時中辛い思いをしているのだから》、かやうの供をこそ《こういう時こそ供をさせて》、息をも延ぶべければとて《息ぬきをさせてやりたいと思うので》、されば一人も残らず具《ぐ》したてまつらんと思へども、一二千騎《〔家来は全部で〕》《ぎ》も[一四]あらんずれば、それまた穏便ならず《全員を連れてゆくのは穏やかでない》。四十より内の人《四十歳前の者は》は一人《にん》も用意あるべからず《旅立ちの用意をしないでくれ》」とて、乳母《めのと》の親、加藤の太夫《たいふ》助《すけ》為《ため》をはじめとして、難波《なには》の荘司種高《しやうじたねたか》、[一五]侍《さぶらひ》三百人、雑色《ざつしき》二百人に定

八「家ども」の「ども」は、名詞・代名詞に付いて、他にも同類のものごとのあることを示す接尾語。現代語でいえば「など」に当る。下の「掃除ども」も同じ。
九 古くは「シュウリ」でなく「シュリ」。「シュ」は修の呉音。
一〇 人をもてなすための酒や食物。「雑餉」とも書く。

一一「わたる」は「あり」「をり」の尊敬語。

一二 惣領《そうりよう》を中心に武士団を構成する武家社会において「家の子」は惣領の一族の者、「郎等」は血縁関係のない従者をいうのであるが、後には単に家来たちを総称して「家の子郎等」といった。

一三 本来は敬称であるが、ここは前出の「我殿《わどの》ばら」と同じく、家来たちに対する親愛感をこめているのであろう。

一四「あらんとすれば」の変化した語。きっとあるだろうから、の意。二〇六頁注六参照。

一五「侍」は上級の家来、「雑色」は雑役をつとめる下級の者。

一 客を接待する主人役をつとめる人。
二 一方の座につくようにせい。
三 鎧《よろい》をはじめ、弓矢・刀・槍などの武具。
四 上の者から下の者へ指図すること。
五 今度の明石三郎の招待は、家の浮沈にかかわる大事だというので、そのための建物を急いで造りあげた。「結構」は、建築物などを善美をつくして造り出すことをいう。
六 「侍所」は、平安時代には院・親王・摂関家などで家の事務をつかさどった所をいい、鎌倉・室町幕府においては役所の名になったが、ここでは侍たちをもてなすための建物という程度の意味であろう。
七 来客接待用の座敷。
八 年若い侍のことであるが、同時に屈強《くつきよう》の者という意味を含んでいる。
九 「十二束」は両手で交互につかんで十二を数える長さ。「三つ伏せ」は手の指三本を伏せた幅。十二束に三つ伏せを加えた長さの矢ということ。
一〇 刃を下に向けて腰につり下げる長い刀。刃を上に向けて腰に差す「かたな」に対していう。
一一 鎧の一種。騎馬用の大鎧に対して、徒歩用の軽快で小形の鎧をいう。
一二 籠手《こて》・臑当《すねあて》など甲冑《かっちゅう》の付属具。

まりける。すでにうち出で給ふとて《いよいよ出発の時に当って》、のたまふは、「国越えて酒を飲まんには油断あるべからず。亭主《ていしゅ》と客人《きやくじん》とまじりては悪《あ》しかるべし。津の国の者どもは一方《いつぱう》につくべし。播磨《はりま》の国の者どもは一方《ひとかた》につくべし。二手《ふたて》に分けてゐよ。殿ばらは物の具を放すな。用心せよ」と下知《げぢ》して、同じき六月のはじめに、津の国多田へぞおはしける。

多田には仮屋《かりや》をうつて、これを大事《だいじ》と結構《けつこう》あり。五十間《けん》、七十間、十五間の侍所《さぶらひどころ》を、三つ並べて造りたり。そのほか十五間《ま》の出居《でゐ》をしつらひて、明石殿を請《しやう》ずる。明石おほせけるは、「重時は若党に離れ候ふまじ」とて、七十間《けん》の侍座敷に一緒に着かれけるあひだ、従ふ侍ども皆一方に並《な》み居たり《居並んでいた》。明石の三郎は、十二束《そくみ》三つ伏《ぶ》せの矢三十六差したるを、右手《めて》の脇にぞ立てたりけり。四尺八寸の太刀《たち》、三尺五寸の刀《かたな》立てたり。腹巻に小具足を着んずるていなる若党も《身につけた姿の若党も》、皆かくのごとく用心さらにひまなし《片時も用心をおこたらなかった》。今ことに遇はんずるていな《今にも大事件が起ることを予期した様子で》

り《ある》。雑色百人は築地《ついぢ》のうち、五十人は大床《おほゆか》[一三]のほとりにぞ居たりける。五十人は門《かど》の外《ほか》に立ちたり。おほかた《総じて》用心ひまなくぞ見えし《おこたりない様子であった》。

刑部、明石に酒を強いる

多田の面々ども、種々の肴《さかな》にて強《し》ひたりけり。明石殿のたまふは、「我殿ばら酒に酔《ゑ》ひて不覚すな《思わぬ失敗をするな》。重時は面々を頼み、酒をば飲まんずるぞ《これから酒を飲むからな》」とて、はじめより辞退せずして、さし受けさし受け、一日一夜こそ飲まれけれ。多田にはこれを大事と《ここが肝心とばかり》、よき酒を多く集めて強ひたり。はじめの日は大がめ五十三、次の日は八十飲む。三日、四日に当る日は、百八十のかめの酒を飲み干す。多田の刑部殿、酌《しやく》取りて《酌をして》、「これ重代《ぢゆうだい》[一四]の着背長《きせなが》[一五]にて候ふ」とて、緋縅《ひをどし》[一六]の鎧《よろひ》取り出だして、ひさげ[一七]三つ入るこぶ[一八]《三杯分も入る》にて十度強ひたり。次に、これは北の方よりとて、砂金《しやきん》百両[一九]取り出だして十度強ひたり。次に多田の三郎酌取りて、よき馬《むま》に鞍置きて、同じやうなる馬二匹出だして、十度強ひたり。また多田の四郎酌取りて、萌黄《もよぎ》糸の腹巻に、黄金作《こがねづく》りの刀添へて引き《引物とし》、十度強ひたり。三日三夜、昼夜朝暮に強ひたりけれども、

一三 座敷の外側にある広縁。

一四 先祖から代々伝わった。

一五 大将の着用する鎧をいう。大形に仕立てた鎧を草《くさ》摺《ずり》長に着るところから「着背長」といったのであろう。

一六 緋色の組糸や革で作った札《さね》を綴った鎧。酒宴の席で、来客に馬、鎧、太刀などの引出物をするのは武家社会の習わしであった。

一七 鉉《つる》と注ぎ口のついた鍋のような金属性の器。酒を入れて杯などに注ぐのに使う。

一八 コップのこと。天文二十三年の古写本にも「ひさげに三いるこふにて十杯強ひたり」とある。コップという外来語の用例として古いものであろう。

一九 両は金・薬・香などの貴重品の重さを示す単位で時代・地方により差があったが、だいたい四匁《もんめ》ないし五匁（一匁は約三・七五グラム）を一両とした。従って百両はおよそ一・五キロないし一・九キロ。

明石に毒酒を盛る

少しも酔《ゑ》はざりけり。

多田殿、一一間《ひとま》なる所へ、二人の子ども、おとなしき郎等《年配の家来》を呼びて言ひけるは、「このこといかがすべき《明石を討つにはどうしたらよいか》。二日《ひ》数《かず》経《ふ》ること難儀なれ。酒にても酔はず。用心ひまなければ《用心をおこたる時がないから》、いかがすべきぞ。計らへ《方法を考えよ》」とのたまへば、（刑部の）三後見《こうけん》に入江《いりえ》の四右馬允《むまのじよう》といふ者、申しけるは、「酒に五付子《ぶす》を入れて、明石殿に参らせん」と申しければ、（刑部）「それも一人ばかり飲むまじ。われわれも飲まんずるは《飲むことになるがどうしたらよいか》いかに」とありければ、「それはさる御事にて候へども《それはそうでございますけれども》、『薬酒《くすりざけ》』にて候ふ。六一種《いつしゆ》ばかり参らせ候はん』とて、

明石に毒酒をすすめるところ

一　二〇六頁注四参照。
二　こうしていたずらに日が過ぎてゆくのは困ったことだ。
三　二〇四頁注六参照。
四　諸国の牧《まき》で飼育される官馬のことを司る右馬寮《うめりよう》の第三等官。
五　「ブシ」ともいう。トリカブトの根を乾燥させた毒薬。
六　ひといろの肴《さかな》という意から、酒の肴のことを「一種」といった（「一種　肴数」『易林』）。ここは薬酒を酒の肴になぞらえて「一種」といったのであろう。これは特別の薬酒でお体に良いものですから、肴代りに召し上がって下さい、の意。
＊　舅《しゆうと》の多田刑部が明石を謀殺しようとする場面は、この物語の中で最も具体的に描写されていておもしろいが、この部分は『神道集《しんとうしゆう》』の「児持山ノ事」にも、前記の同類の作品にも、類似する記事が見られない。しかし、説経の『小栗判官《おぐりはんがん》』に、武蔵《むさし》の国の豪族、横山殿の娘照手《てるて》姫の許《もと》へ押し入り婿に来た小栗を、横山が毒酒を盛って殺すことがある。『小栗判官』も、夫を失った照手姫が家を追われ、諸国を流浪した末に、冥途《めいど》からこの世に戻された小栗と再会を遂げるというもので、『明石物語』一類の物語と似たところがある。そして、餓鬼の姿でこの世に返された小栗は、熊野本宮湯の峰の効験によって本復するのであって、やはり

[七]多くも候はばこそ、瓶子《へいじ》[八]一対《つい》に杯《さかづき》添へて持ちて参りて、『これは実《さね》[九]長《なが》薬酒にて候ふ。ただ一種に申し候はん《ほんの肴代りにお召し上がり下さい》』とて、例のこぶ十度、足《いつものコップ十杯に足》らぬほどだに候はば《りないぐらいの量でしたら》、それよりほか誰か参り候ふべき《明石殿のほかには誰も飲むことはありますまい》」と、謀《はかりごと》をぞ申しける。その儀しかるべし《その方法ならよいだろうと相談が決って》とて《〔入江は〕》、わが家に帰り、さまざまの付《ぶ》子《す》を入れて、瓶子《へいじ》に杯添へて、明石殿の御前《おまへ》に持ちて参りける。

(入江)「これは実長《さねなが》薬酒にて候ふ。ただ一種ばかりに申し候はん。余《よ》[一〇]の御方へは御《ご》[一一]競望《けいばう》あるまじく候ふ」と、しかるべく《適当な言葉で》すすめければ、明石殿うち笑ひて、「[一二]やすきほどの事にて候ふ。志こそ嬉しく候ふ《あなたのお気持はとてもうれしい》」とて、さし受けさし受け、例のこぶにて、瓶子[一三]一具の毒の酒を飲まれけれども、酔ひ給はず。恐ろしき付子《ぶす》なれども、[一四]熊野の権現《ごんげん》の青き蝶《てふ》となり、酒の上に立ち舞ひ給へば、かへつて薬とぞなりにける。

(入江)「さりとも死なんずらん《いくらなんでも今に死ぬだろう》」とまぼりけれども《見守っていたが》、「[一五]今はこの御酒《ごしゅ》にも酔《お酔》はれず《いにならない》」とて、入江は帰りけり。多田殿また寄り合ひて言ひけるは、「実長、ありし酒《さっきの酒を》持ちて参れ」とありしかば、持ちて参りたり。多

熊野信仰を背景に成立した作品であるらしい。『明石』系統の御伽草子と説経の『小栗判官』とは、成立の基盤が通じていたと考えるべきであろう。

七 薬酒が多くては自分たちも飲まなければならなくなりますが。「多くも候はばこそ」の下に言葉が省略されている。

八 今の徳利《とくり》。

九 入江右馬允の名。これは私が愛用している薬酒でございます、の意。

一〇 ほかの方々へは差し上げる分がありませんので、の意か。あるいは「余の御方は」の誤りか。

一一 「競望」は、われがちに争い望むこと。この薬酒は御主君に譲って、お望みにならないで下さい。

一二 人から物を頼まれたのに対して、たやすいことです、という返事の言葉であるが、ここでは、お一人で召し上がって下さい、とのすすめに、心得ました、というくらいの気持でこういったのである。

一三 対《つい》に揃《そろ》ったものをいう。一対。

一四 明石の三郎は熊野権現の申し子であるので、その守護があったのである。神が青い蝶《ちょう》に化したというのは、類話が見当らない。

一五 ここに、いつまで待っても毒のまわる気配がないので、といった意味の言葉が略されている。

明石謀殺の計画いずれも失敗

田殿のたまひけるは、「いかに汝《どうしたのだお前》。付子《ぶす》を入れたりと言ひしに、などか《どういうわけで》明石は酔《ゑ》はぬぞ」と言ひければ、「いざや《(入江)では》、われら飲みてみん《私たちが飲んでみましょう》」。「まづ《(刑部)》入江飲め」と言ひければ、飲みて、すなはち死にけり《たちまち死んでしまった》。頼みきりたる《頼りにしきっていた》後見を失ひて、嘆くことかぎりなし。

「さて《(刑部)》、いかにすべき」とのたまへば、多田の三郎、計らひ申す《計略を考えて》やう、「[一]この人を湯殿へ入れて、われわれ兄弟《きやうだい》、兄弟《おととい》いさかひをし出だし《兄弟げんかをはじめて》、斬《き》り合ひ候はば、明石と御身と《父上と》二人、内にわたらせ給へ《湯殿の内においでなさい》。さだめて明石殿、中に入り候はん《仲裁にはいるでしょうからその時に明石を討ちましょう》ところを討ち候はん。また出で《〔湯殿から〕》候はずは、『明石殿。[二]あつぱれ取りさへて給はり候へ』とおほせ候はば、などか出でざるべき《きっと湯殿から出てくるでしょう》」と申しければ、「その儀こそあれ《その方法はよかろう》」と、[三]「これに過ぎたる謀《はかりごと》なし」とて、やがて《すぐに》湯殿を用意して、明石殿を湯殿へ入れける。刑部殿、明石殿二人は内《〔湯殿の〕》におはします。多田の三郎、同じき四郎兄弟《きやうだい》は、あらはにて《裸姿で》休みけるが、例の謀、たくみおきた《計画しておいたこと》ることなれば《なので》、[四]言葉とがめ《口あらそいをして》をして、兄弟《きやうだい》太刀を抜きて斬り合ひけり。

一 この所の文は「この人を湯殿へ入れて、明石と御身と二人、内にわたらせ給へ。われわれ兄弟、兄弟いさかひをし出だし、斬り合ひ候はば、さだめて明石殿、中に入り候はんところを討ち候はん」というふうに、語句の順序を入れ替えると意味がよく通じる。

二 「あつぱれ」は「あはれ」を促音化して強い感動を表す語で、相手をほめたたえる場合に多く使う。ここは明石殿をおだてる気持を含めている。「取りさへて」の「さふ」は、妨げる・邪魔をする意で、転じて喧嘩《けんか》の仲裁をすることにも使われた。従って、この文は「二人の喧嘩を見事に仲裁して下さい」の意。

三 この「と」は「その儀こそあれ」の句を受けて、後の「やがて湯殿を用意して」の句に続く。ここの文は、「その儀こそあれ」と「これに過ぎたる謀なしとて」の二つの句が並列して「やがて湯殿を用意して」にかかってゆく構造である。

四 相手の言葉じりをとらえて非難すること。

ほどへだたりけれ《場所が離れているので》ば、明石殿の郎等これを知らず。刑部殿これを見て、「五あつぱれ、兄弟《おととい》斬り合ひ候ふ。明石殿、さへて《仲裁して》賜《た》び《下》候へ《され》」と申されければ、「いかで苦しう候ふべき《なんのかまうことはありませんよ》。ただおかせ給ひ候へ《捨てておきなされ》」と言ひて出でず。刑部殿立ち出でて、「明石殿」と高く呼ばはれば《大声で呼んだので》、その時明石殿出でて、二人斬り合ひける中へつつと《さっと》入りて、稲妻のごとく《目にもとまらぬ早さで》二人の太刀を取りて押し分け、二人の者どもを六かいつかんで《ぐいとつかんで》、七三つの八坪の奥へ投げ出だす。さて明石殿は広縁に立ち出で、「九若党ども皆皆参れ」と呼び寄せければ、さらに討つべきやうこそなかりける《今はもう明石を討つ方法がなくなってしまった》。

明石、多田兄弟を投げ出すところ

＊ 幸若《こうわか》舞曲の『鎌田《かまた》』に、平治の乱に敗れた源義朝が、郎等の鎌田の舅《しゅうと》であった尾張の長田《おさだ》を頼んで身を寄せたところ、長田は婿の鎌田を酒に酔わせて殺した上、義朝を湯殿へ誘って討ち取る話が語られている。この時、長田の長男は父を諫《いさ》めて出家したとあり、本作での明石を多田が謀殺しようとする場面は、この『鎌田』を手本にしたものと思われる。また『鎌田』は、義朝に付いていた金《こん》王丸《おうまる》の超人的な奮戦ぶりを語っているが、それを明石の三郎の上に移してきたのかもしれない。一体に武人伝説を多く扱った幸若舞曲には、明石のような豪傑がしばしば登場してくる。

五 前頁九行目の「あつぱれ」と同じ用法と見れば、次々行の「さへて賜《た》び候へ」にかかることになるが、ここはただ「あれあれ」というくらいの感動詞ともとれる。

六 「かきつかんで」の音便で、「つかんで」を強めていった語。

七 古写本では「二二間《けん》、坪《つぼ》のほかへ投げ出だす」とある。「三つの」は「二二間」と古い本にあったのをよみ違えたのかもしれない。

八 建物に囲まれた中庭のこと。

九 二一〇頁注八参照。

明石をたばかり京へ上らせる

すでに七日にもなりしかば、〔明石は〕いとま乞ひして播磨《はりま》へ帰られける。刑部殿は明石をば討ちもらしぬ。何とすべきやうもなく、興さめて《気が抜けてしまって》、とかく案じわづらひ《いろいろと考えあぐね》、今さら物思ひにこそなられける。

さて秋も過ぎ、冬にもなりぬ。十一月のはじめに、刑部殿文《ふみ》を書きて播磨へつかはす。「七条の殿下《てんが》、[一]御物狂《ぶつきやう》にて、近国の[二]婿揃《むこぞろ》へ候ふ。急ぎ御上り候へ。[三]大勢《たいぜい》は都の騒ぎも穏便ならず《都を騒がせるので穏やかでありません》。ただ御身一人上らせ給ふべし」と、文を書きてやられけり。明石殿、神ならぬ身の悲しさは、舅《しうと》の文をまことに思ひて、やがて上られけるぞあはれなる《すぐに都へ出発したのは気の毒なことである》。国の勢《せい》をば皆留《とど》めて、[四]身一人ばかり上られけるが、影のごとくにて離れもやらぬ《まるで影のようにいつも側に付き添っている》、加藤の太夫、雷《いかづち》の太夫をはじめとして、わづかに五十余騎の勢にて上り給ふ。多田の刑部、急ぎ七条の殿下に参り申しけるは、「明石をこそたばかり《うまうまと欺いて》、召しのぼせ候へ《都へ上らせました》。大勢を向けられ候へ《多人数の討手をお差し向け下さい》」と申しければ、殿下はおほきに御喜びあつて、〔都の〕近国の兵《つはもの》どもを召されける。明石殿はこのこと夢にも知らず。殿下の御

一 「ブッキヤウ」は「ものぐるひ」の音読で、気が狂っていること。ここは、関白殿下の迷惑を考えない気ままな思いつきで、というぐらいの意味で「物狂」と言ったのかもしれないが、古写本には「御奉行《ぶぎやう》にて」とある。それならば、関白の命による行事として、の意となる。おそらく「奉行」の仮名書きを誤読して「物狂」としたのであろう。

二 大名の婿たちが集まって武芸などの器量を競う一種のコンクール。物語としての設定で、実際に行われたものではない。

三 多数の軍勢。

四 ここの文章には矛盾《むじゅん》があるが、明石三郎は一人で都へ上るつもりであったところ、家来たちが心配して身近の者五十余騎が供をしたということなのであろう。

所には勢ども参りて《軍兵どもが集まって》、すでに数《す》千騎《せんぎ》にも及びけり。

明石の三郎、十一月十日、三条高倉なる宿《やど》へ着き給ふ。年頃思は《以前から寵愛》れける《していた》、五三条西の洞院《とうゐん》なる、熊王御《くまわうご》前《ぜん》といひける君《きみ》六、同じき十一日の夜、高倉へ来たりて、泣く泣く申しけるは、「君七はいまだ知らせ給はず《まだお知りではないのですか》。八七条の殿下の御子高松の中将殿、熊野へ御参りの時、明石殿の北の方を御覧じて、恋の病《やまふ》となり、次第に重らせ給ふほどに、殿下これを御嘆きありて、津の国の舅《しうと》の多田は欲心《よくしん》の者なればとて、殿下の御所へ召されて、種々の御引出物を出だされて、(殿下)『国を取らせんぞ。明石の三郎を討ちて参らせよ』と、おほせありしかば、(多田)『やすきほどの事』と申して下る。あるいは酒に酔《ゑ》はせんとすれども酔はず。湯殿へ入れて討たんとたばかれども《謀議をしましたが》、用心きびしければ、討ち得ずして、婿揃《むこぞろ》へと申すことをたくみ出だし《たくらみ事を考え出し》、すかし上せ《だまして都へ上らせ》、討ち参らせんとて、このほど国々の勢ども集め、七条殿は雲霞《くもかすみ》のごと《大軍が》くの勢なり《待機しております》。〔明石様は〕いかがならせ給ふべき《どうなっておしまいでしょう》」とて、さめざめと泣く。明石

熊王御前、危急を告げる

五 古写本には「五条の西の洞院」とある。

六 遊女。

七 この「君」は女から男を呼ぶ時の代名詞。

八 「知らせ給はずや」とあるべきところ。

* 明石の三郎に危難を知らせた熊王御前という遊女は不思議な人物である。この女性が、関白と多田刑部の間で打ち合せた謀計を、なぜ知ったのか説明されていないし、その通報によって明石が助かったわけでもないので、ここに突然登場する必然性が乏しいのである。そこで問題になるのは熊王という名である。後に明石の北の方が佐夜の中山で生んだ男子を、熊野権現から授かった子であるというので、同じ熊王と名づけている。この名は熊野信仰に関連するもののようである。この『明石物語』は熊野権現の利生《りしやう》を説いた物語である。そこで想像をめぐらせば、この熊王御前という女性は、熊野信仰を宣布して諸国を回歴していた比丘尼《びくに》の徒であったのではないか。こういう物語を語って、熊野信仰を説いていた歩き巫女《みこ》が、自分の姿を物語の中に投影したのではないかと考えられるのである。

このことを聞き、「重時ゆめゆめ存ぜず候ふ《夢にもそうとは知らなかった》。かやうに告げ知らせ給ふこそ有難けれ。[一]これも今生《こんじやう》ならず、前世《ぜんぜ》の報いにや。力なし。はやはや帰り給へ。[二]最期《さいご》の出立《いでた》ちせん」とて、数《多くの》の宝を添へて、三条西の洞院へぞ送り給ふ。

明石殿は御文こまやかに遊ばして《こまごまと手紙をお書きになって》、北の方へぞつかはさる。「さても出でし時を最期にて候ひけると《家を出た時がこの世の別れであったと知ってさえいたならば》だにも知りて候はば、御名残《なごり》を《せ》も惜しみ候ふべきものをと《めてお名残を惜しめばよかったものをと》、今さら悔しき心地してこそ候へ。別《べち》の《ほ》ことにも候はず《かでもありません》。多田殿の御たくみにより、討たれ候ふべきにて候ふ。さだめて御身は知らせ給ひ候ひつらん《あなたはそれを知っておいでだったでしょう》。高松の中将殿におはし《高松の中将殿の妻に迎えられるこ》まし候ふとも《とになっても》、重時がこと忘れ給ふなよ」と、こまごまと書きて、安三郎《あんざぶらう》といふ[三]雑色《ざつしき》に持たせ、つかはされけり。安三郎は泣く泣く文賜はりて、明石へぞ急ぎ下りける。

明石、高松の中将の軍勢と合戦

さて明石殿は殿[四]ばらを呼びて、「今は敵《かたき》さだめて寄すらん。その用意あるべし」とおほせありしかば、五十余騎の者ども、色々の[五]直《ひた》

一 自分がそういういきさつになって討たれるのも、この世の事だけではなく、前の世で作った罪業のむくいなのだろうか。「前世」は古くは「ゼンゼ」(『黒本・易林』)。
二 討死のための身支度。
＊ 熊野権現は中世における信仰の一大中心地であるが、その信仰が全国に広まったのは、熊野を根拠とした修験者《しゅげんじゃ》と、勧進比丘尼《かんじんびくに》と呼ばれる巫女《みこ》の力に負うところが多大であった。熊野比丘尼は、牛《ご》王宝印《おうほういん》というお札《ふだ》を売ったり、地獄極楽の絵解《と》きをして、諸国を回っていたが、一方で売春も行うようになっていた。この物語に出てくる熊王御前を、三条西洞院《にしのとういん》に住む君(遊女)と書いているのを見ても、この女は熊野比丘尼の一人であったことが容易に想像されるのである。
三 二〇九頁注一五参照。
四 二〇九頁注一三参照。
五 鎧の下に着る鎧直垂。普通の直垂より袖《そで》が細く、裾《すそ》が短くできている。

垂《たれ》、思ひ思ひの鎧《よろひ》着て、板敷をこぼ六し、蔀《しとみ》七、遣戸《やりど》をはづし、かい楯《だて》八に掻《か》きて、楯をこしらへ、馬の腹帯《はるび》九をかため、兜《かぶと》の緒をしめ、面々に最期《さいご》の

明石方と高松方と相対するところ

出立ちをせられけり。

今やとあひ待つ《今攻めてくるかと待っていたが》ところに、いまだ寄せず。夜もほのぼのと明けければ、同じき十二日の卯《う》一〇の時に、高松の太夫国高を大将にて押し寄せ、鬨《とき》一一を作ること三度なり。明石も五十余騎の勢にて、鬨一二のあひしらひをぞせられけり。

高松進み出でて申しけるは、「殿下よりの討手の大将は高松の太夫国高。明石の三郎殿に見参《げんざん》せん」と名のりける。ここに加藤の太

六「こぼち」と同じ。とりこわす。
七 ともに建具の一種。「蔀」は長押《なげし》に吊《つ》って外側へ吊り上げる戸。「遣戸」は普通の引戸。
八「垣楯《かきだて》」の変化した語。「かい楯に掻く」は楯を垣のように並べること。
九 鞍を置くために馬の腹に巻く帯。「はるび」は「はらおび」の変化した語。
一〇 今の午前六時頃。
一一 合戦の開始を告げる合図。大将が「えいえい」と声を上げ、全軍が「おう」と和し、これを三度繰り返すのを通例とした。
一二「あひしらひ」は応対すること。相手の鬨に応じて、こちらも鬨を作ったのである。

夫打つて出づる。その日の装束《しやうぞく》には、[一]繁目結《しげめゆひ》の直垂《ひたたれ》に、黒糸縅《をどし》の鎧を着、黒羽《くろは》の矢負ひ、[二]塗籠籐《ぬりごめどう》の弓持ちて、[三]鹿《か》毛《げ》なる駒に[四]黒漆《こくしつ》の鞍《くら》置いてぞ乗りたりける。[五]子ども八人[六]左手《ゆんで》右手《めて》に立てたり。門より外へ馳《は》せ向ひ、名のりけるは、「そもそも今日この頃、明石の三郎をば、何事の罪過により討たれ候ふぞ。事の子細を承り[七]候へ《詳しい理由を聞かせて頂きましょう》。かやうに申す者は伊勢の国の住人に加藤の太夫助高。生年《しやうねん》七十四。明石の三郎には[八]傅人《めのと》、戦《いくさ》に遇《あ》ふこと数を知らず。しかれども不覚をかくこと《失敗して恥をかいたことは》一度もなし。高松の太夫に見参」と名のりて、大勢《たいぜい》の中へ駆け入りければ、〔その勢いに恐れて〕大勢の中をあけてぞ通しける。加藤またとつて返し、さんざんに射るほどに、敵《かたき》六十三騎《ぎ》射落し、矢種も尽きければ、[九]打《う》ち物《もの》を抜きて、七千余騎《き》が中へ駆け入りけり。されども、鎧よければ矢も通らず。[一〇]隙間《すきま》を射ざれば手も負はず《きずも負わない》。かかりける《そうして戦っているうちに》ところに、近江《あふみ》の国の住人、佐々木の十太が射ける矢に、加藤が首を射させて[一一]〔馬から〕落ちにけり。子ども〔馬から〕おり合ひ《降り寄り合って》、肩に掛け、門より内へぞ入りにけり。加藤

一 目結《めゆ》い（糸でくくって染めてから、糸を解いてくくり目を文様としたもの）を一面に配した総文様の鎧直垂。
二 籐《とう》を巻き、その上から全体を漆《うるし》で塗りこめた弓。
三 鹿に似た毛色の馬。特に、たてがみ、尾、四肢の先端の黒いものをいう。
四 黒の漆で塗った鞍。
五 加藤の太夫の息子のこと。
六 「ゆんで」は弓手、「めて」は馬手。左手に弓を持ち、右手に馬の手綱を握ることからいう。
七 「候へ」は「候はん」とあるべきところ。
八 男性で貴人の子の養育に当る人。守役《もりやく》。
九 刀剣・槍・薙刀《なぎなた》などの武器。
一〇 鎧などの防具の手薄な所。
一一 中世の軍記物に特有の語法。「射られて」と同じく受身を表す。

明石、高松の太夫を射落すところ

は明石殿の膝《ひざ》を枕にして、うち臥《ふ》しけり。加藤申しけるは、「君を児《ちご》よりも取り育てたてまつり、今年は二十三に御なり候ふ。されば助高、一番に討死《うちじに》つかまつること、これに過ぎたる喜びはなし。惜しかるべき命ならず。一二死出の山にて待ちたてまつらん」と、これを最期《さいご》の言葉にて、つひに空《むな》しくなりに《息が絶えた》ける。明石殿、宿の主《あるじ》を召して、「加藤の太夫が一三孝養《けうやう》、よくよくして賜《た》び候へ《やって下さい》」とて、数の宝をぞ出だされけり。

さて次に、「一四難波《なには》の荘司忠高《しやうじただたか》」と名のりて駆け出づる。親子七騎、

＊『明石物語』系統の武家を主人公とする御伽草子では、こういう合戦の場面が、かならずといってよいほど設定されている。合戦描写は周知のように中世の軍記物語を通して親しまれてきた。読者あるいは聴き手に快い興奮を呼び起す場面であったのである。明石の三郎が高松の討手を迎えて奮戦する所は、文章も軍記物によく見られる一種の類型に従っているが、特に、加藤の太夫が真先かけて討死する所は、源平の屋島の合戦で、佐藤継信が義経の馬前で能登守教経《のとのかみのりつね》の矢を受けて戦死する、『平家物語』などで有名な話を頭に置いて書いているのであろう。最期に臨んで言い残す加藤太夫の言葉や、明石が宿の主に跡の供養を頼むことなど、佐藤継信の場合とよく類似している。

一二 死者が冥途《めいど》において初七日の間に越えなければならない山。「三途《さんず》の川」とともに『十王経』に説かれている。

一三 亡き親のために供養することであるが、転じて一般に死者の後世《ごせ》を弔うことに使われた。

一四 二〇九頁一四行に出てきた「難波の荘司種高」と同一人物であろう。御伽草子では筆者の不注意で人名に違いの生じることがよくある。

大勢の中へぞ駆け入りたり。ほどなく敵《かたき》五十七騎うち落し、もとの所へ帰り、馬の息をぞ継がせける。次に明石の三郎殿、打つて出づる。その日の装束《しやうぞく》には、一魚綾《ぎよりよう》の直垂《ひたたれ》に、二紫裾濃《むらさきすそご》の鎧《よろひ》を着、三龍頭《たつがしら》の兜《かぶと》の緒をしめ、黄金作《こがねづく》りの太刀、四小中黒《こなかぐろ》の矢負ひ、五三所籐《みところどう》の弓持ち、三尺八寸の太刀佩《は》いて、黒き馬に六金覆輪《きんぷくりん》の鞍《くら》置いて乗りたりけり。

雷《いかづち》の太夫、矢立《やたて》の兵部《ひやうぶ》をはじめとして、七一騎当千《たうぜん》の兵《つはもの》ども四十四騎、駒の足を並べて歩ませけり。「八播磨源氏《はりまげんじ》の大将に、明石の三郎重時、生年二十三」と名のり、打つて出づる。(明石)「大将に見参せん」とて、九中差《なかざし》を抜き出だし、一〇よつぴいて放つ矢に、大将高松の太夫が、首の骨を一一箆深《のぶか》に射られて〔馬から〕落ちにけり。これを見て、寄手引きにける。明石の三郎、五十三騎《ぎ》にて続いて懸《攻めかかる》かる。一二ただ逃げに七条殿へ逃げ籠《こも》る。明石殿は七条殿へ押し寄せたり。

殿下《てんが》おほきに騒《うろたえなさって》ぎ給ひて、一三かちの中務《なかづかさ》を大将にて、また三千余騎にて馳《は》せ向ふ。この大勢、明石五十三騎に遇《あ》ひて、ただ手取りにせ《生捕りにしよう》

一 綾《あや》織物の一つで、上質の唐綾《からあや》をいう。「御綾」とも書く。
二 染色の一種。紫色で、上を薄く、下をだんだん濃くしたもの。
三 頭上に龍の姿の鋳物《いもの》を作りつけた兜。
四 矢羽の上下が白く中央の黒いものを「中黒」といい、黒の部分の小さいのを「小中黒」という。
五 三個所ずつ籐を寄せて巻いた弓。
六 鞍のへりを金で覆い飾ったもの。
七 抜群の力をもった武者を形容する語。現在は「イッキトウセン」が普通だが、古くは「トウゼン」。
八 播磨の国に居住する源氏の流れをくむ氏族の意。
九 箙《えびら》の中に差した矢を「中差」といい、その上に別形式の矢を一筋か二筋添えたものを「上差《うわざし》」という。戦争の場合には征矢《そや》（戦闘用の矢）を中差とする。
一〇「よく引く」の変化した語。弓を十分に引きしぼること。
一一 矢が深く突きささったさまをいう語。「箆《の》」は矢の竹の部分をいう。
一二 追ってくる敵と戦おうともせず、逃げる一方で。
一三「かち」は姓であるが、「加地」あるいは「梶」か。「中務」は官名。中務省の丞《じよう》あるいは録《さかん》などの下級役人であろう。

明石、皇居へ乱入して捕えられ奥州へ流刑

んとて《として》戦ふ。明石殿五十三騎も十七騎になる。されども残りたる者、屈強の兵《つはもの》なれば、大勢を追ひ散らし、七条殿へぞ乱れ入りける。殿下もおほきに騒ぎ給ひて、内裏《だいり》[一四]へぞ参られける。明石これを見て、やがて《そのまま》内裏へ続き入る《追って入った》。公卿《くぎやう》[一五]、殿上人《てんじやうびと》、あわてて騒ぐことかぎりなし。警固の武士どもに防ぐべき由宣旨《せんじ》[一六]なる。われもわれもと戦へども、明石ことの数ともせず《まったく問題にせず》、いよいよ打つて入る。ここに利仁《としひと》[一七]の将軍四代の後胤《こういん》、前《さき》[一八]の三河守《みかはのかみ》忠綱と申す人あり。宣旨を受けて、三百余騎にて明石十七騎を真中《まんなか》にとり籠め、さんざんに戦ふ。明石十七騎も今は三騎になり、雷《いかづち》の太夫、加藤[一九]の太郎、二人を右左《みぎひだり》に立てて、内[二〇]裏へ入らんとする。内より入れじと防ぎけり。明石が郎等[二一]二人も討たれて、ただ一人になりて、長刀《なぎなた》も打ち折り、太刀も打ち折りて、釘貫《くぎぬき》[二二]を取り打ち払ふに、近づく者こそなかりけれ。その日一夜戦ひ暮し、あくる日の午《うま》[二三]の時ばかりに、戦ひ疲れて立ちけるを、手取り《生捕りに》にして《して》、警固の武士どもにおほせつけて、すでに《すんでのことに》斬るべかりしを《首を斬るところを》、

一四　皇居のこと。

一五　おおまかに言えば「公卿」は三位以上の朝廷の高官、「殿上人」は四位・五位で清涼殿の殿上の間に昇ることを許された人をいう。

一六　朝廷から命令が下されること。

一七　藤原利仁。平安時代の人。延喜《えんぎ》十一年に上野介《こうずけのすけ》、翌年上総介《かずさのすけ》、十五年に鎮守府将軍に任じられた。沈勇敏捷《びんしょう》で、下野《しもつけ》の国高蔵山《たかくらやま》の群盗を平定して武名を轟《とどろ》かしたと伝えられる。「後胤」は子孫のこと。

一八　以前に三河守であったものの意。

一九　この合戦で、はじめに討死した加藤の太夫の長男。

二〇　前に「内裏へ続き入る」(四行目)とあるので、この句は矛盾《むじゅん》するようであるが、前のは「内裏へ続き入らんとす」の意なのかもしれない。御伽草子では、叙述に前後矛盾の見られることが少なくない。

二一　雷の太夫と加藤の太郎の二人。

二二　角柱に横木を二、三本通した柵《さく》のこと。柵の柱を抜き取って振り回したのであろう。

二三　今の正午頃。

[一]女院御悩《にようゐんごなう》とて、京中の御物嘆きなりしかば《都の人が皆心配していた時であったので》、公卿僉議《くぎやうせんぎ》[二]ありて、流罪《るざい》[三]に定めらる。奥州《あうしう》の住人津軽《つがる》の藤八《とうはち》と申す者に、これを《明石を》預けられける。明石の三郎を牢《らう》に入れ、五年に《五年後の》当る五月二日に首を斬り、外《そと》[四]の浜《はま》に懸くべき由《首を晒し物にせよと》おほせつけらるる。藤八これをあひ具して《明石をひきつれて》、奥州へ下りけり。

下

明石の北の方、家をのがれ出る

さても明石殿の北の方は、この由を聞こしめして《お聞きになって》、親ながら《親ではあるが》、そぞろに《ひどく不本意で》恨めしくおぼしめし、「かくてもあらば《こうしていたら自分も高松中将に奪われ》取られて、憂き目を《つらい目に会うことになったらどうしようもないと》見てはいかがせん」とて、常に御心やすく《気を許して使っている》おぼしめしける常盤《ときは》と申しける、仲居《なかゐ》[五]の者一人あひ具して、明石[六]を夜の間《まい》に出でさせ給ふ。すぐに都へとおぼしけれども、「人にもこそ逢《あ》へ《人に会ってはまずい》」とて、知らぬ道を足にまかせて、渚《なぎさ》に《海沿いに》つきて歩《あゆ》み給ふほどに、書写《しよしや》[七]の御山の後ろの

一 天皇の生母、三后（太皇太后《たいこうたいごう》・皇太后・皇后）、女御《にようご》などで、朝廷から「院」または「門院」の称号をおくられた女性。「御悩」は御病気。

二 多人数で評議すること。

三 女院の御病気に悪い影響のあることを恐れて、死罪をしばらく延期し遠国へ流刑《るけい》にすることにしたのである。

四 津軽半島北端の津軽海峡に臨む一帯の海岸。

五 大名屋敷などの奥の間の一つで、奥向きの用を勤める侍女のいる所。また、そこに勤めている女を「仲居」といった。江戸時代になると意味が変ってくる。

六 兵庫県南部、瀬戸内海沿岸の地名。地方の豪族には地名を姓とする家が多い。明石の三郎の家もそれである。

七 姫路市、夢前川《ゆめさき》の西岸にある山。天台宗の円教寺があり、西の比叡山とも呼ばれる。

＊はなやかな合戦の場面から一転して、北の方が夫を慕って流浪の旅に出る哀れな話に移ってくる。妻が夫を尋ねて苦難の旅に出るのは、前記（二〇二頁＊印）の「児持山《こもちやま》ノ事」あたりが文献的に古いものである。その「児持山ノ事」には、子持御前が旅に出るに当って、無法者の国司を欺《あざむ》くために仕組んだ珍しい策略が記されている。国司が軍勢を引き連れてやってくると聞いた子持御前の母親は、海人《あま》にコノシロという魚を集めさせ、茅萱《ちがや》の中に巻き込めて焼き立てる。そして大幕を引き回し、念仏を唱えて、子持御前は思い死にをしたので、その葬送と触れる。軍兵どもはこれを聞いて早々に立ち帰り、国司もあきらめて都へ上ったというのである。コノシロは小鰭《こはだ》のことで、この魚は焼くと、人間を火葬にする時の臭いがすると言われる。この特異な趣向は、実は子持御前の夫が流刑になった先の室《むろ》の八島《やしま》の六所明神で、毎年行われていたコノシロ焼きの神事から得た着想であったらしいが、それはともかく、『明石物語』が「児持山ノ事」を下敷にして創作されたとすると、こういうおもしろい趣向を取り入れずに、入《じゅ》水《すい》と見せかけるという平凡な筋に変えてしまったことがやや不審である。単なる模倣《もほう》、改作といえない理由の一つになるであろう。

麓《ふもと》に着き給ふ。折《をり》節《ふし》、道行人《みちゆきびと》申しけるは、「このこと《あなた方のこと》やらん《でしょうか》。大勢にて尋ね申しつる《探しておりました》」と申せば、「いかが《どうしたらよ》せん《かろうか》」とて嘆き給ふ。明石を出でさ

北の方と常盤、渚に衣裳を脱ぎ置くところ

せ給ひても、今日は三日になりぬ。常盤申すやうは、「夜に入りて磯辺へ出でて、二人の衣裳《いしやう》を渚に脱ぎ捨てて候はば、御身を投げさ《投身自殺をなさった》せ給ふと思ひて《に違いないと思って》、よも尋ね申し候はじ《まさか行方を探したりしますまい》」と申しければ、「しかるべ《それはよい考》し《えです》」とて、急ぎ磯辺へ出で給ひて、二人の衣裳を脱ぎて、渚に置かれける。なほも真《まこと》と思ふやうにとて、「歌を書きて置かん」とおほせありて、かくなん、

[一]思ひきやかかる波路の底にしも
　　月ならぬ身を宿すべしとは

御袖に書きつけて、置かせ給ひけり。常盤もかくなん、

[二]昔より頼みきぬれば諸共《もろとも》に
　　思ひぞ沈む波の底まで

さてまた足にまかせて歩み給ひけり。さて大勢《たいぜい》尋ねける者ども、この衣裳を見て、「さてははや、これにて御身を投げさせ給ひたり」とて、海人《あま》どもを呼びて、探し求むれども、「死骸《しがい》も見え給はず」とて、皆々尋ぬる者ども都へ帰りぬ。

北の方都へ着き、熊王から夫の消息を聞く

北の御方は四方《よも》の神仏《かみほとけ》を念じ給へば、まことに[三]仏神《ぶつじん》の御助けにや、やうやう都へぞ着き給ふ。卑しき者の家を借り、十日ばかりは御足を休め給ふ。ある夜、[四]清水《きよみづ》へ参り、[五]念誦《ねんじゅ》し給ふ。折節《をりふし》、十七八ばかりの美しき尼の濃き墨染の衣《ころも》着たるが《墨染めの衣を着た美しい尼が》、この御有様を見て、近く寄りて申されけるは、「いづくより御参り候ふやらん。[六]あな[七]ゆゆしの

一　月ならば波に影を宿しもしましょうが、月でもない私が、このような波の底に身を沈めることになるとは、思ってもみませんでした。

二　昔から御主人と頼んできたお方ですので、一緒につらい思いをしながら波の底まで身を沈めます。

三　「神仏」と同じ。「仏神」の場合は古くは「ブッジン」(『日葡《にっぽ》』)。

四　京都東山にある清水寺。本尊は十一面観音。大和《やまと》の国の長谷寺《はせでら》観音と並んで、平安時代以来、上下貴賤《きせん》を問わず非常に大きな信仰を集めていた。御伽草子には、清水観音の利生《りしょう》によって主人公の運命が開けるといった話が多くある。

五　経文や仏の名号《みょうごう》(南無阿弥陀仏《なむあみだぶつ》など)を唱えて、仏の加護を祈ること。

六　感動詞。ああ。あれ。

七　本来は神聖なものに対して恐れつつしむ感情を表した形容詞であるが、非常に広い意味に使われる。ここは、そら恐ろしいほど美しいお姿ですこと、の意。

御有様や。都は広しと申せども、これほど美しき人いまだ見ず。[八]いかにも物思ふ人にてわたらせ給ふか《心に悩み事のある方でいらっしゃいますか》。われも物思ふ者にて候ふ。播磨の明石の三郎と申す人の北の方は、津の国多田の刑部の娘にておはしけるが、高松の中将殿、熊野へ御参詣の時、不思議に《思いがけなく》御覧じて、恋の病《やまふ》とならせ給ひて、殿下おほきに御嘆きありて、舅《しうと》を召し、明石討つて参らせよとて、さまざまの引出物を出だし、すかさせ給ふ《味方に引き入れなさった》。多田は領掌《りやうじやう》申し《承知して》、よろづの謀《はかりごと》をして討たんとすれども、叶《かな》はずして、京へすかし上せて《だまして京へ上らせて》、大勢《たいぜい》にて討たんとすれども、討たれずして、かへつて殿下の御所へ打ち入りてありしほどに、殿下は内裏へ参り給へば、明石つづき攻め入り戦ふほどに、帝王も驚き給ひ、宣旨《せんじ》を下し給ひて、大勢を向けられければ、戦ひ疲れて、つひに生捕りになりて、奥州の住人津軽の藤八受け取りて、津軽へ具足《ぐそく》[九]しけることのいたはしさよ。かの《明石殿の》北の方、いかばかりのことをか思ひ給ふらん《どんなにつらい思いをなさっていることでしょうか》。されば物思ふ人は世の中に多しといふとも、かやうの人はあらじな《ありますまいよ》。

八 「いかに」と同じで、どうしたのですか、の意か。「いかにも」を普通に解釈すれば、どう見ても物思いをする人のように見えます、となるが、文末の「か」という疑問の助詞と照応しない。

＊ ここにまた熊王御前が現れるが、ここでは北の方に明石の行方を知らせるという重要な役割をさせている。御伽草子では、こういう場面で神仏のお告げのあるのが普通である。そういう形で清水観音の霊験《れいげん》を説いた物語も少なくない。この物語ではあえて清水観音の利生を表面に立てずに、熊王御前の口を借りたのであって、ここにもこの人物がただの人間ではなく、神と人との間をとりもつ巫女《みこ》の性格をもっていたことが推測される。

九 一緒に引き連れて行くこと。

かやうに申す者は、三条西の洞院《とうゐん》に、[一]熊王と申す女にて候《さぶら》ふあひだ、あまりの心憂《う》さに[二]様《さま》を変へ候ふ」とて、さめざめと泣きければ、北の御方は聞こしめし、かきくれて《心がまっくらになって》ぞ泣き給ふ。「われこそ《私がその明石の妻です》」と言は《と》まほしくは《言いたくは》おぼしめしけれども、[三]「これも物思ふ者にて候ふ《わたくしも心配事のある者です》。都に候はんほどは、常に申し承り候はん《互いに語りあいましょう》」とて、泣く泣く契り給ひて《約束をされて》、御下向《げかう》ありて、常盤《ときは》にのたまふやう、「明石殿ははや討たれ給ふかと思ひしに、いまだ生きておはしましける事の嬉《うれ》しさよ。いかにもして津軽の方《かた》へ赴きて《行った上で》こそ《なら》、死ぬとも《死んでもかまわない》」とおほせありければ、常盤申しける

北の方と常盤、東へ下るところ

一　古写本には「熊王と申し、年ごろ明石殿にあひなれ奉りてありけるが、あまりに心憂さに、かやうに様を変へて候ふ」とある。北の方は、底本の文章では、熊王と明石との関係を知らないのであるから、熊王が様を変えた理由が分らない。

二　髪を切り、衣を着て、出家の姿となること。

三　ここも古写本には「もし漏れ聞えなば、憂き目を見んと思ひ給ひて」という文があって、北の方が名のらなかった理由を述べてある。

は、「父母《ちちはは》にも知らせず、付き奉り候ふ上は《お供をいたしましたからは》、いかなる野の末、山の奥までも御供申し候はん。御心やすくおぼしめし候へ」とて、やがて[四]東《あづま》の方へ赴き給ふぞあはれなる。

道の様《やう》を人に問はせ給へば、「[五]船路《ふなぢ》は候へども、[六]今日明日の風には叶ひ候ふまじ。東海道に《を通って》かかり御下り候へ」と教へ申しければ、下り給ふ。

日数《ひかず》やうやう経《ふ》るほどに、十二月二日に[七]佐夜《さよ》の中山に着き給ふ。北の方、常盤にのたまふやう、「いかがせん。身も苦しく、腰の痛きぞ。日数を数ふれば、[八]この月に当りたり。かやうのことはいまだ《お産はまだ経験したことがないけ》知らねども《れども》、[九]もし産《さん》ばしせんずるやらん」とのたまひければ、常盤、「さやうにわたらせ給ひ候はんには《そのようなお体のぐあいでしたら》、いかにもして《なんとしてでも》人里へこそ着かせ給はめ」と申しければ、「一足も歩むべき心地もせず《歩けそうにありません》」とのたまへば、常盤、御手を引きて行けども、はや日も暮れぬ。道は見えずして一足も歩み給はず。やがて《そのまま》そこにひれ伏し給ふ《倒れてしまわれた》。とかくして《あれこれと介抱して》道

四「東」は時代により場合によってその範囲が異なるが、広くは東海道・東山道以東、陸奥《むつ》の国までをいった。

北の方、夫を尋ねて東へ下る

五 この時代、近畿地方から奥州へは日本海沿いの海路が発達していた。

六 海路は風向によるので、すぐにといっても船が出るかどうかわからないということ。

北の方、佐夜の中山にて出産

七 静岡県掛川市の北東にある山。東海道の金谷《かなや》と日《にっ》坂《さか》の間にあり、平安時代から難所の一つとして知られ歌枕になっている。

八 今月がお産の時に当っている。北の方が懐胎していたことはここにはじめて出てくる。

九 もしかしたら、よりによって、こんな時に子供が生れるのだろうか。「ばし」は体言やそれに準ずる語について、一つの事を強調する副助詞。

より奥へ二町[一]ばかり寄りて、常盤、御腰を抱きて、ただ泣くよりほかのことぞなき。雪はかきくれて降りぬ《雪は目の前が見えないほどに降っていた》。夜もすでにふけゆく。「いかにせん」とぞ泣きゐたり。（北の方）「いかにせん。水の欲しきぞ」とおほせければ、いづくに水のあるらんと知らねども、「さりとて尋ねよ《ともかく探してみなさい》」とおほせければ、「いかがあるべき《こんな所に水のあるはずがない》」と思ひて、谷の方《かた》へ尋ね下りて、いづくにか水音《みづおと》するらんと聞けば、音もせず。遥《はる》かの谷に下りて聞きければ、水音しけり。嬉《うれ》しくて、水を汲《く》みて上るに、雪は深し。道見えず。いづくやらんと知らず《どこなのか方角もわからない》。さばかり[二]の中山を迷ひける。「君はいかがならせ給ふらん」と呼ばはり、尋ね申せども、答ふる者なし。巌々《がんがん》[三]としたる山の雪なれば、木々の梢《こずゑ》に降り積る。し[四]んかう、ゑんせんも過ぎ、五更《ごかう》[五]の天にも及ぶ《夜も明け方になった》。

さてわが君、いかがならせ給ひぬらんと嘆きけるところに、遥かに[六]をさあい人の御声しける。常盤聞きて力を得、急ぎ走り寄りて、「いかが、はや御産ならせ給ふか《もうお生れになりましたか》」と言ひけれども、御返事もなし。

一　約二二〇メートル。一町は六十間。

二「さばかり」は「あれほど」の意の副詞で、それを受ける説明を省略することが多い。あれほど難所として有名な、ということであろう。

三　山の岩が高くけわしくそびえ立っているさま。底本は「かんかんとしたる」。古写本では「かか（峨々）としたる山」とある。

四「しんかう」は深更（真夜中）か。「ゑんせん」は未詳。古写本は「三更《さんかう》（午前零時前後）のゑん（未詳）をも過ぎ」とする。

五　一夜を五分して、初更・二更・三更・四更・五更という。「五更」は午前四時前後の二時間。

六「幼い」の変化した語。御伽草子や語り物などに使われることが多い。

＊「児持山《こもちやま》ノ事」は、産育の神として信仰されていた児持山明神の縁起であるので、神の前身であった子持御前の旅中の出産を語ることの意味があった。困難な境遇の中で出産の苦しみを味わったが故に、神としてお産の無事を祈る人々に利益を施す力を備え得たのだという論理が働いているのである。しかし『明石物語』の場合には、そういう意味はなく、佐夜の中山での出産を縁として、信《しの》

いかにいかにと《なんとなんと驚いて》見たてまつれば、この世にもはや亡き人にておはしける。常盤、[七]天に仰ぎ地に伏して、嘆きけれども甲斐《かひ》ぞなき。「いかにわが君。わらはをば捨てて、いづくへましますぞ《どこへ行かれるというのですか》。父母にも隠れ、振り捨てて、ただ一人付き参らせたる甲斐もなく、捨て置かせ給ふか。来世の御供申さん」と叫べども、とかくの返事もし給はず《なんの返事もなさらない》。ただ今生れ給へるをさあい人を抱きたてまつりて、肌にて《〔北の方を〕》暖めまゐらすれども、常盤も冷え凍《こほ》りたれば、暖かになり給はず。母御前の御足をば脇《わき》にはさみて、泣くよりほかのことぞなき。夜もほのぼのと明けければ、何とすべしとも思はず《どうしたらよいか分別もつかない》。「かくてこそ御供申さめ《このまま私も死んで来世のお供をしよう》」と、泣くよりほかのことぞなき。

北の方、龍田姫に助けられる

さるほどに雪もやうやう晴れければ、いづくとも知らず、[八]紫の衣《きぬ》着たる女房来たり、北の方の枕に寄り添ひて、おほせける。「この人は[九]非業《ひごふ》の人なり」とて、薬のやうなる物を取り出だし、御口に入れ給へば、ほどなく息出で給ふ《間もなく息を吹き返しなされた》。常盤、「これは夢か現《うつつ》か」と、嬉

夫《ぶ》の庄司という保護者が登場し、明石の北の方の運命が開ける。このように見ると、『明石物語』は「児持山ノ事」のプロットを借りて、それを別の目的に利用したように見えるが、これもそう簡単ではない。『義経記』巻七に、越前愛発《あらち》山の名の由来として、白山の女神が唐崎《からさき》の明神と契って懐胎し、この山の山頂で御子を生んだという話を載せている。これに類した山中での貴子誕生の説話は数多くあって、山の神信仰に伴う古い伝承であったといわれる。「児持山ノ事」にせよ『明石物語』にせよ、そういう読者や聴衆にとってなじみの深い話を取り入れたということができるのであるが、それとともに、山神信仰に伴うこの種の話は、特に修験者《しゅげんじゃ》が持ち歩いていたらしいことが注意される。

七　悲嘆にくれて身もだえするさまをいう慣用句。

八　一般に紫は高貴な色とされていた。紫の衣を着た女房とは、普通の人間ではないことを示すのであろう。

九　前世の業因によって定められた寿命を、全うしないで死ぬことをいう仏教語。非業で死んだ場合には蘇《そ》生《せい》することがあるという考え方があった。

しきにも先立つものは涙なり。さて北の御方は、本《もと》のごとくにならせ給へば、かのやんごとなき[一]女房のたまひけるは、「われをばいかなる者とかおぼしめす。これに昔、人の讒言《ざんげん》[二]によりて東《あづま》へ流されし、筑後《ちくご》[三]の少将の北の方にて候《さぶら》ひしが、夫《つま》[四]の後《あと》を尋ねて奥州へ下りしが、この山にて失《う》せぬ《死んだ》。[五]さて、この山の龍田姫《たつたひめ》[六]と斎《いは》はれて《祀られて》、この山に住みて、物思ふ人《悩み事のある人を》をあはれみ守《まぼ》らんと、誓ひ深く《深く誓ったのです》はんべり。この雪の

龍田姫、北の方を助けたところ

中にて、をさあい人を具しては、いかがし給ふべき。この子を我に賜《た》びておはしませ。十五まで育てて奉るべし。御心やすくおぼしめせ」とぞ

一「止む事無し」から出来た形容詞。「なおざりにできない」といった意味から、敬意をはらうべき人や事柄に対する形容語となった。ここは紫の衣を着た女房が、いかにも高貴な姿であったから「やんごとなき」といった。

二 事実を曲げ偽って人を悪く言い、罪に落すこと。

三「筑後の少将」の話は未詳。そういう物語があったのかもしれないが、あるいはこの『明石物語』作者の作り話とも考えられる。

四「つま」は、夫婦や恋人が互いに相手を呼ぶのに使う。

五 筑後の少将の北の方が夫に会えずに旅の途中で死んだので、その恨みが残って祟《たた》りをするのを恐れ、土地の人が神に祀《まつ》ったわけである。この「さて」は、そのような経過を含んだ接続詞である。

六 紅葉の名所として有名な奈良県生駒《いこま》郡の龍田《たった》山の神であるが、ここでは単に山の神として、その名を借りたのであろう。

のたまひける。(龍田姫)「とくとくおぼしめす方へおはしませ《急いで目的の所へ向っておいでなさいませ》。道すがらの御守《まぼ》りとならんずるぞ《道中を守ってさしあげましょう》。御心やすくおぼしめせ」とのたまへば、北の方、手をあはせ喜び給ひて、生《む》まれ給ふ若君をば、かの女房に預け置き、立ち出で給ふ。

信夫の庄司、明石の母子を国元へ伴う

ここに不思議なりしは、奥州の住人[七]信夫《しのぶ》の庄司元高《しやうじもとたか》と申す人、熊野へ参詣し給ひけるが、[八]本宮証誠殿《ほんぐうしようじやうでん》の御前《まへ》にて示現《じげん》をかうぶる《神の告げを受けた》。「汝《なんぢ》は子といふ者一人もなし。元高が子は佐夜《さよ》の中山にあり。急ぎ下向《げかう》すべし」と示現をかうぶりて、十二月三日の昼ほどに、佐夜の中山に尋ね入りければ、道のかたはらに、幼き者の泣く声しける。あやしく思ひて尋ねみるに、ただ今生れたる子と見えて、幼き者ゐたり。これこそ[九]権現《ごんげん》より賜はりたる子と思ひて、急ぎ馬より下《お》り、かき抱《いだ》き見るに、いつくしき《美しい》男子《をのこご》にてぞありける。喜びあひ具して《一緒に連れて》下《くだ》るほどに、[一〇]二人の女房は[一一]菊川へ着かんとしけるところにて、元高見つけて、「ならなら《もしもし》申し候はん《お尋ねします》。ただ今この山にて、[一二]尋常なる人

七 今の福島市の西部を占める地域に、もと信夫郡があった。この地方の豪族に、源義経の忠臣として有名な佐藤継信・忠信兄弟がいるが、その父は信夫の庄司と呼ばれ、名は元治とも伝えられる。この「信夫の庄司元高」を二三四頁では「佐藤庄司」と書いているのを見ても、その佐藤元治を頭に置いて設定した名なのであろう。

八 二〇一頁注九参照。

九 中世に盛んであった本地垂迹説《ほんじすいじやく》では、日本の神は仏菩薩《ぶつぼさつ》が衆生済度《しゆじようさいど》のために仮(権は「かり」の意)に姿を現したものという考えから、神を権現と呼んだ。ここは熊野権現をさす。

一〇 明石の北の方と侍女の常盤。

一一 静岡県榛原郡金谷町菊川。

一二 本来は「特別でない」「普通の」の意であるが、「劣っていない」という気持から、ほめ言葉として使われるようになった。ここも「品のよい美しい赤児」ということである。

の御産《おさん》候ひつるは、それの《あなたの》御子にてましますか」と申しければ、二人の女は何とものたまはず、一やる方《かた》なくて泣き給ふ。さてはこの人の御子なりとて、二三日はよくよく労《いたは》りたてまつり、御輿《こし》ども用意して乗せまゐらせ、二奥信夫《おくしのぶ》へぞ下りける。

明石、牢へ入れられる

さても明石の三郎は、津軽の藤八が三館《たち》へ具して下り、牢《らう》をしたたかにこしらへて《頑丈に》、入れたてまつる。夜昼五人づつの四兵士《ひやうじ》参りけるこそ《見張っている有》あはれなれ《様は気の毒なことだ》。御心の内には、ただ跡《あと》の御事のみ心もとなくおぼしめしける《気がかりに思っていらっしゃった》。「北の方五ただにもおはせざりしものを《普通の体ではなかったのに》、いかがならせ給ひぬらん。また思はぬほかに《まさかと思うが》、高松の中将殿にやわたらせ給ひぬらん《高松の中将のもとに迎えられてしまったかもしれない》」と、さまざまに思ひつづけて、年月をぞ送り給ひける。

北の方、信夫にて日を送る

さて六佐藤庄司は信夫へ着きて、女房《妻》に会ひて申しけるは、「今度熊野へ参り、権現《ごんげん》より男子《なんし》を一人賜はりて候ふ」とのたまへば、女房喜び給ひて、「わらはも子といふ者、一人もなかりしに、この母上見たてまつるに、七由ある様《さま》の人なり。されば子と思はん。男子一

一 心にわだかまっていることのやり場がなくて。どうしようもなく悲しくて。古写本では「何と述べやるかたなくて」とある。それだと、なんとも説明する言葉も出ないで、の意となる。
二 奥州の信夫。
三 貴人の邸宅であるが、中世には外敵を防ぐためのとりでをも「館」といった。
四 関の警固や、入口などの見張りをする兵（『日《にっ》葡《ぽ》』）。
五 妊娠していることをいう。「ただ」は、とりたてていうことのない普通の状態のこと。
六 二三三頁注七参照。
七 由緒《ゆいしょ》のありそうな様子。「由《よし》あり」と似た語に「故あり」があるが、平安時代の女流文学では「故あり」は一流の血統、一流の風情などを表すのに用い、「由あり」は「故あり」よりは劣る二流のそれを表すのに用いて、区別していた。

人、上臈《じやうらふ》[八]一人まうけたることの《思いがけなく得たことの》嬉《うれ》しさよ」とて、新《あたら》し殿《どの》[九]を造りみがき、据《す》ゑたてまつり、京の御方《おんかた》とぞ申しける。女房たち数多《あまた》付けて、もてなしかしづき《大切にして世話をなさった》給ひける。若君にも乳母《めのと》を数多添へてぞもてなしける。月日過ぎゆくままに、若君いつくしく尋常に《上品な子に成長された》[一〇]ぞなり給ふ。庄司おほきに喜びて、熊野の権現より賜はりたる子なればとて、熊王《くまわう》[一一]御前《ごぜん》とぞ申しける。北の方は、「明石殿いかがならせ給ひつらん」と、御涙とどまらず。御心の内たとへん方ぞなかりける。

[一二]つながぬ月日たちゆけば、ほどなく五年になりにける。五月一日の夜、藤八は明石殿のおはします牢へ来たりて申しけるは、「明日は二日にて候ふ。斬《き》りたてまつれとの宣旨《せんじ》にて候ふ上は力及ばず。御名残《なごり》こそ惜しく候へ」とて酒をすすめけり。明石殿のたまひけるは、「この年月の御情けこそ申し尽しがたく《お礼の言葉もありません》候へ。明日斬られ申さんことは前世《ぜんぜ》[一三]の因果にて候へば、力及ばず候ふ」とて、夜もふけければ藤八は帰りけり。「音に聞ゆる明石の三郎の首斬られん《明石の三郎が首を斬られるということだ》。いざ

八 本来は修行の年功を積んだ僧をいう語であるが、一般にも用いられ、とくに身分の高い婦人に対する敬称となった。

九 新しく造った御殿。

一〇 二三三頁注一二参照。

一一 「御前」は、貴人の男子女子に対する敬称。前に出た京の遊女も熊王御前であった。同じ名にしたのは物語構成の上からいえば拙劣である。

明石、牢を破って逃げる

一二 月日は刻々に過ぎ去って、一時《いっとき》もとどまることがないことをいう。

一三 前の世で作った罪のむくい。

や見ん」とて、国々より馳《は》せ集まる。その夜のふけゆくも《その夜がふけてゆくにつけても》、「わが命のあらんずるも今宵ばかり、首斬《き》られんも近づきけり。一多生曠劫《たしやうくわうごふ》を経《ふ》るとも、二忘れがたきは、故郷《ふるさと》の北の方の行方《ゆくへ》こそ聞かまほしけれ」と思ひつづけて、さらに涙もとどまらず。

さても明石殿思はれけるは、「われ十二の年《十三歳の時でさえも》だにも、力を試しければ、八十五人《八十五人に匹敵する力があったのだ》が力ありしぞかし。これほどの牢《これくらいの牢を》をば易《やす》く破りて出《破って出るのは》づべきものを《たやすいことなのに》。今年《今年まで五年の間》五年が間出でざることこそ、おこ《考えて》がましく存ずれ《みればばかばかしいことだ》」と思ふところに、熊野の権現、六人の山伏と三現《げん》じ給ひて、「ただ牢を破

明石、山伏の声に力を得て牢を破るところ

一 この後、生れ変り死に変りして、無限に長い時がたっても。「多生」は幾度も生れ変って多くの生を受けること。「曠劫」は果てしない長い時間。

二 忘れることのできないのは故郷の北の方のことであるが、その北の方の行方《ゆくえ》だけは何としても聞きたいことだ。表現の方向が途中で屈折したために不完全な文章となっている。

＊「児持山ノ事」では、加若次郎は、身一つ入るだけの牢の内側に釘《くぎ》の先を出して、体《からだ》を動かすと突きささるという状態で監禁されていたが、熱田明神《あつたみようじん》と諏訪《すわ》明神とが神通力を現して牢守を眠らせ、加若を救い出したとある。全く神の霊験を説くだけである。『明石物語』では、五年の後に明石が牢を破る力を持っていることに気づくとか、自力で脱獄したにもかかわらず熊野権現が出てくるなど、理屈をいえば不合理な所が見られる。この辺の記述は「児持山ノ事」のような利生譚《りしようたん》に引かれたと考えても支障がないようである。

三 神仏が人間の姿をとって現れること。

りて出でよ。明石明石」と責め給へば《せきたてなさるので》、この御声を力として、つい《つっ立》立ち《ち上がって》、「ゑい」と押しければ、さしも強くこしらへたる牢なれども破れて四方へ散りにける。五人の兵士《ひやうじ》を驚かし[四]、「やれ、おのれら。明石の三郎こそ牢を破りて出づれ」と、あららかに[五]怒り、「いかに藤八。明石こそただ今牢を出づれ。いとま申してさらば」とて出で給ふ。藤八おほきに騒ぎて《すっかりうろたえて》、「大事の囚人《めしうと》[六]牢を破りて出づるぞ」とて追うてかかる。

明石殿は音に聞ゆる足早なれば、飛ぶがごとくに、普通の者五日に行く道を、一日一夜に走りて、同じき三日に、由利[七]の郡《こほり》をぞ通りけるに、田の中に早乙女《さうとめ》[八]多くうち群《む》れて、田を植ゑける。飯櫃《いひびつ》[九]数多《あまた》かき据ゑて、酒を入れたる甕《かめ》数多ありければ、明石殿、おほきなる《明石殿は大男であったがそれ》男の《が》大童《おほわらは》[一〇]にて走り入りければ、田の中の者ども、怖《お》ぢ恐れて逃げ散りぬ。その時、飯櫃引き寄せ、残り少なに食ひ、甕に入れたる酒を引き傾《かたぶ》けて《甕を斜めに引いて》、欲しきほどこそ飲みにけり。さてその後、行くほどに、

四 刺激を与えて注意を呼び起すという意味の語で眠りをさまさせることにも使う。ここも兵士たちが居眠りしていたのを起したということであろう。

五 荒々しい顔でにらみつけて。

六 「召人《めしひと》」の変化した語。「召し捕《と》って置く人」の意で囚人《しゆうじん》をいうようになった。近世初期までは「メシュウト」と清音。

七 今も秋田県南部に由利郡がある。古くは本荘《ほんじよう》市付近を由利郷《ゆりのさと》といい（『和名抄』）、郡を号したのは中世以後である。

八 田植えをする乙女。「さ」は接頭語。振仮名は底本通り。「ソウトメ」と発音した。

九 飯を入れる木製で桶《おけ》の形をした容器。

一〇 髪の結びが解けて乱れていること。ざんばら髪。

ある山の中にて男二人に行き逢ひたり。袷《あはせ》のよき小袖《こそで》[一]、黄なる大口《おほくち》[二]、浅葱《あさぎ》[三]の直垂《ひたたれ》[四]、鞘巻《さやまき》[五]の刀を差し、赤銅《しやくどう》[六]作りの太刀佩《は》きたり。明石殿、この男の袖をひかへて《ひきとめて》、「ならなら申し候はん。それの着させ給ふ小袖、直垂、賜《た》び候へ」とのたまへば、この男申しけるは、「これは人のためには持たず《他人のために着ているのではない》」と申せば、さあらばとて《そういうことならばと》、押へて衣裳を剝《は》ぎ取り、太刀も刀も皆取りて、この男をば山の中に縛りつけてぞ通られける。「よきほどに候はば《(男)もうこのくらいにして》、縄《なは》を解きて賜《た》べ」と侘びければ《困って嘆願すると》、「げにも《それもそうだ》」とて放し給ふ。

やがて、その男の出立ちたりしごとく《その男が着ていたと同じように》、衣裳を着て行くほどに、同じき五日の午《むま》の時ばかりに《正午ごろに》、信夫の庄司の門《もん》の前をぞ通りける。五月五日なるに、佐藤庄司のもとには、馬《むま》[七]の血を出だし、伏《ふ》せ起しなどする。明石殿、門《かど》のほとりを直様《すぐさま》に通り《まっすぐ通り》、「あらをかしの《おや妙な仕方の》馬の伏せやうや。あはれ《おれなら》、伏せて見せばや《見事に伏せてみせるのだが》」と言ひて歩みける。人々これを聞きて、庄司にかくと《これこれですと》申しければ、「さあらば《そういうことなら》呼びて伏せさせよ」

明石、信夫の庄司の許に留まる

一 袖口がせまく、前で襟《えり》を引き合せて着る長着。肌着として用いた。「よき小袖」は、見苦しくない小袖、というぐらいの意。

二 大口袴《ばかま》の略。裾《すそ》の口が広い袴で、もとは表袴《うえのはかま》の下に着用する下袴であったが、武家時代になると、直垂《ひたたれ》や水干《すいかん》の下に用いた。

三 薄い青色。

四 元来は庶民の労働着であったが、平安末期から武士の日常着として用いられるようになった。

五 鍔《つば》のない短刀の鞘《さや》に蔓《つる》などを巻きつけたもの。中世にはそれを形どって刻《きざ》み目をつけた漆塗りとなった。

六 刀の装飾を赤銅で作ったもの。

七 馬の足の鬱血《うっけつ》した血を出すということであろうか。「伏せ起し」は、馬の前足を折って腹ばいにさせたり、立ち上がらせたりすること。何のためにこういうことをしていたのかは疑問である。馬の調教のようでもあるが、古写本には「馬《むま》つくろふとて伏せ起す」とあり、馬の治療をしていたようにも解せる。上に「五月五日なるに」と断ってあることにも意味があるのかもしれない。

＊ ここに出てくる馬の伏せ起しという珍しい話から思い起されるのは、前にも記した『小栗判官《おぐりはんがん》』である。小栗が毒殺される前に、舅《しゅうと》の横山殿の所望で鬼鹿毛《おにかげ》という荒馬を乗りこなし、曲馬の秘術を

尽すことが述べてある。そこには馬術に関する専門的な用語が頻出《ひんしゅつ》しているのを見ると、よほど馬のことにくわしい作者であったらしい。その馬は後に馬頭観音《ばとうかんのん》と祀《まつ》られたとあるが、例の「児持山ノ事」でも、子持御前が旅に出る時に乗っていった馬が、後に吾妻《あずま》七社の一つである白専女《しらとうめ》大明神と顕れたと記されている。どうもこの種の物語には馬が関係してくるのである。『神道集《しんとうしゅう》』にも載《の》っており、御伽草子としても有名な『熊野《くまの》の本地《じ》』に、処刑のために山中へ引き立てられてゆく五衰殿《ごすいでん》の女御《にょうご》を乗せた馬のことが出ていて、やはりその馬が神と顕れたと述べている。そうしてみると熊野信仰の宣布者には、馬頭観音のような馬に関する信仰を管掌する者がいて、『明石物語』やその一類の物語の成立にも関与したのではないかと想像されるのである。

八 馬の口にかませて手綱《たづな》を結びつける金具。

九 動かないように堅く締めるさまをいう語。

一〇 持ち上げた馬の足のこと。「ゆふ」は「結ふ」で、持ち上げた前足を交差させるやいなや、の意か。あるいは「言ふにも及ばず」か。

一一 古写本には「殿はいづくの人ぞ」とある。ここは明石の三郎一人に対しての言葉であるから、複数を表す「面々」ではおかしい。

一二「上る」の謙譲語。

と言ひければ、若き者ども数多《あまた》走り出でて、「ならなら申し候はん。これに馬数多候ふ。伏せて賜べと、おほせにて候ふ《主人の言葉でございます》。これへ参り給へ」と申せば、(明石)「われは馬の伏せやうは知らず」と言ひて過ぐる。これに馬数多候ふ。

これへ参り給へ」と申せば、(明石)「われは馬の伏せやうは知らず」と言ひて過ぐる。庄司「ただ御入り候へ《ともかくおはいり下さい》」とて、袖をひかへて《ひっぱって》留《とど》めければ、留まりぬ。庄司のたまひけるは、「まことに汝は馬伏するか」と問ひ給へば、「さも候はず《そんなことはございません》」と申されけり。されども、(庄司)「伏せてみよ」とのたまひければ、「さ承り候ふ《承知いたしました》」とて、伏せんとする。「さあらば御馬早く」と申せば、よき馬に八轡《くつわ》九がんじと嚙《か》ませ、引き出だしける。明石殿つつと寄り、一〇挙足《あげあし》をゆふにも及ばず、かいつかみて《ぐいとつかんで》うち伏せけり。続けさまに四十二匹ぞ伏せたりける。この有様を見て、人皆肝《きも》をぞつぶしける。

中門《ちゅうもん》へ呼び入れて、庄司のたまひけるは、「一一面々はいづくの人ぞ」と問ひければ、(明石)「京の方へまかり一二上り候ふ」。(庄司)「酒を召すか」と問ひ給へば、(明石)「飲み候ふ」とおほせけり。さらばとて、酒取り出だしてすすめけり。庄司もさる人にて《しっかりした人で》、いかさま《たしかに》、〔明石を〕ただ人ならず《凡人ではないと見てとって》と見なして、[一]杯《さかづき》を論じけり。庄司殿論じ負けて、三度飲みて差す。これを受け取りて〔明石は〕十度飲む。また、〔庄司〕「返し給へ」と言はれて〔明石は〕二十度飲む。〔明石は〕いとま申して立ち出づる。庄司殿、「[二]やや。いかにして京へ上り給ふ《どうやって京へお上りになるというの》ぞ《ですか》。しばらく足を休め給へ」と申しければ留《とど》まりぬ。その身、芸能、智恵才覚、人に越え、[三]管絃《くわんげん》、[四]今様《いまやう》、[五]朗詠《らうえい》、[六]詩、諸芸の上手なれば、庄司がことに気に入りて、「何時《いつ》までもこれにおはしませ。元高は成人の子を持たず候ふ。子と頼みたてまつるべし」とありければ、(明石)「それこそしかるべく候ふ《それはちょうどよろしゅうございます》」とて、喜ばせ給ひけり。

日数《ひかずふ》経るにしたがひて、[七]見増すことのみありければ、庄司、女房《妻》に申されけるは、「この人を見るにただ人にてはなし。いかにして留めたてまつらん。されば人の心の留まるは、妻子に過ぎたることなし。誰をかこの人に具せさせん《誰をこの人に連れそわせようか》」と言ひければ、(女房)「げにもしかるべし《本当にそれがよろしいでしょう》。京の御方にある常盤《ときは》に、仲人《なかうど》をせばやと思ひ候ふ」とありしかば、庄司殿おほせけるは、「この人は、ただ世の常の人にてはな

一 酒席で、杯を差す順序について言い争うことを「杯論」という。ここは庄司と明石とたがいに譲りあったのであろう。
二 なんですって。「やや」は驚いた時などに思わず口をついて出る感動詞。古写本には「その御痩《や》せにては、いかで京へは御上り候ふべき」とある。底本の文では言葉が足りない。
三 笛や琴《こと》・琵琶《びわ》などの楽器による音楽。
四 今様歌の略。催馬楽《さいばら》などの古い歌謡に対して、平安中期に起った七五調の新様式の歌謡。
五 漢詩や和歌に曲節をつけて謡うもの。
六 漢詩。ここは漢詩を作ることであろう。
七 いよいよすぐれた人物だと分ってきたので。「見増す」は、実際に見て、思ったよりすぐれていると感じること。

明石と北の方と再会

＊『明石物語』と同類の『堀江物語』『村松物語』『羽持《はもち》中将』『師門《もろかど》物語』『塩竈《しおがま》大明神の本地《ほんじ》』のいずれも、奥州が重要な舞台となっている。かよわい女性の旅の苦難を強調するには、男主人公の配流地を僻地《へきち》の奥州に設定するのが効果的であったとも言えようが、それだけではなさそうである。『師門物語』と『塩竈大明神の本地』は、物語そのものが奥浄瑠璃《おくじょうるり》あるいは御国浄瑠璃と呼ば

し。常盤なんどには具すべき人にてなし。あくまで気高く上臈しき人なり《どこまでも気品があって貴人の風のある人だ》。されば元高思ふは、何かは苦しかるべき《別に遠慮することもあるまい》。何時まで一人おはすべき《いつまでも独身ではいられないのだから》。京の御方に申さばや」と言はれければ、（女房）「いさ知らず《さあどうでしょうか》。よきほどのことにてはあれども《ちょうど釣り合いはとれていますけれども》、なびき給ふべき人にてはあらず《簡単にその気になるような人ではありません》。さりながら申してみん」とて、御方へ渡り給ふ《京の御方の所へ行かれた》。

七月七日の事なれば、〔京の御方は〕七夕《たなばた》[八]の逢瀬《あふせ》もいかならんと、過ぎにし方も、またこの人のいかがなり給ふやらん《夫の明石はどうなさったであろうか》。はやはや昔語りにこそと《もうこの世の人ではないのであろうかと》、おぼしつづくるに、御涙押へがたげに、御物思ひの気色《けしき》なれば、ためらひ給ひ、はるかにありて《しばらくしてから》、さてあるべきにあらざれば申し出だしけり《いつまでそうしてもいられないので言い出した》。（女房）「庄司が使ひに参りて候ふなり。『申すにつけて、はばかりあることにては候へども、さて、一人果てさせ給ひ候はんにもあらず《このまま独身を通されるのは惜しゅうございます》。これにおはしまし候ふ人、ただ人にてはましまさず。御器用[九]、骨柄《こつがら》、よくましますほどに《ご立派でいらっしゃいますので》、庄司が子とも頼みたてまつり候ふ。御二人に《あの方と夫婦》てもおはしまし候へかし《になってここにおいでなさいませ》』と、申すにて候ふ《庄司が申しております》」とのたまひければ、

れる語り物となって、東北地方ではるか後世まで行われていた。『明石』『堀江』『村松』『羽持』には、奥州の方で享受されていたとする痕跡《こんせき》は認められない。しかし、熊野信仰は東国の方面に特に盛んであって、先達《せんだつ》と呼ばれる修験《しゅげん》山伏を仲介として熊野と師檀《しだん》の関係を結んでいた家は、関東から奥州に多かったことが証明されている。そういえば、これらの物語で、非運の主人公を好意をもって保護する者は、いずれも熊野山伏の檀那にふさわしい奥州の小豪族である。奥州は物語の作者層にとって、親近感の深い土地であったのではないであろうか。

八 今夜の七夕の逢瀬はどんな様子であろうかと想像するにつけても、自分たち夫婦の昔のことが思い出された。旧暦七月七日の夜は、天の川の両岸に牽牛《けんぎゅう》星と織《しょく》女《じょ》星が現れ、鵲《かささぎ》の翼をのべた橋を織女が渡って年に一度の逢瀬を楽しむという中国の伝説が広く行われていた。

九 「器用」は、才智がすぐれていること。「骨柄」は、人柄、人品。「器用骨柄」と並べていうことが多い。

一　女が男に会うということから、「人に見ゆ」は結婚することをいう。

＊『岩屋』でも触れたが、公家物《くげもの》の御伽草子にも、愛し合う男女が別離を余儀なくされ、しばらく苦難の日々を送るという作品が多い。『時雨《しぐれ》物語』系統の嫁いじめ型の作品や、『伏屋《ふせや》の物語』系統の継子いじめ型の作品では、家を出て行方《ゆくえ》の分らなくなった姫君を、その愛人の貴公子が諸国をめぐって尋ね求めるのである。『明石物語』系統の武家物《ぶけもの》は、ちょうどその男女の関係を裏返しにした形をとっている。公家物は平安時代以来公家階層の間で久しく行われていた恋愛物語の系譜を承《う》けるが、愛人の行方を求めて諸国を遍歴するというプロットは、御伽草子に至って著しくなったものである。公家物の男主人公は、はじめの求愛物語の部分では、王朝風の色好みの貴公子であるのが、諸国遍歴の旅に出るところになると、急に意志的な人間に変ってくる。そこには『明石物語』のような作品の登場人物との類似が見られる。地方の武家階層の男女を扱った『明石』一類の物語が、公家物の主人公たちをも変えていったということができるのではないであろうか。

北の御方は聞きもあへず《聞き終らないうちに》、御涙降る雨のごとし。この有様を見たてまつるに、女房は帰り給ひぬ。その日は衣《きぬ》ひき被《かづ》き、うち臥《ふ》し給ひけり。夕暮ほどに常盤を召して、おほせけるは、「かかることを承り候ふことの悲しさよ。この年月は、をさあい者に慰みて《熊王がいることで心を慰めて》、露の命消えやらず、五年を過ぐしつるに、かかることを承り候ふことを背き候へば《このようなことを聞いてそのお言葉に従わなかったら》、人の御心にも違ひなん《庄司様の御希望にも反しましょう》。また、今さら人[一]に見《み》えんずるも悲しく候ふ。身を失はんよりほかは《死ぬよりほかには》、いづくへか行くべき《どこへ行くという当てもありません》」と泣く泣くおほせられければ、常盤、涙を流して申すやう、「ここに怪しき《不思議な》御事の候ふ。この五月より、これにおはします殿を《この館にいらっしゃるそのお方のことを》、人の語り候ふを承り候へば《人々が噂しているのを聞きますと》、明石殿によくよく似まゐらせ候ふ。牢を破りて出でさせ給ひたりと承り候ふが、これまで渡らせ給ひ候ふやらん《おいでになったのかもしれません》。しばし御待ち候へ。明けなば《夜が明けたら》、みづから《私が行って》見て参らん」と申して、その夜は慰めたてまつる。

明くれば、常盤立ち出でて見たてまつるに、それぞと見なし《たしかに明石殿だと見て》、涙を流す。この明石殿も常盤を御覧じて、「いかにして、これまで来たりけるぞ」と、まづ胸《思うと同》うち騒ぎておはし《時に胸がどきどきしてきた》けり。さてしばし《少しため》は《らって》、「世の中には

明石と北の方の涙の対面のところ

似たる者こそ多けれ」とおぼしめして、かくなん、

二 昔見し常盤の山の岩つつじ
　いはねばこそあれ恋しきものを

とうちながめ給へ《歌をおよみになると》ば、常盤もとりあへず、かくなん、

三 今ぞ知る明石の浦の夕しぐれ
　おぼつかなくも濡《ぬ》るる袖《そで》かな

二 昔見た常盤の山の岩躑躅《いわつつじ》よ（お前は昔の常盤ではないか）。その岩躑躅ではないが、口に出しては言わないものの、昔のことが恋しく思われるよ。「常盤の山」は京都市右京区常盤にある丘で歌枕。それに侍女の名の「常盤」を掛けた。「岩つつじ」は「いはねば」の語を出すための序。

三 今はじめて明石の浦の夕時雨《しぐれ》を経験しました（あなたが昔の明石様であることが今わかりました）。その夕時雨に心細くも袖を濡らしています（本当かどうかと気にかかって涙ぐんでいたのですが）。「夕しぐれ」と「濡るる」とは縁語。古写本は第三句が「夕まぐれ」とある。それだと、「薄暗くなった明石の浦の夕暮のように、本当の明石様かどうかはっきりしないで悲しかったのですが、今のお歌を伺って分りました」の意となる。

とうちながめければ《歌をよんだので》、(明石)「さては真《まこと》なり」とおぼしめして、常盤を招き寄せ、「いかに、何としてこれまで来たりけるぞ」と問ひ給へば、さめざめと泣きて、はじめよりのことども語りつつ、(常盤)「北の方も若君も御方《おかた》[一]に御いり候ふ《いらっしゃいます》」と申せば、「さあらば、その御方へ具して行け」とおほせければ、常盤連れまゐらせて、御方へぞ参りける。北の御方は、さらに夢現《うつつ》ともおぼしめし分かず、あきれ[二]させ給ひけり。さて、しばしありて御物語あり。御心の内たとへん方ぞなかりける。嬉《うれ》しきにも辛《つら》きにも、尽きせぬものは涙なり。佐藤庄司この由聞きて、おほきに喜びて、「さればこそ《やはりそうだったよ》、ただ人にはあらずと思ひしものを」とて、まことに思はしく《満足して》、もてなしかしづきたてまつる《(三人を)大切にお世話申し上げた》。

同じき十日、明石の三郎殿は七百余騎の勢にて、由利[三]の郡《こほり》の軍兵《ぐんびやう》を催し、夜のうちに勢を揃《そろ》へて、三千騎《ぎ》にてうち上る。武蔵《むさし》[四]の国に着きしかば、ほどなく一万余騎になりけり。都へこの由聞えしかば、宣旨《せんじ》を下し給ふ。[五]もとより明石の三郎が僻事《ひがこと》にあらず。高松の中将

一　北の方の住んでいる新造の御殿のこと。

二　あっけにとられていらっしゃった。「あきる」は意外なことに会って茫然《ぼうぜん》とすること。近世後期以後になると軽蔑《けいべつ》の気持を含んでいうことが多くなる。

三　二三七頁注七参照。「由利の郡」の名が再度出てくるのは何か意味がありそうである。この物語の冒頭で明石の三郎の父を陸奥の国の主といったのは、あるいは由利郡に所領があったということかもしれない。そうすれば、ここで由利郡の軍兵を催したというのも筋が通る。

四　今の東京都を中心に、埼玉・神奈川の二県にまたがる。

明石、都へ上る

五　もともと明石の三郎の方に、道にはずれた行いがあったわけではない。「僻事」は、道理にはずれたこと。心得違い。近世初期までは「ヒガコト」と清音。

明石、多田刑部父子を責めるところ

の僻事なり。本国《もとの》にあるべき由《播磨の国に帰ってよいとの》、宣旨を承りて《宣旨を頂戴して》、「君をば恨みたてまつらず《（明石）天子様をお恨みはしません》。高松の中将を賜はらん《私にお渡し下さい》」と申さるる。さるあひだ《そうしている間に》明石殿は、大勢《たいぜい》にて近江の国へ入ると聞えしかば、京中の上下あわて騒ぐことかぎりなし。高松の中将、もとより僻事なれば《もともと自分の心得違いなので》、[六]髻《もとどり》切り、[七]高野山へ上り給へば、この上は力なしとて《それではいたし方ないといって》、津の国多田の刑部《ぎやうぶ》のもとへ押し寄せたり。刑部この由聞きて、急ぎ出家をぞしたりける。あまりあわてて、ところどころ頭《かしら》を剃《そ》り、鬚《ひげ》も剃らず。明石殿、内へ入り給ひて、「刑部殿、急ぎ急ぎ出で給へ。見参《げんざん》せん」と責めければ《せきたてたので》、責め

＊「児持山《こもちやま》ノ事」は神の前生《ぜんしょう》として語られた、いわゆる本地物《ほんじもの》である。『明石物語』には、明石の三郎や北の方が神と顕れたとする結びはない。同類の作品である『堀江物語』『村松物語』『羽持《はもち》中将』も同様に本地物ではないが、『塩竈《しおがま》大明神の本地』は書名のごとく塩竈神社の本地を語る物語であり、『師門《もろかど》物語』は、異本というべき一本に『越後国五地五如来の本地』と題する写本（天理図書館蔵）があって、これは本地物である。説経の『小栗判官』でも、小栗と照手《てるて》姫は末に神と祀《まつ》られている。このように、物語の内容は著しく類似しながら、神仏の縁起由来を説く本地物になったり、ならなかったりしているのである。御伽草子の分類には本地物という部類が必ず立てられるが、その特質を物語の内容から説明することは非常に難しい。『明石物語』は武家物といっても、本地物との差は紙一重なのである。

六　髪を頭の上で束《たば》ねた所。本取《もとどり》の意。
七　二〇八頁注四参照。

られて、袈裟《けさ》、衣《ころも》、取り着て出で合ひたり。大勢四方を取り囲みたり。明石殿のたまふやう、「ならいかに、刑部殿はいつ御出家候ふぞ。なにとて鬚《ひげ》をば剃《そ》り給はぬぞ。さても四つ二つの年より《私が四歳妻が二歳の年から》も、御《あな》子になづけられ《たのお子として馴れ親しんだ》候ふ甲斐もなく、重時討つて、上臈《じやうらふ》婿取らんとの、御計らひこそ有難[一]けれ。若党ども参りて狼藉《らうぜき》[二]つかまつれ」と下知《げぢ》せられければ、大勢鬨《とき》を作りて押し入りたり。刑部俄《にはか》入道はをめき《大声でわ》けり《めいた》。多田の三郎、同じく四郎、搦《から》め取りて、やがて首をぞ斬りける。刑部入道も斬るべかりしを《当然首を斬るところだったが》、北の方嘆き給はんとて、命を助け給ひけり。

大団円

　さて信夫の庄司は、明石殿北の方、若君あひ具して《一緒に連れて》、都へぞ上りける。帝王この由聞こしめして、神妙《しんべう》[三]なりとて、海道[四]七郡《こほり》をぞ賜はりける。多田の太郎、同じき二郎、召し出だして、北国《ほつこく》[五]にて三百町[六]をぞ賜《た》びにけり。刑部は二人の子どもに賜はりぬ《父の刑部を太郎と二郎の二人に預けた》。さて明石殿は、もとのごとく楽[七]しみ栄えておはしける。討たれし加藤の太夫をはじ

一　あなたの計略はなんとも御立派なことでした。「有難し」は、めったにない、珍しいの意で、普通はすぐれて立派な事物に対して用いるが、ここは皮肉を言ったのである。
二　乱暴をはたらくこと。
三　感心なことだというので。「神妙」は「シンミョウ」ともいう。霊妙不思議な働きや現象のことで、転じて感嘆の気持を表す。
四　底本は仮名で「かいだう」とある。東海道のことか。
五　北陸道の諸国をさすことが多い。
六　三百町の広さの土地。一町は十反《たん》で、約一〇〇アール。
七　精神的に満ち足りた状態もいうが、古典では物質的に豊かなことをいう場合が多い。

めとして、五十余騎の人々の孝養《けうやう》[八]をねんごろに営み給ひけり。また常盤は男子《なんし》ならねども、奉公の者なればとて《主人に尽した者であるというので》、陸奥《みちのく》にて所領をぞ一《いつ》所《しよ》賜はりける。また熊王御前[九]、志《こころざし》[一〇]の者なればとて、一期《ご》[一一]過ぐるほどの扱ひをぞせられけり。また若君、七歳にて元服《げんぶく》して、巽《たつみ》の十郎正時《まさとき》とぞ申しける。明石殿は左《さ》[一二]衛門尉《ゑもんのじよう》になり給ふ。その後うち続き、男子七人女子五人、出で来させ給ひける《お生れになった》。いづれもゆゆしくおはしければ《非凡な子でいらっしゃったので》、帝王[一三]の御恵みめでたく、子孫繁昌《はんじやう》し給へば、うらやまざるはなかりけり。明石の三郎重時にまさる弓取なし《武士はないと》と、申し伝へはん[一四]べりける。

八 二二一頁注一三参照。
九 都で明石の三郎に危急を知らせた遊女。
一〇 真心《まごころ》から親切につくした者。
一一 一生を楽に暮せるほどの褒美《ほうび》を与えた。土地をあてがったのであろう。
一二 二〇一頁注二二参照。
一三 天子様も特別にお目をかけられて。
一四 「はんべり」は「侍《はべ》り」と同じで、ここは動詞に付いて、その表現に丁重さを加える補助動詞の用法。「はべり」「はんべり」の成立については、国語学の上で論議があるが、ここでは触れない。

＊ 正保二年（一六四五）に刊行された古浄瑠璃の正《しよう》本《ほん》に『あかし』がある。内容は御伽草子の『明石物語』と同じである。古浄瑠璃の正本には『むらまつ』（寛永十四年刊）もあり、『堀江物語』には正本の所在は知られていないが、正本の詞章を取った『堀江絵巻』（熱海美術館蔵）があって、古浄瑠璃として行われたことが明らかである。また『羽持《はもち》中将』とよく似た『義氏《よしうじ》』という正本（慶安四年写）もある。『明石』系統の物語は、近世初期に説経と並んで演じられていた古浄瑠璃の演目としても、非常に人気のあったことが窺える。『神道集《しんとうしゆう》』から古浄瑠璃まで、中世から近世への時代の変遷の中で、変らずに生き続けてきた民衆文芸の典型である。

諏訪《すは》の本地《ほんぢ》

甲賀三郎物語

近江《おうみ》の国甲賀権守《こうかのごんのかみ》の末子、甲賀の三郎諏方《よりかた》は父から家の惣領《そうりょう》を譲られ、春日《かすが》権守の娘春日《かすが》姫を妻に迎えたが、伊吹《いぶき》山で巻狩《まきがり》を催した折、春日姫を魔物に奪われる。その行方《ゆくえ》を探して諸国を巡《めぐ》り、蓼科《たてしな》山の人穴《ひとあな》で姫を首尾よく取り戻したが、兄二郎の奸計《かんけい》で三郎は地底にとり残された。三郎は地底の国々を遍歴して維縵国《ゆいまんこく》に至り、国の主《あるじ》の末娘の婿に迎えられる。十年後、舅《しゅうと》の計らいで日本へ帰ることのできた三郎は、神々の助けを得て春日姫と再会した。三郎と春日姫は神明の法を授かって、諏訪《すわ》の上社《かみ》・下社《しも》の神と顕《あらわ》れた。二人の本地《ほんじ》は普賢菩薩《ふげんぼさつ》と千手観音《せんじゅかんのん》である。

仏や菩薩が人間の姿を借りてこの世に顕れ、俗世の苦難を味わった末に神として垂迹《すいじゃく》するという、きわめて中世的な宗教文芸である。この型の物語は御伽草子の中に『熊野《くまの》の本地』をはじめ数多くあって本地物と呼ばれる。本地物式の神の縁起を集録した古い書物に『神道集《しんとうしゅう》』十巻があり、この『諏訪の本地』と同じ話がその巻十に載っているが、『神道集』の方が叙述がくわしく、内容的にも古いと思われる。

底本としたのは天正十三年の古写本（茅野《ちの》光英氏蔵）であるが、この種の物語の古写本の通例として誤脱の個所が少なくないので、同系の寛永二年写本（京都大学蔵）によって補いながら本文を作った。なお『神道集』や、これらの諸本と別に、主人公甲賀三郎の実名を「兼家《かねいえ》」とする伝本がある。その兼家系の諸本は物語の筋に非常に大きな違いを有するが、比較すると兼家系の方が原型で、『神道集』系統のものは、その改作であろうと考えられる。

甲賀三郎の素姓

須弥山《しゅみせん》[一]より南、南閻浮提《なんえんぶだい》[二]、大日本国[三]の始めは国常立尊《くにとこたちのみこと》なり。天神《てんじん》七代、地神《ちじん》五代の末の御子《みこ》をば、鵜羽不葺合尊《うのはふきあはせずのみこと》と申しける。この尊は天下を保《たも》ち給ふこと八十三万六千四十二年なり。その御子をば神武天皇と申しけるは、人皇《にんわう》[四]の始めなり。〔神武天皇の治世は〕一百二十七年なり。この国を平《たひ》[五]らげて、ていとう[六]を和《やは》らげ、葦原《あしはら》《葦の生えた原を開拓して》の地を切り払ひて、宮室《天皇の宮殿を》を造り給ふ。綏靖《すいぜい》天皇、安寧《あんにやう》天皇、懿徳《いとく》天皇、三代の御門《みかど》、その跡《あと》に住み給ふ。孝昭《けうせう》[七]天皇の御時、近江《あふみ》[八]の国甲賀《かふか》の郡《こほり》、ちんきう[九]より五代、甲賀権守《かふかのごんのかみ》[一〇]と申す人ましましける《住んでおられた》。男《をのこ》三人持ち給へり。嫡子《ちやくし》をば甲賀の太郎諏《より》のり、二郎をば甲賀の二郎諏《より》ただ、三郎をば甲賀の三郎諏《より》[一一]方《かた》とて、三人ましましける。いづれもいづれも《父子四人ともに》、御門《みかど》[一二]の御気色《みけしき》めでたくして、とりどりありけり《それぞれ幸福に暮していた》。

一 仏教の世界観で、世界の中心にそびえ立つとする高山。頂上に帝釈天《たいしやくてん》が、半腹《はんぷく》に四天王が住むという。

二 須弥山の南方海上にある大陸。人間の住む世界でもとインドの地を想定したものであるが、ここでは日本の国をそう呼んでいる。

三 以下『日本書紀』で、天地開闢《かいびやく》の時に出現した天上の神を、国常立尊、国狭槌尊《くにのさつちの》、豊《とよ》斟渟尊《くむぬの》、埿土煮尊《ういじにの》・沙土煮尊《すいじにの》、大戸《おおと》之道尊《のじの》・大苫辺尊《おおとまべの》、面足尊《おもだるの》・惶根尊《かしこねの》、伊弉諾尊《いざなぎの》・伊弉《いざな》冉尊《みの》の七代とし、それに続き地上を治めた神を、天照《あまてらす》大神《おおみかみ》、天忍穂耳尊《あめのおしほみみの》、瓊々杵尊《ににぎの》、彦火々出見尊《ひこほほでみの》、鸕鷀《うがや》草葺不合尊《ふきあえずの》の五代とするのによる。

四 神代に対して人代となってからの歴代の天皇。

五 底本「たつらふて」とあるのを改めた。

六 「帝道」で、天子が仁徳をもって国を治める道を確立し、という意か。あるいは「帝都」で都を置く地を平定し、の意かもしれない。

七 第五代目の天皇。普通は「こうしょう」とよむ。

八 今の滋賀県。甲賀《こうか》郡はその南東部を占める。

九 未詳。『神道集』では安寧天皇の五代の孫とする。

一〇 正官に対する権官の一つ。ここは国司の次位をいう。『神道集』には甲賀郡の地頭《じとう》とある。

一一 この名は、後に諏方《すわ》大明神と顕《あらわ》れる人物であるところから名づけたのであろう。諏訪は諏方とも書く。

一二 天皇のおおぼえもたいへんよくて。「気色」は、特別に目をかけること。

三郎の父母の死

ある年の春の頃、甲賀権守、南の陣[一]に出《い》でて遠見《ゑんけん》[二]し給ひけるに、例ならぬ風の身にしみて臥し給ひければ《いつもに似ず風が身にしみて寝ついてしまわれたところ》、重き病《やまふ》[三]を受けて、七日《なのか》と申すに空《むな》しくならせ給ふ《亡くなられた》。最期の時《臨終のきわに》、三人の御子を呼びて、のたまふ《おっしゃるには》やうは、「太郎は東の門《かど》に家を建てて、東殿《ひがしどの》と呼ばるべし《呼ばれなさい》。二郎は西の門《もん》に家を建てて、西殿《にしどの》と呼ばるべし。三郎はこの家に移りて、母に添ひて、宮仕《みやづかひ》[四]ねんごろに仕《つかま》つりて、中《なか》の殿とて、母にねんごろに当るべし《母を親身になって世話しなさい》。所領[五]は、太郎は下野《しもつけ》[六]・奥州《あうしう》・常陸《ひたち》、三か国の主《ぬし》たるべし。二郎は若狭《わかさ》[七]・飛驒《ひだ》・越前《ゑちぜん》、三か国の主たるべし。三郎は惣領《そうりやう》[八]として、兄弟の仲悪《あ》しからずして《仲よくして》、万民をはごくみ《すべての民をいつくしんで》、近江《あふみ》[九]・美濃《みの》・尾張《をはり》・信濃《しなの》・三河《みかは》・遠江《とほたふみ》・伊賀《いが》の国、七か国の主としてあるべし」とて、空しくならせ給ひぬ。かくて三十五日[一〇]と申すに、北の方《かた》も、御嘆きの上に病《やまふ》を受けさせ給ひければ、面々の子どもに譲り取らせ給ひ《〔自分の財産を〕譲りなさって》、「後生《ごしやう》よくよく弔《とぶら》ひ給ふべし」とて、空しくならせ給ひぬ。三人の子ども、襖《あを》[一一]に衣《ころも》を重ねて、嘆かせ給ふことかぎりなし。さて初七日

一 「陣」は宮中で武官の出仕する所をいうのを、個人の邸宅に用いたのであろう。
二 遠くをはるかに見やること。
三 「やまひ」を「やまふ」という例はこの時代にしばしば見られる。六一頁注一六参照。
四 朝廷の御用を真心《まごころ》をもって勤めて。
五 底本「しゆりやう」とある。「受領」かもしれないが、別本によって「所領」の意と解した。領地のこと。
六 「下野」は栃木県。「奥州」は福島・宮城・岩手・青森の四県。「常陸」は茨城県北東部。
七 「若狭」は福井県南西部。「飛驒」は岐阜県東部。「越前」は福井県北半部。
八 中世の武家での一族の責任者。宗家の嫡男《ちやくなん》を任じるのが普通である。この物語でとくに三郎を惣領としたのは、伝承説話の世界では、末子が成功者となる話の多いことと関係があると思われる。
九 「近江」は滋賀県。「美濃」は岐阜県南部。「尾張」は愛知県西半部。「信濃」は長野県。「三河」は愛知県南部。「遠江」は静岡県西部。「伊賀」は三重県北部。
一〇 死後、七日目ごとに供養《くよう》をするが、特に三十五日と四十九日とには、ていねいに仏事を営んだ。
一一 「襖」は上に着る給《あわせ》の衣。襖の上に衣を重ねるとは物事が重なることのたとえ。「不幸が重なって」の意。底本には「哀を重ねて」とあるのを改めた。

よりはじめて、第三年[一二]まで孝養《けうやう》[一三]怠らず。

三郎、春日姫と結婚

かくて四年と申す春の頃、甲賀の三郎諏方《よりかた》、都へ上《のぼ》りて、御門《天皇にお》の見参《目にかかると》に参りしかば、《(御門)》「しばらく都にあるべし」とありければ、三年都におはしけり。昼はひめもす[一四]に、夜はよもすがら《夜どおし》、御門の宮仕《みやづか》ひ申し給ひけり。四年と申す二月、御いとま申し《帝におひまを願って》、下りけるに《国へ下るときに》、大和守《やまとのかみ》[一五]になされ、北陸道《ほくろくだう》[一六]のそうしや[一七]を賜《たま》はり、諏方喜び給ひて、北国はまづおくとて《後回しにすることにして》、大和《やまと》の国へぞ入り給ふ。ここに春日権守《かすがのごんのかみ》[一八]、国司を《(屋形に)》入れたてまつりて、もてなしたてまつるところに《大事なお客として歓待したが》、《(諏方は)》都より出でて、大和の国を賜はりければ、諏方よろこび[一九]のために、春日の社《やしろ》[二〇]へ参りて七日《なのか》の御神楽《みかぐら》あり。ひとりの宮の子[二一]と申しけるは、春日権守の娘なり。その娘をば春日《かすが》姫と申して、年十七にならせ給ふ。かの《その》春日姫と申すは、詩歌管絃《しいかくわんげん》の上手、また芙蓉《ふよう》[二二]の眦《まなじり》なめらかに、青黛《せいたい》[二三]に紅顔、雪の肌《はだへ》いつくしくして、三千世界[二四]に並びなき美人なり。この春日姫の形、何に譬《たと》へん方《かた》もなし。諏方[二五]の「女房《にようばう》はいかなる人ぞ」と

一二 死後、満二年目の命日（一周忌の翌年）のこと。
一三 亡き親のために供養をすること。
一四 「ひねもす」「ひねむす」「ひめもそ」ともいう。朝から夕まで終日の意。
一五 大和の国の国司。
一六 日本海沿いの、若狭・越前・加賀・能登・越中・越後・佐渡の七カ国の総称。
一七 未詳。『神道集』では、三郎は父から東海道十五カ国の総追捕使《そうついぶし》（鎌倉幕府の初期に諸国に置かれた職制）を与えられたとある。
一八 大和の国春日郷（現在の奈良市の中心部）の豪族ということであろう。
一九 任官などの慶事に際してのお礼の意。
二〇 奈良市春日山の西麓《せいろく》にある春日大社。
二一 未詳。五節《ごせち》の舞の時に、火取《ひとり》（香をたくのに使う香炉）を持って舞姫の先に立つ童女を「火取の童《わらわ》」という。そのような役のことであろうか。
二二 「芙蓉」は蓮の花の異称。蓮の花のように清らかで涼しげな目もと。
二三 青いまゆずみに、血色のよい美しい顔。
二四 仏教の世界観でいう全宇宙のこと。
二五 京大本では「諏方、かの女房に向ひて、いかなる人ぞ、と尋ね給へば」とあり、文意がよく通じる。

春日姫、神隠しにあう

尋ね給へば、春日権守承つて、「いへたか[一]の孫にて候ふ」と申されければ、諏方おほきに喜びて、この姫君を請《こ》ひ（妻にと願って）たてまつりて、甲賀の館《たち》へぞ帰りける。この姫君を一日[二]も見たてまつり給はぬ時は、百（百日）日千日の間ぞと思ひ給ひけり（千日も会わないでいるような思いをされた）。

かくて五年と申す三月の頃、伊吹《いぶき》[三]の嶽《たけ》にて七日の巻狩《まきがり》[四]あり。北の（春日）方を引き具し参らせ（姫を一緒に引き連れ申して）、山に仮屋（仮小屋）を造らせて置きたてまつり、鹿《しか》をば北の方の御前《おまへ》へ巻き下《くだ》して、射て見せたてまつる。さて太郎殿も二郎殿も同道せられけり。かれこれに（あれこれと合わせて）一千余騎の御勢《せい》なり。いづれもいづれも北の方の興に参り（春日姫を喜ばせ）、大和守（諏方の）の御感《ぎよかん》[五]にあづからん（おほめを頂こうとした）とする。七日も過ぎければ、（諏方）「今は帰らん」とのたまひけるに、上の山より、大鹿七つ八つ連れて下りければ、今一日とて八日の巻狩[六]なり。諏方（諏方は）の見物のために上の山へ登りけるに、その後俄《あとには》かに辻風《つじかぜ》[七]吹き来たりて、北の方の屋形《やかた》[八]の上へ美しき草紙[九]を三帖《でふ》[一〇]吹き入れたり。これを取りて御覧ずるところに、この草紙三人の児《ちご》[一一]となり、北の方を引き具

一 「いへたか」は春日権守の名。京大本では「いへただ」、『神道集』では保成とある。
二 片時もそばを離さないほどに姫を寵愛《ちようあい》したことをいう。
三 滋賀と岐阜の県境にある伊吹山地の主峰。日本武尊《やまとたけるのみこと》が東征の帰途、あらぶる神のたたりを受けたという伝説や、酒顛童子《しゆてん》が住処《すみか》とした話が伝わるなど、霊山として畏怖《いふ》されていた山である。
四 狩場を四方から取り巻いて、獣を中に追いつめて捕える狩りのこと。
五 貴人が感心したり、満足したりすること。
六 狩りを一日のばしたために大事が起ったわけであるが、狩りには一定の期間があって、それをみだりに変えることを忌む風習があったのかもしれない。
七 渦巻くように吹き起る強い風。「つむじ風」と同じ。
八 貴人の宿所や邸宅。ここは山中の仮屋をさす。
九 巻物に対して、紙を綴じ合せた体裁の本をいう場合と、物語・日記・歌書など和文の書物の総称として使われる場合とがある。
一〇「帖」は折本を数えるのに用いる接尾語。
一一 童子、小児のこと。
＊ 諏訪の神と顕れる人物が甲賀の豪族であることはこの物語の生れた故郷を暗示するのであろうといわれていたが、事実、甲賀地方には、今も甲賀三

したてまつりて、辰巳《たつみ》方《かた》[一二]へぞ失《う》せにけり。軍兵《ぐんぴやう》ども色失ひ（顔色を変え）、心をまどはかして（途方に暮れて）、この由を申しければ、諏方急ぎ下りて、屋形のまはりを尋ねさせ給へども、見えさせ給はず。「八日巻狩も何ならず（何にもならない）。命（姫を）失っては生きても何せん（生きているかいもない）」と、もだえこがれ給へども（身もだえして泣き悲しんだが）甲斐《かひ》ぞなき。諏方のおほせには、「命をかぎりに尋ぬべし（命のあるかぎりは行くえをさがそう）」とて、春日権守のところへ行きて、かやうの次第《しだい》を語り給へば、権守〔驚きのあまり〕とかくの返事もし給はず（なんともお返事をなさらない）。涙を流し給ひ、ややありて、「山々谷々をも尋ねさせ給へ。人もや候ふらん（姫が見つかるかもしれません）」とのたまへば、諏方「さん候《ざうら》ふ[一三]。日本《につぽん》は申すにおよばず。唐土《たうど》[一四]・天竺《てんぢく》・新羅《しんら》[一五]・百済《はくさい》・高麗《かうらい》までも、命をかぎりに尋ねべし[一六]」とのたまへば、権守もたのもしくぞ思はれける。

三郎、春日社に祈請

その後《のち》、精進潔斎《しやうじんけつさい》[一七]して春日の社《やしろ》へ参りて、七日の御《み》神楽《かぐら》参らせて（奉納して）、(諏方)「魔王に取られても、姫君安穏《あんをん》に守《まぼ》らせ給へ」と、祈請を深く申し（一所懸命に祈願すると）給へば、大明神《だいみやうじん》[一八]御《ご》納受《なふじう》[一九]を垂れさせ給ひて、「不食飽満《ふしよくはうまん》[二〇]と申す玉を甲賀の三郎に取らせよ」とありければ、おのおの喜びをなして、これ

郎兼家の子孫と称する系図を伝える家が諸所に存して、兼家系の物語が中世の古い頃からこの地方で伝承されていたことが、福田晃氏の実地調査によって明らかになってきた（『甲賀三郎の後胤《こういん》』国学院雑誌第六十三巻六・七号）。想像するに、諏訪信仰の勢力圏が甲賀地方にまで及んだ時に、そこで行われていた甲賀三郎物語を、諏訪の縁起を説く本地物語に改作したのではなかったか。

一二 十二支《し》で表した方角の名の一つで、辰《たつ》と巳《み》との間の方角。東南をいう。

一三「さにさうらふ」の変化した語。応答の言葉。さようでございます。はい。

一四「唐土」は中国、「天竺」はインドの古称。

一五「新羅《しらぎ》」「百済《くだら》」「高麗」は古代の朝鮮半島を三分していた国名。

一六 推量の助動詞「べし」は、活用語の終止形に付くのが文語文法の法則であるが、室町時代以後、二段活用の動詞の連用形に付く例が多くなってくる。

一七 神仏に詣《もう》でる前に、一定期間、言葉や、行いや、飲食を慎み、身を清めること。

一八 神の徳を尊崇していう語。

一九「納受を垂れる」は、神仏が祈願を聞き入れること。「のうじゅ」とも「のうじゅう」ともいう。

二〇 底本「ふそくはうまん」。京大本によって改めた。何も食べずにいても常に腹が満ち足りているという咒《じゅ》力《りょく》をもった玉。

を賜はり給ひける。その後、権守のたまひけるは、「七日の巻狩に、[一]いかに鹿《しし》多く取らせて御座《ご ざ》候ひつらん」とありければ、(三郎)「わづか二《たかだか二》三百取られて候ふ《三百頭しか取れませんでした》」と答へ給へば、「さて兄弟三人の中には、弓勢《ゆんぜい》[二]いづれか増しておはするぞ《どなたがすぐれていらっしゃいますか》」と問ひ給へば、太郎殿この由を聞こしめして、のたまひけるは、「諏《より》[三]のりは二《に》[四]人張《にんばり》に十三[五]束《ぞく》にて候ふ。二郎は三人張《さんにんばり》に十四束《そく》にて候ふ。三郎は弓におきても兄弟一の精兵《せいびやう》[六]、また七日の狩りにも、鹿《しし》を射候ふ矢数も一番」と答へ給へば、まことに物たのもしげにぞ思はれける《たのみになる男だとお思いになった》。

さるほどに《そうしているうちに》、夜もやうやうに明けければ、諏方《よりかた》出で立ち物《もの》[七]の具《ぐ》して、「権守も連れたてまつりたりと、おぼしめし候へ」[八]と、暇《いとま》乞ひてぞ立たれける。さて春日に参り《春日の社に参詣して》、その後は、兄の殿ばら[九]たちに申されけるは、「面々これまでの御入り《お二人ともにここまで一緒においで下さって》、かしこまり入り候ふ《恐れ入ります》。これより御帰り候へ。とくとくまかり帰り《私は姫をすぐに見つけ出して帰り》、御目にかかるべし」とのたまひければ《辞退したが》《いって》、兄殿ばらたちも、いづれも《二人ともに》、いづれまでも尋ね給へば《どこまでも一緒に尋ねようというので》、

一 鹿をどれほど多くお取りになりましたか。「鹿《しし》」は、古く肉のことを「しし」といい、転じて、猪や鹿など、食用にする獣をいうようにもなった。「御座候ふ」は、補助動詞「あり」「をり」の尊敬語。敬語の「おはします」に「御座」と漢字をあて、それを音読してできた語。鎌倉時代から使われはじめた。

二 弓を射る力の強さ。

三 太郎殿の実名。

四 二人がかりで弦《つる》を掛ける強い弓。

五 「束《そく》」は矢の長さをはかる単位で、一にぎり分(約七・五センチ)の長さをいう。標準の矢は十二束。

六 弓を射る力の強い武者。

七 鎧《よろい》・兜《かぶと》などの武具を身に着けること。

三郎、諸国の山々を遍歴

八 京大本では、「権守に申されけるは、今度まかり出でてよりして、命生きて帰り候はば、姫君も具《ぐ》して参りたりとおぼしめし候へ」とある。ここの文も、父上も、私が帰ってきた時には、姫をお連れしたものと思って下さい(姫を見つけ出さないうちは帰りません)の意であろう。

九 武士などの男子を敬っていう語。「ばら」は複数を表す接尾語。

一〇 京都市の北東、滋賀県との境にある比叡《ひえい》山。

一一 奈良県桜井市の三輪山。底本「やまと」三字脱。

その勢五百余騎にて尋ね給ふところは、[一〇]山城《やましろ》の国には比叡《ひえ》の大嶽《おほたけ》、[一一]大和《やまと》の国には三室《みむろ》の嶽、[一二]河内《かはち》の国にはいなたの嶽、[一三]和泉《いづみ》の国にはふくの大嶽、[一四]紀伊《きい》の国には金峰山《きんぽうせん》、吉野の嶽、[一五]伊賀《いが》の国には鈴鹿《すずか》の嶽、[一六]伊勢の国にはあひつの嶽、[一七]筑紫《つくし》には彦根《ひこね》の嶽を、尋ねめぐり給へども、恋しき人には逢ひ給はず。今は[一八]坂東《ばんどう》へ下るべしとて、北陸道《ほくろくだう》にかかりて、[一九]越前の国には海津のゆらの山、[二〇]越《こし》の白根《しろね》、越中の立山、[二一]佐渡の国にはほくさんの嶽、[二二]越後の国にはたつこくが岩屋、常陸《ひたち》の国には筑波《つくば》の嶽、下野《しもつけ》の国には日光山、上野《かうづけ》の国には赤城《あかぎ》・伊香保《いかほ》の嶽、信濃《しなの》の国には浅間《あさま》の嶽、[二三]仁科《にしな》・妙見《めうけん》・ひかる山の大嶽、[二四]甲斐《かひ》の国には白根《しろね》の嶽、相模《さがみ》の国には、伊豆・箱根・[二五]まかたの嶽、伊豆の国にはからの[二六]大嶽、駿河《するが》の国には富士の高根《たかね》を、めぐり給へども、恋しき人はましまさず。

三郎、蓼科山の人穴に入る

今は力及ばず。いづくを尋ねべきと（[二七]探したらよいかと）、嘆き給ふところに、御傅人《めのと》[二八]の宮内《くない》の判官《はんぐわん》[二九]申すやう、「まことにや（真偽は知りませんが）、承り候へば（聞くところによると）、信濃の国に蓼《たて》[三〇]

一三 大阪府中東部。「いなたの嶽」は未詳。京大本には「河内国には藤井の大嶽」とある。
一三 大阪府南部。「ふくの大嶽」未詳。
一四 奈良県南部の大峰山と吉野山。
一五 三重県北部の鈴鹿山。
一六 三重県中部。「あひつの嶽」未詳。
一七 福岡県と大分県の境にある英彦山《ひこさん》。
一八 関東地方の古称。足柄《あしがら》峠、碓氷《うすい》峠の坂の東の意。
一九 琵琶湖北岸の「海津」か。「ゆらの山」は未詳。
二〇 石川県と岐阜県の境にそびえる白山《はくさん》の異称。
二一 新潟県佐渡ガ島。「ほくさんの嶽」未詳。底本「とさの国」とあるのを改めた。
二二 岩手県に達谷窟《たつこくのいわや》がある。越後（新潟県）のは未詳。『神道集』では「陸奥国ニハ達谷岩屋」とある。
二三 「仁科」は長野県大町の古名。「妙見山」は各地にあるが、信濃のそれは未詳。「ひかる山」も未詳。
二四 山梨・長野・静岡の三県境にある。白根山《しらねさん》。
二五 駒形《こまがた》の嶽の誤写か。『神道集』には「駒形御嶽」。
二六 未詳。
二七 二五五頁注一六参照。
二八 男性で貴人の子を養育する任に当る人。後見。
二九 律令制の官制で、第三等官の総称。特に検非違使《けびいし》である衛門尉《えもんのじょう》をいう。
三〇 長野県茅野《ちの》市と北佐久郡立科町の境にある北八ガ岳の北端の山。

科《しな》の嶽と申して、恐ろしき山あり。その南に楠《くすのき》三本候ふ。この木のもとに大きなる人穴《ひとあな》[一]あり。これこそ怪しく候へ」と申しければ、諏方喜び給ひて、「さらば信濃へ越えべし《行ってみよう》」[二]とて、蓼科の嶽へぞ着き給ふ。諏方この人穴を御覧ずるに、まことに恐ろしくて、人間の通ふべしともおぼえず《とても人間が入れるとは思えない》。兵《つはもの》におほせて、藤を多く用意して、籠《かご》を作らせて、綱《つな》を七つ八つ付けさせ給ひて、籠に入れて、綱を三百人の人に取らせて、降《お》り給ひけり。諏方のたまひけるは、「幾日《いくか》にても《何日かかっても》、この綱を働かさん時《引いて動かした時》、吊《つ》り上げよ」と約束して、右の手には、けんとうは[三]といふ剣《つるぎ》を持ち給ふ。この剣は日本一の剣なり。左の手には、春日の宮より賜はりたる不食飽満《ふしよくはうまん》を持ち給ふ。この玉五[四]つの徳あり。一に物食はねども《何も食べなくても》ひだるからず《ひもじいことがない》。二には物着ねども寒からず。三には火に入れども熱からず。四には水に入れども濡《ぬ》れず。五には魔王に行き逢へども見つけられず。この徳を持ちたる玉なり。この玉故《ゆゑ》に穴をもやすく過ぎ給ひけり《やすやすと通ることができた》。この人穴の遠さ、三十四五[五]町ばかり

一 火山の麓《ふもと》などにある洞穴《ほらあな》。

二 二五五頁注一六の「尋ねべし」と同じ語法。

＊ 甲賀三郎が春日姫を求めてめぐる国々は、本書では十九カ国であるが、『神道集』では日本全国六十八カ国にわたって一々に山の名を挙げ、国尽し山尽しを展開する。それも耳慣れない山の名が多く、中には豊後《ぶんご》の詐《いつわ》り山、肥前の譏《たばか》り御嶽、日向《ひゅうが》の嘲《あざけ》るの御嶽など、ふざけた名が出てくる。この本地物語の語り手は、おそらく諸国回歴の修験者などであろうが、地理知識を見せるとともに、聴き手が退屈しないように適当に遊びを交えたのであろう。本書をはじめとする『神道集』系の『諏訪の本地』の諸本は皆、この部分を簡略に縮めてしまっている。

三 明らかでないが、あるいは「剣頭刃《けんとうば》」か。両刃の剣の切先《きっさき》のように先端を三角形にとがらせた形状のものを「剣頭」ということがある。京大本「けんとうかたな」。『神道集』では日光剣を持って人穴に入り、その剣の光で穴の中が明るくなったとある。

四 底本「五つ」の二字脱。京大本によって補う。

五 一町は六十間《けん》（約一〇九メートル）。「町」は面積の単位としても使われる。

入りて、畳石《たたみいし》[六]の上に落ちつき給ふ。内は暗けれども、玉と剣の光にて明るくこそありけれ。奥を見んとて[七]、東へ向きて道あり。籠より降りて、二里[八]ばかり行きて道あり。橋を過ぎて見給へば、大きなる池あり。汀《みぎは》には松杉あり。その中に大きなる御堂《みだう》あり。御堂には丈《ぢやう》[九]六《ろく》の仏九体《ほとけくたい》立ち給ふ。三重の多宝《たほう》[一〇]の塔あり。竹の林あり。竹の中に細道を過ぎて見給へば、八棟《やつむね》[一一]造りの檜皮葺《ひはだぶき》[一二]の家あり。縁に登りて見給へども、咎《とが》むる人もなし。遠侍《とほさぶらひ》[一三]の方《かた》より、出居《でゐ》[一四]の方へ入りて見給へども人もなし。不思議に思ひて、西の間《ま》の障子をあけて見給へば、〔春日姫が〕涙と共に読誦《どくじゅ》[一五]して居給へり。

三郎、春日姫を発見

三郎殿喜び給ひて、急ぎ立ち寄り、「諏方こそただ今これまで参りて候へ」とのたまへば、姫君この由聞き給ひて、急ぎ立ち出で、袂《たもと》に取りつき、「これは夢か現《うつつ》か。おぼつかなや《とても本当とは思われませんと》」とて、涙を流し給ふことかぎりなし。諏方も御涙せきあへず《喜びの涙をこらえきれず》、ふしまろびておはし《転げまわりたいほどでいらっ》ますが《しゃったが》、ややありて諏方のたまふは、「この国をばいかなる国と申

六 平らな石を敷きつめた石畳のこと。
七 奥を見ようと思って、目をこらすと。京大本では「穴の奥を見給へば、東へ向ひて道あり」とある。
八 古くは六町（約六五〇メートル）を一里としたが、平安時代ごろから上方《かみがた》・西国《さいごく》では三十六町（約三・九キロ）を一里とし、江戸時代まで両者が混用されていた。ここはおそらく六町一里の方であろう。
九 一丈六尺（約四・八五メートル）の略。仏像の標準的な高さとされる。
一〇 多宝如来《にょらい》を安置した塔。釈迦《しゃか》が法華経《ほけきょう》を説いた時七宝の塔を出現させて説法を讃嘆《さんたん》したということに基づいて作られた。
一一 屋根の形が複雑で棟がいくつもある建物。必ずしも八つに限らない。
一二 檜《ひのき》・杉・椹《さわら》などの樹皮で葺いた屋根。
一三 武家の屋敷で、主殿から離れた所に設けられた警固の武士の詰所。
一四 来客を接待する部屋。
一五 声を出して経文《きょうもん》を読むこと。読経《どきょう》。

す。主《ぬし》は何方《いづかた》へ」とのたまふ。（春日姫）「この国をばおんき国[一]とやらん申し候ふ。主は折節《をりふし》唐土《たうど》へ、御門《みかど》のしうのかうきよくの姫[二]を、みめよき（器量がよいと）とて（聞いて）取りに行きぬ」と語り給へば、（三郎）「よき隙《ひま》なり（機会だ）。急ぎ行くべし（急いで帰ろう）」とて、姫君を肩に引き掛け参らせて、もとの道へ帰り、もとのごとく畳石の上にて、籠の綱をゆるがし給へば、その時吊り上げ参らせける。穴の上にて、穴の奥の不思議なる様《やう》を語り給ふ（話しておいでになる時に）ところに、姫君のたまふやう、「あまり急ぐとて、金泥《こんでい》[三]の薬師《やくし》経、大国[四]にてもてあそぶ遊仙窟《いうせんくつ》[五]といふ文《ふみ》、みづからために宝にて（わたくしにとっては大切な宝物の）はんべる唐《から》[六]の鏡、春日権守より賜はつて候《そろ》[七]面影《おもかげ》[八]といふ草紙を、取り忘れてはんべる。いかがせん」と嘆き給ふ。三郎殿、「やすきことなり。もとのごとく籠を降ろすべし」とて、また穴の底へぞ入り給ふ。

後《あと》[九]に甲賀の二郎、内々思はれけるは、「同じ子とながら（同じ兄弟でありながら）、三郎に（弟の三郎の下になっているのは）世を越されぬること安からぬ（しゃくだ）」と思ひ給ふ折節、また春日姫を見たてまつり、日頃存ずる旨なれば（前から心に思っていることなので）、よきついでに三郎を失ひ（殺して）、この姫

二郎、三郎を人穴にとじこめ春日姫を奪う

一 未詳。京大本には「御きこく」とある。「御鬼国」の意であろうか。
二 未詳。「しう」は「周」か。京大本「しうのかうわうの姫君」とある。それならば「周の皇王」の意と解せる。
三 金泥《きんでい》（金粉を膠水《こうすい》で溶かしたもの）を使って書いた薬師経。薬師経は薬師如来の本願と功徳《くどく》を説いた経典の一般的な呼称。
四 中国で人々がなぐさみの読物としている。古くは中国をさして「大国」といった。
五 唐の張文成《ちょうぶんせい》の作った伝奇小説。中国では早く散逸《さんいつ》したが、日本には八世紀初頭に伝来し、万葉歌人たち以来、多くの人に愛読された。底本には「ゆふせひくわん」とある。京大本によって改めた。
六 中国伝来の上等の鏡。
七 「候《そうろう》」が変化した「そろ」は、室町時代に盛んに使われた。
八 底本「おりかけ」。京大本によって改めた。万治三年（一六六〇）刊の『おもかげ物語』という御伽草子があるが、それほど古い作品かどうかは疑問。『神道集』では、「面景ト云フ唐ノ鏡」とある。
九 底本「あなに」とあるが「あとに」の誤写として改めた。京大本は「爰《ここ》に」とある。

君をも取らんと心をかけ給ふあひだ《奪い取ろうという気持が起ってきたので》、兄の太郎殿に会ひて、「日頃《前から》存ずる旨にて候ふ《心に思っていたことですが》。三郎に上を越され無念には候ふ。よきついでに失ひ候はん」とのたまひければ、太郎殿、この由を聞き給ひて、「いづれも弟なれば、誰をかわけて思ふべき《どちらをひいきすることもできない》。まことに候はば《本当にその気ならば》、身は奥[一〇]に所領候へば下るべし」とて帰らせ給ひぬ。さて甲賀の二郎諏《より》ただ、三郎殿の傅人《めのと》の宮内《くない》の判官家頼《はんぐわんいへより》が首を斬《き》らせ給ひけり。以下《いげ》[一一]の者どもは、「いづれも《二郎様も三郎様も》一家《け》の御主《しゆう》にてわたらせ給へば、従ひたてまつらん」とぞ申しける。さて七つ八つの綱を切り落して、春日姫を引き具して帰られけり。

さて姫君に会ひて、おほせられけるは、「今日《こんにち》よりして三郎がことを忘れて、諏ただに夫妻の契りあるべし《私と夫婦の約束をなさって下さい》」とのたまへば、姫君、「情けなくもおほせ候ふものかな。皆人《みなひと》[一二]の心は世の習ひなれば、うちとくることもあるべし。われにおいては、おこと[一三]をば情けなき人と思ひたてまつるあひだ、ゆめゆめその儀あるべからず《決してそなたの妻になることなどできません》。みづから

＊兼家系の物語では、甲賀兄弟の山廻《めぐ》りは春日《かすが》姫を尋ねてではなく、海と山のどちらに恐ろしい魔物が住むかという議論が発端となって、怪物探しをするためであった。そして若狭《わかさ》の高懸山で魔王に出会い、三郎が射た矢で傷ついた魔王の後を追って人穴に入ったところ、奥に閉じこめられていた一人の姫君を発見する。その姫君は一条大納言の嫡女《ちやくじよ》と名のるが、後に実は三輪の姫宮大明神であったことが明かされ、兼家系物語の成立と、神道集系の『諏訪の本地』の性格を考える重要な鍵となるのである。

一〇「道の奥」の意で、奥州のこと。太郎は父から、下野《しもつけ》・奥州《おうしゆう》・常陸《ひたち》の三カ国を与えられたとある（二五二頁参照）。ここも底本は「しゆりやう」。

一一 それ以下の身分の低い三郎の家来たち。「イゲノモノ」（『日葡《にっぽ》』）。

二郎、春日姫に言い寄る

一二 すべて人の心は時に応じて変るのが世の中の習いですから、ほかの人なら、あなたに心を許すこともあるでしょう。

一三 対称の代名詞。男に対しても、女に対しても用いた。そなた。

は、すでに文書《ぶんじよ》[一]を読むことその数を知らず。しかれば文《ふみ》[二]の道を守《まぼ》りはんべるなり。おことはよも知り給はじ。『賢人二君《じくん》[三]に仕へず。貞《てい》女両夫《ぢよりやうふ》に目見《まみ》えず』とこそ見えて候へ《古い書物にあります》。その上恋しきと思ひつるを《恋しく思っている夫をそなた》失はれ《に殺されて》参らせ、何の情けかあるべき《なんで愛情がわきましょうか》」とて、つひに従ひ給はず。

甲賀の二郎、腹を立ってのたまふやうは、「色あって味なしとは[四]、これ体《てい》のことをや言ふべき」とて《こんな女のことを言うのだろうといって》、「みのをの浦[五]といふ所にて斬《き》れ」とて出だしたてまつる。山田の左近家成《さこんいへなり》と申す者、主命《しゆうめい》なれば、引き具したてまつりて出でにけり。姫君はあへて泣き給はず《少しもお泣きにならない》。武士《もののふ》にしばらく暇《いとま》を乞ひて、法華経《ほけきやう》の六の巻を半巻ばかり読誦《どくじゆ》して、落つる涙を押へて、のたまひけるは、「そもそもこの法華経は、一偈《げ》[六]一句誦《じゆ》し、読誦は申すに及ばず。五十展転随喜功徳《てんてんずいきくどく》[七]と承り候へば、みづからこそ剣《つるぎ》の先に掛かるとも、後生《ごしやう》は疑ひよもあらじ《極楽往生は疑いありますまい》」とて西に向ひ、のたまひけるは、「人穴《ひとあな》に入り給ひし甲賀の三郎殿もろ共に、一仏《いちぶつ》[八]浄土へ迎ひ取らせ給へ」と祈り給へば、太刀《たち》取り、後ろへ回り

一 書きもの。ここは人の道を教える書物をさす。「ブンジョ」（『日葡』）。

二 学問の道。ここは儒教の教えをいう。
三 『史記《しき》』に「忠臣は二君につかへず、貞女は二夫《じふ》をあらためず」とある。

春日姫、危難を逃れる

四 『神道集』には「色有ル菓《コノミ》ノ味無シトハ」とある。「色の美しい果物には味がない」という諺《ことわざ》があったのであろう。ここは容色は美しくても、女としての味がないの意。
五 近江の国（滋賀県）坂田郡（琵琶湖の西岸）に「箕《みの》浦《うら》」があるが、そこかどうかは分らない。『神道集』には「近江ノ水海ノ北ノ岸、戸蔵山ノ麓」とある。
六 一つの偈（経の中で詩の形式をとって仏徳を讃嘆《さんだん》した部分）一つの句を唱えるだけでも、その功徳《くどく》の大きいことは言うまでもありません。
七 それを伝え聞いた五十人目の人でも、なお大きな功徳を受けると聞いておりますから。「五十展転」は、法華経が人から人へと伝えられて五十人目に及ぶこと。
八 一体の仏の浄土。特に阿弥陀仏の極楽浄土の称。

けるところに、法華経の十羅刹女《じふらせつによ》[九]の助けにやありけん《が守ってくれたのであろうか》。吉田の兵衛《ひやうゑ》家長《いへなが》といふ者、その勢三百余騎にて寄せ来たり、「君《姫君》の御首をば、いかなる者か賜はる《何者が頂こうとしているのか》」とて、馬より飛んで下りて言ふやう、「わが君は御辺《ごへん》[一〇]には親の敵《かたき》か子の敵か」と言ひければ、山田の二郎[一一]家成申すやう、「それがしも心なき者にてもなし《わたくしも情けを知らぬ者ではありません》。主命背《そむ》きがたきによりてなり」と答へければ、「わが君させる咎《とが》もましまさず《姫君にはこれといった過ちもおありにならない》。これほどに、才覚、みめかたち人にすぐれて、天下の宝にておはします人を《この世にまたとないほどの方でいらっしゃるのに》」とて、語り合せて《二人が相談して》助けたてまつり、さて春日権守[一二]の宿所へ入れたてまつり、一門同心に宮仕ひ申しければ《一族が一つ心になって春日姫を守護したので》、諏《より》ただこの由を聞きて、腹を立ち給へども、力及ばず。

春日姫、親許へ身を寄せる

さて春日権守のたまひけるは、「まことに無念のことなり。また婿の敵《かたき》なり。いかでか討たであるべき《どうして敵討ちをしないでいられようか》」とて、その勢一千余騎を催し給ふ。その時春日姫のたまひけるは、「さなきだに《そうでなくても》女は罪深き者[一三]と承り候ふ。一人の事に多くの人を失はんこと、末の露、本《もと》の雫《しづく》[一四]と

九 法華経の信者を守護すると説かれている十人の鬼女。
一〇 対称の代名詞。武士が同輩か、やや目上に対して用いる。
一一 前頁には山田の左近家成とあった。
＊ 平安末期の『和歌童蒙抄《わかどうもうしよう》』に、伊勢の国の猟師が山中で出会った鬼を退治し、鬼の塚に捕《とら》われていた三輪の神女を助けたという説話が、『古今集』巻十八の「わが庵《いほ》は三輪の山もと恋ひしくは訪《とぶら》ひ来ませ杉立てる門《かど》」の歌の注釈として引かれている。兼家系物語の姫君救出談がこの三輪神説話によったことは明らかである。中世の三輪を支配していたのは醍醐《だいご》三宝院を本寺とする熊野修験であったことから考えて、甲賀三郎物語の原型は、三輪信仰を説く熊野修験の手に成ったのではないかと推測できるのである。
一二 大和の国の、春日姫の父の家へ送り届けたということ。
一三 法華経に、女には五障《ごしよう》の罪があると説かれ、宿命的に罪深いものと考えられていた。
一四 草木の葉末の露と根元の雫。ともに消えやすいものであるところから、人の命のはかないことにたとえる。私も遅かれ早かれ死ぬ身ですから、その時に殺生《せつしよう》の罪をどうしたらよいでしょうか。

なる習ひなれば、わが罪業《ざいごふ》いかがせん。ただ菩提《ぼだい》[一]をとひたてまつらん」と嘆かせ給へば、「ことわりなり」《(権守)それは道理です》とて、とどまり《〔敵討ちを〕》給ひぬ。[二]春日姫はその日より春日の御社に籠《こも》りて、「甲賀《かふか》の三郎殿に今一度生きての対面あらせ給へ」とて祈り給ふ。その故《ゆゑ》にや、この姫君命も《長生き》永く《をして》して、つひに会ひ給ひけるこそ不思議なれ。

しかるに甲賀の三郎殿、ありつる《さきほどの》穴の底にて、畳石《たたみいし》の上に来たりて見給へば、籠《かご》の綱は切り落されぬ。こはいかにとて、天に仰ぎ地に伏して、嘆き給ふことかぎりなし。さてあるべきにあらぬ《そうしていてもしかたないので》あひだ、御堂のあるに《そこにあるみ堂で》念誦《ねんじゅ》して、後生善所《ごしやうぜんしょ》[三]祈り、思はれけるは、「女に心許《女に心を許し》すまじきもの《てはいけないなあ》。太郎殿か二郎殿に心を掛けて、諏方《よりかた》を思ひ捨てけるよ」と嘆かせ給ひける。またうち返し思ひ給ふ《すぐに思いなおしなさる》。「されども、さやうのことあらじ。いかさま春日姫にふける《きっと春日姫に心を奪われた》二郎殿はからひに《二郎のはかりごとで》、かや《こんな》うにせられけるよ《ひどいことをしたのだろう》」と思ひ給ふ。

さるほどに、あるべきにあらざれば《そうしていてもしかたないので》、足にまかせて東の方《かた》へ行き

一 梵語《ぼんご》の音訳。煩悩を断って得られた悟りの智恵。転じて、死後の冥福をいう。死んだ夫の冥福を祈って供養をしましょう。

二 底本「給へぬ」とあるのを改めた。

三 来世で極楽浄土へ生れ変ること。底本には「こしやうせんしやう」とある。

甲賀三郎の地底遍歴

＊ 甲賀三郎は七十二の人穴を過ぎて地底の国々を遍歴した末に維縵《ゆいまん》国に至った。しかし実際には、はじめの三カ国について述べるだけであるが、これも『神道集』では十一の国々を挙げている。それも一つの国について、人穴の通過、その国の情景、国人との問答、国人の饗応《きょうおう》、別れに際しての和歌の贈答、の順序で同じような叙述を十一回繰り返すのである。前の山廻《めぐ》りの条と共に、同一形式の文を飽きることなく反覆するのは『神道集』の「諏訪縁起」の著しい特徴をなしている。ただ『神道集』に語られている十一の国々の情景は、早苗《さなえ》取や田草刈や稲刈といったように、四季それぞれに配して変化をもたせているものの、農村のありふれた光景を繰り返すだけで、ひどく単調な描写である。少しも異郷らしいところがなく、想像力には乏しいといわなければならない。兼家系の物語では、維縵国に至るまでの国々のことは語られていない。この部分は新たな付加であったようである。

て見給へば、辰巳《たつみ》方《かた》[四]へ道あり。それへ行きて見給へば、大きなる人穴あり。十町ばかり行きて見れば国あり。夏の頃とおぼしくて、田[五]の草取りて、甲賀の三郎、「これはいかなる国ぞ」と問ひ給へば、「かうひんの国[六]と申す。この国を東へ行き給へ」と教へければ、そのごとく東へ行きて見給へば、秋の頃とおぼしくて、稲刈る国あり。三郎殿、「いかなる国ぞ」と問ひ給へば、「かうちやう国[七]」と申すなり。その国を北へ向つて道あり。それを行くほどに、また大きなる人穴あり。それを四五十町ばかり行きて見給へば、早苗《さなへ》取る国あり。三郎殿、「これはいづく《ここはどこですか》」と問ひ給へば、人々見申して、「この国へは、日本《につぽん》の人は様《さま》[八]を変へてこそ来たるに、様を変へず来たること不思議さよ。ただ人ならず。とくとく通すべし《すぐに通してやりなさい》」と語る。かくのごとく七十二の人穴を過ぎて、大きなる国へ出でて見給へば、その国は秋の頃かとおぼしくて、木々の梢《こずゑ》薄紅葉《うすもみぢ》して、鹿の音《ね》、虫の音、声声に鳴く[九]有様も、わが身の上も心細く、悲しからず《何もかもが心を悲しませる》といふことなし。

四 東南の方角。二五五頁注一二参照。

五 京大本「田の草取るところなるに」とある。田の草取りをしていたので、その人たちに尋ねたということであろう。

六 『神道集』に「好賓国」とある。

七 『神道集』には該当する国名を見出せない。

八 後に甲賀三郎が維縵国から地上へ帰ることができた時、蛇身の姿になっていたとある。地底の国へは蛇形でなければ往来できなかったというのであろう。

九 底本「ゆくありさまも」とあるのを改めた。

三郎、維縵国に至り国主の末娘と結婚

かくて、[一]世の中の無常を観じて行き給ふほどに、山畑《やまはたけ》の中に[二]鹿屋《ししや》を造りて、[三]八十余りの翁《おきな》見たてまつり、「いづくよりの人ぞ。おぼつかなや《不審なことですね》」とて驚きけり。諏方《よりかた》のたまひけるは、「われはこれ日本の者なり」とのたまへば、翁この由を聞きて、「さては思ひのまします人なり《心に悩みをもっていらっしゃる方ですね》。これよりあなたには国もはんべらず。もし国ありとも、様を変へずしては叶ふまじ《姿を変えなければ先へ行くことはできません》。ちと逗留《とうりう》して遊び給へ」と[四]言ひければ、その夜は甲賀の三郎殿を引き具して、わが宿所へ入れたてまつり、やうやうにもてなしたてまつりて後に《いろいろと接待をしてさしあげて後に》、翁、女房に語りけるは、「この人は[五]しん力《りき》深く礼儀知れり。いざ婿に取らん」とのたまひければ、女房この由を聞きて、「わらはもさこそと思ひ候へ」とて、次の夜にもなりぬれば、三人持ちたる娘を呼び出だして、諏方をもてなしたてまつり、よもすがら酒盛《さかも》りして後、翁のたまひけるは、「いづれにても候へ《どの娘でもかまいません》。[六]御辺《ごへん》の御目にかかり候はんを《お目にとまった娘を》妻と定めて、過ぎさせ給へ《〔ここで〕お暮し下さい》」と[七]言ひければ、姉八千歳を経たり《姉の年は八千歳になります》。次は五千歳を経た

一 この世の中ははかなく、つらいものであることをつくづくと考えさせられながら、旅を続けてゆくと。
二 畑を荒らす鹿を追うために設けた小屋。
三 その鹿屋に住んでいる八十余りの老人が甲賀三郎の姿を見て。
四 「言ひければ」では以下の文に対して語法的に対応しないが、これは伝写の際の不注意であろう。京大本は「と言ひ、その夜は」としている。
五 「心力」「信力」「神力」のいずれとも解せる。京大本には「神力」とある。「神力」ならば神のもつ不思議な力の意。
＊ 一般に御伽草子の類の写本に、文意の通じにくい個所が多く見られるのは珍しくない。単純な誤写のほかに、もとにした本を読み違えたり、理解の及ばない言葉を勝手に直したり、あるいは表現力が足りなかったために、そういうところが生じたのであろう。それは、この種の文芸では享受者の階層が広がったのにともなって、書写者の知的水準の低い場合が多くなったことに原因があると思われる。
六 二六三頁注一〇参照。
七 この「言ひければ」も、下の文への続きが悪い。と言って、翁はさらに「姉八千歳を経たり。次は五千歳を経たり。次は二千歳を経たり」と語った、という

のであろう。
八 けれども娘たちの姿を見ると、姉は三十ばかりに見えたの意。
九 いろいろの色や形の美しい飾りのついた着物を着ていた。
一〇 この国では二千年を経ているが、あなた方の国でいえば今ちょうど二十歳の年齢になるの意か。
一一 諏方は「私は三十歳になります」とおっしゃった、の意か。
一二 三郎の妻となった維縵国の姫君のこと。

＊ 御伽草子には天界を遍歴する話は多いが（八二頁『天稚彦草子』の頭注欄＊印参照）、地底のそれは例が少ない。唐の玄宗《げんそう》皇帝の侍僧、一行阿闍梨《いちぎょうあじゃり》が罪を得て、七日七夜の間日月の光を見られないという暗穴道へ流された話は、『平家物語』にも引かれて有名であるが、甲賀三郎の地底遍歴とは直接関係がなさそうである。兼家系の物語では、維縵国の別名を「根《ね》の国」ともいっている。根の国は日本古代の他界観の一つで、底の国、黄泉《よみ》の国とも呼ばれ、死者の霊魂が行く地下の世界と考えられていた。この物語の地底の国々も、古代からの根の国の思想が根底にあるのであろう。

り。次は二千歳を経たり。[八]姉は三十ばかりに見えたり。その次は二十五と見えたり。妹は二十《はたち》ばかりと見えたり。いづれもいづれも、[九]色々様々《さまざま》、飾り衣裳をぞ着たりける。その上、世の常の人にはすぐれて美しく、いづれをわけて思ふことはなけれども《特にどの娘でなければということはなかったが》、妹に契りを結びておはしけり。翁申しけるは、「姫は[一〇]二千歳を経たりといへども、今は二十ばかりなり」。[一一]諏方は三十とのたまふ。《〔諏方と妹姫は〕》あひ馴《な》れて契り浅からず《夫婦の約束を深く交わした》。姫君も、「おことは日本を立ち出でさせ給ひて、いかほど過ぎさせ給ふ」と問ひ給へば、《（三郎）》「旅のことにて、月日のたちゆくをも知らず」と答へ給へば、[一二]女房のたまひけるは、「いとほしや《お気の毒なことですね》。春日姫の嘆き深くわたらせ給ひ候ふ《春日姫もどんなにか嘆いていらっしゃることでしょう》。この国へも、わらはにしばらくの契りあるによりて来たり給へり《しかしあなたがこの国へおいでになったのもしばらくの間私と夫婦になる因縁があるからです》。日本を出でさせ給ひて、二十年六月になるなり。日本を忘れてわが親に従ひ給ふべし。さもあらば日本へ帰し申すこともあるべし」と語りければ、諏方、「不思議なることかな。いかにして日本のことをば知り給ふぞ」と、恐ろしく思ひ給ひけり。[一]さりながら嬉しく思ひて、いよいよ契り浅からずぞ思はれける。この国に、一年二年と過ぎゆき給ふほどに、九年七月経《ったなり》。

三郎、望郷の思いに沈む

ある夜の暁、甲賀の三郎故郷《ふるさと》のことを思ひ出でて、流るる涙枕も浮くばかりなり。北の方《かた》うち驚きて、「何事ぞ」と問ひ給へば、諏方のたまひけるは、「何隠したてまつるべき《何を隠しましょう実は》。故郷の春日姫夢に見えて候ふ」とのたまひければ、「さることも候ふらん。女の心は同じことなり。わらはがおことを思ふやうに、人もさこそ思ひ給ふらめ《春日姫もどんなに思い焦れておいでか》。親にてはんべる人に《私の親である人に》暇《いとま》を乞ひておはしませ。この国をば維縵国《ゆいまんこく》と申して、過ぎさせ給ひぬる国よりこの国へ《あなたが通り過ぎて来られた国からこの国へ》、十年に一度づつ年貢《ねんぐ》を供へはんべるなり。また帰り給はん道の国より、三年に一度づつ同じく年貢を供へ候ふなり。みづからが父をば維縵国の好美翁《かうびおきな》と申すなり。わらはをば維縵姫《ゆいまんひめ》と申すなり。わが父の計らひのなからん《私の父が方法を考えてくれないうちは》ほどは、千年万年を経《ふ》るとも、日本へは帰り給はじ《お帰りになれません》。みづからも名《な》

一　しかし一方では、日本へ帰れるかもしれないという姫の言葉に嬉しくなって。

＊兼家系は、甲賀三郎が維縵国の末娘と結婚して年月を送ることを語っていない。鹿屋《ししや》の翁に三郎が素姓を名のり、翁に代って鹿を追ううちに、現れた大鹿を射とめたことを述べるだけで、すぐに翁の教えに従って帰途につくことになる。『神道集』系統の物語で、異郷の女と結婚することや、十年近くを過したある日、三郎が故郷の春日姫を思い出して涙を流すのを見て、維縵姫が三郎の帰郷のてだてをめぐらすというのは、浦島式の異郷滞留説話の型に入った語り口である。一体、この維縵国という所は狩りを業とする国とされているが、甲賀三郎の物語は、はじめから狩りとの関係が深い。この物語の成立基盤は、猟をなりわいとする山人の生活にあったものと思われる。その点は『俵藤太物語』における秀郷の百足《むかで》退治の話とも共通するところがある。維縵国の秘所として三郎に見せた宮殿楼閣の描写が『俵藤太物語』の龍宮浄土と変らないのも偶然ではないのであろう。

二　維縵姫の心の中がおしはかられて、どうしようもなく切ない気持になる。

＊　本書のような『神道集』系統の諏訪の本地物語は甲賀三郎と春日姫との別離の悲しみを主題として終始している。ところが兼家系は全く異なる。三郎が故郷へ帰った後、苦難の発端となった人穴の姫君が現れ、みずからは三輪の姫宮大明神と名のり、実は魔王に捕われた自分を助けるために、鹿島大明神が甲賀兄弟に海山の争いのための山廻りをさせたのだ、維縵国の翁も自分の叔父であると語って、自分を妻にしたければ三輪へ尋ねて来るがよいと言って去る。三郎はもとからの女房に暇を出し、三輪へ行って姫神と夫婦になるというのである。こうして三輪神の縁起として物語が結ばれた後に、二人は三輪を捨てて天竺《てんじく》へ渡り、再び日本へ帰って諏訪に迹《あと》を垂れたとするのであるが、これを見れば、兼家系は本来三輪の縁起を語る物語を延長して諏訪に結び付けたことが明らかである。ここに大きな改作の行われた理由があったのであろう。

維縵国の鹿狩り

三　一番の家来。

残《ご》惜しく思ひたてまつれども、さのみは《むやみに》止《とど》めたてまつるべきにもあらず」と、語り給ふを聞けばせん方なし[二]。故郷のこと、春日姫のことを思へば、この国に止まらんとすれば、維縵姫のこともさりがたし《一方では維縵姫からも離れがたい》。故郷のこと悲しとて、あきれたる《途方にくれた》体《てい》にて《様子で》嘆き給へば、維縵姫のたまひけるは、「日本へ帰らんと思ひ給ひ候はば、親にて候ふ人にのたまへ。『故郷あまりにあまりに恋しくはんべる。今は暇《いとま》を賜はり候はん』とて、いかなることありとも、〔翁が〕腹立ち給はぬやうにこしらへ給へ《話して納得させて下さい》。その時翁返事に、『帰したてまつらんことは安けれども、姫が心を知らず《姫の気持がわからない》』とのたまふべし。その時みづから計らふべし《私がうまくとりなします》」とのたまへば、諏方おほきに喜び給ふ。

折節《たまたま》（翁）「明日は狩りして遊び候ふべし」とて、好美翁の一《いち》[三]の郎等《らうどう》を呼んで、のたまひけるは、「明日《みやうにち》は狩りにてあるべし《狩りをすることにしよう》。維縵国の勢《この国中の軍勢》を催せ《を集めよ》」とありければ、「やがて催し候はん《すぐに呼び集めましょう》」とて、走りめぐる有様、よくよく物に《よく分るように》譬《たと》ふれば、稲光《いなびかり》のごとし。その勢一万七千余騎とぞ記し申しける。さるほどにわれもわれも、思ひ思ひに出で立ち給ふ。[一]神通《じんづう》の鏑矢《かぶらや》、[二]後ろしぐらに負ひなして、集まりける。中にも諏方は翁の興に入らんとて《翁に気に入ってもらおうとして》、ことに忠節をいたし《まごころを尽して働いた》振舞ふ。維縵国広しといへども、峰々谷々に人なしともおぼえず《人のいない所はないように思われた》。暮れて[三]三七日《さんしちにち》の狩りも過ぎければ、好美の翁、[四]鹿《しし》射たる功名《こうみやう》を記して、面々に引出物をぞせられける。その中にも諏方、弓の上手にて名誉せられけり《弓の名人ということで評判が高くなった》。総じて三七日の間に取らるる鹿、一千三百七十一とぞ記されけり。この国の習ひにて、[五]狩りを宗《むね》として、鹿《しか》の頭《かしら》を食《じき》とする国なり。

三郎に維縵国の秘所を見せる

さるほどに諏方、好美の翁にのたまふやう、「今は暇《いとま》を賜はりて、日本へ帰り候はばや」と申し給へば、翁うちうなづきて、「さこそ《きっと》思ひ給ふらめ《お思いであろうと》と思へども、姫が心知りがたく候へば、姫に暇を乞はせ給へ」とのたまへば、諏方帰り、北の方《かた》にかくとのたまへば、「やすきことなり《たやすいことです》」とて、北の方、甲賀の三郎を引き具して、父の前へ参り、父に会ひてのたまふやう、「甲賀殿は故郷《ふるさと》へ帰らんと嘆

一　自由自在に不思議な働きをする鏑矢。鏑矢を讃美して「神通の鏑矢」といった例が中世の物語には多い。「鏑矢」は先端に空洞のある球をつけ、射ると音響を発して飛ぶ矢。獲物《えもの》を威嚇《いかく》するのに用いる。

二　背中にみっしりと背負って。「しぐら」は「しぐらふ」(ものが密集している状態をいう動詞)の名詞化した語。

三　二十一日間。

四　一人一人の射た鹿の数を記帳したということ。

五　狩猟を主要な生計としていて、鹿の頭を食物とする国であった。諏訪神社では祭りに際して、鹿の頭を神前に供える風習のあったことが『諏訪大明神絵詞《えことば》』その他中世の諸書に見える。この所の文は、それを頭に置いているのであろう。

き給へば、あまりにあまりにいたはしく候へば、今ははや帰したてまつらん」とぞのたまひける。

さて夜もふけしかば、(翁)「六甲賀殿故郷へ帰らせ給ひ候ひて、わが朝の七ひかしの所を見せたてまつらん」とて、三郎殿を引き具したてまつり、西の竹の中へ十四町ばかり行きて見給へば、鉄《くろがね》の築地《ついぢ》にあか《銅の》がねの八帳《とばり》あり。(翁)「ここ開け」とのたまへば、内より開きけり。さし《すっと》入《入って》りて見給へば、三十四五ばかりの女房たち十四五人、九宿直《とのゐど》人《留守番》と見えて居たり《らしい人がいた》。それを過ぎて見給へば、あかがねの築地に白銀《しろがね》の扉を立てたり。翁「ここ開け」とのたまへば、内より開きけり。二十七八の女房、宿直人とおぼえて居たり《留守番と思われる人がいた》。それを過ぎて見給へば、白銀《しろがね》の築地に黄金《こがね》の扉立ちたり。「ここ開け」とのたまへば、内より開きけり。二十四五とおぼえたる女房居たり。それをも過ぎて見給へば、一〇瑠璃《るり》の築地に一一瓔珞《やうらく》の扉を立てたり。「ここを開け」とのたまへば、一二八棟《やつむね》造りの一三檜皮葺《ひはだぶき》の御所を並べて七つあり《御殿が七つも並んでいた》。御所より外《ほか》を見れ

六 京大本「甲賀殿故郷へ帰らせ給ひ候はば」とある。あなたが故郷へお帰りになるのならば、その前に、の意であろう。
七 京大本「ひちのしよを」。『神道集』には「我朝ノ秘所ヲ拝マセ奉ラン」とある。「ひかしの所」は何か誤写があるのであろう。この国の秘密の場所を見せてさしあげよう、の意と思われる。
八 普通は布製の仕切りをいうが、ここは門扉のことであろう。
九 屋敷を預かり守る人。「とのゐびと」の転。「とのゐ」は「殿居」の意で、宮中などに宿直することをいった語。
一〇 梵語の音訳「吠瑠璃《べいるり》」の略で、古代インドや中国などで珍重された宝玉。青色のものを代表とする。
一一 もとインドの上流階級の人々が身につけた装身具で、宝玉や貴金属を編んで頭や首にかけた。寺院内部の天蓋《てんがい》などの装飾にも用いられる。ここは瓔珞《ようらく》で飾った扉の意であろう。
一二 二五九頁注一一参照。
一三 二五九頁注一二参照。

ば松杉多く生ひてあり。南を見れば、漫々として《[一]広々と広がって》、補陀落山《ふだらくさん》[二]とも言つつべし[三]。東を見給へば、山高くして、その麓《ふもと》に社《やしろ》あり。西を見給へば、御堂《みだう》おはします。三重の多宝の塔[四]あり。まことにめでたき所なり。御所に入りて見給へば、青地の錦《にしき》にて天井《てんじやう》を張り、紺地《こんぢ》の錦にて柱を巻き、紫檀《したん》[五]のおきすひして、赤地の錦にて縁《へり》さしたる畳を敷かせて、甲賀殿、姫君、二人を据ゑたてまつりて《その上に坐らせて》、瓶子《へいじ》[六]一具《いちぐ》口包ませて、十七八の女房立ち出でて、種々の肴《さかな》をもつて、もてなしたてまつりけり。

夜もやうやく明けければ、翁のたまひけるは、「甲賀殿日本へ帰り給はんに、多くの難所あるべし。しかりといへども、申さんごとくに《私が申し上げることを》少しも違《たが》へず振舞ひ給はば《間違えずに実行なされば》、別の事なく本朝へは着き給ふべし《特別のこともなく無事日本へ帰り着くことができます》」とて、皆々の難所をくはしく教へたてまつり、鹿千頭《せんづ》の膝《ひざ》[七]の口骨を餅《もちひ》のごとくに作りて、一千一百日[八]、ならびに、もとどり俵[九]に数の《多くの》宝を入れて、甲賀殿に奉り、(翁)「この餅《もちひ》をば一日に一つづつ参るべ《召し上がり》

一 京大本「海《かい》まんまんとして」。
二 インドの南海岸にあるとされた観音の浄土。
三 「言ひつべし」の音便。「つ」は完了の助動詞。まったく補陀落山といってもよい所である。
四 二五九頁注一〇参照。
五 インド原産の木で、材質が堅く、古くから建築や家具材として珍重された。「おきすひ」は未詳。京大本「したんのき」とあり、これも意味が通じない。
六 一揃いの瓶子の口の所に紙を巻いて。「瓶子」は酒器。今の徳利のこと。
七 膝がしらの骨。『神道集』では、千頭の鹿の生肝《いきぎも》を集めて千枚の餅を作ったとある。その方がわかりよいが、「膝の口骨」としたのは、鹿の膝頭の骨を神事に用いることがあったのであろうか。兼家系では鹿の焼皮四百八十六枚を作り、七日目ごとに一切れずつ食べていったとある。この方がさらに現実的で、猟師の食料として実際に使われたもののように思われる。

三郎、翁の計らいで帰国の途につく

八 京大本には「日」の字がない。餅を一千一百枚作ったということらしいので、一千一百日分の意か。
九 俵の一方の口を髻《もとどり》(髪を頭の上に束ねて結んだところ)のように結んで物を出し入れした俵のことであろう。

し《なさい》。二つとも食ひては、日本へは着き得給はじ。一〇あなかしこ、これを信じ給ふべし」とのたまひける。甲賀殿喜びて、「承り候ふ《よく分りました》」とて、数の宝を受け取りて、わが宿所へ帰り給ひて、旅の出立《いでた》ちを営《身支度を》み給ひけり《ご用意になった》。北の御方、たがひに飽かぬ名残惜しみ給ひて《北の御方と三郎の二人はいつまでも尽きない名残を惜しまれて》、出で《家を出》もやらせ給はず《ることもおできにならず》、袖をぞ絞り給ひける《別れの涙にくれていらっしゃった》。さてあるべきならねばとて《しかしこうしてばかりもいられないと》出で立ち給ふ。北の御方、涙の隙《ひま》よりのたまひけるは、「かへすが《何度別れを惜》へすも《しんでも》御名残忘れ難くこそ候へ。今こそ《今回だけは》離れまゐらせ候ふとも、契《ご縁》りは尽き候はじ《は決して尽きますまい》。いざさせ給へ《さあお出かけなさい》。送り申さん」とて、維縵山《ゆいまんさん》を出で、契《ちぎり》川といふ川を渡り、送りたてまつりて、北の御方の御歌に、

一一この日頃馴《な》れしなごりの惜しければ
　　先き立つものは涙なりけり

諏方《よりかた》の一二御詠歌《ごえいか》に御返事、

一三二世までと契りしことを忘れずは
　　尋ねても来《こ》よ秋津島《あきつしま》まで

一〇 慎んで私の言葉を信じなさい。「あなかしこ」は、恐れ慎む気持を表す語。呼びかけの語として、相手をたしなめ、規制する時などに用いる。

一一 この十年近くの間あなたとともに暮した思い出に、お別れするのが辛くて、何かいおうとしても涙の方が先にこぼれてきます。

一二 およみになった歌。諏方は後に諏訪明神と顕れる人なので、神のお歌という気持をこめて「御詠歌」といったのであろう。

一三 次の世までもと固く約束したことを忘れないで、私の住んでいる日本の国まで尋ねて来て下さい。「秋津島」は日本の古称。

三郎、蛇体となって日本に着く

たがひに飽かぬ別れの御涙を流させ給ひけり。

さて暇《いとま》を乞ひて、諏方、翁の教へのごとく少しも違《たが》へず、難所難所を越えさせ給ふほどに、日数《ひかず》も積れば、ありつる餅《もちひ》も皆になりけ《全部なくなって》れば《しまうと》、日本国のそのうちに、信濃《しなの》の国に佐久の郡《こほり》、[一]浅間より西、[二]大沼山の麓《ふもと》へ出でさせ給ひけり。やがて信濃の[三]蓼科《たてしな》の嶽《たけ》へ行きて見給へば、〔あたりの様子は〕昔には似ざりけり《すっかり変っていた》。〔維縵国を出て〕すでに道のほども一千日の道なり《もう一千日も旅をしてきた》。維縵国にて九年七月と思へども、[四]合はせて三百年なり。かるが故に《そういうわけだから》、あ《昔》りし《あった》枯木ども皆朽《く》ちければ、古《いにしへ》のことを思ひ、今のごとくに観じけ《昔のことを今のように思い浮べながら考えにふけ》るに《っていると》、心細く、悲しからずといふことなし。かくて[五]もとどり俵を[六]人穴の口に置き納めて、庵《いほり》を結びて《小屋を造って》、三千日の間水を汲み、[七]精進潔斎《しやうじんけつさい》して経を読み、仏神《ぶつじん》に祈り給ひけるは、「願はくは思ふ[八]婦妻《ふさい》に今一度、生きての対面あらせ給へ」と、姫君のことを《春日姫の無事を》祈請申させ給ひけり。かくて三千日も過ぎければ、故郷《ふるさと》甲賀《かふか》の郡へ行きて、父の造り給ひし[九]釈迦堂《しやかだう》を見給へば、柱も棟木《むなぎ》も皆朽ち失《う》せて、御堂《みだう》も[一〇]岩屋に

一 長野県北佐久《さく》郡軽井沢町と群馬県吾妻《あがつま》郡嬬恋《つまごい》村の境にそびえる浅間山。

二 未詳。浅間山麓に小沼の郷という地名はある。

三 二五七頁注三〇参照。

四 旅の日数と合わせると、日本では三百年も経っていた。異郷での一年がこの世界の何十年にも当るというのは、浦島式の異郷滞留説話の通型である。

五 二七二頁注九参照。

六 二五八頁注一参照。

七 言葉や、行いや、飲食を制限し、身を清めること。

八 妻のこと。『神道集』巻八に「最愛ノ婦妻」の語があり、御伽草子にもいくつか用例がある。

九 釈迦如来を本尊として祀《まつ》った御堂。

一〇 まわりの壁だけが残って、岩屋のようなありさまになった、ということであろうか。

なりにけり。諏方思はれけるは、「さてわれは維縵国にて幾年経《いくとせへ》ぬらん」と思ひつつ、「なかなかありし国にて《こんなことならあの維縵国にとどまって》、とにもかくにもなる《一生を終えた方がずっとよ》べかりしものを《かったなあ》」と嘆き給ひ、春日姫の何となり給ひつらんと、袂《たもと》を絞り給ひけり。御堂の内へ入りて、[一一]礼盤《らいばん》にうちかかりて《体を投げ掛けて》、念誦《ねんじゅ》してましましけり《いらっしゃった》。[一二]七月二十日のことなりけるに、[一三]講衆《こうしゅ》あまた集まりけるに、まづ[一四]童部《わらんべ》ども御堂の内へ入りて遊びけるに、甲賀殿を見て申しけるは、「ここに大きなる蛇《くちなは》あり。恐ろしや」とて、口々にさ[一五]いくりけり。これを聞いて、大人どもも恐れけり。甲賀殿思ひ給ひけるは、「あな口惜《くちを》しや。さてはわが身は蛇《じゃ》になりたるか。悲しさよ」とおぼしめし、泣く泣く仏壇の下へ隠れ給ひぬ。その後、講衆ども講を行ひて出でけるが、人々申しけるは、「さもあれ《それにしても》、大きなりつる《なんと大きかった》蛇《くちなは》かな。いかさま[一六]人蛇《ひとへび》にてぞあるらん」と[一七]沙汰《さた》しければ、甲賀殿、いかがせんと思はれけるに、日もやうやう暮れければ、寺々の鐘も心細く聞えける。庭の草むらに、松虫、鈴虫、きりぎりす、

一一 本尊の前にあって、導師が仏を礼拝し誦経《じゅきょう》するために上る高座。
一二 この物語の聴き手にとって、七月二十日は何か意味があったのかもしれないが、今未詳。
一三 説教の法座に集まる人々。
一四 「わらんべ」は「わらはべ」の変化した語。「わらべ」は「わらんべ」の撥音《はつおん》「ん」の無表記から生じた。
一五 未詳。「さへく」（さわがしい声で物をいう）という語と関係があるか。
一六 人間が化した蛇ということであろうか。今、他に用例を見出すことができない。
一七 話し合っているので。「沙汰」は話題にすること。

声々に[一]折知る顔におとづるるも、[二]われをとふらときにもなりぬれば、僧たちあまた御堂へ参り、法華経を読誦《どくじゅ》し給ひけり。

夜もふけゆくままに経も果てければ《読経も終ると》、上座《かみざ》にまします老僧のたまひけるは、「あまりにつれづれなれば《たいくつだから》、昔物語し給へ」とありければ、中座《なかざ》にましましける僧のたまふやう、「誰にてもましませ《誰でもよいですから》。この所の[三]地頭《ぢとう》甲賀権守三人の子どもの行方《ゆくへ》を語り給へ」とありければ、[四]右《みぎ》の中に年のよはひ三十四五の僧のたまひけるは、「誰々と申すとも《誰々というよりも》、この僧こそ存じ候へ《この私が一番よく知っております》」とて語りけるは、「人皇《にんわう》五代の御門《みかど》孝昭《かうせう》天皇の御時、この所に甲賀権守とてまします。三人の子どもを持ち給へり。太郎をば甲賀の太郎諏《より》のり、次男は甲賀の二郎諏ただ、三郎をば甲賀の三郎諏方とて、三人ましましけるに《三人の子がいらっしゃったが》、権守三人の子どもに所領を譲り、空《むな》しくなり給ひぬ。嘆き悲しみ給ふことかぎりなし。[五]第三年までの[六]孝養《けうやう》怠らずして、四年と申す時、三郎殿[七]惣領《そうりやう》なれば、都へ上り、御門へ宮仕《みやづかひ》し給ひけり」。朝《あした》には[八]さんりやうくわん

釈迦堂での神々の物語

一 時節をわきまえ知っているような様子で鳴いているのも。あたかも自分の出番がきたという顔をして鳴いているという意。「おとづる」は声をたてること。

二 誤写による脱文があると思われる。京大本では、「我をとふかと思はれて、戌《いぬ》の時ばかりになりぬれば」となっている。草むらで鳴く虫の声も自分を慰めてくれるのかと思われて、しみじみとした気持になっているうち、戌の時刻（午後八時頃）になると。

三 「地頭」は時代によって性格が異なる。中世の地頭は、鎌倉幕府が各地の荘園・公領に設置して御家人《ごけにん》を任命したのに始まり、それが次第に在地領主化した。兼家系の『諏訪縁起』では、甲賀三郎の父が天竺《てんじく》から渡ってきて、領主のなかった甲賀の地に居を構えたとあり、これだと、土地を開拓して地主となった者を地頭といった平安時代以来の一般的呼称となる。

四 左右に並んでいる右側の列の意。

五 二五三頁注一二参照。

六 二五三頁注一三参照。

七 二五二頁注八参照。

八 ここも何か誤写があろう。京大本「三くわうの霧をはらひ」。「三更の霧」で、真夜中に起き出て霧を払って参内《さんだい》すること。「朝《あした》に霧を払ひ、夕《ゆふべ》に星をまぼる」は、勤勉に働くことをいう。

＊ 本書のような『神道集』系統の『諏訪の本地』には、信州を中心に伝写された後世の写本が非常に

多く残っている。しかし、絵巻や奈良絵本や版本のような御伽草子に特徴的な伝本は見られない。それに反して兼家系の物語の方は早くから中央に知られていたらしく、室町時代の古い絵巻が伝わるほか、古浄瑠璃にも作られている。文芸作品として見れば構想的にすぐれている『神道集』系統の物語をおいて、兼家系の方が中央に入ってきたのは、都に近い甲賀地方で流布していたためであろうか。

三郎、神助によって蛇身を脱す

九 二十八宿の一つ「参《しん》」の和名。オリオン座の中央に並列する三つの星。「からすき星」と呼ばれる。「まぼる」はじっと見つめるの意。
一〇 僧が自分の身の上をすべて知り尽しているのを聞いて、ただの僧ではないと恐れを感じたのである。
一一 左右に並ぶ場合、左の方が上位となる。
一二 「何として」は「蛇にては見え候ふべき」の句へかかる。どうして蛇の姿になっているのか、の意。
一三 サトイモ科の常緑多年草。本州中部以西の渓流のふちなどに群生する。
一四 京大本「赤色赤《しやくしきしやく》こん光《くわう》、るしゆん東方」。『神道集』は「赤色赤光日出東方蛇身脱免」。「につしやか東方」は「日出東方」の誤りか。「青色青光」「赤色赤光」はともに経文にある言葉。東方であるから「赤色赤光」の方が適切である。

の霧を払ひ、夕べには三つの星をまぼり[九]、朝夕ひまなく宮仕ひ給ふこと、また維縵国《ゆいまんこく》の有様、かれこれ露塵《つゆちり》ばかりも違《たが》へず語りけり。「今日明日《けふあす》のほどに、この所へ来たりぬらんと思ひ候ふに、いまだ見えぬこそ不思議なれ」と語り給ふことこそ恐ろしけれ[一〇]。

これを聞き給ひて、左座《ひだりざ》[一一]の老僧おほせられけるは、「この昼童部《わらべ》どもの蛇《くちなは》とて怖《お》ぢつるや、それなるらん」（おびえていた蛇が三郎なのだろうか）とのたまへば、また今の僧、「さてはそれにてぞ候ふらん」とのたまへば、また一人の僧、「何として[一二]、甲賀の三郎は人にてあるべきに（人間であるはずなのに）、蛇《くちなは》にては見え候ふべき」とのたまへば、「維縵国の装束《しやうぞく》を着ぬれば、かならず蛇に見え候ふなり」とのたまへば、また老僧のたまひけるは、「それをばいかにして脱ぎ捨てて人となるべき」（どうしたらその着物を脱ぎ捨てて人間の姿に戻れるのだろうか）とのたまへば、また今の僧のたまふやう、「石菖《せきしやう》[一三]植ゑたる池に浸《ひた》りて、朝日出づる時、東へ向ひて、

青色《しやうしき》[一四]　青光《しやうくわう》、につしやか東方

と三度《たび》唱へて七度拝み、その後《のち》西に向ひて、

けうきやうくわうさい、無量寿仏
と[二]四十八返唱へて四十八礼《らい》して、その後北へ向ひて、
[三]きんしやうらいはい、かしんあんをん、金剛夜叉《こんがうやしや》
と七返唱へて、三度髻《もとどり》[四]を打ちつつ、その後南に向つて、
[五]なんしゆたいしやう、ちやくたんしや
と七度《ど》唱へて七度拝みて、その後、維縵国の装束を脱ぎて捨つれば、赤裸《あかはだか》になりて、もとのごとく人となり候ふ」と語り給ひければ、諏《より》方《かた》このおほせを聞きて、嬉しく思ひ給ひ、夜の明くるを遅しと待ち給ふ。

やうやう夜も明けければ、[六]大門《だいもん》へ下り見給へば、[七]石菖植ゑたる池《いけ》水《みづ》あり。嬉しく思ひ、この水に浸《ひた》りて、朝日を待ち給ひけり。日出《い》で給ひければ、夜僧たちの語り給ふごとく、呪文《じゆもん》を唱へて、衣裳《いしやう》脱ぎ変へ給へば、本《ほん》の姿になり給ひけり。さて御堂へ参り給へば、先の老僧、「すはや《それ》甲賀の三郎よ《甲賀の三郎だぞ》」とのたまへば、次にまします老

一 京大本「けふきやうくわさい」。『神道集』には該当する句が見えない。意未詳。「無量寿仏」は阿弥陀仏の別名。

二 阿弥陀仏の四十八願になぞらえて、四十八という数を出した。

三 「謹上礼拝、家人安穏」か。「金剛夜叉」は仏法守護の五大明王の一つ。北方を守護する。

四 髪を頭の上に束ねて結んだところ。

五 「なんしゆたいしやう」は京大本も同じ。意未詳。「ちやくたんしや」は、京大本「ちやくたつちやく」、『神道集』は「蛇着脱身」。

＊ 兼家系では、僧たちの話で維縵国から着てきた装束《しようぞく》を脱げば人間の姿に戻れると知り、着物を脱ぐと、それが三筋の蛇となって三方へ消え失せたとあるに過ぎない。蛇身から戻るのにこれだけでは物足りないというので、『神道集』系統では、もっともらしい呪文を付け加えたのであろう。

六 寺の正門をいう。

七 二七七頁注一三参照。

八 濃いねずみ色。喪服《もふく》に用いた色。「にび色」ともいう。

僧、「これに衣裳は用意して候ふ」とて、[八]鈍色《にぶいろ》の小袖を着せたてまつり給へば、また先の僧、「これにも用意したり」とて、[九]梶《かぢ》の葉の付きたる[一〇]直垂《ひたたれ》、[一一]精好《せいがう》の袴《はかま》を奉り給ふ。右《みぎり》の座の僧、「これにもあり」とて、烏帽子《えぼし》と刀を取り添へて奉り給ふ。夜物語し給ふ僧、「これにもあり」とて、太刀と弓を矢をも取り添へて奉り給ふ。かくて[一二]巳午《みむま》の時にもなりしかば、〔僧たちは〕散り散りに失《う》せ給ふ。今は物語せし僧ばかりになり給ふ。

甲賀の三郎、喜びの涙を押へておほせけるは、「そもそもこれにまします御僧たちは、いかなる人にてわたらせ給ひ候ふやらん」と問ひ給へば、「あな事もおろかや《ああ口にするのももったいないのですよ》、上にましましつる《上座にいらっしゃった》老僧は伊勢大神宮にておはします。左の一番は[一三]熊野の権現《ごんげん》、二番は[一四]賀茂の大明神、右《みぎり》の一番は[一五]梅田の大明神、二番は[一六]平野の大明神、かく申す僧は《こう申すこの私は》、[一七]近《あふ》江《み》の湖の千年経ては桑原となり、千年経ては湖となり候ふを、三度見たる[一八]大原野《おほはらの》の大明神とはわがことなり。殿ばら[一九]恩愛の深くして《夫婦の情愛が深くて》、

九 紋所の名。梶の葉を文様化した紋で種類が多い。『神道集』巻六「上野国児持山ノ事《こうずけのくにこもちやま》」に、諏訪明神の化身《けしん》である侍が梶の葉の直垂《ひたたれ》を着ていたと述べている。梶の葉は諏訪明神の紋所なのであろう。

一〇 もとは庶民の平服で、後に武家の礼服となり、公家も用いるようになった。

一一 精好織（絹織物の一種）の袴。

一二 午前十時から正午頃。

一三 和歌山県熊野の本宮・新宮・那智の三所の神。

一四 京都市北区上賀茂の賀茂別雷《わけいかづち》神社と、左京区下鴨の賀茂御祖《みおや》神社の神。

一五 未詳。

一六 京都市北区平野宮本町の平野神社の神。

一七 これと同じことは『俵藤太物語』にも出ていた（九三頁注一三参照）。「近江の湖」は琵琶湖のこと。

神々の素姓

一八 京都市右京区にある大原野神社の神。

＊ 甲賀三郎に蛇身を脱する法を教えた神々として、『神道集』では、白山権現・富士浅間大菩薩・熊野権現・日吉《ひえ》山王・松尾・稲荷《いなり》・梅田・広田の諸神の名が挙げられ、物語をしたのは近江の国の鎮守兵主《ひょうず》大明神とされている。また、兼家系では、観音・地蔵の二菩薩が山伏と現じて物語をすることになっている。

一九 底本「御あひ」とあるのを改めた。

仏神に信を致し給ふ志の有難さに《仏神を信ずる心が世にも稀なほどであるのに感じて》、維縵国まで付き添ひ、守《まぼ》りたてまつるなり。また好美翁《かうびおきな》と名のりつるは、本地《ほんぢ》[一]胎蔵界《たいざうかい》[二]の大日如来《だいにちによらい》にておはしますなり。春日《かすが》の社《やしろ》へ参り給ふべし。春日姫はいまだ永らへて、春日の社に籠《こも》りておはしますなり」と教へ給ひて、かき消すやうに失せ給へり。

諏方、「さればこそ《やはりそうだった》、ただ人ならずと思ひつるに《普通の人ではないと思っていたが》」と、不思議の思ひをなし、やがて春日の社へ参り給へば、北の方は念誦《ねんじゅ》して涙を流し、法華経読誦《どくじゅ》しておはす所へ行きて、「諏方こそこれへ参りて候へ《ようやく今諏方が帰って来ました》」とのたまへば、北の方はなかなか物ものたまはず《驚きのあまりに言葉も出ない》。袂《たもと》に取りつきて、夢か現《うつつ》かとて消え入り給ひぬ《気を失ってしまわれた》。ややありて、たがひに人心《ひとごころ》出で来給ひて、昔今の物語し給ふ。春日姫は、甲賀[三]の二郎殿に仇《あた》まれて、みのをの浦へ下されて、すでに失はれべかりしを《すんでのことに殺されようとしたところを》、吉田の兵衛に助けられて、権守《ごんのかみ》のもとへ来たりて候へば、〔権守は〕婿の敵《かたき》討たんとて出でさせ給ひしを、みづからやうやう《やっとのことで》止《とど》めはんべりし《止めたことでした》。その後は、一

一 本体。好美翁は大日如来の化身《けしん》というのである。

二 密教では大日如来の働きを二つに分け、理の方面を胎蔵界、智の方面を金剛界とする。

三郎、春日姫と再会

＊ 甲賀三郎の地底滞留の期間は三百年と語られている。それだのに春日姫だけが変らずにいたというのも不自然な話であるが、兼家系では三十年余りとされていて、三郎が帰った時、女房や息子や、昔の家来たちも健在であった。『神道集』系の物語は改作に当って、浦島式の異郷滞留説話の型に従って、地底滞在の部分をふくらませたために、このような不合理を生じたのであろう。

三 二郎殿の恨みを買って。「あたむ」は、仇と思う、敵視するの意。

四 小さな粗末な家で旅先のような心細い暮しを送ったことなどをお話しになって。

五 この世に帰って来た時、蛇体となっていたこと。

三郎と春日姫、神明の法を受ける

人伏屋《ふせや》[四]の旅寝して、明かし暮せしことども語り給ひて、古《いにしへ》の憂さ、今の嬉しさに、涙を流し給ひけり。また諏方は、ありし《例の》人穴《ひとあな》の下《もと》まで来たりて嘆きしこと、また維縵国までゆられ行く《ふらふらと旅した》有様、また日本へ帰りし道の、一千一百日の間の難所の憂き様《やう》、つらきことどもに逢ひて、本朝へ《日本の国へ》来たり、甲賀の釈迦《しゃか》堂《だう》にての有様、[五]不思議なる身にてありし物語し給ひぬ。

その後、甲賀の三郎殿のたまひけるは、「[六]心憂き国に住めばこそ人め恨めしけれ」とて、二人語り合せて、[七]早船《はやふね》を尋ね、[八]東天竺平《とうてんぢくへ》城《ぜい》国へぞ越え給ひける。かくて三年《みとせ》過ぎさせ給ふ。伊勢大神宮より[九]手《た》力雄尊《ぢからをのみこと》を御使ひとして、「今は本朝へ帰り給ひて、[一〇]神明《しんめい》の法を悟りて、神と顕れ給ひて、衆生《しゅじゃう》を利益《りやく》し給ふべし」とありければ、「承り候ふ《承知いたしました》」とて、また早船に乗りて、[一一]てんそう国へ越えて、[一二]はやなきあまのこに会ひたてまつり、神の法を受け給ふ。「[一三]高天原《たかまがはら》に神留《かみとど》まりて」かくのごとくの神の法を受け、[一四]天《あま》の早車《はやぐるま》に乗り、日本へ飛び

六 つらいことのあった国に住んでいれば、あの二郎に対する恨みも消えないから、の意であろう。京大本「人も恨めしけれ」。「人め」だと「人の見る目」の意となるが、「人も」の方がわかりよい。
七 漕ぎ手を多数乗りこませた速力の早い船。中世においては戦闘用の船に早船というのがあるが、『神道集』では「天ノ早船」とあるのを見ると、不思議な力をもった神通の船を考えているのであろう。
八 未詳。漢字は『神道集』によって宛《あ》てた。二八四頁底本は「へせい国」とある。
九 日本神話で、天照大神が天の岩屋に隠れた時、岩戸を開いて大神を連れ出したという大力の神。
一〇『神道集』には「神道ノ法」とある。仏法に対して神の教えを「神明の法」といったので、これを悟ることによって、神としての能力を得るというのである。
一一 未詳。
一二 未詳。京大本「はやなきり天子」、『神道集』は「早那起梨天子」。
一三 祝詞《のりと》の冒頭の句。『神道集』ではもっと長く引用しているが、それを見ると、六月と十二月の晦日《みそか》に、けがれを払う行事にとなえる大祓《おおはらえ》の祝詞によったらしい。つまり、神の法を受けるとは祝詞を伝授されるという意味であったと思われる。
一四 神通力をもった早く走る車。

越え給ひて、仇の衆生を滅ぼし《敵対した人々を滅ぼし》、恩の人を《恩をうけた人を》守《まぼ》り給ひければ、甲賀の[一]二郎はわが国なればとて、常陸《ひたち》の国に隠れさせ給ひぬ。これ[二]も神とはなり給ひぬ。しかれども、いまだ神通《じんづう》[三]は諏方《よりかた》ほどはなし。甲賀の三郎殿は夫婦二人、信濃の国岡屋[四]の郡《こほり》に宮柱《みやばしら》[五]はじめて敷き立ちて住まれ給ふ。名のり[六]を諏方と申せば、それによつて諏方《すは》の郡と申しけり。諏方と書きては「すは」と読むなり。

さるほどに《そうしているうち》甲賀の二郎が手を合せて降を乞ひ《降参を願い》、「諏方《すは》より神の法を承らん《お授け頂きとうございます》」と嘆き給へば、春日の大明神、これほどに嘆き給へばとて、南宮の宮[七]にこの由をおほせられければ、「思ひも寄らぬことなり。みづからに敵を結び給ひしことなれば《自分に対して敵対をしたのだから》、叶ふまじき《許すことはできない》」とありければ、〔春日大明神〕「さては広大の利益《りやく》なし[八]」と、道理を立ててのたまへば、「こ《そう》のおほせの上は《おっしゃるのなら〔許しましょう〕》」とて神の法を授け給ふ。甲賀の二郎殿も喜び給ひて、神通を受け給ひけり。

そもそも甲賀の三郎殿、めぐらし給ふこと《地底の国々を遍歴したのは》、孝昭《かうせう》天皇の御時のこ

一 二五二頁の、甲賀兄弟が親から譲られた所領を見ると常陸は太郎の国である。記事に混乱が見られる。

二 甲賀の二郎も神と顕れたということであるが、この後の、二郎が三郎に降参して神の法を受けたという記事と矛盾する所がある。

三 自由自在にどんなことでもできる力。

四 「岡屋」は諏訪湖北西岸の地名。郡名にはない。

五 祝詞《のりと》などで、宮殿を建てることを「宮柱太知《ふとし》り立て」という。

六 公家や武家の男子が元服に際して新しくつける名。実名。

七 諏訪の上社のこと。次頁注一三参照。甲賀の三郎と春日姫が、諏訪の上社と下社の神と顕れたことは、この後に述べられるので、叙述が前後している。

三郎、二郎を許す

八 神仏は善悪のわけへだてなく広く利益《りやく》を施すべきだから許してあげなさい。

九 甲賀三郎が神と顕れたのは孝昭天皇が百二十五歳の時であったので、その時から数えると、孝昭天皇の御世の中が六十九年あるという意であろう。孝昭天皇の御年は『日本書紀』には記されておらず、『古事記』には九十三歳とある。

一〇 以下の歴代天皇の年齢は、崇神《すじん》天皇の百二十歳、景行天皇の百六歳が『日本書紀』に記すところと一致するだけである。

一一 孝安天皇の次の孝霊

三郎夫婦、父母兄弟の垂迹

となれば、[九]孝昭天皇の御年百二十五年のことなれば、御宇《ぎよう》のうち六十九年、その御子[一〇]孝安《かうあん》天皇御年百四、その御子[一一]孝元《かうげん》天皇御年七十二年、その御子開化《かいくわ》天皇御年百五十、その御子崇神《しゆじん》天皇御年百二十、その御子垂仁《すいにん》天皇御年三十、その御子景行《けいかう》天皇御年百六なり。その時までは[一二]帝王八代なり。これまでは八百六年なり。〔甲賀三郎夫婦は〕神と顕れ給ひて[一三]諏訪《すは》の大明神と申すなり。その後、父は近江《あふみ》の国[一四]甲賀の大明神と申すなり。母御前は[一五]下野《しもつけ》日光山の権現《ごんげん》と申す。甲賀の太郎、[一六]うちたの中の明神と申すなり。二郎をば[一七]常陸の国田中の大明神と申す。〔三郎と〕中を直るといへども《仲直りをしたけれども》、諏方《よりかた》に憚《はばか》りをなして《遠慮して》、一年に二度の御祭りに、春の御祭りをば夜祀《まつ》られ給ふなり。

さて春日姫は[一八]下《しも》の宮と顕れ給ふ。[一九]本地[二〇]千手《せんじゆ》観音にてましますなり。諏方《よりかた》は[二一]上《かみ》の宮と顕れ給ふ。本地[二二]普賢《ふげん》菩薩《ぼさつ》なり。さて下の宮は甲賀の二郎に仇《あた》まれ給ひし故《ゆゑ》に、ことさら[二三]荒膚《あらはだ》をば戒め給ふ。またわが久《自分は長い》しく親の恩を送り給はぬ故に《間流浪していて親の供養もしなかったので》、みづからが前へ参る衆生は、いかに

天皇がぬけている。
一二 孝霊天皇を入れて八代となる。下の「八百六年」という年数も計算が合わない。
一三 長野県諏訪市中洲の上社と、同県下諏訪町の下社とからなる諏訪大社。
一四 どこの神をさすのか未詳。『神道集』には、父は赤山《せきさん》大明神（比叡《ひえい》山の守護神）と顕れたとある。
一五 栃木県日光市の二荒山《ふたらさん》神社。
一六 未詳。京大本「う田の国 源《みなもと》太郎の大明神」、『神道集』では「宇都宮ノ示現太郎大明神」とある。
一七 未詳。京大本同じ。『神道集』は「若狭国田中ノ明神」。
一八 諏訪大社の下社。
一九 日本の神々は仏・菩薩が衆生済度のために姿を変えて顕れたものとする本地垂迹《ほんじすいじやく》思想にともなって、平安末期以後、諸所の神社の神について、その本源である仏・菩薩が定められるようになった。
二〇 観世音菩薩の慈悲と救済の働きの無量無辺なことを表した姿で、六観音の一つ。
二一 諏訪大社の上社。
二二 釈迦如来の右の脇侍《わきじ》。仏の理法、禅定《ぜんじよう》、修行の面を表した菩薩。
二三 男女のまじわりでよごれた肌《はだ》をいう。交合の後何日か神社へ参ることを忌《い》む所が多い。春日姫は甲賀二郎に犯されそうになったので、神となった後も、荒膚の者が参ることをタブーとしたというのであろう。

も親の孝養《けうやう》ねんごろにあらせんがために《供養を十分にすることができるように》、影《かげ》の月まで忌ませ給ふなり。また平城国《へせいこく》[二]へ移らせ給ひし時、新羅国《しんらこく》[三]にて疲れてましまし時、産屋《うぶや》[四]より女人《によにん》出で、粢《しとぎ》[五]を参らせ《さしあげて》、疲れを休め給ひし故に、産屋をば《産屋にいる間のけがれには》深くは忌み給はず《寛大であった》。後に恩を報ぜんためなり《その女に恩返しをするためである》。貧なりし女人なれど《新羅国の女人は貧しかったが》も、慈悲の心深くして、子孫繁昌《はんじやう》と栄えけり。また維縵《ゆいまん》より帰り給ひし道の苦しみを悲しみ給ひ、虻《あぶ》・蚊《か》・蛇《へび》・百足《むかぢ》[六]なんどいふ毒虫《どくちゆう》を、谷々に追ひ入れ給ふ故に、虻蚊《あふか》[七]の谷と申しはんべるなり。また維縵国の妃《きさき》も甲賀殿の跡《あと》を慕ひ給ひて、信濃の国浅間の嶽に出でて、同じく威徳を現し《威徳のある神となって》、浅間《せんげん》[八]大菩薩と顕れ給ふなり。甲賀の三郎諏方は、一切衆生をわが浄土へ導かんと誓ひ給ふ。

そもそも《さてそののち》不思議のことあり。東天竺《てんぢく》[九]にくるゑひ国《こく》[一〇]と申す国あり。ちくるい長者[一一]と申す者あり。かたちの美しき娘を持ち給へり。名をばちくてう夫人《ぶにん》[一二]と申す。天竺一番の姫なり。その国の王そなた王[一三]と申す御門《みかど》の、后に乞ひけるを、その上の王《そなた王より上の王の》にしやたう国[一四]の主《ぬし》を婿に《婿にした》

一 中世、近親者が死んだ時は一カ月間謹慎することを「影月《かげづき》」といった。親が死んだ時、一カ月間は社参を禁じて、親の供養に専念させたという意。
二 二八一頁注八の「平城国《へぜいこく》」と同じ。
三 古代の朝鮮半島の国名。普通「しらぎ」という。
四 出産のけがれを忌み、産婦を隔離して置いた家。
五 神に供える餅。
六 百足《むかで》を「むかじ」という例は各地の方言にある。
七 こういう名で土地の人が呼んでいた谷が実際にあったのかもしれない。
八 「浅間大菩薩」で知られるのは静岡県富士宮市にある浅間神社であるが、ここは前の文から考えると、群馬、長野県境の浅間山の神をさすのであろう。
九 『神道集』は南天竺。天竺はインドのこと。
一〇 京大本「くるへい国」、『神道集』は「拘留吠国《くるべいこく》」。
＊ 以下の上野国一宮の本地談は、『神道集』では「諏訪縁起」の条のほかに「上野国一宮事」として、巻七に独立の一章を立てて載せている。
一一 京大本「ちゝくる長者」、『神道集』には「此国ノ長者ヲハ玉餝《ぎよくしよく》大臣ト云」とある。

上野国一宮の本地談

一二 京大本「ちくてふ姫」、『神道集』は「好美女《かうびぢよ》」。
一三 京大本「そた王」、『神道集』は「草皮《さうひ》国ノ大王」。
一四 京大本「しやから国」、『神道集』は「沙羅樹《しやらじゆ》国」。
一五 前には「ちくてう夫人」とあったが、ともに「ち思ひける《いと思っていたので》ほどに、返事なかりけり。勅使度々《たびたび》重なれどつひに用ひず《最後まで承知しない》。さるほどに御門おほきに怒りて、その勢一千余騎をもつて押し寄せ、長者を夜討ちに討つ。[一五]ちくちう夫人はやうやう夜討ちを退き《夜討ちをのがれ出て》、父の持ち給へる宝の矛《ほこ》を、[一六]恒河《ごうが》河《がは》の中にさかさまに立てて、[一七]その上に住み給ふ。そなた王この由を聞こしめし、その所を麿《まろ》が知行とあり《その場所は自分の領地だと言ってきた》。さらば宣旨《せんじ》に従ひ、「かやうの国に止《と》まればこそ、かかることをも《そんな理不尽なことを》聞け」《言われるのだ》とて、また矛をひつさげ、天の早車に乗りて、[一八]流沙《りうさ》・[一九]葱嶺《そうれい》を飛び越え、[二〇]百済国《はくさいこく》へ渡りて、それより天の早舟に乗りて、わが朝へ越えて、筑紫の[二一]いつつに着き給ひ、[二二]仏法東漸《ぶつぽふとうぜん》のことわりに引かれて、信濃《しなの》と上野《かうづけ》の境なる、[二三]あひち山へ移り給ふ。かの山に水を湛《たた》へて、この天《あま》の舟をうつむけて、この世に[二四]火の雨の降らん時、この水にて消さんと誓ひ給ふ。伏せ給へる舟の上に社《やしろ》を建てて住み給ふ。この舟の[二五]楫取《かんど》り、そめくらのつうしといふ人も、並びて御殿《ごてん》に居《きよ》し給へり。この故に[二六]荒船《あらふね》の明神と申す。

くちょう」とよむのであろう。
一六 ガンジス河のこと。
一七『神道集』では、矛の上に「好玩団《かうぐわん》」(円形の敷物の名か)を敷いて住んだとある。
一八 中国北西部のゴビ砂漠およびタクラマカン砂漠をいう。
一九 パミール高原の中国名。
二〇 古代の朝鮮半島西南部にあった国。くだら。
二一 未詳。京大本は「いまつ」とする。今は博多湾の一部となっている今津湾のことか。
二二 仏教がインドから中国・日本へと、しだいに東方に伝わったこと。ここでは、仏教が日本へ入ってからも、西から東へとひろまっていったその道筋を追って東国へと移ったということであろう。
二三 群馬県甘楽《かんら》郡下仁田《しもにた》町と長野県佐久《さく》市の境にある荒船山のこと。「あひち山」の名は未詳。京大本には「荒船山」とあり、『神道集』には「笹岡山」とある。
二四 ここの文について、尾崎喜左雄氏は、火山現象を経験した作者の記述ではないかと言われ、それは浅間山の噴火であろうとされる。「火の雨」は、火の粉が降りそそぐさまを雨にたとえた語。
二五 平安・鎌倉時代には、船の運航全般の責任者をいった。後の船頭に相当する。「そめくらのつうし」という名は未詳。京大本にも『神道集』にも楫取りのことは出ていない。
二六 荒船神社は後記の貫前《ぬきさき》神社の摂社となっている。

ここに諏訪の大明神は、御母にてまします故に[一]日光権現へ常に通ひ給ふ道にてあるあひだ、荒船の明神に契りをこめ給へば、春日姫これを聞きて恨み給へば、「それもことわりなり《〔荒船明神は〕春日姫が恨むのももっともだ》」とて、「ここに住めばこそ《ここに住むからいけないのだ》」とて、上野の国甘楽《かんら》の郡《こほり》尾崎の郷《がう》に、社《やしろ》を建て住ませ給ふ。今の[二]一の宮これなり。また恒河河より矛抜きて、天下り給ひし故に、[三]鉾抜《ほこぬく》神とも申すなり。

空也上人の参籠

[四]そもそも仏菩薩《ぼさつ》、わが国に住み給ふことは、苦しみの衆生を助け導かんためなり。またわれも苦しみに会ひつつ《仏菩薩自身も人間の苦悩を経験して》、神明《しんめい》の身を借り《仮に神となって》、衆生を助け、[五]和光垂迹《わくわうすいじやく》の利益《りやく》なれば、[六]恨みもみどり子のごとし。しかるに[七]空也上人《こうやしやうにん》、諏訪の社に参籠《さんろう》して、「そもそも御本地は大菩薩なり《一体ここの神様の御本体は大菩薩でありますのに》。何の故にか山野の獣《けだもの》を殺し、[八]贄《にへ》に掛けさせ給ふ《お供えするのですか》」と不審申されければ《疑問のことをお尋ねすると》、五日の暁《五日目の明け方》、御殿の四方に二三寸の仏《ほとけ》満ち満ち給ひ、やや久しくありて御戸《みと》を開きて、大明神、梶の葉の直垂《ひたたれ》に《梶の葉の紋の》、剣《けん》、笏《しやく》を持ちて、上人に向ひて、「汝《なんぢ》愚かなり。[九]有為《うゐ》の獣《獣が》、無用の悪人衆生の《役にも立たない悪人の衆生の》

一　ここには、諏訪と日光の間を実際に往来していた宗教的遊行者《ゆぎょうしゃ》の経験が出ているように思われる。
二　群馬県富岡市一宮町の貫前《ぬきさき》神社。上野の国の一の宮で、平安初期から中央の記録に見える名社である。
三　貫前神社は中世から近世にかけては、抜鉾《ぬきほこ》明神の名で呼ばれていた。
四　仏菩薩が人間となってこの世に顕れ、憂悲苦悩を経験した後に、神と現じて利益を施すというのは『神道集』に説く本地物式縁起の思想である。
五　仏菩薩が威徳の光を隠し、仮の姿の神として俗世に顕れること。
六　恨みのあるものをも、幼児に対する親のようにいつくしむという意か。京大本には「恨みをも身をも子のごとし」とある。
七　「くうや」ともいう。平安中期の僧。諸国を勧進《かんじん》して歩き、踊念仏《おどりねんぶつ》の祖として知られる。『神道集』では以下の話を長楽寺の寛提僧正のこととする。
八　神にささげ供える食べ物。
九　因縁の和合によって作られた無常なもの。
一〇　生れ変り死に変って迷いの世界を惑い歩くこと。
一一　意味は次に説明してある。諏訪明神は狩りの神として信仰されていたので、神仏習合に際して殺生《せっしょう》が大きな問題となった。そのために、この四句の文《もん》が早くから大事にされていたらしい。
一二　以下は前の四句の文をよみ下して説明した文。罪の深い生きものは、たとえ放してやっても結局は助か食《じき》となり、いたづらに死しいたづらに生じて《仏縁を結ばずむだに死んではまた生れかわって》、[一〇]流転《るてん》するを憐れまんがために、しばらく《仮に》みづからに縁を結び《自分の食物となって仏に縁を結び》、来世を助けんがためなり。

[一一]業深有情《ごふじんうじやう》、唯放不生《すいはうふしやう》、故宿人中《こしゆくにんぢゆう》、同証仏果《どうしようぶつくわ》

[一二]業《ごふ》の深き有情《うじやう》は、放つといへども生きず。かるが故に身の内に宿《やど》して、仏果を証せん」。この文《もん》を心得《こころえ》べし、[一三]はたまた[一四]内外典《ないげてん》を論ぜず、[一五]一道に達するものなり。すなはち、[一六]はちあらわす物といへり。されば書にいはく、[一七]「智者の造る罪はおほきなれども、地獄に落ちず。愚者の造る罪は少しなれども、地獄に落つる」と言へり。あひかまへて《かならず心して》、[一八]これを聴聞《ちやうもん》すべし。仏神《ぶつじん》に信を致し、[一九]三宝《さんぼう》を敬ひ、慈悲に住して《いつくしみの心をもって》、礼儀を正しくして、[二〇]現当二世《げんたうにせ》の願望《ぐわんまう》を祈るべきものなり。

[二一]諏訪のちんひしよ、これをあそばし候はん人も《この物語をお読みになる人も》、また聴聞の人々も、[二二]精進潔斎《しやうじんけつさい》あるべく候ふ。[二三]不浄心《ふじやうこころ》にして無用なり。

らない。それ故、自分の腹の中に入れて、仏道に縁を結ばせ、悟りを得させるのだ。

一三 それともまた。先行の事柄と後の事柄とのどちらを選ぶか迷う気持を表す副詞。しかし、この所の下の文は上の文との関係を理解しにくい。

一四 内典《ないてん》（仏教に関する書物）と外典《げてん》（仏教以外の書物）の両方に通じていて。

一五 悟りに至る一筋の道。

一六 この一文の意味未詳。「はたまた」以下「物といへり」までの文は、京大本にも『神道集』にもない。

一七 出典未詳。

一八 「これを」は何をさすのか明瞭でない。文脈からいえば、上の「書にいはく」として引いた言葉になる。「聴聞」は、御経や説法を心して聞くこと。

一九 仏と法（仏の教え）と僧（その教えを実践する集団）の三つを宝にたとえた語。

二〇 現在と未来の二つの世。この世とあの世。この世では幸福な生活を送り、死後は浄土に往生できるようにとの願い、の意。

二一 「ちんひしよ」は「深秘書《じんぴ》」で、諏訪大明神の由来を語る深遠な意味をもった書物（この諏訪の本地の物語をいう）の意であろう。

二二 二七四頁注七参照。

二三 けがれた心で、この物語をよんだり聴聞したりしてはならない。「無用」はある行為を禁止することを示す語。

小《こ》男《をとこ》の草子《さうし》

中頃《なかごろ》、大和《やまと》の国に身の丈《たけ》一尺の小男がいた。奉公を志して都へ上《のぼ》り、清水山《きよみずやま》で松の葉を集めるのを業《わざ》としているうち、ある時、清水参詣《さんけい》の美しい上臈《じょうろう》を見そめて恋わずらいとなる。主《あるじ》の女房《にょうぼう》のすすめで女のもとへ文《ふみ》を送る。文のやさしさに感心した女は小男に会う。その姿を見て、いったんは愛想《あいそ》をつかすが、小男のよむ当意即妙《とういそくみょう》の歌に感じて契りを結び、二人はしあわせに世を送った。後に、小男は五条天神《ごじょうてんじん》と、女は道祖神《さいのかみ》と顕《あらわ》れ、恋の守り神となった。

御伽草子に有名な『一寸法師』がある。御伽文庫二十三篇の一つとして江戸時代に出版され、広く流布したが、現存の文献の上では、この『小男の草子』の方が古く、室町時代末期頃の絵巻や奈良絵本をはじめ多くの本が伝わる。底本に使用したのは、慶長期を下らない古い横形奈良絵本（高安六郎氏旧蔵。戦災を受けて焼亡した）である。挿絵と本文とが入りこみになっていて、初期の奈良絵本の特徴を見せている。本文も他本に比べて簡潔で素朴である。

身分の卑しい者が和歌の才能によって貴女を手に入れ、立身出世をする物語は、『物くさ太郎』『猿《さる》源氏草紙』など他に類型作品が多い。中世末期から近世初頭における実力本位の社会を背景に考える時、これらのいわゆる庶民物の御伽草子は、文学史的にも問題を含む作品と言えるであろう。ただ本作が本地《ほんじ》物《もの》式の結びをもつ点には中世の残照が見られ、過渡期の文芸としての性格を現している。

小男、都へ上る

[一]中頃《なかごろ》のことにやありけん。[二]大和《やまと》の国、よりまの郡《こほり》に一つの不思議あり。[三]丈《たけ》一尺、横《よこ》八寸の男あり。この男の心の内に思ふやう、「若き時[四]奉公《ふうこう》をしてこそ、年寄りての物語にもなれ《年とってからの思い出話にもなる》。また国里《くにさと》の名も知りて、[五]人の有為無常《うゐむじやう》をも知ると、承り及びたれ《聞きおよんでいる》。われははや二十《はたち》にあまりて、[六]何時《いつ》を思ひ出《で》の体《てい》もなく、明かし暮さんことの口惜《くちを》しや。いでさらば《さあそれでは》都へ上《のぼ》り、奉公《ふうこう》せん」とて、思ひ立ち、父母《ちちはは》いかほど止め候へども、隠れ忍びて内を出《い》づる。友達のもとに行き、[七]大刀《おほがたな》を借りて差し、三月二十五日と申すに《という日に》、はや都へ着きける。

さて都を静かに見物して、背こそ小さくとも、宿なりとも大きなる宿を借らんと思ひ、[八]上下《じやうげ》を尋ぬるに、大きなる家の門《かど》にて、[九]大音声《だいおんじやう》に案内を乞ふ《取り次ぎを頼む》。内より女出でて、「誰《た》そ《誰ですか》。あらけなき声かな《荒っぽい声ですこと》」と、

一 あまり遠くない昔のことであろうか　時代を単に「むかし」として書き出した伝本もある。

二 奈良県。「よりまの郡」は未詳。別本では「山城の国くろもとの郡」あるいは「山城の国くせ郡」とある。また慶長十二年の絵巻（天理図書館蔵）系統の異本では、小男を京の九条あたりの者とする。

三 身の丈。身長。一尺は約三〇センチ。八寸は約二四センチ。

四 他人の家に召し使われて勤めること。底本の「ふうこう」は誤写ではなく、そのように発音したのであろうか。

五 世の中の移りゆくさまを知ることもできると。「有為無常」は、この世のものは因縁の和合によって生じたものなので、恒常性がなく常に移り変るという意の仏語。

六 いつといって思い出になるようなことが何もなくて。「体」はものごとの有様、様子をいう語。

七 からだの小さいのをあなどられまいとして、大きな刀を差したのである。挿絵を見ると長い刀を地面に引きずっている。

八 都の中をあちこちと探しまわっているうちに。「上下」は、京の内裏《だいり》に近い方と遠い方の意。「かみしも」とよむのかもしれない。

九 大きな声をはり上げて。

一 泊めて頂きたいのです。
二 京都市東山区五条坂にある清水寺。本尊の観世音《かんぜおん》菩薩《ぼさつ》は霊験《れいげん》あらたかな仏として、平安時代以来上下の信仰を集めていた。
三 会下《えげ》僧《そう》（寺を持たず、師のもとで修行している僧のこと）の用いる傘《かさ》。挿絵で小男が肩にかついでいる傘である。
四 数珠の珠《たま》を指先で一つずつ繰りながら。念仏の回数を数える時などにする動作。
五 もとは修行の年数を多く積んだ僧のことをいう語であるが、転じて広く身分の高い人、特に格式の高い家の女性をいうようになった。
六 ここだけは「ほうこう」とある。二九一頁注四参照。
＊ 異常に小さな男が難事業をなしとげて幸福な結婚をかちとるという話は、昔話の中で「あくと太郎」「すねこたんぱこ」「豆助・豆太郎」「指太郎」などと呼ばれて全国に分布する。この系統の説話は、古くは日本神話に出てくる少彦名命《すくなひこなのみこと》までさかのぼるが、民俗学の研究によれば、霊力のある神の子は最初至って小さな形で出現するという信仰があって、瓜《うり》や桃から生れた瓜子姫・桃太郎の昔話や、竹の中から発見されたかくや姫の話も同じ根から生じた説話であると説かれている。『小男

小男、都にて奉公する

出でて見れば、丈一尺、横八寸の男なり。(女)「何事ぞ」と申し候へば、(小男)「遠国の者にて候ふ。一宿の所望《しよまう》にて候ふ」。(女)「こなたへ入らせ給へ《ではこちらへおはいりなさい》」とて、内へ呼び入れて、京に日数《ひかず》を経《ふ》るほどに、ある時、清水《きよみづ》[二]へ参らんと思ひ、内にて会下傘《ゑげがさ》[三]を借り、うちかたげて《肩にかついで》、数珠《じゆず》[四]つまぐりて、出でて歩《あよ》みゆく。

上臈《じやうらふ》[五]これも清水《きよみづ》に参り給ふ。この男を見て、「あら、いたいけな《かわいらしい人》る人や《ですこと》。いづくの《どこの人です》人ぞ《か》。いかなる人《どういう方でし》にて候ふや《ようか》」と問ひ給へば、「遠国《をんごく》の者にて候ふ。奉《ほう》[六]公《こう》の望みにて候ふ。いづくへもやりて《どこでもよいですから世話》給はり候へ《をして下さい》」と言

清水へ出かける小男と宿の女房

の草子』も『一寸法師』も、この小《ちい》さ子《こ》説話を素材にして成った御伽草子であるが、童話的な『一寸法師』に対して、大和《やまと》言葉の才をもって恋を成就する『小男の草子』は、庶民文芸というには、なお古典的な要素を濃厚に残している。

七 わけを聞いて承知すること。古くは「リョウジョウ」と濁音。
八 背を高く見せようと、爪先《つまさき》だって歩いたのである。
九 する仕事としては。
一〇 插絵を見ると、松の葉を籠《かご》に入れてかついでいるので、「薪をする」は、松の葉を家に持ち帰って燃料にする、の意であろう。
一一 どこかの国か郡の支配をまかせられるか、それとも、どんな格式の高い家の婿に迎えられるかと思ったのに。
一二 前の世からの因縁で定められた運命なのであろうか。「前世」は古くは「ゼンゼ」と濁音。
一三 前の上臈とは別の人。「上臈」は前頁注五参照。

ふ。（上臈）「さらば《それなら》、み《私が》づから使はん《使ってあげましょう》。奉《ふう》公《こう》し候はんか」とありければ、やが《すぐに》て七領掌《りやうじやう》して、八つま立ちて帰る。

　さて、この者が九業《わざ》には、清水山《きよみづやま》の

上臈について奉公先へ行く小男

松の葉をかきて《かき集めて》、一〇薪《たきぎ》をするよりほかのことはなし。この者思ふやう、「われ奉公《ふうこう》をせば、一一いかなる国郡《くにこほり》をも預かり、いかなる婿にもなるべきかとこそ思ひしに、かかるいやしき業をすることこそあさましや《このようないやしい仕事をするとは情けないことだ》」とは思へども、「よしよし、これも一二前世《ぜんぜ》の定まりごとにてやあるらん」と、また思ひ返して山へゆく。

清水にて貴女を見染める

ここに一三上臈《じやうらふ》、これも清水に参り給ふ。年ならば十七八かとおぼ《思われ》

しきが、下《げ》女《ぢょ》ばかりにて御通り候ふ《る女が下女を連れただけでお通りになる》。これを一目見て、そのまま恋《たちまち恋心が》となり《起ってきて》、一せめてのことに跡《あと》につきて見れば、近きほど《近い所の》築《つい》地《ぢ》二門《かど》したる所へ入り給ふ。

これを見入れて《そこへ入るのを見届けて》、戻りて見れば、木の葉をば人取りて《集めておいた松の葉を》なし。されども少しかき集めて帰り、そのままひれ臥して《うつ伏せになって》、さらさら物をも聞き入れず《何を言っても一向に耳にはいらない様子で》、泣くばかりなり。

清水山で松の葉をかく小男

小男、恋わずらいとなる

さて内の《主家の》女房《にょうばう》これを見て、小男が有様は三何とも知れぬ体《てい》なり。「自然《もしかして》恋の心ならば、みづからに《私に》語れ《話してみなさい》。叶《かな》へてとらせん」とありければ、この

一 せめて住居だけでもつきとめようと思って、女のあとをつけていくと。

二 築地をめぐらし、門構えのある家の意。「築地」は土をつき固めて造った塀《へい》。公家《くげ》の邸宅や、寺院などに多かった。

＊ はじめ清水で逢《あ》った上臈に拾われて奉公し、次にまた清水で別の上臈を見そめるというのは、趣向が重複する感を与える。別本では、最初に京で宿を借りた家に奉公することになっていて、その方が自然である。二度まで清水を出してきたことには、何か意図があったのかとも考えられる。

三 どうしたのかわけの分らない様子だ。「知れぬ」は、下二段活用の「知る」（四段活用の「知る」に対して、自発・可能の意味をもつ）に打消しの助動詞のついたもの。

＊ 御伽草子には清水観音の利生《りしょう》を説く作品が数多くあるが、その一つとして、物語の男女主人公が清水寺において結ばれるという筋をもつものが見られる。一番端的なのは、良き妻に引き合せて賜れと清水観音に祈請を掛けると、示現があって、下《げ》向《こう》の道で会う女を妻にせよというもの（『千手女《せんじゅにょ》

の草子』）であるが、それほどはっきりしていなくとも、清水参詣の折に男が女を見そめるというもの（『しぐれ』『伏屋《ふせや》の物語』）で、後の場合でも、清水の利生によることを窺《うかが》わせる書き方をしてある。小男の場合もその型をうけているが、この作品では清水の利生をほのめかすような文辞は全く見られない。本作と同類型の『物くさ太郎』になると、太郎ははじめから女を辻取《つじど》り（往来で、一人歩きの女を捕えて妻にすること）にする目的で、人の集まる清水へ出かけて行くのであって、いよいよ神仏との縁は遠くなってくる。

四 姿は秋の満月のように欠けた所がなく、顔かたちは春の花のように盛りの美しさで。美人の形容によく使われる句である。

五 三十二相をそなえた仏様のような姿を現した。「三十二相」は、仏様がそなえているという三十二の身体の特徴。

六 「より捨て」は、よいものを選びとって残りを捨てる意であるが、それでは文意が通らない。何か誤写があるか。この苦しさをそのままにしておいたならば、の意であろう。底本と同系の別本には「このこと叶ひ候はずは」とある。

七 足を地にすりつけるようにして、ばたばたさせること。怒りや嘆きの甚だしい時にする動作。

小男、女のもとへ文を送る

清水参詣の美しい上臈と下女

言葉に力を得て起き上がり、（小男）「今は何をかつつみ候ふ《何を隠しましょう》べき。昨日《きのふ》の暮ほ《夕暮時》ど《分に》に、いつものごとく松の葉をかきに行き候へば、年ならば十七、八か

とおぼしき上臈の、四姿を見れば秋の月、かたちは春の花、五三十二相のかたちを現じたりし、いかにも美《いつく》しき上臈様の御通り候ふを、ただ一目見て、それより恋となりて、胸の苦しさ世の常ならぬ《ひととおりではありません》ことなり。このことより捨て六てならば命は有難し《死んでしまいそうです》」とて、また涙を流し、七足ずりしてぞ泣きゐたり。

（女房）「あらいたはしや《かわいそうなこと》。さらば望みを叶《かな》へてとらせんが、所を知りてこ《その女の人の居所が》

その人をもやるべし《分れば使いをやることもできますが》」と言ひ給へば、「いや《(小男)》、この近きほどの築地《ついぢ》門《かど》[一]したる所にて候ふ」。「さらば《(女房)》人をつかはしてとらせん《それなら使いを出してあげましょう》。思はんこと《思っていること》を言へ《を言いなさい》」とある。

「いや《(小男)》、ただ、文《ふみ》[二]を書きてやらん」。女《女房》聞きて、「あのなりして《あんな姿をしていて》、何《どう》として文のこと知らん《して恋文の書き方を知っているだろうか》」とは思へども、言ふこと《〔本人が〕》なれば、硯《すずり》に料紙《れうし》[三]取り出だしければ、「あら《(小男)》嬉《うれ》しや」と受け取り、文を書きて、内の下女《げぢょ》に持たせてつかはしける。

恋文を書く小男と主家の女房

女《下女》、いづくより《どこから来たと》とも言はで《も言わないで》、文を渡す。内へ入りて《〔上臈が〕奥へひっこんで》見れば《文を見ると》、優《いう》[四]にやさしき文なり。「埋《うづ》[五]み火、岸の姫松、

一 二九四頁注二参照。
二 手紙のこと。近世以降は恋文《こいぶみ》をさすことが多い。
三 ものを書くのに使う紙。手紙の用紙。
＊『浄瑠璃《じょうるり》十二段草紙』第九段にも、御曹司《おんぞうし》が浄瑠璃御前に謎《なぞ》言葉を言いかけるところがあった（五〇頁）。また、上臈《じょうろう》が返事で謎かけをすることも『十二段草紙』の第七段に出てくる西行と御息所《みやすどころ》の恋の話にある。御伽草子に例の多い趣向で、『物くさ太郎』にも盛んに使われている。本作でも諸本によって謎の言葉はまちまちで、自由に書き替えていたのであろう。他の伝本に出てくるものには、「松の葉山」「霞の下の桜花」「紫の根摺《ねずり》」「打ち寄す波」などがある。こういう語は大和言葉といわれ、謎解きには古歌に関する知識が必要であるところから、教養の程度を示すバロメーターとされたのである。
四 すばらしく優雅な手紙であった。「優」はすぐれているものに対するほめ言葉。「やさし」はたしなみの深さを感じさせるものごとに対していう語。
五 以下は謎言葉で、すぐ後に、その謎解きがなされている。

九重《ここのへ》の雲、わたつうみ、六横切《よこぎり》」。かやうに書きてやる《書いて送ってきた》。(上臈)「七埋み火とは、下に焦《こが》れて物思ふ。八岸の姫松とは、久しく長らへんといふ心。九九重の雲とは、われを賞翫《しやうくわん》の心。一〇わたつうみとは深く頼まんとの心。かほどの《これほど優雅》文に返事なくては叶ふまじ《な文に返事をしないわけにはゆかない》」とて、やがて返り事をし給ふ。

恋文の返書を読む小男と主家の女房

返り事取りて、小男が待ちかねてゐたりし所へ戻り、(使いの下女)「返り事のあるぞ」と言ひければ、嬉しく思ひ、かつぱと起き上がり、返り事受け取り、広げて三度戴《いただ》き、さて読みて見る。「一一空ゆく雲のみうひ」とぞ書かれたり。「一二空ゆく雲とは九日を待てとの心なり。何として《どうして九日》

六 この語だけは後に謎解きがされていない。書き漏らしたのであろうか。別本には「横切る雲」とあり、「横切る雲とは男などあるらんとなり」と解いてある。澄み渡った月の前を雲が横切るように、すばらしいあなたの所には通ってくる男があることでしょう、の意。

七 灰の中にいけた炭火のように、私は胸の奥深くであなたを思いこがれています、という意味。「物思ふ心」とあるべき所。

八 岸に生《は》えている姫小松の寿命が長いように、いつまでもあなたとともに暮したいと思います、という意味。

九 九重の雲のように私（上臈のこと）を大切にする、という意味。「九重の雲」は幾重《いくえ》にも立ち重なる雲。手の届かないような所にいる人の意味を含めている。「賞翫」は古くは「ショウカン」と清音。

一〇 海が深いように、あなたに深く身をゆだねます、という意味。「わたつうみ」は「わたつみ」の「み」を海の意と意識するようになってできた語。「わたつみ」は本来は海の神をいう語である。

一一 別本には「空ゆく雲の末《すゑ》のよこそ」とある。「みうひ」は誤写であろうか。雲が空の果てまで遠くゆくように、ずっと先の夜に会いましょう、の意か。

一二 「空ゆく雲」が、なぜ「九日を待て」の意味になるのかは未詳。

九日まで待たん《も待っていられようか》」と思ひてける[一]に、やうやう十年を暮す心地《ここち》して、すでに《やっと》その日になりにけり。

さて行水《ぎやうずい》して身を清めて、《(小男)》「このなりして《こんな身なりをして》、何としてまれ人[二]に会はん」と思ひ、「衣裳させて給はり候へ《ちゃんとした着物を着せて下さい》」。《(主家の女房)》「心得てある《わかってます》」とて、やがて装束させてやる。道のほとり[三]四[四]、五町ある所を、昼七つの時より《午後四時に家を出て》夜の四つの時分にたどり着くなり《夜の十時頃にたどりつく有様であった》。

上臈と縁の上に置かれた小男

さて、《(上臈)》「まれ人[五]は何時《いつ》の時分に来《こ》ん」と思ひ、待ちかねておはしましけるに、何やらん前栽《せんざい》[六]に物の動くを見れば、丈《たけ》一尺ほどなる生物《いきもの》なり。

一 「思ひ」（「思ふ」の連用形）に完了の助動詞「て」（「つ」の連用形）と、過去の助動詞「ける」（「けり」の連体形）を重ねた語で、「思ひける」を強めたいい方。

二 稀人《まれびと》の意で、一般には他から来た人、客人をいうが、ここは、たぐいまれなすばらしい人の意であろうか。

三 「道のほとり」は「道の程」の誤りであろう。

四 一町は六十間《けん》。約一〇九メートル。

五 この「まれ人」は客人の意。小男をさす。

六 庭前に植え込んだ草木。庭先の植込みのこと。

女との逢瀬

* 小男がよんだ「数ならぬ」の歌（三〇〇頁）は、御伽文庫本ほか版本の『物くさ太郎』には、やはり太郎が女の琴《こと》を割ってしまった時に、「今日よりはわが慰《なぐさ》みに何かせん」（女）、「ことわりなれば物も言はれず」（太郎）というように連歌の形で出ている。『小男の草子』と『物くさ太郎』とは物語全体の構成が非常によく似ており、和歌の秀句をもって女をなびかせるところの趣向も同工である。本地物式の結びになっている点も同じで、両者の間には非常に近い影響関係がみとめられるが、先後ははっきり言えない。『物くさ太郎』には版本系統に先立つと思われる絵巻（大阪女子大学蔵）があって、それには前記の「ことわりな

酒盛りをする小男夫婦と子供

端《はし》近く出でて見れば人なり。（上臈）「さては今宵《こよひ》の約束人はこれなり」と思ひ、[七]縁の上臈《じやうらふ》、かいつかみて置きて、われはそら胸病みて《仮病をつかって》、[八]蔀《しとみ》、[九]障子《しやうじ》、立て回

して、内へ入り給ふ。小男とりあへず《すかさず》、

[一〇]三日月《みかづき》のほのかに見えて入りぬるは
そらやみとこそ言ふべかりけり

かやうによみければ《歌をよんだので》、女房聞き給ひて、「さても、なりにも似ぬ歌のおもしろさよ《姿に似ないでおもしろい歌をよむことですね》」とて、障子をあけて〔小男を〕内に入れ給ふ。さて、〔小男は〕立て並べたる[一一]琵琶《びは》を寄り倒して損《そこな》ひける。女房「これは不《とん》

れば」の句がなく、『小男の草子』の方にも、この歌の含まれていない異本があるなど、御伽草子の通例として作品形態そのものが流動的なので、どちらかが模倣《もほう》というふうにきめるのは困難である。

七 縁側にいる上臈が小男をぐいとつかんで置いて、の意になるが、「上臈」は「上へ」の誤写で、縁の上へ小男をかいつかんで置いて、の意味にとった方がよさそうである。

八 柱の間に入れる建具の一種で、板の両面または片面に格子《こうし》を組み、長押《なげし》から釣り下げて、上にはねあげて開くもの。寝殿造《しんでんづく》りの建物に多い。

九 今は、格子に組んだ骨組に白い紙を張った明り障子をいうが、古くは、絹布を張った襖《ふすま》障子、唐紙《からかみ》を張った唐紙障子、台脚のついた移動式の衝立《ついたて》障子、などがある。

一〇 三日月がほんの一時の間見えて、すぐに沈んでしまうように、ちらと姿を見せて内へ入ってしまわれたのは、きっと仮病をつかわれたのに違いありません。「空病《そらやみ》」に「空闇」を掛ける。

一一 琵琶にぶつかって倒し、こわしてしまった。「琵琶」は、インド・中国を経て、奈良時代に日本へ渡ってきた東洋の絃楽器。ここは琵琶でなく、琴でないと次の和歌に合わない。別本には琴とある。

小男、恋を成就

一　とるにも足りない悲しい身の上がつらいことです。こんな仕打ちを受けるのも道理なので、何も言うことができません。「ことわり」に「道理」の意と「琴割り」とを掛けた。

二　小男に求婚されたことをいう。

三　前世からの約束なのであろうか。「業縁」は苦楽の果報を招く因縁となる善悪の行為。

四　夫婦の契りを結んで。「比翼」は「比翼の鳥」の略で、雌雄おのおの一目一翼で、常に一体になって飛ぶという空想の鳥。男女の契りの深いことにたとえられる。

五　赤児。幼児。古くは「ミドリコ」と清音。

六　先行の事柄と関連して後続の事柄が起ることを示すのが本意であるが、中世の物語では、冒頭や章節の変る所で形式的に用いることが多い。

＊　慶長十二年絵巻系統の異本では、小男は清水観音から打出《うちで》の小槌《づち》を賜って、それで腰を打つと七尺余りの美丈夫になったと述べていて、『一寸法師』と同じ結末である。そして、小男夫婦が神と顕れたことは記していない。

七　京都市下京区西洞院《にしのとういん》松原通りの五条天神社。大己貴命《おおなむちのみこと》と少彦名命《すくなひこなのみこと》を祀《まつ》る。

八　神の姿。神の本体。ここは、小男は五条天神の仮の姿であったので、の意か。

＊　小男が五条天神の本地であるとしたのは、佐

小男と女房、神と顕れる

思議の者かな《でもない人ですね》」とて、またかいつかみて縁の上に投げにける。投げ《〔小男は〕》られて一首、

一数ならぬ憂《う》き身のほどの辛《つら》きかな
　ことわりなれば物も言はれず

かやうによむ。「あらやさしや《〔上臈〕あら感心だこと》」とて、女房《上臈は》「二かやうのことも三前世《ぜんぜ》の業縁《ごふえん》にてやあるらん」とて、内へ呼び入れて、四比翼《ひよく》の語らひをな《夫婦の契りを深く》し《して》、世を栄えてゐ《幸福な日々を送って》たり《いた》けり。この小男《この小男》が果報にまかせ《のしあわせな運命にしたが》て《って》、玉のやうなる五緑児《みどりご》出で来《き》、世を栄え、朝夕酒盛りしてこそ遊びけり。

六さる《さて》ほどに小男

貴賤群集する五条天神の社頭

は[七]五条《ごでう》の天神《てんじん》の[八]神体なれば、やがて天神に顕《あらは》れ給ふ。女房は[九]道祖神《さいのかみ》に顕れ給ふ。さて、今の世までも恋をする人は、天神と道《さい》祖神《のかみ》とに祈請《きせい》申せ

ば、たちまちに夫婦のことは、女男《をんなをとこ》ともに叶《かな》ふなり。かまへてかまへて《必ず必ず》、よくよく頼み候ふべし。さてこそ《それだからこそ》今の世までも[一〇]貴賤群集《きせんくんじゅ》し給ふなり。[一一]めでたしめでたし。

[一二]これやこの行くも帰るも別れては
　　知るも知らぬも逢坂《あふさか》の関

[一三]とやらんとぞやらんとぞ。

竹昭広氏の説（『下剋上《げこくじょう》の文学』）によると、天神社の祭神が、指の股《また》から生れ落ちたと伝える少彦名命であることと、天神という名から北野天神の信仰が重なってきたためであろうとされる。菅原《すがわらの》道真《みちざね》を祀った北野天神は和歌・連歌の神であったことのほかに、当時道真は背がたいへん低い人であったとする伝えが一般に信じられていた。ところで、この作品は『諏訪の本地』のような本地物とは色合いが非常に異なる。並以下の人間でありながら自分の力で幸福をかちとった小男には、神仏に運命を左右されていた本地物の主人公たちの俤《おもかげ》は見られない。神と顕れたとすることに違和感があることは否《いな》めない。

九　村境などにあって悪霊の侵入を防ぎ止める神。また旅の神や、生殖の神ともされる。

一〇　身分の高い人も低い人も区別なく、この天神社に群がり集まるのである。

一一　ものごとが無事落着した時にいう言葉で、御伽草子で結びに用いた例が多い。

一二　ここがあの、行く人も帰る人も別れを交わし、知る人も知らない人も逢《あ》うという逢坂の関だ。『後撰《ごせん》集』雑一にある蟬丸《せみまる》の歌。この歌を含めた末尾三行分は物語の本文ではなく、筆写者が加えた感想である。他の伝本にはこの一文はない。

一三　小男が行きずりの女と結ばれたのは、蟬丸が「これやこの」とよんだ古歌の通りだ、の意。

小《こ》敦盛《あつもり》絵巻《ゑまき》

一の谷の合戦で平家の公達敦盛《きんだちあつもり》を心ならずも討った熊谷直実《くまがえなおざね》は、出家して法然《ほうねん》上人《しょうにん》の門に入った。都に残された敦盛の北の方《かた》は、出産した若君を源氏方の探索をのがれるために下松《さがりまつ》に捨てたが、若君は法然上人に拾われる。若君は成長するに従い父母を慕って嘆くので、上人が説法の座で若君のことを物語ったところ、かねてから説法の聴聞《ちょうもん》に寄せて若君の成長を見守っていた北の方が名のり出て、母子は再び対面をとげる。熊谷から敦盛の形見を渡された若君は、父への思慕がいよいよつのり、賀茂《かも》の明神《みょうじん》に祈願して、その夢想によって生田《いくた》の小野を尋ねると、父の亡霊が現れて若君を慰める。父の姿の消えた後に残った遺骨を都へ持ち帰った若君は、母とともに出家し、仏道修行の功を積んで後に西山《にしやま》の善慧《ぜんえ》上人といわれた。

十六歳で戦場の露と消えた敦盛の哀話は『平家物語』によって人口に膾炙《かいしゃ》していたが、その後日談ともいうべき敦盛の遺児をめぐるこの物語は、おそらく室町時代になって作られたものであろう。底本としたのは慶応義塾図書館所蔵の室町時代末期頃の絵巻であるが、ほかにも同じ頃に作られた同系統の絵巻が数本伝存している。広く流布している御伽文庫二十三篇の中の『小敦盛』は、この絵巻と比べると内容文章ともにかなり大きな違いが見られる。御伽文庫本系統の本文を有する伝本にも、室町末期を下らないと推定される古絵巻が存するが、本文としては底本とした慶応本絵巻の系統の方が古いものと考えられる。

一の谷の合戦で熊谷直実は敦盛に出会う

[一]さるほどに、[二]一の谷の合戦敗れしかば、[三]主上《しゆしやう》、[四]二位殿をはじめたてまつり、皆々舟にとり乗り、落ちさせ給ひける《急ぎ乗って逃げてゆかれた》。中にも何とかし給ひけん《その中でどうなさったことか》、[五]敦盛《あつもり》は御舟に乗り遅れ、渚《なぎさ》をさして[六]大臣殿《おほいどの》の御舟の行方《ゆくへ》を慕ひ給ひけるに、折節《折しも》、[七]熊谷《くまがへ》の次郎直実《なほざね》と名のりて、馳《は》せ出《い》づる武者《むしや》あり。直実がその日の装束には、[八]褐《かちん》の鎧直垂《よろひひたたれ》に、[九]萌黄匂《もよぎにほひ》の鎧に、[一〇]三枚兜《かぶと》を猪首《ゐくび》に着なし、[一一]二《ふた》つ引両《ひきりやう》の[一二]母衣《ほろ》かけ、黒栗毛《くりげ》なる馬に乗り、[一三]片手矢矧《は》げて、「今一度よからんかたきもがな《不足のない相手がいないかな》。組まばや《組打ちをしたいものだ》」と心をかけて、うち出でけるところに、一の谷の方《かた》より武者一騎出でられたり。[一四]忍《しのぶ》まじりの忘れ草縫ひたる直垂に、[一五]紫裾濃《むらさきすそご》の鎧に、同じ毛の兜を着《同じ色の鎧をつけた兜をかぶり》、二十五さしたる染羽《そめは》の矢負ひ、[一六]村重籐《むらしげどう》の弓を持ち、[一七]連銭葦毛《れんぜんあしげ》の馬に、[一八]薄《すすき》に寄生《ほや》の丸《丸い紋をつけた》うちたる鞍《くら》をぞ掛けられたる。鞍の中《うち》に金《かね》

一 さて。叙事文の冒頭に形式的に用いる語。中世の物語には「さるほどに」で語り起す例が多い。
二 寿永三年（一一八四）源義経、範頼《のりより》が摂津の福原に陣をとった平家方を攻めた時の合戦。義経の鵯越《ひよどりごえ》の奇襲によって平家は屋島に敗走した。
三 天皇の尊称。ここは平家とともに都を落ちた安徳天皇。
四 平清盛の妻、時子のこと。この時の平家方の総大将である平宗盛の母。
五 平清盛の異母弟である経盛《つねもり》の三男。
六 大臣を敬っていう語。ここは平宗盛のこと。
七 源氏方の武将。武蔵《むさし》の国熊谷《くまがや》の人。底本「くまがへ」。普通は「くまがい」という。
八 褐色《かち》（濃い紺色）の、鎧の下に着る直垂。
九 萌黄色《もえぎ》を上から下へ順に薄く縅《おど》した鎧。
一〇 三枚の錏《しころ》（鉢から垂れて頸《くび》を覆うもの）の下がっている兜。「猪首に着なす」は、深々《ふかぶか》とかぶること。
一一 紋所の名。輪の中に横に二筋の線を引いた紋。
一二 騎馬武者が背にかけて矢を防いだ布製の具。
一三 左手に矢をつがえた弓を持っていること。
一四 忘れ草の中に忍ぶ草を交えた模様を縫った直垂。
一五 紫色で上を薄く、下をだんだん濃く染めたもの。底本には「むらさきすそく」とある。
一六 黒塗の下地の上に、間をまばらに籐を巻いた弓。
一七 灰色の斑点《はんてん》のある葦毛の馬。
一八 「薄」「寄生」ともに紋所の名。

をもつて風といふ字をぞ彫りたりける。はるかなる沖の御座舟《ござぶね》[一]に目をかけ、馬を海にうち入れて、浮きぬ沈みぞ《波に浮き沈みしながら》泳がせける。熊谷これを見て、「汀《みぎは》の方《かた》に漂《ただよ》ひ給ふは大将軍と見たてまつりて候ふ。まさ[二]なうも敵《かたき》に後ろを見せ給ふものかな。これは武蔵《むさし》の国の住人、熊谷《くまがへ》の次郎直実《なほざね》とて日本一の剛《かう》[三]の者なり。御返し候へ」と申しければ、その時この武者少しも騒ぎ[四]給はず。駒《こま》の手綱《たづな》をひつ返し、汀に向きてぞ泳がせける。〔絵〕

直実、泣く泣く敦盛を討つ

駒の足立つほどになりぬれば、打ち物[五]抜いてさしかざし、駒を歩ませ給ひけり。熊谷これを見るよりも《見るやいなや》、好むところの敵よと《望んでいた相手よと》思ひ、大太刀《おほだち》抜いてぞかかりける。敦盛は打ち物振り上げ、二打《ふたう》ち三打《みう》ちは打つとぞ見えしが《打ち合ったかと思うと》、馬の上にてひつ組[六]んで、両馬が間《あひ》にどうと落つ。もとより熊谷は大力《だいりき》の者、敦盛は若武者にてましませば、〔熊谷は敦盛を〕組み伏せたてまつり、大太刀をばかしこに捨て《その所に投げ捨て》、腰の刀[七]を抜き出だし、兜《かぶと》をひきちぎり、乱れ髪をかいつかんで、ひきあふのけて《顔を上へ向けさせて》見たてま

一 貴人の乗る船。ここは天皇のお召船のこと。
二 「まさなくも」の音便。「まさなし」は見苦しい、外聞が悪いの意。
三 すぐれて強い者。古くは「こう」と清音（『日葡《にっぽ》』『易林《えきりん》』等）。
四 うろたえたりなさらなかった。この「騒ぐ」は、驚きや恐れで取り乱すことをいう用例。
＊『小敦盛絵巻』巻頭の、敦盛が熊谷直実の手にかかって討たれる条の叙述は、『平家物語』巻第九の「敦盛最期」と同じ内容である。文章にも似ている個所があり、この部分はおそらく『平家物語』に拠《よ》ったのであろう。
五 刀剣、薙刀《なぎなた》など。打ち鍛えて作った物の意とも、打ち斬《き》る物の意ともいわれる。
六 「ひつ組む」は「引き組む」の変化した語。相手を引き寄せて組みつくこと。
七 腰にさす、つばのない短い刀。

つれは、年ほど十六七ばかりなる若武者にてましますが、[八]ばらばう眉《まゆ》に薄化粧《うすげしやう》、[九]はさきとつて鉄漿黒《かねぐろ》なり。〔あまりにいたわしくて〕いづくに刀を立つべきともおぼえず《どこに刀を当ててよいかも分らない》。[一〇]さうなく[一一]首をも搔《か》きまゐらせずして、(熊谷)「君はいかなる《どのような方》人にて御いり候ふやらん《でいらっしゃいますか》。名のらせ給へ」と申しければ、(敦盛)「[一二]己《おのれ》は日本一の剛の者と名のるが、[一三]不覚《ふかく》のことを申すものかな。いかなる者《どんな者でも》か敵に取つて押へられて、名のるといふことのあるべきか《自分の名を名乗るということがあるだろうか》。それ弓取《武士が》の名のるといふは、[一四]分取《ぶんど》り高名《かうみやう》して、勲功《くんこう》にあづからんと思ひ、名を後代にも挙げんとてこそは、名のるといふことのあれ。はやはや首を取りて、人に問へ」とぞのたまひける。

その時、熊谷申すやう、「おほせはさる御事なれども《ごもっともですが》、今朝《けさ》一の谷の木戸口にて、わが子の小次郎直家《なほいへ》、[一五]能登殿《のとどの》の御手にかかり討た[一六]れて候ふ。見たてまつれば御年も同じほどに[一七]わたらせ給ふ。[一八]思ひ合せまゐらせて、御いたはしく候ふ。御跡《あと》をも弔《とぶら》ひ[一九]回向《ゑかう》申すべし。御名のり候へ」と申しければ、(敦盛)「名のらじとは思へども、東武者《あづまむしや》のそ

八 眉毛を落して黛《まゆずみ》で上を濃く、下と両端をぼかして描いた眉のこと。公家《くげ》の男女が行った。
九 「はさき」は「歯先」か。しかし「とつて」の意が分らない。「鉄漿黒」は、お歯黒で歯を黒く染めること。
一〇 「左右なく」で、あれこれとためらわずに、無造《むぞう》作《さ》に、の意。
一一 「首を搔く」は刀で首をかき落す意。
一二 自称、対称の両方に使う代名詞。対称の場合は目下の者に対するか、相手を見下していう時に用いる。
一三 物事の道理を弁《わきま》えないこと。愚かなこと。
一四 戦場で、敵の首に、身につけていた刀や兜などを添えて取ってくること。
一五 平教経《のりつね》。平家方で随一の猛将といわれた。能登守《のとのかみ》であったので「能登殿」と呼ばれる。
一六 『平家物語』では「小次郎が薄手負《うすでお》ひたるをだに直実は心苦しうこそ思ふに」とあり、小次郎が教経に討たれたということは見えない。
一七 「あり」「居り」の尊敬語。同じくらいでいらっしゃいます、の意。
一八 あなたが討たれたと聞いたら、親御がさぞ悲しまれることだろうとわが身にひきくらべられて。
一九 死者の冥福《めいふく》を祈って供養すること。

の中にも、かかる情けを知るもありけるかな。今は何をかつつむべき《何も隠すことはあるま》。それ桓武《くわんむ》[一]天皇には八代[二]の後胤《こういん》、太政《だいじやう》大臣清盛の舎弟、修理大夫《しゆりのだいぶ》[三]経盛《つねもり》の息《そく》に、新中納言[四]知盛《とももり》の三男、無官[五]の大夫《たいふ》敦盛なり。生年十六[六]歳」とぞ名のり給ひたる。「戦《いくさ》は今がはじめなり。さては《それなら》、これなる笛と、この直垂《ひたたれ》とをば、わが縁《ゆかり》[七]の者とてもしあらば伝へよ」とのたまひて、腰より紫檀《したん》[八]の家に入れたる笛を取り出だし、直実に賜はりぬ。

(敦盛)「さてしもあるべきならず《いつまでもこうしてはいられない》。はやはや首を取れ」とのたまひければ、あきれはててぞゐたりける《どうしてよいかわからず途方にくれていた》。(熊谷)「あはれあはれ《やれやれ》、弓矢取る身ほどのはかなきものは《弓矢を取る武士ほど思い通りにならない境遇は》、よもあらじ《ほかには決してないだろう》。わが子の小次郎、一の谷の木戸口に寄せし時、痛手《いたで》[九]負ひたるを見しかども、戦《いくさ》の庭の《戦場での》ことなれば、敵《かたき》、味方に隔てられ、親子の行方も知らざりき《親も子も離ればなれになってしまった》。思へばこの世の面影は《今思うと小次郎のこの世での姿は》、それこそ今は名残なれ《その時が見納めであったこと》。高き賤《いや》しきにもかぎらず、親を思ひ子を育《はぐく》[一〇]むは、なべて変ら《共通して変ることだ》

一　第五〇代天皇。平清盛の一門は桓武平氏の流れである。『平家物語』では、敦盛は最後まで名のらなかったとあるが、『源平盛衰記』では名のりをしている。
二　清盛は正しくは十二代になる。「後胤」は子孫。
三　修理職《しゅりしき》(宮中の営繕を司る役所)の長官。修理職のほか、大膳職・左右京職・中宮職・東宮職等の長官をいう場合は「ダイブ」とよんだ。
四　知盛は清盛の四男。経盛には甥《おい》になる。従って、「新中納言知盛の三男」の一句は余計である。
五　敦盛は従五位下であったが、官職がなかったので無官の大夫と呼ばれた。大夫は五位の者をいう。この場合は「タイフ」。
六　『平家物語』には十七歳とあるが、ここも『源平盛衰記』は十六歳とする。
七　血のつながりのある者をいう。
八　紫檀(インド産の木材)で作った箱。楽器や鏡などを入れる箱を家といった。
九　刀や矢などで受けた深い傷《きず》。重傷。
一〇　親鳥がひなを羽包《くく》むの意。養い育てる。いつくしみかわいがる。

ぬ習ひぞかし《とのない世間の道理だ》。沖の舟にましまします修理大夫経盛、今や今やと待ち給ふらん。ここにて討たれぬと聞き給はば、さこそは[一一]嘆き給はんずらんめ。御年も小次郎と同年にてわたらせ給ふ。[一二]わが身につみてあはれなり。よしや《ままよ》、いかにもして落し申さばや《どうにかして逃がしてさし上げたいものだ》」と思ひつつ、〔敦盛の〕鎧の塵《ちり》うち払ひ、引きたてまつる《引き起してあげた》。兜を着せまゐらせて、[一三]何方《いづかた》へもがなと、四方を[一四]きつと見ければ、上の山に[一五]児玉党《こだまたう》とおぼしくて、[一六]団扇《うちは》の旗をさし上げて、三十騎ばかりぞ控へたる。西の方《かた》を見てあれば、[一七]平山の武者とおぼしくて、[一八]轡《くつばみ》を並べて控へたり。そのほか軍勢は雲霞《うんか》のごとく数を知らず。いづくへ落し申すとも叶《かな》ふまじ。西は[一九]小倉《をぐら》谷、明石《あかし》をば逃《のが》れ給ふまじ。東は須磨《すま》の湊《みなと》をば過ぎさせ給ふべからず。とてもかくても力なし《いずれにしてもどうしようもない》。人手にかけ申さんよりは、御首を賜はり《いただいて》、これを[二〇]菩提《ぼだい》の種として、小次郎が跡《あと》をも弔《とぶら》はばやと思ひ切り、[二一]最期《さいご》の十念をすすめまゐらすれば、〔敦盛は〕西に向き、念仏十返ばかり申し給ひ、「はや首取れ」とぞのたまひける。力及ばず目をふさぎ、泣く泣く

一一「嘆き給はんとすらめ」の変化した語。お嘆きになることでしょう。
一二 自分の身の上と同じだと思うとお気の毒である。「身につむ」は「身につまされる」と同義。「身を抓《つ》みて人の痛さを知れ」という諺《ことわざ》によるとされる。
一三 どっちの方角へでも落してあげたいものだと。
一四 動作や行為がゆるみなく行われるさまをいう副詞。しっかと。じっと。
一五 武蔵七党（平安末期から中世にかけ、武蔵の国に存在した七つの同族的武士団）の一つ。児玉郡児玉庄から起る。
一六 軍配団扇を紋章に描いた旗。
一七 平山武者所重季《しげすえ》。平山氏は武蔵七党の一つである西党に属した。
一八 轡をはめた馬が首を並べる意で、騎馬武者が勢揃いしていることをいう。
一九 現在の明石市の中に大蔵谷《おおくらだに》があり、昔は明石の駅があった。「小倉谷」は「大蔵谷」の誤りか。
二〇 仏道に入って悟りを開く機縁として。
二一 死に際に念仏を十返唱えること。

御首をぞかき落したてまつりける。〔絵〕

熊谷直実の出家

さて、御具足《ぐそく》[一]を脱《ぬが》ぎて《せて》見たてまつれば、鎧《よろひ》[二]の引き合せに巻物をぞ差させ給ひける。取り上げて見たてまつれば百首の歌なり。敦盛の御首を持ちたてまつり、判官《はうぐわん》[三]殿の御前に参る時、この巻物を参らせたてまつれば、御覧じて、(判官殿)「これほど情け[四]ある人を討ちたることの無惨《むざん》さよ」と、涙を流し給ひつつ、(判官殿)「この歌は、越前守[五]の北の方の御手にてありけるぞ《お書きになったものだぞ》や。御つれづれのあまりに、百首の歌をあそ《およみ》ばしたり《になったのだ》」とて、鎧の袖《そで》をしぼり給へば《涙で濡らされたので》、見る人聞く人、袖を濡《ぬ》らさぬはなかりけり。さて熊谷《くまがへ》の次郎直実《なほざね》は、わが子の直家には別れぬ。また敦盛の御首を賜はりてより、世[六]のあぢきなき有為《うゐ》無常《むじやう》を思ひとりて、「人の命のはかなきは、夕[七]べの空をも待たぬものを。た《今す》だ今来たりぬ《ぐやってくるかもしれない》べき長き夜[八]の闇《やみ》こそ一大事なれ」と、つくづく思ひめぐらして、世静まれども勲功をも望まず。菩[九]提心を起し、高野《かうや》山に上《のぼ》りつつ《って》、元結《もとゆひ》切り、その後、法然上人《ほふねんしやうにん》[一〇]の御弟子になり、一心不乱

一 甲冑《かっちゅう》のこと。

二 鎧を着たり脱いだりするための胴の合せ目。

三 源義経のこと。判官は次官に次ぐ第三等官の称で義経は検非違使《けびいし》の尉《じょう》(三等官)であった。

四 風流な心を持った人。

五 越前三位通盛《みちもり》のことか。『平家物語』では、通盛が一の谷の陣屋に北の方を迎えて名残を惜しんだという記事がある。

六 この世の中のどうにもならない無常の理を思い知って。「あぢきなし」は、どうしようもない状態に対して、あきらめの気持をいう語。「有為無常」は、この世のものは皆因縁の和合によって生じたものなので、恒常性がなく、常に移り変るという意味の仏語。

七 朝は元気であったものが、夕方には命が終っているかも知れないものなのだ。

八 長夜の闇からのがれる事が一番大切なことだ。「長き夜の闇」はこの世で仏道に縁を結ばないと、死んでから迷いの闇の世界をいつまでも流転しなければならないという意味のことば。

九 悟りを得ようと努める心。

一〇 平安末期から鎌倉初期の高僧で、念仏の教えを説き浄土宗を開いた。

一一 藤原通憲《みちのり》。博学多才の人で、後白河天皇の近臣として保元の乱後朝政をほしいままにし、平治の乱で信

頼方に殺された。
一二 未詳。信西には大勢の男子、女子があり、従って孫も非常に多いが、ここはもちろん虚構であろう。幸若の『敦盛』には、按察使《あつぜつし》の大納言すけかたの卿の姫君が敦盛と逢瀬《おうせ》の仲となったということが見える。
一三 東国の人。源氏方の武将をいう。
一四 七観音または六観音の一つ。十一の小面をつけた観世音菩薩で、救済の働きが多面的であることを象徴する。
一五 紫檀で柄を作った刀。
＊ 流布の御伽文庫本には冒頭の一の谷合戦の場面がなく、敦盛の北の方が夫の討死を嘆くところから始まる。そのあとは底本の絵巻も御伽文庫本も同じ筋をとって物語が進むが、本文は全くといってよいほどに違っている。御伽文庫本の冒頭は「さても敦盛の北の御方は、都西山の傍《かたはら》に深く忍び給ひけるが、敦盛の討たれさせ給ひぬるときこしめし、夢か現《うつつ》か、こはいかなることぞと、伏し沈み泣き給ふ」という文であるが、御伽草子としては、このような書き出しは例が少なく、やや唐突な感を与える。御伽文庫本系統の本文は、以下に幾つかの例を挙げたように、底本の絵巻系統のそれに拠《よ》りながら本文を書き替えたものと推測されるが、冒頭が唐突なのも、絵巻にある一の谷合戦の条を省略したためではないかと思われる。

に念仏の行者《ぎやうじや》となり給ふこそ有難けれ。〔絵〕

敦盛の北の方の嘆き

さても、少納言入道信西《しんぜい》[一一]の御孫、洞院《とうゐん》[一二]の御娘、弁《べん》の宰相《さいしやう》と申しけるは、都の内の美人とぞ聞え給ひける。敦盛御心にかけ給ひたるに、たがひの御志通ひけるにや、〔弁の宰相を北の方に〕迎へ取り給ひ、かくて日数《ひかず》もわづかのほどなるに、敦盛都を落ちさせ給ひたる、その時の御風情《ふぜい》、さもあ《なんとも》ぢきなき《やるせない》御有様にて、〔敦盛〕「もしわれ、このたびの合戦に討たれて候はば、東《あづま》[一三]の人に見え給ひて《結婚をなさって》、われわれがことをば思ひさへ出だし給はじ」などとて戯《たはぶ》れ給ひ、まことに御名残《なごりを》惜しげなる御有様、たがひに泣く泣く別れさせ給ひつる。また御守《まも》りの十一面観音《じふいちめんくわんおん》[一四]と、紫檀《したん》[一五]の柄《つか》の刀を、形見とばかり残し給ふ。

北の御方《かた》は、その折からの悲しさを思ひ連《つら》ねて、御行方《ゆくへ》明暮《あけくれ》御心《気が》もとなくおぼえさせ給ふに《かりに思っていらっしゃったところ》、〔世間で〕「一の谷の合戦に、大夫敦盛は熊谷の次郎が手にかかりて討たれ給ひぬ」と申しければ、北の御方聞き給ひて、「これは夢かや、あさましや《情けないことだ》。〔夫が〕ながらへて世にましまさば、

北の方、出産した若君を捨てる

もしもめぐりや逢《あ》ふべきと、明暮思ひ候ひつるに、今はいかにかなるべき《これから私はどうなるのだろうか》」と、衣《きぬ》ひきかづき《ひきかぶって》、伏しまろび《身を投げ出して》嘆き給ふ御有様、見るにあはれぞまさりける。〔絵〕

さても、かりそめの御契り《ほんの一時の間の夫婦生活ではあったが》とは申せども、男女《なんによ》夫婦の習ひとて、御懐妊とぞ聞えける。かくて月日を送り給ふほどに、御産の紐《ひぼ》をぞ[一]解かせ給ひける。さも《とても》いつくしき[二]若君にておはします。「いかなる山の奥《(北の方)どんな山の奥や》、岩のはざまにも《岩のすきまででもよいから》育ておき、敦盛の御形見にも御覧ぜばや[三]」とはおぼしめしけれども、平家の末と聞きぬれば《子孫だとわかれば》、いかにいときなきをも《どんなにおさない者であっても》刺し殺し、胎内までも《〔母親の〕》探すぞかし《探すということだ》。人の上ともおもほえず《他人ごととは思われない》。みづからさへ《自分までが》憂《う》き目を見んこと《つらい目にあうことを》、あさましくおぼしめして《嘆かわしく思われて》、白き袷《あはせ》[四]に包み、紫檀の柄《つか》の刀を添へ、泣く泣く下松《しもまつ》[五]といふ所にぞ捨て給ひける。

法然上人、若君を拾い育てる

その折節《たまたまその時》、法然上人《ほふねんしやうにん》、熊谷《くまがへ》[六]の入道を先として《先頭として》、御弟子たち引き具して、賀茂《かも》[七]の明神《みやうじん》へ御参詣ありけるが、下松辺《しもまつへん》にて、をさあい子[八]の

一 出産するの意。「産の紐」は妊婦の用いる腹帯のこと。

二 元来は神や天皇の威力の霊妙であることをいったが、後には「美し」と混同され、室町時代以降は「美し」と同じ意に用いられるようになった。

三 形見として見たいものだ。「御覧ぜばや」は「見ばや」とあるべきところであるが、直接話法と間接話法とが混合したいい方。

四 白い袷の着物。

五 下松《さがりまつ》をよみ違えたのであろう。下松は京都市左京区修学院町一乗寺付近の地名。

六 敦盛を討って出家した熊谷直実のこと。

七 京都市北区上賀茂《かみかも》の賀茂別雷《わけいかづち》神社と左京区下鴨《しもがも》の賀茂御祖《みおや》神社の総称。

八 「幼《をさな》い」の変化した語。御伽草子によく使われる。

泣く声のしければ、聞こしめして、御輿《みこし》[九]を寄せ御覧ずれば、いつくしき若君をぞ捨て置きてありける。上人これを御覧じて、「衣《きぬ》に包み刀を添へて捨てたるは、いかさま《どう見ても》[一〇]ただ人とはおぼえず。助けよとのことにてぞあるらん。または賀茂の明神の御利生《ごりしやう》[一一]にもや」とて、取り上げ下向《げかう》[一二]ありて、乳母《めのと》を添へてぞ育て給ひける。〔絵〕

月日を重ね給ふほどに、八歳にぞならせ給ひける。余《よ》の稚児《ちご》[一三]たちよりもおとなしく[一四]、利根《りこん》[一五]さなかなか並びなし《もちろん並ぶ者がなかった》。ある時、熊谷の入道、このをさない人の御髪《みぐし》をかき撫《な》でて申しけるは、「人々多しと申せども、過ぎつる一の谷の合戦に討ちまゐらせし敦盛に、少しも違《たが》ひ給はぬぞや。ただ見まゐらする心地のし候ふ《敦盛を目の前に見るような気持がします》」とて、常々袖《そで》をぞ濡《ぬ》らしける。

若君、法然上人の許で成長する

さても、この少人《せうじん》[一六]、同じやうなる稚児たち集まりて、弓遊び[一七]し給ひけるに、ある稚児、勝ち負けの争ひをして、のたまひけるは、「父母《ちちはは》もなき孤児《みなしご》がわれわれに向ひて口をきく[一八]ことよ。上人取り上《上人が拾って育》

九 中古以前は天皇のための乗物であったが、鎌倉時代以降は牛車《ぎつしや》に代って臣下にも用いられた。台の下に二本の轅《ながえ》をつけて、力者が腰の辺に支えて行くもの。

一〇 身分のある人に対して、低い地位の人をいう。並《なみ》の身分の人。

一一 「利生」は「利益衆生《りやくしゆじよう》」の意で、仏菩薩がこの世の人に利益を施すこと。賀茂の明神の御利益で子供を授かったのであろうか、の意。

一二 「還向《げかう》」とも。社寺に参拝して帰ること。

一三 大きな寺には学問のために上がっている少年が多く、稚児といわれた。

一四 大人《おとな》びていること。

一五 生れつき利発なこと。

一六 幼少の人。少年。

一七 弓を射て競争する遊び。

一八 一人前の顔をしてものを言う。対等に話をする。

＊底本では、敦盛の北の方が毎月の六斎日《ろくさいにち》の説法を聴聞に来ていたことを述べているが、御伽文庫本を見ると、若君が六歳の年の説法の時に美しい上臈《じやうらふ》が現れ、この若君を呼び寄せてかわいがっていたことがあったと、熊谷入道が上人に語っている。若君の母が毎月六斎日の説法の座に欠かさずつらなって、わが子の成長をよそながら見守っていたとある絵巻系統の叙述は、生れて間もない子を棄《す》てた親の情を適切に表現しているが、若君が六歳になった時に突然姿を現したというのには不自然さがある。おそらく、御伽文庫本の「六歳」というのは、絵巻系統の「六斎」が「六さい」と仮名書きにされていたことから生じた意味のとり違えであったのであろう。

若君、父母を慕う

一　無いのでございましょうか。「やらん」は「にやあらん」の変化した語で、「のだろうか」の意を表す。

二　自称の代名詞。本来、童《わらわ》のような未熟者の意で、女性がへりくだってみずからをいう語であるが、男性が謙称として用いた例も稀にある。

上人、若君の縁者を探すために説法を催す

三　同じ寺に住み、同じ師僧について修行している僧のこと。

げさせ給ひてこそ《てて下さったので》、かくはあれ《こうしていられるのではないか》」とのたまへば、悲しく口惜《くちを》しくや思ひけん、弓矢を捨ててぞ泣かせ給ひける。〔絵〕

〔若君は〕父母の無きことを嘆かせ給ふ上に、またかくのごとく言はれさせ《〔ほかの稚児たちから〕こんなことをい》給ひて《われて》、いよいよ悲しくおぼしめし、上人《しやうにん》の御前《まへ》に参りつつ申しけるは、「みづからが父母《ちちはは》と申す人は候はぬやらん[一]。父母恋しや」とのたまひて、伏しまろび嘆かせ給ふ。上人もあはれにおぼしめし、墨染《すみぞめ》の袖《そで》をしぼり給ひける。「無惨《むざん》やな。汝《なんぢ》には父母も無き捨子にてありしを、われわれ養ひ育てたれば、ただわらは[二]を父母と思ひ候へ」とぞのたまひける。若君思ひ給ふやう、「余の稚児たちの方《かた》には、父母兄弟《ちちははきやうだい》の方《かた》よりとて、折節御おとづれ御文などの候ふぞかし《時々に訪ねて来たり手紙が届いたりすることだ》。何とてわらはには父母の無かるらん」とて、明暮嘆き悲しみ給ひ、物をもきこしめさず《食事も召し上がらず》、湯水をも参り給はず《召し上がらない》。

かくて七日ばかりもありけるほどに、はや御心も失せはて給ひ《正気を失ってしまわれて》、すでにかぎりとぞ見え給ひける《もう命も終りになりそうな御様子であった》。上人も同宿《どうしゅく》[三]もおほきに驚き、嘆き給ひて、御弟子たちを召して、（上人）「いかに方々《かたがた》、御覧じ候へ。この稚児、見ぬ親を恋ひて、かやうに衰へはて候ふこと不便《ふびん》[四]に候ふ。もし、この[五]稚児の縁《ゆかり》などとて、怪しきことや見聞き給ふ」とのたまひければ、その時、熊谷入道申しけるは、「まことに、御いたはしく候ふ。思ひ出だしたることの候ふ。毎月六斎《ろくさい》[六]の御説法《ごせつぽふ》の御時、年のほど二《はた》十《ち》ばかりなる女房《にようばう》[七]の、いかにも優なるが《とても上品で美しい人が》、聴聞《ちやうもん》[八]に参り、人目をつつむ《人目をはばかる》気色《けしき》にて、かの《おさな子の》をさないの髪をかき撫《な》でて、心のかぎり泣き給ふ。人目の繁《しげ》き時は、さらぬていにて《そしらぬふりをして》下向《げかう》候ふ有様、怪しく候ふ」由、申しければ、「さらば、今日説法を始め、聴聞の人々参りたらば、不審[九]をなして見ばや」とて、すでに説法をぞ始め給ひける。

説法も半《なか》ばになりしかば、上人、墨染の袖を顔に当て、涙を流し、のたまふは、「皆々聴聞の人々、心を静めて聞き給へ。一年《ひととせ》[一〇]愚《ぐ》[一一]僧《そう》、賀茂へ社参申しつるに、下松《しもまつ》の辺にて、をさない人を拾ひて候ふ。今ははや八歳になり候ふまで育て候ふところに、このほど、この稚

四　かわいそうなこと。
五　この稚児の縁者に関して、何か不審に思うことを見聞きなさったことはないか。
六　六斎日の略。特に身を慎んで精進《しょうじん》すべき日と定められた六カ日。一般に毎月の八・十四・十五・二十三・二十九・三十日をいう。
七　本来は朝廷貴族に仕える女官をいうが、中世以後一般に婦人をいうようになった。
八　仏語。説法を心をこめて聞くこと。
九　聴聞の人々をよくよく注意して観察してみよう。「不審をなす」は疑惑をさしはさむの意。
一〇　ある年。先年。
一一　僧侶が自分をへりくだっていう自称の代名詞。

児、見ぬ父母《ちちはは》を恋ひ候ひて、悲しみ嘆き、物をも食はず、湯水をも飲まず候ひて、今は命も危《あや》ふく候ふ。もし聴聞《ちやうもん》の人々の御中に、この稚児の縁《ゆかり》をも知ろしめしたる人も御いり候はば、一〔稚児が〕たとひ平家方《平家方の人で》の人にても御わたり候へ《いらっしゃったとしても》、愚僧がとり育て申し、出家になし申し候ふ上は、二六波羅《ろくはら》へ詫《わ》び言《ごと》申し、苦しくも候ふまじ《そうすればさしつかえないでしょう》。このままにて候はば、三すでに空《むな》しくなり候はんも、不便《ふびん》に候ふ」とのたまひて、さめざめと泣き給へば、知るも知らぬ《若君を知る人も知らない人も》も、袖を濡《ぬ》らさぬはなかりけり。

若君の母、名のり出る

四さるほどに、その聴聞の中よりも、十二単《ひとへ》に袴《はかま》着たる女房《にようばう》の、容顔美麗なるが出で給ひて、物をば何とものたまはで《何も物をおっしゃらないで》、かのをさあいを膝《ひざ》にかき乗せ、はらはらと泣き給ふ。いたはしやな、この若君、容顔いつくしくましまししが《顔だちが美しくていらっしゃったが》、御嘆きにやつれ給ひ《悲しみのためにやせ細られて》、御目のうちも《すっかり力のなくなっ》衰へはて給ひたるにて《てしまった御目を上げて》、この五上臈《じやうらふ》を見給ひて、たがひに声も惜しまず泣き給ふ。上人もこれを御覧じて、六椅子《いす》よりこぼれ落ち、落涙し給ふぞあはれなる。聴聞の人々も袖を濡らさぬはなかりけり。〔絵〕

一 この次に「御なのり候へ」といった言葉があるべきところ。この稚児の縁者をお知りの方がいらっしゃったら、名のり出て下さい。

二 京都鴨川《かもがわ》の東岸、五条と七条との間の地で、平家一門の邸宅のあった所。鎌倉時代には六波羅探題《たんだい》が置かれて西国の政務を管掌した。

三 まもなく命が終ってしまうでしょう、それがいたわしいことです。「すでに」の下に推量の語を伴う時は、事が近づいた状態をいう。

四 そうしているうちに。この「さるほどに」は前の叙述を受けて、それに関連する事がらを述べる時に用いる接続詞の用法。三〇五頁注一参照。

五 「﨟」は僧侶の夏安居《げあんご》（僧がひと夏の間、閉じこもって修行すること）の修行の回数を数える語で修行の年数を多く積んだ僧を「上﨟」といったが、転じて身分の高貴な人、特に女性をいうようになった。

六 「椅子」は禅宗の僧が用いる寄り掛りのある木製の腰掛けであるから、浄土宗の法然上人が椅子に掛けていたとするのは理屈からいえばおかしい。

母北の方、若君と再会

七 前には「少納言入道信西《しんぜい》の御孫」とあった。「信清」は「しんぜい」に「信清」の字を考え、それを訓読したのであろう。
八 これも前には「弁の宰相」とある。
九 元暦元年は寿永三年（一一八四）と同年で四月に改元されている。平家が都落ちをしたのは寿永二年七月で、一の谷の合戦は寿永三年二月であった。
一〇 底本では敦盛が都を落ちる時、北の方に「もしわれ、このたびの合戦に討たれて候はば、東《あづま》の人に見え給ひて、われわれがことをば思ひさへ出だし給はじ」などと戯《たわむ》れたとあるが（三一一頁参照）、御伽文庫本にはさらに「御身はただならぬ身なり。男子《なんし》にてあるならば、これを形見に取らせよ」と言って、黄金《こがね》作りの太刀を残したということも述べてある。
一一 三一五頁注六参照。
一二 知らず知らずに。「そぞろ」は自分の意志にかかわらず、気持や動作が進んでゆくことをいう語。

しばらくありて、この上臈、上人に向ひのたまふやう、「さてもみづからは、故少納言信清《のぶきよ》[七]の縁《ゆかり》に弁[八]の内侍《ないし》と申す者にて候ふ。さても敦盛十三、わらは十四と申す時より、たがひに、ほのかに見はじ《わずかなおつきあいを》めたて《しはじめて》まつり、その後元暦《げんりやく》[九]元年に、敦盛十六にて都を落ちさせ給ひし時、[一〇]いろいろのことをおほせられしが、この若君、敦盛に少しも違《たが》ひ給はねば、隠し置き、御形見にもと思ひ候ひしかども、平家の末をば尋ね出《い》だし、首を斬《き》り、腹の内まで探すと、承り候ふほどに、再び憂き目を見候はんことも情けなしとて、思ひかね《考えあぐんで》、涙ながらに捨て候ひつるを、上人取り上げさせ給ひ、御寺へ御入り候ふを見いれ参らせて《見届け申し上げて》、帰り候ひしなり。それより、この八か年が間は、毎月六[一一]斎の御説法には、一度も怠ること候はで参り、この若君を見まゐらせ候ふに、日にそひ月にそひ、いよいよ敦盛の御面影に似まゐらせ候へば、返らぬ昔も恋しく思ひ出でられて、そぞろ[一二]に涙を流し候ひつる。思ひあまる折節《をりふし》は、かくとも申したく《これこれですと事情を打ち明けとうございましたが》は候ひつれども、

熊谷、敦盛の形見を若君と北の方に見せる

人目を忍ぶ世の中なれば、心の内に押し込めて、泣く泣く下向《げかう》申し候ひつる」と、かきくどき[一]のたまへば、多くの聴衆《ちやうじゆ》[二]も、おのおの涙にむせばぬはなかりけり。若君も母上と聞き給ひて、嬉《うれ》しきにも悲しきにも、ただ先立つものは涙なり。

さるほどに、熊谷《くまがへ》の入道、日頃つれづれなる折節は、練貫《ねりぬき》[三]に墨絵[四]かきたる直垂《ひたたれ》と、紫檀《したん》[五]の家に入れたる笛とを取り出《い》だし、念仏申してぞ泣かれける。上人この由を御覧じて、「入道殿は常々は何事を嘆き給ふぞ」とのたまひければ、蓮生《れんしやう》[六]申しけるは、「さん候《ざうら》ふ[七]。一年《ひととせ》〔源平の合戦に際して〕平家の乱れの時、津の国播磨渚《はりまなぎさ》[八]と申す所にて、門脇殿《かどわきどの》[九]の末の御子、敦盛の御首を賜はりし時、〔敦盛から〕これに候ふ御形見の物を賜はり、わが縁《ゆかり》の者と申さん人あらば伝へよと、おほせ候ひつる。しかれども、縁の人と聞くことも候はぬまま、今まで身を離さず持ちて候ふなり」とて、上人の御目にかけ申されければ、〔上人〕「いたはしき御事や」とて、さめざめとぞ泣かせ給ひける。その折節の御事、ただ今上人おぼし

一 「かき」は接頭語。「くどく」は言葉を尽して心の中を訴えること。
二 説法を聞きに集まった人たち。
三 生糸を経《たて》とし、練糸を緯《ぬき》として織った絹。
四 前に「忍《しの》ぶまじりの忘れ草縫ひたる直垂」（三〇五頁）とある。墨で上の模様を描いてあったのである。
五 三〇八頁注八参照。「家」は箱の意。
六 熊谷直実が出家しての法名。
七 応答の語。はい。「さにさうらふ」の変化した語。
八 敦盛が討たれた場所は摂津《せつつ》の国と播磨の国の境になる海岸なので「津の国播磨渚」といったのであろう。
九 平教盛《のりもり》（清盛の弟）のこと。敦盛は経盛の子であるから「門脇殿の末の御子」は誤り。

めし出ださせ給ひ、「一〇いかに一一蓮生房《れんしやうばう》はいづくにわたらせ《どこにおいでか》給ふぞ《〔呼んで下さい〕》」とのたまへば、御前《まへ》にこそ参られけれ。その時、上人おほせられけるは、「過ぎにし頃のたまひつる《以前あなたがお話しなさった》敦盛の御縁《ゆかり》は、この年月これにわたらせ給ふ《ここ数年自分の所においでになっていた》少人にて《稚児がそれで》、正《まさ》しき子息にて御いり候へ《間違いなく敦盛の子でいらっしゃる》。またあれにまします《おいでになる》上﨟《じやうらふ》は、少人《せうじん》の母上にていらせ給ひ候ふ。〔あなたは〕敦盛の御形見の候ふを《敦盛の御形見があるのを》、御縁の人に伝へ申さんと候ひつる《御縁者にお伝えしたいと申しておったが》。それそれ御参らせ候へ《さあさあこの方々にさしあげなさい》」と、おほせられければ、熊谷《くまがへ》の入道、喜び取り出だし、御最期《さいご》の御事しかじかと《これこれでしたと》語り申して、泣く泣くぞさし出だされける。若君、北の御方《かた》、取り交《か》はし御覧じて、伏し沈み泣き給ふぞあはれなる。

ややありて北の御方の、御形見を押へて《御形見の上に手を当てて》のたまひけるは、「この御直垂と申すは、敦盛都を出でさせ給ひし時、みづからが《私が自分の手で》こしらへ申せしなり。左の袖には忍《しの》ぶ草《ぐさ》、右の袖には忘れ草、一二褄《つま》は一三難波《なには》入江の葦《あし》の葉に、漂《ただよ》ふ鴛鴦《をし》の一番《ひとつがひ》を墨絵《すみゑ》にかきて、〔敦盛が〕一首の歌をぞ書き給ひける。

一〇 もしもし。これこれ。相手に呼びかける言葉。
一一 「蓮生」は前頁注六参照。「房」は僧侶の居所。転じて僧侶をいい、また僧の名に添えて用いる。

＊熊谷入道が敦盛から託された形見の直垂と笛を北の方に手渡す場面が御伽文庫本には欠けている。日頃法然上人の許《もと》で若君と共に生活し、若君が敦盛の俤《おもかげ》に少しもたがわぬのを見て、不審に思いながら涙を流していた熊谷にとって、若君が敦盛の遺児と判明した際の感動は一通りではなかったであろう。この母子再会の場面に彼が出てきて、形見の品を手渡し、それを見て北の方が悲しみを新《あら》たにするという絵巻の記事は効果的である。そして若君も、その形見を見てから亡《な》き父を慕う気持がいよいよ募《つの》り、賀茂《かも》の明神《みやうじん》へ祈請《きせい》をかけるという運びも自然でよどみがない。御伽文庫本はこの記事を欠くために、本作の前半の山場である母子対面の場面の哀れさを減殺《げんさい》している。思うに御伽文庫本は、冒頭の敦盛最期の段を省略したことと関連して、その時に託された形見のことも省《はぶ》いたのではあるまいか。この二つの場面がないために、御伽文庫本では脇役《わきやく》として重要であるべき熊谷直実の影が薄くなってしまっている。

一二 着物の襟《えり》から下の部分のへり。
一三 大阪地方の海域の古称。難波江ともいう。葦の名所であった。

ながらへて契らざりけるものゆゑに[一]
　逢《あ》はずはかくは思はざらまし

げにいづくまでも疑ふところはなかりけり。[二]形見こそ今は仇《あた》なれ。[三]これ無くは忘るる隙《ひま》もありなましものを。その時の御面影《都落ちの別れの時のお姿は》、いつの世にか忘れ候ふべき」と、かきくどき泣き給へば、上人も熊谷も、声も惜しまずぞ泣き給ひける。〔絵〕

若君、賀茂に祈請し夢想を被る

熊谷申しける。「さればこそ《やはりそうでしたか》、常々この稚児《ちご》を見たてまつりけるに、まのあたり《目の前に見るように》敦盛に似まゐらせ給ひ候ふと申ししは、ことわりに《当然のことでし》て《た》候ひける」とて、今さら涙をぞ流しける。また若君は父の御形見を御覧じてよりも、いよいよ父御《ちちご》を恋しくおぼしめされ、仏神三宝《ぶつじんさんぼう》[四]に御祈請《きせい》[五]ありて、「願はくは、父御の御遺骨《ゆいこつ》になりとも、または御面影をなりとも、見せさせ給へ」と、明暮《あけくれ》祈り申させ給ひける。

ある折節、若君おぼしめしけるは、「わらはを上人の拾ひ給ひて、かくのごとく成人せさせ給ふことも、ひとへに《まったく》賀茂の明神の御ひき

一 生きながらえて夫婦の契りをまっとうすることができない運命であったのに。いっそはじめから逢うことがなかったら、これほどの辛い思いはしなかったでしょう。

二 形見の品を見ると、何から何まで、それが敦盛のものであることに疑いがありません。

三 「かたみこそ今はあたなれこれなくは忘るる時もあらまし物を」(『古今和歌集』恋四)の引用。形見のあることが今ではかえって恨めしい。これがなければ、夫のことを忘れる時もあろうに。

四 仏と神。「三宝」は本来、仏・法・僧の三つの宝の意であるが、仏の異称としても用いられる。

五 神仏に願を立て、加護を祈ること。

合せなり。まことは御氏神《うぢがみ》[六]とも思ひまゐらせ候ふあひだ、参籠《さんろう》[七]申し、父御の御面影をも祈請申さばや《父のお姿を見せて下さいと祈願してみよう》」とおぼしめし、賀茂の社《やしろ》に七日参籠ありて、毎日[八]一千百三十三度の礼拝《らいはい》をなし、[九]五体を地に投げ、祈り申させ給ひければ、明神もあはれとやおぼしめされけん。七日の満ずる夜半《やはん》ばかりに、枕上《まくらがみ》に立ち添ひ、[一〇]御夢想《ごむさう》ある[一一]こそあらたなれ。（明神）「それ世の中の人の子は、生きてある親をさへ、深く思ふは稀《まれ》なるぞかし。まして見ず知らぬ父御の行方《ゆくへ》を、かく命にかけて祈りけるこそあはれなれ」とて、一首の歌をぞあそばしける。

[一二]過ぎ去りしそのたらちねの恋しくは
　昆陽野《こやの》生田《いくた》の小野の露霜　〔絵〕

若君、生田の小野を尋ねる

この御夢想を被《かうぶ》りて、（若君）「さては嬉しや。父御の御遺骨《ゆいこつ》は津の国生田の小野にぞいらせ給ふらん《おありなのだろう》」とて、都にては、上人《しやうにん》にも母上にも、かくとは《御夢想のことは》申させ給はで、忍び出《い》でさせ給ひつつ、いまだ[一三]習はぬ道芝の露うち払ひ、行方も知らぬ《どちらの方角とも分からない》津の国は、都の西とばかり聞き給ひて、

六 祖先以来一族が祀《まつ》っている神。
七 神社や仏閣に一定の期間こもって祈願すること。
八 この数の意味は分らないが、三十三は観音の三十三身をはじめ、仏教に縁の深い数である。
九 身体の五つの部分（筋・脈・肉・骨・皮）をいうが、転じて、からだ全体、全身の意。「五体を地に投ぐ」は、仏教徒が行う礼法の一つで、初めに両膝《ひざ》、つぎに両肘《ひじ》を地につけ、合掌して頭を地につける。
一〇 夢の中で神仏のお告げのあること。
一一 神仏の霊験がたちどころにはっきり現れること。御夢想があったのは、まことに霊験あらたかなことであった。
一二 この世を去った父親が恋しいならば、父は昆陽野生田の小野の露霜となっているから尋ねなさい。「たらちね」は、もと母にかかる枕詞から転じて、母の意となったが、中古以後は父母両方をさしていうようになった。昆陽野は兵庫県伊丹市の辺、生田は神戸市中央部。小野は生田付近の野辺で歌枕。「露霜」は古く「消える」の枕詞として用いられ、露霜と消える、つまり死を連想させる語であった。
一三 まだ経験したことのない旅に出たの意。

足にまかせて行かせ給ふぞあはれなる。浅茅《あさぢ》[一]、刈萱《かるかや》[二]、小薄《をすすき》[三]に、道のそなたも知らぬ野を《道がどちらへ向っているのか分らない野を》、たどりたどり、ある夕暮は、霜深き小笹《をざさ》の上を枕とし、明かし暮して《何日もかかって》行き給ふほどに、一の谷とやらんにも着かせ給ひしかば《一の谷とかいう所にやっとお着きになると》、折節、雨降り、雷《かみなり》稲妻《いなづま》しげく、心細さはかぎりなし。たまたま聞《きこ》[四]ふる物とては、波の音、松風、沖のかもめ、磯千《いそち》鳥《どり》、友呼びかはす声ならでは《以外には》、伴ふ方もなかりけり《旅の道づれになるものもなかった》。道の行方《ゆくへ》も知らぬまま、[五]浮かれたたずみてゐ給ふに、遥《はる》かなる方《かた》に灯火《ともしび》の影かすかに見えたり。いかなる化生《けしやう》[六]のものの火にてもあれ《火でもかまわない》。あまりに便りもあらぬまま《どうしようもないほど心細かったので》、たどりたどり行き給ひ、御覧ずれば、かたのごとくばかりなる《かたちばかりの粗末な》御堂《みだう》あり。

立ち寄り見給へば、薄化粧《うすげしやう》[七]に眉《まゆ》作りたる人の、梨子打烏帽子《なしうちえぼし》[八]を着《ちやく》したるが、灯火《ともしび》ほのかにかき立てて、縁行道《えんぎやうだう》[九]してぞおはしける。若君、「物申さん《もしもし》」とのたまひければ、この人、「誰《た》そ」と答へ給ひ、「このあたりは人も訪《と》ひ来ぬ所に、いかなる物にてあるぞ」とのた

一 丈が低い茅萱《ちがや》。あるいは、まばらに生えた茅萱。
二 イネ科の多年草。屋根葺《ふ》きのために刈る草の意。
三 ススキのこと。「を」は接頭語。
四 「きこふ」は「きこゆ」から転じた語で、室町時代から用いられた。
五 あちこちとさまよったり、ひとところにとどまったりしていると。
六 ばけもの、妖怪。本来は仏教でいう四生《ししょう》の一つで、胎生《たいしょう》・卵生《らんしょう》・湿生《しっしょう》によらず、忽然《こつぜん》として生れたものの意。
七 この物語の初めで敦盛が熊谷に討たれた時、敦盛は「ばうばう眉に薄化粧」をしていたとある。
八 「なしうち」は「なやしうち」の略で、柔らかに作った烏帽子の意。兜《かぶと》の下に用いた。
九 経文や念仏などを唱えながら、仏堂や屋敷の縁側などを歩くこと。

若君、父敦盛の亡霊に会う

まへば、若君、泣く泣くおほせけるは、「都方《がた》の者にて候ふが、父御の御行方を尋ね、この十日ばかりも歩みて候ふが、あまりに雨強く降り候ひて、暗さは暗し、途方《とはう》一〇もなく候ふ。一夜《いちや》の宿を御貸し候へ」と申されければ、「さて父はいかなる人にて御わたり候ふぞ」とのたまふ。若君思ひ給ふやう、「今はいづくも源氏の世なり。名のりてはいかが《名のったらばどうなるだろうか》」と思ひ給ひしかども、「よしや《ままよ》名のりて、それ故《ゆゑ》に、わが身は命を失ふとも、父御の故と思はば辛《つら》からじ」とて、思ひ返し、「わが父は平家の一門、修理大夫《しゆりのだいぶ》の三男、敦盛《あつもり》と申し候ふなり。一の谷の合戦に討たれさせ給ひて候ふ。その御遺骨《ゆいこつ》も御なつかしく候ひて、賀茂《かも》の明神《みやうじん》に祈請《きせい》申して候へば、あらたに《霊験あらたかな》御夢想を被《かうぶ》り、この須磨《すま》の浦まで尋ね参り候ふ」とのたまへば、この人、このことを聞きて、とかくの言葉はなくして《何も言わないで》、ただ、さめざめとぞ泣かれける。〔絵〕

ややありて若君の御手を取り、縁の上に引き上げさせ給ひ、召し

一〇 どうしてよいか分からないで途方にくれております。

＊ 室町後期の能作者、金春禅鳳《こんぱるぜんぽう》の作と伝えられる『生田《いくた》敦盛』は、法然上人《ほうねんしょうにん》に育てられた敦盛の遺児が賀茂の明神の霊夢を被《こうむ》り、生田の森へ下って父の亡霊に会うという曲で、御伽草子『小敦盛』の後半と同じ内容であるが、この謡曲との先後関係は明らかでない。若君の前に敦盛の亡霊が現れる場面は多分に能仕立《のうじたて》であるが、謡曲の冒頭で、ワキが子方（敦盛の子）を紹介する言葉を見ると、すでに御伽草子のような物語が存在したような口ぶりが感じられる。この場面も、絵巻系統と御伽文庫本との間には叙述内容に相違がある。絵巻は、若君の夢の中で今抱かれている人が父であると知らされ、嬉《うれ》しさに袖《そで》にとりつこうとすると夢はさめて、その人は消え失せていたと述べているが、御伽文庫本では、若君と敦盛は現実の間で語り合った末に、若君がまどろんだ隙《すき》を窺《うかが》って敦盛は姿を消すというふうになっている。御伽文庫本の方が謡曲の形に近いが、物語としては絵巻の語り方の方が無理がなく、たくみである。御伽草子の絵巻系は謡曲よりも先に成っていたが、御伽文庫本は謡曲に引かれて叙述を改めたと考えられないであろうか。

亡霊の言葉

たる物の雨に濡《ぬ》れたる露うち払ひ、「こなたへ」とて内に呼び入れ申して、「さこそは、いときなき身の道にもくたびれ給ふらん《まだ幼い身で長旅にさぞお疲れになったことでしょう》。休み給へ」とて、膝《ひざ》を枕にせさせ申されければ、悲しさとも、くたびれともなく、ただとろとろとぞまどろみ給ひける《うつらうつらといねむりをなさった》。その時この主《あるじ》の人、夢現《ゆめうつつ》ともなくのたまふやう、「汝《なんぢ》は見もせぬ親を、かほどまで恋ひ悲しみけることの無慚さよ《いたましいことよ》。孝行の志まことに切《せつ》なるにより、ただ今まぼろしに来たれる《幻影を見せに来たのだ》なり。汝いまだ母の胎内にありし時、この播磨渚《はりまなぎさ》にて、年は二八《にはち》[一]の春の頃、熊谷が手にかかり討たれしなり。われを思はば孝養《けうやう》[二]に、いかにもよくよく学問をして、大智者《だいちしや》[三]となり、広く衆生《しゆじやう》を済度《さいど》[四]あれ。それを嬉《うれ》しと思ふべし《思うだろう》」とて、袂《たもと》に一首の歌をぞ書き置き給ひける。

[五]恋ひ恋ひてまれに逢《あ》ふ夜も夢なれや
現《うつつ》に帰る身にしあらねば　〔絵〕

若君は、父御に逢ひまゐらせ給ふことの嬉しさに、「いかに父御《これは父上さま》」

一　十六歳の意。
二　親に孝行することであるが、特に亡き親の後世を弔うことをいう場合が多い。ここも供養のためにの意。
三　仏の教えを学んで悟りの智恵を開いた者。
四　衆生を迷いの世界から救って、悟りの世界へ導くこと。「済」は救う、「度」は渡すの意。
五　お前が恋いこがれた末にやっと父に逢えたその夜も夢でしかないのだよ。私は再び現実の世界に帰ることのできる身ではないのだから。御伽文庫本では、「何なげく昆陽野生田の草枕露と消えにしわれな思ふそ」という別の歌になっている。

若君、父の遺骨を持って帰京

六 見えていた御堂は消え失せて、松の梢を吹き渡る風の音だけが聞え、敦盛の姿もなくて、薄や浅茅の上に露がきらきらと光っているばかりであった。

七 長い間太陽や雨風にさらされていること。

＊ 二十三篇の御伽草子を揃《そろ》え、横形の奈良絵本の体裁を模して出版された御伽文庫本は、江戸時代以後、御伽草子の中で最も広く読まれたものである。しかし、御伽草子を室町期を中心に叢生《そうせい》した物語の汎称《はんしょう》とすれば、御伽文庫の二十三篇は必ずしもその代表的作品を選んだものとはいえない。概していうと、御伽草子の中では比較的成立の遅れる作品を多く含んでいるようである。また、御伽草子の場合、本文が非常に流動的で、伝本の間での違いの大きい作品が多いが、御伽文庫本の本文は、この『小敦盛』のように他に古い写本の残っている作品について見ると、かなりの変化をきたしていることが認められる。すなわち御伽草子研究のテキストとしては、御伽文庫本は一等資料とは言い難いのである。御伽文庫本だけで御伽草子全体を推《お》すことはできない。

八 父の遺骨を分けて、あちらこちらの寺に納めたということ。「山々」は、平安時代以来、天台・真言の修験道などの山岳仏教が山中に寺院を構えたところから、そういう各地の寺々を意味した。

とのたまひて、御袖《そで》に取りつかんとし給へば、夢はそのままぞ覚《さ》めにけり。あさましやと《〔夢とは〕情けないことだと》おぼしめして、あたりを見給へば、[六]御堂と見えつるは梢《こずゑ》を渡る松風なり。敦盛と見え給ひしは、薄《すすき》、浅茅《あさぢ》に乱れたる露ばかりなり。さて御膝《ひざ》を枕にせさせ給ふとおぼしめしつるは《思いなさったのは》、白く[七]されたる膝の骨の苔《こけ》むしたるが、叢《くさむら》の中に残りたるばかりなり。若君はあきれはて給ひて《あまりのことに茫然として》、のたまふやう、「恨《うら》めしや。父御はいづかたへ帰り給ふらん。われをも連れて御いりあれ《私も一緒に連れていって下さい》。など《どうして》草深き松がもとに、一人は残し給ふぞ」とて、伏し沈み泣き悲しみ給ふぞあはれなる。〔絵〕

さてしもあるべきことならねば《いつまでそうしてもいられないので》、泣く泣く御骨を首に掛け、都に帰り給ひ、[八]山々寺々に籠《こ》めまゐらせ給ふぞあはれなる。〔絵〕

若君出家

かくて都に帰り、法然上人《ほふねんしやうにん》の御寺に着かせ給ひしかば、上人をはじめたてまつり、同宿の人々も、「このほど《ここしばらく》若君の見えさせ給はざりし」とて、いろいろさまざま尋ねまゐらせ給ひつるに、帰らせ給ふとて、御喜びはかぎりなし。さて津の国へ尋ね行き給ひたることどもを、〔若君が〕上人、北の御方に《上人や母上に》、こまごまと語り申させ給ひければ、「まだいとけなき御身にて、かくのごとく難行苦行《なんぎやうくぎやう》の御孝養《けうやう》ましましける孝行さよ。その志をあはれみさせ給ひて、父敦盛の夢まぼろしに見えさせ給ふことよ《父の敦盛が夢の中でまぼろしの姿をお見せになったのだ》」とて、皆々落涙し給ひけり。さるほどに年月も重なりければ、〔若君も〕御出家あるこそあはれなれ。〔絵〕

北の方出家

その折節、北の御方も御髪《みぐし》おろさせ給ひ、都の北、賀茂の河原のほとりに[一]柴《しば》の庵《いほり》を結びつつ、[二]垣ほに朝顔の花を植ゑ置かせ給ひ、朝《あした》の露の置きあへず《露がおりたかと思うと〔じきに花が〕》、しほるる有様を見給ひても《見るにつけても》、世の中のはかなきことわりを悟り《世の中は無常だという道理をさとり》、夕べは、[三]雲の林の[四]入相《いりあひ》の鐘《かね》に、西に傾ぶく日の影を眺《なが》めおはしまし、「極楽《ごくらく》の方《かた》はそなたか《そちらの方か》」とばかりにて、明暮《あけくれ》念仏を申させ給ふぞ有難き。花を摘み香をたきては、[五]西海《さいかい》にて滅び給ひたる平家の一門、[六]成等正覚《じやうとうしやうがく》と弔《とぶら》ひ、中にも[七]敦盛聖霊《しやうりやう》と、一つ蓮《はちす》の契りを思ひ、[八]臨終正念往生極楽《りんじゆうしやうねんわうじやうごくらく》と祈り給ふぞあはれなる。つれ

一 柴で作った粗末な小屋。「柴」は山野に生える小さい雑木をいう。
二 「垣ほ」は垣のこと。「ほ」は秀の意で、高く突き出ているさまを表す。
三 「雲の林」は、京都市北区紫野にあった雲林院《うりんいん》のこと。夕方の空にむらがる雲に掛けていった。
四 太陽の沈む頃。暮れ方。
五 京都からみて西の海、瀬戸内海をいう。
六 仏の悟りを開くこと。平家の一門の人々が成仏《じようぶつ》するようにと弔い。
七 亡くなった敦盛と、死後は同じ極楽の蓮《はす》の台《うてな》の上に生れ変ろうと約束したことを思って。「聖霊」は死者の霊魂。
八 臨終の時に心を乱さず、一心に阿弥陀仏《あみだぶつ》を念じて極楽に往生しようと。

づれなる折節に、御歌をぞあそばしける。

九 柴の戸のしばしば急ぐ心かな
　　西の迎への夕暮の空

一〇 志深きに浮ぶならひぞと
　　いとど昔の跡《あと》をこそ問へ〔絵〕

若君、後に善慧上人と申す

かくて若君は、御出家ありてより、いよいよ年を積み《年とともに修行を積んで》、学問の奥《あう》義《ぎ》をきはめ給ひ、一一 西山《にしやま》の善慧上人《ぜんゑしやうにん》とぞ申しける。孝行の志深くお《深くてい》はしまし《らっしゃったので》しによりて、一二 御流れの仏法の、今に世の中に繁昌《はんじやう》するこそ有難けれ。一三 これを御覧ぜん御方は、父母《ちちはは》、師匠の御事をねんごろに《大切にして》、忠孝をいたし給ふべきなり。誠に誠に有難かりけることどもなり。一四 御念仏を御回向《ごゑかう》あるべく候ふ。一五 あなかしく。

九 夕暮れの空を眺めるにつけ、西方浄土よりのお迎えが早く来ないかと急ぐ心がしばしば起ってくることです。「柴の戸」は「しばしば」の語を出すための序。

一〇 亡き人を思う心が深いほど、その人は浮ばれるということですから、過ぎ去った人の跡を弔う気持がいよいよ深くなることです。

一一 浄土宗の四派の一つ、西山《せいざん》流を開いた証空《しようくう》上人のこと。法然上人に師事し、西山の善峰寺に入って浄土教をひろめた。敦盛の遺子が善慧上人となったというのは虚構である。

一二 善慧上人の流れをくむ仏法、すなわち西山流のこと。

一三 この物語をお読みになる方は、敦盛の若君を手本にして、の意。

一四 親のために念仏を唱えて冥福を祈ってあげることが大切です。

一五 もったいないことです。「あなかしこ」と同じ。尊いものに対しておそれ多いという気持を表す語。形式化して手紙文の文末に用いられた。

弥《や》兵《ひやう》衛《ゑ》鼠《ねずみ》絵《ゑ》巻《まき》

東寺《とうじ》の塔に住む白鼠《しろねずみ》の弥兵衛《やひょうえ》は、野鼠の将監《しょうげん》のひとり娘を妻に迎え、数多《あまた》の子をもうけた。ある時、北《きた》の方《かた》がまた妊娠し、雁《がん》の羽交《はがい》の身《み》を欲しがるので、弥兵衛は雁を狙《ねら》って飛びついたところ、驚いて飛び立った雁にぶら下《さ》がったまま、東《あずま》の奥の常磐《ときわ》の里まで連れてゆかれる。急に夫の行方《ゆくえ》を失った弥兵衛の北の方は、鳥羽《とば》恋塚《こいづか》に住む土龍《どりゅう》の局《つぼね》に占ってもらうと、いずれ便りがあるとのことであったので、安心して夫の帰りを待つ。さて、弥兵衛は放浪の末に、その里の長者左衛《さえ》門殿《もんどの》の家に住みつき、長者一家から大黒天の使者として大切にされる。やがて、都へ上る左衛門の荷駄《にだ》に乗せてもらい、都へ帰って妻子と涙の再会をとげた。そのお礼に、弥兵衛は金銀とともに娘の鼠を左衛門殿へおくる。子鼠を迎えた左衛門は大黒天の加護でますます栄え、三国一の大福長者となった。また弥兵衛も狼《おおかめ》の帝より官位を賜って、一族は末広がりに栄えた。

御伽草子に多い異類物の一種である。鼠を主人公にした作品は四種類あるが、本作は伝本が少なく、従来は広く知られていなかった作品である。内容も祝儀物の性格を備え、異類物の中で特色をもっている。底本としたのは、横山重氏旧蔵で、現在は慶応義塾図書館の所蔵にかかる江戸時代前期の絵巻二巻である。他には、国内では、岩波文庫の『続お伽草子』に収められた天理図書館所蔵の奈良絵本（上巻を欠く）のほか所在を聞かないが、ニューヨーク市立図書館のスペンサーコレクションに絵巻一巻が存し、また、フォッグ美術館の寄託本の中に奈良絵本一冊が存する。

白鼠の弥兵衛、野鼠の将監の姫と結婚

[一]一天四海静かにして、[二]草木《さうもく》国土万民豊かにて、鳥類に至るまで、[三]めでたき例《ためし》にぞ申しける。ここに[四]東寺《とうじ》の塔に住みて久しき白鼠《しろねずみ》あり。名をば[五]弥兵衛《やひやうゑ》殿《どの》とぞ申しける。文武二道の名人、弓、[六]鞠《まり》、[七]庖丁《はうちやう》、馬《むま》にも名を得たる人にぞおはしける《達人と評判の高い人でいらっしゃった》。

そのあたり近き所に、[八]野鼠の将監殿《しやうげんどの》とてありけるが、一人の姫を持ち給ふ。天下に並びなき美人、昔[九]楊貴妃《やうきひ》、[一〇]衣通姫《そとほりひめ》の御姿も、い《とて》かがこれにはまさるべき《もこの姫以上とは思われない》。[一一]春は花の本《もと》にて日を暮し、秋は月の前にて夜を明かし、[一二]詩歌管絃《しいかくわんげん》に心を掛け《を趣味として》、明かし暮し給ふを、弥兵衛殿聞き給ひ、「あはれ《ああ》、よきたよりもやらん《よい機会がないかなあ》。[一三]身こひに言ひ寄り、[一四]比《ひ》

東寺の塔に住む弥兵衛

＊底本には外題《げだい》も内題もないので、天理図書館本の題簽《だいせん》によって『弥兵衛鼠絵巻』と題した。

一 天《あめ》の下と四方の海の意で、世の中全体のこと。

二 草木と国土で、無心のものすべてをさしていう。

三 平穏無事なめでたい世の例に引かれるような時代の物語である、の意。

四 京都市南区にある真言宗東寺派の総本山、教王護国寺の通称。五重の塔がある。

五 スペンサー蔵本は「祢《ね》兵衛」とする。鼠の名であるから「子《ね》兵衛」の方がもとかもしれない。

六 蹴鞠《けまり》のこと。朝廷公家《くげ》の間で行われた遊戯。

七 料理の腕前《うでまえ》の意。諸芸に堪能《たんのう》なことをいうのに、和歌、連歌、鞠などとともに、庖丁を挙げた例は多い。

八 スペンサー蔵本には「白鼠の蔵人《くらんど》殿」とある。

九 中国唐の玄宗《げんそう》皇帝の妃。白居易《はくきょい》の『長恨歌《ちょうごんか》』で有名。李夫人《りふじん》、衣通姫などとともに美人の例に引かれる。

一〇 允恭《いんぎょう》天皇の妃、または皇女とされる古代の伝説上の女性。美しい容色が衣を通して光り輝いたという。

一一 以下の二句は、風流な生活を送ることをいう慣用句で、御伽草子に用例が多い。

一二 漢詩や和歌と音楽。文学と音楽の道の意。

一三 「身こひに」未詳。誤写があるか。

一四 夫婦の深い契《ちぎ》りを結びたいものだ。「比翼の鳥」と「連理の枝」の略で、ともに男女の契りの深いたとえ。二一一頁注一九参照。

翼連理《よくれんり》の語らひをも結ばばや」とおぼしめしける。そのあたり、蝙《かう》[一]蝠《ぶり》の中将殿とておはしけるが、かの《蝙蝠の》中将殿仲立《なかだち》にて、やがて言ひ合せ《すぐに婚約をかわして》、御日取とぞ聞えける《婚礼の日取をきめたいと申しあげた》。吉日《きちにち》は霜《しも》[二]月《つき》、日甲子《きのえね》[三]の日、時は甲子の時とぞ定まりける。[四]

〔花嫁の〕御供の人々には、女房《にようばう》[五]たち十二人、端者《はしたもの》[六]に至るまで、花のごとくに出で立ちて《身じたくをして》、美々しさ申すも愚《おろ》かなり。色[七]々の衣文《えもん》を重

野鼠将監の姫君の嫁入行列

弥兵衛夫婦の祝言

一 中世から近世へかけては「かうぶり」「かうむり」「かうもり」の三通りのいい方が見られる。

二 陰暦の十一月の異称。

三 日は甲子に当る日で、時は子の刻《こく》に決った。「甲子」は、十干《じっかん》と十二支の組み合せの第一番目なので、物事のはじまりとして重んじられ、種々の行事が行われた。ここでは特に鼠に縁のある日ということでもある。時間には十干による表し方はないが、子の時を日と揃《そろ》えて「甲子の時」と言ったのであろう。「子の時」は午前零時頃。

四 スペンサー蔵本は、この次に「子《ね》兵衛《ひやうゑ》殿は烏帽子《えぼし》装束花やかに出で立ち給へば、目を驚かすばかりなり。さて姫君を見給へば、聞きしは物の数ならず。美しさ譬《たと》へん方《かた》もなし。子兵衛殿思ふやう、この年月色好みし候ひつるは、かやうの人に会はんとの事にやと、つくづくとまぼりとれてぞおはしける」という一文がある。底本にはこれに相当する文が抜けているのかもしれない。

五 朝廷や公家《くげ》、武家の家に仕える女。侍女のこと。

六 召使いの女で中程度の身分の者をいう。

七 色どりの花やかな衣《きぬ》を重ねて着ていたが。「衣文」は衣服のこと。絵に出ているように十二単《ひとえ》を着ていることをいう。

八 鼠の本心はなくならないので、とても一夜のがまんもできるはずがない。
〔絵詞〕 侍従　歯骨の続かんほどはかぶらん
少将　穴へ引き入れて置き　後にも食はん

九 少しばかりのものを盗むこと。こそ泥《どろ》。

一〇 遠出をする際に料理を入れて持ってゆくための容器。塗物《ぬりもの》で外側に脚《あし》がついている。

一一 女房鼠の名。以下同じ。朝廷や貴族の家に仕える女房の名には、国名や官名を用いることが多い。

一二 細く割った竹を編んで、編み残した竹の端を鬚《ひげ》のように延ばしてある籠《かご》。贈り物などを入れるのに用いた。

一三 室内の照明具。高い支柱の上に油皿を置き、油火をともす台。灯台に登って油をなめるのである。

一四 角形または円形のわくに紙をはり、中に油皿を置いて火をともす照明具。

一五 婚礼の宴席に出す魚のこと。

一六 鶉は肉、卵ともに美味で珍重された。

一七 「奪ひにかかる」か。絵を見ると、鶉を引いている鼠の横で、別の鼠がそれを奪おうとしているように見える。スペンサー本は「はいにかかる」。

一八 薄い板を折り曲げて作った箱のことであるが、絵で、脚のついた盤のようなものの上に鼠が登っているのがそれであろうか。

一九 雑役に従事する身分の低い女中。

二〇 下位の座席に着く人の意で、下級の女中のこと。

ねても、鼠心《ねずみごころ》[八]が失《う》せぬこそ、何かは一夜も怺《こら》ふべき。女房たち装束《しやうぞく》どもを脱ぎ捨てて、思ひ思ひの小盗《こぬす》[九]みをこそせられける。外居《ほかゐ》[一〇]の中へは中将[一一]殿、鬚籠《ひげこ》[一二]を冠《かぶ》るは小督《こがう》の殿、灯台[一三]登りの中将殿、行灯《あんどん》[一四]破るは宰相殿《さいしやうどの》、魚《うを》[一五]

女房鼠の小盗み

引き給ふは中納言殿、鶉《うづら》[一六]を引くは弁の殿、うはひにかかる[一七]は治部卿《ぢぶきやう》殿《どの》、折《をり》[一八]へ登るは小《こ》少将殿、その外《ほか》お末《すゑ》[一九]、下座《しもざ》[二〇]の人までも、思ひ思ひの小盗《こぬす》みをこそせられける。
さるほどに弥兵衛殿、かりそめの夜がれ[一]もなく、比翼連理《ひよくれんり》の契《ちぎ》り浅からずこそ聞えけれ。[二]ほどなく若君姫君数多《あまた》出で来させ給ひ、繁[三]《はん》昌《じやう》並びなくこそ聞えけれ。

北の方妊娠し、雁の羽交の身を欲しがる

うち続き、北《きた》の方《かた》ただならず《また妊娠なさった》おはします。などやらん《どういうわけか》、このたび[四]はいと悩み給へば、弥兵衛殿驚き給ひて、片時《かたとき》も立ち去り給はず打ち添ひ、「いかに《〔気分は〕どんな》や《ですかと》」と悲しみ給ふ。
北の方のたまふは、「いつものことに《お産はなんども経験しま》て候《したが》へども、などやらん、このたびは心細く、来し方《過去や未》行く末のことまで《来のことまで何かと心に浮》

弥兵衛夫婦と子どもたち

一 ほんの一時でも浮気をするようなことはなくて。「夜がれ」は、男が女のもとへ通って来なくなる意で、男女の仲が絶えることをいう。

二 北の方と深く言い交わされた。「聞ゆ」には、耳に入るの意の自動詞的用法と、言うの謙譲語、申し上げるの意の他動詞的用法とがある。ここは後者の用法。

三 弥兵衛一家は比類のないほど栄えているという評判であった。この「聞えけれ」は自動詞的用法の「聞ゆ」の方であろう。

四 ひどく体のぐあいを悪くなさったので。「悩む」は、肉体的に苦しむことと、精神的に苦しむことの両方に使う。ここは前者。

＊ 御伽草子と呼ばれる物語の類は、享受者層が主として婦女子であったところから、絵入りの伝本が非常に多い。室町時代末期ごろからは、奈良絵本と呼ばれる挿絵入りの写本が、ついで江戸時代に入ると、絵入り版本が大量に現れてくるが、古くからの絵巻形式によったものも少なくない。江戸時代に入ってからの御伽草子絵巻の大部分は、料紙の縦の寸法が三〇センチ余の大形のもので、絵に金銀を多く使い、詞書《ことばがき》の部分の料紙にも金泥で下絵を描いてあったりして、すこぶるぜいたくな

作りである。このような豪華な絵巻は公家大名の姫君などのために特別に注文して作らせたらしい。この『弥兵衛鼠絵巻』は、それとは違って、縦二〇センチ足らずの、かわいらしい絵巻である。絵も、大和絵《やまとえ》の専門絵師の手に成った大形絵巻に比べると、素人《しろうと》っぽいところがあるが、それがかえって物語の内容とマッチして、ほほえましい感じを与えている。寛文頃の製作と推定され、古い絵巻ではないが、類型的な作品がはんらんする中で、好ましい良い絵巻ということができる。

五 鳥類のこと。
六 中国呉の孟宗《もうそう》が、冬に母の望む筍を捜しに竹林に入ったが得られないので、天に祈ったところ筍が現れたという故事（二十四孝の一として知られる）から、得がたいもののたとえにされる。
七 雀のとまっている木の枝を折って、雀ごと取ってくるということであろう。
八 決して遠慮なさらないでください。「あひかまへて」の「あひ」は接頭語で、「構《かま》へて」の改まった言い方。心を配って、が原義であるが、抽象化して、いいまわしを強める副詞となった。
九 鳥の左右の翼がうちちがうところであるが、単に鳥の羽をもいう。ここは後者であろう。「羽交の身」は、羽の部分の肉のこと。

心にかかり《んできて》悲しく候ふ。また身にも《とても望》及ばぬ物願ひなど《んでもかなわないようなも》せられ候ふぞや」《のが欲しいのですよ》

とありければ、弥兵衛殿聞き給ひ、「何をか包ませ給《何もお隠しになることは》ふべき《ありません》。願はしき

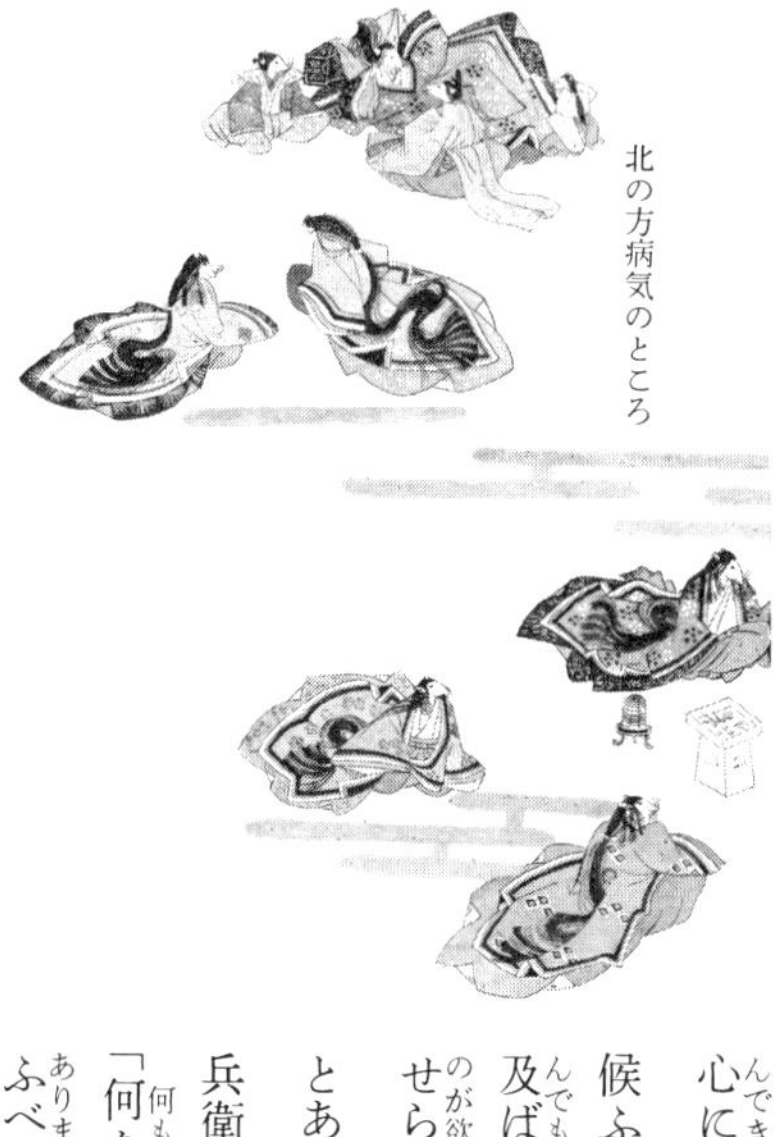
北の方病気のところ

物をば、心おかず《遠慮しないで》仰せ候へ。わらは候はんずるほどは《この私がいる以上は》、いかやうの物なりとも、御心のままに叶《かな》へ申すべし。たとへば、天を翔《か》くる翼《つばさ》[五]、地を走る獣《けだもの》、[六]雪の中の筍《たけのこ》、[七]雀《すずめ》の折り枝、何にても御好みにより、求めて参らすべし。[八]あひかまへて御心置かせ給ふな」と、さまざまと慰め給へば、北の方仰せけるは、「あら有難《ありがた》の御志やな。さらば心置かず申すなり。空を通り候ふ雁《がん》の右の[九]羽交《はがひ》の身《み》が、少し欲しく候

ふ」とぞ仰せける。

弥兵衛殿、聞き給ひて、「安きあひだのことなり。やがて《すぐに》取りて参らせん」とて、烏帽子《えぼし》、上下《かみしも》脱ぎ捨てて、もとより足きき《足の達者な》の弥兵衛殿、「なにかは、安く取らん《簡単に取れるだろう》」と思ひ、彼方此方《かなたこなた》に駈《か》けまはりけるが、その日は成らず《取れなかった》。無念に思ひ、また次の日、いかにも早朝に《夜も明けやらぬうちに》出で給ふ。ある所に雁《がん》ども数多《あまた》群《む》れゐたり。走りかかり、肝先《きもさき》に喰《く》ひつかばやと思ひしが、「いやいや、雁殿は目早《めばや》き方《かた》に候ふほどに、一大事の勝負」と思ひ、目をふさぎ観念するやう、「南無《なむ》大《だい》黒天《こくてん》、このたびの

弥兵衛、雁をねらうところ

弥兵衛、雁をねらう

一 そんなことならたやすいことです。「あひだ」は「間」が形式名詞化した用法。

二 元服した男子の用いたかぶり物の一種。もとは成人男子の日常のかぶり物であったが、室町末期頃からは儀礼の時以外一般には用いられなくなった。

三 狩衣《かりぎぬ》、水干《すいかん》、直垂《ひたたれ》などと袴《はかま》との、色目や紋様の同じものをいう。江戸時代になると武士の式服に用いられた肩衣《かたぎぬ》と袴の略称となった。三三五頁の絵を見ると、弥兵衛は狩衣姿のようである。

四 なんの、むずかしいことがあろう。「なにかは難《かた》からん」の意。

五 目ざとい方であるから、ここが大切な勝負どころだ。「目早き」は、見つけるのが早いこと。

六 心を静めて物事をじっと考えること。

七 「南無」は梵語《ぼんご》の音訳で「敬礼《きょうらい》」の意。仏神に祈念する時に用いる言葉。「大黒天」は七福神の一つ。もとはインドの神で、仏教に入り、中国の寺院で台所の神として祀《まつ》られていた風習を、渡唐した最澄が日本へ将来して、天台の寺院で祀られるようになった。日本では大国主命《おおくにぬしのみこと》とも混同され、中世には夷《えびす》と並んで福の神として広く民間で信仰されるに至った。

大事を、やすやすと成就いたし《たやすくやりとげさせて下さい》候ふやうに」と、深く祈念なされて、
餌《ゑば》[八]食み候ふところを、よき折節《をりふし》と思ひ寄り、右の羽交《はがひ》をよくよく見《ねら》すまし《いをつけて》、飛[九]びかかりしかど、「喰ひつきたらば、さだめて立つこと《まさか飛び立つようなこと》よもあらじ《はあるまい》。さらば、[一〇]あそこやここにて喰《く》ひ解《と》きて、まづ右の羽交の身所《みどころ》[一一]を喰ひ切り、早く行きて、北の方の望みをやがて叶へん《すぐにかなえてやろう》」と思ひ、「さて残りをば、一家一門寄りこぞり《寄り集まり》、ゑらめきて[一二]、お汁《しる》[一三]事《こと》して遊ばん」と思ひて、そろりそろりと狙《ねら》ひ寄り、よき番《つがひ》[一四]と飛びかかり、右の羽交に喰ひつくと思ひたれば《思ったのに》、いかがしたりぬらん《どうしたことであろうか》、雁《がん》の胸のあたりに飛びつきたり。もとより翼《つばさ》も肝を消し、たち騒ぎ、三月下旬のことなれば、時[一五]を得たりしかりがねの、友呼びつれて、越路《こしぢ》[一六]へぞ帰りける。あまりのことに、弥兵衛かくぞ詠じける《このように歌をよんだ》。

羽《はね》[一七]もなくさかさまに飛ぶ弥兵衛は
これぞ稀代《きたい》のためしなりける

かりがねも心内《こころうち》に、かくなん《このようによんだ》。

八 雁がえさを食べているところを。

九 ここは「飛びかからんとせしかど」でないと、文意が続かない。飛びかかろうとしたが、そこで考えたことには、の意。

一〇 あの場所かこの場所へ持ってきて、雁をばらばらにかみ裂いて。スペンサー本「あそこやここや喰ひさぶり」(雁のあちらこちらを喰いしゃぶって)。

一一 肉の部分。

一二 未詳。スペンサー本「じじめきて」。「じじめく」は、やかましく声や音を出して騒ぐこと。

一三 雁の汁料理を作って楽しもう。「汁事」は汁の料理を饗応《きょうおう》すること。

一四 二つのものが組になっていることをいう。雁の雄《おす》と雌《めす》との一組の意ともとれるが、ここは左右の羽を「番」といったのではないか。

一五 渡り鳥の雁は、ちょうど北へ帰る時期にもなっていたので、の意。「かりがね」は雁の鳴き声のことであるが、転じて雁そのものをいうようになった。

一六 越《こし》の国へ行く道で、北陸道の古称。また北陸地方をいうこともある。

弥兵衛、雁に食いついたまま空を飛ぶ

一七 羽もないこの弥兵衛が、雁の胸にぶら下がって飛んでゆくのは、今までに例のない珍しいことであろうよ。底本「きひのためし」とあるが「きたひ」の脱字として改めた。

一 思いがけなくも胸に鼠に飛びつかれた私は、どうしたらよいか分らないで心を痛めながら空を飛んでゆくことです。

＊ 大黒天を鼠の守護神とする話には、御伽草子の中に『隠《かく》れ里《ざと》』あるいは『恵比須《えびす》大黒合戦』と題する作品がある。西宮《にしのみや》の夷《えびす》殿が社壇を鼠に荒されたことを怒って、付近の鼠たちを散々な目にあわせたことから、比叡山の大黒天と仲違《なかたが》いをする。夷殿は海の魚どもを集め、大黒天は隠れ里の鼠たちを催して、すでに京の町なかで合戦に及ぼうとしたところ、折から日本見物に来ていた唐《もろこし》の布袋《ほてい》和尚《かしょう》の仲裁で和睦《わぼく》するという物語である。鼠を大黒天の使者とする信仰がいつ頃から生じたのか明らかではないが、大黒天を大国主命《おおくにぬしのみこと》と考えたところから起ったといわれる（『本朝語園』巻十）。日本神話で、大国主命が素盞嗚尊《すさのおのみこと》によって種々の試練を受けた時、鼠に助けられた話があることによる。しかし、大黒天はもともと台所の神であるから、鼠とは関係が生れそうである。また、子《ね》の日に大黒天を祀《まつ》るというのも同じ信仰にもとづくのであろう。

二 落ち着く所も分らないで落ちたらば。「しやうど」は目的とする所。目当て。「先途《せんど》」の変化した語ともいわれるが明らかでない。

一思はずも胸に鼠の飛びつきて
　　心苦しく空をこそ行け

さるほどに《さて》、弥兵衛殿、思ひのほかに雁の胸に振り下がり《ぶらさがって》、心の内に思ふやう、「そもこれは夢かや現《うつつ》かや。あさましや《情けないことだ》。取らんと思ひしかりがねに、取られて行くは何事ぞや。このまま放たばや《〔雁を〕放してしま》と思へども《いたいが》、逆様《さかさま》にして飛び行けば、下のことは見えぬこそ《下の様子が見えないのは困った》。海やらん川やらん、岩巌《いはがん》石《せき》の山やらん。二しやうども知らず落ちなば、命を失ふべし。今一度、北《きた》の方《かた》に逢《あ》ひて、か《こん》やうの有様語りな《なめに会ったことを話した》まし《いものだ》」と思ひて、

弥兵衛、雁にぶら下がって空を飛ぶ

ここを先途と《ここが運命の分れめと》、目を見出だして《大きく見開いて》、足にてしかと取りつき、また「羽《は》を強く喰ひなば、翼耐へかねて落ちては《鳥がこらえきれずに落ちたら》、命危《あやふ》し」と思ひて、羽を少しうけて、[三]心の内に祈念あり。「南無大黒天、助け給へ。弥兵衛《私の運命の》が浮沈はここぞかし《分れめは今この時にあります》。立ち添ひ《私につき添って》守《まぼ》らせ給へ。翼もわれも難なく《無事に》、いづくにても翼の赴《おもむ》かん所へ、するすると落ちつき、命安穏に」と祈念し給ふ。さしも思ひかかりし勢ひ《あれほどなんとしてでも雁を取ろうと勢いこんで》おびただしくして、一門催《もよほ》し、お汁事《しること》して遊ばんと、たくみしに引き替へて《計画をしていたのとは反対に》、翼の命惜しくて、〔雁が〕つつがなかれ《無事でいるようにと》と祈る心の内こそ、[四]をかしくも、またあはれにもありけり。

弥兵衛、常磐の国に着く

さてほどなく、常磐《ときは》[五]の国に着き、ある野原に下《お》りたれば、弥兵衛殿やがて放し給ふ《すぐに雁を放しなさった》。翼も飛び去りけり。うかうかと《ぼんやりと》空を眺めて、呆《ばう》然《ぜん》とあきれ《あっけにとられ》、かくぞながめ給ふ《こんな歌をおよみになる》。

昨日《きのふ》[六]までさぞなかりつる身なれども
今日は東《あづま》の奥の野鼠

三 「受けて」あるいは「浮けて」か。「受けて」ならば、羽を支《ささ》えるようにして。「浮けて」ならば、羽を浮かせて、の意となる。

＊『隠れ里』の冒頭は、木幡《こわた》の野辺で、穴の奥から人声が聞えるので入ってゆくと、そこは鼠の住む豪奢《ごうしゃ》な宮殿であったというもので、これは民間の昔話の「鼠の浄土」の話と同じである。弥兵衛が雁と一緒に連れて行かれた常磐の国は、この後の叙述では東国の僻地とされていて、特に仙郷らしいところが見られない。これを常磐の国と名づけたのは、鼠の隠れ里の民間伝承が影響しているのかもしれない。

四 弥兵衛の心中を思うと哀れでもあることだ。

五 「ときは」は「常磐《とこいは》」（永久に変らない磐石）の約。常世《とこよ》の国と同じく、遥《はる》か遠くにある不老長寿の国の意であろう。しかし、ここは常陸《ひたち》の国（茨城県）をさしているのではないか。『常陸国風土記』に、この国は水陸の収穫に恵まれ、人々が豊かであったので、古人は常世の国とはこの地をいうかと疑ったと記されている。

六 昨日までは京で人並の暮しをしていた私なのに、今日は東国の果《は》てで野鼠の境遇に落ちてしまったことだ。

弥兵衛の北の方、土龍の局に夫の行方を占ってもらう

さるほどに、広き野原に放たれて、夢に道行く心ちして《夢の中の旅のような気持がして》、しやうどもなく《行く先の目当もなく》、木の本《もと》、茅《かや》の本にて日を暮し、ここやかしこと歩きけれども、[一]われに語らふ者もあらばこそ、都のことを語り慰む便りもなし《(弥兵衛)》。「あら都恋しや、[二]しいしい」とのみ言ひてぞ明かし暮し給ふ。

都には「弥兵衛殿こそ見え給はね《がいなくなってしまった》」と、騒ぎののしることなのめ《大声で騒ぎ立てることは一通りでは》ならず《ない》。知るも知らぬも《親しい者もそうでない者も》、近きも遠きも、おしなべて《皆同じように》、われ劣らじと寄りこぞり《寄り集まり》、参り集《つど》ふ。中にも、蟇《ひきがへる》の[三]尼前《あまぜ》殿参り給ひて、申されけるは、「[四]鳥羽《とば》[五]恋塚《こひづか》にこそ、[六]土龍《どりゆう》の[七]御《み》局《つぼね》と申して、もとは内裏《だいり》に候《さぶら》はせ給

桜の木の下で悲しむ弥兵衛

一 自分に話しかけてくる者でもあれば気が晴れるのだが、そういう者もいないので、都の話をして気持をまぎらす機会もない。

二 鼠が悲しんで鳴く鳴き声か。底本「しひ〳〵」。

＊ 鼠を主人公にした御伽草子には、別に三種の『鼠の草子』がある。そのうちの二種は、鼠が人間の男に化して女人と契りを結ぶ話であるが、一は、その家の猫に見破られて食い殺されるという結末、他の一は、男の正体を悟った女に逃げられ、落胆した鼠は発心《ほっしん》修行するというものである。後者には室町期の絵巻が数本伝存するが、はじめの鼠と人間の女の婚礼の場面の絵は『弥兵衛鼠絵巻』と似通った所がある。

三 「尼御前《あまごぜん》」の略。尼に対する敬称。

四 京都市南区と伏見区にまたがる地名。

五 鳥羽にある袈裟《けさ》御前の墓をいう。袈裟御前は平安末期の女性で、夫のある身でありながら遠藤盛遠に恋慕され、貞節を守るために夫の身代りになって盛遠に殺されたという。御伽草子に『恋塚物語』がある。

六 もぐらの異名。

七 宮中や貴族の家に仕える女性の尊称。「局」はそういう女性の私室として仕切った部屋のことで、転じてそこに住む人をさしていった。

蟇の尼前をはじめ、北の方の許に集まる

ひ、まことに雲の上《宮中の》の御住居をさせ《生活を経験していらっしゃ》給ひしが《いましたが》、いかがし給ひけん、御《おん》[八]誡《いましめ》を被《かうぶ》り給ひて、今は鳥羽恋塚にいらせ給ひ候ふが、ことさら[九]月日の光に恐れて、塚の中《うち》に、いぶせき《むさくるしい》御庵《いほり》[一〇]を引き結びて、いらせおはしまし候ふが、手の中《うち》[一一]の占《うら》が上手にて候ふ。いかなることにても候へ、違《ちが》ひ候ふことは候はず候ふ。過去現在未来のことまでも、曇りなき鏡のごとく、何事も曇りなく申され候へば《はっきりと言い当てられるので》、指《さす》[一二]の巫女《みこ》など申し候ふなり。これへ人を御つかひ候ひて《お使いをお出しになって》、御尋ね候へかし」と申し給へば、北の方喜び給ひて、「嬉《うれ》しくも聞かせ給ふものかな《お聞かせくださいました》。文《ふみ》にて問ふも《手紙で聞くのも》

八 お叱《しか》りをお受けになって。「誡」は、あやまちを二度としないように懲《こ》らしめること。処罰。

九 もともと明るい所の嫌《きら》いな方ですが、とりわけ謹慎の気持を表すために、月日の光に当らないようにして、の意。

一〇 粗末な小屋。仮小屋。

一一 手相を見る占《うらな》い。

一二 予言のよく当る占い者をいう。

おぼつかなし《もどかしく思います》。時により折に触れたることなれば《人目をはばかるのも時によることですから》、何かは苦しかるべき《何も気にすることはありません》。みづから行きて、ねんごろに《心をこめて》、くり返し問ふべきなり《聞くのがよいと思います》」。「一さすがによそ目の慎《つつま》しければ」とて、色々の衣文《えもん》重ね、二褄《つま》を揃《そろ》へし十二単《ひとえ》を脱ぎ捨てて、三眉《まゆ》も四かもじも取りのけ、ありしままの姿にて《鼠そのままの姿になって》、鳥羽の恋塚へぞ急ぎ給ふ。五天性小足《こあし》のききたる姫君なれば、足手に塵《ちり》はよも付《つ》けじ。

北の方、衣裳を脱ぎ捨てて行く

やがて行き着き給ひて、「土龍《どりゅう》の御局へ物申さん《御局様いらっしゃいますか》」とのたまへば、内より、「誰人なれば《どなたですか》、珍しの御声や《聞きなれないお声ですね》」と申されける。(北の方)「東寺のあたりよ

一 しかし、そうはいっても、人目が恥ずかしいですから、目立たないように行きましょう。
二 着物の襟《えり》から下の部分のへり。
三 付け眉毛をしていたということであろう。
四 「か文字」で、髪または鬘《かずら》(髪の薄い人が添え加える髪)をいう女房言葉。ここは鬘のこと。
五 生れつき、ちょこちょこ歩きの上手な姫君なので、足や手をよごすようなことは決してないだろう。「小足」は狭い歩幅で歩くこと。

* 御伽草子には、人間以外の動物・植物を擬人《ぎじん》化した物語、いわゆる異類物が数多くある。大きく分けると、人間界の物語の形をそのまま異類の世界にもちこんだものと、人間に姿を変えた異類と人間との交渉を語るものとの二種になろう。前者は異類だけが登場するもので、内容は、歌合《うたあわせ》物・恋愛物・軍記物・遁世《とんせい》物(市古貞次氏の分類による)など、さまざまである。その中には、二条良《よし》基《もと》または一条兼良《かねら》の作と伝えられる『精進魚類《しょうじんぎょるい》物語』や『鴉鷺合戦《あろがっせん》物語』のように、知識人の戯作《げさく》と思われる作品が多い。後者は、前記の二種(三四〇頁*印参照)の『鼠の草子』のように、人間と異類との婚姻を語る怪婚譚で、主な作品に『鶴

の草子』『蛤《はまぐり》の草子』『木《こ》幡狐《わたぎつね》』『かざしの姫』（菊花の精と人間の姫君との結婚）などがある。こちらは民間説話と交渉の深い話が多く見られる。『弥兵衛鼠絵巻』は異類中心であるが、後半には左衛門殿《さえもんどの》という長者が登場する。物語の筋も他に類を見ないもので、異類物の中では異色の作品ということができる。

〔絵詞〕　北の方、占ひ給ふ　あらひもじや　油がな吸ひてたちて行んちらひ

六 おくゆかしく。思慮深く、重々しいことをいう。

七 占いをなさった。易などによって吉凶を判断することを「かんがふ」という。

八 午前六時頃。

九 「かみ（頭・督・守）の殿」の音便。左馬頭《さまのかみ》・右馬頭《うまのかみ》、衛門府・兵衛府の長官、または国守の敬称。

一〇 年の若い殿。若殿。

一一 「き文字」で、「き」の音ではじまる語をいう女房言葉。ここは狐のこと。

り、承り及びて《〔あなたのことを〕お聞き》参り候ふ《して参りました》」とて、し《これ》かじかのことの《これですとわけをお話しに》たまひける《なった》。まことに聞きしに違《たが》はず、[六]物深く、御手ばかり《〔穴の中から〕》さし出《い》だし給ひ、[七]勘《かんが》へ給ふなり。

土龍の局に占いを頼む北の方

弥兵衛を捜す蝙蝠の中将

北《きた》の方《かた》のたまひけるは、「今年三十七になり候ふ男《をのこ》にて候ふが、一昨日《をととひ》の卯《う》[八]の剋《こく》より、かりそめに立ち出でて《ひょいと家を出ていって》、いまだ見え候はず候ふ《そのまままだ帰って来ません》。もしは、猫《ねこ》の守《かう》[九]の殿《との》、鼬《いたち》の小殿《ことの》[一〇]、きもじ[一一]の刑部《ぎやうぶ》殿の御前《ごぜん》などにも取られ候ふや。また、いかなる花をも見て《誰か美しい女でも見て》、心を移したるや。よくねんごろに占《うらな》ひて給はり候ふべし」。土龍申せしは、〔あなたの夫は〕「心変るこ《心変り》とゆめゆめ候はず候ふ《することなど決してありません》。物に取られさせ給ひ候ふことも候はず候ふ《また他の獣などに取られなさったのでもありません》。

ただ[一]かりそめの風の便《たよ》りに誘はれて、遠方《をちかた》へいらせ給ひたるものなり。これも《弥兵衛殿も》心は[二]あくがれて、こなたの空のみ詠《なが》め暮し《望郷の思いにかられて》給ふなり。この秋は便りもあるべく候ふ《きっとあるはずです》。しからずは《さもなければ》、明年の夏の頃、かならず顔の[三]見参《げざん》あるべく候ふ。命の相違《さうゐ》なく候ふ《命に別条ありません》。御心安くおぼしめさるべし」。北の方のたまひけるは、「年をば重ね候ふとも《何年かかろうとも》、月日の積ることも苦しからず候ふ《〔会えるまでに〕月日がたつことは一向にかまいません》。再びあひ見ることさへ候はば、それこそ嬉《うれ》しく候へ。思ふままにて《望みがかなって》、かならず[四]主《ぬし》を連れて、御占《うら》の御礼に参り申し候ふべし」とて、帰り給ふ。

蝙蝠の中将、弥兵衛を探して諸国を回る

さるほどに蝙蝠《かうむり》の中将殿、仲立《なかだち》なされしことなれば、ことさら御身にかけ《〔弥兵衛のことが〕特別心にかかって》、尋ね給ふ。されども、終《つひ》に逢《あ》ひ給はず。東は[五]奥州外《あうしうそと》の浜《はま》、南は[六]大かわちたきやうの末、西は[七]玄海、壱岐《いき》、対馬《つしま》、北は越路《こしぢ》の末までも、くはしく尋ね給へども、見え給はねば、いづくへ行くべき方もなし《これ以上捜しに行く方面もない》。都へとてぞ帰り給ふ。

[八]北の方、鳥羽《とば》より帰り給ふに、[九]土龍《どりゆう》の御占正《うらまさ》しきこと、道すがら

一 ほんのちょっとしたことがきっかけになって。「風の便り」は、手紙などを送る機会のこと。
二 心が体から離れてゆくことをいう語。うわの空になって、の意。
三 平安・鎌倉室町時代には「げんざん」の撥音《はつおん》「ん」を表記しない場合が多く見られる。「顔の見参」という言い方は珍しいが、じかに顔を見せる意。
四 夫の弥兵衛鼠のこと。
五 広くは青森県の下北半島から津軽半島を経て秋田県能代《のしろ》平野に至る一帯の海岸をいうが、特に津軽半島東岸の北浜をさすことが多い。
六 未詳。スペンサー本「南は紀の路《ち》熊野山」。
七 福岡・佐賀両県の北部、玄界灘《げんかいなだ》に面する地名。
八 底本、ここから下巻。
九 土龍の御局の占いは必ず当ると、帰る道の間、人人が話をしているのをお聞きになって。

人の申せしを聞こしめし、頼もしく思ひて、一〇寝暮し給ふ。

弥兵衛、野鼠に出会う

さて弥兵衛殿は、見なれず、住みなれぬ（境遇が変った気疲れからか）憂さにや、痩《や》せ黒み給ふことかぎりなし。つくづくと思ひ給ふやう、「黒鼠になりても（黒鼠のようになって恥ずかしいが）、ちと（少し）国の体をも見ながら（国の様子を見がてら）、立ち出でばや」と思ひ、一一歩《あり》き給へば、いづくにも多き物なれば、いと賢《かし》こげなる野鼠《のねずみ》出で来たり。嬉《うれ》しく思ひ、問ひ給ふ。(弥兵衛)「この国をば何と申し候ふ。また人里はいづくのほどやらん（どのくらいの距離がありますか）」など問ひ給へば、(野鼠)「これは常磐《ときは》の里と申す。あの山よりあなたにこそ（向う側には）、富貴《ふっき》なる里は多く候ふ。山よりこなたは野原ばかりにて候ふ。

家に帰って子どもに話をする北の方

一〇 果報は寝て待てとばかり、安心して日を送っていらっしゃった。「寝」に「子《ね》」を掛けて洒落《しゃれ》たのであろう。

一一 古代から近世まで「ありく」「あるく」の両形が使われている。意味には特に違いはないようである。

＊ 動物を主人公にした物語として著名なのは『イソップ物語』で、日本でも文禄二年（一五九三）に『伊曾保物語』の名で、宣教師ハビアンの翻訳が出版されている。江戸時代に入ってからも、別の訳者によるものが、仮名草子の形でたびたび刊行されており、当時人々の興味をそそったらしい。しかし、『伊曾保』は動物にかこつけた寓話《ぐうわ》であるが、御伽草子の異類物には、そのような寓話性はほとんど見られない。異類物の出版も江戸時代前期に盛んに行われたが、内容の上では『伊曾保』の影響は稀薄である。

都人とお語り候へば《都の人とお聞きしましたので》、いとほしく思ひ参らせ候ふ《お気の毒なことだと推察いたします》。かやうの田舎《ゐなか》の御住居《すまひ》、なかなか得させ給ひ候ふまじく候ふ《たやすくは見つけることのできないものです》。御用時は、何事なりとも、[一]御心置かず、承り候ふべし」。「《(弥兵衛)》あら嬉しくのたまひ候ふものかな《嬉しいことをおっしゃってくださいますね》。人里へ出で候はんと存じ候ふ。また[二]御みづからを見たてまつれば、[三]ひとしほ妻女のことと思ひ出で候ふぞや。御年ほどにこそ候ひつれ《〔私の妻も〕あなたのお年ぐらいなのです》」とて、またはらはらと泣き給ふ。

弥兵衛、野鼠に出会う

弥兵衛、子連れの猿姫に道を教わる

弥兵衛、猿姫に道を教わる

教へにまかせて

一 遠慮なくおっしゃって下さい。なんでも聞いてさしあげます。「御心置かず仰せ候へ」の意。

二 あなた御自身、の意であるが、ここは「御身」と同じく、対称の代名詞に使ったのであろう。次の文を見ると、この野鼠は女鼠であったことが分る。

三 染物を染め液に一回入れて浸《ひた》すことをいうが、転じて、いっそう、ひときわ、の意の副詞に用いられる。

行き給へば、山の裾野《すその》に着き給ふ。さて太山《たいざん》[四]にかかり給へば、峰にも多く咲く花に、憂《う》さも辛《つら》さも忘れけり。[五]いかなる案内者や《誰か案内する人がない》らん《かと》と佇《たたず》むところに、猿姫御《さるひめご》前嶺《ぜんみね》より下《お》り給ふに行きあひたり。嬉《うれ》しく

て立ち向ひ、申されけるは、(弥兵衛)「都より不思議の子細にて《考えられないような事情で》、心ならず、この国へ来たり候ふ。[六]野にも山にもしるべ草、かく恐ろしき山道に迷ひ、いづくをどなたへとも《どの道をどこへ行くのかもわからないで》知らず、泣くより外《ほか》のこと候はず候ふ。

四 大きな山。

五 この文だと、どんな案内者であろうか、の意となるが、天理図書館本には「いかなる案内者がな、と思ふところに」とある。ここもその意味であろう。

六 野にも山にも、草のほかには道しるべをしてくれるものもない。「しるべ」は道案内の意。「しるべ草」という名の草があるわけではない。

あはれとおぼしめし、教へてたび給へ《道案内をしてください》」と、かきくどき《くどくどと繰り返し》言ひければ、猿姫《さるひめ》も、さすが[一]岩木《いはき》ならねば、「あらいたはしや。こなたへいらせ給へ。御道しるべ申さん。旅の空は憂きものにて候ふ《旅の境遇は心細くてつらいものです》。ことさら都[二]よりの御方ならば、花ぞしるべなるべし。こなたへいらせ給へ」とて、しばしのほど送りける。

(猿姫)「あれに見え候ふ道は鹿道《ししみち》[三]にて候ふ。尾上《をのへ》[四]に通ふ道なれば、里への《里へは道》つづきは候はぬぞ《が続いていませんよ》。そのあなたのは《鹿道の向うに見えるのは》、樵夫《きこり》[五]の通ふ道にて候ふ。この樵夫の道を《その樵夫の道を》、このごとくに《こんなふうに》岨《そは》[六]へ行かせ給ふなよ《崖際に近寄らないで下さい》。教へをしるべ《私が教えた通り》、花を便り《桜を道しるべ》にいらせ給へ《にお行きなさい》」と教へけり。(猿姫)「今ちと見送り申したく候へども、みづからは嶺《みね》に住む身なり。麓《ふもと》にこの娘が乳母《うば》の居《ゐ》られ候ふ。〔娘を〕見たがられ候ふほどに《見たがっておいでなので》、連れて行き候ふぞや。これより末には踏み迷はせ給ふべき道もなし《これから先には道に迷いそうなところもありません》」とて帰りけり。いつしか[七]名残《なごり》惜しくして、〔猿姫を〕見送り給ひける。(弥兵衛)「かへすがへす[八]教へ給ふ嬉《うれ》しさ。心得申し候ふ《よくわかりました》。花見[九]の御帰りぞや。御顔の赤きこと、ただから紅《くれなゐ》[一〇]の千入《ちしほ》に染めたるやう

一　やはり、岩や木のように心のないものではないので。情けを知ったものなので、の意。「岩木」は非情なもののたとえに使われる。

二　風流な都の人には、桜の花を道案内に心を慰めながら行くのが一番でしょう、の意。天理図書館本には「都の御方ならば、さぞつれづれにおはすらん。いささか御慰みは花ぞしるしなり」とある。

三　鹿や猪《いのしし》が常に行き来するので自然にできた小道。人工の道と間違えて迷うことがあった。

四　山の頂上。峰《お》の上の意。

五　木を切りに山へ入る人。

六　がけ、絶壁、急斜面など、けわしい所をいう。近世以後は「そば」と濁ることもある。

七　いつのまにか。猿姫とはつい少し前に知り合ったばかりなのに、早くもすっかり親しくなっていたという気持を表している。

八　道を教えてくださった嬉しさは、いくらお礼を申しあげても足りないほどです。以下の弥兵衛の言葉は、絵の中に書きこむべき絵詞《えことば》が本文に入ってしまったのであろう。

九　花見で酒を召し上がっての帰り道のようですね。天理図書館本には「御花見顔のあかさよ」とある。

一〇　何度も染めあげた唐紅《からくれない》のようです。「から紅」は舶来の紅の意で、その染色の美しさを賞美していった語。「千入」は、何回も染め液に浸《ひた》して色濃く染めること。

弥兵衛、野山を越え人里を尋ねる

にこそ候へ」。

かくて、一一野暮れ山暮れ行き給ふが、一首かくなん。

一二遠近《をちこち》のたづきも知らぬ山道を
　涙とともにたどり行くかな

と、かやうに口ずさみ、その夜は山の中にて明かしつつ、「一三姫まつ恋しや、若まつ恋しや、一四しいしい」とぞ泣き給ふ。折節《をりふし》、むら雲かかりて、月も朧《おぼ》ろに、嵐《あらし》もいとどはげしく（山風がいよいよ強く吹き）、物すさまじきに（荒涼とした様子なので）、梢《こずゑ》より下《お》りつつ、かくぞ詠じ給ひける。

一五見るは花聞くは嵐の音なれや
　このありさまをかくと知れとや

またかくなん。

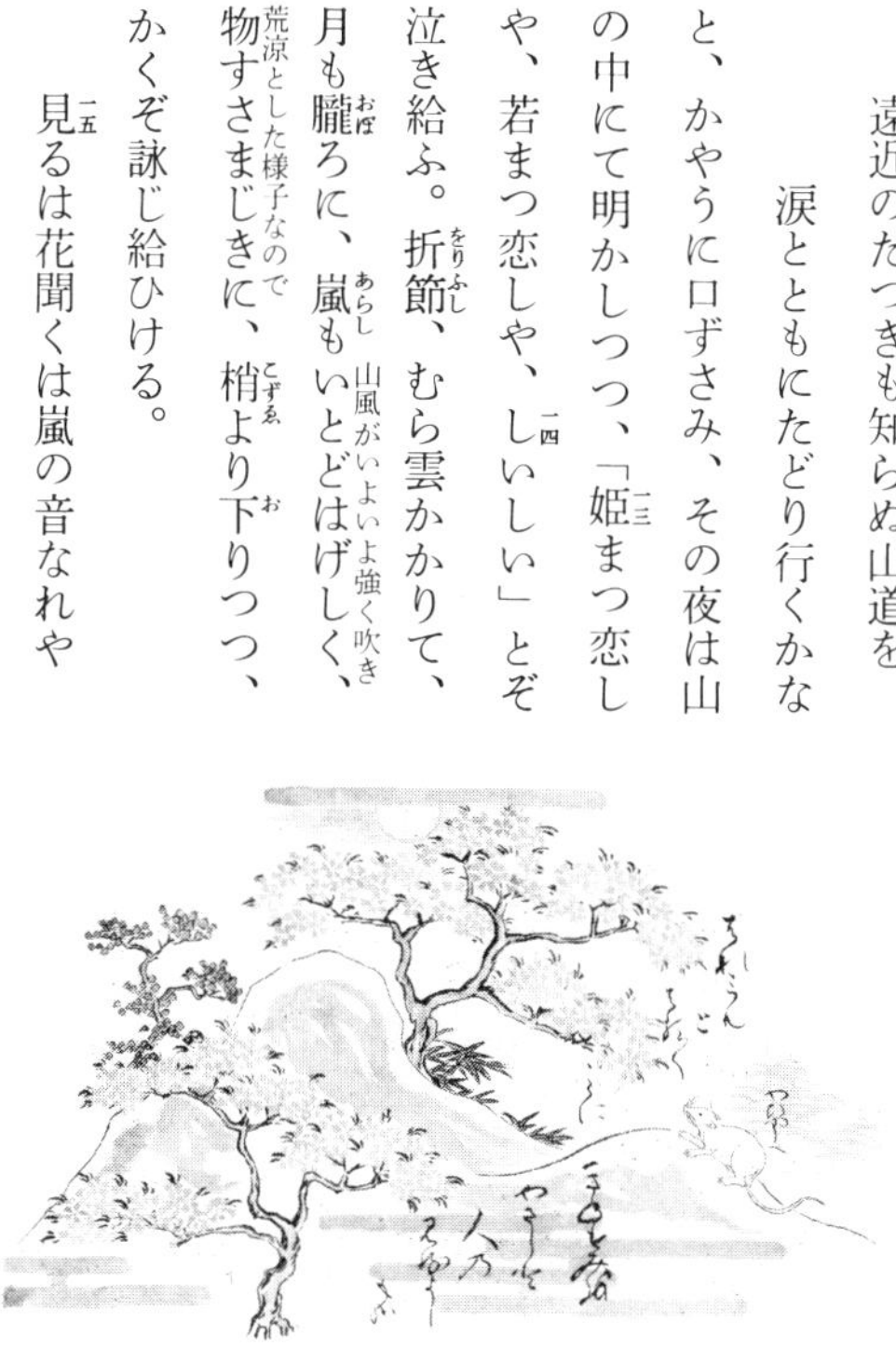

弥兵衛、歌をよむ

一一 野で日を暮し、山で日を暮し。長い旅路をいう言葉。

一二 方角の見当もつかない山道を、涙を流しながら、とぼとぼと歩いてゆくことだ。「遠近《をちこち》のたづきも知らぬ山中におぼつかなくも呼子鳥《よぶこどり》かな」（『古今和歌集』春上）による。「たづき」は、様子・状態を知る手段の意。中世、近世は「たつき」「たつぎ」ともいった。

一三 「姫松」「若松」で、国元に残してきた女子、男子のこと。

一四 三四〇頁注二参照。ここも底本は「しひ〱」。

〔絵詞〕 花見んとはるばるここにき鼠を
　やさしと人の見るよしもがな

（花を見ようと遠くの国からはるばるとここにやって来た鼠を、なんと風流なことだといってくれるものがいないかなあ）。

一五 目に見えるのは桜の花、耳に聞えるのは山風の音ばかりであることだ。このような所にいる私のありさまを、故郷の人たちは知ってくれ。下の句は意味がはっきりしない。天理本には「世のありさまをかくと知れとや」とあり、それだと、世の中には桜のように花やかな面と、嵐のようにすさまじい面とがあることを知れというのであろうか、の意と解される。

一月に雲花に嵐のあるなれば
われに情けのなどやなからん

弥兵衛殿と申すは、心猛《たけ》さは二樊噲《はんくわい》にもすぐれ、三謀《はか》りごとの深きことは世に超《こ》えたり。しかれども、さし当る恩愛の道には《今の境遇では妻子への情愛にひかれて》、踏み迷ひ《途方に暮れ》けるぞあはれなる《ているのが哀れである》。されば、四夏の虫飛んで火に入り、五秋の鹿の笛の音《ね》に心を乱し、身をいたづらになす《自分の身を破滅させる》。高きも卑しきも《身分の上下によらず》、人力《じんりき》及ばざるはこの道《恩愛の道》なり。六六道四生《ろくだうししやう》の輪廻《りんね》とも、七愛別離苦のことわり、八これまた深き譬《たと》へなり。

さて梢《こずゑ》を下《お》り給ふとて、あら恨めしと《ああ妻が恨めしい》、さのみ都の恋しきや《どうしてこんなに都が恋しいのか》。何ゆゑ物を思ふとなれば、北の方よしなき物を願ふ故なり《つまらないものを欲しがったためだ》。されども《けれどもまた》恨めしとはまた思はず《本当に妻を恨む気持にもなれない》。ただ、おもかげに立つことの悲しさのあまりに《妻の姿が目に浮んでくる悲しさから恨みごとも出たが》、また思ひ返して、独言《ひとりごと》し給へる。「今よりは思ひ切るべし《きっぱりあきらめよう》。九現在の果を見て、過去未来を知るといふことあり。あらあさましや《ああ情けないことだ》。一〇南無《なむ》三宝《さんぼう》」とて、かくなん。

一 月には雲がかかり、花には嵐がつきものというのだから、私にも情けをかけてくれるものがあってもよいのに。どうしてひとりぼっちなのだろうか。

二 中国漢の高祖《こうそ》（劉邦《りゅうほう》）の功臣。紀元前二〇六年、劉邦が楚《そ》王項羽《こうう》と鴻門《こうもん》に会した時、謀殺の危機から劉邦を救ったことは有名である。

三 思慮深いことは人以上であった。

四 夏の虫は自分から火の中に飛びこんで身を焼く。愚かなもののたとえ。

五 秋になると、牡鹿《おじか》は猟師の鹿笛の音を牝鹿《めじか》の鳴き声と思って分別がなくなる。みずから危険に近づくことをいう。

六 六道や四生の世界に生れ変り死に変りして迷い続けてゆくことをいう仏語。「六道」は六つの迷いの世界。地獄・餓鬼《がき》・畜生《ちくしょう》・修羅《しゅら》・人間・天上をいう。「四生」は、生物を生れ方から分類したもので、胎生《たいしょう》・卵生《らんしょう》・湿生《しつしょう》・化生《けしょう》の四種をいう。

七 愛別離苦（仏教でいう八苦の一つ。愛する者と別れなければならない苦しみ）は人間にとって避けられないのが、この世の定めであるということ。

八 六道四生の輪廻とか、愛別離苦とかいうのも、恩愛の道の悲しさを説くためなのである、の意。

九 前世の因によって現在の果があり、現在の因によって未来の果が生ずるという因果の道理をいった語。今こんな悲しい思いをするのも前世の業によるのだから、あきらめようということ。

[一一]見じ聞かじ思はじ言はじ世の中は
　柳は緑花は紅《くれなゐ》

弥兵衛、里の人家にたどり着く

かやうに詠じ、泣く泣く山を下《お》り給へば、〔猿姫の〕教へのごとく村々里々続きたれども、都に引き替へたれば《都とは様子が変っていて》、いづくを見るにも涙ばかりなり《どこを見ても都のことが思い出され泣くばかりであった》。何と選むとなけれども《特にどの家を選ぶというのでもなく》、足にまかせて、ある家に立ち寄り給へば、酒に酔《ゑ》ひたる人数多《あまた》出入りして、忙しげに賑々《にぎにぎ》しき所に行きたり。下を歩《あり》き、人に見えては如何《いかが》と思ひ、天井《てんじやう》に上り、内の躰《てい》をよく見んとて、桁《けた》[一二]、梁《うつばり》を、そろりそろりと忍びければ《隠れ歩いていると》、折節、女房《にようばう》見つけて申すやう、「なう《もしもし》左衛門殿。これへこそ福の神[一三]はましましたれ。あの白鼠御覧ぜよ」とありければ、左衛門殿、うち仰《あふの》きて見れば、誠に白鼠あり。手を合はせ、(左衛門)「あら有難や。めでたやな。大黒天の御恵みありて、福を与へ給ふ時、白鼠をその家に放させ給ふなり。急ぎ急ぎ福祀《まつ》[一四]りいたし候へ」とて、祝ひ給ふことかぎりなし。その後《のち》は、万《よろづ》の物の初穂《はつほ》[一五]を、大黒天と白鼠と言ひて《まず大黒天と白鼠へと言って》供ふるほどに、

一〇 仏様、お助け下さい。仏・法・僧の三宝に救いを求める語。

一一 何も見まい、聞くまい、思うまい、言うまい。柳は緑色をし、花は紅に咲くように、世の中は自然のままに渡るのがよいのだ。「柳は緑花は紅」は蘇東坡《そとうは》の詩からきた語。

一二 柱の上の屋根組の材木の中で、棟木と同じ方向に掛けられているのを「桁」、棟木と直角に掛けられたのを「梁」という。

一三 白鼠は福の神である大黒天の使者といわれ、吉兆《きつちよう》とされていた。

一四 福の神を祀《まつ》ること。

一五 その年の最初に収穫した野菜、穀物などで、神仏や朝廷へたてまつるものをいう。

弥兵衛、雁に乗って故国へ帰ろうとして失敗

乏しきこともなし。《食物に不足することもない》

かくて夏も過ぎければ、南国に通ふ翼《つばさ》を語ら[一]ひて、都へ帰らんたくみをし給ふほど《都へ帰るはかりごとをめぐらしておられたところ》に、時を得たるかりがねども《南へ渡ってゆく時期の来た雁たちが》、餌《ゑ》を食《は》むところを狙《ねら》ひ寄り、飛びかかり給へば、このたびは結句[二]《けつく》羽交《はがひ》に喰《く》ひつきたる。翼耐へかね、一町[三]ばかりは立ちたれども《飛び立っていったが》、羽交を強く締められて、やがて下《お》り

左衛門夫婦、大黒天を祀る

一 「語らふ」は「語る」の未然形に、反復、継続を表す助動詞「ふ」が付いた語で、語り続ける、繰り返し語る、が原義。そこから、相手を説得して味方に引き入れる、といった意味などをもつ。ここは、雁を利用して、というくらいの意味であろう。

二 やっとのことで。「結句」は詩歌の結びの句をいうが、転じて、物事の終りの意となり、副詞としては、物事が最後にゆきついた状態を表す。

三 一町は六十間《けん》。約一〇九メートル。

たれば、弥兵衛殿力落《がっかりして》して、独言《ひとりごと》をのたまへり。「都にて、かやうにせ《羽交にくいっこ》んとたくみし時は《うといろいろ工夫した時は》、さはなくて《うまくゆかなくて》、こは[四]何事ぞや。よしよ《しょうが》し《ない》、木[五]にも草にも縁を結ぶことなれば、都[六]にて生《むま》れ育ち、常盤《ときは》に死の縁をこそ結びつらめ。力なし《仕方がない》。南無三宝《なむさんぼう》[七]」とて、かくなん。

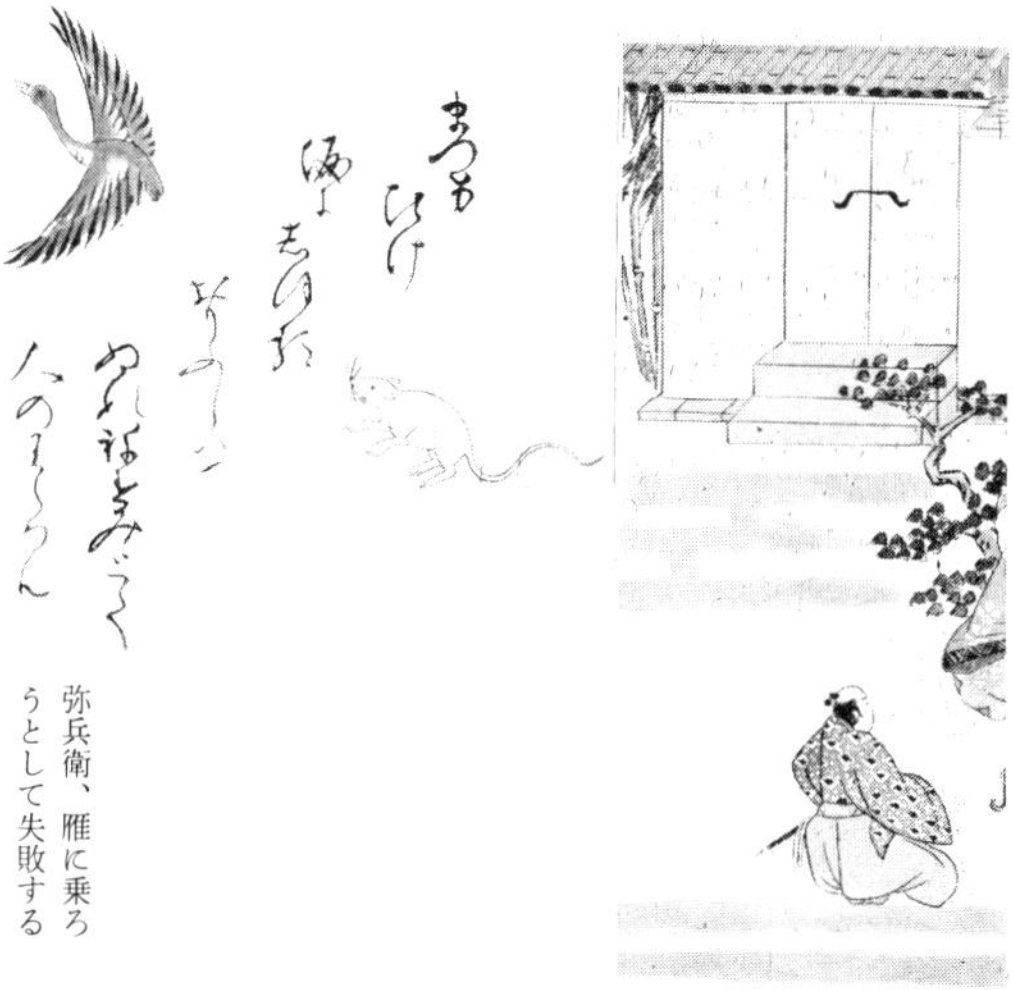

弥兵衛、雁に乗ろうとして失敗する

[八]睫毛《まつげ》鬢《ひげ》涙にしほる折節は
濡《ぬ》れ鼠とて人の笑はん

＊ 室町時代の絵巻には、画面の中に、人物の名や、その話している言葉を書き入れてあることが多い。これを絵詞《えことば》というが、絵詞には当時の俗語などが使われていて、おもしろいものがある。また、転写されてゆく間に、そういう絵詞を本文の中に入れてしまう例がよく見られる。三四八頁注八の弥兵衛の言葉はそれであろう。この『弥兵衛鼠絵巻』は、古い絵巻をもとにして作ったものと思われる。

四 今になって成功するとは、一体どうしたことだ。何と皮肉なことよ、の意。

五 因縁によっては木や草に生れ変ることもあるのだから、の意か。

六 都で生れ育ち、常盤の国で死ぬのも、きっと前世からの因縁なのであろう。

七 三五一頁注一〇参照。

八 睫毛も鬚も涙でぐっしょりになっている時は、あれが本当の濡れ鼠だといって人が笑うことだろう。「しほる」は、濡れうるおうこと。この歌は画面の中に書き込んである。

所の鼠たち弥兵衛を慰める

また思ひ返して、一一栄一落《いちえいいちらく》は誰《た》が身の上にも遁《のが》れまじ。二運は天にあり。死は定まるものなり。このままはよも果てじ《まさかこのままでは終るまいと》と三慰びて、暮し給ふに、四とかく年も暮れ、五春の暮し難き折節、所《その辺の》の鼠集まりて、六「都よりの御方を訪《と》はねば心無し。七さこそ東《あづま》の男とこそなるとも、あまりに心つれなし」と、思ひ思ひに、八折《をり》、樽《たる》、九土器《かはらけ》、一〇台の物など、心々《こころごころ》にこしらへて、一一都人はづかしと、ここを晴れとぞ出で立ちける《この時とばかり晴着を着飾って出かけた》。また弥兵衛にも、去年より情け《好意をも》がましき《っているふうの》鼠ありて申しけるは、一二「都人とて、けしからずかかやき給ふところへ、一三ありめのままにて御出で候

弥兵衛と所の鼠たちの宴会

一 一度栄えたかと思うと、じきに衰えてしまうのは人の世の習いで、誰ものがれることができない。
二 否定推量の助動詞「まじ」は動詞の終止形に接続するが、中世以後、未然形に付く例が多くなった。
三 「慰みて」と同じ。「慰む」の連用形「慰み」には「慰び」の形が見られる。
四 なんのかのといっているうちにその年も暮れ。
五 春の長い日がなかなか暮れないで退屈をしている時分。
六 都から来た弥兵衛殿を見舞わないのは思いやりがない。
七 あのように、都へ帰れないで、すっかり東男になりきってしまったとしても、知らぬ顔をしているのはあまり冷淡すぎる。
八 料理を入れた折と、酒を入れた樽。
九 素焼きの食器。特に素焼きの杯《さかずき》をいう。
一〇 人に贈るため大きな台にのせた料理や進物の品。
一一 洗練された都人の前へ出るのは気おくれがするというので。
一二 あなたが都人だというので、所の鼠たちがたいそう恥ずかしがっていらっしゃる場所へ。「けしからず」は、異常である、一通りでない、の意。「かかやく」は、恥ずかしさで顔を赤くすること。近世初期頃までは「かかやく」と清音。
一三 あるとおりそのままで。今のままの姿で、の意。

〔絵　詞〕

扇の手、舞ふ声は上手とはおぼしめさぬか　ときは中将

きんぺい（金平）

きひやうへ（喜兵衛）

あまりのおもしろさに立居もなり申さず候ふ

はづかしながら花の都人に見みえん

妻戸をきりりとおしひらき御簾の追ひ風にほひくる　紅梅

千代もいく千代姫小松誰が思ひ出とかなりなん　紫

源八

うへのはばかりを思はずは　取りつくほどに思ふよ　のふ紫殿

弥兵衛

あらおもしろの舞の手や都にてもこれほどのふりは見ず候ふ　源三

足の拍子は聞き事の

紅梅殿を見候へば心もまよまよとなり候ふぞや

一四 遊女。

一五 未詳。誤写があるか。天理本・スペンサー本ともに、これに該当する文がない。

一六 若く盛りの美男子。

一七 声を立てて騒がしくすること。人にも動物にもいう。「ぢぢめく」と書いた例が多い。

左衛門、大黒天の加護で富貴となる

ふことも、あまり見苦し」とて、烏《え》帽子《ぼし》、上下《かみしも》持ちて来たり、着せければ、弥兵衛はもと《もともと》より名を得たるこ《評判の美男子であったから》となれば、心も言《言いようも》葉も及ばず《ないほど立派であった》。

さて座敷には、紅梅、紫とて、二人の遊君《いうくん》一四あり。隠れなき《有名な》美人遊君なり。これを見捨一五御酌《しゃく》にぞ立てられける。これを聞き及び、老若《らうにゃく》男女《なんにょ》、貴《き》賤群集《せんくんじゅ》して、都よりの花男《はなをとこ》一六見んとて、じじめき一七、寄りこぞ《寄り集まって》り給ひけり《いらっしゃった》。

さるほどに弥兵衛殿、〔故郷のことを〕忘るとはなけれども、花に心を移しつつ《美女に心がひかれたりして》明かし暮し給ふ。春も過ぎ夏にもなりたり。左衛門殿は、弥兵衛殿お《住み》

弥兵衛、左衛門に願い荷とともに都へ上る

はしてより大黒を信じ《つかれてからは大黒天を信仰し》、物を供へ祀《まつ》りなどするほどに、おのづから《自然と正しい人》正直をまぼり給へば《の道を守って生活されたので》、ほどなく一徳人《とくにん》の名を取り給ふ。

二卯月《うづき》二十日《はつか》のことなるに、常磐《ときは》より都へ上《のぼ》る商人数多《あきびとあまた》着きたり。この左衛門も商人連れにて《商人と連れ立って》上らんとて用意する。弥兵衛殿嬉《うれ》しく思ひ、主《あるじ》の女房に、夢ともなく現《うつつ》ともなく、心の内に言ひて《〔女房の〕心中に届くように》、「都へ具してたび候へ《一緒にお連れください》。さあらば大福長者となし申すべし《今以上の大金持にしてさしあげます》」と言ひければ、

弥兵衛、左衛門の枕上でささやく

女房、「不思議のことかな。三かやうのこと語るも、などやらんまがまがしく候へども、しかじかの夢をこそ見て候へ」と言ひければ、左衛門聞

一 大黒天の加護があって裕福になり、間もなく財産家という評判をとるほどにおなりになった。「徳人」は金持のこと。

二 陰暦四月の異称。卯の花の咲く頃の意。

三 このようなことをお話しするのはどんなものでしょうか、とんでもないことと信じて下さらないでしょうが。「まがまがし」は、縁起が悪い、けしからぬ、の意。

左衛門、弥兵衛を入れた荷をかつがせて都へ上る

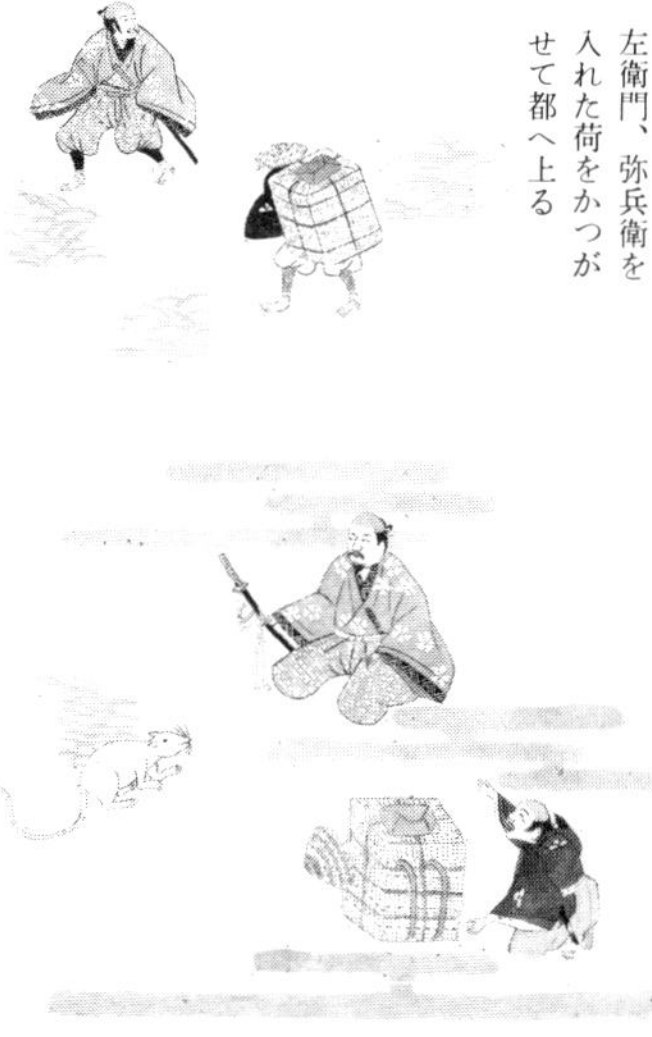
弥兵衛、左衛門の前にかしこまる
いて、「四希代《きたい》なること。さりながら、目にも見ず手にも取られぬ夢に（目にも見えず手に取ることもできない夢を信じて）、まさしく納めし福を（現実に手に入れた福を）、外へやらんこと（ほかへやってしまうことが）あるべからず（あったら大変だ）」と言ひけるを、弥兵
衛聞いて、かくてはかなふまじと思ひて（このようでは望みがかなわないと）、このたびは左衛門殿の枕上《まくらがみ》に立ち寄り、「五われらは都に聞えし（都で名の知れた）東寺の塔に住みし鼠なり。六ただかりそめの便りに、これまで参りたり。このたび都へ御上り候ふ荷の中へ添へて、都へ御返し候ひてたび給へ。さあらば七代まで（七代の後まで加護して）、大福長者の名を取らせ申すべし。御心にもおぼえ給ふらん（あなたも覚えておいででしょう）。われら御内《みうち》へ参りしより、万《よろづ》御しあはせよくならせ給ひてこそ（何事もうまくいって金持におなりになりました）。七 八都へ

四 世にもまれなこと。非常に珍しいこと。
五 自称の代名詞。複数にも単数にも用いる。
六 ほんのちょっとしたきっかけで。
七 「こそ」の下に「候へ」という述語が省かれている。
八 都へも私を連れて行こうと決心なさって下さい、と言って、一部始終をくわしく話し、懇願したので。

一 底本「人にて恐れず」とあるのを改めた。

弥兵衛、わが家へ帰る

二 京都市の五条通りと室町通りの交差する付近。「もろまち」は「むろまち」の訛《なま》りか。

三 子どもたち。「をさあい」は「幼《をさな》い」の変化した語。御伽草子に用例が多い。

四 夢ならば、覚めた時には別れなければならないが、そうなったらなんとも悲しいことだ。

＊ 異類物のうち、異類と人間との結婚を主題にした物語においては、同時に人間界と他界との交渉が重要なモチーフとなっている場合が多い。これは異類の世界に遠い昔からのさまざまな他界の観念が重なってきたためであろう。『弥兵衛鼠絵巻』で常磐の国が主要な舞台になっているのも、そういう異類婚姻談の影響があったものと思われる。しかし、この作品では、常磐の国は鼠の住む世界ではない。東国のどこか、おそらく常陸の国あた

も思ひ立たせ給へ」とて、始め終りをくどきければ、不思議に思ひ、夢覚《さ》めて、はや出で立たんとするところへ、白鼠来たりて、人[一]にも恐れず、左衛門殿の前にかしこまりて居たりける《つつしんで平伏していた》。さては疑ふところなしとて、荷の中へ入れて、都へぞ上り給ふ。

都にて、[二]五条室町《もろまち》にて放ちたり。弥兵衛、あまり嬉《うれ》しさかぎりなく、東寺へぞ急ぎ給ふ。さて、ふと《突然》訪ひ入らせ給ひければ《声をかけて入って来られたので》、北の方、をさあい[三]方々《かたがた》、「これは夢かや現《うつつ》かや。[四]夢ならば覚むる別れをいかがせん」と、取りつき抱《いだ》きつき、肩に乗り負《お》はれ、また泣き給ふをさあい

弥兵衛、家に帰り着き一族と語り合う

りを想定したものらしく、言葉の上だけの異郷であって、異類婚姻談における他界とは異なる。また、そういう異郷へ行くことになった経緯《けいい》も奇抜である。伝承説話を見本にして作られた類の異類物とは性質を異にする創作ということができる。

五 体がわなわなとふるえて。ふるえが付くの意。

六 思いがけないことにあきれたり、不審に思ったりした時の感動詞。

七 三四九頁注一一参照。

八 大事にされたこと。「奔走」は、忙しく走りまわって世話をやくことから、手厚くもてなす、かわいがる、などの意に用いられる。同類の語に「馳走《ちそう》」がある。

九 しかし、美しい女を見ても気が散るようなことはなかったと言いわけなどして。「陳防」は、弁解することで、特に中世の裁判で、無実の申し開きをすることに用いられた。陳方、陳法とも書く。

一〇 深い深い海の底へでも身を投げようかと思ったこと。「尋」は長さの単位で、大人の男子が両手を左右へ広げた時の、指の先から指の先までの長さ。

もあり。をさあい方《がた》の有様《ありさま》、今に始めぬことなれども、恩愛の道ほど《親子の情愛ほど》あはれなるものよもあらじ《決してないだろう》。女房たちは慌《あわ》て、聞きもあへず《このことを聞くやいなや》、「弥兵衛殿天より天降《あまくだ》り給ふ」と言ふ方もあり。「極楽より帰り給ふ」と言ふ者もあり。年寄りどもは[五]ふるひつき、立ちも上がらずして《立ち上がることもできない》、[六]「あれはあれは」とぞ申しける。しばしは静まらざりけり《しばらくの間家の中は大騒動であった》。

弥兵衛殿、次第次第《始めから順序立てて》に語り給ふやう、雁《がん》の胸に振り下がりて憂かりしこと《恐ろしかったこと》、[七]野暮れ山暮れ行きしこと、左衛門殿に見つけられ[八]奔走《ほんそう》せられしこと、酒盛りしたりしこと、東《あづま》の奥にも美しき女房のありしこと、[九]見ても心の散らざりし陳防《ちんばう》などして、泣きつくどきつ《泣いたり訴えたりしながら》語り給ふ。また北の方も、存じかねて《思いあまって》[一〇]千尋《ちひろ》の底にも入りなばやと思ひしこと、をさあい者に引かれて、今まで命長らへ、二度《ふたたび》逢ひたてまつる嬉しさ、たがひに語り合ひ給ふ。

弥兵衛、左衛門殿へ御礼に行く

さて〔弥兵衛は〕蔵を開きて、白銀《しろがね》黄金《こがね》取り出だし、子ども引き具して、夫婦連れにて〔左衛門殿へ〕御礼に参り給ふ。あまりにわれをよく奔走なされし恩賞に《自分をとても大切に扱って下さったお礼に》、

[一]胎内にて危くして、われを常磐《ときは》へやりし子を、左衛門殿へ参らせん《さし上げようと》となり《いうのであった》。北の方これを悲しみ給ひける。弥兵衛殿恨み給ひて、「わが思ふほどに君はおぼしめさずや。左衛門殿へ[二]約束申さることとなれば、参らせ候ふべし。その上、子どもこそ多き中に《大勢いる子どものその中で》、われを憂きことに逢はせしことなれば、見るに《その子を見ると》いよいよ恨めしや。また[三]左衛門殿へ深く申し合せなば、遠き常磐も遠からず。また[四]繁昌《はんじやう》の身なれば、国々より広まる身のことなれば、いかでか他国を隔つべき。まかせ給へ」とありければ、〔北の方は〕力及ばずして、やり給ふ。

白銀《しろがね》の盆に黄金《こがね》を積み、左衛門殿に与へけり。子どもいづれも《子どもたちにも皆》黄金白銀を持たせて参り給ふ。装束は人目に立ちなんとて《着物を着て行くと人目につくからといって》、ありしままの姿にて出で給ふ。道すがら弥兵衛殿のたまひけるは、「あれ見給へ。一つ胎内より生れたる子どもなれども、[五]心々《こころごころ》の有様《ありさま》や。[六]同じ心に学べかし。〔金銀を〕抱《いだ》きたるもあり、くはへたるもあり、負ひたるもあり、[七]戴《いただ》きたるもあり。されば[八]唐《もろこし》には、子を生みて、をさあい時の遊

一　妻の胎内にあった時、自分を危険な目にあわせて常磐の国へ行かせた子鼠を。北の方が妊娠して、雁の羽交の身を欲しがったことをいう。

二　「約束申さるることなれば」とあるべきところ。前に「七代まで、大福長者の名を取らせ申すべし」（三五七頁一二行）と左衛門へ約束したことをいう。

三　左衛門殿とかたく約束しておけば、常磐の国は遠いとはいっても、時々往来するのだから会うこともできるでしょう。

四　我々鼠は子どもがたくさん生れて、末の栄える身の上だから、子孫が諸国に広まってゆくだろう。それ故、自分の国、ひとの国といった差別を考えるのはまちがっている、という意。

五　思い思いに違ったようすをしているよ。

六　一つ心で親のまねをすればよいのに。

七　頭の上にのせているのもある。

八　昔、日本で中国をさして呼んだ名称。

びを見て、[九]それそれになすとなり。されば遠き方へ遣《や》ること悲しみ給ふべからず」とて語らひ連れて《連れ立って話しながら》、行き着き給ふ。

弥兵衛、左衛門殿に子鼠を贈る

左衛門殿宿へ着き、見給へば、昼は商人《あきびと》なればひまもなし《〔夜になり〕》。灯《ともし》[一〇]かすかに搔《か》きたてて、転寝《うたたね》してゐたる枕上《まくらがみ》に立ち寄り、「いかに左衛門殿、ありし《以前の》白鼠こそ参りたり。あまりにこの頃[一一]ねんごろに扱はれ参らせたる《親切にかわいがってくださった》御芳志忘れ難《がた》く候ふほどに、一の秘蔵の姫を《一番大事にしている娘を》御礼のために進ずる《さしあげます》なり。去年《こぞ》よりの御芳志、またこのたび具して二度旧郷《ふたたびふるさと》へ帰し給ふ嬉《うれ》しさ、かたがた《あれやこれやで》もつて、夫婦連れにて御礼に参りたり。白銀の盆に黄金を積み参らせ候ふ。子どもいづれも白銀黄金を持ちて参り候ふぞや。御蔵《くら》[一二]一の御宝《たから》に納めさせ給ふべし。恐れたる申しごとにて候へども《こう申しては恐れ多いことですが》、われら子孫として《私ども白鼠の子孫であるものが》御蔵に住むならば、[一三]三国一の大福長者となし申すべし。ことさら《とりわけ》御身一代のみならず、七代まで長者の名を得させ給ふべし。[一四]これはこのたびの御恩報ぜんためなり《ご恩返しのためです》」とて、夫婦ともに[一五]にじめきければ、左衛門は夢かと見れば現《うつつ》な

九 めいめい、性格に合った方面に行かせるということだ。「それそれ」は「それぞれ」ともいう。

一〇 動詞「ともす」の連用形が名詞化した語。ともし火。

一一 このあいだうち。遠くない過去のある期間をさしていう語。

一二 御蔵の中で一番の宝物としてお納め下さい。

一三 日本・中国・インドでもっともすぐれていることで、世界一の意。

一四 子どもをさしあげることは、の意。

一五 三五五頁注一七参照。

り。不思議に思ひ、よくよく見れば、夫婦と見えて鼠あり。白銀《しろがね》の盆に黄金《こがね》を積みて、子鼠どもの振舞ひことに愛らしさ《子鼠たちの動作は何ともかわいらしくて》、心言葉も及ばれず。あまりの不思議さに目を覚《さま》しける。

左衛門の所へお礼に来た弥兵衛夫婦と子鼠たち

日本国に、白鼠の始まりは、この弥兵衛よりこそ始まりけるとかや。[一]常磐《ときは》にも生み広め、繁昌《はんじやう》とこそ申しけり。この左衛門殿、正直第一の人ぞかし。[二]神は正直を宗《むね》とし給ふにより、すなはち大黒天も

＊ 御伽草子の庶民物には、立身出世談や致富談《ちふだん》が多く、祝儀《しゅうぎ》物の性格が濃厚に見られる。江戸時代に刊行された『文正《ぶんしょう》草子』以下二十三篇の御伽文庫は、書店の広告に「祝言御伽文庫」と題され、「はなはだめでたき草子なり」と宣伝されているように、この時代の御伽草子読者にとっては祝儀性ということが重要な意味をもっていた。この『弥兵衛鼠絵巻』も、はなやかな婚礼の場面に始まり、理想郷を意味する常磐の国の話を中心に据《す》え、終りは左衛門の致富と、弥兵衛一家の末広がりの繁昌《はんじょう》や立身出世を以て結んでいるところには、そういう祝儀物としての目的を中心に作られた作品であることが示されている。

一 左衛門殿に贈った子鼠が、常磐の国でも子どもをたくさん生んだということ。

二 神は正直をもっとも重んじなさるので。「神は正直の頭《こうべ》に宿る」という中世の諺《ことわざ》がある。

三 左衛門殿の望みをかなえて、大金持にしてくださったのである。「納受」は、神仏が祈願を受け入れること。

＊正月の草子の読み初《ぞ》めに用いられた『文正草子』は、常陸《ひたち》の国鹿島大宮司の下人《げにん》が、塩焼きの業に成功して大金持となった上、娘の縁に引かれて公家の座につらなったという、致富と立身出世を兼ね備えた祝儀物の代表的作品である。『弥兵衛鼠絵巻』で、常陸の国を思わせる常磐の国の左衛門という商人が、白鼠弥兵衛のお蔭《かげ》で大福長者になったというのは、この『文正草子』を見本にしたのではなかったか。しかし、富を得た人間の方は脇役に回し、大黒天の使者である白鼠を主役に、奇抜な異郷遍歴の筋を構えたところなどはきわめて特徴的である。

左衛門殿、子鼠を貰って本国へ帰る

四 本当に嬉しく思います。「誠にもつて」は、程度のはなはだしいことをいう語。非常に、まったく。「祝着」は、喜びに思う、満足に思う意。

五 「なにかは」は強い疑問や反語に用いる語で、どうして、の意であるが、ここでは下の文と照応しない。あるいは「何彼《なにか》は」で、あれやこれや、いろいろ、の意であろうか。いろいろと都にはすばらしい見物《みもの》が多いけれども、の意と解しておく。「見事」は、見るねうちのあるもの。

六 「言《こと》に尽きせぬ」で、言葉で言い尽せない見物であることよ、の意か。

常磐で楽しみ栄える左衛門一家

三納受《なふじゅ》ましましけるとなり。ただ人は慈悲深く、正直を心に持ち給ふべし。さあらば行く末繁昌にて《そうすれば将来豊かに栄えて》、何事も心のままなるべし。

（左衛門）「あら珍しの白鼠殿や。白銀黄金賜はること、かしこまりいり候ふ《恐れ入ります》。ことに秘蔵の姫一人《ひとり》われらに与へ給ふこと、四誠にもつて祝着《しうちやく》に存じ候ふ。五なにかは、都に見事《みごと》ならぬことはなけれども、かやうのことこそ候はね《これほど珍しい見ものはありません》。何よりも一の見物《一番のみもの》かな。六ことに尽きせぬ物かな。愛らし

一 子鼠たちが、それぞれ思い思いに振舞っているのが、とてもかわいらしくて、みごとです。「めでたし」は、対象に対して好ましく思っていることを表すほめ言葉。

二 ますます金持になって。「楽しみ」は経済的に裕福になること。

三 御伽草子で、長者などの家のようすを形容するのに使うきまり文句。「四万」は「四方」と語呂《ごろ》を合わせたのであろう。四万長者という名もある。

四 それにあやかりたい、めでたい先例として、人々の間で評判になった。

や。とりどり心々にめでたくこそ候へ」とて、白銀《しろがね》黄金《こがね》を受け取り、思はず《思いがけず》七代まで大福長者となさんとの約束なれば、心おもしろくて《気持が楽しくなって》、

子孫繁昌する弥兵衛一家

かの約束の白鼠を取りて、本国に帰り、楽しみ[二]栄え、四方[三]に四万《しまん》の蔵を建て、宝に満ち満ちて、繁昌栄え給ふぞ、めでたき[四]例《ためし》にぞ申しける。

さて弥兵衛殿は、いよいよ御子《みこ》数多《あまた》出で来させ給ひて、婿を取り嫁を取り、

五 建物や門のたくさんある豪勢な屋敷を構えて。「棟」は屋根の一番高い所。

六 「鶴の子」は八代の孫のこと。子・孫・曾孫《そうそん》・玄孫・来孫《らいそん》・昆孫《こんそん》・仍孫《じようそん》・雲孫の、最後の「雲孫」を鶴の子といった。「亀の子」は、さらにその先の子孫ということであろう。

七 木が生い繁ってゆくように一族が広がったので。

八 一族の数は数えきれないほどであった。「部類」は仲間、「眷属」は血のつながった親族。

九 三三一頁に、野鼠の将監殿のひとり娘とあった。

一〇 ひとり子は甘やかされてわがままに育つために、世間できらわれものになるという意味の諺《ことわざ》。しかしここは、北の方はひとり子であったが、子孫は国中にいっぱいになったという意味で、この諺を引いてきたのであろう。

四方に蔵を建て重ね、五棟《むね》重ね門《かど》を並べ、富み栄え、孫、曾孫《ひこ》、六鶴の子亀《かめ》の子まで生み広め給ひて、国々のその内に、弥兵衛殿へ《弥兵衛の子孫と》縁を結ばぬ者ぞなき《縁組をしないものはなかった》。枝に七梢《こずゑ》を添へぬれば、八部類眷属《ぶるいけんぞく》を数ふるに尽し難し。されば、〔弥兵衛の〕北の方九将監殿《しやうげんどの》の独子《ひとりご》なり。一〇「独子国に憚《はばか》る」とは、この時より始まりたると申しける。

この繁昌《はんじやう》をかのししの大納言殿聞き伝へ給ひて、〔弥兵衛は〕近頃めでたき人なればとて、弥兵衛殿とは、あまりに軽々《かろがろ》しき名にて候へば、福祥《ふくしやう》の大膳亮《だいぜんのすけ》とぞ仰《おほ》せける。その後《のち》また、狼《おほかめ》の大炊《おほひ》の帝《みかど》聞こしめし、「氏《うぢ》も位も要《い》るまじきぞ。かやうに《弥兵衛のように》めでたき者はあらじ。長者世に多けれども、殿上《てんじやう》すること類《たぐひ》なし」とて、常磐《ときは》の中将殿となしたてまつる。めでたきとも、なかなか並びなき御こと、司位《つかさくらゐ》を上げ給へば、繁昌の例《ためし》にぞ申し伝へける。

一 食用になる鹿《しか》、猪《いのしし》をともに「しし」（肉《しし》と同語源）といい、区別して「かのしし」「いのしし」といった。

二 幸福と吉祥《きつしよう》（めでたいしるし）を意味する語。

三 大膳職《しき》（宮中の食事のことを司る役所）の次官。

四 「おほかめ」は「おほかみ」の変化した語。

五 淳仁天皇に大炊の帝の別称がある。「大炊」は天皇が召しあがる食物のこと。

六 家柄《いえがら》や位階がなくてもかまわないから、朝廷に召し出そう、の意。

七 昇殿を許されることは例がないのだけれども、この弥兵衛は特別だ。「殿上する」は、内裏の清涼殿《せいりようでん》の殿上の間《ま》に昇ることを許されること。

八 めでたいことだというのは月並《つきなみ》なほど、類例のないすばらしいことである。「なかなか」は、中途半端である、の意。

九 官職と位階。

解説

御伽草子の登場とその歩み

松本隆信

御伽草子の名称と範囲

江戸時代に次の二十三篇の物語草子が「御伽文庫」の名で出版された。

文正さうし　鉢かづき　小町草紙　御曹子島渡　唐糸さうし　木幡狐　七草草紙　猿源氏草紙　物くさ太郎　さざれいし　蛤の草紙　小敦盛　二十四孝　梵天国　のせ猿さうし　猫のさうし　浜出草紙　和泉式部　一寸法師　さいき　浦嶋太郎　横笛草紙　酒呑童子

今日残っている揃い本の中では、最後の『酒呑童子』の奥付に「大坂心斎橋順慶町　書林　渋川清右衛門」という刊記を記すものが古いようであるが、端本には、さらに古く京都で出版された本が伝わっている。刊行年代は明らかでないが、最初に京都で出版されたのは明暦ないし寛文（一六五五〜一六七三）の間であろうと推測されている。この叢書《そうしょ》は、室町時代末期頃から盛んに作られていた奈良絵本の体裁を模した横形の絵入本で、初印本には插絵に丹緑《たんろく》等の手彩色を施してある。一冊一冊が手作りの奈良絵本に代る普及版として刊行されたのであろう。

この御伽文庫二十三篇は、尾崎雅嘉《まさよし》の『群書一覧』（享和元年—一八〇一—成）には御伽草子の名で出ており、また同時代の書店の広告にも「御伽文庫　一名御伽草子」と見える。御伽草子の名称が文献に出てくるのはこの頃からであって、以後も江戸時代にあっては若干の例外はあるが、御伽草子といえば二十三篇の叢書をさしていた。しかし、『群書一覧』に「中古の草子どもを集めたるものなり」とあるように、二十三篇の草子は室町時代から江戸時代初頭の間に成立した物語で、これらと同類の作品は二十三篇以外にもたくさん存在し、奈良絵本や単行の絵入版本が盛んに作られていた。そこで、明治以後になると、二十三篇以外の同類の作品をも御伽草子と呼ぶことが多くなり、ついに室町時代を中心に叢生《そうせい》した物語を広くさす名称として、一般に用いられるようになったのである。

しかし、江戸時代の御伽文庫は「女中身を治むる便りとす」とか、「女中の見給ひ益ある書物」と宣伝されていたように、当時の女性のための娯楽を兼ねた教養書であった。室町時代の物語のすべてが、その時代から女性を対象とするお伽の本であったとは言えないし、また、そういう目的をもった書物は室町時代物語に限らない。そういうところから、専門研究者の間では、従来から御伽草子の名を避け、近古小説・室町時代小説・室町時代物語・中世小説など、さまざまな名称も用いられてきたのであって、学術用語としての御伽草子の定義、その範囲については、いまだに定説が確立しているとは言えないのが現状である。筆者も、御伽草子を二十三篇以外に広げることに異存はないが、室町時代を中心とする物語作品全体を覆うに適切な名称であるかどうかには疑問を感じている。この問題は、後に触れるように本の形態と関連する面があると思うが、いまだ結論を出すまでには至ってないので、本書においては、今日の一般的な使い方に従っておくこととした。

さて、そのような広義の御伽草子は、作品成立の上限と下限の間に、かなり長い時間の経過がある。もともと大部分の作品が、成立年代に関して確証の見出《い》だせないものであるから、正確にいうことはできないが、現存する諸本の書写年代（それも大半は推定によるが）から見ても、その上限は相当に古い時代に遡《さかのぼ》ることができる。たとえば、美術史家の鑑定によって鎌倉時代末期ないし南北朝初期の製作とされる『箱根権現縁起絵巻《はこねごんげんえんぎえまき》』は、御伽文庫の『鉢かづき』と同じように、民間に流布する昔話の継子譚《ままこたん》を材料にして成ったと推定される物語である。内容といい、本の形態といい、まったく御伽草子というに支障のない作品である。これ一つを見ても、御伽草子の範囲に入る作品は、すでに鎌倉時代末期には現れていたと言うことができるであろう。一方、下限の方を見ると、御伽草子の享受は江戸時代なかばまで続いたらしく、版本の刊行と並んで、絵巻や奈良絵本の製作も享保(一七一六〜一七三六)の頃まで行われていた。御伽文庫の『猫のさうし』は本文中に「慶長七年」の年号が出てくるが、もっと新しく江戸時代に入ってからの新作の作品も少なくなかったと想像される。また、まるまるの新作でなくとも、古い作品に改作の手を加えて出版したような例は多い。したがって、御伽草子の時代は、およそ十四世紀はじめから十八世紀初頭まで、約四百年の長きにわたったと見てよいであろう。中心は室町・安土桃山時代にあったことは確かであるが、前後は中世前期の擬古物語や、近世前期の小説と重なり合っている物語文芸であったのである。

御伽草子の内容とその本流

上記のごとく非常に長い時代にわたって続いた御伽草子は、現存する作品だけでも、付録の目録のように三百種余に上る。南北朝の動乱から室町・安土桃山を経て江戸幕府の成立に至る間は、地方豪族であった武家階層、さらには町衆《まちしゅう》と呼ばれるような新興町人階層の擡頭《たいとう》によって、大きな社会変革の進んだ時期である。中央の上層部中心の文化が、階級的にも地域的にも拡散する現象が著しくなり、文学の上でも、新しい階層の人々がその創作・享受に参加するようになった。御伽草子はそのような時代の趨勢に対応して現れた文芸であって、作者層・享受者層の多様化を作品内容の上に明らかに反映している。大作・傑作といえるものは少ないにしても、当時の有数の知識人が筆を染めたものもあれば、農山村の民衆の間で行われていた伝承的な話を草子化した素朴な物語もあるといった具合で、したがって、その全貌を要約して示すのは、なかなかむずかしい作業である。

その方法としては、作品が多い一方で、模倣、改作ともいうべき類似作品が群をなして存在するところから、類型による分類が常に試みられてきた。明治以後、この分野の研究者によって、いろいろの分類法が提示されてきたが、今日最も普遍的に使われているのは、市古貞次氏が『中世小説の研究』および『御伽草子』(日本古典文学大系)において示された、公家物・僧侶物(宗教物)・武家物・庶民物・異国物・異類物の六分類であろう。これは作品に扱われた世界(舞台・主人公を含めて)を中心とした分類である。御伽草子の各作品の間の影響関係は非常に複雑であるから、どのような分類にしても、截然《せつぜん》と分けることは不可能であるが、横割りに分けるとすれば、右の市古氏の分類は最も穏当であろうと思う。ここでは右の分類を基礎とした上で、各類相互を関係づけながら、御伽草子の主要部分をできるだけ歴史的に概観してみたい。

ここで断っておかなければならないのは、御伽草子を網羅的にでなく、選択を加えながら主要部分を示そうとする場合、その基準をどのようにするかという問題である。創作文学に対する普通の見方からすれば、作者の力量を思わせるような個性的な作品を第一に取り上げるべきであろう。しかし、上述のごとく御伽草子は、それまで文学に縁の遠かった人々の間に広がっていった文芸である。そこでは作者と読者とは一体の形で、物語の伝承に参加していたというのが実情であったと思われる。同じような内容の作品が飽くことなく現れ、また同一作品にあっても、次々と本文が書き改められて、多様な異本が生み出されていることが、その辺の事情を物語っている。そういう性格の文芸にあっては、少数の個性ある秀作よりも、類型を追った作品を多く生み出し、グループをなして残っているものの方の存在意義に、注意を向ける必要があるのではなかろうか。そのような類型的作品群にこそ、当時の読者層の求めていたものが端的に現れていることは確かであろう。本稿では、そういう観点から、御伽草子を代表させるに適当と考えた部分に視点を当ててみることとした。

王朝風物語と御伽草子――公家物

御伽草子が現れる前の物語文学はどのような状況にあったであろうか。平安時代に公家社会の間で開花した王朝物語は『源氏物語』の大作を生み出した後、大勢としては衰微の道をたどったと言えるが、創作活動は依然として盛んで、鎌倉時代まで続いていた。平安末期から鎌倉時代へかけて創作された物語の中から主要な和歌を採録した『風葉《ふうよう》和歌集』(文永八年―一二七一―成)に、今に伝わらない約百八十篇の作品名が見られることからも、公家階層の間では相当の数の物語が作られていたことが窺《うかが》われる。南北朝以後、公家の没落現象がいちじるしくなるに従って、そのような王朝風物語も終焉《しゅうえん》に至るが、物語の題材の上では、その流れを御伽草子の中に見ることができる。

『風葉和歌集』に載った『忍音《しのびね》物語』は伝本が今日まで伝わる数少ない作品の一つである。現存本には後世の手が入っているが、なお文体・内容に王朝風物語の特徴を濃厚に残している。一方、この

『忍音物語』と物語の筋の非常によく似た御伽草子に『時雨物語《しぐれ》』がある。こちらは全く御伽草子風の屈折に乏しい文章で綴られており、一読して『忍音』とは文体の相違が感じられる。この二つの作品の伝本を比べると、『時雨』の方には室町時代の古写本をはじめ、絵巻・奈良絵本・絵入版本が多数伝存し、しかも伝本の間で本文がはげしく流動している。これに対し、『忍音』の方は江戸時代中期以降の写本がほとんどで、絵入の本は一本を見るに過ぎない。本文の動きも『時雨』に比して非常に小さい。このような違いはなぜ生じたのか。おそらく『忍音』の方は擬古的文体の故に、鎌倉・室町・江戸を通じて公家社会の外に出ることがなかったのに対して、新しい階層の読者に向くように改作された『時雨』は広く流布した結果であろうと思われる。

　このように前代の公家物語を改作したと推定できる御伽草子は、『狭衣《さごろも》の草子』『若草物語』『扇流し』『伏屋《ふせや》の物語』『岩屋《いわや》の草子』『一本菊《ひともとぎく》』など数多い。『狭衣の草子』以外は原作が伝わらないので、具体的な比較ができないが、『忍音』と『時雨』、『狭衣物語』と『狭衣の草子』の場合を見ても、公家物語と御伽草子の間には内容に顕著な相違の生じていることが認められる。これらの作品はどれも、不遇な境遇にある才色兼備の女性と、当代随一と評判の貴公子との恋愛物語であるが、前代の公家物語にあっては、男女主人公の間の恋の経緯が綿々と語られている。それに対して御伽草子になると、そういう恋物語本来の部分は省筆され、主人公の身の上に起る障害や危難の叙述に興味の中心が移ってくる。『狭衣の草子』は、狭衣の大将の多くの女性との恋の遍歴を語る『狭衣物語』の中から、身寄りのない飛鳥井《あすかい》姫とのはかない恋を記した部分だけを抜き出し、一篇の御伽草子に脚色した作品である。この草子の主人公狭衣《さごろも》は、他の女性には全く心を動かさず、飛鳥井姫への恋一筋に生きる人物になってしまっているが、原作には無く、新たな脚色の中で異常に力を入れて書いているのは、行方《ゆくえ》の分らなくなった飛鳥井姫を尋ねて、狭衣が諸国を遍歴する条である。このように愛する男女が何らかの障害によって別離を余儀なくされ、男が女の行方を追って旅に出るという趣向は、公家物語系統の御伽草子に共通して使われており、その部分がとくに膨張する傾向を見せている。その最も顕著なのが継子《ままこ》物である。

継子物は鎌倉時代の公家物語の中にも多かったらしい。中で最も人気のあったのが『住吉物語』で、室町時代以後もおびただしい数の異本を生み出しながら、絵巻や奈良絵本に仕立てられて生き続けてきた。この作品はそれ自身が公家物語から御伽草子への道をたどったといってよいものである。しかし、内容にはまだ公家物語の性格が残っていて、男主人公四位の少将の、中納言の先妻の姫君への思慕を述べる部分がくわしく、住吉に身を隠した姫君の行方を少将が尋ねる条は比較的簡略である。それが、『住吉』と類似の古物語を改作したと思われる前記の『伏屋の物語』になると、継子の姫君の受ける迫害が強調されるとともに、姫君に恋する少将が住吉明神の示現によって失踪《しっそう》した姫を尋ね、信州の伏屋まで遥々《はるばる》と下ってゆく条に多くの筆が費やされている。また、先に『忍音物語』と対比した『時雨物語』をはじめ、『若草物語』『扇流し』なども、身寄りのない姫君が貴公子の求愛を受けて妻に迎えられ、幸福をつかみかけると、権門勢家との政略的な縁組を望む男の父親のために家を追われる。しかし男はその姫への思いを断てず、行方を失った姫の後を追うというもので、継子物と近似した構想に成る物語である。

こういう薄幸な女性を主人公にした物語は、鎌倉時代の公家階層の女性読者の間でも人気があったらしいが、御伽草子の時代になると、新しい読者層に最も受け入れられやすい物語として、次々と類型を追った作品が作り出されたのである。そして、この公家物語から御伽草子への流れの上には、男女関係における屈折する心理描写に力を注ぎ、恋愛の情趣を味わっていた公家物語に対して、その部分をダイジェスト化し、男女の身の上に起るさまざまな危難に一喜一憂する大衆小説的傾向を顕著にしてきたことを見るのである。

地方の物語——武家物

公家物語から御伽草子への作品内容の変化の上に見られる享受者層の拡散の現象を、より明確に示しているのは、上記の公家物語諸篇と類似性の濃い武家物の中の一類である。武家を主人公にした物語は、既に平安時代から説話集の類の中に現れ、鎌倉時代になると、『平家物語』をはじめとする軍記物語において大作が作られて、文学史の主流を占めるに至るが、これらは歴史上の人物・事件を題材として成ったもので、歴史物語の性格をもっている。御伽草子にも説話集や軍記物語に材を取った作品は多く、武人伝説物ともいうべきグループを成しているが、これと別に、地方の武家階層を舞台とし、架空の人物を主人公に仕立てた、『明石物語』その他の作り物語の一群がある。地方の豪族の家で夫婦が睦まじく暮していたところ、時の権力者がその妻に横恋慕をし、奸計をもって夫を流罪にする。妻は無法な権力者の手を逃れて流浪の旅に出《い》で、艱難辛苦の末に夫とめぐりあい、無実を晴らして再び世に出るというのが基本的な型になっている。前条の公家物においても物語の舞台が都から外へ広がる傾向が強くなっているが、この型の武家物語諸篇になると、ほとんど地方を舞台にして物語が終始する。それと、主役を演じる地方豪族階層に対して、敵役には関白とか、都から下ってきた国司とかいう人物が多く宛てられているのが特徴である。これらは公家物系統の物語と対照的であるが、愛する男女の離別と、苦難の末の再会という主題は同じであり、ただ妻が夫を尋ねて遍歴するのが、ちょうど前記の公家物諸篇を裏返した形をなしている。この二種の作品グループから読者が受けた感興は、おそらく同じ性質のものであったであろう。

この種の武家物諸篇に共通して見られる、もう一つの特徴は、物語そのものが特定の信仰宣布の目的を示していることである。熊野《くまの》権現《ごんげん》や日吉山王権現など、神仏の利生《りしよう》によって主人公の運命が開けるという趣向が常套《じようとう》的に用いられている。このことは、この種の物語の成立した背景に、神仏の霊験利生を物語をもって説いていた宗教家が存在したことを推測させる。『明石物語』の＊印注に記したように、この型の物語として最も古いのは、『神道集』巻六の「上野国児持山《こうずけのくにこもちやま》ノ事」である。これは上野国児持山明神の縁起をなす物語で、次条に述べる本地物の一種であるが、こういう物語は、回国の宗教家が農山村の民衆を相手に、布教のために語っていたものであった。中世には、修験山伏《しゆげんやまぶし》や高野聖《こうやひじり》、念仏聖《ひじり》など、さまざまの遊行《ゆぎよう》宗教家が民間にあって活動していた。そのような遊行宗教家の信仰の一大中心地が熊野権現であって、修験山伏や比丘尼《びくに》が熊野信仰を全国にわたって布教して歩いていた。とくに東国から奥州方面に熊野信仰は盛んであったが、『明石物語』をはじめ同類の物語には、女主人公が奥州まで旅をしてゆく例が多く、またその女性を奥州の豪族が保護するといった筋立が見られるのは、単に机上の脚色ではなく、遊行宗教家の実際の体験が投影されているものと言えるのではないかと思う。

縁起の物語——本地物

中世は、仏教が日本古来の宗教である神道をはじめ、各種の民俗信仰を吸収しながら民衆の中に融け込んでいった時代である。中でも、仏教の立場から神仏一体を説いた本地垂迹《ほんじすいじゃく》思想が宗教界を風靡《ふうび》し、各地の神社信仰も仏者によって管理される状況であった。そういう中で、熊野・伊豆箱根・諏訪など、諸所の神社の祭神について、その本地を説く物語縁起、いわゆる本地物が生れた。前記の『神道集』はそういう縁起を集録し、仏菩薩が衆生済度《さいど》のためにいったん人界《にんがい》に化現《けげん》し、憂悲苦悩を味わった後に神と顕《あらわ》れたと説いている。本地とは、本地垂迹説では神の本体である仏菩薩をいうのであるが、本地物においては、神の前生《ぜんしょう》として種々の苦難を受ける人間を語ることに中心がおかれている。また、神の本地を説く物語と同様に、『阿弥陀《あみだ》の本地』のように仏菩薩の人間時代を語る物語も古くから現れていて、要するに本地物とは神仏の前生物語といってよいものである。

仏教の経典には釈迦の前生譚（ジャータカ）が多く見られ、『今昔物語集』巻五にも、仏典から採った説話が十種ほど収められている。形式的には日本の本地物とよく似ているので、本地物をジャータカの模倣とする説もあるが、内容を見ると、ジャータカは、釈迦が前生において人間や動物であった時、仏法を求めるために身を捨てて苦難に立ち向った菩薩としての姿を述べたもので、本地物の主人公たちの苦難が、周囲から加えられるきわめて俗的な内容であるのと、性質に大きな違いが見られる。ジャータカが本地物の発生に関係していることは否定できないが、単にその模倣とは言い難いと思われる。

平安時代に入る頃から御霊神《ごりょう》が現れてくる。政治上の権力闘争などで失脚し、恨みをのんで死んだ人を、後にその祟《たた》りを恐れて神に祀《まつ》ることが多くなってきたのである。その代表的なのが、菅原道真《すがわらのみちざね》の怨霊《おんりょう》に対する畏怖《いふ》から道真を神に祀った北野天満宮である。鎌倉時代初頭に『北野天神縁起』が作られ、以後室町時代に至る間に非常に多くの絵巻物が製作されたが、その縁起は、観世音菩薩の化身である道真が無実の讒《ざん》にあって筑紫へ配流《はいる》された苦難を述べ、死後怨霊《おんりょう》となって朝廷を悩まし、神と祀られた経緯を語っている。このような内容は、仏菩薩が人間の姿を借りて苦悩を味わった後、神と顕れるという本地物に近い。『北野天神縁起』に古くから「北野本地」とか「天神御本地」と題する伝本が見られるのも、この縁起が本地物と同様に受け取られていたことを示すものと思われる。日本において人を神と祀ることは、北野天神の場合のような御霊神にはじまると言われる。本地物の中心主題は、この世で迫害を受けた人間が神となるというところにあるが、そのような形の縁起が生れるには、根柢に人を神に祀る思想がなくてはならないであろう。本地物の作品には、物語の主人公たちが最後には幸福をかち得たとする例が多い。恨みをのんで死んだ人を対象とした御霊神とは性格が異なるとの見方もできようが、これは、本地物においては神仏の前生物語そのものに文芸的興味が注がれてきた結果であって、本地物の成立には御霊信仰が大きな役割を果していたと考えるべきではないかと思う。

『北野天神縁起』は実在の人物菅原道真が神と顕れたことを述べる公式的縁起であるが、御伽草子の一類として扱われる本地物は、すべて架空の人物を主人公とした虚構の物語である。その物語を構成するに当っては、仏典や説話集に見える話や、民間の伝承説話の類を使っている。たとえば『熊野の本地』は『旃陀越国王経《せんだおつこくおうきよう》』という経典にある話を骨格にして筋を構えており、『伊豆箱根の本地』は民間の継子説話を種にして潤色《じゆんしよく》し、『阿弥陀の本地』は『今昔物語集』所収説話をもとに物語化しているごとくである。『諏訪の本地』のように種々の説話をないまぜた例も多い。説話の類によって物語を構成する手法は本地物に限るわけではなく、御伽草子全般に共通して見られる。ただ、一般的に寺社の縁起は内容を歴史事実らしく、人物や時や所を設定するのが普通であるのに、本地物はことさらに虚構の物語を指向しているところに特徴がある。本地物が対象とした社寺には、別に公式的な縁起が存在する場合が多く、社寺の側では正当な縁起とは認めなかったようである。そのような本地物式縁起を作った作者は、おそらく社寺に所属する僧侶《そうりよ》や神職のような当事者ではなく、第三者的な立場にあった遊行宗教家であったのであろう。とくに前条に述べた武家物と同じく、本地物の古い作品には熊野派修験が関与していた痕跡《こんせき》を随所に認めることができる。本地物は本来そういう民間宗教家が語って歩いていたものなのであろう。

さて、本地物を貫いているのは、この世界で人間的な憂悲苦悩—それは愛する男女、いとしむ親子の身の上にふりかかる苦難が主として選ばれた—を味わった故に、神仏と顕れて後には、同じ苦悩に沈む衆生を救済する力が備わったとする論理である。そこで、前生で経験した苦難が大きいほど、神仏としての利生も掲焉《けちえん》であることになる。こうして本地物は、夫婦や親子の別離の悲哀を強調する物語を次々と生み出してきたのである。上述の公家物や武家物の類型的な物語は、このような本地物と内容的にきわめて密接していることが分るであろう。公家物の『狭衣の草子』や『伏屋の物語』には、結びに主人公が神仏と顕れたことを加えた伝本が見られ、武家物の『明石物語』などと同型の作品に『塩竈《しおがま》大明神の本地』があるのも、物語の内容が本地物に非常に近いことからすれば不思議ではない。

以上のように、御伽草子の中で大きな類型を形作っている作品群は、その中心に本地物があるということになるのである。

伝記的物語――武人伝説物

公家物・武家物・本地物を通じて大きな類型を作っている作品群は、架空の人物を主人公に設定した物語であるが、これに対して歴史上の人物の伝記的物語を種々の説話をもって構成した一群の御伽草子がある。武人・歌人または高僧に関するものが大部分である。説話集や軍記物語には、そういう人々の逸話の類が多く出ているが、それらよりもさらに虚構性の加わっているのが通例である。中で一番人気のあったのは武人伝説物であろう。

その一つは『俵藤太物語』『酒呑童子』『田村の草子』（別名『鈴鹿《すずか》の草子』）など、田原藤太秀郷・源頼光・坂上田村丸《さかのうえのたむらまろ》等、平安時代から武勇の名の高かった武人を主人公に、怪物退治を語る民衆的な英雄譚である。この種の話は、素戔嗚尊《すさのおのみこと》の八岐大蛇《やまたのおろち》退治のような古代神話以後、物語の世界には登場しなかったが、民間の伝承説話の世界では行われていたのが、御伽草子の享受者層に恰好《かっこう》な題材として取り上げられるに至ったのであろう。これらの物語では、偉業の達成が主人公の武勇や智略によるだけではなく、常に神仏の加護が強調されており、ここでも公家物・武家物・本地物に通じる宗教性が濃厚である。『酒呑童子』では、山伏姿に変装した頼光主従が大江山あるいは伊吹山の千丈嶽《せんじょうだけ》に分け入ったとある。千丈嶽は山の高さを形容した語と解されるようになったが、本来は禅定《ぜんじょう》の意ではなかったかと思われる。禅定とは山岳宗教である修験道で、修行の場であった高山の霊場をいう語である。この有名な酒呑童子退治の物語も、修験者などの間で語り出されたものではなかったか。

怪物退治譚のほかに御伽草子に好んで取り入れられたのは、中世の幕明けとして大きな歴史的意義をもち、『平家物語』などによって語り伝えられた源平合戦時代の武人にまつわる話である。しかし、この種の作品は武人伝説といっても、勇壮な武功をたたえる内容のものは少なく、『横笛草子』『小敦盛』のように男女が末遂げることのできない悲恋や、親子の悲しい別れを主題とした物語が多い。これもまた、上述の本地物その他と共通する色合いをもった作品群である。『小敦盛』は哀れな最期《さいご》を遂げた平家の公達《きんだち》をめぐる後日談として創作された物語であるが、浄土宗とくに西山派の唱導の口ぶりが感じられる。敦盛の非業《ひごう》の死をいたみ、その霊を慰めるとともに、孝養を説く説教の材料に利用されたのではなかったのか。やはり物語の成立には御霊《ごりょう》信仰があずかっていたと考えられる。

源平時代の武人の中で、物語の主人公として最も人気を博したのは、いうまでもなく源氏の御曹司義経である。中世を通じて非常に多くの伝説を生み出した人物で、室町時代には諸伝説を集成して一代記とした『義経記《ぎけいき》』が作られ、以後の義経文芸に大きな影響を与えた。ここでも注目すべきは、一代記といっても、義経が生れてから兄頼朝と対面するまでの生長時代と、平家滅亡後、頼朝に追われて奥州高館《たかだち》で自害に至る失意の時代とが中心で、平家追討に花々しい武功をたてた得意の時期を全くといってよいほど無視していることである。軍記物語とはいちじるしく性格を異《こと》にし、まさに御伽草子に隣接する作品である。御伽草子の義経物も、『平家物語』に描かれた義経像とは甚だ異なる方向へ発展し、御伽草子一般の読者層が理想とした人間像が、この人物の上に集約されたごとき観を呈している。それは、一方では怪物退治譚に通じる超人的武人であり、一方では公家物の主人公に設定されたような王朝的貴公子の姿である。後者の代表作『浄瑠璃十二段草紙』は、矢矧《やはぎ》の宿における一夜のロマンスに筆を尽した異色ある作品であるが、都の貴人が妻まぎのために身をやつして、はるばると遠国へ下ってゆくという伝承説話の類型が、この物語成立の核になったと思われる。詩歌管絃の道に秀でた御曹司の姿には、山路の笛の話のような読者にとってなじみの深い説話の主人公の影が重なっていたのであろう。

中世物語の近世化――庶民物

以上に述べてきたような御伽草子は、まさに中世的世界をのぞかせる典型的作品である。これに対して、室町末期から戦国・安土桃山時代を経て、江戸幕藩体制が樹立するに至る間の、新興階層の擡《たい》頭《とう》、いわゆる下剋上《げこくじよう》の時代の社会思潮を反映し、近世的世界の黎明《れいめい》を窺わせるのが、『文正草子』『小男の草子』『物くさ太郎』等に代表される庶民物である。御伽草子というとすぐに連想される『文正草子』は、鹿島大宮司の下人であった文太が塩焼きに成功して大福長者となり、名も文正常岡《つねおか》と改める。さらに鹿島大明神に祈願して授かった二人の娘は絶世の美女であったので、姉は関白の御子の北の方に、妹は帝の女御に出世したという、めでたずくめの物語である。江戸時代には絵巻や奈良絵本が最も多く作られ、絵入版本もあい次いで版を重ねていた。それほど広く読まれたのは、この物語がいつの頃からか、正月の草子の読み初めに用いられたことが示すように、祝儀《しゆうぎ》物に最もふさわしい致《ち》富《ふ》と立身出世と長寿とを、すべて満たした人物が主人公であったことによる。今日から見れば、最下層の人間の成り上りという主題は、中世末期の世相にふさわしく新鮮であるが、肝腎《かんじん》の、文正が製塩の業にどのようにして成功したのかが全く書かれていない。ただ正直一途の文正に神仏の加護があったということであり、娘二人が玉の輿《こし》に乗ることができたのも、鹿島大明神の申し子であったからと理解するよりほかない書き方である。そこに新しい時代の息吹《いぶき》を感じるには物足りなさがあり、しょせん庶民の夢を託した現実離れのお伽話ということになろうが、その時代の読者たちには、何よりもめでたい話として、文正一家にあやかりたいという気持があったのであろう。『文正草子』を最初に置いた二十三篇の叢書は「祝言御伽文庫」と称され、「甚だめでたき草子なり」と宣伝されているように、江戸時代における御伽草子は祝儀《しゅうぎ》物としての役割が大きかったのである。

『小男の草子』や『物くさ太郎』も同類の立身出世談・成功談で、どちらも人並以下の人間が上臈《じょうろう》女房への恋を成就《じょうじゅ》する話である。異常に体の小さい者や、どうしようもないなまけ者が成功する話は、民間説話に例が多い。右の作品もそういう伝承説話を基盤にして現れた点では、より中世的な御伽草子の多くと同じであり、また二作とも、主人公が女房を見そめる場所を清水観音としたり、終りに男女が神と顕れたというのにも、中世物語の影がまつわっているが、小男にせよ物くさ太郎にせよ、神仏の力に頼らずに積極的に行動し、おのれの才能を発揮することによって目的を達成しているところには、新しい型の人間の登場を見ることができる。物くさ太郎は物語の途中で、物くさからまめへと性格が急変する。そのような構想の破綻《はたん》の理由については、いろいろの解釈があるが、それはともかく、市古貞次氏が『中世小説の研究』の中で、自分の気の向いたことや利益になることには熱心になるが、そうでないことには怠りがちになり易い人間本来の性格を、両極端において表現しようとしたものと言われたように、この種の庶民物に至って、現実の人間を見る目が御伽草子の上に出てきたことは特記すべきであろう。

『小男』も『物くさ』も、全篇を通じて滑稽感がただよっている。笑話も民間説話には多く、民衆に密着した文芸に笑いは欠かせない要素であった。御伽草子では破戒僧の失敗を揶揄《やゆ》した『ささやき竹』『およぅの尼』があり、とくに前者には狂言に通じる諷刺を見ることができる。しかし全体として見ると、古い御伽草子作品には笑いの要素が稀薄で、庶民物に至って顕著になってくる。『火桶《ひおけ》の草紙』『音《おと》なし草紙』『常盤《ときわ》の嫗《うば》』など、主人公の一生を語る物語でなく、人生の一断面を描いた短篇小説として好ましい作品の見られるのも笑話の特徴である。

知識層の戯作と民間説話と——異類物

御伽草子で扱われた人間は、以上によって公家・武家・僧侶・庶民というふうに、中世社会のあらゆる階層にわたっていることとか分るが、そのほか大きなグループを作っているものに、異類すなわち鳥獣魚虫あるいは草木等に、人間性を付与して登場させている作品がある。この類は御伽草子の早い時代から現れ、近世に入っても創作が続けられていた。異類物には大きく分けて二つの種類がある。一つは、人間世界におけると全く同じ出来事を、異類の世界のこととして述べる、いわゆる擬人物であり、もう一つは、異類と人間との結婚を主題にした物語である。

第一の異類だけの擬人物は、後崇光院《ごすこういん》が宝徳四年（一四五二）頃に筆を染められた『十二類合戦絵巻』をはじめ、合戦や歌合を内容としたものが多い。代表作の『精進魚類物語《しょうじんぎょるい》』『鴉鷺《あろ》合戦物語』は、

『平家物語』『太平記』をもじった擬軍記物で、作者に室町時代の有数の文学者であった二条良基《にじょうよしもと》や一条兼良《いちじょうかねら》が擬せられている。文章・内容から見て相当の学識を備えた人の作であることは間違いない。その他、この系列の作品は、御伽草子の中では最も知的水準の高い作者層の手に成ったもののようである。『虫歌合』は木下長嘯子《ちょうしょうし》（江戸初期の歌人）の作とされ、草木の名を借りた継子物語の『朝顔の露』には宗祇《そうぎ》筆と伝える古い絵入写本が存する。そういう作者や筆者に関する伝えは必ずしも信用できないが、歌人や連歌師のような知識人の戯作《げさく》といってよい内容を、この種の作品は備えているのである。

右のごとく、異類だけによる擬人物には、有識層の創作という性格が強いのに対して、第二の異類と人間との結婚を語るものは、古代神話以来の民俗的な伝承説話との関係が深く、異類物といっても性質に大きな違いが見られる。昔話に「蛇婿入《むこいり》」「猿婿入」「鶴女房」「魚女房」等、多くの種類の異類との婚姻譚が伝わっているが、御伽草子の『天稚彦草子』『藤袋《ふじぶくろ》の草子』『鶴の草子』『蛤《はまぐり》の草子』などは、みなそのような民間説話を素材にして成った作品である。中でも、詞書《ことばがき》を後花園天皇の宸筆《しんぴつ》、絵を土佐広周《ひろちか》筆と伝える絵巻『天稚彦草子』は、この種の作品として古く、蛇婿入に始まって伝承説話をとり合わせた素朴な内容と、それにふさわしい簡素な文体で綴られた、いかにも御伽草子らしい無邪気な作品である。後半の天界遍歴の趣向も、後の御伽草子によく見られるもので、一つの典型を示していると言えよう。その天界のように、異類と人間との結婚を物語るものは、同時に人間界に対する他界・異郷との交渉に及ぶ場合が多い。異類との結婚がほとんど末は破局に終っているのも、民俗的な他界観念と関係しているのではないかと考えられる。

そのような異類物も時代に応じて内容の変化が見られ、『弥兵衛鼠絵巻』になると、庶民物に顕著な祝儀性が強く出ている。鼠を扱った御伽草子は数種類あるが、その一つ、権頭《ごんのかみ》という老鼠が京の豪商柳屋の娘を嫁に迎えたところ、やがて正体が露見して女に逃げられ、落胆した権頭は遁世《とんせい》するという内容の『鼠の草子』は、やはり異類婚姻譚の一種である。しかし、民間説話とは対照的な都会の賑やかな世界を舞台にした話に変貌していることや、滑稽感がただよっているところなど、『小男の草子』や『物くさ太郎』に通じる作風が感じられる。これらは異類物の中で近世文芸の色彩が出てきたものと言えるであろう。

なお『天稚彦草子』や『十二類合戦』は早くから宮廷貴紳《きしん》の間で絵巻の形で賞翫《しょうがん》されていた。次条に述べるように、御伽草子は絵を伴って享受される場合が多かったが、異類物は絵巻や奈良絵本の好個の材料であったことも、その流行の一つの理由であったと思われる。

絵巻・奈良絵本と御伽草子

日本では非常に古い時代から絵巻物の製作が行われていた。とくに鎌倉時代は、寺社の縁起、神仏の霊験譚、高僧の伝記などを内容とする宗教的絵巻の全盛時代で、数々の逸品を残しているが、やがてその系統の中に御伽草子風の物語絵巻が現れてきた。既に挙げた『箱根権現縁起絵巻』は、御伽草子の本地物といって支障のない内容の作品であるが、年記の明らかな作では貞和二年(一三四六)の『厳島縁起絵巻』がある。これに見られる厳島大明神の本地を説く物語は、『熊野の本地』の焼き直しのごときもので、おそらく『熊野の本地』も、それ以前に絵巻が作られていたのであろうと推測される。このような寺社の縁起を語る絵巻は、その信仰を宣布する目的で、布教者が絵を見せながら縁起を語る、いわゆる絵解《えと》きに用いられる場合が多かったのであろう。絵を見ながら物語を聞くという方法は、文芸の享受が大衆化してゆく上で非常に有効であった。室町時代に入る頃から、宗教的な目的の濃い物語ばかりでなく、さまざまな御伽草子作品が絵巻に仕立てられ、普及してきたのである。現存する遺品で見ると、室町初中期の絵巻は、伝統的な大和絵の技法を伝える宮廷の絵所預《えどころあずかり》の絵師たちによって描かれた作品が多いが、後期になると次第に破格で自由な、さまざまの画風をもった絵巻が現れてくる。中には素人《しろうと》が書いたとしか思えないような稚拙なものもあり、物語の内容とともに、絵巻の製作者も広い範囲に及んできたことが窺《うかが》える。また、形態の面でも、古い絵巻の標準的な大きさは縦三〇センチぐらいであったが、室町中後期には、当時の言葉で「小絵《こえ》」と呼ばれた一五センチから二〇センチ程度の小形の絵巻がかなり出てきた。美術史研究家の赤井達郎氏が「小絵は長大な絵巻物に対し、より軽便であり、個人的な享受という要求によって生まれた形態である」(「絵巻から絵本へ」、「太陽」古典と絵巻シリーズⅢ『お伽草子』）と言われているように、これも絵巻の大衆化を示す現象であろう。小絵には『源氏物語絵巻』のごとき古典物もあるが、大半は御伽草子であるのを見ても、絵巻と御伽草子との関係がますます深まってきたことが認められる。そして、ついに奈良絵本と呼ばれる冊子形態の絵入写本が登場するのである。

　奈良絵本の名称は、明治になってから深い理由もなしに言い出されたものらしい。興福寺に所属した絵師たちが、戦国時代における寺社の衰退によって保護を受けられなくなり、生計のために絵草子などを作ったと言われていたが、その確かな証拠はなく、近年では京都の扇屋や、さらに時代が降《くだ》っては絵草子屋（今日の書店）で製作されたのであろうとする説が一般化しつつある。およそ室町時代末期頃から現れはじめ、江戸時代なかば近くまで続いているが、江戸時代に入ってからの奈良絵本は、画風も構図もほとんど一定し、版本と同様に大量に作られ、販売されていたと思われる。奈良絵本には縦三〇センチぐらいの大形縦本、縦二三、四センチの普通の大きさの縦本と、縦一七、八センチ、横二三センチぐらいの横本の三種類の形がある。おそらく大形縦本は標準的な絵巻の紙高から、横形本は前記の小絵の紙高から生じた形態ではなかったか。

一方、旧来の絵巻の方も、奈良絵本の登場によって役割が終ったわけではなく、江戸時代前期の間は依然として製作が盛んであった。この時代になると、絵巻も奈良絵本と同様に、扇屋や草子屋によって商品として生産されていたと思われるが、奈良絵本が泥絵具を用いた比較的簡素な味わいをもつ挿絵であるのに対して、絵巻の絵は土佐絵風の細密で、はなやかなものである。料紙《りょうし》や装幀《そうてい》も絵巻の方が豪華でぜいたくなところを見ると、絵巻は奈良絵本よりも高価な特製本として作られ、上流階層の需要に供したのであろう。奈良絵本の中でも普通の大きさの縦本は、挿絵の画風や料紙が絵巻に近く、奈良絵本として上等の本であったようである。

右のような絵巻・奈良絵本には『伊勢物語』や『竹取物語』など平安時代の物語も仕立てられているが、大半は御伽草子であり、ついで多いのは幸若《こうわか》物である。幸若は室町時代から戦国時代の武家の間で喜ばれた一種の演劇であるが、内容は御伽草子の武人伝説物などと同類で、その台本は読物としても広く流布していた。絵巻や奈良絵本の読者にとっては幸若も御伽草子の一つであったのである。

幸若物をも含めた御伽草子は、江戸時代に入って挿絵入りの版本の刊行も盛んになった。はじめは古活字版と呼ばれる木製活字を使った本で、寛永期から直接彫った板木を使って印刷する整版本に変ってくるが、寛文前後が整版本による御伽草子の出版の全盛期で、享保の頃まで続いている。御伽草子版本の刊行は、絵巻・奈良絵本の製作と全く並行して行われていたのである。江戸前期における文学書の出版は、中世以前の和歌・物語・説話その他広い分野に及び、また仮名草子や、さらには浮世草子のような近世の新しい小説類も続々と刊行されていた。しかし、絵巻・奈良絵本が作られたのは、大部分が御伽草子の種類の作品であって、文学史上、御伽草子を承《う》けるとされる仮名草子にはごく稀である。絵巻・奈良絵本という形態の本は御伽草子と特に密着していたのであって、版本の上では時期を同じくしていた御伽草子と仮名草子との間には、享受者の層に違いがあったことを窺わせるのである。

また、御伽草子を室町時代を中心に成立した物語類の汎称《はんしょう》とした場合、その時期の物語であっても、絵巻や奈良絵本の形態の伝本を残していない作品のあることに注意しなければならない。たとえば、ほとんどが絵巻・奈良絵本として残っている異類物の中で、最も力作というべき『精進魚類物語』と『鴉鷺合戦物語』には、絵巻も奈良絵本も管見に入ったものがない。また、御伽草子中では屈指の傑作とされる『三人法師』も、絵入版本は数種の版が刊行されているにもかかわらず、やはり絵巻・奈良絵本には接することができない。その理由はまだ簡単には言えないが、概しては、個性のある純創作文学とすることのできる作品にそれが多いように思われる。つまり、一般的な御伽草子の享受者層に不向きな内容として、絵巻・奈良絵本の材料には敬遠されたのではないかと推測されるのである。一口に室町時代の物語といっても、作者層が幅広く、作品の内容も多岐にわたっているのであるから、その享受の実態も複雑であったのは当然である。こうして見ると、江戸時代に奈良絵本を模して出版された御伽文庫二十三篇をさした御伽草子という名称は、主として絵巻・奈良絵本の形態をとって享受された作品には適切であるが、無条件に室町時代の物語全体に広げることには、なお問題があると言わなければならないであろう。
日本文学史の上で御伽草子をどのように評価すべきかは、まだ多くの問題が将来に残されているのが現状であるが、この点に関しても、絵巻・奈良絵本の形態を御伽草子の本流とする見方が成り立てば、そこから考えてみる必要があるのではないか。

主な参考文献（付録「御伽草子目録」掲載の翻刻・影印複製書を除く）

物語草子目録　横山重・巨橋頼三編　昭12　大岡山書店（昭53　角川書店再刊）
室町時代小説論　野村八良　昭13　巌松堂
中世小説の研究　市古貞次　昭30　東京大学出版会
戦国乱世の文学（岩波新書）　杉浦明平　昭40　岩波書店
中世芸文の研究　筑土鈴寛　昭41　有精堂
お伽草子と民間文芸（民俗民芸叢書）　昭42　岩崎美術社
下剋上の文学　佐竹昭広　昭42　筑摩書房
お伽草子（日本の美術）　高崎富士彦　昭45　至文堂
民話の思想　佐竹昭広　昭48　平凡社
日本の説話第四巻　市古貞次・大島建彦編　昭49　東京美術
書物捜索　横山重　（上）昭53　（下）昭54　角川書店

付録

御伽草子目録

一、この目録は、御伽草子を広く読もうとする人々の案内として、全作品を五十音順に配列し、内容を窺う目安となる分類と、明治以後の翻刻および複製、影印の掲載された書名を記載したものである。

一、作品の題名は通行の書名によって掲げ、主な別名を付記した。その別名も五十音順の配列の中に掲げ、→印をもって親見出しの題名を示した。また、本来の題名が明らかでない作品については、内容によって適当な題名を付け、〔 〕を付して見出しとした。

一、同一作品の二種以上の異本が、同じ翻刻書、複製・影印書に掲載されている場合は、その書名の下に（二種）等と付記した。

一、翻刻は単行本のほか、雑誌・紀要等に発表されたものも、できるだけ記載するように努めたが、なお遺漏があることと思う。御寛恕を願う次第である。

一、題名は異なっても、同一作品の異本といってもよいほどに関係の深い作品については、相互に、〈〇〇ヲ見ヨ〉と付記した。

一、未だ翻刻や影印・複製のなされていない作品については、参考として、伝本の種類と所蔵者名を記しておいた。

一、翻刻および複製、影印書の書名に略号を用いたものは左表の通りである（五十音順）。

岩波	お伽草子（岩波文庫） 島津久基 昭11 岩波書店
岩波大系	御伽草子（日本古典文学大系38） 市古貞次 昭33 岩波書店
影印伽	御伽草子 市古貞次 昭46・47 三弥井書店
影印室物	影印室町物語集成 松本隆信 ㈠㈡㈢昭45㈣昭46㈤昭48 汲古書院
京大資料	京都大学国語国文資料叢書 京大国語学国文学研究室編 ㈥昭53㈣昭54 臨川書店
古典室物	室町時代物語（古典文庫） 横山重他 ㈠昭29㈡昭30㈢昭32㈣昭35㈤昭36㈥昭39㈦昭41 古典文庫
小学館全集	御伽草子集（日本古典文学全集36） 大島建彦 昭49 小学館
新纂	近古小説新纂初輯 島津久基 昭3 中興館
新釈	御伽草子集（新釈日本文学叢書第二輯第七巻） 内海弘蔵 昭5 内外書籍
新編	新編御伽草子 萩野由之 明34 誠之堂書店
続岩波	続お伽草子（岩波文庫） 島津久基・市古貞次 昭31 岩波書店
続類従	続群書類従
大系	校注日本文学大系第十九巻 尾上八郎 大14 国民図書
大成	室町時代物語大成 横山重・松本隆信 ㈠昭48㈡昭49㈢昭50㈣昭51㈤昭52㈥昭53㈦昭54㈧昭55以下続刊 角川書店
短篇	室町時代短篇集 笹野堅 昭10 栗田書店
伝承神道	神道物語集（伝承文学資料集） 伝承文学研究会 ㈠昭41 三弥井書店
伝説	国民伝説類聚前輯 島津久基 昭8 大岡山書店
東仏	国文東方仏教叢書文芸部上 鷲尾順敬 大15
東仏二	同右第二輯文芸部 鷲尾順敬 昭3
伽	御伽草子 今泉定介・畠山健 明24 吉川半七

平出室小　室町時代小説集　平出鏗二郎　明41　精華書院
未刊　未刊中世小説（古典文庫）　市古貞次
　㈠昭22㈡昭23㈢昭26㈣昭31　古典文庫
未刊伽　未刊御伽草子集と研究　藤井隆　㈠昭31㈡昭32㈢昭35
　㈣昭42　未刊国文資料刊行会
室物　室町時代物語集　横山重・太田武夫　㈠昭12㈡昭13㈢昭14
　㈣昭15㈤昭17　大岡山書店（昭37再刊、井上書房）
名著　新撰御伽草子（名著文庫）　関根正直　昭2　冨山房
雄山　御伽草子（雄山閣文庫）　㈠昭13㈡昭14　雄山閣
有朋　御伽草紙（有朋堂文庫）　藤井紫影　大15　有朋堂
横山神道　神道物語集　横山重　昭36　古典文庫
横山室小　室町時代小説集　横山重　昭18　昭南書房
類従　群書類従

右のほか、略号を用いなかった翻刻書、複製・影印書の編者・校注者・刊年・刊行者等は次の通りである（五十音順）。なお、一作品だけに関係のある翻刻書、複製・影印書については、当該個所に（　）を付して編者その他を付記した。

和泉式部全集㈠　吉田幸一　昭34　古典文庫
岩崎文庫貴重本叢刊近世編一　幸若舞曲・御伽草子　東洋文庫　昭49
　貴重本刊行会
影印校注古典叢書一六　お伽草子一　西沢正二・石黒吉次郎　昭52
　新典社
絵巻物叢誌　梅津次郎　昭47　法蔵館
桂宮本叢書　宮内庁書陵部　物語㈡昭35㈢昭31　養徳社
鑑賞日本古典文学二六　御伽草子・仮名草子　市古貞次・野間光辰
　昭51　角川書店
稀書複製会本　大正7〜昭3　米山堂
近世文芸叢書　㈢明43㈦明44　国書刊行会
幸若舞曲集　笹野堅　昭18　第一書房
校正補註国文全書　一一巻　小田清雄校　明23　国文館
国文大観　一〇巻　明36・37　板倉屋書房
滑稽文学全集　四巻　大7　文芸書院
古奈良絵本集（天理図書館善本叢書）　㈠昭47㈡昭52　天理大学出版部
西行全集　佐佐木信綱他　昭16　文明社
社寺縁起絵　奈良国立博物館　昭50　角川書店
説経正本集　三巻　横山重　昭43　角川書店
続帝国文庫　五〇巻　明32〜36　博文館
続日本絵巻物集成二　昭17　雄山閣
大東急記念文庫善本叢刊一　仮名草子集　中村幸彦　昭51
　大東急記念文庫
児物語部類　続史籍集覧六　昭5　近藤出版部
中世神仏説話（古典文庫）　近藤喜博　昭25（続）昭30　古典文庫
中世物語集一（龍谷大学国文学叢書第一篇）　真鍋広済　昭41
　龍谷大学国文学会
中世物語の基礎的研究　桑原博史　昭44　風間書房
東洋文庫本神道集　近藤喜博　昭34　角川書店
日本絵巻物集成　二二巻　昭4〜7　雄山閣
日本絵巻物全集　(11)昭33・52(18)昭43・54(27)昭53　角川書店
日本文学全書　二四巻　萩野由之他　明23〜25　博文館
三つの絵巻　尾崎久彌　昭10　観音瞻仰会
室町期物語（伝承文学資料集）　伝承文学研究会　㈠昭42　三弥井書店
名篇御伽草子　西沢正二　昭53　笠間書院

〔あ〕

藍染川《あいそめがわ》（遁世物、妬婦談）　大成一
青葉の笛の物語別名仁明《にんみょう》天皇物語（業平伝説）　大成一（二種）
　室物一（二種）　平出室小　横山室小　東仏
あかしの三郎→明石物語
明石物語別名あかしの三郎（武家物、流離談）　大成一（二種）
　古典室物一
〔赤松五郎物語〕（業平伝説）　大成一〈業平夢物語ヲモ見ヨ〉
秋月物語別名京極大納言物語（公家物、継子談）　大成一　室物三
（二種）　平出室小
秋の夜の長物語（児物語）　岩波大系　大成一（七種）　国文全
書　児物語部類　日本文学全書　類従物語　大系　国文大観　斯
道文庫論集一・二　ビブリア昭27の6
あきみち（復讐談）　岩波大系　名篇御伽草子　大成一　平出室小
阿漕《あこぎ》の草子（和歌伝説）　大成一　平出室小　横山室小
朝顔の露（擬人物、継子談）　大成一　室物三　新纂　岩波　雄山
二
あしびき（児物語）　大成一　平出室小　横山室小　続日本絵巻物
集成二
芦屋《あしや》の草子（蘆刈伝説）　大成一
愛宕《あたご》地蔵物語（縁起物、末子成功談）　大成一（二種）　室物四
熱田《あつた》の神秘（神社縁起）　大成一　横山神道
穴太寺《あなうでら》縁起絵巻（縁起物、法華経奇瑞談）　三つの絵巻

海女《あま》物語（和歌伝説、恋愛談）　大成一
雨やどり別名今宵の少将物語（公家物、恋愛談）　大成一　新編
あまやどり→時雨《しぐれ》物語
阿弥陀《あみだ》の本地別名法蔵比丘《ほうぞうびく》・弥陀《みだ》の本懐《ほんがい》（本地物、恋愛談）　大成
一（二種）　室物四（四種）　影印室物五
天稚彦《あめわかひこ》草子（異類怪婚談）　大成二　室物二　平出室小　大系　新
釈　〈七夕《たなばた》ヲモ見ヨ〉
あめわかみこ→七夕
あやめの前（頼政伝説）　大成二　続岩波
荒五郎発心記→三人法師
〔蟻通《ありどおし》明神縁起〕（縁起物、難題談）　大成二
鴉鷺《あろ》合戦物語別名鴉鷺記（異類合戦物）　大成二（二種）　続類従雑
　日本文学全書　大系　滑稽文学全集　続帝国文庫　我自刊我書
（明16）
鴉鷺《あろ》記→鴉鷺合戦物語

〔い〕

伊香《いかご》物語（霊験談、和歌説話）　大成二　有朋　大系　新釈
いけにえ物語→法妙童子
いさよひ（説教法談物）　大成二
石山物語付紫式部の巻（縁起物、霊験談）　大成二　古典室物六
伊豆国奥野翁《いずのくにおくのおきな》物語（説教法談物、遍歴談）　大成二
伊豆箱根の本地（本地物、継子談）　大成二　室物三　〈箱根権現
縁起絵巻・箱根本地由来ヲモ見ヨ〉

和泉《いずみ》式部（歌人伝説）　岩波大系　小学館全集　大成二　有朋　大系　新釈　伽　影印伽
和泉式部の物語→小式部
磯崎《いそざき》（遁世物、妬婦談）　大成二　室物四　岩波　影印室物四　国文学踏査二　吉永孝雄謄写版
いたやかいの物語→橋姫物語
〔一尼公《いちにこう》〕別名つれなしの尼公《あまぎみ》（滑稽談）　大成二　続岩波
厳島の本地（本地物、妬婦談）　大成二　室物一（二種）　横山神道　続類従神祇　駒沢国文一五号
一寸法師（庶民物、恋愛成功談）　岩波大系　小学館全集　室物五　有朋　大系　岩波　名著　新釈　伝説　雄山一　影印伽
為人比丘尼《いにんびくに》（懺悔《さんげ》物）　未刊伽一
伊吹童子（怪異談、酒呑《しゅてん》童子伝説）　大成二　続岩波
伊吹山絵詞《いぶきやまえことば》（怪物退治談）　大成二（二種）　古典室物四（三種）　有川武彦・小川寿一単行本　〈大江山絵詞・酒呑童子ヲモ見ヨ〉
岩竹《いわたけ》（怪物退治談）　大成二　未刊四
岩屋の草子別名対の屋姫物語（公家物、継子談）　大成二（二種）　室物三（二種）　続類従物語　有朋　大系　新釈　古奈良絵本集二　影印室物三

〔う〕

魚《うお》太平記別名河海《かかい》物語（異類合戦物）　大成二
魚《うお》の歌合→四生《ししょう》の歌合
〔有善女《うぜんにょ》物語〕（説教法談物）　大成二
うそひめ物語→ふくろふ
うたたねの草子（公家物、恋愛談）　大成二　続類従物語　国華七八六・七八七号
姥皮《うばかわ》（民間説話物、継子談）　大成二　室物三　名古屋叢書一四（名古屋市蓬左文庫、昭34〜38）　観音四の四
〔馬猪《うまいのしし》問答〕（異類合戦物）　写本（吉田幸一）
梅津長者物語（祝儀物、立身出世談）　大成二（三種）　室物五
浦風《うらかぜ》（僧侶伝説物）　大成二　室物四（二種）　平出室小　横山室小
浦島太郎（縁起物、異郷滞留談）　岩波大系　小学館全集　大成二（三種）　室物五（三種）　有朋　大系　岩波　名著　新釈　雄山一　影印伽　社寺縁起絵
〔瓜姫《うりひめ》物語〕（民間説話物）　小学館全集　大成二　未刊三　横山神道

〔え〕

絵合せ→きまんたう物語
恵心先徳夢想之記《えしんせんとくむそうのき》（高僧伝記物）　大成三
恵心僧都《えしんそうず》物語（高僧伝記物）　大成三（三種）　未刊伽四　正木直彦単行本
恵比須大黒《えびすだいこく》合戦（異類合戦物）　大成三　室物五　〈かくれ里ヲモ見ヨ〉
ゑ《え》んがく（異類遁世物）　大成三　未刊二
役《えん》の行者《ぎょうじゃ》（僧侶伝説物）　大成三

焰魔《えんま》王《おう》物語別名続小《さ》夜嵐《よあらし》（異類合戦物）　大成三
塩冶《えんや》物語→さよ衣《ごろも》

〔お〕

扇合《あわせ》　物語→花鳥風月
扇流し（公家物、恋愛談）　大成三　短篇
大江山絵詞（怪物退治談）　大成三（三種）　続日本絵巻物集成一
　国語国文昭一一の九〈伊吹山絵詞・酒呑童子ヲモ見ヨ〉
大橋の中将（武人伝説物）　大成三　短篇　国語と国文学昭七の九
〔おかべの与一物語〕別名てこくま物語（武家物、御家騒動談）
　文林八号（松蔭女子学院大学国文学研究室）
をこぜ別名山海相生《さんかいあいおい》物語（異類物、恋愛談）　小学館全集　大成六
　続岩波
おたかの本地→物くさ太郎
落窪の草子別名小落窪（公家物、継子談）　大成三（二種）　室物
　三（二種）　近世文芸叢書七　新編
御茶物語（異類歌合物）　大成三　未刊一
音なし草紙（庶民物、滑稽談）　大成三　新編　大系　新釈
鬼一法眼《おにいちほうげん》→判官《ほうがん》都ばなし
大《お》原《はら》御《ご》幸《こう》の草子（平家物語物）　大成三　未刊伽三
男衾《おぶすま》三郎絵詞（武家物、御家騒動談）　日本絵巻物全集18　絵巻物
　叢誌
おもかげ物語別名弁才天《べんざいてん》本地（本地物、異郷遍歴談）　大成三　室
　物二　新纂

およう の尼（僧侶物、滑稽談）　名篇御伽草子　影印校注古典叢書
　一六　鑑賞日本古典文学二六　大成三　短篇
およふのあま（別本）→宝月《ほうげつ》童子
御曹子《おんぞうし》島渡り（義経伝説）　岩波大系　小学館全集　大成三　室物
　五（二種）　有朋　大系　新釈　伝説　雄山一　伽　影印伽

〔か〕

戒言《かいこ》→蚕飼《こがい》の草子
蛙《かえる》の草紙（異類物、笑話）　大成三　古典室物三
河海《かかい》物語→魚《うお》太平記
鏡男《かがみお》絵巻別名　鏡破翁《かがみわりおきな》絵詞（庶民物、滑稽談）　大成三　室物一
　歴史と国文学昭五の八
柿本氏《かきのもとし》系図（異類物）　類従雑　新編
かくれ里（異類合戦物）　室物五　新纂　岩波　雄山二〈恵比須
　大黒合戦ヲモ見ヨ〉
「かくれ里」（異郷滞留談）　大成三
かざしの姫（異類怪婚談）　大成三　新編　大系　新釈　雄山一
笠間長者《かさまちょうじゃ》鶴亀物語（祝儀物）　室物五
花情《かじょう》物語（異類法談物）　大成三
花鳥風月別名扇合物語（業平・光源氏物）　大成三（二種）　古典
　室物五（三種）　有朋　古奈良絵本集二〈衣《き》更着《さらぎ》物語ヲモ見ヨ〉
花鳥風月の物語（異類合戦物）　大成三
かなわ（怪物退治談）　大成三　未刊伽二
神代小町《かみよこまち》（歌人伝説物）　大成三　未刊伽三・四

神代物語《かみよ》→彦火々出見尊《ひこほほでみのみこと》絵詞
賀茂の本地（霊験談）　大成三　室物一
唐糸草子《からいと》（源平物、孝行談）　岩波大系　小学館全集　大成三　有
　朋　大系　岩波　名著　新釈　雄山一　伽　影印伽　岩崎文庫
　貴重本叢刊近世編一
唐崎物語《からさき》（公家物、利生談）　大成三　未刊伽一
雁の草子《かり》（異類怪婚談）　大成三　京都大学複製本（昭15）
観音本地《かんおん》（本地物）　大成三　影印室物五
勧学院物語《かんがくいん》別名雀の草子（異類遁世物）　大成三　稀書複製会本

〔き〕

祇王《ぎおう》（平家物語物）　大成三　未刊伽三
祇園牛頭天王縁起《ぎおんごずてんのう》（縁起物）　大成三（二種）　室物一　神社の歴
　史的研究（二種）（西田長男、昭41、塙書房）　瀬戸内寺社縁起集
　（中世文芸叢書9、昭42、広島中世文芸研究会）　続類従神祇
祇園御本地《ぎおん》（縁起物）　大成三　室物一
衣更着物語《きさらぎ》（業平・光源氏物）　大成三　古典室物五〈花鳥風月
　ヲモ見ヨ〉
木曾義高物語《きそよしたか》→清水物語《しみず》
狐の草子（異類怪婚談）　大成四　古典室物三　新編
貴船の本地《きぶね》（本地物、恋愛談）　大成四（二種）　室物二（二種）
　横山神道　新編　大系　新釈　岩崎文庫貴重本叢刊近世編一
　影印室物五　国文学踏査一
〔きまん国物語〕（異国物、漂流談）　大成四
〔きまんたう物語〕別名絵合せ・興福寺の由来物語（公家物、妬婦
　談）　大成四　室物四
京極大納言物語→秋月物語
京太郎物語（公家物、恋愛談）　大成四　短篇
魚虫歌合《ぎょちゅう》（異類歌合物）　宝暦十一年刊本（国会図書館他）
魚鳥平家《ぎょちょう》→精進魚類物語《しょうじんぎょるい》
魚類青物合戦状《ぎょるいあおものかっせんじょう》（異類合戦物）　写本（静嘉堂文庫）
きりぎりす物語（異類歌合物）　大成四

〔く〕

空花論《くうげ》→暮露々々《ぼろぼろ》のさうし
朽木桜《くちきざくら》（発心遁世談）　大成四　平出室小　横山室小
愚痴中将《ぐち》（公家物、歌道談）　大成四
熊野の本地別名ごすいでん（本地物、妬婦談、誕生奇瑞談）　岩波
　大系　大成四（五種）　室物一（五種）　横山神道　伝承神道一
　横山室小　説経正本集三付録　古奈良絵本集二
くるま僧別名松姫物語（公家物、悲恋遁世談）　大成四　続岩波
　京都大学複製本（昭16）
車僧絵巻《くるまぞう》（謡曲物）　大成四　京都大学複製本（昭16）
群馬高井岩屋縁起《ぐんまたかいいわや》（本地物、大蛇得脱談）　東洋文庫本神道集

〔け〕

鶏鼠物語《けいそ》（異類合戦物）　大成四　続帝国文庫
獣《けだもの》太平記（異類合戦物）　大成四〈十二類合戦絵巻ヲモ見ヨ〉
獣《けだもの》の歌合→四生《ししょう》の歌合

月林草《げつりんそう》（異類物）大成四
源海上人《げんかいしょうにん》伝記（僧侶伝記物）大成四
賢学《けんがく》草子別名日《ひ》高川《だかがわ》（僧侶物、妬婦談）大成四　日本演劇の研究第二集（高野辰之、昭3、改造社）古奈良絵本集一　青山荘清賞八（昭18、根津美術館）〈道成寺縁起・道成寺物語ヲモ見ヨ〉
源蔵人《げんくろうど》物語→浅間《せんげん》御本地
源氏供養《げんじくよう》草子（紫式部伝説）大成四（二種）未刊伽四
還城楽《げんじょうらく》物語（異国物）大成四　珍書同好会叢刊本（大4〜8）
幻夢《げんむ》物語（児物語）大成四　続類従物語　東仏　児物語部類

〔こ〕

小敦盛（源平物、遁世談）岩波大系　小学館全集　大成四　説経正本集三付録　軍記物とその周辺（佐々木八郎博士古稀記念論文集、昭44、早稲田大学出版部）有朋　大系　新釈　雄山一　伽影印伽　文経論叢（弘前大学人文学部）一三巻五号
恋塚物語（悲恋遁世談）大成四　未刊伽四〈滝口物語ヲモ見ヨ〉
甲賀三郎物語→諏訪の本地
庚申《こうしん》の本地（宗教物、由来談）大成四（四種）横山神道（三種）
上野君消息《こうずけのきみしょうそく》（児物語）東仏二
上野国赤城《こうずけのくにあかぎ》山《やま》本地（本地物、継子談）大成一　室物一　伝承神道（三種）東洋文庫本神道集　国文学論究七
上野国一宮御縁記（本地物、天竺説話）東洋文庫本神道集
強盗鬼《ごうとうき》神《じん》（異類合戦物）大成四　短篇

興福寺の由来物語→きまんたう物語
弘法大師御本地（高僧伝記物）大成四　室物四
高野《こうや》物語（懺悔《さんげ》物）大成四　桂宮本叢書物語三
呉越《ごえつ》（異国物）大成四
小落窪→落窪の草子
小男の草子別名ひきう殿物語（庶民物、恋愛成功談）大成四（三種）室物五（四種）古奈良絵本集一（三種）稀書複製会本文学昭一四の七
こほろぎ物語（異類歌合物）大成五　新編　大系　新釈
蚕飼《こがい》の草子別名戒言《かいこ》（本地物、継子談）大成三　横山神道
小式部《こしきぶ》別名和泉式部《いずみしきぶ》の物語（歌人伝説物）大成二・五　新纂　和泉式部全集
小式部（別本）（歌人伝説物）続岩波和泉式部全集一
五地五如来《ごじごにょらい》御本地（本地物、遍歴談）〈もろかど物語ヲモ見ヨ〉
ごすいでん→熊野の本地
牛頭天王《ごずてんのう》縁起→祇園牛頭天王縁起
胡蝶《こちょう》物語別名花づくし（異類法談物）大成五　有朋　列聖全集御撰集一（大4）
小藤太《ことうだ》物語→雀の発心《ほっしん》
琴腹《ことばら》（歌人伝説物）宸翰集別冊（昭2、宮内省）
小伏見《こふしみ》物語（公家物、悲恋遁世談）大成五　古奈良絵本集一〈桜の中将ヲモ見ヨ〉
小町歌あらそひ（歌人伝説物）大成五　未刊伽四

小町業平歌問答（歌合物） 小野小町（前田善子、昭18）
小町の草紙（歌人伝説物） 岩波大系 小学館全集 大成五（二種）
有朋 大系 新釈 雄山一 伽 影印伽
小町物語（歌人伝説物） 大成五 西行全集
子持山縁起（本地物、流離談） 東洋文庫本神道集
子やす物語（本地物、怪異談） 大成五（二種） 室物四
今宵《こよいの》少将物語→雨やどり
木幡《こわた》ぎつね（異類怪婚談） 岩波大系 小学館全集 大成五 有朋
金剛女《こんごうにょ》の草子（本地物、求婚談） 大成五
大系 新釈 伽 影印伽

〔さ〕

さいき（発心遁世談） 岩波大系 小学館全集 有朋 大系 新釈
伽 影印伽
西行の物語（歌人伝説物） 大成五 西行全集
西行物語（歌人伝説物） 大成五（二種） 西行全集（六種） 続類
従雉 東仏 続帝国文庫 日本絵巻物全集11（新修12） 日本絵巻
物集成二一 大和絵同好会複製（昭2） 田中一松複製（昭6）
小枝《さえだ》の笛物語（源平物） 大成五
相模川《さがみ》（武人伝説物） 大成五 幸若舞曲集
嵯峨《さが》物語（児物語） 大成五 未刊四 児物語部類 続類従物語
さくらゐ物語（御家騒動物） 大成五 巌松堂書店複製（昭8）
桜梅《さくらうめ》の草子（異類怪婚談） 大成五 芸苑順礼社複製（堀口蘇山、
昭12）

桜の中将（公家物、悲恋遁世談） 大成五（二種） 未刊三 〈小伏
見物語ヲモ見ヨ〉
酒の泉（祝儀物） 大成六
狭衣《さごろも》の草子別名狭衣の大将・狭衣の中将（公家物、悲恋談）
大成六（三種） 古典室物七（四種） 未刊二 影印室物三・四
ささやき竹（僧侶物、破戒談） 名篇御伽草子 大成六（二種）
未刊一 続岩波
さざれ石（祝儀物） 岩波大系 小学館全集 大成六 室物五（二
種） 有朋 大系 新釈 雄山一 伽 影印伽
佐藤ふぢわう（遁世奇瑞談） 刊本（天理図書館）
さよごろも付ゑんや物語（太平記物） 大成六
さよひめ別名竹生《ちくぶ》島《しま》の本地・壺坂《つぼさか》物語（本地物、孝行談） 大成六
室物四（二種） 横山室小（二種） 説経正本集三付録（四種）
三つの絵巻 新纂 観音七の五・六、八の一
猿源氏《さるげんじ》草子（庶民物、恋愛成功談） 岩波大系 小学館全集 大成
六 室物五 有朋 大系 岩波 新釈 雄山一 伽 影印伽
〔猿の草子〕（異類擬人物） 絵巻（大英博物館）
山海相生《さんかいあいおい》物語→をこぜ
三人懺悔《さんげ》の草子→三人法師
三人法師別名荒五郎発心記・三人懺悔《さんげの》草子（懺悔物） 岩波大系
名篇御伽草子 大成六 未刊一 有朋 岩波 続類従雉 大系
東仏 新釈 雄山一 国史叢書（黒川真道、大5、国史研究会）
江戸文芸資料一（珍書刊行会、大5）

〔し〕

塩竈大明神《しおがまだいみょうじん》御本地（本地物、流離談）　大成六　未刊四
塩焼文正→文正の草子
志賀物語別名堀川中納言の姫君（公家物、悲恋遁世談）　大成六
　古典室物二　中世物語集一
しぐれ→時雨《しぐれ》物語
しぐれの縁→時雨物語
時雨《しぐれ》物語別名しぐれ・時雨の縁・あまやどり（公家物、悲恋遁世談）
　大成六（三種）　古典室物二
四十二の物あらそひ別名たけくらべ草紙・和歌物あらがひ（歌合物）　大成六（二種）　続類従雑　国文全書　東洋学会雑誌明二三の四
四生《ししょう》の歌合（虫の歌合・鳥の歌合・魚《うお》の歌合・獣《けだもの》の歌合）（異類歌合物）　大成六　稀書複製会本
地蔵堂草紙（異類怪婚談）　未刊三
じぞり弁慶（弁慶伝説）　大成六　未刊伽二
十本扇（歌物語）　大成七　未刊一
しのばずが池物語（悲恋遁世談）　大成六　未刊伽三
忍音《しのびね》物語（公家物、悲恋遁世談）　大成六　中世物語の基礎的研究
　桂宮本叢書物語二　続類従物語　丹鶴叢書歌文部　和泉書院影
　印本シリーズ（昭53）
清水《しみず》物語別名木曾義高物語・清水の冠者（源平物、悲恋談）　大成四・六・七（四種）　碧冲洞叢書二〇・八〇・九二輯（九種）（築瀬一雄・水原一・藤井隆）　室町期物語一（二種）　幸若舞曲集
　鎌倉一〇号
釈迦《しゃか》出世本懐《しゅっせほんがい》伝記→釈迦の本地
釈迦の本地別名釈迦出世本懐伝記・釈迦物語（高僧伝記物）　大成
　七（二種）　室物四（三種）　中世神仏説話
釈迦物語→釈迦の本地
十二支物語→十二類絵巻
十二段草子→浄瑠璃物語
十二人姫（公家物、出世談）　大成七　未刊四
十二類歌合→十二類絵巻
十二類絵巻別名十二支物語・十二類歌合（異類物、歌合・合戦談）
　大成七　類従雑　日本絵巻物全集18　〈獣《けだもの》太平記ヲモ見ヨ〉
十人（公家物、人物論）　大成七　ビブリア三一号
十番の物あらそひ（公家物、人物論）　続類従雑　新編
秀祐《しゅうゆう》の物語→蛤《はまぐり》の草子
酒食論→酒飯論
酒茶論（論争物）　大成七　類従飲食
酒茶論（異類合戦物）　大成七　未刊一
酒呑《しゅてん》童子（怪物退治談）　岩波大系　小学館全集　鑑賞日本古典文
　学二六　有朋　大系　岩波　名著　新釈　雄山二　伝説　伽　影
　印伽　〈伊吹山絵詞・大江山絵詞ヲモ見ヨ〉
酒飯《しゅはん》論別名酒食論（論争物）　大成七　類従飲食　中央大学国文六
酒餅《しゅべい》太平記→酒餅《しゅべい》論

酒餅《しゅべい》論別名酒餅太平記（異類合戦物）　大成七　成簣堂叢書複製（大
　3）
少将くらま物語→一本菊《ひともとぎく》
精進魚類《しょうじんぎょるい》物語別名魚鳥平家（異類合戦物）　大成七（二種）　類従
　雑　新編　名著　新釈　日本文学全書　滑稽文学全集　続帝国文
　庫　京大資料六
聖徳太子の本地（伝記物）　室物四　短篇
浄瑠璃十二段草子→浄瑠璃物語
浄瑠璃物語別名十二段草子・浄瑠璃十二段草子（義経伝説）　浄瑠
　璃物語評釈（明39、吉川弘文館）　大成七（三種）　浄瑠璃物語研
　究（六種）（森武之助、昭37、井上書房）　古浄瑠璃正本集一・二
　（横山重、昭39、角川書店）　古浄瑠璃の新研究補遺篇（若月保
　治、昭15、新月社）　日本歌謡集成五（高野辰之、昭3、春秋社）
　近世初期国劇の研究（若月保治、昭19）　新編　名著　新釈　大東
　急記念文庫善本叢刊別巻（昭52、汲古書院）　シーグ社・京都書院
　複製本（信多純一他、昭52）　稀書複製会本
諸虫太平記別名虫太平記（異類合戦物）　大成七
白菊《しらぎく》草子→一本菊《ひともとぎく》
神功《じんぐう》皇后御縁起→八幡の本地
新蔵人《しんくろうど》物語（公家物、遁世談）　室町ごころ（岡見正雄博士還暦記
　念刊行会、昭53）
神道由来の事（神道説話）　大成七　横山神道
申陽侯《しんようこう》絵巻（怪物退治談）　大成七

〔す〕
するゐひろ物語（祝儀物）　大成七　室物五
鈴鹿《すずか》の草子→田村《たむら》の草子
雀さうし（異類物、求婚談）　大成七
雀の草子→勧学院《かんがくいん》物語
雀の発心別名小藤太物語・鳥歌合絵巻（異類物、歌合遁世談）　大
　成七（三種）　古典室物三（二種）
雀の夕がほ（異類物、報恩談）　大成七　古典室物三
硯破《すずりわり》（発心遁世談）　大成七（三種）　平出室小　横山室小　東仏
　絵巻物叢誌
墨染桜《すみぞめさくら》別名草木太平記（異類合戦物）　大成八　有朋　名著　新釈
角田川物語（謡曲物、恋愛談、人買談）　近世文芸叢書三
住吉縁起（縁起物、神話伝説）　大成八　室物五
諏訪の本地別名甲賀三郎物語・諏訪縁起（本地物、他界遍歴談）
　大成八（三種）　室物二（三種）　伝承神道一　諏訪史料叢書二
　しなのゝ諏訪の神伝（古典資料研究会、昭47）　伝承文学研究二号
　民話の手帖三号
〔せ〕
是害坊《ぜがいぼう》（天狗談）　大成八　日本絵巻物全集27
せったい→千手女《せんじゅにょ》の草子
善教房《ぜんきょうぼう》絵巻（説教法談物）　東仏
浅間《せんげん》御本地別名浅間記《せんげんき》・源蔵人《げんくろうど》物語（本地物）　大成八　室物二
　（三種）　静岡女子短期大学紀要第九号

善光寺縁起→善光寺本地
善光寺如来本懐→善光寺本地
善光寺本地別名善光寺縁起・善光寺如来本懐（縁起物） 大成八（三種） 室物四 大日本仏教全書寺誌叢書四（二種） 続類従釈家
〔千手女《せんじゅにょ》の草子〕別名せったい（公家物、恋愛談） 大成八（三種） 影印室物二 群馬大学紀要人文科学篇第十巻第九号 文学語学二八号

〔そ〕

総持寺縁起絵巻（縁起物） 三つの絵巻
草木《そうもく》太平記→墨染桜《すみぞめさくら》
続小夜嵐《ぞくさよあらし》→焔魔王《えんまおう》物語

〔た〕

大悦《だいえつ》物語→大黒《だいこく》舞
大黒舞別名大悦物語（祝儀物） 大成八 室物五 山辺道一八号
太子開城記（聖徳太子伝説） 室物四
大納言物語（艶書） 京都市立西京高校研究紀要人文科学二輯 〈はにふの物語ヲモ見ヨ〉
対の屋姫物語→岩屋の草子
大仏供養物語別名奈良大仏供養（説教法談物） 大成八（二種） 室物四（二種） 古典室物六 有朋 大日本仏教全書 東仏
大仏の縁起（地獄遍歴談） 大成八 古典室物六（二種）
たかやなぎ（公家物、恋愛談） 古典資料八・九（昭45 すみや書房）

宝くらべ（庶民物、出世談） 大成八
滝口《たきぐち》物語（遁世談） 大成八 〈恋塚物語ヲモ見ヨ〉
滝口横笛の草子→横笛草子
たけくらべ草紙→四十二の物あらそひ
多田満中《ただのまんじゅう》（武人伝説物、発心遁世談） 未刊伽三
立烏帽子《たてえぼし》（怪物退治談） 新編
七夕《たなばた》別名七夕の本地（異類怪婚談） 大成八（二種） 室物二 横山神道 珍書同好会叢刊本（大4〜8）〈天稚彦草子ヲモ見ヨ〉
七夕《たなばた》別名あめわかみこ（公家物、恋愛談） 大成二・八 室物二（二種） 横山室小 中世物語集一
玉井の物語→彦火々出見尊《ひこほほでみのみこと》絵詞
玉だすき（説話集） 大成八
玉水《たまみず》物語別名紅葉合《もみじあわせ》（異類怪婚談） 大成八 有朋 大系 新釈
玉虫の草子（異類恋愛談） 大成八（三種） 新編 大系 新釈
玉藻《たまも》の草紙別名玉藻前絵詞（怪物退治談） 影印校注古典叢書一六 室物四 東仏二
玉藻前《たまものまえ》絵詞→玉藻の草紙
田村の草子別名鈴鹿《すずか》の草子（怪物退治談） 室物一（二種） 横山神道 平出室小 台湾大学国書資料集一（宮尾与男、昭51、白楱文庫）
為盛発心《ためもりほっしん》物語（発心遁世談） 続類従釈家
為世の草子（発心遁世談） 未刊三
俵藤太物語（武人伝説物） 有朋 大系 名著 新釈 雄山一

短冊《たんざく》の縁（恋愛談）　写本（天理図書館）

〔ち〕

ちぐさ→姫百合

竹生島の本地→さよひめ

稚児《ちご》今参り（児物語、恋愛談）　未刊一

中将姫別名中将姫本地（公家物、継子談）　室物四（二種）

中将姫本地→中将姫

中書王物語（太平記物）　平出室小　横山室小

鳥獣虫戯歌合《ちょうじゅうちゅうぎうたあわせ》物語（異類歌合物）　写本（東大）

長生《ちょうせい》の帝《みかど》物語（歌合物）　未刊伽三

調度歌合（異類歌合物）　類従雑

〔つ〕

月かげ（御家騒動物、復讐談）　厳橿昭一二の九～一三の四

月日の本地別名月みつの草子（本地物、継子談）　室物三（三種）
東仏二

月みつの草子→月日の本地

付喪神《つくもがみ》（怪異談）　平出室小　横山室小　東仏　大系　新釈

土蜘蛛（怪物退治談）　絵巻（慶大）

土蜘蛛双紙（怪物退治談）　日本絵巻物集成二　伝説

壺坂物語→さよひめ

壺の碑《いしぶみ》（地方伝説物）　絵巻（天理図書館）

鶴亀松竹物語（祝儀物）　室物五（四種）

鶴の翁（遍歴物、霊験談）　続岩波

鶴の草子（異類怪婚談）　有朋　大系　新釈

鶴の草紙（別本）（異類怪婚談）　未刊二

つれなしの尼公《あまぎみ》→一尼《いちに》公《こう》

〔て〕

てこくま物語→おかべの与一物語

天狗《てんぐ》草紙（天狗物）　日本絵巻物全集27　絵巻物叢誌〈魔仏一如絵詞ヲモ見ヨ〉

天狗《てんぐ》の内裏《だいり》（義経伝説）　室物二（二種）　横山室小　新纂　岩波
雄山二

〔天照大神《てんしょうだいじん》本地〕（本地物）　写本（慶大）

天神の本地別名天神縁起・天神記・菅丞相（本地物）　室物一（三種）　横山神道　短篇　伝承神道一　古奈良絵本集一

〔と〕

道成寺縁起（縁起物、妬婦談）　続類従釈家　日本演劇の研究（高野辰之、昭3、改造社）　日本絵巻物全集18　日本絵巻物集成二
便利堂複製〈賢学草子・道成寺物語ヲモ見ヨ〉

東勝寺《とうしょうじ》鼠物語（異類往来物）　室町ごころ（岡見正雄博士還暦記念刊行会、昭53）

道成寺物語（縁起物、妬婦談）　東仏二〈賢学草子・道成寺縁起ヲモ見ヨ〉

戸隠山《とがくしやま》絵巻（怪物退治談）　伝説

常盤《ときわ》の嫗《うば》（庶民物、笑話）　類従雑　新編　東仏　影印室物四

鳥歌合絵巻→雀の発心

鳥の歌合→四生《ししよう》の歌合　続類従雑
鳥部《とりべ》山《やま》物語（児物語）　類従物語　大系　国文大観四　児物語部類
鳥物語→ふくろふ

〔な〕

長良《ながら》の草子（人柱伝説）　河野本神道集付録（渡辺国雄・近藤喜博、昭37、角川書店）
七草《ななくさ》草子（祝儀物、孝行談）　岩波大系　小学館全集　室物五（二種）　未刊伽一　有朋　大系　新釈　伽　影印伽
奈良大仏供養→大仏供養物語
業平《なりひら》夢物語（業平伝説）　続岩波　〈赤松五郎物語ヲモ見ヨ〉

〔に〕

二十四孝（異国物、孝行談）　岩波大系　小学館全集　有朋　大系　新釈　伽　影印伽　岩崎文庫貴重本叢刊近世編一
仁明《にんみよう》天皇物語→青葉の笛物語

〔ね〕

猫の草紙（異類論争物）　岩波大系　小学館全集　有朋　大系　岩波　名著　伽　影印伽
鼠草子（異類怪婚談）　古典室物三　未刊伽一
鼠の権頭《ごんのかみ》→鼠の草子
鼠の草子別名鼠の権頭《ごんのかみ》（異類怪婚談）　小学館全集　古典室物三　古奈良絵本集一（二種）　女子大国文五・六号
鼠のさうし（異類論争物）　国文学研究資料館紀要五号

〔の〕

のせざる草紙（異類物、恋愛談）　岩波大系　小学館全集　有朋　大系　新釈　雄山一　伽　影印伽

〔は〕

白身房《はくしんぼう》（異類物、説教法談物）　文学語学二九
化物草紙（怪異談）　新編　新釈　大系　雄山一
箱根権現縁起絵巻（本地物、継子談）　室物三　箱根町誌第一巻　〈伊豆箱根の本地・箱根本地由来ヲモ見ヨ〉
箱根本地由来（本地物、継子談）　箱根町誌第二巻　〈伊豆箱根の本地・箱根権現縁起絵巻ヲモ見ヨ〉
はしだて・橋立の本地→梵天国《ぼんてんこく》
橋姫《はしひめ》（怪物退治談）　奈良絵本（慶大）
橋姫物語別名いたやかいの物語（歌物語）　室物三
橋弁慶《はしべんけい》（弁慶伝説）　未刊伽二
鉢かづき（民間説話物、継子談）　岩波大系　小学館全集　室物三（三種）　有朋　大系　名著　新釈　伝説　影印室物一　影印伽
八幡宮御縁起→八幡の本地
八幡の本地別名神功皇后御縁起・八幡宮御縁起（縁起物）　室物一（四種）　横山神道（三種）　中世神仏説話　社寺縁起絵
初瀬《はつせ》物語（発心遁世談）　続類従物語　中世物語の基礎的研究
花子物語（謡曲物、恋愛談、人買談）　未刊伽四
花子もの狂《ぐる》ひ別名班女《はんによ》物語（謡曲物、恋愛談）　説経正本集三付録
花づくし→胡蝶《こちよう》物語
花のえん→姫百合《ひめゆり》

花の縁物語（恋愛談、鳥部山物語の改作） 寛文六年刊本（国会図書館他）
花みつ（児物語、継子談） 有朋 大系 新釈
花世《はなよ》の姫（民間説話物、継子談） 室物三 岩波
はにふの物語（公家物、恋愛談、艶書物） 未刊三 〈大納言物語ヲモ見ヨ〉
浜出《はまいで》草紙（幸若物） 岩波大系 小学館全集 有朋 大系 伽 影印伽
蛤《はまぐり》の草紙別名秀祐《しゅうゆう》の物語・蛤はたをり姫（異類怪婚談） 岩波大系 小学館全集 大成七 有朋 大系 名著 新釈 伽 影印伽 影印室物一 国文三三号
蛤はたをり姫→蛤の草紙
はもち中将（武家物、流離談） 新纂
班女《はんにょ》物語→花子もの狂ひ
范蠡《はんれい》（異国物） 絵巻（天理図書館）

〔ひ〕

火桶《ひおけ》の草紙（庶民物、教訓談） 未刊三
ひきう殿物語→小男の草子
彦火々出見尊《ひこほほでみのみこと》絵詞別名神代《かみよ》物語・玉井の物語（神話伝説物） 大成八 室物五（二種） 横山神道 彦火々出見尊絵巻の研究（小松茂美、昭49、東京美術）
毘沙門《びしゃもん》の本地（本地物、天界遍歴談） 室物二（二種） 岩波 新編 大系 新釈 雄山二 影印室物五 東洋学芸雑誌八一～八七号
美人くらべ（公家物、継子談） 室物三 有朋 大系 新釈 雄山一
日《ひ》高《だか》川→賢学草子
筆結《ひっけつ》の物語（異類物） 永正十四年写本（前田育徳会尊経閣文庫）
秀衡入《ひでひらいり》（義経伝説） 有朋 幸若舞曲集
一本菊《ひともとぎく》別名少将くらま物語・白菊《しらぎく》草子（公家物、継子談） 室物三（二種） 近世文芸叢書三 影印室物一 芸文研究二八号
姫百合《ひめゆり》別名ちぐさ・花のえん（異類物、恋愛談） 短篇
百鬼夜行絵巻（怪異談） 怪談名作集（日本名著全集第一期一〇、昭4） 日本絵巻物集成二
兵部卿《ひょうぶきょう》物語（公家物、恋愛談） 続々群書類従歌文部
平野よみがへりの草紙別名長宝寺縁起・よみがへりの草紙（地獄遍歴談） 室物二 平野郷町誌 長宝寺縁起（昭48、長宝寺）

〔ふ〕

福富草紙（庶民物、笑話） 室物五 日本絵巻物全集18 芸艸堂複製
福富草子別名福富長者物語（庶民物、笑話） 岩波大系 名篇御伽草子 室物五 岩波 新編 大系 名著 新釈 伝説 雄山一 国語国文昭一一の五
福富長者物語→福富草子
ふくろふ別名うそひめ物語・鳥物語（異類物、悲恋遁世談） 大成二 有朋 大系 新釈
武家繁昌（武家沿革談） 室物五 短篇

富士山の本地（縁起物）　室物二
富士の人穴草子（地獄遍歴談）　室物二（二種）　平出室小　横山室小　大系　新釈　珍書保存会　駒沢国文八号　立正大学文学部論叢六一号
藤袋《ふじぶくろ》の草子（異類物、猿婿入談）　古典室物三　岩波　雄山二
伏屋《ふせや》の物語（公家物、継子談）　室物三（二種）　横山神道　新纂影印室物二
仏鬼軍《ぶつきぐん》（異類合戦談）　東仏　一休和尚全集　禅林法語集（有朋堂文庫）
船尾山《ふなおさん》縁記（本地物、児物語）　東洋文庫本神道集
舟の威徳（舟説話）　絵巻（天理図書館）
不老不死（祝儀物、仙境談）　室物五
文正草子別名塩焼文正・文太物語（庶民物、立身出世談）　岩波大系　小学館全集　鑑賞日本古典文学二六　室物五（三種）　有朋大系　岩波　名著　新釈　伽　影印伽
文太物語→文正草子

〔へ〕

平家公達《きんだち》草紙（人物論）　歴史と国文学昭九の八
平家花揃（人物論）　軍記と語り物一五号
弁慶物語（弁慶伝説）　平出室小　横山室小　大東急記念文庫善本叢刊一　京大資料一四　島根大学文理学部紀要一〇・一一号〈武蔵坊弁慶物語絵巻ヲモ見ヨ〉
弁才天《べんざいてん》本地→おもかげ物語
弁の草紙（児物語）　平出室小　横山室小　岩波　大系　雄山一　新釈

〔ほ〕

判官《ほうがん》都ばなし別名鬼一法眼《おにいちほうげん》（義経伝説）　新纂
宝月《ほうげつ》童子別名およふのあま（異国物）　奈良絵本（天理図書館）
法蔵比丘《ほうぞうびく》→阿弥陀の本地
宝満長者（異国物、長者談）　室物四　平出室小　中世物語集一　青須我波良一六号
法妙《ほうみよう》童子別名いけにえ物語（異国物、孝行談）　大成二　室物四
蓬莱山《ほうらいさん》由来→蓬莱物語
蓬莱物語別名蓬莱山由来（仙境談）　室物五（二種）　新纂
布袋《ほてい》の栄花（高僧伝記物）　室物四
堀江物語（武家物、復讐談）　写本（慶大・実践女子大）　寛文七年刊本（国会図書館他）　絵巻（熱海美術館）
堀川中納言の姫君→志賀物語
暮露《ぼろ》々《ぼ》々《ろ》のさうし別名空花《くうげ》論（説教法談物）　東仏
梵天王《ぼんてんおう》→梵天国
梵天国別名はしだて・橋立《はしだて》の本地・梵天王（本地物、天界遍歴談）　岩波大系　小学館全集　室物二（二種）　有朋　大系　岩波　名著　新釈　伽　説経正本集三付録　影印伽　影印室物一

〔ま〕

松ケ枝《まつがえ》姫物語（祝儀物、仙人談）　絵巻（天理図書館）
松風村雨《まつかぜむらさめ》物語別名行平須磨《ゆきひらすま》物語（歌人伝説物）　室物五

松竹物語（祝儀物）　室物五（五種）〈笠間長者鶴亀物語・鶴亀松竹物語ヲモ見ヨ〉
松姫物語→くるま僧
松帆浦《まつほのうら》物語（児物語）　類従物語　大系　国文大観　児物語部類　古文ものがたり（畠山健、明29）
窓の教（女性論、教訓談）　日本文学三
魔仏一如《まぶついちによ》絵詞（天狗談）　東仏二　絵巻物叢誌〈天狗草紙ヲモ見ヨ〉
まんじゆの前（御家騒動物）　新纂

〔み〕

みしま（本地物）　室物一　古典室物六
弥陀《みだ》の本懐《ほんがい》→阿弥陀の本地
皆鶴《みなづる》（義経伝説物）　横山室小　幸若舞曲集　国語国文昭八の一
源《みなもとの》蔵人《くろうど》物語→浅間《せんげん》御本地

〔む〕

武蔵坊弁慶《むさしぼうべんけい》物語絵巻（弁慶伝説）　未刊伽二〈弁慶物語ヲモ見ヨ〉
虫妹背《むしいもせ》物語→虫物語
虫太平記→諸虫《しよちゆう》太平記
虫の歌合→四生《ししよう》の歌合　続類従雑
虫物語別名虫妹背《むしいもせ》物語（異類物、恋愛談）　未刊伽四
無明法性《むみようほつしよう》合戦状（異類合戦物）　京畿社寺考（岩橋小彌太、大15、雄山閣）
むらくも（異類怪婚談）　国文白百合創刊号
紫式部の巻（歌人伝説物）　大成二　有朋〈石山物語ヲモ見ヨ〉

村松《むらまつ》の物語（武家物、流離談）　古典室物一　室町期物語一

〔め〕

乳母《めのと》の草紙（教訓談）　未刊二

〔も〕

目連《もくれん》の草紙（地獄極楽談）　室物二
餅酒《もちさけ》歌合（擬歌合物）　桂宮本叢書物語三
物くさ太郎別名おたかの本地（庶民物、恋愛成功談）　岩波大系　小学館全集　名篇御伽草子　古本物くさ太郎（松蔭国文資料叢刊4、信多純一、昭51）　室物五　有朋　大系　名著　新釈　伝説伽　影印伽　稀書複製会本
紅葉合《もみじあわせ》→玉水《たまみず》物語
もろかど物語（武家物、流離談）　未刊四　室町期物語一〈五地五如来本地ヲモ見ヨ〉
文殊姫《もんじゆひめ》（恋愛物、発心遁世談）　奈良絵本（慶大）

〔や〕

弥兵衛鼠《やひようえねずみ》（異類祝儀物）　続岩波　古奈良絵本集一

〔ゆ〕

雪女《ゆきおんな》物語（怪物退治談）　未刊一
行平須磨《ゆきひらすま》物語→松風村雨物語
ゆや物語（武家物、発心遁世談）　寛文頃刊本（大東急記念文庫他）

〔よ〕

養老《ようろう》の縁起（祝儀物）　未刊伽三
横座《よこざ》房物語（発心遁世談）　写本（内閣文庫・神宮文庫・天理図書

館）
横笛草子別名滝口《たきぐち》横笛の草子（源平物、悲恋遁世談）岩波大系
小学館全集　室町期物語一　有朋　大系　新釈　伽　影印伽　影
印室物一　国文学五五号（関西大学国文学会）
よしのぶ（武家物、御家騒動談）国文学攷一・二
よみがへりの草紙↓平野よみがへりの草紙
頼朝《よりとも》の最後（頼朝伝説）未刊二　国史叢書（黒川真道、大3、国
史研究会）

〔ら〕

羅生《らしょう》門（怪物退治談）続岩波　中世物語集一

〔り〕

李《り》娃《あ》物語（翻案物）平出室小　横山室小

〔る〕

類《る》至《し》長者（異国物）奈良絵本（吉田幸一）

〔ろ〕

六条《ろくじょう》葵《あおい》上《のうえ》物語（異類論争物）京大資料六
六代（源平物）奈良絵本（慶大）
六代御前物語（源平物）平家物語研究（冨倉徳次郎、昭39、角川
書店）
〔六波羅地蔵物語〕（霊験談）絵巻（慶大）

〔わ〕

若草物語（公家物、恋愛談）新編　影印室物四
若みどり（祝儀物）続岩波
和歌物あらがひ↓四十二の物あらそひ

新潮日本古典集成〈新装版〉

御《お》伽《とぎ》草《そう》子《し》集《しゅう》

令和 二 年三月二十五日 発行

校注者 松《まつ》本《もと》隆《りゅう》信《しん》

発行者 佐藤隆信

発行所 株式会社 新潮社

〒一六二-八七一一 東京都新宿区矢来町七一

電話 〇三-三二六六-五四一一(編集部)

〇三-三二六六-五一一一(読者係)

https://www.shinchosha.co.jp

印刷所 大日本印刷株式会社

製本所 加藤製本株式会社

装画 佐多芳郎/装幀 新潮社装幀室

組版 株式会社DNPメディア・アート

乱丁・落丁本は、ご面倒ですが小社読者係宛お送り下さい。
送料小社負担にてお取替えいたします。
価格はカバーに表示してあります。

ISBN978-4-10-620865-2 C0393

源氏物語（全八巻） 石田穣二・清水好子 校注

一巻・桐壺～末摘花　二巻・紅葉賀～明石　三巻・澪標～玉鬘　四巻・初音～藤裏葉　五巻・若菜 上～鈴虫　六巻・夕霧～椎本　七巻・総角～東屋　八巻・浮舟～夢浮橋

伊勢物語 渡辺 実 校注

引きさかれた恋の絶唱、流浪の空の望郷の思い——奔放な愛に生きた在原業平をめぐる珠玉の歌物語。磨きぬかれた表現に託された「みやび」の美意識を読み解く注釈。

方丈記 発心集 三木紀人 校注

痛切な生の軌跡、深遠な現世の思想——中世を代表する名文『方丈記』に、世捨て人の列伝『発心集』を併せ、鴨長明の魂の叫びを響かせる魅力の一巻。

説経集 室木弥太郎 校注

数奇な運命に操られる人間の苦しみを、心の琴線にふれる名文句に乗せて語り聞かせた大衆芸能。安寿と厨子王で知られる「山椒太夫」等六編。

徒然草 木藤才蔵 校注

あらゆる価値観が崩れ去った時、批評家兼好の眼が躍る——人間の営為を、ある時は辛辣に、ある時はユーモラスに描きつつ、人生の意味を鋭く問う随筆文学の傑作。

枕草子（上・下） 萩谷 朴 校注

華やかに見えて暗澹を極めた王朝時代に、毅然と生きた清少納言の随筆。機智が機智を生み、連想が連想を呼ぶ、自由奔放な語り口が、今、生々しく甦る！

落窪物語　稲賀敬二 校注

姉妹よりも一段低い部屋〝落窪〟で泣き暮す姫が貴公子に盗み出された。幸薄い佳人への惜しみない優しさと愛。そして継母への復讐。甘美な夢をささやく王朝のメルヘン！

今昔物語集本朝世俗部（全四巻）　阪倉篤義　本田義憲　川端善明 校注

爛熟の公家文化の陰に、新興のつわものたちの息吹き。平安から中世へ、時代のはざまを生きる都鄙・聖俗の人間像を彫りあげた、わが国最大の説話集の核心。

芭蕉文集　富山奏 校注

松尾芭蕉が描いた、ひたぶるな、凜冽な生の軌跡。全紀行文をはじめ、日記、書簡などを年代順に配列し、精緻明快な注釈を付して、孤絶の大詩人の肉声を聞く！

雨月物語　癇癖談　浅野三平 校注

帝の亡霊、愛欲の蛇……四次元小説の先駆『雨月物語』。当るをさいわい世相人情に癇癪をたたきつけた風俗時評『癇癖談』は初の詳細注釈。孤高の人上田秋成の二大傑作！

平家物語（全三巻）　水原一 校注

祇園精舎の鐘のこゑ……生命を賭ける男たちの戦い、運命に浮き沈む女人たち、人の世の栄枯盛衰を語り伝える源平争覇の一部始終。八坂系百二十句本全三巻。

竹取物語　野口元大 校注

親から子に、祖母から孫にと語り継がれてきたかぐや姫の物語。不思議なこの伝奇的世界は、美しく楽しいロマンとして、人々を捉えて放さない心のふるさとです。

古事記　西宮一民 校注

千二百年前の上代人が、ここにいる。神々の哄笑は天にとどろき、ひとの息吹は狭霧となって野に立つ……。宣長以来の力作といわれる「八百万の神たちの系譜」を併録。

春雨物語 書初機嫌海　美山靖 校注

薬子の血ぬれぬれと几帳を染める「血かたびら」大盗悪行のはてに悟りを開く「樊噲」——。死を目前に秋成が執念を結晶させた短編集。初校注『書初機嫌海』を併録。

更級日記　秋山虔 校注

光源氏につむいだ青春の夢、砕け散った夢のかけらを、拾い集めて走らせる晩年の筆……。心の寄る辺を尋ね歩いた女の一生、懐かしく痛ましい回想の調べ。

東海道四谷怪談　郡司正勝 校注

江戸は四谷を舞台に起った、愛と憎しみの怨霊劇。人の心の怪をのぞく傑作戯曲に、正統迫真の演出注を加えて刊行、哀しいお岩が、夜ごと軒先に立ちつくす。

歎異抄 三帖和讃　伊藤博之 校注

善人なほもつて往生を遂ぐ、いはんや悪人をや——罪深く迷い多き凡夫であることの自覚に立つ親鸞の言葉は現代人の魂の糧。書簡二二通を併録し、恵信尼文書も収める。

好色一代男　松田修 校注

七歳、恋に目覚めた世之介は、六十歳にしてなお見果てぬ夢を追いつつ、女護ケ島へ船出する。愛欲一筋に生きて悔いなき一代記。めくるめく五十四編の万華鏡！

蜻蛉日記 犬養廉 校注

妻として母として、頼みがたい男を頼みとして生きた女の切ない哀しみ。揺れ動く男女の愛憎の襞を、半生の回想に折り畳んで、執拗に綴った王朝屈指の日記文学。

古今著聞集（上・下） 西尾光一 小林保治 校注

貴族や武家、庶民の諸相を神祇・管絃・好色等に分類し、典雅な文章の中に人間のなまの姿を写して、人生の見事な鳥瞰図をなした鎌倉説話集。七二六話。

本居宣長集 日野龍夫 校注

源氏物語の正しい読み方を、初めて説いた「紫文要領」。和歌の豊かな味わい方を、懇切に手引きした「石上私淑言」。宣長の神髄が凝縮された二大評論を収録。

日本霊異記 小泉道 校注

仏教伝来によって地獄を知らされた時、さまざまな説話、奇譚が生れた。雷を捕える男、空飛ぶ仙女、冥界巡りと地獄の業苦――それは古代日本人の幽冥境。

浄瑠璃集 土田衞 校注

義理を重んじ、情に絆され、恋に溺れる人間の、哀れにいとしい心情を、美しい詞章にうたいあげて、庶民の涙を絞った浄瑠璃。『仮名手本忠臣蔵』等四編を収録。

宇治拾遺物語 大島建彦 校注

誰もが一度は耳にした「瘤取り爺」や「藁しべ長者」、庶民の健康な笑いと風刺精神が横溢する「芋粥」「鼻長き僧」など、一九七編のヒューマンドキュメント。

■新潮日本古典集成

古事記　西宮一民
萬葉集　一～五　青木生子　井手至　伊藤博　清水克彦　橋本四郎
日本霊異記　小泉道
竹取物語　野口元大
伊勢物語　渡辺実
古今和歌集　奥村恆哉
土佐日記　貫之集　木村正中
蜻蛉日記　犬養廉
落窪物語　稲賀敬二
枕草子　上・下　萩谷朴
和泉式部日記　和泉式部集　野村精一
紫式部日記　紫式部集　山本利達
源氏物語　一～八　石田穣二　清水好子
和漢朗詠集　大曽根章介　堀内秀晃
更級日記　秋山虔
狭衣物語　上・下　鈴木一雄
堤中納言物語　塚原鉄雄
大鏡　石川徹
今昔物語集　本朝世俗部　一～四　阪倉篤義　本田義憲　川端善明
梁塵秘抄　榎克朗
山家集　後藤重郎
無名草子　桑原博史
宇治拾遺物語　大島建彦
新古今和歌集　上・下　久保田淳
方丈記　発心集　三木紀人
平家物語　上・中・下　水原一
金槐和歌集　樋口芳麻呂
建礼門院右京大夫集　糸賀きみ江
古今著聞集　上・下　西尾光一　小林保治
歎異抄　三帖和讃　伊藤博之
とはずがたり　福田秀一
徒然草　木藤才蔵
太平記　一～五　山下宏明
謡曲集　上・中・下　伊藤正義
世阿弥芸術論集　田中裕
連歌集　島津忠夫
竹馬狂吟集　新撰犬筑波集　木村三四吾　井口壽
閑吟集　宗安小歌集　北川忠彦
御伽草子集　松本隆信
説経集　室木弥太郎
好色一代男　松田修
好色一代女　村田穆
日本永代蔵　村田穆
世間胸算用　金井寅之助　松原秀江
芭蕉句集　今栄蔵
芭蕉文集　富山奏
近松門左衛門集　信多純一
浄瑠璃集　土田衞
雨月物語　癇癖談　浅野三平
春雨物語　書初機嫌海　美山靖
與謝蕪村集　清水孝之
本居宣長集　日野龍夫
誹風柳多留　宮田正信
浮世床　四十八癖　本田康雄
東海道四谷怪談　郡司正勝
三人吉三廓初買　今尾哲也

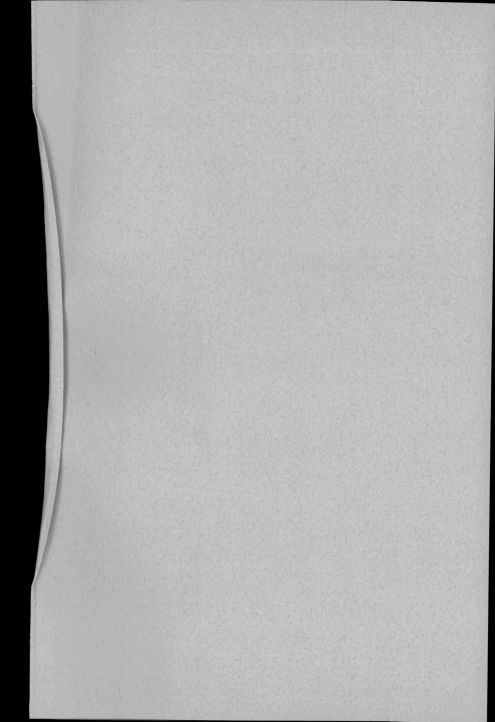